HANS CHRISTIAN ANDERSEN

DER IMPROVISATOR

Roman in zwei Teilen

Aus dem Dänischen von
Jörg Scherzer

ars vivendi verlag
Cadolzburg

Die dänische Originalausgabe erschien 1835 unter dem Titel:
Improvisatoren: Original Roman i to Dele
Die Übersetzung folgt der Ausgabe von
Det Danske Sprog- og Litteraturselskabet,
hg. von Mogens Brønstedt, Kopenhagen 1995.

Die vorliegende Übersetzung wurde großzügig gefördert durch
»The Danish Arts Council's Committee for Literature«.

1. Auflage

Lektorat: Helga Blum
Gestaltung: Armin Stingl
Umschlagillustration: Anton Atzenhofer
Gesetzt aus der ITC New Baskerville
Druck: Freiburger Graphische Betriebe
Printed in Germany

ISBN 3-89716-517-1

Herrn Hofrat Collin
und
seiner vortrefflichen Ehefrau,
in denen ich Eltern fand,
ihren Kindern,
in denen ich Geschwister fand,
dem liebsten aller Elternhäuser
bringe ich mit dem Herzen des Sohnes
und des Bruders dies dar,
das Beste, was ich besitze.
Der Autor

ERSTER TEIL

1. MEINE ERSTE UMGEBUNG

Wer je in Rom gewesen ist, dem ist die Piazza Barberina wohlbekannt, jener große Platz mit der schönen Fontäne, wo der Triton die sprudelnde Muschelschale leert, aus der das Wasser ellenweit gen Himmel springt. Wer nicht dort gewesen ist, kennt diesen Platz von Kupferstichen; nur schade, daß sich auf diesen nicht das Eckhaus an der Via Felice befindet, jenes hohe Eckhaus, bei dem das Wasser durch drei Rohre aus der Mauer hinunter in das steinerne Bassin läuft. – Eben dieses Haus ist von besonderem Interesse für mich, denn dort wurde ich geboren. Schaue ich auf meine frühe Kindheit zurück, welch ein buntes Durcheinander von Erinnerungen. Ich weiß selbst nicht, wo beginnen, und betrachte ich das Drama meines Lebens, so weiß ich um so weniger, wie ich es zusammenfügen, was ich als unwesentlich übergehen soll und welche Punkte sich eignen, ein Gesamtbild zu ergeben. Was für mich interessant ist, interessiert einen Fremden womöglich nicht. Wahrhaftig und natürlich will ich dieses große Abenteuer erzählen, und doch kommt die Eitelkeit ins Spiel, die schlimme Eitelkeit. Die Lust zu gefallen! Bereits in meiner Jugend schoß sie ins Kraut, und sie ist seither, wie das biblische Senfkorn, hoch zum Himmel gewachsen und zu einem mächtigen Baum geworden, in dem sich meine Leidenschaften ihr Nest suchten.

Hierauf deutet eine meiner ersten Erinnerungen hin. Sechs Jahre war ich ungefähr alt und spielte bei der Kapuzinerkirche mit anderen Kindern, die alle jünger waren als ich. An der Kirchentür befand sich ein kleines Messingkreuz, es saß ungefähr auf der Mitte der Tür, und ich konnte es gerade noch mit der Hand erreichen. Immer, wenn unsere Mütter mit uns dort vorüberkamen, hoben sie uns hoch, damit wir dieses heilige Zeichen küßten. Als wir Kinder nun dort spielten, fragte einer der Kleinsten, warum das Jesuskind denn niemals mit uns spiele. Ich war der Klügere und gab zur Antwort, er hinge ja am Kreuz. Wir gingen also hin, und obwohl wir das Kreuz leer vorfanden, wollten wir, wie unsere Mütter es uns gelehrt hatten, ihn dort küssen, reichten jedoch nicht so weit und hoben uns gegenseitig hoch. Doch während wir den Mund zum Kusse spitzten, verließen den, der hochhob, die Kräfte, woraufhin der Küssende, gerade als sein Mund das unsichtbare Jesuskind berühren wollte, zu Boden fiel. In diesem Augenblick kam meine Mutter vorüber, und als sie unser Spiel sah, blieb sie stehen, faltete die Hände und sagte: »Ihr seid wahrlich Gottes Engel!« Und zu mir sagte sie: »Und du bist mein Engel!« und küßte mich.

Ich hörte, wie sie der Nachbarin gegenüber wiederholte, welch unschuldiger Engel ich sei, und das gefiel mir sehr, wodurch meine Unschuld abnahm. Zum ersten Male fiel hier das Samenkorn der Eitelkeit in die kindliche Unschuld, wie beim Basilisken, der sterben muß, wenn er sich selbst sieht.

Beichtvater meiner Mutter war der Kapuzinermönch Fra Martino, und ihm berichtete sie, welch frommes Kind ich sei. Ich konnte meine Gebete tadellos auswendig, auch wenn ich nicht ein einziges Wort verstand; ich gefiel ihm sehr, und er schenkte mir ein Bild der Madonna, auf dem sie große Tränen vergoß, die wie Regentropfen hinabfielen zu den lodernden Flammen der Hölle, wo die Verdammten diese Erfrischung auffingen. Einmal auch nahm er mich mit zu sich nach Hause, in das Kloster, wo die ein Quadrat bildenden Säulengänge den kleinen Kartoffelacker mit den beiden Zypressen und dem Orangenbaum umschlossen, was tiefen Eindruck auf mich machte. Seite an Seite hingen in dem offenen Gang alte Portraits der verstorbenen Mönche, und auf jede Zellentür waren Bilder aus der Geschichte der Märtyrer geklebt, die ich mit denselben ehrfürchtigen Gefühlen betrachtete wie später die Meisterwerke Raffaels und Andrea del Sartos.

»Du bist doch ein beherzter Junge«, sagte er, »nun sollst du die Toten sehen. Daraufhin öffnete er eine kleine Tür, die zu einer Galerie führte, einige Treppenstufen tiefer gelegen als der Säulengang. Wir gingen dort hinunter, und nun sah ich mich umgeben von Totenköpfen über Totenköpfen. Man hatte sie so aufeinandergestellt, daß sie Mauern bildeten und sogar einige Kapellen. Es waren geräumige Nischen, in denen die Skelette der angesehensten Mönche saßen. Diese waren in ihre braunen Kutten gehüllt, um den Leib den Strick und in der Hand ein Gebetbuch oder einen verwelkten Blumenkranz. Altäre, Leuchter und Verzierungen bestanden aus Schulterknochen und Wirbeln, die Basreliefs aus Menschenknochen, grell und geschmacklos wie die Idee des Ganzen. Ich preßte mich dicht an den Mönch, der ein Gebet sprach und dann zu mir sagte: »Dort werde ich auch einmal ruhen, wirst du mich dann besuchen?« – Ich antwortete nichts, sondern sah ihn und diese schauerliche Komposition erschrocken an. Töricht war es, mich Kind an diesen Ort zu führen; seltsam ergriffen war ich von all dem und beruhigte mich erst wieder, als ich in seine kleine Zelle kam, wo die schönen gelben Orangen fast zum Fenster hereinhingen und wo ich das bunte Bild der Madonna sah, die von den Engeln hinaufgehoben wurde zur klaren Sonne, während Tausende von Blumen das Grab füllten, in dem sie geruht hatte.

Dieser erste Besuch in dem Kloster beschäftigte meine Phantasie lange, und er steht mir noch lebendig vor Augen. Der Mönch schien mir ein anderes Wesen zu sein als andere Menschen, die ich kannte. Daß er bei den Toten wohnte, die in ihren braunen Gewändern fast so aussahen wie er, daß er von heiligen Männern und erstaunlichen Wundern zu erzählen wußte und nicht zuletzt daß meine Mutter große Ehrerbietigkeit seiner Heiligkeit entgegenbrachte, all das bewirkte, daß ich darüber nachzudenken begann, ob nicht auch aus mir ein solcher Mann werden könne.

Meine Mutter war Witwe, sie verfügte über keinen anderen Erwerb als das Nähen und das Vermieten einer großen Stube, die wir früher selbst bewohnt hatten. Wir wohnten in der kleinen Dachkammer, und Federigo, ein junger Maler, war in den Saal, wie wir ihn nannten, gezogen. Er war ein lebensfroher, vergnügter junger Mann, der von weit her kam, von dort, wo die Madonna und das Jesuskind unbekannt waren, wie meine Mutter sagte. Er stammte aus Dänemark. – Ich begriff damals nicht, daß es mehr als nur eine Sprache gab, und glaubte darum, er sei taub, wenn er mich nicht verstand. Deshalb rief ich die Worte so laut ich konnte, er lachte über mich, schenkte mir häufig Obst und zeichnete mir Soldaten, Pferde und Häuser. Rasch wurden wir bekannt miteinander, ich mochte ihn sehr gern und meine Mutter sagte oft, was für ein anständiger Mensch er sei. Eines Abends hörte ich indes ein Gespräch zwischen meiner Mutter und dem Mönch Fra Martino mit an, das bei mir ein sonderbares Gefühl gegenüber diesem jungen Künstler hervorrief. Meine Mutter fragte, ob es denn wirklich zutreffe, daß der Fremde auf ewig zur Hölle verurteilt sei. »Er und viele dieser Fremden«, sagte sie, »sind doch annehmbare Menschen, die niemandem Böses tun! Sie sind gut zu den Armen, bezahlen genau und pünktlich, ja, es scheint sogar, als begingen sie nicht solche Sünden wie viele von uns!«

»Ja«, antwortete Fra Martino, »das trifft wohl zu! Meist sind sie anständige Menschen, aber wißt ihr, woher das kommt? Seht: Der Teufel, der auf der Welt umgeht, weiß nun einmal, daß die Ketzer ihm gehören, und darum führt er sie niemals in Versuchung, und man kann sagen, sie seien anständig und vom Laster nicht behaftet. Ein guter katholischer Christ hingegen ist ein Kind Gottes, weshalb der Teufel mit seinen Anfechtungen kommen muß; er führt uns in Versuchung und wir Schwachen erliegen ihm! Einen Ketzer aber führen, wie gesagt, das Fleisch und der Teufel niemals in Versuchung!«

Meine Mutter wußte hierauf nichts zu antworten und sie stieß einen tiefen Seufzer aus über diesen jungen Mann. Ich begann zu weinen, denn es schien mir doch eine blutige Sünde zu sein, daß er in alle Ewigkeit brennen sollte, er, der doch so gut war und mir so schöne Bilder zeichnete.

Eine dritte Person, die in meiner Kindheit eine große Rolle spielte, war Onkel Peppo, allgemein »der böse Peppo« genannt oder auch »der König der Spanischen Treppe«*, da er auf dieser zu residieren pflegte. Mit zwei verkümmerten Beinen geboren, die er unter dem Leib kreuzte, besaß er von frühester Kindheit an eine erstaunliche Fähigkeit darin, sich mit den Händen voranzubringen, indem er sie unter einen Riemen steckte, an dem ein Brett befestigt war. Hiermit konnte er sich fast ebenso rasch fortbewegen wie jeder andere auf zwei gesunden, kräftigen Beinen. Täglich saß er, wie gesagt, auf der Spanischen Treppe, bettelte zwar niemals, rief aber allen Vorübergehenden mit unterwürfigem Lächeln »bon giorno!« zu, und dies selbst dann, wenn die Sonne schon untergegangen war. Meine Mutter mochte ihn noch nie sonderlich, ja, sie schämte sich sogar dieser Verwandtschaft; mir zuliebe aber gab sie sich freundlich ihm gegenüber, wie sie häufig sagte. Auf dem Grunde seines Sargs liege das, wonach wir anderen suchen müßten, und bliebe ich nur gut Freund mit ihm, sei ich der einzige, dem er es vererben und nicht der Kirche geben werde. Auch verriet er, auf seine Weise, eine Art Liebe zu mir, mochte ich mich in seiner Nähe auch niemals richtig froh fühlen.

Einmal wurde ich Zeuge einer Szene, die Ursache meiner Furcht vor ihm war und die seine Gesinnung charakterisiert.

---

* Vom Spanischen Platz verläuft in Höhe der vierstöckigen Häuser in Richtung auf den Monte Pincio und die dort liegenden Straßen eine breite Steintreppe. Diese Treppe ist der bevorzugte Versammlungsort der römischen Bettler und trägt den Namen des Platzes, auf den sie stößt.

Auf einer der unteren Stufen dieser Treppe saß ein alter Bettler und klapperte mit seiner kleinen Blechbüchse, damit die Leute ihm einen Bajok[1] hineinsteckten. Manche gingen an meinem Onkel vorüber, ohne daß ihm sein unterwürfiges Lächeln oder sein Winken mit dem Hut von Nutzen gewesen wäre. Mit seinem Schweigen richtete der Blinde weit mehr aus, ihm spendeten sie etwas. Drei hatten es bereits getan, jetzt näherte sich der Vierte, der ihm einen Schilling zuwarf. Das konnte Peppo nicht länger ertragen; ich sah, daß er wie eine Schlange die Treppe hinunterkroch und dem Blinden ins Gesicht schlug, wodurch dieser Geld und Stock fallen ließ.

»Du Dieb!« schrie mein Onkel. »Willst du mir etwa Geld stehlen. Wo du noch nicht einmal ein richtiger Krüppel bist. Nicht sehen können! Das ist sein einziges Gebrechen, und damit stiehlt er mir das Brot aus dem Mund.«

Mehr hörte und sah ich nicht, sondern lief erschrokken mit der Fogliette[2] Wein, die ich hatte kaufen sollen, nach Hause.

An den Festtagen mußte ich ihm stets mit meiner Mutter einen Besuch abstatten, wobei wir irgendein Geschenk mitbrachten, große Trauben oder eingelegte Goldäpfel[3], die seine größte Leckerei waren. Dann mußte ich ihm die Hand küssen und ›Onkel‹ sagen, worauf er wunderlich lachte und mir einen halben Bajok schenkte, nicht ohne jedoch die Ermahnung hinzuzufügen, den sollte ich aufheben und ihn betrachten, ihn nicht für Kuchen verschwenden, denn sei er aufgezehrt, so hätte ich gar nichts, behielte ich diesen Schilling jedoch, hätte ich stets etwas.

Dort, wo er wohnte, war es schwarz und häßlich, in dem einen Zimmer gab es überhaupt kein Fenster und in dem zweiten war es hoch an der Wand angebracht und hatte verschmierte, zerbrochene Scheiben. Möbel gab es ebenfalls keine, abgesehen von einem großen Kasten, den er als Bett benutzte, und zwei Bottichen, in denen er seine Kleider verwahrte. Ich weinte immer, wenn ich dorthin mußte, und wie sehr mir meine Mutter auch zuredete, daß ich recht liebenswürdig zu ihm sein sollte, so trifft es doch auch zu, daß sie ihn als Butzemann benutzte, wenn sie ärgerlich meinetwegen war. Denn zu diesen Gelegenheiten sagte sie, sie werde mich zu meinem reizenden Onkel schicken, dann könnte ich bei ihm auf der Treppe sitzen und singen, damit ich zu etwas nutze sei und einen Bajok verdiene. Doch ich wußte, so böse meinte sie es nicht, war ich doch ihr Augenstern.

Am gegenüberliegenden Haus befand sich ein Madonnenbild, vor dem immer eine Lampe brannte. Jeden Abend, wenn es zum Ave-Maria läutete, knieten ich und die Nachbarkinder davor und sangen zur Gottesmutter und zum hübschen Jesuskind, das man mit Bändern, Perlen und silbernen Herzen geschmückt hatte. Oft meinte ich, sie und das Kind bewegten sich im schwachen Schein der Lampe und lächelten uns zu. Ich sang mit lauter, klarer Stimme, man sagte, ich singe schön. Einmal blieb eine englische Familie stehen und hörte zu; und als wir uns erhoben, schenkte mir der vornehme Herr einen Silberschilling. »Das war«, sagte meine Mutter, »für deine schöne Stimme!« – Wie hinderlich sollte mir das von da an sein! Ich dachte nicht mehr nur an die Madonna, wenn ich vor ihrem Bilde sang, nein, ich dachte vielmehr daran, ob man höre, wie schön ich singe, und während ich das dachte, empfand ich zugleich brennende Reue und hatte Angst, sie könne sich über mich erzürnen, und betete dann recht unschuldig, sie möge für mich armes Kind sorgen.

So war der abendliche Gesang die einzige Gemeinsamkeit zwischen mir und den anderen Kindern. Ich lebte still, ganz in meiner eigenen, von mir selbst geschaffenen Traumwelt, konnte Stunden auf dem Rücken liegen, das Gesicht dem offenen Fenster zugewandt, und in diese erstaunlich blaue Luft sehen, wie Italien sie besitzt, in das eigentümliche Farbenspiel beim Untergang der Sonne, wenn die Wolken mit violettem Glanz vor dem gelbgoldenen Hintergrund hingen. Häufig wünschte ich mir, ich könnte weit wegfliegen, über den Quirinal und die Häuser zu den großen Pinien, die wie schwarze Schattenbilder vor dem feuerroten Horizont standen. Ein ganz anderes Bild bot sich auf der anderen Seite unseres Zimmers; dort lagen unser Hof und der des Nachbarhauses, eingeklemmt zwischen den hohen Häusern und oben fast verschlossen von den großen Holz-Altanen. In der Mitte eines jeden Hofs befand sich ein gemauerter Brunnen, und der Raum zwischen ihm und den Häusermauern war gerade so groß, daß ein Mensch um den Brunnen herumgehen konnte, weshalb ich von oben eigentlich nur in zwei tiefe Brunnen hinabsah. Sie waren überwuchert von zartem Grün, das wir »Venushaar« nannten, ganz unten verlor der Blick sich im Dunkeln, so, als könne ich in die Erde hineinsehen, wo meine Phantasie sich die seltsamsten Bilder schuf. Indessen schmückte meine Mutter das Fenster mit einem großen Zweig, damit ich sah, welche Früchte mir hier wüchsen, falls ich nicht hinausfiele und ertränke.

Doch ich will zu einer Begebenheit kommen, die dem Märchen meines Lebens, in das noch keine Verwirrung gekommen war, leicht ein Ende hätte bereiten können.

2. DER BESUCH IN DEN KATAKOMBEN · ICH WERDE CHORKNABE · DAS NIEDLICHE ENGELSKIND · DER IMPROVISATOR

Unser Logiergast, der junge Maler, nahm mich bisweilen mit auf seine kleinen Wanderungen, hinaus durch das Tor. Ich störte ihn nicht, während er die eine oder andere Skizze machte, und wenn er fertig war, amüsierte er sich über mein Geplapper, denn inzwischen verstand er unsere Sprache. Einmal schon war ich mit ihm in der Curia Hostilia gewesen, tief in diesen dunklen Höhlen, in denen man in alten Tagen die wilden Tiere für die Spiele gehalten hatte, bei denen unschuldige Gefangene grimmigen Hyänen und Löwen vorgeworfen wurden. Die dunklen Gänge, der Mönch, der uns dort hineinführte und beständig seine rote Fackel gegen die Mauer schlug, die tiefen Steinteiche, in denen das Wasser so klar wie ein Spiegel stand, so klar, daß man es mit der Fackel berühren mußte, um sich davon zu überzeugen, daß es bis hinauf zum Rand reichte und daß es sich um keinen leeren Raum handelte, wie es bei solcher Klarheit scheinen mochte; all dies kitzelte meine Phantasie; Furcht empfand ich nicht, weil ich keinerlei Gefahr kannte.

»Gehen wir hinaus in die Höhlen?« fragte ich ihn, als ich am Ende der Straße das Oberste des Kolosseums sah.

»Nein, zu etwas viel Größerem«, antwortete er. »Dort wirst du etwas zu sehen bekommen! Und dich will ich auch zeichnen, mein lieber, fröhlicher Junge!«

So wanderten wir zwischen den weißen Mauern, die die Weingärten und die alten Ruinen der Bäder umgaben, weiter, immer weiter, bis wir uns außerhalb von Rom befanden. Die Sonne brannte heiß, und die Bauern hatten auf ihren Wagen Lauben aus grünen Zweigen errichtet, in denen sie schliefen, während die sich selbst überlassenen Pferde im Schritt gingen und von den Heubündeln fraßen, die man ihnen an die Seite gehängt hatte. Schließlich erreichten wir die Höhle der Egeria, in der wir unser zweites Frühstück verzehrten und den Wein mit dem frischen Wasser mischten, das zwischen den Steinblöcken hervorströmt. Wand und Gewölbe, die ganze Höhle war im Inneren vom feinsten Grün überwuchert wie von einem aus Samt und Seide gewirkten Bezug, und rund um den großen Eingang hing der dichte Efeu frisch und üppig wie das Weinlaub in den Tälern Kalabriens. Einige wenige Schritte von der Höhle entfernt liegt, oder besser lag, denn heute gibt es nur noch Überreste davon, ein recht kleines, verlassenes Haus, das man über einem der Einstiege zu den Katakomben errichtet hatte. Diese waren in früheren Zeiten bekanntlich die Verbindung zwischen Rom und den umliegenden Dörfern, sind seitdem aber teilweise eingestürzt, teilweise wurden sie zugemauert, weil sie Räubern und Schmugglern als Unterschlupf dienten. Der Einstieg zwischen den Grabgewölben in der St.-Sebastians-Kirche und dieser hier durch das verlassene Haus waren damals die einzigen Einstiege, die es noch gab, und ich wage zu glauben, daß wir die letzten waren, die dort hinabstiegen, denn kurz danach wurde auch dieser Einstieg zugemauert und nur noch der Weg durch die Kirche, in Begleitung eines Mönchs, stand den Fremden offen.

Tief unten, in der Aushöhlung der Puzzolanerde, kreuzen sich unzählige Gänge. Ihre Menge, ihre Ähnlichkeit miteinander kann selbst denjenigen verwirren, der die Hauptrichtungen kennt. Ich machte mir keinerlei Gedanken darüber, und der Maler hatte sich so gesichert, daß er mich kleinen Jungen dort bedenkenlos mit hinunternehmen konnte. Er zündete eine Kerze an, eine weitere hatte er in der Tasche, befestigte ein Garnknäuel an der Öffnung, durch die wir hinabstiegen, und unsere Wanderung begann. Bald waren die Gänge so niedrig, daß nur ich noch aufrecht gehen konnte, bald wölbten sie sich zu hohen Bögen und erweiterten sich dort, wo sie einander überschnitten, zu großen Quadraten. Wir kamen durch die Rotunde mit dem kleinen Steinaltar in der Mitte, wo die ersten Christen, von den Heiden verfolgt, insgeheim ihre Gottesdienste abhielten. Federigo erzählte mir von den 14 Päpsten und den vielen Tausenden von Märtyrern, die hier unten begraben liegen. Wir hielten die Kerze an die großen Spalten in den Grabnischen und sahen die gelben Knochen im Inneren.* Wir gingen noch einige Schritte, dann hielt er an, denn der Garnfaden reichte nicht viel weiter. Das Fadenende befestigte er in seinem Knopfloch, die Kerze steckte er zwischen einige Steine und begann nun die tiefen Gänge abzuzeichnen. Ich saß dicht daneben auf einem Stein, er hatte mich gebeten, die Hände zu falten und in die Luft zu sehen. Die Kerze war halb heruntergebrannt, doch eine neue lag daneben, zudem hatte er Schwamm und Feuerzeug bei sich, um sie wieder entzünden zu können, falls sie plötzlich verlöschen sollte.

Meine Phantasie schuf Tausende seltsamer Gegenstände in den unendlichen Gängen, die sich nur öffneten, um eine unermeßliche Dunkelheit zu zeigen. Alles war ganz still, nur die herabfallenden Wassertropfen erzeugten ein eintöniges Geräusch. Als ich so in meine eigenen Gedanken versunken dasaß, erschreckte mich plötzlich mein Freund der Maler, indem er einen sonderbaren Seufzer ausstieß und umhersprang, freilich immer auf demselben Fleck. Ständig bückte er sich, als wolle er etwas ergreifen. Dann zündete er die größere Kerze an und begann zu

---

* Die Grabmäler hier sind ohne jeden Schmuck. Hingegen findet man in den Katakomben des heiligen Januarius bei Neapel Heiligenbilder und Inschriften, wenn auch schlecht gemacht. Auf den Gräbern der Christen ist ein Fisch abgebildet, in dessen griechischer Bezeichnung 'Ιχθύς sich die Anfangsbuchstaben von 'Ιησοῦς χριστὸς θεοῦ υἱὸς σωτήρ verbergen (Jesus Christus, Gottes Sohn, Erlöser).

suchen. Sein merkwürdiges Verhalten machte mir Angst, und weinend stand ich auf.

»Um Gottes willen, Kind, bleib sitzen!« sagte er. »Um Gottes im Himmel willen!« Und dann starrte er wieder zu Boden.

»Ich will nach oben!« schrie ich. »Ich will nicht hier unten sein!« Jetzt packte ich ihn an der Hand und wollte ihn mit mir ziehen.

»Kind, Kind!« sagte er. »Du bist ein herrlicher Junge! Bilder und Kuchen will ich dir schenken, hier hast du Schillinge!« Er zog seinen Beutel aus der Tasche und gab mir alles, was darin war. Aber ich fühlte, daß seine Hand eiskalt war, und zitterte. Darum wurde ich noch unruhiger und rief nach meiner Mutter, er aber packte mich heftig bei der Schulter, schüttelte mich kräftig und sagte: »Wenn du nicht still bist, kriegst du Prügel!« Dann knotete er sein Taschentuch um meinen Arm und hielt mich fest, beugte sich aber im selben Augenblick zu mir herunter und gab mir einen herzhaften Kuß, nannte mich seinen lieben, kleinen Antonio und sagte: »Bete auch du zur Madonna!«

»Ist der Faden weg?« fragte ich.

»Wir finden ihn, wir finden ihn!« antwortete er und suchte wieder. In der Zwischenzeit war die kleine Kerze heruntergebrannt, und je weiter die größere durch die Bewegungen, die er mit ihr vollführte, schmolz und in seiner Hand herunterbrannte, desto größer wurde seine Angst. Es wäre völlig unmöglich gewesen, ohne Faden wieder zurückzufinden, jeder Schritt hätte uns tiefer dort hineingeführt, wo niemand uns retten konnte.

Nach vergeblicher Suche warf er sich auf die Erde, umarmte mich und seufzte: »Du armes Kind!« Jetzt weinte ich sehr, weil ich fühlte, daß ich niemals wieder nach Hause kommen würde. Er preßte mich, als er auf dem Boden lag, so fest an sich, daß meine Hand unter ihn geriet. Ich tastete im Staub herum und hatte den Faden zwischen meinen Fingern.

»Hier ist er!« sagte ich.

Er griff nach meiner Hand, war vor Freude wie wahnsinnig, denn tatsächlich hing unser Leben an diesem einen Faden. – Wir waren gerettet.

Oh, wie warm schien doch die Sonne, wie blau war der Himmel, wie herrlich grün waren Bäume und Büsche, als wir wieder ins Freie kamen! Der arme Federigo küßte mich wieder, nahm seine schöne Silberuhr aus der Tasche und sagte: »Ich schenke sie dir!« Hierüber war ich so herzensfroh, daß ich alles, was sich zugetragen hatte, vergaß. Als meine Mutter davon erfuhr, konnte sie es jedoch nicht vergessen, und er durfte mich niemals mehr mitnehmen. Fra Martino sagte, lediglich meinetwegen seien wir gerettet worden und mir habe die Madonna den Faden gereicht und nicht dem Ketzer Federigo. Ich sei ein gutes, frommes Kind und dürfe ihre Milde und Gnade niemals vergessen! Diese Worte sowie die scherzhafte Äußerung einiger Bekannter, ich sei zum Geistlichen geboren, weil ich, von meiner Mutter abgesehen, mit Frauen gar nichts im Sinn hätte, bewogen meine Mutter zu der Entscheidung, ich solle ein Diener der Kirche werden.

Ich weiß selbst nicht, warum, aber jedes Frauenzimmer war mir unangenehm, und als ich das ganz naiv aussprach, wurde ich damit von all den Mädchen und Frauen geneckt, die zu meiner Mutter kamen. Jede von ihnen wollte mich küssen. Vor allem Marijucce, ein Bauernmädchen, brachte mich mit diesem Spaß dazu, daß mir Tränen in die Augen stiegen. Sie war besonders lebhaft und ausgelassen, ernährte sich als Modell und trug darum hübsche, bunte Kleider und ein großes weißes Leintuch über dem Haar. Häufig saß sie für Federigo, kam auch zu meiner Mutter und erzählte mir dann immer, sie sei meine Braut und ich ihr Bräutigam, der ihr einen Kuß geben dürfe und müsse. Ich wollte das indessen nie, und dann zwang sie mich mit Gewalt. Als ich einmal recht kindlich weinte wie ein Säugling, wie sie sagte, und auch gesäugt werden sollte wie die anderen Kleinkinder, flüchtete ich hinaus auf die Treppe. Sie aber holte mich ein, hielt mich zwischen ihren Knien fest und preßte meinen Kopf, den ich voller Abscheu abwandte, zunehmend fester gegen ihre Brust. Ich riß den Silberpfeil aus ihren Haaren, so daß sie dicht auf mich und ihre entblößten Schultern fielen. Meine Mutter stand in der Ecke, lachte und ermunterte Marijucce, während Federigo ganz unbemerkt in seiner Tür stand und die Gruppe malte.

»Ich will keine Liebste haben, keine Frau!« sagte ich zu meiner Mutter. »Ich will Priester oder Kapuziner werden, so wie Fra Martino!«

Auch die sonderbare Stille, in die ich oft Abende lang versunken war, hielt meine Mutter für ein Zeichen meiner Bestimmung für die Kirche. Ich saß dann da und dachte mir aus, welche Schlösser und Kirchen ich bauen wollte, wenn ich erst groß und reich wäre und wie die Kardinäle in einem goldenen Wagen führe, mit vielen goldbetreßten Dienern hinten darauf; oder ich schuf mir aus den vielen Märtyrergeschichten, die Fra Martino mir erzählt hatte, eine neue; natürlich war ich der Held in ihr und würde mit Hilfe der Madonna die Schmerzen, die man mir zufügte, niemals verspüren. Vor allem hatte ich große Lust, in die Heimat Federigos zu reisen, um dort die Menschen zu bekehren, damit auch ihnen die Gnade zuteil werde.

Wie meine Mutter oder Fra Martino es erreichten, weiß ich nicht, doch verhält es sich so, daß meine Mutter mir eines Morgens ein lila Gewand anlegte, mit einem Florhemd darüber, das bis an die Knie reichte, worauf sie mich bat, in den Spiegel zu sehen. Ich war nun Meßdiener in der Kapuzinerkirche, sollte eines der großen Weihrauchfässer tragen und vor dem Altar mitsingen. Fra Martino lehrte mich alles. Oh, wie glücklich war ich darüber! Bald war ich in der kleinen, aber behaglichen Klosterkirche wie zu Hause, kannte jeden Engelskopf auf den Altarbildern, jede bunte Verzierung an den Pfeilern und konnte mit geschlossenen Augen den schönen St. Michael mit dem häßlichen

Drachen kämpfen sehen, wie ihn der Maler dargestellt hat*, und über die aus dem Boden gehauenen Totenköpfe mit den grünen Efeukränzen um die Stirn machte ich mir viele wunderliche Gedanken.

Zum Allerheiligenfest war ich mit unten in den Totenkapellen, die Fra Martino mir gezeigt hatte, als ich zum ersten Mal mit ihm im Kloster gewesen war. Alle Mönche sangen Seelenmessen, und ich schwang zusammen mit zwei gleichaltrigen Jungen das Räucherfaß vor dem großen Altar aus Totenköpfen. – In die aus Knochen gefertigten Leuchter hatte man Kerzen gesteckt, den Mönchsskeletten neue Blumenkränze um die Stirn gewunden und frische Sträuße in die Hände gegeben. – Wie gewöhnlich waren viele Menschen herbeigeströmt, sie knieten, und die Sänger stimmten das feierliche Miserere an. Lange betrachtete ich die weißgelben Totenköpfe und die Weihrauchschwaden, die in seltsamen Figuren zwischen ihnen und mir hin und her wogten. Dann begann sich alles vor meinen Augen zu bewegen, mir war, als sähe ich alles durch einen starken Regenbogen, in meinen Ohren dröhnte es wie tausend Kirchenglocken, ich schien auf einem unsäglich lieblichen Strom zu gleiten – mehr weiß ich nicht. Das Bewußtsein verließ mich, ich fiel in Ohnmacht.

Die wegen der Menschenmenge stickige Luft und meine erhitzte Phantasie hatten meine Ohnmacht bewirkt. Als ich wieder zu mir kam, lag ich im Klostergarten unter dem Orangenbaum in Fra Martinos Schoß.

Meine verworrene Erzählung über das, was ich gesehen zu haben glaubte, erklärten er und alle Brüder als Offenbarung, die seligen Geister seien an mir vorübergeschwebt, ich aber hätte den Anblick ihres Glanzes und ihrer Herrlichkeit nicht ertragen können.

---

* Das berühmte Gemälde: St. Michael, der Erzengel, von jugendlicher Schönheit und mit großen Flügeln, setzt Fuß und Speer auf den Kopf des Teufels.

Dies führte dazu, daß ich bald weitere seltsame Träume hatte, selbst auch einige erdachte, die ich meiner Mutter erzählte und die sie wieder ihren Freunden berichtete, so daß ich Tag für Tag mehr als ein Kind Gottes galt.

Inzwischen rückte die glückliche Weihnachtszeit näher. Die Pifferari, Hirten aus den Bergen, kamen in ihren kurzen Umhängen in die Stadt, um ihre spitzen Hüte trugen sie Bänder. Vor jedem Haus, wo ein Madonnenbild stand, verkündeten sie mit ihren Sackpfeifen, der Erlöser werde geboren. Jeden Morgen erwachte ich von diesen gleichförmigen, melancholischen Tönen, und meine erste, unverzügliche Beschäftigung war es dann, daß ich meine Rede noch einmal durchlas, denn ich gehörte zu den auserwählten Kindern, Mädchen und Jungen, die dieses Mal zwischen Weihnachten und Neujahr in der Kirche Araceli[4] vor dem Jesusbild eine Rede halten sollten.

Nicht nur ich, meine Mutter und Marijucce freuten sich darüber, daß ich als achtjähriger Junge reden sollte, sondern auch Federigo, der Maler. Vor ihm legte ich ohne ihr Wissen auf dem Tisch stehend eine Probe ab. Auf einen solchen Tisch, nur daß eine Decke darüber lag, stellte man uns Kinder dann in der Kirche, wo wir vor der versammelten Menge die auswendig gelernte Rede über das blutende Herz der Madonna und die Lieblichkeit des Jesuskindes vortragen mußten. Ich empfand keine Furcht, mein Herz klopfte heftig vor Freude, als ich da stand und alle mich ansahen. Ich war das Kind, das am meisten Beifall finden würde, das schien entschieden zu sein. Nun aber wurde ein kleines Mädchen hinaufgehoben; sie war so unendlich zart gebaut, hatte ein so wundersam verklärtes Gesicht und eine so melancholische Stimme, daß alle riefen, sie sei ein kleines Engelskind. Sogar meine Mutter, die gerne mir den Preis zuerkannt hätte, sagte laut, das Mädchen sei wie einer der Engel auf dem großen Altarbild. Die erstaunlich dunklen Augen, die kohlschwarzen Haare, das kindliche und doch so kluge Gesicht, die anmutigen kleinen

Hände! Nein, mir schien, auch meine Mutter machte zu viel Wesens davon, obwohl sie sagte, auch ich sei ein Engel Gottes. – Es gibt ein Lied von der Nachtigall, die als Junges im Nest sitzt, auf die grünen Blätter der Rosenhecke einhackt und nicht die Blüte sieht, die Form annimmt – und Monate später, als die Rose sich entfaltet, singt sie darüber, flattert in die Dornen und verblutet. Als Älterer habe ich oft an dieses Lied gedacht, doch damals, in der Kirche Araceli, kannte ich es nicht, weder meine Ohren noch mein Herz wußten davon!

Zu Hause mußte ich vor meiner Mutter, Marijucce und einigen Freundinnen die gehaltene Rede wiederholen, und das schmeichelte meiner Eitelkeit nicht wenig, indes verloren sie eher das Interesse daran, die Rede zu hören, als ich, sie zu wiederholen. Um nun mein Publikum weiter zu fesseln, ließ ich mir selbst eine neue Rede einfallen, bei der es sich eher um eine Schilderung des Festes in der Kirche als um eine richtige Weihnachtsrede handelte. Federigo hörte sie als erster, und auch wenn er lachte, schmeichelte er mir, als er sagte, meine Rede sei in jeder Hinsicht so gut wie jene, die Fra Martino mich gelehrt hatte, in mir stecke ein Poet. Über letzteres grübelte ich lange, weil ich es nicht verstand, jedoch stellte ich mir einen guten Engel vor, der in meinem Inneren wohnte; jenen vielleicht, der mir, wenn ich schlief, all die hübschen Träume und die Schönheit zeigte. Erst als es auf den Sommer zuging, gelangte ich durch Zufall zu einer klareren Vorstellung von einem Poeten, und dies führte zu neuen Vorstellungen in meiner Seelenwelt.

Sehr selten verließ meine Mutter das Stadtviertel, in dem wir wohnten. Darum war es ein richtiges Fest für mich, als sie eines Nachmittags sagte, wir wollten eine Freundin in Trastevere* besuchen. Ich mußte Sonntagskleider anziehen,

---

* Jener Teil Roms, der auf dem rechten Tiberufer liegt

auch das bunte Seidentuch, das ich damals an Stelle einer Weste trug, wurde unter der kleinen Jacke an die Brust geheftet; das Taschentuch wurde mir zu einer großen Schleife gebunden und eine bestickte Mütze aufgesetzt, ich war recht hübsch!

Als wir nach dem Besuch wieder nach Hause gingen, war es schon etwas spät, aber wir hatten schönen Mondschein, die Luft war frisch und blau, auf dem nahen Hügel standen die Zypressen und Pinien in wunderlich scharfen Konturen. Es war einer jener Abende, von denen man im Leben nur wenige erlebt und die sich, ohne daß es sich sonderlich bemerkbar macht, mit ihrem prächtigen Farbenspiel auf den Flügel der Seele abdrücken. Denke ich heute an den Tiber, sehe ich noch das Bild jenes Abends vor mir: das sämige, gelbe Wasser, das vom Mond beschienen wurde, die schwarzen Pfeiler der alten zerstörten Brücke, die mit starken Schatten aus dem Strom ragten, wo das große Mühlrad brauste, sogar die hübschen Mädchen, die mit dem Tamburin vorüberhüpften und Saltarello* tanzten. In den Straßen um Santa Maria della Rotanda war nun alles in Bewegung. Schlachter und Obstweiber saßen hinter ihren Tischen, auf denen zwischen Lorbeergirlanden ihre Waren lagen, und die Kerzen brannten in der freien Luft; unter den Kastanientöpfen glühte das Feuer, und

---

* Ein römischer Volkstanz zu einer sehr monotonen Melodie. Er wird von zwei oder mehr Personen getanzt, ohne daß diese jedoch in Berührung miteinander geraten; meist handelt es sich um zwei Männer oder um zwei Frauen, die sich mit raschen, hüpfenden Schritten unter zunehmender Geschwindigkeit in einem Halbkreis bewegen, die Arme sind in ähnlich starker Bewegung wie die Beine und verändern in der natürlichen Anmut, wie sie den Römern zueigen ist, ständig ihre Position. Die Frauenzimmer pflegen im Verlauf des Tanzes die Röcke ein wenig anzuheben oder selbst den Takt auf dem Tamburin zu schlagen, auf dem ansonsten ein Außenstehender monoton trommelt, die Abwechslung besteht lediglich in der Geschwindigkeit, mit der die Schläge aufeinanderfolgen.

unter Lärmen und Rufen gingen die Gespräche hin und her, so daß ein Fremder, der die Worte nicht verstand, hätte glauben können, hier handele es sich um einen Streit auf Leben und Tod. Eine alte Freundin, die meine Mutter bei der Fischhändlerin traf, nahm unsere Zeit in Anspruch. Sie löschten die Kerzen, ehe wir unseren Weg fortsetzten, und als meine Mutter und ich die Freundin bis zu ihrer Tür begleiteten, war es in den Straßen und selbst auf dem Corso totenstill geworden. Als wir aber auf den Trevi-Platz einbogen, wo sich die prächtige Kaskade befindet, schlugen uns wieder lustige Töne entgegen.

Der Mondschein fiel gerade auf das alte Palais, wo das Wasser zwischen den Felsblöcken des Sockels hervorströmt, die lose durcheinandergeworfen zu sein scheinen. Neptuns schwerer steinerner Umhang flatterte im Wind, während er die große Kaskade überblickte, an deren Seite die blasenden Tritonen Meerpferde lenken. Darunter breitet sich das große Bassin aus, und auf den Treppenstufen, die sie umgeben, hatte sich ein Haufen Bauern im Mondschein ausgestreckt. Große, aufgeschnittene Melonen, aus denen der rote Saft quoll, lagen neben ihnen. Ein kleiner, vierschrötiger Mann, dessen Kleidung nur aus einem Hemd und kurzen Leinenhosen bestand, die ihm locker um die Knie hingen, saß mit einer Gitarre da und griff lustig in die Saiten. Mal sang er einen Vers, mal spielte er, und alle Bauern klatschten in die Hände. Meine Mutter blieb stehen, und nun hörte ich ein Lied, das mich ganz seltsam ergriff, denn es war kein Lied wie die anderen, nein, er sang uns von dem, was wir sahen und hörten! Wir selbst waren in Vers und Melodie Teil dieses Lieds. Er sang, wie schön es sich schlafe mit einem Stein unter dem Kopf und mit dem blauen Himmel als Oberbett, während die beiden Pifferari Sackpfeife bliesen, und dann machte er uns aufmerksam auf die Tritonen, die in ihre Hörner stießen, und darauf, daß diese Bauerngesellschaft, die hier ihre Melonen bluten ließ, auf das Wohl der

Liebsten trank, die nun schlief, im Traum aber die Peterskuppel sah, und ihren Liebsten, der sich in der Stadt des Papstes befand. »Auf ihr Wohl wollen wir trinken, auf das Wohl aller Mädchen, die im Haar noch den geschlossenen Pfeil* tragen! Ja«, fügte er hinzu und kniff meiner Mutter in die Taille, »und auch auf das Wohl der Mutter und der Liebsten, die dieser Bursche kriegt, ehe ihm über dem Mund noch schwarze Daunen wachsen.« – »Bravo!« sagte meine Mutter, und alle Bauern klatschten und fielen ein: »Bravo, Giacomo! Bravo.«

Auf den Stufen der kleinen Kirche linker Hand entdeckten wir einen Bekannten, unseren Federigo, der dort mit dem Bleistift stand und dieses lustige Mondscheinstück festhielt. Auf dem Nachhauseweg scherzten meine Mutter und er über den kecken Improvisator, wie sie den Bauern nannten, der so vergnüglich gesungen hatte.

»Antonio«, sagte Federigo zu mir, »du mußt wieder improvisieren, du bist doch auch ein kleiner Poet! Du mußt lernen, deine Reden in Verse zu setzen.«

Da verstand ich, was ein Poet war, mit anderen Worten einer, der schön über das singen konnte, was er fühlte und sah. Das war vergnüglich, und es müßte doch, wie ich dachte, leicht sein, wenn ich nur eine Gitarre hätte.

Der erste Gegenstand meines Gesangs war der Laden des Speckhökers gegenüber, nicht mehr und nicht weniger. Früh schon hatte meine Phantasie sich mit der eigenartigen Anordnung seiner Waren beschäftigt, die sogar die Blicke der Fremden auf sich zog. Zwischen hübschen Lorbeergirlanden hingen wie große Straußeneier die weißen Büffelkäse; die mit Goldpapier umwundenen Kerzen bildeten Orgeln, und die Würste waren aufgestellt wie

---

* Der Pfeil, den Frauen vom Lande in den Haaren tragen, hat bei den Mädchen die Form einer geschlossenen Hand, bei den Verlobten und Verheirateten ist sie geöffnet.

Säulen, auf denen ein Parmesankäse glänzte wie goldgelber Bernstein. War dann am Abend das Ganze beleuchtet und brannte zwischen Würsten und Presciutto*[5] die rote Lampe vor dem Madonnenbild an der Wand, so schien mir, als schaue ich in eine wahre Zauberwelt hinein. Die Katze auf der Theke und der junge Kapuziner, der immer mit der Signora so lange verhandelte, wurden ebenfalls in mein Gedicht aufgenommen. Dieses ging ich in Gedanken oft durch, so daß ich es Federigo sicher und deutlich vortragen konnte, wodurch es sich, nachdem es seinen Beifall gefunden hatte, im ganzen Haus verbreitete und sogar zur Signora des Speckhökers gelangte, die lachte, in die Hände klatschte und es als wundervolles Gedicht bezeichnete, eine »Divina Commedia di Dante«.

Von da an wurde alles besungen. Ich lebte ganz in meinen Phantasien und Träumen, in der Kirche, wenn ich zum Gesang der Mönche den Weihrauchkessel schwenkte, auf der Straße zwischen den rollenden Wagen und den schreienden Krämern und in meinem kleinen Bett unter dem Madonnenbild und dem Weihwasserbecken. Stundenlang konnte ich in der Winterdämmerung vor unserem Haus sitzen und in das große Feuer in unserer Straße starren, in dem die Schmiede ihr Eisen zum Glühen brachten und an dem die Bauern sich wärmten. Ich sah in dem roten Feuer eine Welt, die loderte wie die meiner eigenen Phantasie. Ich jubelte vor Freude, wenn im Winter der Schnee von den Bergen solch eine Kälte zu uns herunterjagte, daß an dem Steintriton draußen auf dem Platz Eiszapfen hingen. Schade, daß dies so selten geschah. Wenn die Bauern das sahen, waren auch sie froh, denn es deutete auf ein fruchtbares Jahr hin. Sie packten einander bei den Händen und tanzten in großen, wolligen Pelzen um den Triton herum, während im hohen Wasserstrahl ein Regenbogen funkelte.

---

* Presciutto = Schinken

Aber ich verweile zu lang bei den schlichten Kindheitserinnerungen, die für Fremde nicht jene tiefe Bedeutung, nicht jenes seltsam Ergreifende haben mögen wie für mich. Indem ich sie wiederhole, indem ich mich bei den Einzelheiten aufhalte, ist mir, als durchlebte ich alles noch einmal.

Der Kindheit Herz war für meine Träume
Ein Meer aus Tönen, auf dem Bilderboote schwammen.

Ich will zu jenem Ereignis kommen, das zwischen mich und das Paradies meines Elternhauses die größte Dornenhecke setzte, mich unter Fremde brachte und den Keim für meine Zukunft legte.

3. DAS BLUMENFEST IN GENZANO

Es war im Monat Juni. Das berühmte Blumenfest, das man jährlich in Genzano* feierte, rückte näher. Meine Mutter und Marijucce hatten eine gemeinsame Freundin, die mit ihrem Mann dort eine Osteria mit Küche führte.** Schon seit mehreren Jahren hatten sie zu diesem Fest kommen wollen, stets aber waren Hindernisse eingetreten, dieses Mal aber wurde es wahr gemacht. Am Tag vor dem Blumenfest wollten wir aufbrechen, denn es war ein langer Weg; vor Freude schlief ich die ganze vorhergehende Nacht nicht.

Die Sonne war noch nicht aufgegangen, als schon die Mietkutsche vor der Tür stand und wir losrollten. Noch

---

* Ein kleines Dorf in den Albanerbergen, nahe der Landstraße, die Rom mit den Sümpfen verbindet

** »Osteria e cucina«, in Italien ein übliches Schild an kleineren Herbergen und Speisehäusern

niemals war ich in den Bergen gewesen. Erwartung und Freude auf dieses weitberühmte Fest setzten meine Seele in Bewegung. – Wäre ich, nun in älteren Jahren, im Stande, die Natur und das Leben mit demselben lebendigen Gefühl wie damals zu sehen und ihm mit Worten Ausdruck zu geben, es entstünde daraus ein unsterbliches Gedicht.

Die große Stille in den Straßen, das mit Eisen beschlagene Stadttor, die sich Meile um Meile erstreckende Campagna mit den einsamen Gräbern, der dichte Morgennebel, der verborgene Fuß der fernen Berge – all dies wirkte auf mich wie eine geheimnisvolle Vorbereitung auf die Herrlichkeit, die ich sehen dürfte. – Selbst die an der Straße errichteten Holzkreuze mit den weißen Räuberknochen daran, die uns mitteilten, daß hier ein Unglücklicher getötet und der Täter bestraft worden war, schienen mir von kitzelnder Süße zu sein. Anfangs versuchte ich, die unendlich vielen gemauerten Bögen zu zählen, die das Wasser aus den Bergen nach Rom leiteten, wurde aber müde davon; dann wieder quälte ich die anderen mit Fragen nach den großen Feuern, die Hirten bei den eingestürzten Grabmälern entzündet hatten, und verlangte nach einer genauen Erklärung für die großen Schafherden, die die wandernden Treiber auf einem Flecken gesammelt hielten, indem sie Fischernetze wie Zäune um die Herde spannten.

Von Albano mußten wir den kurzen, schönen Weg über Ariccia zu Fuß gehen. Reseda und Goldlack wuchsen wild am Weg, und die dichten, saftigen Olivenbäume spendeten angenehmen Schatten. Ich konnte das Meer sehen, und an einem Abhang, wo das Kreuz steht, hüpften lustig tanzende Mädchen lachend und lärmend an uns vorüber, vergaßen aber nicht, dem heiligen Kreuz einen frommen Kuß zu geben. Die hohe Kirchenkuppel in Ariccia hielt ich für die der Peterskirche, die Engel hier draußen in die blaue Luft zwischen die dunklen Olivenbäume gehängt hatten. Auf der Straße hatten sich die Leute um einen Bären geschart, der auf den Hinterbeinen tanzte, während der Bauer, der ihn an einem Seil hielt, jene seltsame Melodie auf der Sackpfeife blies, die in der Weihnachtszeit die Pifferari vor der Madonna gespielt hatten. Eine muntere Meerkatze in Soldatenuniform, die man »Korporal« nannte, schlug auf dem Kopf und dem Rücken des Bären Purzelbäume. Wie gern wäre ich hier geblieben, statt nach Genzano zu gehen! Auch fand das Blumenfest erst am folgenden Tag statt, meine Mutter aber drängte, denn wir sollten Angeline, ihrer Freundin, beim Flechten von Kränzen und Blumenteppichen zur Hand gehen.

Der kurze Weg war bald zurückgelegt und Angelines Haus in Erfahrung gebracht, es lag auf jener Seite von Genzano, die dem Nemisee zugewandt ist. Es war ein schönes Haus, aus der Mauer sprang eine Quelle in ein steinernes Bassin, vor dem sich die Esel drängten, um zu trinken.

Wir betraten die Osteria: Was für ein Summen und Brummen! Auf dem offenen Herd dampfte und kochte das Essen. Bunt durcheinander saßen Bauern und Dorfbewohner an den langen Holztischen, tranken ihren Wein und verzehrten ihren Prosciutto. Vor einem Madonnenbild, dessen Lampe nicht richtig brennen wollte und blakte, standen hübsche Rosen in einem blauen Krug. Die Katze lief über die Käselaibe, die in einem Regal lagen, und fast wären wir über die Hühner gestolpert, die auf dem Fußboden herumhüpften. Angeline empfing uns sehr vergnügt, und wir gingen die steile Treppe dicht neben dem Kamin hinauf, wo wir eine eigene Kammer und für meine Begriffe königliche Gerichte bekamen; alles war prächtig, sogar die Fogliette war geschmückt, als Korken diente eine aufgeblühte Rose. Alle drei küßten sich, auch ich erhielt einen Kuß, ob ich nun wollte oder nicht. Angeline sagte, ich sei so hübsch, und meine Mutter gab mir mit der einen Hand einen Klaps auf die Wange, während sie mit der anderen meine Kleidung in Ordnung zu bringen versuchte und die Jacke, die mir zu kurz war, einmal über die Hände und dann wieder oben über Brust und Hals zog, wo sie sitzen sollte.

Nach dem Essen erwartete uns sogar ein richtiges Fest, wir sollten Blumen und Grün für die Kränze sammeln. Durch eine niedrige Tür kamen wir in den Garten, er maß nur ein paar Ellen im Umfang und war, wenn man so will, eine einzige Laubhütte. Die dünnen Ranken waren mit den breiten, festen Blättern der Aloe verstärkt, die hier wild wuchs und einen natürlichen Zaun bildete. Tief in seinem großen, runden Krater, aus dem einmal das Feuer zum Himmel aufgesprüht war, lag spiegelblank der See. Wir gingen hinunter, über den Abhang, der an ein Amphitheater erinnerte, durch große Weingärten und den dichten Platanenwald, in dem die Ranken sich zu den Ästen der Bäume emporschlängelten. Auf dem gegenüberliegenden Hang lag das Dorf Nemi und spiegelte sich in dem blauen See. Während wir gingen, flochten wir Kränze; dunkle Olivenzweige und frisches Weinblatt wurden zwischen wilden Goldlack geschlungen. Bald waren der blaue, tiefliegende See und der klare Himmel über uns von den dichten Zweigen und vom Weinlaub verborgen, bald schauten sie hervor und zeigten ein einziges, unendliches Blau. Alles war mir neu und herrlich, meine Seele bebte vor stiller Glückseligkeit. Noch immer erlebe ich Augenblicke, in denen die Erinnerung diese Gefühle wieder zutage bringt wie schöne Mosaiksteine aus einer versunkenen Stadt.

Die Sonne brannte heiß, und erst unten am See selbst, wo die Platanen mit uralten Stämmen bis in das Wasser hineinwuchsen, war es uns kühl genug, um die Arbeit fortzusetzen; schöne Wasserpflanzen nickten, als träumten sie im dichten Schatten, auch sie kamen in die Kränze. Bald konnten die Sonnenstrahlen den See nicht mehr erreichen, sondern spielten nur noch auf den Dächern von Nemi und Genzano, und während wir noch dasaßen, breitete sich die Dunkelheit aus. Ich hatte mich von den anderen nur wenige Schritte entfernt, da meine Mutter Angst hatte, ich könnte in den See fallen, der tief war, mit steilen Ufern. Bei den Steinresten des alten Dianatempels lag ein abgeschlagener

Feigenbaum, den der Efeu bereits wieder an die Erde zu fesseln begann, ich war auf ihn gestiegen, flocht ebenfalls einen Kranz und sang aus einer Canzonette:

»Ah rossi, rossi fiori,
Un mazzo di violi!
Un gelsomin d'amore – «,

als ich von einer sonderbar flüsternden Stimme unterbrochen wurde:

»– per dar al mio bene!«[6]

Plötzlich stand dort eine große, ältliche Frau vor mir, die sich bemerkenswert gerade hielt, gekleidet in die Tracht, wie die Bauersfrauen in Frascati sie zu tragen pflegen. Der lange weiße Schleier, der ihr vom Kopf auf die Schultern fiel, verstärkte den mulattenfarbigen Ton, den Gesicht und Hände ohnehin hatten. Runzel lag neben Runzel, wodurch die Haut an ein geschrumpftes Netz erinnerte, die schwarzen Augensteine schienen die Augenhöhlen auszufüllen. Sie lachte und sah mich gleich darauf starr und ernst an, als sei sie eine Mumie, die man unter den Bäumen aufgestellt hatte.

»Die Blüten des Rosmarins«, sagte sie, »werden in deinen Händen schöner! Du hast einen Glücksstern im Auge!«

Ich sah sie erstaunt an, während ich den Lorbeerkranz, an dem ich flocht, gegen meine Lippen preßte.

»In den schönen Lorbeerblättern ist Gift!* Flicht deinen Kranz, aber lecke nicht an den Blättern.«

»Ha! Die kluge Fulvia aus Frascati«, rief Angeline, die aus der Hecke getreten war. »Bindest du auch Kränze für morgen?« sagte sie mit leiserer Stimme. »Oder bindest du

---

* Prunus laurocerasus wächst in diesen Bergen sehr üppig.

andere Kräutersträuße, wenn in der Campagna die Sonne untergeht?«

»Ein kluges Auge«, sagte Fulvia und sah mich unverwandt an. »Die Sonne stand im Stier, als er geboren wurde, an den Hörnern des Stiers hängen Gold und Ehre!«

»Ja«, sagte meine Mutter, die mit Marijucce hinzutrat, »wenn er den schwarzen Rock und den breiten Hut trägt, wird sich zeigen, ob er Weihrauch schwenkt oder durch Dornenhecken geht!«

Daß sie hiermit meinte, ich solle in den geistlichen Stand eintreten, schien die Sibylle verstanden zu haben, und doch maß sie ihren Worten eine ganz andere Bedeutung bei als wir.

»Der breite Hut«, sagte sie, »wird seiner Stirn keinen Schatten spenden, wenn er vor den Menschen steht und seine Reden erklingen wie Musik. Lauter als der Gesang der Nonnen hinter dem Gitter und stärker als der Donner in den Albanerbergen. Der Thron des Glücks ist höher als der Monte Cave, wo doch Wolken zwischen den Schafherden liegen.«

»O Gott«, seufzte meine Mutter und bebte ein wenig ungläubig, auch wenn sie diese funkelnde Prophezeiung gern hörte. »Er ist ein armes Kind, die Madonna weiß, wie es ihm ergehen wird! Der Wagen des Glücks ist höher als der Wagen eines Bauern aus den Albanerbergen, und das Rad dreht sich, wie soll ein armes Kind dort hinaufkommen?«

»Hast du einmal gesehen, wie sich die beiden großen Räder eines Bauernwagens drehen? Die untere Speiche steigt ganz nach oben und kommt dann wieder hinunter, am Boden stellt der Bauer seinen Fuß darauf, und das Rad, das sich dreht, muß ihn in die Höhe heben. Manchmal aber ist ein Stein im Weg, dann kann es gehen wie beim Tanz auf dem Markt.«*

* Die Bauern steigen auf ihre hohen Wagen, indem sie einen Fuß auf die Speiche setzen, während sich das Rad nach oben dreht.

»Und kann ich nicht mit auf den Glückswagen?« sagte meine Mutter halb im Scherz, stieß im selben Augenblick aber einen Schrei aus, denn ein riesiger Raubvogel schoß dicht neben uns auf den See herab, so daß uns durch die Heftigkeit, mit der seine großen Schwingen den Wasserspiegel peitschten, das Wasser ins Gesicht spritzte. Hoch aus der Luft hatte er mit seinem scharfen Blick einen großen Fisch entdeckt, der unbeweglich, wie ein Schilfrohr dicht unter der Wasseroberfläche stand. Mit der Geschwindigkeit eines Pfeils ergriff er seine Beute, bohrte die scharfen Krallen in den Rücken des Fischs und wollte sich nun wieder erheben; der Fisch aber war, wie wir an dem aufgewühlten Wasser erkennen konnten, von bemerkenswerter Größe und an Kraft seinem Feind fast ebenbürtig, so daß er versuchte, ihn mit sich in die Tiefe zu ziehen. Zu fest saßen die Krallen des Vogels im Rücken des Fischs, als daß er seine Beute hätte freigeben können, und jetzt kam es zu einem Kampf zwischen ihnen, bei dem der glänzende See in großen Wellen wogte. Bald sah man den glänzenden Rücken des Fischs, bald schlug der Vogel mit seinen breiten Schwingen auf das Wasser und schien unterzugehen. Einige Minuten währte dieser Kampf. Beide Schwingen lagen für einen Augenblick still auf dem Wasser ausgebreitet, als ruhten sie sich aus, dann schlugen sie plötzlich laut zusammen, man hörte ein Knacken, der eine Flügel sank, während der andere das Wasser zu Schaum peitschte und dann ebenfalls verschwand. Der Fisch schoß mit seinem Feind hinab auf den Grund des Sees, wo sie beide Augenblicke später gestorben sein dürften.

Schweigend hatten wir alle diese Szene mit angesehen. Als meine Mutter sich wieder den anderen zuwandte, war die Sybille fort. Diese Tatsache und die kleine Begebenheit, die, wie man sehen wird, noch viele Jahre später auf mein Schicksal einwirkte und sich darum doppelt in meine Erinnerung einprägte, bewirkten, daß wir alle sehr rasch und recht schweigsam nach Hause eilten. Aus den Blättern der dicht stehenden Bäume schien die Dunkelheit zu strömen, die feuerroten Abendwolken wurden vom Wasserspiegel reflektiert, mit einförmigen Tönen rauschte das Mühlrad, alles schien etwas Dämonisches an sich zu haben. Während wir gingen, flüsterte Angeline Seltsames, was sie an Prophezeiungen gehört hatte von dieser Alten, die sich auf das Kochen von Gift und Liebestränken verstand. Nun erzählte sie von der armen Therese in Olevano, die Tag für Tag verging vor Kummer und Sehnsucht nach dem tüchtigen Gjuseppe, der in Richtung Norden über die Berge gezogen war, wie die Alte dann Kräuter in einem Kupferkessel kochte und sie mehrere Tage lang über der Glut sieden ließ, bis auch Gjuseppe von Sehnsucht ergriffen wurde und Tag und Nacht ohne Rast und Ruhe dorthin zurückeilen mußte, wo der Kessel mit den geheimnisvollen Kräutern und einer Locke von ihm und Therese kochte. Leise sagte ich mein Ave-Maria auf und hatte erst keine Angst mehr, als wir unter Angelines Dach kamen.

Die vier Dochte in der Messinglampe wurden angezündet, einer unserer Kränze um sie herumgehängt, Mongana al pomidoro[7] und eine Fogliette Wein wurden uns vorgesetzt. Die Bauern unten in der Stube tranken und improvisierten, zwischen zweien von ihnen fand eine Art Duett statt, und die ganze Versammlung fiel im Chor ein. Als ich aber mit den anderen Kindern vor dem Madonnenbild sang, das dicht neben dem großen Kamin hing, in dem ein Feuer brannte, lauschten sie alle und lobten meine schöne Stimme, so daß ich den dunklen Wald draußen und die alte Fulvia vergaß, die mir mein Schicksal vorausgesagt hatte. Gerne hätte ich nun mit den Bauern um die Wette improvisiert, meine Mutter tadelte aber meine Eitelkeit und fragte mich, ob ich es schicklich fände, daß ich, der ich in der Kirche den Weihrauchkessel schwenkte und den Menschen vielleicht einmal Gottes Wort verkünden werde, mich zum Narren machte. Noch sei nicht Karnevalszeit, sie erlaube dergleichen nicht. Als wir aber später am Abend in unsere Schlafkammer kamen und ich in das breite Bett stieg, drückte sie mich liebevoll ans Herz, nannte mich ihren Trost und ihre Freude und ließ mich, da das Kopfkissen so flach war, mit dem Kopf auf ihrem Arm ruhen, bis die Sonne zum Fenster hereinschien und sie mich zum schönen Blumenfest weckte.

Wie soll ich den ersten Anblick der Straße schildern, das bunte Bild, das sich mir bot. – Die lange Straße, die hier leicht ansteigt, war mit Blumen bedeckt, die Unterlage war blau, und es schien, als habe man alle Felder und Gärten geplündert, um genug Blumen der gleichen Farbe für die Straße zusammenzubekommen. Wie lange Streifen lagen darüber große, grüne Blätter und Rose an Rose, und in einigem Abstand dazu ein gleicher Streifen, die Zwischenräume waren mit dunkelroten Blüten bedeckt, wodurch rund um diesen Teppich eine große Borte entstand. Die Mitte zeigte Sterne und Sonnen, die entstanden waren, als man eine Menge gelber Blumen durch sternförmige und runde Formen gegossen hatte. Mehr Fleiß hatten die Namenszüge gekostet, hier lagen Blüte an Blüte und Blatt an Blatt. Das Ganze war ein lebender Blütenteppich, ein Mosaikboden, und an Farbenpracht reicher, als Pompeji ihn aufweisen kann. – Kein Wind ging, unbeweglich lagen die Blumen da wie schwere, festgedrückte Edelsteine. – Aus allen Fenstern hingen große Teppiche an den Hauswänden herunter. Sie waren aus Blättern und Blüten gewirkt und zeigten heilige Bilder. – Hier führte Joseph den Esel, dort trug die Madonna das Kind. Rosen bildeten Gesicht, Füße und Arme, Levkojen und blaue Anemonen den flatternden Rock, und die Krone bestand aus weißen Sternenblumen*, die man aus dem Nemisee geholt hatte. St. Michael kämpfte mit dem Drachen, die heilige Rosalia streute Rosen auf die schwarzblaue Weltkugel. Wohin ich auch

* Nymphea alba

sah, erzählten die Blumen mir biblische Legenden, und alle Menschen ringsherum waren so vergnügt wie ich. Auf den Altanen standen festlich gekleidet die reichen Leute von der anderen Seite der Berge, und entlang den Häusern bewegte sich das große Menschengewimmel, jeder nach der Mode seiner Heimat stattlich geschmückt. – Am Steinbassin, beim großen Springbrunnen, wo die Straße einen Bogen macht, hatte meine Mutter Platz genommen, ich stand vor dem Satyrkopf, der aus dem Wasser ragt.

Die Sonne brannte heiß, über unseren Köpfen läuteten alle Glocken, und der Zug bewegte sich über den schönen Blütenboden, wundervolle Musik und Gesang kündigten ihn an. Meßdiener schwangen vor der Monstranz die Weihrauchkessel, die schönsten Mädchen dieser Gegend folgten mit Blumenkränzen, und arme Kinder mit Flügeln auf den nackten Schultern warteten mit Engelshymnen am großen Hochaltar auf den näherkommenden Zug. Die jungen Männer trugen flatternde Bänder an ihren spitzen Hüten, an die sie das Marienbild geheftet hatten, um den Hals trugen sie silberne und goldene Ringe als Ketten, und herrlich stachen hübsche bunte Schärpen von den schwarzen Samtwesten ab. Über dem schwarzen Haargeflecht mit den darin steckenden Silberpfeilen trugen die Mädchen aus Albano und Frascati zierliche dünne Schleier. Die Mädchen aus Velletri hingegen trugen Kränze um die Haare, und die bunten Halstücher waren ganz unten am Gürtel befestigt, wodurch die schönen Schultern und die runden Brüste sichtbar waren. Aus den Abruzzen, aus den Sümpfen, aus jeder Landschaft dieser Gegend waren sie alle in ihrer besonderen Nationaltracht gekommen und boten so das bunteste Bild. Der Kardinal in seinem Silberumhang schritt unter dem blumengeschmückten Baldachin, Mönche aus verschiedenen Orden begleiteten ihn, und alle trugen sie brennende Wachskerzen. Als der Zug die Kirche verlassen hatte, strömte die Menge hinter ihm her, wir wurden mitgerissen, meine Mutter hielt mich an den

Schultern fest, damit ich nicht von ihr getrennt wurde. Dort ging ich nun, im Gewimmel eingeklemmt, nur den blauen Himmel über mir konnte ich sehen. Mit einem Male hörte man einen heftigen Schrei, von allen Seiten wurde gedrängt; zwei Pferde seien durchgegangen, mehr hörte ich nicht, dann wurde ich zu Boden gerissen, mir wurde schwarz vor Augen und es war, als brause ein Wasserfall über mich hinweg.

Oh, Mutter Gottes, welch ein Jammer! Noch immer fühle ich ein sonderbares Beben, wenn ich daran zurückdenke. Als ich wieder zu mir kam, lag ich mit dem Kopf in Marijucces Schoß, sie schrie und jammerte, daneben lag ausgestreckt meine Mutter, und ringsherum stand ein dichter Kreis fremder Menschen. Die scheuen Pferde hatten uns überrannt, das Rad war meiner Mutter über die Brust gerollt, das Blut strömte ihr aus dem Mund, sie war tot!

Ich sah, wie sie ihr die gebrochenen Augen zudrückten und die leblosen Hände, die mich gerade noch so liebevoll beschützt hatten, falteten. Mönche trugen sie in das Kloster, und da ich unverletzt war und mich nur an der einen Hand ein wenig geschnitten hatte, brachte Marijucce mich zurück in die Osteria, wo ich am Tag zuvor noch so vergnügt gewesen war, Kränze geflochten und in den Armen meiner Mutter geschlafen hatte. – Ich war in tiefster Seele betrübt, selbst wenn ich nicht begriff, wie verlassen ich war. Sie schenkten mir Spielzeug, Früchte und Kuchen, versprachen mir, daß ich meine Mutter am folgenden Tag sehen werde und daß sie bei der Madonna sei, wo es immer ein himmlisches Blumenfest gebe und Freude herrsche. Jedoch entging mir nicht, was sie außerdem sagten. Ich hörte, wie sie über den häßlichen Raubvogel vom Vortag flüsterten, von Fulvia und von einem Traum, den meine Mutter gehabt hatte. Nun, da sie tot war, hatten alle das Unglück bereits geahnt.

Indes hatten die durchgegangenen Pferde vor dem Ort angehalten, weil sie gegen einen Baum gelaufen waren.

Einem vornehmen Herren von etwa vierzig Jahren, er war vor Schreck halbtot, hatte man aus dem Wagen geholfen, sie sagten, er gehöre zur Familie Borghese, besitze zwischen Albano und Frascati eine Villa und sei bekannt für seine sonderbare Lust, allerlei Blumen und Pflanzen zu sammeln. Auch die geheimen Künste solle er beherrschen, so wie die kluge Fulvia. Ein Diener in prächtiger Livree überbrachte von ihm einen Beutel mit zwanzig Scudi, die er dem mutterlosen Kind schenkte.

Am nächsten Abend, ehe es zum Ave-Maria läutete, führten sie mich zum Kloster, damit ich meine Mutter ein letztes Mal sah. Festlich gekleidet wie am Tag zuvor zum Blumenfest, lag sie in dem engen Brettersarg. Ich küßte ihre gefalteten Hände, und die Frauen weinten mit mir.

An der Tür standen schon die Leichträger und ihre vermummten Begleiter in weißen Kitteln, die Kapuzen tief ins Gesicht gezogen. Sie hoben die Bahre auf ihre Schultern, die Kapuziner entzündeten Wachskerzen und stimmten das Totenlied an. Marijucce ging mit mir dicht neben der Leiche. Der feuerrote Abendhimmel beschien das Gesicht meiner Mutter, und sie sah aus, als lebe sie. Vergnügt sprangen die Kinder aus dem Ort herum und sammelten in Spitztüten das Wachs, das von den Kerzen der Mönche heruntertropfte. Wir gingen durch die Straße, in der am vorangegangenen Tag der Festumzug stattgefunden hatte, noch war sie von Blüten und Blättern bedeckt, aber alle Bilder und die schönen Figuren waren zerstört, so wie das Glück meiner Kindheit und meine Freude vom Vortag. Ich sah, wie sie auf dem Kirchhof den großen Stein zur Seite schoben, der das Gewölbe bedeckt, in das man die Leichen hinabsenkt. Ich sah, wie der Sarg hinunterglitt, und hörte das leise Rumpeln, als er dort unten gegen die anderen Särge stieß. Dann zogen sie alle fort. Marijucce aber ließ mich auf dem Grabstein knien und ein Ora-pro-nobis! sprechen.

In mondklarer Nacht reisten wir von Genzano ab. Federigo und zwei Freunde begleiteten uns. Dichte Wolken hingen über den Albanerbergen; ich sah in den leichten Dunst, der im Mondschein über die Campagna zog. Die anderen sprachen nur wenig und bald schlief ich und träumte von der Madonna, von den Blumen und von meiner Mutter, die am Leben war, lächelte und mit mir sprach.

4. ONKEL PEPPO · DIE NACHT IM KOLOSSEUM · DER ABSCHIED

Was sollte man nun eigentlich mit mir anfangen, lautete die Frage, als wir nach Rom und in das Haus meiner Mutter kamen. Fra Martino setzte sich dafür ein, daß ich in die Campagna käme, zu Marijucces Eltern, zwei tüchtigen Schäfersleuten. Die zwanzig Scudi seien ein Reichtum für sie, der mir bei ihnen einen Platz als ihr eigenes Kind verschaffen könne; allerdings sei ich doch auch ein Kind der Kirche, und käme ich nun hinaus in die Campagna, könnte ich nicht mehr den Weihrauchkessel schwingen. Federigo war der Ansicht, es sei das beste, ich bliebe in Rom bei ehrlichen Menschen. Er wolle nicht, so sagte er, daß aus mir ein roher, einfältiger Bauer werde. Während Fra Martino sich im Kloster mit den anderen beriet, kam indes mein Onkel Peppo auf seinen Holzklötzen dahergehumpelt. Er hatte vom Tod meiner Mutter erfahren und daß mir zwanzig Scudi zugefallen seien, und vor allem ihretwegen kam er, um ebenfalls seine Stimme geltend zu machen. Er erklärte, daß er sich als der einzige, den ich künftig auf der Welt hätte, meiner annehmen werde, ich solle mit ihm gehen. Was sich sonst noch im Haus befinde, die zwanzig Scudi eingeschlossen, gehöre ihm. Marijucce versicherte sehr entschieden, Fra Martino und sie hätten alles auf das Beste geregelt, und ließ ihn wissen, als Krüppel und Bettler habe er genug mit sich selbst zu tun und könne hierbei keine Stimme haben.

Federigo verließ das Zimmer, und die beiden anderen gaben nun wechselseitig die eigentliche Ursache ihrer Mühewaltung für mich zu erkennen. Onkel Peppo spuckte all sein Gift, und Marijucce leistete ihm wie eine Furie Widerstand: Sie wolle ganz einfach mit ihm, mit dem Jungen und mit dem Ganzen nichts zu schaffen haben! Solle er mir doch ein paar Rippen brechen, um so zu einem Krüppel zu kommen, der für seinen Beutel bettele! Er solle mich nur mitnehmen, das Geld aber behalte sie, bis Fra Martino komme. Nicht einen Schilling würden seine falschen Augen zu sehen bekommen. Peppo drohte, ihr mit seinem Handbrett ein Loch so groß wie die Piazza del Popolo in den Kopf zu schlagen. Weinend stand ich zwischen ihnen. Marijucce stieß mich weg, und Peppo zerrte mich zu sich hin. Ich solle mit ihm gehen, sagte er, nur an ihn solle ich mich halten, hätte er die Last, so wolle er auch den Lohn! Der römische Senat werde einem einfachen Mann schon zu seinem Recht verhelfen! Mit diesen Worten und gegen meinen Willen zerrte er mich mit sich aus dem Zimmer ins Freie, wo ein zerlumpter Bursche seinen Esel hielt. Denn für längere Wege und wenn es eilig war, warf er die Handbretter weg und preßte die verkümmerten Beine fest an den Esel, mit dem er so ein Körper wurde. Mich setzte er vor sich auf das Tier, der Bursche verpaßte ihm einen Knuff, und dann galoppierten wir los, während Peppo mich auf seine Weise herzte.

»Siehst du, mein Kind«, sagte er, »ist das nicht ein schöner Esel! Und fliegen kann er, fliegen wie ein Wettläufer auf dem Corso. Du sollst es gut bei mir haben, wie ein Engel Gottes, mein lieber, schlanker Junge!« Und es folgten tausend Verwünschungen und Flüche über Marijucce.

»Wo hast du denn das hübsche Kind gestohlen?« fragten seine Bekannten ihn, als wir vorüberritten, und dann wurde meine Geschichte erzählt, und beinahe an jeder

Ecke wurde sie wiederholt. Die Frau, die Wasser mit Zitronenschalen verkaufte, schenkte uns für die lange Erzählung sogar ein volles Glas, das wir uns teilen sollten, und verehrte mir eine Pinienfrucht, die ich mitnehmen durfte, denn alle Kerne fehlten. Ehe wir unter sein Dach kamen, war die Sonne schon untergegangen. Ich sagte kein Wort, sondern preßte die Hände vor mein Gesicht und weinte. In einem kleinen Verschlag neben der großen Kammer wies er mir in einem Winkel ein Lager aus Maisblättern an, oder vielmehr aus den Schalen dieser Frucht. Hungrig könne ich nicht sein und durstig auch nicht, hätten wir doch dieses schöne Glas Zitronenwasser getrunken. Er gab mir einen Klaps auf die Wange und zeigte dabei dieses häßliche Grinsen, das mich stets erschreckt hatte. Dann fragte er mich, wie viele Silberstücke sich in diesem Beutel befunden hätten, ob Marijucce den Mietkutscher damit bezahlt und was dieser fremde Diener gesagt habe, als er mit dem Beutel gekommen sei. Ich aber wußte keinen Bescheid und fragte weinend, ob ich immer dort bleiben müsse und ob ich am folgenden Tag nicht nach Hause könne.

»Aber ja, aber ja!« sagte er. »Schlaf jetzt, und vergiß dein Ave-Maria nicht! Wenn der Mensch schläft, wacht der Teufel! Schlage das Kreuzzeichen über dich, das ist eine eiserne Mauer, die dieser brüllende Löwe nicht durchdringen kann. Bete fromm und bitte darum, daß die Madonna die falsche Marijucce, die dir Unschuldigem Leid antut und dich und mich um all dein Wohlergehen betrügt, mit Gift und Galle straft! Schlaf du nur, die Klappe lasse ich offen, frische Luft ist eine halbe Abendmahlzeit. Hab keine Angst vor den Fledermäusen, die kommen nicht herein, die fliegen vorbei, die armen Kreaturen. Schlaf süß, mein Jesuskind!« Und dann schloß er die Tür.

Lange machte er sich in der anderen Kammer zu schaffen, ich hörte unterschiedliche Stimmen und sah, wie die Lampe durch eine Wandritze zu mir hereinschien. Ich erhob mich, freilich ganz vorsichtig, denn die dürren

Maisblätter raschelten laut und ich fürchtete, das könne er hören und wieder zu mir hereinkommen. Durch den Ritz sah ich nun, daß in der Lampe beide Dochte angezündet waren, Brot und Rüben lagen auf dem Tisch und die Fogliette mit Wein ging im Kreis herum. Alle waren sie Bettler, alle Krüppel, ich erkannte sie mühelos wieder, obwohl nun auf ihren Gesichtern ein ganz anderer Ausdruck lag als jener, den ich an ihnen zu sehen gewohnt war. Vergnügt lärmend hockte der fieberkranke, halbtote Lorenzo da und redete unaufhörlich. Tagsüber hatte ich ihn stets auf dem Monte Pincio* im Gras liegen sehen, den verbundenen Kopf an einen Baumstamm gestützt, wobei er halb sterbend die Lippen bewegte, während seine Frau den Vorübergehenden ihren fieberkranken, leidenden Mann vorführte. Francia mit den fingerlosen Händen trommelte mit den Stümpfen auf die Schulter der blinden Catharina und sang halblaut das Lied vom »Cavalier Torchino«. Zwei oder drei andere saßen näher an der Tür, wenn auch so im Schatten, daß ich sie nicht erkannte. Mein Herz klopfte vor Angst heftig, ich hörte, daß sie über mich sprachen.

»Ist der Junge zu etwas zu gebrauchen?« fragte der eine. »Hat er ein Gebrechen?«

»Nein, so gnädig ist die Madonna ihm nicht gewesen«, sagte Peppo. »Er ist schlank und wohlgeschaffen, wie ein Adelskind.«

»Das ist ein großes Unglück!« sagten sie alle. Die blinde Catharina fügte hinzu, wie leicht ich doch einen kleinen Knacks bekommen könne, der mir das irdische Brot verschafft, bis die Madonna mir das himmlische gewährt.

»Ja«, sagte Peppo, »wäre meine Nichte vernünftig gewesen, dann hätte der Junge sein Glück gemacht. Eine

---

* Hier gibt es eine öffentliche Promenade, die sich von der Spanischen Treppe und der Französischen Akademie bis hinunter zur Porta del Popolo erstreckt und Aussicht bietet auf den größten Teil von Rom und den Garten von Villa Borghese.

Stimme hat er, oh, wie die lieben Engel Gottes! Er ist für die päpstliche Kapelle geschaffen. Ein Sänger könnte aus ihm werden.«

Sie unterhielten sich über mein Alter und was noch geschehen könne und für mein Glück getan werden müsse. Ich begriff nicht, was sie mit mir unternehmen wollten, erkannte aber deutlich, daß sie Böses im Schilde führten, und zitterte vor Angst. Wie sollte ich entkommen können? Nur dies erfüllte meine Seele. Wohin? Ja, daran dachte ich nicht. Ich kroch durch das Zimmer zur offenen Fensterluke, mit Hilfe eines Holzbocks gelangte ich hinauf. Auf der Straße sah ich keinen einzigen Menschen, die Türen waren alle verschlossen. Wollte ich dort hinaus, hätte ich einen großen Sprung hinter mich zu bringen. Den Mut zu springen hatte ich nicht, da aber meinte ich, man sei an der Tür, man wolle zu mir herein, erschrocken zuckte ich zusammen und ließ mich an der Mauer hinabgleiten. Ich fiel hart, aber doch auf Erde und Gras.

Bald stand ich auf und begann, nicht wissend wohin, durch die engen gewundenen Straßen zu laufen; ein Mann, der laut sang und mit seinem Stock auf das Pflaster schlug, war der einzige, dem ich begegnete. Schließlich stand ich auf einem großen Platz, der Mond schien, diesen Ort kannte ich, es war das Forum Romanum, der Kuhmarkt, wie wir dazu sagten.

Der Mond beleuchtete die Rückseite des Kapitols, die wie eine senkrechte Felswand das engere Rom von den weitläufigeren Partien abzuschirmen schien. Auf der hohen Treppe zum Septimus-Severus-Bogen lagen schlafende, in ihre großen Umhänge gehüllte Bettler. Die hohen Säulen, die von den alten Tempeln noch erhalten waren, warfen lange Schatten. Niemals war ich nach Sonnenuntergang hier gewesen, das Ganze hatte etwas Spukhaftes für mich, und beim Gehen fiel ich über die Marmorkapitelle, die im hohen Gras lagen. Ich stand auf und sah die Ruine der Kaiserburg, der dichte Efeu ließ die Mauern noch düsterer erscheinen; so dämonisch und groß standen die schwarzen Zypressen in der blauen Luft, daß ich noch ängstlicher wurde. Im Gras zwischen umgestürzten Säulen und Marmorbruchstücken lagen ein paar Kühe, ein Maulesel graste und dies war mir ein wenig Trost, waren hier doch lebende Geschöpfe, die mir nichts zuleide tun wollten.

Im klaren Mondlicht war es fast taghell. Jeder Gegenstand war deutlich zu erkennen, ich hörte, daß jemand kam. Suchte man vielleicht nach mir? In meiner Angst flüchtete ich mich in das riesengroße Kolosseum, das wie ein richtiges Gebirgsmassiv vor mir lag. Ich stand in dem doppelten Bogengang, der sich unversehrt und groß, als sei er erst gestern vollendet worden, um das halbe Gebäude erstreckt. Hier war es recht dunkel und eisig kalt. Ich ging zwischen den Säulen einige Schritte nach vorne, wenn auch vorsichtig, ganz vorsichtig, denn das Geräusch meiner Schritte bereitete mir noch größere Angst. Ich sah ein Feuer, das man auf der Erde gemacht hatte, und davor konnte ich die Umrisse dreier menschlicher Gestalten erkennen. Waren es Bauern, die sich hier ein Nachtlager gesucht hatten, damit sie in der Nacht nicht durch die einsame Campagna reiten mußten? Waren es vielleicht Soldaten, die im Kolosseum Wache hielten, oder sogar Räuber? Ich glaubte das Klirren von Waffen zu hören und zog mich darum vorsichtig zurück, dorthin, wo die hohen Pfeiler stehen, ohne jede andere Wölbung als die, wie sie von Büschen und Schlingpflanzen gebildet wurde. Sonderbare Schlagschatten fielen im Mondschein auf die hohen Mauern; die Quadersteine, aus ihrem regelmäßigen Gefüge geglitten und von Immergrün überzogen, schienen nur noch von den dichten Ranken am Herabstürzen gehindert zu werden.

Oben im mittleren Säulengang hielten sich Leute auf, Reisende vermutlich, die bei dem schönen Mondlicht spät die Ruine besichtigten, eine weißgekleidete Dame gehörte zu der Gesellschaft. Noch sehe ich deutlich dieses sonderbare Gemälde vor mir, wie sie hervortraten, verschwanden und zwischen den Säulen, beleuchtet vom Mondschein und der roten Fackel, wieder sichtbar wurden. So unendlich dunkelblau war die Luft, und Gestrüpp und Büsche schienen aus schwärzestem Samt zu bestehen, jedes Blatt strömte Nacht aus. Mein Blick folgte den Fremden. Als sie bereits außer Sicht waren, sah ich noch den roten Fackelschein, aber auch er verschwand und ringsumher war alles totenstill.

Hinter den vielen Holzaltären, die nebeneinander im Inneren der Ruine stehen und Christi Leidensweg darstellen, setzte ich mich auf ein geborstenes Säulenkapitell, das im Gras lag. Der Stein war kalt wie Eis, mein Kopf brannte, in meinem Blut war Fieber, schlafen konnte ich nicht, und nun fiel mir alles ein, was man mir über dieses alte Bauwerk erzählt hatte. Von den gefangenen Juden, die diese großen Steinblöcke für den mächtigen römischen Kaiser hatten aufrichten müssen; von den wilden Tieren, die hier gegeneinander und sehr oft auch gegen Menschen gekämpft hatten, und wie die Menschen dann auf den Steinbänken gesessen hatten, die stufenweise von der Erde aufsteigen zum obersten Säulengang.*

Im Gestrüpp über mir raschelte es, ich sah auf und glaubte zu erkennen, daß sich etwas bewegte! Ach ja,

---

* Das Kolosseum ist von ovaler Form, wurde aus Travertinsteinen errichtet und besitzt vier Stockwerke, von denen jedes anders ist: dorisch, ionisch, korinthisch. Es wurde ungefähr 70 nach Christi Geburt errichtet; 12 000 Gefangene hatten daran gearbeitet. Es besitzt 80 Bögen und sein Umkreis wird meist mit 1641 Fuß angegeben. In seiner Arena soll es 86 000 Sitzplätze gegeben haben und ganz oben 20 000 Stehplätze. Heute wird die Ruine für den christlichen Gottesdienst genutzt.

»While stands the Coliseum, Rome shall stand,
»When falls the Coliseum, Rome shall fall;
»And when Rome falls – the world – «

Byron[8]

ringsumher zeigte meine Phantasie mir bleiche, dunkle Gestalten, die mauerten und hämmerten, deutlich hörte ich jeden Schlag, sah, wie die mageren schwarzbärtigen Juden Gras und Büsche rodeten und Stein auf Stein wälzten, bis das riesige Gebäude wieder errichtet war; und nun war da ein Menschengewimmel, Kopf an Kopf, alles schien unendlich größer zu sein, ein lebender Riesenkörper.

Ich sah die Vestalinnen in langen, weißen Kleidern, den prächtigen Kaiserhof, die nackten, blutenden Gladiatoren. Hörte nun ein Tosen und Heulen in den untersten Bogengängen, aus allen Richtungen stürzten Scharen von Tigern und Hyänen herbei, dicht an der Stelle, wo ich lag, hetzten sie vorüber, ich fühlte ihren brennenden Atem, sah den roten Feuerblick und preßte mich fester an den Stein und betete zur Madonna, sie solle mich erlösen, aber nur wilder lärmte es um mich herum, jedoch konnte ich dort in der Mitte das heilige Kreuz sehen, das noch immer steht und das ich stets fromm geküßt hatte, wenn ich vorübergekommen war. Ich bot meine gesamte Kraft auf, fühlte deutlich, wie ich es mit meinen Armen umschlang, während alles um mich herum einstürzte, Mauern, Menschen, Tiere, das Bewußtsein verließ mich, ich spürte nichts mehr.

Als ich die Augen wieder öffnete, war mein Fieber fort. Jetzt betrachtete ich die Umgebung, die keineswegs etwas Erschreckendes hatte. Eine tiefe Feierlichkeit lag über allem, oben auf der Mauer im Gestrüpp sang eine Nachtigall. Ich dachte an das liebe Jesuskind, dessen Mutter nun, da ich keine mehr hatte, doch auch die meine war, schlang die Arme um das Kreuz, legte den Kopf dagegen und fiel bald in einen ruhigen, stärkenden Schlaf.

Er dürfte mehrere Stunden angehalten haben. Ich erwachte durch Choralgesang. Die Sonne beschien den oberen Teil der Mauern, mit brennenden Kerzen zogen die Kapuziner von Altar zu Altar und sangen ihr Kyrieeleison. Vor dem Kreuz, wo ich lag, hielten sie an – ich sah Fra Martino, der sich über mich beugte. Mein verstörtes

Äußeres, meine Blässe und daß ich mich zu dieser Zeit an diesem Ort befand, beunruhigten ihn. Auf welche Weise ich mich erklärte, weiß ich nicht, aber meine Angst vor Peppo, mein verlassener Zustand erschienen ihm deutlich genug; ich klammerte mich an seine braune Kutte, bat ihn, mich nicht zu verlassen, und es schien, als nähmen alle Brüder teil an meinem Unglück, sie alle kannten mich schließlich, hatte ich sie doch in ihren Zellen besucht und mit ihnen vor dem heiligen Altar gesungen.

Wie froh war ich, als Fra Martino mich zum Kloster brachte, und wie vergaß ich meine Not, als ich in seiner kleinen Zelle saß, wo die alten Holzschnitte an den Wänden klebten und der Orangenbaum seine grünen, duftenden Zweige zum Fenster hereinstreckte. Außerdem hatte Fra Martino mir versprochen, daß ich nicht zu Peppo müsse. »Einem Bettler«, so hörte ich ihn zu den anderen sagen, »einem bettelnden Krüppel, der auf der Straße liegt und um Almosen bittet, dem kann man den Jungen nicht anvertrauen!«

Um die Mittagszeit brachte er mir Rüben, Brot und Wein und sagte dann so feierlich, daß mein Herz bebte: »Armer Junge! Wäre deine Mutter am Leben, dann hätte man uns nicht getrennt, die Kirche hätte dich behalten und du wärest in ihrem Frieden und Schutz aufgewachsen. Nun mußt du hinaus auf die unruhige See, mußt auf dem losen Brett schwimmen, aber denke an deinen blutenden Erlöser und an die himmlische Jungfrau. Halte an ihnen fest, außer ihnen hast du in der großen weiten Welt niemanden!«

»Wo soll ich hin?« fragte ich, und nun erzählte er mir, ich käme in die Campagna zu Marijucces Eltern. Er legte mir auf, daß ich sie ehre wie Vater und Mutter, täte, was sie forderten, und daß ich niemals meine Gebete vergäße und die Lehren, die er mir erteilt hatte. Gegen Abend stand Marijucce mit ihrem Vater an der Klosterpforte, um mich abzuholen. Fra Martino führte mich zu ihnen. Den Kleidern nach sah Peppo fast anziehender aus als dieser Hirte, dem ich nun übergeben wurde. Die schadhaften, staubigen Lederstiefel, die nackten Knie und der spitze Hut mit dem Heidekraut daran stachen mir zuerst ins Auge. Er fiel auf die Knie, küßte Fra Martino die Hand und sagte von mir, ich sei ein hübscher Junge und er und seine Frau wollten ihre Kost mit mir teilen. Marijucce händigte ihm nun den Geldbeutel mit all meinem Reichtum aus, dann gingen wir zu viert in die Kirche; sie beteten still, auch ich hatte mich hingekniet, aber ich konnte nicht beten, mein Blick suchte all die bekannten Bilder. Jesus, der mit dem Schiff hoch über der Kirchentür segelte; dem Engel auf dem Altarbild und dem schönen St. Michael, sogar den Totenschädeln mit den Efeukränzen mußte ich Lebewohl sagen. Fra Martino legte mir seine Hand auf den Kopf und schenkte mir zum Abschied ein kleines Buch mit Holzschnitten: »Modo di servire la sancta messa«[9], und dann trennten wir uns. Als wir über die Piazza Barberina gingen, mußte ich hinauf zum Haus meiner Mutter sehen; alle Fenster waren geöffnet, die Zimmer warteten auf neue Bewohner.

5. DIE CAMPAGNA

Die gewaltige Steppe, die das alte Rom umgibt, war nun also mein Heim. Der Fremde von der anderen Seite der Berge, der sich, entzückt von Kunst und Altertümern, zum ersten Male der Tiberstadt nähert, sieht ein mächtiges Blatt aus dem Buch der Welt in dieser vertrockneten Ödnis. Die einsamen Gräber, die vereinzelten Anhöhen, alles erscheint ihm als heilige Chiffre und als ganzes Kapitel der Weltgeschichte. Der Maler skizziert den freistehenden Viadukt einer zerbrochenen Wasserleitung und den Hirten, der bei der Schafherde sitzt, zum Vordergrund wählt er eine goldene Distel und die Leute sagen: das ist ein schönes Bild. Doch mit welch anderen Gefühlen betrachteten mein Begleiter und ich diese große Fläche. Das versengte Gras und die ungesunde Sommerluft, die den Bewohnern der Campagna stets Fieber und bösartige Krankheiten einbringen, überwogen in seinen Betrachtungen als Schattenseiten. Mir war das neu. Ich erfreute mich jedoch an den schönen Bergen, die in verschiedenen Lila-Variationen die eine Seite der Ebene säumten, an den wilden Büffeln und am gelben Tiber, neben dem Ochsen mit langen Hörnern im Joch gingen und die Schiffe gegen die Strömung zogen. In dieselbe Richtung gingen wir.

Ringsherum nur das niedrige, gelbe Gras und hohe, halbverdorrte Disteln. Wir kamen an einem Kreuz vorüber, es war als Zeichen dafür errichtet worden, daß man hier einen Menschen ermordet hatte. Dicht daneben hingen die Überreste des Mörders, ein Arm und ein Fuß. Dies ängstigte mich um so mehr, als dieses Kreuz nicht allzu weit entfernt lag von meinem neuen Heim, bei dem es sich um nichts anderes als um eines der alten verfallenen Gräber aus dem Altertum handelte, von denen man dort noch sehr viele findet. Die meisten Hirten in der Campagna leben in solchen Gräbern, die ihnen alles bieten, was sie zu ihrem Schutz und häufig sogar zu ihrer Bequemlichkeit benötigen. Sie füllen einige Vertiefungen aus, vermauern Löcher, legen ein Schilfdach darauf und die Wohnung ist fertig. Unsere Behausung lag auf einer Anhöhe und verfügte über zwei Geschosse. Die beiden korinthischen Säulen neben der schmalen Tür zeugten vom Alter des Gebäudes, die drei breiten gemauerten Pfeiler hingegen von einer späteren Veränderung. Vielleicht war es im Mittelalter als Kastell genutzt worden. Ein Loch in der Mauer diente als Fenster. Das halbe Dach war mit einer Art Schilf und mit Zweigen gedeckt, auf der anderen Hälfte wuchs Gestrüpp, aus dem Geißblatt üppig über die rissige Mauer hing.

»Schau, hier sind wir«, sagte Benedetto, und dies war das erste Wort, das er auf dem gesamten Weg zu mir sagte.

»Wohnen wir hier?« fragte ich und sah abwechselnd nach dem düsteren Haus und dann wieder nach dem zergliederten Räuber. Ohne mir zu antworten, rief er jetzt nach seiner Frau: »Domenica! Domenica!«, und ich sah eine Frau in vorgerücktem Alter, deren gesamte Kleidung aus einem groben Hemd bestand, Arme und Beine waren nackt und das Haar war recht unfrisiert. Sie überhäufte mich mit Küssen und Liebkosungen, und war Vater Benedetto schweigsam gewesen, so sprach sie um so mehr. Sie nannte mich ihren kleinen Ismael, den man in die Wüste geschickt habe, wo die wilden Disteln wachsen. »Aber bei uns sollst du nicht verschmachten«, sagte sie. »Die alte Domenica wird dir eine gute Mutter sein, an Stelle derjenigen, die nun für dich im Himmel betet! – Dein Bett habe ich vorbereitet, und die Bohnen kochen, und jetzt mußt du dich mit meinem alten Benedetto zu Tisch setzen! Und Marijucce ist nicht mitgekommen? Und den Heiligen Vater hast du nicht gesehen? Du hast doch den Prosciutto nicht vergessen, und die Messinghaken doch auch nicht, und was ist mit dem neuen Madonnenbild, das wir an die Tür kleben wollen, neben das alte, das wir schwarzgeküßt haben! Nein, du bist ein Mann, der nichts vergißt, das weiß ich, lieber Benedetto!«

Sie behielt ihren Wortstrom bei, während sie uns in den kleineren Raum begleitete, der als Stube bezeichnet wurde, sich mir freilich so groß ausnahm wie einer der vatikanischen Säle. Ich glaube, daß dieses Heim sich wahrhaftig auch auswirkte auf mein poetisches Gemüt. Dieser kleine Ort war für meine Phantasie, was das Gewicht für eine junge Palme ist; je stärker man sie zusammendrückt, desto mehr wächst sie. Das Haus hatte im Altertum wie gesagt als Familiengrab gedient, es bestand aus einer großen Kammer mit vielen nebeneinanderliegenden Nischen, die, alle kunstvoll mit Mosaik-Kompositionen versehen, ihrerseits in zwei Reihen übereinander angeordnet waren. Nun wurden sie alle auf höchst verschiedene Weise genutzt. Eine Nische war die Speisekammer, eine andere die Ablage für Töpfe und Krüge, eine dritte die Feuerstelle, auf der die Bohnen kochten.

Domenica sprach das Tischgebet, und Benedetto segnete die Mahlzeit. Als wir dann gesättigt waren, führte die alte Mutter mich die Leiter hinauf, durch ein geborstenes Gewölbe in das zweite Geschoß, wo wir alle in zwei großen Nischen, die einmal Gräber gewesen waren, schliefen. Ganz hinten war das Bett für mich vorbereitet. Daneben befanden sich zwei überkreuzte Stangen, an denen eine Art Koje hing. Sie diente einem kleinen Kind, von dem ich annehme, daß es sich um das Kind Marijucces handelte, als Wiege; das Kind lag ganz still. Ich ging zu Bett, in der Mauer fehlte ein Stein, hinter der Öffnung konnte ich die blaue Luft und den dunklen Efeu sehen, der sich wie ein Vogel im Wind bewegte. Als ich mich hinlegte, huschte eine bunte, glänzende Eidechse über die Wand, Domenica aber tröstete mich, diese armen Kreaturen hätten größere Angst vor mir als ich vor ihnen und sie würden mir nichts zuleide tun! Dann betete sie ein Ave-Maria für mich und schob die Wiege in die andere Nische, in der sie und Benedetto schliefen. Ich schlug ein Kreuz, dachte an meine Mutter, an die Madonna, an meine neuen Eltern, an die blutige Hand und den blutigen Fuß dicht beim Hause, und in dieser ersten Nacht überkreuzte sich all das seltsam in meinen Träumen.

Der nächste Tag begann mit Regenwetter, das die ganze Woche andauerte und uns in der engen Stube hielt, wo halbes Dämmerlicht herrschte, obgleich die Tür offenstand, wenn der Wind günstig war. Ich mußte das kleine Kind schaukeln, das in der Segeltuchwiege lag. Domenica spann mit ihrer Handspindel, erzählte mir von den Räubern in der Campagna, die ihnen jedoch niemals etwas angetan hätten, sang mir fromme Lieder vor, lehrte mich neue

Gebete und berichtete von Heiligen, die ich noch nicht kannte. Zwiebeln und Brot waren unsere übliche Speise und sie schmeckte mir gut. War mir, eingeschlossen in diesem engen Raum, aber langweilig, dann zog Domenica mir dicht vor der Tür einen Kanal, einen kleinen, gewundenen Tiber, in dem das Wasser gelb und träge floß. Stöckchen und kurze Schilfstengel waren meine Treidelboote, und ich ließ sie von Rom bis nach Ostia fahren. War der Regen aber zu stark, mußte die Tür geschlossen werden, und ich saß fast im Dunkeln. Domenica spann, und ich dachte an die schönen Bilder in der Klosterkirche, meinte Jesus auf dem Schiff zu sehen, das an mir vorüberschaukelte, die Madonna auf der von Engeln getragenen Wolke und die bekränzten Totenschädel.

Als die Regenzeit vorüber war, behielt der Himmel monatelang sein Blau, mir wurde gestattet, im Freien herumzulaufen, nur nicht zu weit und zu nahe am Fluß, denn die durchfeuchteten Böschungen könnten leicht unter mir nachgeben, sagte Domenica, auch grasten dort viele Büffel, die wild und gefährlich seien, doch zeigten gerade sie ein besonderes, seltsames Interesse für mich. Das Dämonische im Blick des Büffels, das seltsame, rote Feuer, das ihm aus der Pupille schlägt, rief bei mir ein Gefühl hervor, jenem nicht unähnlich, das den Vogel in den Schlund der Schlange treibt. Ihre wilde Flucht, schneller als die eines Pferdes, ihre Kämpfe gegeneinander, bei denen Kraft auf Kraft prallte, beanspruchten meine ganze Aufmerksamkeit. In den Sand ritzte ich dann Figuren, die darstellen sollten, was ich gesehen hatte, und um dies noch zu verdeutlichen, sang ich darüber mit eigenem Text und eigener Melodie, sehr zur Freude der alten Domenica, die sagte, ich sei ein kluges Kind und sänge so schön wie die Engel bei Gott Vater.

Tag für Tag brannte die Sonne heißer, ihre Strahlen waren ein Feuermeer, das die Campagna überflutete. Die stinkenden Gewässer verpesteten die Luft, und wir konnten uns nur morgens und abends im Freien aufhalten. In Rom, auf dem luftigen Monte Pincio, hatte ich so etwas nicht gekannt. Ich entsinne mich der heißen Zeit dort, in der die Bettler nicht um einen Schilling für Brot, sondern für ein Glas Eiswasser baten. Vor allem an die schönen, grünen Wassermelonen dachte ich, die, in zwei Hälften geteilt, übereinander gestapelt waren und ihr purpurrotes Fleisch mit den schwarzen Kernen zeigten, doppelt schmachteten meine Lippen in der Erinnerung hieran! – Senkrecht stand die brennende Sonne, mein Schatten schien sich vor ihr unter meinen Fußsohlen verstecken zu wollen. Die Büffel lagen wie tote Haufen auf dem versengten Gras, oder sie flogen, von Raserei ergriffen, pfeilschnell im Kreise herum. Dann nahm meine Seele ein Bild von den Leiden eines Wanderers in der brennenden Wüste Afrikas auf.

Zwei Monate lagen wir wie ein Wrack auf dem Weltmeer. Keine lebende Seele besuchte uns. Alles wurde in der Nacht oder am frühen Morgen verrichtet; die ungesunde Luft und die brennende Hitze gossen Fieberfeuer in mein Blut, nicht einen kalten Tropfen gab es, um sich damit zu erfrischen. Alle Sümpfe waren ausgetrocknet, träge glitt der Tiber mit lauem, gelbem Wasser dahin. Der Saft der Melonen war warm, und selbst der Wein schmeckte sauer und halb gekocht, obwohl man ihn tief zwischen Steinen und Grus verwahrte. Und nicht eine Wolke, nicht eine einzige Wolke stieg am Horizont auf. Tag und Nacht stets das gleiche, unveränderliche Blau. Jeden Morgen und jeden Abend beteten wir um Regen oder einen frischen Luftzug, jeden Morgen und jeden Abend sah Domenica hinüber zu den Bergen, ob denn kein Wölkchen aufsteigen wolle, aber nur die Nacht brachte Schatten, den lauen Nachtschatten. Während zweier langer, langer Monate wehte mit heißen Luftwellen nur der Schirokko.

Erst danach, obwohl anfangs nur zu Sonnenuntergang, wurde es wieder luftiger, aber über meinem Wesen lag eine durch diese Leidenshitze hervorgerufene Trägheit, eine tödliche Erschlaffung. Mit dem ersten Lufthauch erhoben sich Fliegen und alle lästigen Insekten, die von der Hitze vernichtet schienen, zu doppelter Lebhaftigkeit. In Myriaden überfielen sie uns mit giftigen Stichen, die Büffel draußen waren häufig vom summendem Gewimmel bedeckt, das sie überfiel wie Aaskäfer. Bis zur Raserei gequält, stürzten sie sich dann in den Tiber und wälzten sich im gelben Wasser. Der Römer, der an den heißen Sommertagen stöhnt und an den Hausmauern entlangschleicht, als wolle er den Schatten, der über die Hausmauern gleitet, trinken, hat keine Vorstellung von den Leiden in der Campagna, wo jeder Atemzug aus schwefligem, verpestetem Feuer besteht und Insekten und Käfer wie grausame Dämonen jeden foltern, der verurteilt ist, in diesem Flammenmeer zu leben.

Der September brachte mildere Tage, und eines Abends kam auch Federigo dort hinaus, um Skizzen von der verbrannten Natur zu machen. Er zeichnete unser bizarres Haus, die Richtstätte und die wilden Büffel, schenkte mir Papier und Blei, damit auch ich Bilder kritzeln konnte, und versprach, er werde mich, wenn er wiederkomme, für einen Tag nach Rom mitnehmen, damit ich Fra Martino, Marijucce und alle meine Freunde besuchen könne, die mich unterdessen nicht vergessen hätten.

Wir hatten schon November, doch es war die schönste Zeit, die ich dort erlebte. Von den Bergen kam ein leichter Wind, und jeden Abend beobachtete ich das reiche Farbenspiel der Wolken, wie es nur der Süden kennt und wie es der Maler in seinen Bildern nicht wiedergeben kann oder wiederzugeben wagt. Die seltsamen olivgrünen Wolken auf Chamoisgrund erschienen mir wie schwimmende Inseln aus dem Paradiesgarten, die dunkelblauen aber, die wie Pinienkronen am gelb lodernden Abendhimmel hingen, waren mir die Berge der Seligkeit, in deren Tälern hübsche Engel spielten und mit ihren weißen Flügeln Kühlung fächelten.

Eines Abends ließ ich mir, in meine Träumereien versunken, einfallen, mit Hilfe eines durchlöcherten Blattes in die Sonne zu sehen. Domenica sagte, dies schade meinen Augen und schloß, um diesem Spiel ein Ende zu machen, die Tür. Die Zeit wurde mir lang, ich bat hinausgehen zu dürfen, und als sie es gestattete, rannte ich vergnügt hin und öffnete die Tür. Im selben Augenblick aber stürzte ein Mann herein, so daß ich zu Boden fiel, mit einem Schlag warf er die Tür zu. Ich sah ihm genau in sein bleiches, verstörtes Gesicht und hörte ihn seltsam den Namen der Madonna stöhnen, als ein gewaltiger Stoß die Tür erschütterte, so daß die Planken barsten und zu uns hereinfielen, und die Türöffnung füllte sich mit dem Kopf eines Büffels, der uns seine bösen, brennenden Augen zeigte.

Domenica stieß einen Schrei aus, packte mich am Arm und sprang auf die erste Stufe der Leiter, die in die obere Kammer führte. Der totenbleiche Fremde sah sich um, und als er Benedettos Flinte sah, die zum Schutz gegen nächtliche Überfälle stets an der Wand hing, ergriff er sie, ich hörte den Knall und sah im Pulverdampf, wie er mit dem Kolben dem unbeweglich dastehenden Tier vor die Stirn schlug. In die enge Türöffnung eingezwängt, konnte es jedoch weder vor noch zurück.

»Aber bei allen Heiligen!« war das erste, was Domenica rief. »Was ist denn das? Ihr habt das Tier ja getötet!«

»Der Madonna sei Dank!« antwortete der Fremde. »Sie hat mir das Leben gerettet, und du bist mein Engel gewesen«, sagte er zu mir und hob mich hoch. »Du hast mir die rettende Tür geöffnet.« Noch immer war er recht bleich, und kalte Wassertropfen standen ihm auf der Stirn.

Wir hörten, daß er kein Ausländer war, und erkannten, daß es sich um einen Adligen aus Rom handeln mußte. Des weiteren berichtete er, er sammele gern allerlei Blumen und Pflanzen und habe zu diesem Zweck an der Ponte Molle* seinen Wagen verlassen, um am Tiber entlangzu-

---

* Pons milvius

gehen. Unmittelbar in unserer Nachbarschaft sei er auf die Büffel gestoßen, von denen dieser ihn angegriffen habe, und nur die Nähe unseres Hauses und der Umstand, daß die Tür sich plötzlich öffnete, hätten ihn gerettet.

»Heilige Maria, bitte für uns!« rief Domenica. »Ja, sie hat Euch gerettet, die heilige Mutter Gottes! Und mein kleiner Antonio war einer der Auserwählten! Ja, ihn hat sie lieb! Eccellenza wissen nicht, was für ein Kind er ist! Lesen kann er alles, was geschrieben und gedruckt steht! Und so natürlich zeichnen, daß man den Sinn ganz deutlich erkennt. Die Peterskuppel, die Büffel, ja sogar den dicken Pater Ambrosius hat er gezeichnet, und außerdem hat er eine Stimme – Eccellenza sollten ihn singen hören, die päpstlichen Sänger übertreffen ihn nicht. Und obendrein ist er ein gutes Kind, ein auserwähltes Kind! Ich lobe ihn nicht, weil er zuhört, Kinder können so etwas nicht vertragen, aber verdient hat er es!«

»Das ist doch nicht Ihr Sohn?« fragte der Fremde. »Er ist noch so klein.«

»Und ich bin so alt«, antwortete sie. »Nein, ein alter Feigenbaum bringt keine solchen jungen Triebe mehr hervor! Das arme Kind hat keinen Vater und keine Mutter mehr auf dieser Welt, nur mich und meinen Benedetto! Aber wir wollen ihn auch dann nicht verlieren, wenn der Rest der Schillinge verbraucht ist! Aber, heilige Jungfrau!« unterbrach sie sich selbst und packte die Hörner des Büffels, aus dessen Kopf das Blut in die Stube strömte. »Das Tier muß fort! Man kann doch weder herein noch hinaus. Ach ja, er ist festgeklemmt! Wir müssen warten, bis Benedetto kommt. Wenn wir nur keinen Schaden davon haben, daß das Tier tot ist!«

»Seid nur ganz unbesorgt, gute Frau,« sagte der Fremde. »Ich komme für alles auf! Sie kennt doch die Borghese?«

»Oh, Principe«, rief Domenica aus und küßte seinen Rocksaum, er aber drückte ihr die Hand und nahm auch mich zwischen seine Hände, während er ihr auftrug, mich am folgenden Tag nach Rom zu bringen, wo er im Palazzo Borghese wohne, deren Familie er angehöre. Meiner alten Pflegemutter traten angesichts dieser großen Gnade, wie sie es nannte, Tränen in die Augen. Meine entsetzlichen Kritzeleien auf Papierfetzen, die sie mit einer Sorgfalt verwahrte, als handele es sich um Skizzen eines Michelangelo, mußten hervorgekramt werden, Eccellenza müssen alles sehen, und ich war stolz, denn er lächelte, gab mir einen Klaps auf die Wange und sagte, ich sei ein kleiner Salvator Rosa.

»Ja«, sagte Domenica, »ist es nicht ganz unbegreiflich? Von einem Kind, und so natürlich, daß man tatsächlich erkennt, was es vorstellen soll! Die Büffel, die Boote, unser kleines Haus. Und hier, das soll ich sein! Es gleicht mir doch ganz akkurat, bis auf die Farbe, die kann er mit Blei nicht zeichnen! Sing Eccellenza etwas vor!« sagte sie zu mir. »Sing, so wie du das immer machst, dein Eigenes. Ja, er kann ganze Geschichten und Predigten zusammenfügen, so gut wie ein Mönch. Nun, laß uns hören! Eccellenza ist ein gnädiger Herr, er verlangt es, und deinen Ton kannst du doch halten!«

Der Fremde lächelte und amüsierte sich über uns beide. Daß ich improvisierte und daß Domenica es für meisterlich hielt, ist gewiß, was ich freilich von mir gab, und wie, daran erinnere ich mich nicht; nur daß die Madonna, die Eccellenza und der Büffel den poetischen Dreiklang des Ganzen bildeten, ist mir noch in Erinnerung. Die Eccellenza saß schweigend da und Domenica verstand dieses Schweigen als Erstaunen über mein Genie.

»Bringe Sie den Jungen mit«, waren die ersten Worte, die er sagte, »ich erwarte Sie morgen früh! Doch, nein – komme Sie morgen abend, eine Stunde vor dem Ave-Maria! Dann werden meine Leute Bescheid wissen, so daß Sie sofort eingelassen wird. Wie aber komme ich jetzt hinaus? Verfügt Sie nur über diesen Ausgang, in dem das Tier liegt, und wie soll ich, von den Büffeln unbehelligt, zu meinem Wagen an der Ponte Molle kommen?«

»Ja, hinaus«, sagte Domenica, »da gibt es für Eccellenza nun schlicht keine Möglichkeit! Ja, ich und wir anderen können das, aber für einen so einen hohen Herren gibt es keinen Weg. Oben ist ein kleines Loch, durch das man kriechen kann, das kann sogar ich in meinem hohen Alter! Fremden und einer vornehmen Herrschaft kann man so etwas aber nicht anbieten!«

Indes kletterte die Eccellenza die schmale Leiter hinauf, steckte den Kopf durch das Loch in der Mauer und versicherte, dieser Weg sei ebensogut wie die Treppe am Kapitol. Die Büffel hatten sich zum Tiber zurückgezogen, und auf dem Weg, nicht weit von uns entfernt, fuhren langsam und schläfrig zahlreiche Bauern, die zur großen Landstraße wollten. Ihnen wolle er sich anschließen, hinter ihren mit Schilfbündeln beladenen Wagen sei er vor den Büffeln in Sicherheit, falls es zu einem weiteren Angriff kommen sollte. Noch einmal erlegte er Domenica auf, sie solle am nächsten Tag, eine Stunde vor dem Ave-Maria kommen, reichte ihr dann seine Hand, damit sie sie küssen konnte, gab mir einen Klaps auf die Wange und glitt dann durch den dichten Efeu zu Boden. Wir sahen, wie er rasch die Wagen einholte und hinter ihnen verschwand.

6. DER BESUCH IM PALAZZO BORGHESE · ENDE DER KINDHEITSGESCHICHTE

Später entfernten Benedetto und ein paar Hirten das Tier aus der Türöffnung, und es gab viel zu erzählen und zu reden. Nur daran erinnere ich mich noch genau, daß ich am folgenden Morgen, noch ehe es Tag geworden war, aufwachte und mich erhob, um gegen Abend mit Domenica in die Stadt wandern zu können. – Meine Sonntagskleider, die monatelang hinter Schloß und Riegel gelegen hatten, wurden hervorgeholt und an meinen kleinen Hut wurde eine schöne Rose geheftet. Die Schuhe machten den schlechtesten Teil meiner Bekleidung aus, und es wäre schwierig gewesen zu bestimmen, ob sie ihrem Namen gerecht wurden oder ob es sich bei ihnen vielmehr um altrömische Sandalen handelte.

Wie weit war doch die Campagna und wie heiß brannte die Sonne! Niemals hat mir später Falerner oder Zyperwein so gut geschmeckt wie das Wasser, das auf der Piazza del Popolo den Mäulern der Steinlöwen neben dem Obelisken entspringt!* Ich preßte meine heiße Wange an das Löwenmaul und ließ mir, zum Entsetzen Domenicas, das Wasser über den Kopf laufen, denn auf diese Weise wurden meine Kleider naß und meine Haare gerieten durcheinander. Wir gingen unbeirrt weiter durch die Via Ripetta zum stolzen Palais der Borghese. Wie oft war ich schon an diesem Gebäude vorübergegangen und es war nur ein beliebiger Gegenstand für mich gewesen; auch Domenica erging das so. Nun standen wir artig still und betrachteten dieses Haus. Wir fanden alles so groß, so kostbar, so reich, vor allem die langen Seidengardinen hinter den Fenstern. Wir kannten die Eccellenza, die sich dort drinnen befand, am Vortage war sie noch bei uns zu Hause gewesen, und nun sollten wir sie besuchen, dies verlieh allem besonderes Gewicht. Niemals werde ich das wunder-

---

* Kommt man aus nördlicher Richtung nach Rom, führt der Weg durch die Porta del Popolo und man gelangt auf die große, schöne Piazza del Popolo, die zwischen dem Tiber und dem Monte Pincio liegt. Auf beiden Seiten sieht man unter Zypressen und Akazien moderne Statuen und Springbrunnen. In der Platzmitte, zwischen den erwähnten vier Steinlöwen, steht ein Obelisk aus der Zeit Sesostris. Von dort führen drei gleiche Straßen ab, die Via Babuino, Il Corso und die Via Ripetta; zwei identisch gebaute Kirchen bilden die Ecken der Hauptstraße (Il Corso). Keine Stadt kann ein so freundliches, sommerlich munteres Bild bieten wie an dieser Stelle das alte Rom.

liche Beben vergessen, das mich angesichts des Parks und der Räume überfiel; mit der Eccellenza war ich vertraut gewesen, das war doch ein Mensch wie wir anderen, aber diese Umgebung, diese Pracht – ja, nun erkannte ich die Glorie, die den Unterschied ausmacht zwischen Heiligen und Menschen. Im Inneren des Palais umschlossen hohe, weißgekalkte Bogengänge, in denen Büsten und Statuen standen, einen kleinen Garten*, hohe Aloesträucher und Kaktuspflanzen rankten sich die Säulen hinauf, an den Zitronenbäumen hingen grasgrüne Früchte, die die Sonne noch nicht gelb gefärbt hatte. Zwei tanzende Bacchanten trugen eine Wasserschale, freilich so, daß ihnen das Wasser über die Schultern strömte; darüber hingen die saftig grünen Blätter großer Wasserpflanzen. Wie kühl, wie duftig grün war es doch hier, dachte man an zu Hause und an die taube, glühende, ausgebrannte Campagna.

Wir gingen die große Marmortreppe hinauf. In den Nischen standen schöne Statuen, vor einer von ihnen verneigte sich Domenica stumm und schlug das Kreuz, sie glaubte, dies sei die Madonna. Später sollte ich lernen, daß es sich um Vesta[10] handelte, auch sie eine heilige Jungfrau aus Menschengeschlecht. Diener in prächtiger Livree empfingen uns, sie grüßten so freundlich, daß meine Angst geringer wurde. Wären nur die Säle nicht so groß und kostbar gewesen. Die Fußböden bestanden aus spiegelglattem Marmor, an den Wänden hingen wundervolle Gemälde, und wo sie fehlten, bestanden die Wände aus Spiegelglas, bemalt mit fliegenden Engeln, die Girlanden und Blumenkränze trugen, oder mit bunten Vögeln, die ihre großen Flügel ausbreiteten und in rote und goldene Früchte hackten. Niemals zuvor hatte ich eine solche Pracht gesehen.

Wir mußten einige Augenblicke warten, dann trat die Eccellenza ein, begleitet von einer schönen, in Weiß

---

* Später wurde der Garten in einen fliesenbelegten Hof umgewandelt.

gekleideten Dame mit großen lebhaften Augen, die sie unablässig auf uns richtete. Sie betrachtete mich mit einem erstaunlich festen, aber liebevollen Blick, strich mir die Haare aus der Stirn und sagte zu ihm: »Ja, es ist, wie ich gesagt habe, ein Engel hat Euch gerettet! Ich wette, hinter diesen häßlichen, engen Kleidern verbergen sich seine Flügel!«

»Nein«, antwortete er, »ich erkenne an seinen roten Wangen, daß der Tiber noch viele Wellen ins Meer schickt, bis ihm Flügel wachsen, und auch die alte Mutter will nicht, daß er wegfliegt. Nicht wahr? Sie will ihn nicht missen?«

»Nein, das wäre, als vermauerte man mir an meiner kleinen Hütte Fenster und Tür! Wie dunkel und einsam würde es werden, nein, dieses süße Kind will ich nicht missen!«

»Aber doch für heute abend?« sagte die Dame. »Ein paar Stunden bleibt er hier bei uns, dann holt Sie ihn wieder ab, und es herrscht schöner Mondschein, bei dem man nach Hause gehen kann, vor Räubern ist Sie doch nicht bange?«

»Ja, der Junge bleibt eine Zeitlang hier, und Sie besorgt unterdessen das eine oder andere, das Sie für zu Hause benötigt«, sagte die Eccellenza und steckte Domenica einen kleinen Beutel zu. Mehr hörte ich nicht, denn die Dame nahm mich mit in den Saal, und wir ließen ihn und die alte Mutter allein zurück.

Die große Pracht und die vornehme Gesellschaft blendeten mich sehr; bald sah ich die lächelnden Engel, die zwischen den grünen, auf die Wände gemalten Ranken hervorlugten, bald die weißbestrumpften Senatoren und rotbeinigen Kardinäle, die für mich stets Halbgötter gewesen waren, in deren Kreis ich nun aber aufgenommen zu sein schien. Vor allem aber mußte ich den hübschen Amor betrachten, der wie ein liebliches Kind auf einem häßlichen, hohe Wasserstrahlen speienden Delphin ritt; das Wasser fiel wieder in das Bassin zurück, in dem er mitten im Salon schwamm.

Die vornehme Gesellschaft, die Kardinäle und die Senatoren lächelten mir zur Begrüßung zu, und als die junge Dame mich als den Engel vorstellte, der ihren Onkel gerettet hatte, reichte mir ein hübscher junger Mann, der die Uniform der päpstlichen Garde trug, die Hand. Man stellte mir Tausende von Fragen, die ich recht behende beantwortete, und bald hörte man Gelächter und Beifallsklatschen. Die Eccellenza kam hinzu und sagte, ich solle ihnen ein Lied vorsingen, und das tat ich gern. Der junge Offizier schenkte mir schäumenden Wein ein und gab mir zu trinken, die junge Dame aber schüttelte den Kopf und nahm mir das Glas ab, ehe ich es ganz leeren konnte. Wie Feuer und Flamme ging mir der Wein ins Blut, der Offizier sagte, ich solle etwas über die schöne Dame singen, die lächelnd neben mir stand, und recht heiter erfüllte ich ihm seinen Wunsch. Der Himmel mag wissen, was ich zusammendrehte, doch der Strom meiner Worte wurde als Beredsamkeit aufgenommen, meine Dreistigkeit galt als Witz, und da ich ein armes Kind aus der Campagna war, erhielt das Ganze das Gepräge des Genies. Alle applaudierten mir, der Offizier nahm selbst den schönen Lorbeerkranz von einer Büste, die in der Ecke stand, und setzte ihn mir halb lachend auf. Scherz war dies alles und doch sah ich einen Ernst, eine Gunst darin, die mich glückselig machte und mir die besten Minuten meines Lebens bereitete. Ich sang ihnen die Lieder vor, die ich von Marijucce und Domenica kannte, berichtete von den bösen Augen der Büffel und von unserer kleinen Behausung in der Grabruine. Allzu rasch verfloß die Zeit, und ich mußte mit der alten Pflegemutter wieder nach Hause. Beladen mit Kuchen, Früchten und einigen glänzenden Silberstücken folgte ich ihr; sie war so glücklich wie ich und hatte ansehnliche Einkäufe gemacht: Kleidungsstücke, Küchengerät und zwei große Foglietten mit Wein. Wie unendlich schön war der Abend. In Bäumen und Büschen schlummerte die Nacht, hoch über uns hing der Vollmond wie ein prachtvolles, goldenes

Boot auf hohem, schwarzblauem Meer, das der verbrannten Campagna Kühlung schenkte.

Ich dachte an die prachtvollen Säle, die freundliche Dame und den reichen Applaus, träumte im Wachen wie im Schlafen denselben schönen Traum, aus dem bald Wirklichkeit, die herrliche Wirklichkeit werden sollte.

Mehr als einmal holte man mich nach Rom. Der schönen, freundlichen Dame gefiel mein Wesen, ich mußte erzählen, reinweg plaudern, als sei sie die alte Domenica, sie freute sich sehr darüber und lobte mich bei der Eccellenza. Auch er war mir gut, und doppelt gut, denn er war der unschuldige Verursacher des Todes meiner Mutter, er war es gewesen, der im Wagen gesessen hatte, als die durchgehenden Pferde über unsere Köpfe hinweggelaufen waren. Die schöne Dame hieß Francesca, häufig nahm sie mich mit in die reiche Bildergalerie, die das Palais der Borghese birgt. Meine naiven Fragen und Äußerungen beim Anblick dieser herrlichen Bilder brachten sie zum Lachen, sie erzählte den anderen davon und alle lachten mit ihr. An den Vormittagen waren die Säle gefüllt mit Fremden von jenseits der Berge, Maler saßen dort, die die verschiedenen Stücke kopierten, an den Nachmittagen aber waren die Gemälde ihrer Einsamkeit überlassen, dann gingen Francesca und ich dort hinunter, und sie erzählte mir viele Geschichten, die zu den Bildern Anlaß gegeben hatten.

Meine Lieblingsstücke waren vor allem die »Jahreszeiten« Francesco Albanis[11]: Die schönen, friedlichen Engel, die, wie sie mir sagte, Amorinen hießen, schienen meinen Träumen entsprungen zu sein. Wie herrlich tummeln sie sich im Frühling. Einige schärfen ihre Pfeile, während andere den großen Schleifstein drehen, auf den zwei weitere, die darüber schweben, Wasser gießen. Im Sommer fliegen sie zwischen den Bäumen umher, die sich vor Früchten biegen, schwimmen im frischen Wasser und spielen damit. Der Herbst bringt die Freuden der Jagd, mit Feuer in der Hand sitzt Amor auf seinem kleinen Wagen, der von zweien seiner Kameraden gezogen wird, während die Liebe den flotten Jäger herbeiwinkt und ihm den Platz zeigt, an dem sie nebeneinander ruhen können. Der Winter hat all die Kleinen in den Schlaf gewiegt, tief und fest schlummern sie nebeneinander, während die Nymphen ihnen Köcher und Pfeile stehlen und sie ins Feuer werfen, das diese gefährlichen Waffen rasch verschlingt.

Warum die Engel Amorinen hießen, warum sie schossen, ja, es gab vieles, wofür ich eine deutlichere Erklärung haben wollte, als Francesca sie mir in diesen Augenblikken gab.

»Das mußt du alles selbst lesen«, sagte sie. »Vieles mußt du selbst kennenlernen, aber der Anfang ist nicht vergnüglich! Den ganzen Tag lang mußt du mit einem Buch in der Hand auf der Bank sitzen und kannst nicht mit den Ziegen in der Campagna spielen oder hier herumlaufen und deine kleinen Freunde betrachten. Was ist dir lieber, mit Helmbusch und Säbel neben der Kutsche des Heiligen Vaters zu reiten, vom Scheitel bis zur Zehe eine ebenso prächtige Rüstung zu tragen, wie du sie an Fabiani gesehen hast, oder all die schönen Bilder zu verstehen, die du gesehen hast, die Welt, die dich umgibt, und Tausende von Geschichten zu kennen, die ich dir erzählt habe?«

»Aber kann ich dann niemals mehr zu dir kommen?« fragte ich. »Darf ich nicht immer bei der guten Domenica bleiben?«

»Du erinnerst dich doch gut an deine Mutter und an dein geliebtes Heim bei ihr? Damals wolltest du doch für immer dort bleiben und hast nicht an Domenica gedacht, nicht an mich, und heute sind wir deine Nächsten. In kurzer Zeit könnte es wieder anders sein, und so geht es das ganze Leben hindurch!«

»Aber Ihr sterbt doch nicht wie meine Mutter«, fragte ich, und Tränen traten mir in die Augen.

»Wir alle müssen sterben oder uns voneinander trennen! Es wird die Zeit kommen, in der wir nicht mehr, so wie heute, beieinander sein können, und dann will ich dich froh und glücklich wissen!«

Ein Tränenstrom war meine Antwort, ich war so unglücklich, ohne daß ich mir selbst den Grund recht erklären konnte. Francesca tätschelte mir die Wange, sagte, ich sei auch viel zu weich und auf dieser Welt sei das gar nicht gut. Nun kam die Eccellenza mit dem jungen Offizier, der mir den Lorbeerkranz auf den Kopf gesetzt hatte, als ich zum ersten Mal vor ihnen improvisiert hatte. Er hieß Fabiani, und auch er hatte mich sehr gern.

Es gibt eine Hochzeit, eine glänzende Hochzeit in der Villa Borghese! hörte man einige Abende später, bis hinaus in das arme Haus Domenicas hörte man es. Francesca war Fabianis Braut und sollte ihn einige Tage später auf seine Güter bei Florenz begleiten. In Rom, in der Villa Borghese, stand die Hochzeit bevor, in dem schönen dichten Wald aus Lorbeer und immergrünen Eichen, wo sommers wie winters die hohen Pinien ihre hellgrünen Kronen in der blauen Luft erhoben. Damals wie heute war der Wald eine Stätte des Vergnügens für Römer und Fremde; prächtige Equipagen rollten durch die dichten Eichenalleen, weiße Schwäne schwammen auf stillen, glänzenden Seen, in denen sich Trauerweiden spiegelten, und künstliche Wasserfälle stürzten über Felsenblöcke. Hochbusige Römerinnen mit feurigen Augen rollten zum Fest hinaus und sahen stolz den lebensfrohen Bauernmädchen zu, die auf den Wegen tanzten und Tamburine schlugen. Die alte Domenica legte mit mir den weiten Weg aus der Campagna zurück, damit auch wir an der Hochzeit unserer Wohltäterin teilhaben konnten. Draußen im Park, in dem die hohen Aloebüsche wie Spaliere an der weißen Mauer emporwuchsen, standen wir und sahen, wie in den Fenstern die Lichter glänzten. Francesca und Fabiani waren getraut. Aus dem Saal drang die Musik zu uns heraus, und von der grünen Fläche, auf der man ein Amphitheater angelegt hatte, stiegen Raketen und lustige Feuerfische auf, die im blauen Luftmeer miteinander spielten. Hinter einem der halbdunklen Fenster bewegten sich die Schatten einer Dame und eines Herren. »Das sind er und sie!« sagte Domenica. Die Schatten beugten sich hinter dem halbdunklen Fenster aufeinander zu, als vereinten sie sich zu einem Kuß. Ich sah, wie meine alte Pflegemutter die Hände faltete und betete. Da sank ich unwillkürlich vor den schwarzen Zypressen auf die Knie und betete für meine herzensgute Signora, Domenica kniete neben mir. »Sie werden glücklich sein!«, und zur Bekräftigung schoß das Feuer der Raketen wie tausend Sternschnuppen über den Himmel. Meine liebe Alte aber weinte, weinte wegen mir, denn bald würden wir uns trennen. Die Eccellenza hatte mir einen Platz in der Jesuitenschule gekauft, wo ich zusammen mit anderen Kindern für ein glanzvolleres Leben erzogen werden sollte, als die alte Domenica und die Campagna es mir gewähren konnten.

»Es ist wohl das letzte Mal, daß wir beiden durch die Campagna gehen. Glänzende Fußböden und bunte Teppiche wird dein Fuß betreten, die alte Domenica hat so etwas nicht; aber du bist ein gutes Kind gewesen. Das wirst du bleiben und mich und den armen Benedetto nie vergessen! O Gott, noch kann eine Handvoll gerösteter Kastanien dich glücklich machen! Du pustest ins Schilf, und ich sehe in deinen Augen die Engel Gottes, wenn das Schilf brennt und die armseligen Kastanien röstet! Niemals wieder wirst du über so wenig so froh sein. Die Disteln in der Campagna tragen trotz allem rote Blüten, und auf den blanken Fußböden der Reichen wächst kein Halm, wie glatt sind aber diese Fußböden und wie leicht kann man zu Fall kommen! – Mein kleiner Antonio, vergiß niemals, daß du ein armes Kind bist. Denk daran, daß du siehst und nicht siehst! Hörst und nicht hörst! Dann wirst du in der Welt vorankommen. Wenn unser Herr mich und Benedetto einmal erlöst und wenn das kleine Kind, das du gewiegt hast, sich als armer Mann in der Campagna abrackert, dann kommst du vielleicht einmal in deinem eigenen Wagen oder auf einem schönen Pferd vorüber und machst halt an der alten Grabkammer, wo du geschlafen, gespielt und mit uns gelebt hast, siehst fremde Menschen dort, die sich tief vor dir verneigen! Hoffärtig wirst du nicht sein, aber denke an die alten Tage, denke an die alte Domenica, sieh, wie die Kastanien braten und wie du das kleine Kind wiegst! An deine eigene, arme Kindheit wirst du denken, du herzensgute Seele!« Hier küßte sie mich fest und weinte. Mir war, als wolle mir das Herz brechen. Der Weg nach Hause und ihre Rede fielen mir schwerer als der eigentliche Abschied, denn als der kam, sprach sie nicht, sondern weinte nur. Als wir die Behausung verlassen hatten, lief sie zurück und riß das halbverräucherte Madonnenbild ab, das an der Tür befestigt war, und schenkte es mir, ich hatte es doch so oft geküßt, und das war das einzige, was sie mir geben konnte.

7. DAS SCHULLEBEN · HABBAS DAHDAH · DIE DIVINA COMMEDIA · DER NEFFE DES SENATORS

Die Signora war mit ihrem Gemahl abgereist, ich war Scholar in der Jesuitenschule geworden. Neues beschäftigte mich, neue Bekanntschaften kamen zustande, der dramatische Teil meines Lebens begann sich zu entwickeln. Hier werden Jahre zusammengepreßt, jede Stunde ist reich an Abwechslung, ein Zyklus aus Bildern, der heute, von einem entfernteren Standpunkt aus betrachtet, zu einem einzigen großen Gemälde verschmilzt, zu meinem Schulleben. Wie für einen Fremden, der zum ersten Mal das Gebirge besteigt, um von oben ein Meer aus Wolken und Nebel zu sehen, das sich allmählich lichtet oder verteilt, wodurch Berggipfel, Dörfer und sonnenbestrahlte Täler sichtbar werden, offenbarten sich Fortschritte, und meine geistige Welt vergrößerte sich. Die Geschichte bevölkerte mir jeden Flecken und trug mir bemerkenswerte Sagen und Märchen vor, jede Blume, jede Pflanze erhielt Bedeutung, am schönsten aber stand mir mein Vaterland, das herrliche Italia, vor Augen. Ich war stolz, ein Römer zu sein, jeder Ort in meiner Heimatstadt wurde mir lieb und interessant. Die als Ecksteine in den engen Straßen benutzten zerbrochenen alten Kapitelle waren mir heilige Reste; Memnonssäulen, deren Lied mein Herz seltsam bewegte. Das Schilf des Tibers wisperte von Romulus und Remus, Triumphbögen, Säulen und Statuen prägten mir die Geschichte des Vaterlandes ein, ich lebte im klassischen Altertum, und die Gegenwart, das heißt: mein Lehrer in Geschichte, wußte mich dafür zu belobigen.

Jede Gesellschaft, die politische wie die kirchliche, die Gemeinschaft in den Schenken wie der vornehme Kreis an den Spieltischen der Reichen, hat ihren Harlekin, trage er nun bunte Kleider, eine Ordenskette oder ein Ornat; und in der Schule ist das ebenso der Fall. Die jungen Augen entdecken leicht eine Zielscheibe für ihren Spott; so wie jede Gesellschaft hatten wir auch die unsrige, und unsere Zielscheibe war der ernsteste, griesgrämigste, lehrhafteste Harlekin und damit der vortrefflichste: der Abate[12] Habbas Dahdah, ein arabischer Sproß, in der Kindheit verpflanzt und im päpstlichen Gebiet aufgewachsen, nun Lenker und Leiter unseres Geschmacks, der ästhetische Kopf der Jesuitenschule, ja sogar der Academia Tiberina.

In späteren Jahren habe ich häufig über die Poesie, diese seltsame, göttliche Eingebung, nachgedacht. Sie erscheint mir wie das prachtvolle Gold im Gestein; Bildung und Erziehung sind die geschickten Bergleute, die dieses Gold zu läutern wissen, und bisweilen stößt man auf durch und durch lautere Stücke: die lyrischen Improvisationen des

Naturdichters. Eine Ader birgt Gold, eine andere Silber, doch gibt es auch Zinn und geringere Metalle, die nicht zu verachten sind, denn häufig können sie durch Polieren und Behandeln das Aussehen echten Silbers und Goldes annehmen. Nach diesen unterschiedlichen Metallen teile ich meine Poeten in Gold-, Silber-, Kupfer- und Eisenmänner ein. Nun aber kommt eine neue Schar, die nur in simplem Lehm zu arbeiten weiß – die Nicht-Poeten, die doch so gern mit dazugehören möchten! Einer von ihnen war Habbas Dahdah, und er war gerade so weit gekommen, daß er Töpfereien zustande brachte, die er mit einer Art poetischer Freiheit Menschen überstülpte, mit denen er sich weder hinsichtlich des tiefen Gefühls noch des dichterischen Geistes messen konnte. Leichte, geschmeidige Verse, zu künstlichen Formationen so angeordnet, daß sie für das Auge Herzen, Vasen und ähnliches bildeten, fanden seine Bewunderung und seinen Beifall. So war es vielleicht das erstaunlich Melodische in Petrarcas Sonetten, das ihn für diesen Dichter einnahm, vielleicht auch die Mode, eine fixe Idee, ein lichter Augenblick in der Kränklichkeit seiner Anschauungen, denn Petrarca und Habbas Dahdah waren zwei höchst unterschiedliche Wesen. Er ließ uns fast ein Viertel des langen epischen Gedichtes »Africa« * auswendig lernen, wobei es Stockprügel hagelte und über die Scipionen salzige Tränen vergossen wurden. Die Gründlichkeit Petrarcas wurde uns täglich eingeprägt. »Die oberflächlichen Poeten«, wie er sie nannte, »diejenigen, die nur mit Wasserfarben malen können, diese Kinder der Phantasie, sind eine reine Brut des Verderbens! Selbst

---

* Petrarca wurde am 20. Juli 1304 in Arezzo geboren. Er lebte und atmete nur für die alten Klassiker, Laura jedoch, die er 1327 in Avignon kennenlernte, verband ihn mit der Welt. Um sich und die Scipionen zu verewigen, verfaßte er seine epische Dichtung »Africa«, die im Gegensatz zu seinen melodischen Sonetten für Laura, die er selbst nicht so hoch bewertete, jedoch in Vergessenheit geraten ist.

der Größte von ihnen, jener Dante, der Himmel, Erde und Hölle in Bewegung setzt, um zu einer Unsterblichkeit zu gelangen, die Petrarca bereits mit einem einzigen kleinen Sonett gewinnt, ist mir gering, so gering! Ja gut, er konnte Verse schreiben! Und eben diese Tonwellen bewahren seine babylonischen Türme für ferne Geschlechter! Wäre er seinem ursprünglichen Plan gefolgt und hätte auf Latein geschrieben, das hätte Mühe bewiesen, aber das war ihm zu viel, weshalb er in dieser vulgären Volkssprache schrieb, die wir heute noch haben. Ein Strom, wie Boccaccio sagt, durch den ein Blatt schwimmen und ein Lamm gehen kann, ich finde keine Tiefe und Schlichtheit darin. Es gibt keinen richtigen Grund bei ihm, keine Festigkeit, nur ein unaufhörliches Schwanken zwischen Altertum und Gegenwart! Aber Petrarca, dieser Apostel der Wahrheit, bewies nicht Mut, indem er einen verstorbenen Papst oder einen Kaiser in die Hölle versetzte, er stand in seiner Zeit wie der Chor in der griechischen Tragödie. Als männliche Cassandra trat er warnend und tadelnd gegen Päpste und Fürsten an. Von Angesicht zu Angesicht stand er Karl IV. gegenüber und wagte zu sagen: ›An dir erkennt man, daß Tugenden sich nicht vererben!‹ Als Rom und Paris ihm den Kranz reichen wollten, forderte er seine Zeitgenossen mit edlem Selbstbewußtsein auf, zu klären, ob er es wert sei, daß man ihn bekränzt. Drei Tage lang ließ er sich examinieren, als sei er ein Grünschnabel, so wie ihr. Erst dann bestieg er das Kapitol, wo ihm der König von Neapel den Purpurmantel umlegte und der römische Senat ihm die Lorbeerkrone reichte, die Dante nie erhielt!«*

---

* Dante, dessen Taufname Durante lautete, wurde 1265 in Florenz geboren. Als er zehn Jahre alt war, verliebte er sich in Beatrice Portinari, die jedoch schon 1290 starb. Sie war für ihn das Ideal schöner Weiblichkeit, das seine Seele adelte und läuterte. Er nahm an der kriegerischen Auseinandersetzung zwischen Arezzo und Pisa teil, war später Staatsmann und starb 1321 in Ravenna.

Auf das Lob Petrarcas und die Herabsetzung Dantes liefen alle seine Ausführungen hinaus, obwohl beide gut nebeneinander hätten bestehen können, so wie das duftende Nachtveilchen und die blühende Rosenhecke. Alle Sonette mußten wir auswendig lernen, von Dante lasen wir kein Wort; nur Habbas Dahdahs Tadel machte mich vertraut damit, daß Dante sich im Himmel, im Fegefeuer und in der Hölle bewegte, in drei Elementen, die mir im höchsten Maße zusagten und mir die brennende Lust verursachten, diese Arbeit kennenzulernen, mochte dies auch heimlich geschehen müssen, Habbas Dahdah hätte mir nicht verziehen, daß ich die verbotene Frucht berührte.

Eines Tages, als ich auf der Piazza Navona* zwischen aufgestapelten Orangen, auf der Erde liegendem Eisenkram, alten Kleidern und dem Gerümpelkammer-Chaos, das dieser Platz zu bieten hat, umherwanderte, kam ich an einen Tisch mit alten Büchern und Bildern. Hier lagen Karikaturen mit Makkaronifressern, Madonnen mit dem Schwert in ihrem blutenden Herzen und andere höchst unterschiedliche Dinge. Ein Band von Metastasio zog meine Aufmerksamkeit auf sich. Ich hatte einen Paolo in der Tasche, für mich ein großes Vermögen und der letzte Rest von einem Scudi, den die Eccellenza mir ein halbes Jahr zuvor als Taschengeld geschenkt hatte. Einige Baiocchi wollte ich auf Metastasio schon verwenden, von dem ganzen Paolo konnte ich mich nicht trennen.** Der Handel war fast getätigt, als mein Blick auf ein Blatt fiel: »Divina Commedia di Dante«! Die verbotene Frucht meines Wissens, im Guten wie im Schlechten! Ich warf den Metastasio hin und griff nach dem anderen, der aber hing mir zu hoch, und nur

---

* Roms größter Marktplatz, der in heißen Sommern unter Wasser gesetzt wird

** Ein Scudo hat ungefähr den gleichen Wert wie ein dänischer Species, er hat zehn Paoli, auf jeden Paolo gehen hinwiederum zehn Baiocchi. Letztere sind Kupfermünzen, die anderen aus Silber.

drei Paoli konnten ihn herabholen. Ich drehte den Schilling in der Hand hin und her, bis er wie Feuer brannte, aber er wollte sich nicht verdoppeln, und nur zu diesem Preis konnte ich einig werden mit dem Verkäufer, denn dies sei das beste Buch Italiens, das erste Dichtwerk der Welt, wie er sagte, und von den Lippen des ehrlichen Mannes ergoß sich ein Strom der Beredtheit, über Dante, den von Habbas Dahdah so herabgesetzten Dante.

»Jedes Blatt«, so sagte er, »ist so gut wie eine Predigt! Er ist ein Prophet Gottes, an dessen weiser Hand man durch die Flammen der Hölle in das ewige Paradies geht! Ihr kennt ihn nicht, junger Herr, sonst würdet Ihr sofort einschlagen, selbst wenn ich einen Scudo verlangte! Für Euer ganzes Leben werdet Ihr das schönste Buch des Vaterlandes besitzen, und das für zwei lumpige Paoli!«

Ach, ich hätte ihm gern auch drei gegeben, hätte ich sie nur besessen, nun aber ging es mir wie dem Fuchs mit den sauren Trauben, auch ich wollte meine Gelehrsamkeit unter Beweis stellen, kramte einiges von den Reden Habbas Dahdahs gegen Dante hervor und lobte Petrarca.

»Ja, ja!« sagte der Buchhöker, als er mit großer Heftigkeit und Begeisterung seinen Dichter verteidigt hatte. »Ihr seid zu jung und zu sehr Laie, um solche Menschen beurteilen zu können! Laßt jedem sein Gutes! Ihr habt ihn nicht gelesen! Ihr wißt nichts! Ein junges, warmes Blut bringt nicht von selbst Galle gegen einen solchen Weltpropheten hervor!«

Als ich ihm nun ehrlich eingestand, mein Urteil gründe sich auf die Äußerungen meines Lehrers, nahm er aus Begeisterung für seinen Dichter das Buch, schob es mir zu und verlangte als Entschädigung für den Paolo, den er nun weniger bekam, daß ich es las und den Stolz Italiens, seinen geliebten, himmlischen Dante, nicht mehr verurteilte.

Oh, wie glücklich war ich über das Buch! Jetzt gehörte es mir und war mein ewiger Besitz. Zweifel über das Urteil des bitteren Habbas Dahdah hatte ich immer gehabt. Meine

Neugier und die Begeisterung des Buchhökers versetzten mich in die höchste Spannung, so daß ich kaum jenen Augenblick abwarten konnte, in dem ich, von anderen unbeobachtet, mit dem Buch beginnen konnte.

Ein neues Leben ließ es vor mir entstehen, in Dante fand meine Phantasie ein unentdecktes Amerika mit einer reicheren, üppigeren Natur, als ich sie bis dahin gekannt hatte. Mächtigere Berge, eine opulentere Farbenpracht! Ich erlebte das große Ganze, litt und genoß mit dem unsterblichen Sänger. Auf meiner Wanderung mit ihm dort unten klang fortwährend die Inschrift über der Hölle wie die Glocke des Jüngsten Gerichts.

Durch mich geht man hinein zur Stadt der Trauer,
Durch mich geht man hinein zum ewigen Schmerze,
Durch mich geht man zu dem verlorenen Volke.
Gerechtigkeit trieb meinen hohen Schöpfer.
Geschaffen haben mich die Allmacht Gottes,
Die höchste Weisheit und die erste Liebe.

Ich sah diese Luft, stets schwarz wie Wüstensand, der vom Sturm aufgewirbelt wird, sah den Samen Adams fallen wie Herbstlaub, während klagende Geister im Luftstrome heulten. Und Tränen traten mir in die Augen beim Anblick der edlen Großen, die, vom Christentum ausgeschlossen, hier Aufenthalt fanden. Homer, Sokrates, Brutus, Virgil und andere der Besten und Edelsten des Altertums, hier auf immer fern vom Paradies. Mir reichte nicht aus, daß Dante es so gut und angenehm gemacht hatte, wie es in der Hölle eben sein konnte, das Dasein war ein Jammer ohne Qualen, ein hoffnungsloses Sehnen. Schließlich gehörten sie dem Reich der Verdammten an, eingeschlossen von den tiefen Höllensümpfen, aus denen die Seufzer der Verurteilten Blase um Blase mit Gift und Pestdampf aufsteigen ließen. Warum hatte Christus, als er niederfuhr zur Hölle und wieder aufstieg zur rechten Hand Gottes, nicht alle aus dem Tal des Sehnens mitgenommen? Konnte die Liebe zwischen gleich Unglücklichen wählen? – Auf diese Weise vergaß ich ganz, daß es sich bei allem um Dichtung handelte. Die tiefen Seufzer aus dem siedenden Pechsee drangen mir ins Herz, ich sah ihn, sah das auftauchende Heer der Simonisten und die Dämonen, als sie ihre spitzen Forken in sie trieben. Die lebhaften Schilderungen setzten sich tief in meiner Seele fest, sie vermischten sich mit den Gedanken, die ich tagsüber hatte, und mit meinen nächtlichen Träumen. Häufig hörte man mich im Schlaf rufen: »Pape Satan, alepp Satan pape!«[13] und glaubte, ich litte unter Anfechtungen des Teufels, dabei handelte es sich um Reminiszenzen, ich wiederholte, was ich gelesen hatte. Während der Unterrichtsstunden war ich geistesabwesend, Tausende von Gedanken drangen auf mich ein und mit dem besten Willen konnte ich sie nicht vertreiben. »Wo bist du, Antonio?« wurde ich gefragt, und Angst und Scham überfielen mich, denn ich wußte genau, woher das kam, aber Dante lassen, diese Wanderung nicht vollenden, das war mir unmöglich.

Der Tag erschien mir lang und schwer wie der vergoldete Bleiumhang, den die Heuchler in der Hölle tragen mußten. Mit Unruhe im Herzen schlich ich mich zu meiner verbotenen Frucht und nahm Schreckensbilder auf, die mich für meine vermeintlichen Sünden bestraften. Ich selbst spürte den Biß der Schlangen in der Tiefe, sie beißen und wirbeln in die Flammen, von wo sie, neugeboren wie ein Phönix, wieder aufsteigen, um ihr Gift abzusondern.

Die anderen Scholaren, die im selben Raum mit mir schliefen, erwachten häufig in der Nacht durch meine Schreie und berichteten von meinem sonderbaren, zusammenhanglosen Gerede über die Hölle und die Verdammten. Zu seinem Entsetzen sah der alte Kustos eines Morgens, wie ich mich mit offenen Augen und doch schlafend im Bett aufrichtete, den Namen Luzifers sagte und mit ihm rang, bis ich entkräftet niedersank.

Allgemein wurde nun angenommen, ich litte unter Anfechtungen des Bösen; mein Bett wurde mit Weihwasser besprengt, ich wurde angewiesen, gewissenhaft eine Anzahl von Gebeten aufzusagen, ehe ich zu Bett ging. Für meine Gesundheit konnte nichts schädlicher sein als eben dieses Verfahren, mein Blut geriet damit in noch größere Bewegung, ich selbst in eine noch ängstlichere Anspannung, da mir der Grund bekannt war und ich bemerkte, daß ich im Begriff stand, ihn zu offenbaren. Schließlich erreichte ich einen Wendepunkt, und in einer Art Meeresstille gelangte ich aus dem Sturm hinaus.

Unter den Scholaren gab es keinen, der an Talent und Herkunft Bernardo überlegen war, dem lebensfrohen, fast übermütigen Bernardo. Ein täglicher Spaß war es ihm, hoch über der vierten Etage auf der vorstehenden Dachrinne zu reiten und unter der Zimmerdecke auf einem Brett zwischen den beiden Eckfenstern zu balancieren. Von allen Störungen in unserem kleinen Schulstaat wurde angenommen, sie kämen von ihm, und für gewöhnlich traf dies auch zu. Man versuchte uns und das gesamte Haus in die Stille und Ruhe eines Klosters zu versetzen, Bernardo aber war der störende Kobold, mochte er sich auch niemals als boshaft erweisen und nur gegenüber dem pedantischen Habbas Dahdah bisweilen ein wenig übertreiben, weshalb zwischen den beiden auch stets ein gespanntes Verhältnis herrschte, was Bernardo allerdings nicht schreckte: Er war Neffe eines römischen Senators und verfügte über großen Reichtum und glänzende Aussichten, denn das Glück »hatte seine Perlen in verrottete Holztöpfe geworfen und ist an der ranken Pinie vorübergegangen«, wie Habbas Dahdah sagte.

Zu allem hatte Bernardo eine sichere Meinung, und konnte er sie gegen die der Kameraden nicht mit Worten verteidigen, standen ihm auch die Hände zur Verfügung, wenn er einem das Fell gerben und ihm seine saftgrünen Ideen einbleuen wollte. Folglich war er stets der Dominierende. Nach unserer Natur höchst unterschiedlich, hatten wir doch stets das beste Verhältnis zueinander. Zwar war ich stets der Nachgiebigere, aber selbst dies gab ihm Anlaß, über mich zu spotten.

»Antonio«, sagte er, »ich würde dich prügeln, wenn ich nur sicher sein könnte, daß damit ein wenig Galle in dich käme. Wenn du nur einmal Charakter zeigen wolltest! Mir mit der geballten Faust ins Gesicht schlügst, wenn ich dich foppe! Dann könnte ich dein aufrichtigster Freund sein, aber so besteht keinerlei Hoffnung für dich!«

Eines Morgens, als wir beide gerade allein im Saal waren, setzte er sich vor mich an den Tisch, sah mir lächelnd ins Gesicht und sagte: »Du bist doch ein noch größerer Schelm als ich! Du spielst doch eine vortreffliche Komödie! Da wässert man sein Bett und räuchert seine Person! Meinst du, ich weiß das nicht. Du liest Dantes Komödie!«

Ich wurde rot wie Blut und fragte, wieso er mich dessen beschuldigen könne.

»Hast du nicht heute nacht den Teufel genau so beschrieben wie den aus der ›Divina Commedia‹? Soll ich dir eine Geschichte erzählen? Du hast doch viel Phantasie und findest an Schilderungen Vergnügen! In der Hölle gibt es nicht nur Feuerseen und verpestete Moore, wie du bestimmt von Dante weißt, sondern auch große Teiche, die völlig zugefroren sind, überall Eis, in dem die Seelen auf immer festgefroren sind. Hat man sie hinter sich gebracht, kommt man in die tiefste aller Tiefen, wo sich jene befinden, die ihre Wohltäter verraten haben und wo also Luzifer sich aufhält, der gegen Gott, unseren größten Wohltäter, rebelliert hat. Er steht bis zur Brust im Eis, hat den Rachen weit aufgerissen, und darin stecken Brutus, Cassius und Judas Ischariot, letzterer steckt mit seinem Kopf in diesem Rachen, während der häßliche Luzifer seine riesigen Fledermausschwingen schüttelt. Siehst du, mein Sohn, wenn man den einmal gesehen hat, vergißt man ihn nicht so leicht. Ich kenne ihn aus Dantes Hölle, und heute nacht hast du ihn auf Punkt und Komma im Schlaf beschrieben. Da habe ich dir so wie jetzt auch gesagt: Du hast doch Dante gelesen! Aber da bist du ehrlicher gewesen. Zum Schweigen wolltest du mich bringen, und unseren liebenswerten Habbas Dahdah hast du erwähnt. Gib es nur zu, jetzt, wo du wach bist! Ich verrate dich nicht. Endlich wird etwas aus dir. Ja, ja, eine Hoffnung hatte ich immer. Aber wie hast du das Buch in die Finger bekommen? Ich hätte es dir geben können. Sofort als Habbas Dahdah schlecht darüber gesprochen hat, habe ich es mir beschafft, ich wußte, das ist das Lesen wert. Das dicke Buch hat mich zwar abgeschreckt, aber um ihn zu foppen, habe ich mich darangemacht, und gerade lese ich es zum dritten Mal. Ist die Hölle nicht brillant? Was glaubst du, wohin Habbas Dahdah kommt? Der könnte es kalt und warm zugleich kriegen!«

Mein Geheimnis war enthüllt, aber ich konnte mich auf Bernardos Schweigen verlassen. Ein vertraulicheres Verhältnis entstand zwischen uns. Wenn wir allein waren, beschäftigten sich unsere Gespräche mit der »Divina Commedia«, die mich ausfüllte und begeisterte. Ich mußte aussprechen, was meine Seele und meine Gedanken beschäftigte. So wurden Dante und sein unsterbliches Werk mein erstes Gedicht, das ich zu Papier brachte. In der Ausgabe der »Divina Commedia« findet sich seine Lebensbeschreibung, eine Skizze zwar nur, sie reichte mir jedoch aus, um mir ein eigenes Bild zu machen. Ich besang in ihm und Beatrice die reine geistige Liebe, schilderte seine Schmerzen im Kampf zwischen den Schwarzen und Weißen, die schwere Wanderung des Verbannten über die Berge und seinen Tod unter Fremden. Am lebendigsten schilderte ich den Flug der befreiten Seele und ihren Rückblick auf die Erde und die Tiefe. Die Schilderung war in wenigen Zügen seiner unsterblichen Dichtung entnommen. Wieder öffnete sich das Fegefeuer, so wie er es beschrieben hatte. Der Wunderbaum prunkte mit herrlichen Früchten an den sich biegenden Zweigen, die von einem ewig brausenden Wasserfall gewässert wurden. Er saß im Boot, wo die Engel ihre großen weißen Flügel als Segel benutzten, während ringsumher die Berge bebten und die geläuterten Seelen aufstiegen zum Paradies, wo die Sonne und alle Engel wie Spiegel die Strahlen zurückwarfen vom ewigen Gott, wo alles Seligkeit war, auf der niedrigsten Stufe ebenso groß wie auf der höchsten, da jedes Herz sie in sich bergen konnte.

Bernardo hörte mein Gedicht und fand es ganz meisterhaft. »Antonio«, sagte er, »das mußt du zum Fest vortragen! Das wird Habbas Dahdah ärgern! Ja, ja, das und nichts anderes mußt du vortragen!«

Ich machte eine abwehrende Handbewegung.

»Was?« rief er. »Du willst nicht? Dann will ich! Quälen werde ich ihn mit dem unsterblichen Dante! Herrlicher Antonio, gib mir dein Gedicht! Ich trage es vor! Dann muß es jedoch als meines gelten! Willst du wirklich deine schöne Feder einbüßen, um eine Dohle zu schmücken? Du bist doch ein beispiellos fügsamer Mensch, und hier ist das ein hübscher Zug von dir! Du sagst doch ja?«

Wie gern wollte ich mich fügen und wie gern wollte ich diesen Spaß miterleben, sonderlicher Überredung bedurfte es also nicht.

Damals war es in der Jesuitenschule Brauch, so wie auch noch heute in der »Propaganda«, der Missionarsschule am Spanischen Platz, daß die Schüler am 13. Januar »in onore dei sancti re magi«[14] als Deklamatoren auftraten, jeder mit einem Gedicht in einer der verschiedenen Sprachen, die dort gepflegt wurden oder die ihnen durch Geburt und Elternhaus vertraut waren. Wir selbst konnten ein Thema wählen, das von unseren Lehrern begutachtet und uns dann zur Bearbeitung überlassen wurde.

»Und Ihr, Bernardo«, sagte Habbas Dahdah an jenem Tag, an dem wir unsere Themen bekanntgeben sollten. »Ihr Bernardo, habt nichts gewählt? Ihr gehört nicht zum

Geschlecht der Singvögel, Euch können wir übersprin-
gen!«

»O nein«, lautete die Antwort, »dieses Mal wage ich es! Ich habe mich entschlossen, einen Dichter zu besingen. Zwar nicht den größten, diesen Mut besitze ich noch nicht, aber ich habe an einen geringeren gedacht, an diesen Dante!«

»Ei, ei«, antwortete Habbas Dahdah, »er will auftreten, und mit Dante will er auftreten. Das wird ein Meisterstück! Das will ich hören! Aber weil alle Kardinäle kommen und allerlei Fremde, ist es vielleicht am besten, man verschiebt diesen Spaß bis zur Karnevalszeit.« Und er überging ihn. So ließ sich Bernardo jedoch nicht abspeisen, und er erhielt die Genehmigung von den anderen Lehrern. Jeder hatte jetzt sein Thema, ich entschied mich für die Schönheit Italiens.

Zwar sollte man seine Arbeit selbst machen, aber es war keine geringe Mühe, Habbas Dahdah für sich zu gewinnen und auf diesem Regenwettergesicht eine Art Sonnenglanz hervorzurufen. Man gab ihm das Gedicht zum Durchlesen, bat ihn um Rat und Hilfe. Im allgemeinen arbeitete er das gesamte Gedicht um und nähte und flickte daran, daß es schließlich genauso schlecht wie vorher war, wenn auch in anderer Hinsicht. Lobte dann irgendein Fremder das Gedicht, wußte er zu berichten, daß er diesen unschuldigen kleinen Versuchen ein wenig Eigenes beigegeben, ein paar Ungeschicklichkeiten aufpoliert habe und so weiter.

Mein Gedicht über Dante, das Bernardo als sein eigenes vortragen wollte, bekam er überhaupt nicht zu sehen.

Schließlich war der Tag gekommen. Am Tor rollten die Wagen vor, die alten Kardinäle in ihren roten Umhängen mit den langen Schleppen traten ein und nahmen in den hübschen Lehnstühlen Platz. Zettel wurden verteilt, die Auskunft gaben über unsere Namen und die Sprache, in der ein jeder sein Gedicht vortrug. Habbas Dahdah hielt die Einführungsrede, und dann folgten Gedichte in Syrisch,

Chaldäisch, Koptisch, ja sogar in Sanskrit, Englisch und in anderen sonderbaren Zungen, und je fremder und verwunderlicher sich die Sprache anhörte, um so größer war der Beifall und unter herzlichstem Lachen wurde »bravo« gerufen.

Mit bebendem Herzen trat ich vor und sprach die wenigen Strophen über mein Italien. Die Versammlung feierte mich mit wiederholten Bravorufen, die alten Kardinäle klatschten zustimmend, und Habbas Dahdah lächelte so freundlich, wie ihm das möglich war, und ließ prophetisch den Kranz durch seine Finger gleiten, denn in Italienisch kam nur noch Bernardo, und es war nicht zu vermuten, daß das englische Gedicht, das auf seines folgte, irgendwelche Lorbeeren ernten würde. Jetzt trat Bernardo an das Katheder. Mit Unruhe folgten ihm meine Augen und Ohren. Dreist und stolz trug er mein Gedicht über Dante vor, im Saal herrschte tiefe Stille. Alle schienen von der erstaunlichen Kraft ergriffen zu sein, die er in seine Worte legte. Ich kannte zwar jedes Wort, aber es klang in meinen Ohren wie das Lied eines Dichters, dem man Töne beigegeben hat. Einhellige Begeisterung fiel ihm zu. Die Kardinäle erhoben sich, alles schien zu Ende zu sein, der Kranz wurde Bernardo zuerkannt, und nur der Ordnung halber hörte man das folgende Gedicht an, das ebenfalls mit Klatschen bedacht wurde. Dann aber wandte man sich unverzüglich wieder der Schönheit und der Begeisterung in dem Gedicht über Dante zu.

Meine Wangen brannten wie Feuer, mir schwoll die Brust, ich empfand eine unendliche, namenlose Seligkeit, mit ganzer Seele sog ich den Weihrauch ein, den man Bernardo darbrachte. Ich sah ihn an, er war völlig verändert, noch niemals hatte ich ihn so gesehen. Totenbleich, den Blick zu Boden gewandt, stand er da wie ein Verbrecher – Bernardo, der sonst allen keck in die Augen sah. Habbas Dahdah machte eine ähnliche Figur und schien geistesabwesend den Kranz zerpflücken zu wollen. Einer der Kardinäle nahm ihn und setzte ihn Bernardo auf den Kopf, der sich hinkniete und die Hände vor das Gesicht schlug.

Nach dem Fest suchte ich Bernardo. »Morgen!« rief er und riß sich los.

Am folgenden Tag bemerkte ich, daß er mir aus dem Weg ging, und das machte mich traurig, denn mein Herz hing auf seltsame Weise an ihm, es sehnte sich nach einer Seele auf dieser Welt und hatte ihn ausersehen.

Zwei Abende vergingen, dann hing er an meinem Hals, drückte mir die Hand und sagte: »Antonio! Ich muß mit dir sprechen, länger halte ich es nicht aus! Und ich will es auch nicht. Als man mir den Kranz auf den Kopf drückte, war mir, als seien es tausend Dornen. Das Lob klang wie Spott. Diese Ehre kam doch dir zu! Ich habe die Freude in deinen Augen gesehen, und weißt du was? Ich haßte dich! – Ja, du stehst mir nicht mehr so nahe wie früher, das ist ein schlimmes Gefühl, und ich bitte dich deswegen um Verzeihung, aber wir müssen uns trennen, ich gehöre ja doch nicht hierher. Ich will fort! Nicht im nächsten Jahr zum Gespött werden vor den anderen, wenn mir die gestohlenen Federn fehlen. Mein Onkel muß und wird für mich sorgen. Ich habe ihn darum gebeten. Sogar gebettelt hätte ich bei ihm darum. Ich bin unter meiner Natur geblieben, und ich glaube, an all dem bist du schuld! Ich empfinde Bitterkeit gegen dich, weil du mich quälst, mich bis auf das Blut quälst. Nur in anderen Verhältnissen können wir Freunde werden. Und das werden wir sein, versprich mir das, Antonio!«

»Du bist ungerecht mir gegenüber«, sagte ich. »Und dir selbst! Laß uns das alberne Gedicht und die ganze Geschichte vergessen. Bernardo, gib mir deine Hand und mach mich nicht traurig mit solch sonderbarem Gerede.«

»Wir bleiben immer Freunde«, sagte er und verließ mich. Erst spät am Abend kam er zurück in sein Schlafzimmer, und am nächsten Morgen wurde bekannt, er werde die Schule verlassen.

»Er ist verschwunden wie eine Sternschnuppe!« sagte Habbas Dahdah ironisch. »Er ist verschwunden, kaum daß man den Glanz gesehen hat. Das Ganze ist geplatzt, auch dieses Gedicht. Ich habe es noch, denn dieser Schatz muß aufbewahrt werden. Heilige Jungfrau! Betrachtet man es genau, was ist es denn? Poesie vielleicht? Läuft hin und her, ohne Form und Gestalt. Anfangs habe ich geglaubt, es sei eine Vase, dann ein französisches Weinglas oder ein medischer Säbel, aber wie ich es auch drehe und wende, es hat dieselbe sinnlose Registerform. An drei Stellen hat es einen Fuß zu viel! Und was für schreckliche Hiaten! Fünfundzwanzigmal steht dort das Wort ›divina‹, als werde dieses Gedicht schon ›divina‹, wenn man nur das Wörtchen wiederholt. Gefühl! Gefühl! Das macht den Dichter überhaupt nicht aus. Dieses ständige Fuchteln mit der Phantasie, einmal hier und dann wieder dort. Und auch der Gedanke ist es nicht. Nein, die Besonnenheit, die goldene Besonnenheit! Der Dichter darf sich nicht hinreißen lassen von seinem Thema, eiskalt muß er sein, sein Herzenskind muß er zergliedern und sehen, wie es um die einzelnen Teile steht, nur dann erhält man das wahre Kunstwerk. Nicht mit diesem Jagen, diesem Schludern, diesem Begeisterungsunwesen. Und einem solchen Burschen haben sie den Kranz aufgesetzt! Prügel hätte er bekommen müssen für seine historischen Fehler, seine Hiaten, seine Jämmerlichkeiten! Ich habe mich geärgert. Und meine Konstitution verträgt so etwas nicht! Dieser abscheuliche Bernardo!« So ungefähr lautete die Lobrede Habbas Dahdahs.

8. EINE LIEBE UND EINE UNLIEBE BEGEGNUNG · DIE KLEINE ÄBTISSIN · DER ALTE JUDE

Wir alle vermißten den wilden, ausgelassenen Bernardo, und niemand vermißte ihn mehr als ich. Mir wollte scheinen, ringsumher sei es leer geworden, meine Bücher waren mir nicht genug, in meiner Seele erklangen Dissonanzen, die ich selbst nicht aufzulösen vermochte, nur die Musik schenkte augenblicklich Harmonie. Erst in der Welt der Töne nahmen mein Leben und mein Streben Klarheit an, hier fand ich mehr, als irgendein Dichter und selbst Dante aussprechen konnte. Nicht nur das Gefühl erfaßte hier das seelische Bild, auch das Ohr nahm sein lebendiges Wesen auf. Jeden Abend erinnerte mich der Gesang der Kinderstimmen vor der Madonna an der Mauer an meine eigene Kindheit. Er klang wie das Wiegenlied aus den melancholischen Sackpfeifen der Pifferari, im eintönigen Gesang der vermummten Leichengefolge hörte ich dieselben Töne, die am Sarg meiner Mutter erklungen waren. Ich dachte über das Vergangene nach und über das, was kommen mochte. Sonderbar eng war mir ums Herz, ich mußte singen, alte Töne standen mir im Ohr, und die Worte dazu strömten mir laut über die Lippen, allzu laut sogar, denn sie störten den mehrere Räume entfernten Habbas Dahdah, weshalb er mir bestellen ließ, man befinde sich weder in der Oper noch in einer Singschule, in der Jesuitenschule seien keine Tremoli gestattet, abgesehen von denen, die zum Lobe der Madonna erklingen. Schweigend legte ich da meinen Kopf an das Fenster, der Blick war der Straße zugewandt, der Gedanke jedoch mir selbst.

»Felicissima notte, Antonio!«* drang es an mein Ohr. Unter dem Fenster vollführte ein wunderbares, stolzes

* Der Bewohner des Nordens sagt »Gute Nacht, schlaf gut!« Der Italiener wünscht »die glücklichste Nacht!« Die Nächte des Südens enthalten mehr als Träume.

Pferd mit einem stolzen Reiter seine Kapriolen. Es handelte sich um einen päpstlichen Offizier. Mit jugendlicher Geschmeidigkeit bog er sich auf dem Pferd, grüßte und grüßte noch einmal, bis ich ihn nicht mehr sah, jedoch hatte ich ihn erkannt, es war Bernardo, der glückliche Bernardo! Wie unterschied sich sein Leben doch von meinem! Nein, ich wollte darüber nicht nachdenken und drückte den Hut tiefer in die Stirn, und wie verfolgt von einem bösen Geist, ließ ich mich treiben, wohin der Wind mich treiben wollte. Ich dachte nicht an jene Bestimmung, Schüler der Jesuitenschule, der Propaganda und jeder anderen Lehranstalt im päpstlichen Staat dürften nur in Begleitung eines gleichaltrigen oder älteren Mitschülers in die Stadt gehen und nur dann unbegleitet auftreten, wenn ihnen dies eigens gestattet worden war. Ein so allgemeines Gesetz hatte ich mir nicht eingeprägt. Ich dachte nicht an die Einschränkung meiner Freiheit und entfernte mich ruhig und gelassen. Mochte der alte Kustos denken, ich hätte die Genehmigung hierzu.

Auf dem Corso wimmelte es vor Equipagen, eine Wagenreihe mit Römern und Fremden fuhr auf der einen Seite hin, auf der anderen fuhr eine Reihe zurück, man befand sich auf dem Abendspaziergang. Vor den Kupferstichen, die der Kunsthändler ausgehängt hatte, stand eine Menschentraube, und die Bettler bemühten sich, einen Schilling zu ergattern. Das Vorankommen war schwierig, wollte man nicht zwischen den Wagen gehen, und fast war ich schon durchgeschlüpft, als eine Hand meinen Rock ergriff und ich hörte, wie eine bekannte, häßliche Stimme zischte: »Bon giorno, Antonio!« Ich sah hinab. Dort saß mein Onkel, der häßliche Peppo, beide Beine an den Seiten hochgebunden, die Hände an den Holzplatten, auf denen er sich vorwärtsschob. So nahe waren wir einander seit vielen Jahren nicht mehr gewesen, ich war ihm stets im großen Bogen aus dem Weg gegangen. Die Spanische Treppe, auf der er immer saß, hatte ich gemieden, und mußte ich mit einer Prozession oder mit anderen Scholaren an ihm vorüber, hatte ich versucht, mein Gesicht zu verstecken, so gut es eben ging.

»Antonio! Mein eigen Blut!« sagte er und hielt mich am Rock fest. »Erkennst du deinen Onkel Peppo nicht wieder? Denk an St. Joseph, dann hast du meinen Namen.* Ach, wie groß und männlich du geworden bist!«

»Laß mich los!« schrie ich, denn wir erregten die Aufmerksamkeit der Leute in unserer Nähe.

»Antonio«, sagte er, »du erinnerst dich doch, wie wir auf dem kleinen Esel geritten sind. Du liebes Kind! Ja, heute reitest du auf einem höheren Roß und willst deinen armen Onkel nicht mehr kennen. Willst nicht mehr zu mir auf die Treppe kommen! Die Hand hast du mir geküßt, auf meinem bißchen Stroh hast du geschlafen. Antonio, sei nicht undankbar!«

»Laß mich doch los!« schrie ich, riß den Rock aus seinen Händen, stürzte mich hinaus zwischen die Wagen und erreichte eine Nebenstraße. Mein Herz klopfte vor Schreck, vor, ja, wie soll ich es nennen, vor gekränktem Stolz. Ich fühlte mich verhöhnt vor allen Leuten, die uns gesehen hatten. Aber nur einige Augenblicke herrschte dieses Gefühl vor, dann erwachte ein anderes, und es war weit bitterer. Jedes Wort, das er gesagt hatte, entsprach schließlich der Wahrheit, ich war das einzige Kind seiner Schwester. Ich empfand die Grausamkeit meines Auftretens und schämte mich vor Gott und vor mir selbst. Wie Feuer brannte mein Herz. Wäre ich mit Peppo nun allein gewesen, hätte ich ihm die häßlichen Hände geküßt und ihn um Vergebung gebeten. Ich war im Innersten erschüttert.

Da läutete die Glocke von San Agostino zum Ave-Maria; meine Sünde lag mir schwer auf der Seele und ich trat

---

* Peppo ist die Abkürzung des italienischen Namens Giuseppe = Joseph.

ein, um zur Mutter Gottes zu beten. Leer und dunkel war es unter den hohen Gewölben. Matt und strahlenlos wie Zunder, wenn der nasse Schirokko kommt, brannten die Kerzen an den verschiedenen Altären. Meine Seele trank Trost und Vergebung.

»Signore Antonio!« sagte eine Stimme dicht neben mir. »Eccellenza und die schöne Signora sind hier. Sie kommen aus Florenz und haben ihren Gottesengel mitgebracht! Wollt Ihr nicht gleich einen Besuch abstatten und Eure Grüße vorbringen?«

Es war die alte Fenella, die Frau des Pförtners im Palazzo Borghese. Meine Wohltäterin war hier, mit Mann und Kind, einige Jahre hatte ich sie nicht gesehen. Meine Seele war Freude, ich flog dorthin, und bald grüßten mich die lieben, freundlichen Gesichter.

Fabiani war milde und gnädig, Francesca war mütterlich vergnügt, als sie mich sah, sie brachte mir ihre kleine Tochter Flaminia, ein liebes Kind mit erstaunlich hellen Augen, sofort spitzte es den Mund zum Kuß und kam gern zu mir, binnen zwei Minuten waren wir alte Bekannte und Freunde. Das Kind saß auf meinem Arm und lachte laut vor Freude, als ich mit ihm im Saal herumtanzte und meine alten lustigen Lieder sang.

»Mach meine kleine Äbtissin nicht zum Weltkind«*, sagte Fabiani lächelnd. »Siehst du nicht, daß sie bereits das Zeichen ihrer Würde trägt!« Und dann zeigte er mir ein kleines Silberkreuz mit dem Erlöser, das an einer Schleife auf der Brust des Kindes hing. »Das hat ihr der Heilige Vater geschenkt, sie trägt den Bräutigam ihrer Seele schon an ihrem Herzen!«

---

* In den meisten italienischen Familien, in denen eine der Töchter für das Kloster bestimmt ist, erhält diese schon in jungen Jahren einen Ehrennamen, der ihrer Bestimmung entspricht: Jesusbraut, Nonne, Äbtissin etc.

Im Glück ihrer Liebe hatten sie das erste Kind der Kirche versprochen, und der Papst hatte der Kleinen, als sie noch in der Wiege lag, das heilige Zeichen geschenkt. Als Mitglied der reichen Familie Borghese stand ihr der erste Platz in den Nonnenklöstern Roms offen, weshalb Verwandte und Freunde sie stets bei ihrem Ehrennamen nannten: die kleine Äbtissin. Jede Erzählung, jedes Spiel sollten ihr die Vorstellung jener Welt, für die sie eigentlich lebte, und das Glück, das sie erwartete, näherbringen.

Sie zeigte mir ihr Jesuskind und ihre kleinen weißgekleideten Nonnen, die jeden Tag zur Messe gingen, stellte sie in zwei Reihen auf dem Tisch auf, wie die Amme es sie gelehrt hatte, und erzählte mir, wie schön sie sängen und zum Jesuskind beteten. Ich zeichnete ihr lustige Bauern, die in ihren langen wollenen Gewändern um den steinernen Triton herumtanzten, Policinelli, die einer dem anderen auf dem Buckel saßen; und die unbekannten Bilder vergnügten die Kleine unsäglich. Sie küßte sie viele Male, dann aber riß sie sie in ihrer Ausgelassenheit entzwei, und ich mußte ihr neue zeichnen, bis wir auseinandergingen, denn die Amme rief die kleine Äbtissin zu Bett, ihre Schlafenszeit war schon lange gekommen.

Fabiani und Francesca erkundigten sich bei mir nach der Jesuitenschule, nach meiner Gesundheit und nach meinem Wohlergehen, versprachen mir immer gut zu sein und wünschten mir das Beste. »Wir müssen uns täglich sehen«, sagte sie, »komm recht oft, solange wir hier sind.« Auch nach der alten Domenica in der Campagna fragte sie, und ich erzählte, wie glücklich die Alte war, wenn ich im Herbst oder im Frühjahr einmal zu ihr hinauskam, wie sie mir dann Kastanien briet und wieder jung zu werden schien, wenn sie von der Zeit sprach, in der wir zusammen gewesen waren. Jedes Mal mußte ich den kleinen Winkel betrachten, in dem ich geschlafen hatte, und die Bilder, die ich gekritzelt hatte, verwahrte sie noch bei ihrem geweihten Rosenkranz und ihrem Gebetbuch.

»Wie drollig er sich verneigt«, sagte Francesca, als ich beim Abschied mein Kompliment machte. »Vortrefflich, daß der Geist ausgebildet wird, aber auch der Körper darf nicht vernachlässigt werden, darauf muß man in dieser Welt sehr achten! Aber das kommt noch, nicht wahr, Antonio?« Und lächelnd reichte sie mir die Hand zum Kuß.

Als ich wieder auf der Straße stand, war der Abend erst einige Stunden alt, aber alles war stockfinster. Damals waren in Rom Laternen noch nicht gebräuchlich, sie wurden bekanntlich erst in den letzten Jahren eingeführt. Die Lämpchen vor den Madonnenbildern waren das einzige Licht in den engen, unebenen Straßen. Ich mußte mich durchtasten, um nirgends anzustoßen, und kam infolgedessen nur langsam voran, in Gedanken bei den Ereignissen des Nachmittags.

Während ich so dahinging, berührte ich plötzlich etwas mit meiner Hand.

»Beim Teufel!« sagte eine mir bekannte Stimme. »Stoß mir nicht die Augen aus, denn dann sehe ich noch weniger.«

»Bernardo«, rief ich, »daß wir uns endlich einmal begegnen!«

»Antonio! Lieber Antonio!« schrie er und packte mich beim Arm. »Was für ein lustiges Zusammentreffen! Woher kommst du? Von einem kleinen Abenteuer? Das hätte ich nicht von dir erwartet! Du bist auf frischer Tat ertappt! Aber wo ist denn der Sklavenkorporal, der Cicisbeo oder wie du deinen treuen Begleiter nennst?«

»Ich bin ganz allein«, sagte ich.

»Allein!« wiederholte er. »Im Grunde bist du ein forscher Kerl! Du mußt in die päpstliche Garde, vielleicht bekämen wir dich dann ordentlich in Gang!«

Mit wenigen Worten erzählte ich ihm von der Ankunft der Eccellenza und der Signora und äußerte meine Freude über unsere Begegnung. Seine Freude war nicht geringer, wir dachten nicht mehr an die Dunkelheit und schwatzten, während wir ohne Gedanke an Ziel oder Richtung weitergingen.

»Siehst du, Antonio«, sagte er, »erst jetzt weiß ich, was das Leben ist. Du kennst es nicht! Es ist viel zu lustig, als daß man auf der harten Schulbank sitzen und sich die verschimmelten Reden Habbas Dahdahs anhören sollte. Mein Pferd kann ich tummeln, du hast es doch heute gesehen? Und die schönen Signoras werfen mir brennende Blicke zu. Schließlich bin ich ein flotter Mann, den die Uniform kleidet! Diese verfluchte Dunkelheit! Du kannst mich gar nicht sehen! Meine neuen Kameraden haben mich auf andere Gedanken gebracht, das sind keine Bankwetzer wie ihr. Wir leeren die Becher auf das Wohl des Staates, haben auch kleine Abenteuer, aber davon zu hören, schadet deiner Heiligkeit! Was bist du doch für ein kläglicher Mann! Antonio, in diesen wenigen Monaten habe ich die Erfahrungen von zehn Jahren gemacht. Es braust in meinem Blut, mir schwillt das Herz, jetzt fühle ich meine Jugend, und ich genieße sie, genieße sie in großen Zügen, während meine Lippen brennen und ich kitzelnden Durst spüre.«

»Deine Gesellschaft ist unzuträglich, Bernardo«, sagte ich.

»Unzuträglich!« unterbrach er mich. »Halt mir keine Moralpredigten. Was könntest du gegen meinen Umgang vorbringen? Meine Kameraden sind vom reinsten Patrizierblut, das Rom besitzt. Wir sind die Ehrenwache des Heiligen Vaters, sein Segen tilgt unsere kleinen Sünden. In den ersten Tagen, als ich gerade aus der Schule gekommen war, hatte ich diese Klosterbegriffe auch, aber ich war so klug, meine neuen Kameraden dies nicht merken zu lassen. Ich bin ihnen gefolgt, mit Fleisch und Blut, mein eigentliches Ich bebte vor Lebenslust, und ich gab diesem Trieb nach, denn er war stärker, aber ich hörte in meinem Inneren auch eine häßliche, böse Stimme. Die missionarische Klosterzucht und der letzte Rest von Kindlichkeit sagten zu mir: Du hast deine kindliche Unschuld verloren! Damals habe ich darunter gelitten, heute weiß ich es besser. Ich bin ein Mann, das Kind wurde abgeschüttelt! Und dieses Kind weinte, als es seinen Willen nicht bekam. – Aber dort ist ja Chjavica, die beste Osteria, in der sich die Künstler versammeln. Komm, wir trinken eine Fogliette auf unser Wiedersehen. Komm mit, dort ist es lustig!«

»Was denkst du!« antwortete ich. »Wenn man in der Jesuitenschule erfährt, daß ich mit einem Offizier der päpstlichen Garde dort gewesen bin!«

»Ja, was für ein großes Unglück. Ein Glas Wein zu trinken und die fremden Künstler Lieder in den Sprachen ihrer Heimat singen zu hören, deutsch, französisch, englisch und weiß der Herr, was sonst noch. Das ist lustig, glaub mir!«

»Was sich für dich schickt, ist mir verboten, sprich nicht mehr davon«, und ich unterbrach mich selbst, denn aus einer kleinen Nebenstraße hörte ich Gelächter und Bravorufe und wollte das Gespräch gern auf ein anderes Thema lenken. »Dort haben sich so viele Leute versammelt! Was mag da los sein? Die machen doch keinen Unfug, gleich unter dem Madonnenbild?«, und ich zog ihn mit mir dorthin.

Männer und Burschen aus der untersten Klasse hatten die Straße gesperrt, sie umringten einen alten Juden, der, wenn er aus dieser Straße hinauskommen wollte, über einen Stock springen mußte, den ihm einer der Männer hinhielt.

Bekanntlich dürfen in Rom, in der ersten Stadt der Christenheit, die Juden nur in jenem Stadtviertel wohnen, das man ihnen angewiesen hat, im engen, schmutzigen Ghetto. Jeden Abend wird seine Pforte geschlossen und Soldaten stehen Wache, damit keiner heraus- oder hineinkommt. Jedes Jahr müssen die Ältesten zum Kapitol ziehen und auf Knien um Erlaubnis bitten, ein weiteres Jahr in Rom leben zu dürfen. Sie müssen sich bereit erklären, die Ausgaben für die Karnevals-Wettläufe zu übernehmen, und geloben, einmal in diesem Jahr, an einem eigens hierzu festgesetzten Tag, in eine katholische Kirche zu gehen und sich eine Bekehrungspredigt anzuhören.

Der alte Mann, den wir vor uns sahen, war an diesem dunklen Abend allein durch die Straße gegangen, in der die Jungen spielten und die Männer sich mit Knobeln amüsierten. »Schaut, ein Jude!« hatte einer gerufen, und dann verhöhnten und verspotteten sie den alten Mann. Als er schweigend weitergehen wollte, hatten sie ihm den Weg versperrt. Einer der Männer, ein dicker, breitschultriger Kerl, hielt ihm einen langen Stock hin und rief: »Na, Jude, schwing die Beine! Sie sperren das Ghetto zu. Heute nacht kommst du nicht mehr hin. Zeig uns, was du in den Beinen hast!«

»Spring, Jude!« schrien alle Jungen. »Abrahams Gott hilft dir schon!«

»Was habe ich euch denn getan?« sagte er. »Laßt mich alten Mann meiner Wege gehen und verspottet nicht die grauen Haare vor ihr, zu der ihr um Erbarmen betet!« Und er zeigte auf das Madonnenbild ganz in der Nähe.

»Glaubst du vielleicht«, sagte der Mann, »die Madonna schert sich um einen Juden? Willst du wohl springen, du alter Hund!« Und dann ballte er eine Faust, und der Kreis der Jungen wurde enger.

Jetzt eilte Bernardo hinzu, stieß einige zur Seite, riß dem Mann im Nu den Stock aus der Hand, schwang seinen Säbel vor ihm und hielt den Stock dem Mann selbst hin, wobei er mit kräftiger, männlicher Stimme rief: »Und nun springst du, oder ich spalte dir den Schädel! Worauf wartest du? Bei allen Heiligen, ich hau dir den Schädel entzwei, wenn du nicht springst!«

Wie aus dem Himmel gefallen stand der Mann in der erstaunten Menge. Diese donnernden Worte, der gezogene Säbel und die Uniform des päpstlichen Offiziers, das alles elektrisierte ihn, und ohne ein weiteres Wort machte er einen hohen Sprung über den Stock, den er gerade noch dem armen Juden hingehalten hatte. Die Versammlung war ebenso überrascht, niemand wagte ein Wort zu sagen, alle sahen erstaunt zu. Kaum war der Mann über den Stock gesprungen, als Bernardo ihn bei den Schultern packte und ihm mit der flachen Klinge einen Klaps auf die Wange versetzte:»Bravo, mein Hund! Gut gemacht! Und nun das gleiche Kunststück noch einmal, und dann hast du wohl genug von diesen Hundekünsten!«

Der Mann mußte springen, und die Menschenansammlung lief zur lustigen Seite über, rief »bravo« und klatschte Beifall.

»Wo bist du, Jude?« fragte Bernardo. »Komm, ich begleite dich.« Er aber war fort und niemand antwortete.

»Komm!« sagte ich, als wir uns aus der Menschenansammlung befreit hatten. »Komm. Sollen sie doch sagen, was sie wollen, ich trinke eine Fogliette Wein mit dir. Auf dein Wohl will ich trinken! Wir werden immer Freunde sein, in welche Umstände wir auch geraten mögen.«

»Antonio, du bist ein Narr.« antwortete er. »Und ich im Grunde auch, weil ich mich über diesen rohen Kerl geärgert habe. Ich denke, so bald läßt der keinen mehr springen.«

Wir betraten die Osteria, keiner der lustigen Gäste beachtete uns. In einer Ecke stand ein kleiner Tisch, dorthin ließen wir uns eine Fogliette bringen und stießen dann auf unser hoffnungsvolles Wiedersehen und unsere weitere, beständige Freundschaft an, dann trennten wir uns. Ich ging zur Jesuitenschule, wo der alte Kustos, mein besonderer Freund, mich einließ, so daß es niemand merkte, und bald schlief und träumte ich von den vielen Abenteuern dieses Abends.

9. DAS JUDENMÄDCHEN

Später ängstigte mich, daß ich ohne Erlaubnis einen Abend draußen gewesen war und mit Bernardo in einer Osteria sogar Wein getrunken hatte. Doch der Zufall war mir günstig; niemand hatte mich vermißt oder man hatte, so wie der alte Kustos, angenommen, ich hätte Erlaubnis gehabt, war ich doch als ruhiger, gewissenhafter Mensch bekannt. Die Tage glitten still dahin und wurden zu Wochen, ich lernte fleißig und besuchte mitunter meine edle Wohltäterin, was meine größte Ermunterung war. Ihre kleine Äbtissin wurde mir jedes Mal lieber, ich schenkte der Kleinen Bilder, die ich selbst als Kind gezeichnet hatte. Wenn sie aber einige Augenblicke lang mit ihnen gespielt hatte, lagen sie in vielen Stücken auf dem Fußboden. Ich sammelte die Stücke auf und verwahrte sie.

Zu jener Zeit las ich Vergil. Wegen seiner Verwandtschaft mit Dante interessierte ich mich sehr für das sechste Buch, in dem die cumaeische Sibylle Äneas in die Unterwelt führt. Ich dachte an mein Gedicht und hierdurch recht lebhaft an Bernardo, den ich schon lange nicht mehr gesehen hatte, ich sehnte mich sehr nach ihm. An einem jener Wochentage, an denen die vatikanischen Galerien geöffnet sind, bat ich um Genehmigung, dorthin gehen zu dürfen, um die herrlichen Marmorgötter und die schönen Bilder zu betrachten, eigentlich aber wollte ich meinen lieben Bernardo treffen.

Ich befand mich schon in der großen offenen Arkade, in der die schönste Büste Raffaels steht und wo die Decke von schönen biblischen Bildern geziert wird, die von diesem großen Meister und von seinen Schülern ausgeführt worden waren. Die seltsamen Arabesken an den Wänden, die Legionen von Engeln, die in jedem Bogen knien und auf großen Flügeln hinauf in die Unendlichkeit schweben, waren mir nichts Neues, und doch hielt ich mich lange hier auf, als betrachtete ich sie. Eigentlich wartete ich aber auf den glücklichen Zufall, der Bernardo durch die Logen führen werde. Ich lehnte mich an das gemauerte Geländer und betrachtete die prächtige Gebirgsformation und die wogenden Wellenlinien jenseits der Campagna, doch ging mein Blick auch hinab zur vatikanischen Garde, ob es sich denn nicht um Bernardo handelte, wenn ein Säbel auf den breiten Fliesensteinen klirrte. Aber er kam nicht.

Vergebens wanderte ich durch die Stanzen, besuchte die Nilgruppe und den Laokoon, meine Besichtigung fiel jedoch schlecht aus, ich geriet in üble Laune. Bernardo war nicht zu entdecken, und darum erschien mir der Nachhauseweg ebenso interessant wie der Torso und der herrliche Antinous.

Da sprang ein lebhafter Mensch mit Federbusch und klirrenden Sporen durch den Gang, und ich hinterher. Es war Bernardo, seine Freude war nicht geringer als die meine. Hastig zerrte er mich mit sich, denn er müsse mir, wie er sagte, tausend Dinge erzählen.

»Du weißt nicht, wie ich gelitten habe und noch leide! Du mußt mein Arzt sein! Du allein kannst mir mit den magischen Kräutern helfen!« Und dann führte er mich durch den großen Saal, in dem die päpstlichen Schweizer Wache halten, in ein großes Zimmer, das für den wachhabenden Offizier eingerichtet war.

»Du bist doch nicht krank?« fragte ich. »Du kannst nicht krank sein! Deine Augen und deine Wangen brennen ja wie das Leben!«

»O ja, sie brennen«, sagte er. »Ich brenne vom Scheitel bis zur Sohle! Aber alles ist gut! Du bist mein Glücksstern, du bringst wundervolle Abenteuer und gute Gedanken, du mußt mir helfen. Setz dich! Du weißt nicht, wie viel ich seit jenem Abend erlebt habe, an dem wir uns das letzte Mal gesehen haben. Dir will ich alles anvertrauen. Du bist ein ehrlicher Freund, und du bist Teil dieses Abenteuers!«

Er erlaubte mir nicht zu sprechen, ich mußte anhören, was ihn so bewegte!

»Erinnerst du dich an den Juden?« sagte er. »Den alten Juden, den dieser Bursche springen lassen wollte und der dann weglief, ohne sich für meine ritterliche Hilfe zu bedanken? Ich hatte ihn und diese Geschichte schon fast vergessen. Einige Tage später kam ich dort vorbei, wo man das Ghetto betritt. Ich achtete nicht darauf, bis der Soldat, der am Tor Posten stand, die Honneurs machte, schließlich gehöre ich zu den Standespersonen. Ich grüßte zurück und sah dicht vor dem Tor eine hübsche Gruppe schwarzäugiger Mädchen der hebräischen Rasse, und wie du dir denken kannst, bekam ich Lust, durch die enge, schmutzige Gasse zu gehen. Eine wahre Synagoge gibt es dort an Häusern, die dicht beieinander stehen und hoch in den Himmel ragen, und aus allen Fenstern hörte man ›Bereshit Bara Elohim!‹[15] Kopf an Kopf, so wie damals, als sie durch das Rote Meer zogen. Ringsumher hingen alte Kleider, Schirme und anderer Kram. Ich hüpfte zwischen Eisenzeug, Schildern und natürlichem Schmutz herum, und es gab ein Murmeln, ein Rufen, ob ich handeln wolle, kaufen oder verkaufen, man ließ mir kaum die Zeit, in die schwarzen Augenpaare zu sehen, die mir aus den Türöffnungen zulächelten. Du kannst mir glauben, das war eine Wanderung, wie sie der alte Dante beschrieben haben könnte. Mit einem Male drang ein alter Jude auf mich ein und verbeugte sich unmittelbar vor mir, als sei ich der Heilige Vater. ›Eccellenza‹, sagte er, ›mein edler Wohltäter, Retter meines Lebens, gesegnet sei diese Stunde, seid mir gegrüßt! Glaubt nicht, der alte Hanock sei undankbar!‹ Das rief er und noch viel mehr, das ich nicht verstand oder woran ich mich nicht mehr erinnere. Dann erkannte ich ihn wieder, es war der alte Jude, der über den Stock hatte springen sollen. ›Hier ist mein armes Haus, aber meine Schwelle ist zu gering, als daß ich es wagen könnte, Euch zu bitten es zu betreten‹, und dann küßte er mir wieder Hände und Rock. Ich wollte fort, denn die gesamte Nachbarschaft sah uns andächtig zu. Jetzt glitt mein Blick am Haus empor, und ich sah das schönste Gesicht, das ich jemals gesehen habe. Eine Marmorvenus mit warmem Blut in den Wangen und Augen wie die Tochter Arabiens, das sage ich dir. Dann ging ich mit dem Juden hinein, er hatte mich schließlich eingeladen. Zwar war der Flur schwarz und eng, als führe er in das Grabmal der Scipionen, und die Steintreppe und die schöne Holzgalerie waren vorzüglich geeignet zur Einübung des sicheren Gangs und äußerster Behutsamkeit. In der Stube aber war es hingegen nicht so schlimm, nur das Mädchen fehlte, was sollte ich also dort. Jetzt mußte ich eine lange Dankesrede über mich ergehen lassen, in der es nicht mangelte an morgenländischen Bildern, die deinem poetischen Gemüt womöglich behagt hätten. Ich ließ ihn gewähren und dachte, sie wird zu guter Letzt schon noch kommen! Aber sie kam nicht. Hingegen hatte der Jude einen Einfall, der zu anderer Gelegenheit vortrefflich hätte sein können. Er meinte, als junger, in der Welt stehender Mann benötigte ich doch bestimmt Geld, leide womöglich Mangel daran und sei infolgedessen womöglich gezwungen, mich an mitleidige Seelen zu wenden, die mir für zwanzig bis dreißig Prozent christliche Nächstenliebe erweisen – er jedoch, und im Grunde sei das im Reich der Juden ein Wunder, er wolle mir ohne Prozente borgen! Hast du gehört? Ohne Prozente! Ich sei ein edler junger Mann. Er vertraue auf meine Ehrlichkeit. Ich hätte einen Zweig vom Stamme Israels beschützt, dessen Stumpf werde mir niemals die Kleider zerreißen. Da ich kein Geld benötigte, nahm ich auch keins. Nun aber bat er mich, seinen Wein zu versuchen, die einzige Flasche, die er besitze. Ich weiß nicht, was ich antwortete. Eines aber weiß ich, das schönste Mädchen aus morgenländischem Geschlecht trat ein. Was für Formen und Farben! Kohlschwarz wie Ebenholz glänzten ihre Haare. Sie schenkte mir herrlichen Zyperwein ein, und ihr königlich salomonisches Blut stieg ihr in die Wangen, als ich das Glas auf ihr Wohl leerte. Du hättest sie reden hören sollen, hättest hören sollen, wie sie mir stellvertretend für ihren Vater dankte. Was doch gar nicht der Rede wert war! Es klang wie Musik in meinen Ohren. Das konnte keine natürliche Erscheinung sein, und sie verschwand auch, und nur der Alte blieb zurück.«

»Das hört sich ja wie Dichtung an!« rief ich. »Wie schön ließe sich das in Verse bringen.«

»Du weißt nicht, wie ich mich seither gequält habe, was ich alles im Kopf aufgebaut und wieder eingerissen habe, um mit meiner schönen Zionstochter zusammenzutreffen. Denke dir, ich habe mich so weit herabgelassen, mir Geld zu leihen, das ich keineswegs benötigte. Zwanzig blanke Scudi habe ich auf acht Tage genommen, sie aber habe ich nicht zu sehen bekommen. Schon nach drei Tagen brachte ich das Geld zurück, ohne es angerührt zu haben, und der Alte lächelte und rieb sich die Hände, denn so ganz hatte er meiner Ehrlichkeit wohl doch nicht vertraut. Ich lobte seinen Zyperwein, aber nicht sie brachte ihn mir, er selbst goß ihn mir mit mageren, zitternden Händen ein. Ich spähte in jeden Winkel, sie war nicht da. Sie zeigte sich nicht, nur als ich die Treppe hinuntereilte, sah ich, wie sich hinter dem offenen Fenster die Gardine bewegte, das mußte sie sein. ›Lebt wohl, Signora!‹ rief ich, aber alles blieb still wie eine Wand, niemand zeigte sich. Und in meinem Abenteuer bin ich noch immer nicht weitergekommen! Rate mir! Aufgegeben habe ich sie nicht, und das will ich auch nicht! Was soll ich tun? Laß dir etwas Glänzendes einfallen, mein Herzensjunge. Sei mir Saturnia und Venus, die Äneas und die Tochter Libyens in der verborgenen Grotte vereinen.«

»Was soll ich denn tun? Ich weiß nicht, was ich hier ausrichten könnte!«

»Du kannst alles, wenn du nur willst. Hebräisch ist doch eine schöne Sprache, eine poetische Bilderwelt, die sollst du dir aneignen und dir einen Juden nehmen, der sie dir beibringt! Ich bezahle alles. Du nimmst den alten Hanock, der zu den Gelehrten im Ghetto gehört, das habe ich ausspioniert. Wenn du ihn mit deiner treuherzigen Art für dich eingenommen hast, dann kommst du auch in Bekanntschaft mit der Tochter und nimmst dich meiner Sache an. Im Galopp aber, im fliegenden Galopp, ich habe brennendes Gift, das brennende Gift der Liebe, in meinem Blut. Noch heute gehst du zum Juden!«

»Das kann ich nicht«, antwortete ich. »Denkst du gar nicht an meine Umstände und daran, welche Rolle ich spielen muß? Wie kannst du, lieber Bernardo, dich nur zu einem Liebesabenteuer mit einem Judenmädchen herablassen ...«

»Oh, davon verstehst du nichts!« unterbrach er mich. »Judenmädchen oder nicht, das tut nichts zur Sache, wenn die Ware nur gut ist! Nun, gesegneter Junge, vortrefflicher Antonio, eigne dir jetzt das Hebräische an. Wir werden es beide studieren, wenn auch auf unterschiedliche Weise. Sei vernünftig und denke daran, wie viel du damit für mein Glück tun kannst!«

»Du weißt«, sagte ich, »wie innig und mit ganzer Seele ich an dir hänge. Du weißt, wie deine überlegene Kraft einwirkt auf meine Gedanken und meinen Willen. Und wärest du schlecht, du könntest mich verderben. Ich müßte hinein in deinen magischen Kreis. Ich messe deine Lebensanschauungen nicht an den meinen, jeder muß doch seiner eigenen Natur folgen. Ich glaube auch nicht, daß die Art, mit der du nach der Freude greifst, sündig ist, so bist du nun einmal geschaffen, und ich bin ein ganz anderer. Überrede mich nicht zu einem Abenteuer, das dir, auch wenn es gut ausgeht, doch niemals zum wahren Glück gereichen würde!«

»Gut! Gut!« unterbrach er mich, und ich erkannte diesen fremden, stolzen Blick, mit dem er so häufig Habbas Dahdah bedacht hatte, wenn er aufgrund seiner Stellung das letzte Wort hatte. »Gut, Antonio! Das alles war auch nur ein Spaß. Mir zuliebe mußt du nicht in den Beichtstuhl. Aber wieso etwas Schlechtes daran sein soll, wenn du ein wenig Hebräisch lernst, und noch dazu von meinem Juden, das begreife ich nicht. Kein Wort mehr davon! Vielen Dank für deinen Besuch. Darf ich dir etwas zu essen anbieten? Zu trinken? Ganz zu deinen Diensten.«

Ich war verstimmt. Der Ton, in dem er mit mir sprach, seine ganze Art war die des Brüskierten. Eisige Kälte, abgemessene Höflichkeit beantworteten meinen Händedruck. Verstimmt und traurig verließ ich ihn rasch.

Ich fühlte, daß er unrecht hatte, und ich hatte gehandelt, wie ich mußte, und doch gab es Augenblicke, in denen ich meinte, nicht gut zu ihm gewesen zu sein. So mit mir selbst kämpfend ging ich durch das Judenviertel, hoffte auf meinen Glücksstern und daß er ein Wunder hervorbringen werde, das meinem Bernardo von Nutzen wäre, aber noch nicht einmal den alten Juden sah ich. Überall schauten fremde Gesichter aus Fenstern und Türen, auf dem Gehsteig zwischen allerlei Eisenkram und Kleidern spielten schmutzige Kinder; das ewige Geschrei, ob man kaufen oder verkaufen wolle, betäubte mich fast. Von Fenster zu Fenster, über die Gasse hinweg, spielten ein paar junge Mädchen Federball. Eines von ihnen war recht schön – konnte das Bernardos Geliebte sein? Ohne es zu wollen, nahm ich den Hut ab, schämte mich aber deswegen und strich mir mit der Hand über die Stirn, als hätte ich mein Haupt wegen der Hitze und nicht wegen des Mädchens entblößt.

10. EIN JAHR SPÄTER · DER RÖMISCHE KARNEVAL · DIE SÄNGERIN

Wollte ich ununterbrochen dem Faden folgen, der mich mit Bernardos Liebe und mit meiner Wanderung durch das Ghetto verbindet, so müßte ich ein ganzes Jahr überspringen, dieses Jahr aber bedeutete mit seinem gleichmäßigen Gang für mich weit mehr, als daß es mich nur zwölf Monate älter gemacht hätte. Es war eine Art Zwischenakt meines Lebens.

Bernardo sah ich selten, und trafen wir aufeinander, war er zwar unverändert der lustige, forsche junge Mann; die Vertraulichkeit von früher jedoch fehlte und hinter der Maske der Freundschaft lugte der kalte, vornehme Blick hervor. Das verstimmte und betrübte mich. Zu fragen, wie es seiner Liebe ergehe, fehlte mir der Mut.

Recht häufig kam ich in das Palais der Borghese und fand bei der Eccellenza, Fabiani und Francesca ein wahres Heim, häufig aber auch den Anlaß tiefen Schmerzes. Meine Seele war erfüllt von Dankbarkeit für alles, was ich ihnen schuldete, und jeder ernste Blick warf unverzüglich einen Schatten auf meine Lebenslust. Francesca lobte meine guten Eigenschaften, wollte mich nun aber auch vervollkommnen. Meine Haltung und die Art meines Auftretens stießen auf ihre Kritik. Sie war streng, wahrscheinlich zu streng, und obgleich ich ein erwachsener Mensch von 16 Jahren war, ließ mir dies häufig Tränen in die Augen steigen. Die alte Eccellenza, die mich aus Domenicas Hütte in ihr prachtvolles Heim gerufen hatte, war weiter so herzensgut zu mir wie damals, als wir uns zum ersten Male gesehen hatten, doch wandte auch er das Erziehungsmaß der Signora auf mich an. Nicht hinreichend teilte ich sein großes Interesse für Pflanzen und seltene Gewächse, was er als unzulängliche Begeisterung für das Gründliche bezeichnete. Zu sehr sei ich, so fand er, mit dem eigenen Ich beschäftigt, ich gehe nicht weit genug aus mir heraus, berühre mit dem Radius meines Geistes nicht den großen Weltkreis. »Denke daran, mein Sohn«, so sagte er des öfteren, »daß ein Blatt verwelkt, wenn es sich nur einrollt.« Nach jeder dieser hitzigen Reden aber tätschelte er mir dann die Wange und tröstete mich mit Ironie: Wir lebten in einer schlimmen Welt und müßten gepreßt werden wie die Blumen, solle die Madonna schöne Exemplare von uns erhalten. Fabiani betrachtete alles von der heiteren Seite, lachte über die beiden und ihre gutgemeinten Vorträge und versicherte mir, ich würde ohnehin niemals so gelehrt sein wie die Eccellenza oder so pikant wie Francesca, sondern ein dritter Charakter, der ebenfalls Teil dieses Lebens sei, ein Charakter, der ebenfalls nicht verwerflich sei. Dann rief er seine kleine Äbtissin, und mit ihr vergaß ich rasch meine kleinen Sorgen.

Das folgende Jahr wollten sie in Norditalien verbringen, sich während der warmen Sommermonate in Genua aufhalten und im Winter in Mailand. Mir stand in dieser Zeit der große Schritt bevor, daß ich nach einer Art Examen in den Stand eines Abaten eintreten solle, um so eine höhere Stellung zu erlangen als jene, die mir im Augenblick vertraut war.

Vor der Abreise der Familie wurde ein großer Ball im Palais der Borghese abgehalten, zu dem auch ich geladen war. Im Freien brannten Pechkränze, und die Fackeln, die man vor den Wagen der Gäste hertrug, wurden in an der Mauer befestigte Halter gesteckt, so daß eine wahre Feuerkaskade entstand. Päpstliche Soldaten zu Pferde wachten am Tor. Der kleine Park war mit bunten Papierlaternen geschmückt, die Marmortreppe prächtig erleuchtet; es duftete nach Blumen, denn an der Mauer standen dicht nebeneinander Vasen mit Blüten und kleine Orangenbäume. Am Tor salutierten die Soldaten, es wimmelte von prunkvoll uniformierten Dienern. Francesca war von glänzender Schönheit, die kostbaren Federn des Paradiesvogels und das weiße, prächtig mit Spitzen verzierte Atlasgewand kleideten sie allerliebst, und daß sie mir die Hand reichte, fand ich wirklich noch reizender! In zwei Sälen, jeder mit voller Orchestrierung ausgestattet, schwebten die Tanzenden. Unter ihnen befand sich Bernardo, und er war hübsch. Die rotgoldbestickte Uniform, die engen weißen Beinkleider, alles saß, als sei es um seine schönen Formen gegossen. Er tanzte mit der Schönsten, und sie lächelte ihn vertraut und liebevoll an. Wie sehr ärgerte mich, daß ich nicht tanzen konnte, auch nahm niemand eigentlich Notiz von mir. In meinem Heim schien ich der Fremdeste unter Fremden zu sein. Aber Bernardo gab mir die Hand und aller Mißmut war verflogen. Hinter den langen roten Vorhängen tranken wir vor den geöffneten Fenstern schäumenden Champagner, vertraut stieß er mit mir an, schöne Melodien strömten in unsere Herzen, und getilgt war der Gedanke aus früheren Tagen an eine Schmälerung der Freundschaft. Sogar das schöne Judenmädchen wagte ich zu erwähnen, und er lachte und schien von dieser tiefen Wunde genesen zu sein.

»Ich habe einen anderen kleinen Goldvogel gefangen«, sagte er. »Der ist zahmer und hat mir die Grillen weggesungen. Lassen wir den anderen also fliegen! Außerdem ist er fort, er ist aus dem Judenviertel entwischt, und wenn ich meinen Leuten glauben darf, sogar aus Rom.«

Ein weiteres Mal stießen unsere Gläser zusammen, der Champagner und die lustige Musik flößten unserem Blut doppeltes Leben ein. Bernardo befand sich wieder mitten im Tanz, ich stand allein da, in der Brust jedoch mit der Meeresstille der Glückseligkeit, in der man glaubt, die Welt ans Herz pressen zu können. Draußen, auf der Straße, jubelten die armen Jungen über die Funken, die von den Pechkränzen sprühten. Ich dachte an meine eigene arme Jugend und daß auch ich gespielt hatte wie sie, nun aber in diesem prunkvollen Ballsaal unter den ersten Familien

Roms zu Hause war. Dankbarkeit erfüllte meine Seele und Liebe – zur Gottesmutter, die mich so liebevoll durch die Welt geführt hatte. Anbetend fiel ich auf die Knie, die langen, dichten Vorhänge verbargen mich vor den anderen. Ich war unendlich selig.

Die Nacht flog dahin. Noch zwei Tage vergingen und die Familie verließ Rom. In jeder Stunde prägte Habbas Dahdah mir ein, was dieses Jahr mir bringen werde: den Namen und die Würde eines Abaten. Ich lernte fleißig, sah Bernardo oder andere Bekannte fast niemals; Wochen vergingen, sie wurden zu Monaten, und die Monate brachten jenen Tag, an dem ich nach einer letzten Prüfung die schwarze Tracht und den schwarzen Seidenumhang anlegte.

Alles sang mir Viktoria – die hohen Pinien und die frisch aufgeblühten Anemonen, die Rufe auf der Straße und die leichten Wolken am blauen Himmel. Mit dem schwarzen Seidenumhang eines Abaten war ich ein neuer, glücklicherer Mensch. Francesca hatte mir einen Wechsel auf hundert Scudi für meine Bedürfnisse und Lustbarkeiten senden lassen. In meiner Freude stürmte ich die Spanische Treppe hinauf, warf Onkel Peppo einen glänzenden Scudo zu und flog weiter, ohne mehr zu hören als sein »Eccellenza, Eccellenza Antonio!«

Es war in den ersten Februartagen, die Mandelbäume blühten, immer stärker färbten sich die Orangenbäume gelb, der lustige Karneval stand bevor, ganz so, als sei er ein Fest zur Feier meines Eintretens in den Abatenstand. Berittene Herolde mit Trompeten und kostbaren Samtfahnen hatten sein Kommen angekündigt. Niemals zuvor hatte ich diese Freuden ungeteilt genossen und dieses glückliche Heimatbild ganz in mir aufgenommen: Laßt den Narren frei. Als ich ein Kind war, befürchtete meine Mutter, ich könne im Gedränge zu Schaden kommen, weshalb ich von dem ganzen Vergnügen nur Momente sah, wenn sie mit mir an einer Straßenecke stand. Als Scholar der Jesuitenschule verfolgte ich es auf die gleiche Weise, so ich die Erlaubnis erhielt, mit einer Scholarengruppe auf dem flachen Dach eines Nebengebäudes des Palazzo del Doria zu stehen. Aber selbst dabeizusein, selbst vom einen Straßenende zum anderen zu fliegen, auf das Kapitol zu laufen und nach Trastevere, kurz gesagt, zu gehen, wohin ich wollte, und mich dort aufzuhalten, daran war niemals zu denken gewesen. Wie natürlich war es also, daß ich mich nun in diesen wilden Strom stürzte und mich, ganz wie ein Kind, an allem erfreute. Am wenigsten dachte ich damals daran, daß das ernsteste Abenteuer meines Lebens beginnen werde und daß ein Ereignis, das mich einmal sehr lebhaft beschäftigt hatte, nun aber vergessen war, aufs neue lebendig und stark hervortreten könnte. Das verlorene, vergessene, ungesehene Saatkorn sollte sich nun als grüne, duftende Pflanze zeigen, die meinen Lebensbaum umschlang.

Alle meine Gedanken gehörten dem Karneval. Am frühen Morgen ging ich zur Piazza del Popolo, um die Vorbereitungen zum Wettlauf zu verfolgen, abends ging ich auf dem Corso auf und ab und betrachtete die bunten Karnevalskostüme, die man ausgehängt hatte. Figuren mit Masken, in vollem Kostüm. Ich lieh mir ein Advokatenkostüm, das eines der lustigsten war, und schlief fast die ganze Nacht nicht, schließlich mußte ich meine Rolle gründlich überdenken und einstudieren.

Der kommende Tag erschien mir als heiliges Fest, ich war glücklich wie ein Kind. Überall in den Nebenstraßen bauten die Konfettikrämer ihre Theken und Tische auf und breiteten ihre bunten Waren* aus. Der Corso wurde gefegt, und die bunten Tücher wurden aus allen Fenstern

* Bei Konfetti handelt es sich um kleine rote und weiße Kalkkugeln in Erbsengröße. Bisweilen erzeugt man sie auch aus Korn, das in Gips gewälzt wurde. Am Karnevalstag bewirft man sich gegenseitig damit.

gehängt. Gegen drei Uhr nachmittags, nach der französischen Stundenzählung*, war ich auf dem Kapitol, um zum ersten Mal den Beginn des Festes zu genießen. Die Balkone waren voller Fremder, der Senator saß in Purpur gekleidet auf einem Samtthron, anmutige kleine Pagen mit Federn an den Samtbaretten standen links und rechts vor der Schweizergarde. Nun trat eine Schar der ältesten Juden ein, mit entblößten Häuptern gingen sie vor dem Senator in die Knie. Den mittleren von ihnen erkannte ich, es war Hanock, der alte Jude, für dessen Tochter Bernardo so großes Interesse gezeigt hatte. Der Alte führte das Wort, er hielt eine Art Rede, in der er nach altem Brauch um die Erlaubnis für sich und sein Volk bat, für ein weiteres Jahr in Rom und dem ihnen zugewiesenen Viertel zu bleiben, gelobte, einmal in eine katholische Kirche zu gehen, und bat sich aus, an Stelle des alten Brauchs, vor den Römern selbst über den Corso zu laufen, für die Kosten des Pferderennens, für den ausgebrachten Preis und die bunten Samtfahnen aufkommen zu dürfen. Der Senator antwortete mit gnädigem Kopfnicken (den alten Brauch, den Fuß auf die Schulter des Bittstellers zu setzen, hatte man abgeschafft), schritt anschließend bei voller Musik mit seinem Gefolge die Treppe zu seinem prunkvollen Wagen hinunter, in dem auch die Pagen Platz fanden, und eröffnete auf diese Weise den Karneval. Die große Glocke des Kapitols läutete das Vergnügen ein, ich lief nach Hause, um hastig

---

* In Italien zählt man die Stunden nach dem Untergang der Sonne, wenn ein Tag zu Ende ist und die Glocken zum Ave-Maria läuten: Die erste Stunde nach Sonnenuntergang ist also ein Uhr. Ihr folgt zwei Uhr und so weiter bis 24. Jede Woche stellt man die Uhr nach der Sonne eine Viertelstunde vor oder zurück. Die Art, auf die man die Zeit sonst angibt, bezeichnen die Römer als die französische. Geht die Sonne um sechs Uhr abends unter, ist es drei Uhr nachmittags: drei Stunden vor der Nacht oder 21 Uhr. Die Nacht beginnt mit dem Sonnenuntergang.

mein Advokatenkostüm anzulegen. In ihm meinte ich, ein ganz anderer Mensch zu sein. Selbstzufrieden eilte ich hinunter auf die Straße, wo mich eine Maskenschar begrüßte. Es waren arme Arbeitsleute, die es in diesen Tagen nicht anders hielten als die reichsten Adligen. Ihr Schmuck war originell und obendrein der billigste der Welt. Über ihrer Alltagskleidung trugen sie grobe Hemden, auf die Zitronenschalen genäht waren, so daß sie Ähnlichkeit mit großen Knöpfen hatten. Weiter trugen sie auf Schultern und Schuhen grünen Salat, eine Perücke aus Fenchel und eine große, aus Apfelsinenschalen geschnittene Brille.

Ich drohte ihnen sämtlich mit Prozessen, zeigte ihnen in meinem Buch die Paragraphen, die eine so luxuriöse Bekleidung wie die ihrige unter Strafe stellten, und eilte dann unter allgemeinem Applaus auf den langen Corso, der sich von einer Straße in einen Ballsaal verwandelt hatte. Von allen Fenstern, Balkonen und aufgestellten Logen hingen bunte Teppiche, an den Hauswänden stand eine endlose Reihe von Stühlen, »köstliche Plätze, von denen man zusehen kann«, wie der Aufseher versicherte. In zwei Reihen, die eine hin, die andere zurück, folgte Wagen auf Wagen, größtenteils geschmückt, an manchen waren sogar die Räder mit Lorbeerkränzen umwunden; es schien sich um bewegliche Lusthäuser zu handeln, und zwischen ihnen wogte das lustige Menschengewimmel. In allen Fenstern standen Zuschauer. Anmutige Römerinnen in Offiziersuniform, mit einem Schnurrbart über dem zarten Mund, bewarfen Bekannte mit Konfetti. Ich hielt ihnen eine Rede und drohte ihnen Bestrafung an, da sie nicht nur Konfetti in die Gesichter warfen, sondern auch feurige Blicke in die Herzen; ein Blumenregen belohnte mich.

Ich stieß auf ein herausgeputztes, von ihrem Cicisbeo begleitetes Madamchen. Wegen eines Kampfes unter einem Trupp Policinelli war uns für einige Augenblicke der Weg versperrt, und die gute Madame bekam meine Beredtheit zu spüren.

»Signora«, sagte ich, »haltet Ihr so Euer Versprechen? Ist das mit der römischen, katholischen Sitte vereinbar? Ach, wo ist bloß Lucretia, die Frau des Tarquinus Callatanus! Da habt ihr und andere römische Frauen Eure tüchtigen Männer zur Karnevalszeit fortgeschickt und laßt sie bei den Mönchen in Trastevere Exerzitien machen. Ihr schwört, Ihr würdet in Euren Häusern ein gottgefälliges, stilles Leben führen, während der Mann sich kasteit und sich Tag und Nacht hinter Klostermauern abrackert. Und Ihr habt derweil freies Spiel und zieht mit Euren Galanen über Corso und Festino! Ei, Signora, ich klage Euch wegen Verstoßes gegen Paragraph 16, Absatz 27 an!«

Ein nachdrücklicher Schlag mit ihrem Fächer, der mich mitten ins Gesicht traf, war die Antwort, wobei die Heftigkeit des Schlags darauf schließen ließ, daß ich in aller Unschuld die Wahrheit getroffen hatte.

»Antonio, bist du närrisch?« flüsterte ihr Begleiter mir zu, und eilig verschwanden sie zwischen Polizeidienern, Griechen und Hirten. Die wenigen Worte hatten ausgereicht, das war Bernardo. Wer aber mochte die Dame sein?

Mit lautstarkem »Luogi! Luogi! Patroni!« wurden Sitzplätze angeboten. Dadurch wurde ich aus meinen Gedanken gerissen; wer aber versucht an einem Karnevalstag auch zu denken! Eine Gruppe von Harlekinen mit Schellen an Schuhen und Schultern tanzte um mich herum, und ein anderer Advokat auf Stelzen schritt über uns hinweg. Als er in mir einen Kollegen erkannte, spottete er über den niedrigen Standpunkt, auf dem ich mich befände, und versicherte, nur mit ihm sei ein Prozeß zu gewinnen, auf der Erde, auf der ich festklebte, lasse sich keine Gerechtigkeit finden, sondern nur darüber, wobei er in den oberen Luftraum deutete, in dem er sich aufhielt, und weiterstolzierte.

Auf der Piazza Colonna war ein Musikchor. Lustige Doctores und Hirtinnen tanzten sogar um die vereinzelten Soldatengrüppchen herum, die zur Aufrechterhaltung der Ordnung zwischen Wagen und Menschengewimmel auf der Straße patrouillierten. Hier setzte ich wieder zu einer gründlichen Rede an, jedoch erschien ein Schreiber und schon war es vorbei mit mir, denn sein Diener, der mit einer großen Glocke vor ihm her lief, läutete mir so in die Ohren, daß ich meine eigenen Worte nicht verstand, auch ertönte nun der Kanonschuß zum Zeichen, daß alle Wagen die Straße zu verlassen hätten, weil der Karneval für diesen Tag beendet sei.

Ich fand Platz auf einer der Tribünen. Unter mir wogte die Menschenmenge; sie ließ sich nicht stören von den Bemühungen der Soldaten, den Pferden Platz zu schaffen, die, von keiner Trennwand in der Bahn gehalten, bald in wildem Lauf durch die Straße jagen würden.

Am Ende der Straße, auf der Piazza del Popolo, wurden die Pferde vor die Schranke geführt, sie schienen halb wild zu sein. Auf ihren Rücken klebten brennende Schwämme, hinter den Ohren trugen sie kleine Raketen; lose Eisenplatten, die sie beim Laufen anspornten, waren an ihre Seiten geheftet. Die Stallknechte konnten sie kaum bändigen. Der Kanonenschuß krachte, das Tau vor der Schranke fiel, und wie ein Sturmwind flogen sie nun an mir vorüber, den Corso entlang. Knittergold raschelte, Mähnen und bunte Bänder flatterten hoch in die Luft, Funken sprühten um die Hufe, wild schrie die Menschenmenge hinter den Pferden her, und im selben Augenblick, als sie vorüber waren, strömte die Masse wieder in die offene Bahn, wie die Welle hinter dem Schiffskiel.

Für diesen Tag war das Fest beendet, ich eilte nach Hause, um mein Kostüm abzulegen, und fand im Zimmer Bernardo vor, der auf mich gewartet hatte.

»Du hier?« rief ich. »Und deine Donna, wo in aller Welt hast du sie gelassen?«

»Still!« sagte er und drohte mir scherzhaft mit dem Finger. »Laß es nicht zu Ehrenhändeln zwischen uns kommen. – Wie konntest du nur auf diese bizarre Idee verfallen, so etwas zu sagen! Aber ich erteile dir die Absolution und gewähre dir Gnade. Du kommst heute abend mit in das ›Theater Alibert‹, man gibt die Oper ›Dido‹, die Musik soll göttlich sein. Schönheiten von erstem Rang werden kommen, und außerdem tritt in der Hauptrolle eine fremde Sängerin auf, die ganz Neapel in Feuer und Flamme versetzt hat. Sie soll eine Stimme, einen Ausdruck, einen Vortrag haben, wovon wir uns keine Vorstellung machen könnten, und obendrein ist sie schön, sehr schön, wie es heißt. Du mußt einen Bleistift mitnehmen, denn wenn sie nur zur Hälfte der Beschreibung entspricht, die man mir gegeben hat, dann wird sie dich zu den schönsten Sonetten hinreißen. Ich habe die letzten Veilchensträuße vom Karneval aufgehoben, um sie ihr zu opfern, falls sie mich begeistert.«

Gern wollte ich ihn begleiten, jeden Tropfen dieses lustigen Karnevals wollte ich in mich aufnehmen. Für uns beide wurde dies ein wichtiger Abend. In meinem Diario Romano ist der 3. Februar doppelt unterstrichen. Bernardo könnte Grund gehabt haben, dasselbe zu tun.

Im »Theater Alibert«, dem ersten Opernhaus Roms, sollten wir die neue Sängerin als Dido sehen. Der prächtige Plafond, über den die Musen schwebten, der Vorhang mit dem Olymp und die vergoldeten Arabesken an den Logen waren damals neu. Vom Parkett bis zum fünften Rang war alles dicht besetzt; an jeder Loge brannten Kerzen in kleinen Leuchten, alles strahlte wie ein Lichtermeer. Bernardo lenkte meinen Blick auf jede neue Schönheit, die ihre Loge betrat, und gab Dutzende von Boshaftigkeiten über die Häßlichen von sich.

Die Ouvertüre setzte ein. Sie erzählte in Tönen die Exposition des Stücks. Der wilde Sturm brauste über das Meer und trieb Äneas an die libysche Küste. Das Grauen des Sturms löste sich auf in fromme Hymnen, steigerte sich zum Jubel, und bei sanften Flötentönen erträumte ich mir

Didos erwachende Liebe, ein Gefühl, das mir selbst noch unbekannt war. Das Jagdhorn ertönte, wieder schwoll der Sturm an, und ich fand mich mit der Geliebten in der geheimnisvollen Höhle wieder, wo alles vor Liebe klang, eine starke, brausende Leidenschaft, die in einer tiefen Dissonanz zerbrach, während der Vorhang sich öffnete. Äneas wollte fort, wollte für Askanius das hesperische Reich gewinnen und Dido, die Fremde, verlassen, die ihm ihre Ehre und ihren Frieden geopfert hatte. Noch weiß sie es nicht, »bald aber wird der Traum zerbrechen«, wie er sagt, »bald, wenn das mit Beutegut beladene Heer der Teucer wie die schwarze Schar der Ameisen zum Strand zieht!«

Dann trat Dido auf. Als sie auf der Bühne erschien, herrschte im Publikum tiefe Stille. Ihr Wesen, königlich und unbekümmert zugleich, ihr anmutiger Anstand ergriff alle und auch mich. Und doch war sie ganz anders, als ich mir eine Dido vorgestellt hatte. Dort stand sie, ein zartes, anmutiges Wesen, unendlich schön und durchgeistigt, so, wie Raffael sich eine Frau vorgestellt haben könnte. Schwarz wie Ebenholz lagen ihre Haare über der schönen gewölbten Stirn, ihre dunklen Augen waren lauterer Ausdruck. Lautstarker Beifall erhob sich, man feierte die Schönheit, nur die Schönheit, denn noch hatte sie keinen einzigen Ton gesungen. Ich erkannte deutlich, wie eine Röte über ihre Stirn flog, sie verneigte sich vor der bewundernden Menge, die unter tiefem Schweigen nun ihren einstudierten Vortrag des Rezitativs verfolgte.

»Antonio!« rief Bernardo mir halblaut zu und zog mich am Arm. »Das ist sie! – Entweder habe ich den Verstand verloren oder das ist sie, mein entflogener Engel! Ja, ich kann mich nicht irren. Das ist ihre Stimme! Ihrer entsinne ich mich nur allzu gut!«

»Wen meinst du?« fragte ich.

»Das Judenmädchen aus dem Ghetto«, antwortete er, »und doch ist das ganz unmöglich. Wie soll sie dieselbe sein!«

Er schwieg und verlor sich in der Betrachtung dieses Sylphenwesens von wunderbarer Schönheit. Sie sang vom Glück ihrer Liebe – ein Herz, das Töne verströmte, ein tiefes, reines Gefühl, das sich auf den Schwingen der Töne aus der menschlichen Brust löste. Eine seltsame Sehnsucht ergriff meine Seele, als wollten diese Töne zutiefst verborgene Erinnerungen befreien; um ein Haar hätte ich, wie Bernardo, gerufen: Das ist sie. Das, woran ich viele Jahre nicht gedacht hatte, wovon ich nicht geträumt hatte, stand mir nun wunderbar lebendig vor Augen: wie ich als Kind zur Weihnachtszeit in der Kirche Araceli gepredigt hatte, und wie dieses zartgebaute, kleine Mädchen an meiner Stelle den ersten Preis gewonnen hatte. Ich dachte an sie, und je mehr ich sie an jenem Abend sah und hörte, um so sicherer rief es in meinem Inneren: »Das ist sie, sie und keine andere!«

Als Äneas ihr dann gesteht, daß er fortgeht, sie seien schließlich nicht verheiratet und er kenne ihre Brautfackel nicht, wie erstaunlich wußte sie da den Umschwung in ihrer Seele auszudrücken, die Überraschung, den Schmerz, die Wut – und nun sang sie ihre große Arie. Wogen, die aus der Tiefe kommend gegen den Himmel prallten! Wie soll ich diese Welt der Töne beschreiben, die sich mir hier offenbarte. Mein Kopf suchte ein körperliches Bild für diese Töne, die mir nicht aus einer menschlichen Brust zu kommen schienen. Ich sah den Schwan, der singend sein Leben aushaucht, während er einmal im hohen Ätherstrom mit den Flügeln schlägt, dann wieder eintaucht in das tiefe Meer und die Brandung spaltet, um von neuem aufzusteigen. Ein einstimmiger Beifallsruf brauste durch das Haus. »Annunziata! Annunziata!« riefen sie, und immer wieder mußte sie vor die begeisterte Menge treten.

Und doch mußte diese Partie zurückstehen hinter dem Duett im zweiten Akt, in dem sie Äneas bittet, nicht sofort zu gehen, sie nicht zu verlassen, die seinetwegen die Stämme Libyens beleidigt hatte. »Fürsten Afrikas, ihre

Scham und ihren Ruhm. Nicht ich sandte Schiffe nach Troja, nicht ich zerstörte Anchises Manes und Asche!« In ihrem Ausdruck lag eine Wahrhaftigkeit des Schmerzes, der mir Tränen in die Augen trieb, und das tiefe Schweigen ringsumher zeigte, daß alle Herzen dasselbe fühlten.

Äneas verläßt sie, und für einen Augenblick steht sie nun bleich und marmorkalt da, wie eine Niobe. Bald aber siedet in ihren Adern wieder das Blut, und nun ist sie nicht mehr Dido, die heiß liebende Dido, die verlassene Ehefrau, sie ist eine Furie, Gift und Tod verkünden die schönen Züge. So völlig verstand Annunziata, ihren Ausdruck zu verändern und jedem eisiges Entsetzen einzujagen, daß man mit ihr atmen und leiden mußte.

Leonardo hat einen Medusenkopf gemalt, er befindet sich in der Florentiner Galerie. Alle sind von seinem Anblick seltsam ergriffen und können sich doch nicht losreißen. In den schönsten Formen scheint der Schaum des Abgrunds zu liegen, aus Eiter und Gift hat die Tiefe sich eine mediceische Venus geschaffen. Von ihrem Blick und sogar von der Stellung ihres Mundes geht Tod aus, und so stand Dido nun vor uns.

Man sah das Feuer, das die Schwester Anna errichtet hatte, den Hof, behängt mit schwarzen Kränzen und Leichenlaub, weit im Hintergrund sah man das Schiff des Äneas über die aufgewühlte See fliegen. Dido stand mit der Waffe da, die er vergessen hatte, tief und schwer war ihr Gesang und schwoll dann wieder an zu Höhe und Kraft, wie die Klage der gefallenen Engel. Das Feuer loderte, das Herz zerbrach in Töne.

Wie ein Sturm brauste der Beifall auf, als der Vorhang fiel. Wir alle waren außer uns vor Begeisterung über diese herrliche Künstlerin, ihre Schönheit und ihre wunderbare schöne Stimme.

»Annunziata! Annunziata!« hörte man aus dem Parkett und aus allen Logen, nun hob sich der Vorhang wieder, und da stand sie, blaß und anmutig, den Blick voller Sanftheit und Liebe. Blumen regneten auf sie herab, die Damen winkten mit ihren weißen Taschentüchern, die Herren jubelten begeistert ihren Namen. Der Vorhang fiel, der Beifall aber schien nur zuzunehmen, wieder mußte sie vortreten, und nun hielt sie den an der Hand, der die Partie des Äneas gegeben hatte, aber wieder und wieder hörte man »Annunziata!« Sie trat mit der gesamten Besetzung auf, die zu ihrem Triumph beigetragen hatte, und doch wiederholte man stürmisch nur ihren Namen, und ein viertes Mal trat sie ganz allein vor und dankte mit wenigen, herzlichen Worten für die Ermunterung, die man ihrem Talent erwiesen hatte. In meiner Begeisterung hatte ich einige Zeilen auf ein Stück Papier geschrieben, zwischen Blumen und Kränzen flog es ihr vor die Füße.

Der Vorhang hob sich nun nicht mehr, immer wieder aber ertönten die Rufe: man wollte sie weiter sehen, ihr weiter huldigen. Von der Seite trat sie nun auf, ging an der Rampenbeleuchtung entlang und warf der Menge Küsse und Dank zu. Aus ihren Augen strahlte die Freude, in ihrem Ausdruck lag eine Glückseligkeit, der ich nicht Ausdruck zu geben vermag, und bestimmt war dies einer der glücklichsten Augenblicke in ihrem Leben. Traf dies aber nicht auch auf mein Leben zu? Mit ihr teilte ich die Freude so wie den Jubel mit den anderen. Mein Auge, meine Seele tranken ihr Bild, ich sah, ich dachte nur: Annunziata.

Die Menge verließ das Theater, ich wurde mitgerissen von dem Strom, der sich um die Ecke bewegte, wo ihr Wagen stand. Ich wurde an die Mauer gepreßt, noch einmal wollten alle sie sehen. Sie nahmen die Hüte ab, jubelten ihren Namen. Auch ich rief ihn, und sonderbar ging mir dabei das Herz auf. Bernardo hatte sich vorgedrängt bis zur Wagentür, und er hielt sie ihr auf. Ich sah, wie man im Handumdrehen die Pferde ausspannte, und begeisterte junge Männer machten sich daran, den Wagen selbst nach Hause zu ziehen. Sie dankte und bat sie mit bebender Stimme darum, dies sein zu lassen, aber nur ihr Name erklang unter lauten Jubel auf der Straße. Bernardo stieg auf die Trittstufe am Wagen und beruhigte sie, ich selbst hielt mich an der Wagenstange fest und war glückselig wie die anderen. Nur allzu rasch war alles verflogen wie ein wundervoller Traum.

Glücklicherweise stieß ich mit Bernardo zusammen, er hatte mit ihr gesprochen, war ihr ganz nah gewesen.

»Nun, Antonio, was sagst du? Ist dein Herz noch immer nicht in Bewegung geraten? Wenn du jetzt nicht in Mark und Bein glühst, dann hast du nicht verdient, daß man dich als Mann bezeichnet! Begreifst du nun, warum ich sie vom ersten Augenblick an geliebt habe? Begreifst du, daß du dir selbst im Licht gestanden hast, als ich dich bei ihr einführen wollte, und daß es sich in der Tat gelohnt hätte, Hebräisch zu lernen, um neben einem solchen Geschöpf auf der Bank zu sitzen? Ja, Antonio, ich habe keinen Zweifel, wie unerklärlich mir dies alles auch zu sein scheint, sie ist mein Judenmädchen! Genau sie habe ich vor einem Jahr beim alten Hanock gesehen, eben sie hat mir den Zyperwein eingeschenkt und ist dann verschwunden. Ich habe sie wieder, sie ist hier, und wie ein Phönix ist sie aufgestiegen aus dem Nest, dem häßlichen Ghetto.«

»Bernardo, das ist unmöglich!« antwortete ich. »Auch in mir weckt sie Erinnerungen, die jedoch dem widersprechen, daß sie deine Jüdin ist. Bestimmt gehört sie der alleinseligmachenden Kirche an. Hättest du sie so genau betrachtet wie ich, hättest du erkennen müssen, daß ihr die mosaischen Formen fehlen; sie hat nicht diese Züge, nicht das Kainsmal dieses unglücklich-verfluchten Volkes. Allein die Sprache, diese Töne, nein, sie sind nicht von jüdischen Lippen erklungen. O Bernardo, ich bin so glücklich, so von der Welt der Töne erfüllt, die sie meiner Seele eingegeben hat! – Aber was hat sie gesagt? Du hast mit ihr gesprochen. Hast dicht beim Wagen gestanden. War sie sehr glücklich, so glücklich, wie sie uns alle gemacht hat?«

»Du bist ordentlich begeistert, Antonio!« unterbrach er mich. »Schau an, jetzt schmilzt das Eis der Jesuitenschule! – Was sie gesagt hat? Ja, sie hatte Angst und war doch stolz, weil wir wilden Bengel mit ihr durch die Straße fuhren. Sie zog den Schleier dicht vor das Gesicht und preßte sich an die eine Wagenseite. Ich habe sie beruhigt und ihr alles gesagt, was mein Herz dieser Königin der Schönheit und der Unschuld zu sagen hatte. Aber noch nicht einmal meine Hand wollte sie ergreifen, als ich ihr aus dem Wagen helfen wollte.«

»Wie konntest du auch, sie kennt dich doch nicht! Eine solche Dreistigkeit hätte ich niemals gewagt.«

»Ja, du kennst die Welt nicht, und die Frauen auch nicht. Sie hat mich bemerkt, das ist doch schon etwas.«

Nun mußte ich ihm mein Impromptu vorlesen, er fand es glücklich, es müsse im »Diario di Roma« veröffentlicht werden. Wir stießen miteinander an und tranken auf ihr Wohl. Wie wir sprachen auch alle anderen im Café nur von ihr. Wie von uns wurde sie von allen anderen unermüdlich gelobt. Es war spät, als ich mich von Bernardo trennte; ich ging nach Hause, aber an Schlaf war nicht zu denken, es war mir eine Wollust, mir die Oper in meiner Seele vor Augen zu rufen. Den ersten Auftritt Annunziatas, die Arie, das Duett und die wunderbar ergreifende Schlußszene. In meiner Begeisterung klatschte ich laut und rief ihren Namen. In Gedanken ging ich nun mein kleines Gedicht durch, schrieb es nieder und fand es schön, ich las es mir einige Male vor, und, wenn ich ehrlich sein soll, fast zu stark hatte sich die Liebe auf das Gedicht übertragen. Nach vielen Jahren sehe ich es heute mit ganz anderen Augen. Damals meinte ich, es sei ein kleines Meisterstück. Sie hat es bestimmt aufgehoben, dachte ich, und sitzt nun halb entkleidet auf dem weichen Seidensofa, stützt das Kinn auf ihren anmutigen Arm und liest, was ich auf das Papier gehaucht habe:

Dir folgt meine Seele mit irdischem Taumeln
Den stolzen Gang, den nur Dante ging
Mich führte auf Tönen durch Tiefen und Himmel

Erst jüngst dein Gesang, dein seraphischer Blick!
Was Dante mit Worten in Stein gemeißelt
Sangst du mir mit Tönen in den Gründen der Seele.[16]

Ich kannte keine Geisteswelt, die reiner und schöner war als die in Dantes Dichtung, und ihr, so wollte mir scheinen, stand ich nun mit einem höheren Leben in weit größerer Klarheit als zuvor gegenüber: Annunziatas schmelzender Gesang, ihr Blick, der Schmerz und die Verzweiflung, die sie darzustellen gewußt hatte, hatten so ganz den Dreiklang der Danteschen Dichtung ergeben. Sie mußte mein Gedicht schön finden! Ich stellte mir vor, was sie dachte, ihre Lust, mit dem Verfasser Bekanntschaft zu schließen, und ich glaube fast, daß ich vor dem Einschlafen bei dem Gedanken an sie doch vor allem mit mir selbst und mit meinem kleinen, unbedeutenden Gedicht beschäftigt war.

11. BERNARDO ALS DEUS EX MACHINA · LA PRUOVA D'UN OPERA SERIA · MEINE ERSTE IMPROVISATION · DER LETZTE KARNEVALSTAG

Am nächsten Vormittag war von Bernardo rein gar nichts zu sehen, und ich suchte ihn vergeblich. Einige Male mußte ich auch über die Piazza Colonna, nicht um die Marc-Aurel-Säule zu betrachten, sondern um vielleicht einen Ärmel von Annunziata zu entdecken, die hier wohnte. Sie hatte Besuch, diese glücklichen Menschen!

Ich hörte ein Klavier und lauschte, aber keine Annunziata sang. Ein tiefer Baß versuchte sich an einigen Läufen, gewiß war dies der Kapellmeister oder einer der Sänger ihrer Gesellschaft. Welch beneidenswertes Los! Wer auch immer den Äneas gab, er konnte sie auf diese Weise Auge in Auge sehen, diesen Liebesblick trinken, er konnte von Stadt zu Stadt mit ihr ziehen und Ehre und Bewunderung ernten. Ich wurde sehr nachdenklich. Harlekine mit Schellen, Policinelli und Zauberer tanzten um mich herum, ich hatte schlicht vergessen, daß wir Karneval hatten und daß er gerade zu dieser Stunde für heute beginnen würde. Anders als am Tag zuvor machten die bunte Menschenmenge, der Lärm und das Geschrei nun einen häßlichen Eindruck auf mich. Wagen jagten vorüber, und fast alle Kutscher waren als Damen verkleidet, mir aber war dies alles aufdringlich. Die schwarzen Backenbärte unter den Damenhauben, die heftigen Bewegungen und alles in zu heftigen Farben gemalt, ja geradezu abscheulich! Ich war in anderer Verfassung als am Vortage, als ich zur Freude aufgelegt war. Das Gedränge verstärkte sich, ich wollte fort und warf einen letzten Blick auf jenes Haus, in dem Annunziata wohnte, als Bernardo aus der Türe und auf mich zusprang, wobei er lächelnd rief: »So komm doch! Steh nicht hier herum! Ich möchte dich Annunziata vorstellen, sie erwartet dich bereits. Siehst du, das ist ein Freundesdienst!«

»Sie –«, stotterte ich, und das Blut brauste mir in den Ohren. »Treib keinen Spott mit mir! Wohin willst du mich bringen?«

»Zu der, die du besungen hast«, antwortete er. »Zu der, für die du und ich und wir alle schwärmen, zur göttlichen Annunziata!« Und jetzt zerrte er mich mit sich zur Tür.

»Aber sag mir doch, auf welche Weise du zu ihr gekommen bist und wie du mich dort einführen kannst.«

»Später, später sollst du alles erfahren«, antwortete er. »Nun setz ein vergnügtes Gesicht auf!«

»Aber meine Verkleidung!« stotterte ich und versuchte, mich hastig zurechtzumachen.

»Ach, du bist hübsch, mein Freund. Ganz allerliebst. Hier, diese Tür!«

Die Türe öffnete sich und ich stand vor Annunziata. Sie trug ein schwarzes Seidenkleid. Eine Art Flor, halb rot, halb blau, hing über Schultern und Brust, das rabenschwarze Haar hatte sie aus der edlen, hohen Stirn gestrichen, auf der ein schwarzes Schmuckstück lag, bei dem es sich um einen antiken Stein zu handeln schien. In einiger Entfernung von ihr, in der Nähe des Fensters, saß eine alte Dame, die dunkelbraun und bescheiden gekleidet war; ihre Augen und die Form ihres Gesichts sagten mir beim ersten Blick, daß sie Jüdin war. Bernardos Äußerung, bei Annunziata und der Schönen im Ghetto handele es sich um ein und dieselbe Person, kam mir in den Sinn, das aber sei unmöglich, sagte mir wiederum mein Herz, wenn ich Annunziata ansah. Im Zimmer befand sich auch ein mir unbekannter Herr, der sich nun erhob; sie erhob sich ebenfalls und kam mir halb lächelnd entgegen, während Bernardo mich zu ihr begleitete und dabei scherzhaft sagte: »Gnädigste Signora, ich habe die Ehre, Ihnen hier den Poeten vorstellen zu dürfen, einen Freund, den vortrefflichen Abaten Antonio, einen jungen Mann aus der Familie der Borghese!«

»Verzeihen Sie«, sagte sie, »aber es ist wahrlich nicht meine Schuld, daß ich Ihnen meine Bekanntschaft aufdränge, wie lieb mir Ihr Gedicht auch ist, mit dem Sie mich geehrt haben.« Und sie errötete. »Ihr Freund hat erwähnt, daß Sie der Verfasser sind, und mir versprochen, Sie mir vorzustellen! Plötzlich sieht er Sie dort draußen, sagt: Nun sollen Sie ihn kennenlernen, und läuft dann weg, ehe ich noch antworten und ihn daran hindern kann, so ist er nun mal. – Aber Sie kennen ihn, und besser als ich?«

Bernardo brachte einen Scherz an, ich stammelte eine Entschuldigung und ein paar Worte, wie glücklich und erfreut ich sei, zu ihr gebracht worden zu sein.

Meine Wangen brannten, sie reichte mir die Hand, und in meiner Verzückung preßte ich sie an meine Lippen. Sie stellte mir den fremden Herren vor, es handelte sich um den Kapellmeister der Theatergesellschaft. Die alte Dame bezeichnete sie als ihre Pflegemutter, diese aber sah mich und Bernardo ernst und fast streng an, was ich wegen Annunziatas Freundlichkeit und ihrer guten Laune indessen bald vergaß.

Auch der Kapellmeister sagte mir Verbindliches über mein Gedicht, reichte mir die Hand und forderte mich auf, Texte für die Oper zu schreiben und mit einem Text für ihn den Anfang zu machen.

»Hören Sie nicht auf ihn!« unterbrach ihn Annunziata. »Sie wissen nicht, in welches Elend er Sie stürzt! Die Komponisten verschwenden keinen Gedanken an ihre Opfer, und an das Publikum noch weniger. Heute abend werden wir in ›La pruova d'un Opera seria‹ eben das Bild eines armen Autors sehen, und es ist noch nicht kräftig genug gezeichnet!«

Der Komponist wollte mit Einwänden kommen, Annunziata lachte und trat dicht vor mich.

»Sie schreiben ein Stück«, sagte sie, »und opfern für die anmutigsten Verse Ihre Seele! Die Gesamtheit, die Charaktere, alles ist wohl überlegt, dann aber kommt der Komponist, er hat eine Idee, die präsentiert werden muß, und Ihre Ideen sind überflüssig. Blechzeug und Trommeln will er haben, und Sie müssen nach seiner Pfeife tanzen. Die Primadonna des Theaters will nur singen, wenn man ihr einen glänzenden Abgang mit einer Arie bereitet. Sie verlangt ein Maestoso furioso! Die gleichen Forderungen stellt der Primo tenore. Prima und Tertia donna[17] müssen ausgetauscht werden, Bässe und Tenöre verneigen sich, schmeicheln, ertragen alles, was unsere Launen sich einfallen lassen, und das ist nicht eben wenig!«

Der Kapellmeister wollte sie unterbrechen, was Annunziata jedoch nicht gestattete, vielmehr fuhr sie fort: »Und dann kommt der Direktor, er wägt ab, er mißt, er verwirft, und mag es auch dumm und unangemessen erscheinen, Sie sind verpflichtet, sein untertäniger Diener zu sein. Der Maschinenmeister versichert, das Theater habe keine Möglichkeiten für dieses Arrangement und diese Dekoration, etwas Neues könne freilich nicht angefertigt werden. Also müssen Sie das und dieses und jenes in Ihrem Stück verändern, was man in der Theatersprache ›konjugieren‹ nennt. Der Theatermaler widersetzt sich einem Seitenstück, um das seine neue Dekoration ergänzt werden soll, infolgedessen muß ein Satz, der hierauf hinweist, konjugiert werden! Die Signora bekommt ein Versende nicht über die Zunge, sie besteht auf einem a, gleichgültig, wo Sie es hernehmen! Es wird konjugiert, und der Text wird konjugiert, und wenn Ihnen das alles auf der Bühne schließlich als ein völlig unbekanntes Werk erscheint, haben Sie obendrein noch das Vergnügen zu hören, wie es ausgepfiffen wird und wie der Komponist ausruft: ›Ach, das Ganze ist wegen dieses erbärmlichen Textes durchgefallen!? Die Schwingen meiner Töne vermochten diesen Koloß nicht zu tragen, er mußte durchfallen.‹«

Lustig klang von draußen die Musik zu uns herein. Die Karnevalsmasken schwirrten über den Platz und durch die Straßen. Ein starker Jubel, der sich mit Beifall vermischte, rief uns an die offenen Fenster. Nun, da ich Annunziata so nahe und der erste Wunsch meines Herzens so plötzlich erfüllt wurde, war ich unsagbar glücklich, und der Karneval erschien mir wieder so lustig wie am vorangegangenen Tag, als ich mich selbst beteiligt hatte.

Unter dem Fenster hatten sich fünfzig Policinelli zur Wahl ihres Königs versammelt. Dieser bestieg einen kleinen Karren, der mit bunten Fahnen, Lorbeergirlanden und Zitronenschalen geschmückt war, sie flatterten, als handele es sich um Bänder und Schnüre. – Der König stand auf dem Karren, bekam eine Krone aus goldbemalten Eiern auf den Kopf gesetzt und das Zepter gereicht, eine riesige, mit Makronen besetzte Kinderrassel. Die anderen tanzten um ihn herum, er nickte gnädig nach allen Seiten. Nun spannten sie sich vor seinen Wagen, um ihn durch die Straßen zu ziehen, da bemerkte er Annunziata. Er erkannte sie und rief, während er fortrollte: »Du gestern, ich heute, und vor dem Wagen echt römisches Blut!« – Ich sah, daß Annunziata blutrot wurde und einen Schritt zurück ins Zimmer trat; augenblicklich aber wieder gefaßt, beugte sie sich über den Rand des Altans, nickte freundlich und rief ihm laut zu: »Genieß dein Glück, du verdienst es ebensowenig wie ich!«

Man hatte sie gesehen, man hatte seine Worte und ihre Antwort gehört, ein Vivat erklang, und die Blumensträuße flogen zu ihr hinauf, einer von ihnen streifte ihre Schulter und flog mir an die Brust, fest preßte ich ihn an mich, er war mir ein unersetzlicher Schatz.

Bernardo war über die Unverschämtheit des Polichinellokönigs empört, wie er sagte, er wollte hinunter und den Kerl züchtigen, doch der Kapellmeister und die anderen hielten ihn auf und sahen in allem einen Scherz.

Der Diener meldete den Ersten Tenor, er wurde von einem Abate und einem fremden Künstler begleitet, den er Annunziata vorstellen wollte. Ein Augenblick später traf weiterer Besuch ein: fremde Künstler, die sich vorstellten und ihr Huldigungen darbrachten. Wir waren bereits eine größere Gesellschaft, es wurde über die lustigen Festine der vorangegangenen Nacht im Theater »Argentina« und über die verschiedenen Künstlermasken nach bekannten Statuen gesprochen: Apollo Musagetes, die Gladiatoren und die Diskuswerfer. – Nur die alte Dame, die ich für eine Jüdin hielt, beteiligte sich nicht an der Unterhaltung. Still und mit ihrem Strickstrumpf beschäftigt, saß sie da und nickte nur ein wenig, als Annunziata sich in der Unterhaltung einige Male an sie wandte.

Wie unterschied sich Annunziata doch von jenem Wesen, das sich meine Seele erdacht hatte, als ich sie am

Abend zuvor gesehen und gehört hatte. Hier, in ihrem Heim, war sie ein lebensfrohes, fast ausgelassenes Geschöpf! Auch dies aber stand ihr unsagbar gut und sagte mir auf wundervolle Weise zu, sie wußte alle und mich mit ihren leichten, scherzhaften Bemerkungen und ihrer klugen, geistvollen Ausdrucksweise für sich einzunehmen. – Plötzlich sah sie auf ihre Uhr, sprang hastig auf und entschuldigte sich, sie müsse Toilette machen, an diesem Abend trete sie als Primadonna in »La pruova d'un opera seria« auf, und uns allen freundlich zunickend verschwand sie in einem Nebenzimmer.

»Bernardo, wie glücklich hast du mich doch gemacht!« rief ich aus, als wir uns im Freien befanden. »Sie ist gerade so liebenswert wie in ihrem Gesang und ihrem Spiel! – Wie in aller Welt aber bist du zu ihr gekommen und hast so schnell ihre Bekanntschaft machen können? Ich begreife nichts von all dem, das Ganze ist für mich wie ein Traum, sogar, daß ich hier gewesen bin!«

»Wie ich dort hingekommen bin?« antwortete er. »Oh, sehr einfach, ich hielt es für meine Pflicht als einer der jungen Adligen von Rom, als Offizier der päpstlichen Ehrenwache und als Bewunderer alles Schönen, ihr meinen Besuch zu machen. Und Liebe hat es nicht nötig, sich auch nur auf einen dieser Gründe zu berufen. – Also bin ich eingetreten, und daß ich mich ebensogut ohne Vermittler oder Kustos zu bewegen weiß wie die, die du eintreten sahst, steht doch außer Zweifel. – Wenn ich verliebt bin, bin ich stets interessant, und das darfst du glauben, daß ich sehr unterhaltsam gewesen bin! Nach der ersten halben Stunde waren wir bereits so gut miteinander bekannt, daß ich dich heraufholen konnte, als ich dich sah!«

»Du liebst sie?« fragte ich. »Liebst du sie aufrichtig?«

»Ja, jetzt mehr als früher! Und was meine Bemerkung angeht, daß sie das Mädchen ist, das mir bei dem alten Juden den Wein reichte, gibt es für mich keinen Zweifel mehr. Sie hat mich erkannt, als ich vor ihr stand, ich habe es deutlich gesehen. Und selbst die alte Judenmutter, die kein Wort sagt, sondern nur dasitzt, ihren Kopf im Takt bewegt und die Maschen fallen läßt, ist ein salomonisches Siegel für die Wahrheit meiner Vermutung! Aber Jüdin ist Annunziata nicht! Ihre schwarzen Haare, ihre dunklen Augen und der Ort, an dem ich sie zum ersten Male sah, haben mich in die Irre geführt. Vielmehr trifft deine Vermutung zu und sie gehört zu unserem Glauben und kommt in unser Paradies.«

Am Abend versammelten wir uns im Theater. Das Gedränge war groß, vergeblich suchte ich nach Bernardo, er blieb unauffindbar. Ich erhielt einen Platz, ringsherum war es überfüllt, schwer und drückend war die Hitze, und schon vorher befand mein Blut sich in sonderbar fiebriger Bewegung, fast wollte mir scheinen, ich hätte die Ereignisse der vergangenen beiden Tage nur geträumt. Alles war wie ein Traum, und nichts konnte geeigneter sein, meinen bewegten Sinn in Balance zu bringen, als das Stück, das nun begann.

Bekanntlich ist die Buffa »La pruova d'un opera seria« eine Ausgeburt der ausgelassensten, phantastischsten Launen. In diesem Stück gibt es fast keinen durchlaufenden Faden; Dichter und Komponist wollen zum Lachen bewegen und den Sängern die Gelegenheit geben zu glänzen. Eine leidenschaftliche, launenhafte Primadonna, ein Komponist, der die gleiche Farbe spielt, und immer wieder Kapricen der anderen Theatermenschen, jenes sonderbaren Menschenschlags, den man auf besondere Weise behandeln muß, nämlich als Gift, das einmal töten und ein andermal heilen kann. – Und der arme Poet hüpft zwischen ihnen herum wie ein leidendes, minderwertiges Opfer.

Annunziatas Auftreten wurde mit Jubel und Blumenkränzen gefeiert; der Humor, den sie zeigte, und ihre Munterkeit galten als höchste Kunst. Ich nannte es Natur, denn so war sie in ihrem Heim gewesen, und als nun ihr

Gesang ertönte wie tausend Silberglöckchen, die sich in sanfter Harmonie abwechselten, nahm jedes Herz die Freude auf, mit der sie sang, die Freude, die aus ihren Augen sprach! – Das Duett zwischen ihr und il compositore della musica, in dem die beiden tauschen, so daß sie die männliche Partie singt und er die weibliche, war ein Triumph der Virtuosität; vor allem aber waren alle ergriffen von ihren Sprüngen vom tiefsten Alt zum höchsten Sopran. Mit ihrem leichten, anmutigen Tanz erinnerte sie an die Terpsichore auf den etruskischen Vasen, und bei jeder Bewegung hätte es sich um die Studie eines Malers oder eines Bildhauers handeln können. Diese anmutige Lebhaftigkeit schien mir hervorgegangen zu sein aus ihrer Persönlichkeit, wie ich sie an diesem Tage kennengelernt hatte. Die Darstellung der Dido erschien mir als ein Kunststudium, ihre »Primadonna« an diesem Abend als höchste Subjektivität.

Ohne erkennbare Verbindung waren Bravournummern aus anderen Stücken eingefügt worden; durch die Schalkhaftigkeit ihres Vortrages erschien das so natürlich, als sei sie durch ihre Ausgelassenheit und ihren Fröhlichkeit zu diesen Prachtnummern angeregt worden.

Gegen Ende des Stücks versichert der Komponist, alles sei vortrefflich, nun könne die Ouvertüre beginnen, er händigt dem wirklichen Orchester die Noten aus, die Primadonna geht ihm zur Hand, das Zeichen wird gegeben, und nun brechen beide in die schrecklichsten, herzzerreißendsten Dissonanzen aus und applaudieren »Bravo, Bravo!« und mit ihnen das Publikum. Fast übertönte das Gelächter die Musik, ich aber war bis auf die Seele angegriffen und fühlte mich im Zustand halbkranker Überspanntheit. Annunziata war ein wildes, ausgelassenes Kind, in ihrer Ausgelassenheit aber war sie liebenswert. Wie die wilden Dithyramben der Bacchantinnen toste ihr Gesang, und sogar in der Freude konnte ich ihr nicht gleich sein, ihre Ausgelassenheit war geistig, schön und groß, und als ich sie so sah, mußte ich an das herrliche Plafondgemälde von Guido Reni denken: »Aurora«, auf dem die Göttinnen der Zeit den Sonnenwagen umtanzen. Eine von ihnen hatte Ähnlichkeit mit Beatrice Cenci, aber so, wie sie im vergnügtesten Moment ihres Lebens aussehen mußte, und bei Annunziata fand ich diesen Ausdruck wieder: Wäre ich Bildhauer gewesen, ich hätte sie aus Stein geformt, und die Welt hätte dieser Statue den Titel »Die schuldfreie Freude« gegeben. Lauter und lauter, in wilden Dissonanzen brauste das Orchester, der Komponist und die Primadonna sangen. »Herrlich!« riefen sie dann, »die Ouvertüre ist beendet, laßt jetzt den Vorhang hochgehen!« Und dann fiel er. Die Buffa war zu Ende, wie am Vorabend mußte Annunziata aber auch an diesem Abend vortreten, Kränze und Blumen, Gedichte mit flatternden Bänden flogen ihr entgegen. Mehrere in meinem Alter, von denen ich einige kannte, wollten ihr am selben Abend noch eine Serenade bringen, und ich war dabei, seit einer Ewigkeit hatte ich nicht mehr gesungen.

Eine Stunde, nach der sie in ihr Heim gekommen war, zog unsere Schar zur Piazza Colonna. Die Musikanten stellten sich unter dem Balkon auf, wo wir noch Licht hinter den hellen Vorhängen sahen. Meine Seele war in Bewegung, ich dachte nur an sie, kühn mischte mein Gesang sich in den der anderen; ich hatte ein Solo, und als ich sang, schwand alles auf dieser Welt für mich. Meine Stimme nahm eine Kraft, eine Weichheit an, die ich früher nicht geahnt hätte. Die anderen konnten ein leises »Bravo!« nicht unterdrükken, was freilich nur für mich war, um mich auf meinen eigenen Gesang aufmerksam zu machen. In meine Brust schlich sich eine wunderliche Freude, ich fühlte den Gott, der sich in meinem Inneren regte, und als Annunziata sich auf dem Balkon zeigte, sich tief hinunterbeugte und uns dankte, wollte mir scheinen, das gelte nur mir. Ich hörte mich selbst hoch über dem Chor, hörte, wie meine Stimme sich als Seele des großen Tonkörpers bewegte. Halb im

Begeisterungsrausch erreichte ich mein Heim, meine eitlen Gedanken galten nur Annunziatas Freude über meinen Gesang. Ich war erstaunt über mich selbst.

Am nächsten Tag stattete ich ihr einen Besuch ab, Bernardo und andere Bekannte befanden sich bereits dort. Sie war entzückt über diese herrliche Tenorstimme, die sie bei der Serenade gehört hatte, ich wurde blutrot. Einer der Anwesenden verriet, daß ich der Sänger gewesen sei. Da zog sie mich rasch zum Klavier und verlangte, ich solle ein Duett mit ihr singen. Ich stand da, als sollte ich zum Richtplatz geführt werden, versicherte ihr, dies sei unmöglich, man bat darum, und Bernardo schalt mich, ich wolle ihnen verwehren, die Signora zu hören. Sie nahm mich bei der Hand, und ich war ein gefangener Vogel, es half nicht, daß ich mit den Flügeln schlug, ich mußte singen. Das Duett war mir bekannt, Annunziata schlug an und erhob ihre Stimme, mit bebenden Tönen begann ich mein Adagio, ihr Blick ruhte auf mir, als wollte er sagen: Mut, Mut! Begleite mich in die Welt der Töne! Nur daran und an Annunziata dachte ich und träumte. Meine Furcht verschwand und ich beendete kühn den Gesang. Stürmischer Beifall feierte uns beide, und selbst die alte, schweigsame Frau nickte mir freundlich zu.

»Mensch!« flüsterte Bernardo. »Du hast mich in Erstaunen versetzt.« Und nun erzählte er allen, ich besäße ein weiteres, ebenso prachtvolles Talent, ich sei auch Improvisator und solle sie nun damit erfreuen, ihnen eine Kostprobe zu geben. Meine Seele war in Bewegung. Wegen des Beifalls für meinen Gesang geschmeichelt und meiner eigenen Kraft ein wenig sicherer, bedurfte es nur noch der Bitte Annunziatas, und zum ersten Mal seit Jahren war ich so kühn zu improvisieren. Ich griff nach ihrer Gitarre, sie gab mir ein Stichwort vor: Unsterblichkeit. Ich überdachte dieses umfangreiche Thema, griff ein paar Akkorde und begann nun mit meinem Gedicht, als werde es von meiner Seele geboren. Mein Genius führte mich über das schwefelblaue Mittelmeer zu den wilden, üppigen Tälern Griechenlands, Athen lag in Schutt, wilde Feigen wuchsen aus geborstenen Säulen, und der Geist seufzte, denn ehedem, in den Tagen des Perikles, hatte sich unter diesen stolzen Gewölben vergnügtes Menschengewimmel bewegt, es war das Fest der Schönheit. Mit Kränzen in den Haaren tanzten Frauen wie Hetären durch die Straßen, laut sangen die Dichter, niemals würden das Schöne und das Gute verschwinden. Nun waren die Töchter der edlen Schönheit Staub, der sich mit Staub vermischt hatte; die Formen, die ein glückliches Geschlecht entzückt hatten, waren vergessen. Und als mein Genius die Trümmer Athens beweinte, holte man aus der Erde herrliche, von Künstlerhand geschaffene Bilder, mächtige Göttinnen schlummerten in Marmorkleidern, und mein Genius sah die Töchter Athens, die zur Göttlichkeit erhobene und für kommende Geschlechter auf ewig in weißem Marmor bewahrte Schönheit. Unsterblich, so sang mein Genius, ist die Schönheit, wenn auch nicht von irdischer Kraft und Herrschaft! Sie schwang sich fort, über das Meer, nach Italien, in die Weltstadt, und schweigend starrte sie von den Resten der Kaiserburg auf das alte Rom. Der Tiber wälzte seine gelben Wellen, und, nun trug er, wo Horatius Cocles einmal gekämpft hatte, die Barke mit Holz und Öl nach Ostia. Wo auf dem Forum Curtius sich in die Flammen gestürzt hatte, bewegte sich nun Vieh durch das hohe Gras. Augustus und Titus! Stolze Namen, die nur zerbrochenen Tempel und Gewölbe noch nennen. Der römische Adler, Jupiters mächtiger Vogel, lag tot in seinem Horst. Roma! Wo ist deine Unsterblichkeit? Da flammte der Blitz des Adlers auf, der Bannstrahl wurde auf das heranwachsende Europa geschleudert. Roms gestürzter Thron verwandelte sich plötzlich zum Petersstuhl, und barfuß wanderten Könige zur heiligen Stadt: Roma, Herrscherin der Welt. Durch die Flucht der Jahrhunderte aber klingt Tod. Tod all dem, was die Hand ergreifen, ein irdisches Auge betrachten kann. Aber kann das Petersschwert rosten? – Im Osten wie im Westen steigen Adler auf. Kann das Reich der Kirche sinken? Soll das Unmögliche geschehen! In seinen Trümmern verborgen ist Roma, in den Göttern des Altertums und den heiligen Bildern, sie beherrscht die Welt mit ihrer ewigen Kunst. Zu deiner Höhe, Roma, werden Europas Söhne wallfahren, aus Ost und West und Nord werden sie herzuströmen, und die Herzen werden bekennen: »Roma! Deine Macht ist unsterblich!«

Stürmischer Beifall schlug mir entgegen, als ich die Stanze beendete, nur Annunziata rührte keine Hand; schweigend und schön wie ein Venusbild sah sie mir mit treuem Blick, mit der stillen Sprache des Herzens in die Augen, und in leichten Versen flossen mir die Worte von den Lippen, die mir der Kopf und die Begeisterung eingaben.

Vom großen Schauplatz der Welt führte ich sie auf eine kleinere Bühne, beschrieb die große Künstlerin, die mit Spiel und Tönen die Herzen eroberte. Annunziata senkte den Blick, denn sie war gemeint, sie sollte man in meiner Schilderung erkennen. Als der letzte Ton verklang, der Vorhang fiel und der brausende Jubel verebbte, war auch ihr Kunstwerk tot und ein anmutiges Leben in der Brust des Zuschauers beerdigt. Doch das Herz eines Dichters ist wie das Grab der Madonna. Blumen und Duft entstehen, herrlicher steigt die Tote auf, und für sie erklingt sein mächtiges Lied: Unsterblichkeit!

Mein Blick ruhte auf Annunziata. Gedanke und Lippe hatten das Ihre gesagt, ich verneigte mich tief, und alle umringten mich mit Dank und Schmeicheleien.

»Sie haben mich zutiefst erfreut!« sagte Annunziata, und vertraut sah sie mir in die Augen, ich wagte ihre Hand zu küssen.

Mein Gedicht hatte bei ihr ein höheres Interesse für mich geweckt. Schon damals fühlte sie, was ich erst später erkannte: In meiner Liebe zu ihr hatte ich ihrer Kunst und ihr, die diese Kunst ausübte, einen Platz bei den

Unsterblichen zugewiesen, der unerreichbar war. Wie der Regenbogen ist die dramatische Kunst eine himmlische Pracht, eine Brücke zwischen Himmel und Erde, sie wird bewundert und schwindet mit ihren Farben.

Täglich stattete ich ihr einen Besuch ab. Die wenigen verbliebenen Karnevalstage verflogen wie ein Traum, aber ich genoß sie, denn bei Annunziata erfuhr ich eine Lebensfreude, die mir bis dahin unbekannt gewesen war.

»Aus dir wird ja allmählich ein Mensch«, sagte Bernardo, »ein Mensch wie wir anderen, und doch hast du bislang an diesem Becher nur genippt. Ich könnte schwören, daß du noch niemals ein Mädchen geküßt hast und daß dein Kopf noch nie auf einer weiblichen Schulter ruhen durfte. Und wenn Annunziata dich nun liebte?«

»Was denkst du da!« antwortete ich, halb im Zorn, und das Blut brannte mir in den Wangen. »Annunziata, diese herrliche Frau, die so hoch über mir steht!«

»Ja, mein Freund, hoch oder niedrig. Sie ist ein Frauenzimmer, und du bist ein Poet, ein solches Verhältnis läßt sich niemals beurteilen. Hat der Poet erst einen Platz im Herzen, dann besitzt er auch den Schlüssel, der dem Liebhaber Zutritt verschafft.«

»Meine Seele ist erfüllt von Bewunderung für sie. Ich verehre ihre Munterkeit, ihre Vernunft und die Kunst, die sie ausübt. Sie lieben? Dieser Gedanke ist mir noch niemals gekommen!«

»Wie ernst und wie feierlich«, rief Bernardo lächelnd. »Du bist nicht verliebt! Nun, es mag wohl zutreffen. Du gehörst auch zu diesen geistigen Amphibien, von denen man nicht weiß, ob sie der körperlichen oder der Traumwelt zugehören. – Du bist nicht verliebt, bist es nicht so wie ich, so wie jeder andere Geist es wäre. Das sagst du ja selbst, und das will ich dir glauben. Dann mußt du das aber auch in deinem Verhalten zeigen! Mußt nicht das Blut in die Wangen marschieren lassen, wenn sie dich anspricht, ihr nicht diesen bedeutungsvollen Feuerblick zuwerfen!

Das rate ich dir um ihrer selbst willen. Und, was meinst du, denken andere hierüber? – Indessen reist sie übermorgen ab, und wer weiß, ob sie nach Ostern zurückkehrt, wie sie das versprochen hat!«

Für fünf lange Wochen würde Annunziata uns verlassen. Das Theater in Florenz hatte sie engagiert, und die Abreise war auf den ersten Fastentag festgesetzt worden.

»Nun bekommt sie neue Anbeter!« sagte Bernardo heftig. »Die alten werden bald vergessen sein und selbst deine schöne Improvisation, für die sie dich mit so liebevollen Blicken bedachte, daß man eigentlich erschrocken darüber sein konnte! Aber nur ein Narr denkt nur an eine Frau! Wir besitzen sie alle. Die Wiese ist voller Blumen, man kann sie überall pflücken.«

Am Abend waren wir zusammen im Theater, es war der letzte Auftritt Annunziatas vor ihrer Abreise. Wir sahen sie wieder als Dido, und in Spiel und Gesang stand sie ebenso hoch wie beim ersten Male, etwas Höheres konnte es nicht geben, das war die Vollendung der Kunst. Wieder war sie mir das reine Ideal, wie ich es an jenem Abend gesehen hatte. Die Munterkeit, die Ausgelassenheit, die sie in der Opera buffa wie im wirklichen Leben verströmte, erschien mir wie eine bunte Welttracht, die sie anlegte; und sie stand ihr gut. In der Dido aber zeigte sie ihre Seele, ihr eigentliches, geistiges Ich. Begeisterung und Jubel feierten sie; der Beifall der Römer für Caesar und Titus dürfte kaum höher aufgestiegen sein.

Mit dem aufrichtigen Dank eines gerührten Herzens sagte sie uns allen Lebewohl und versprach, bald zurückzukehren. Ein wiederholtes »Bravo!« erfüllte das Haus, wieder und wieder wollte man sie sehen; und wie beim ersten Male zog man im Triumph ihren Wagen durch die Straßen, ich war mit bei den Vordersten. Bernardo jubelte ebenso begeistert wie ich, als wir den Wagen zogen, in dem Annunziata so lächelnd saß, so glücklich, wie dies nur einem edlen Herzen möglich ist.

Der folgende Tag war der letzte Karnevalstag, der letzte Tag auch, an dem Annunziata in Rom sein würde. Ich wollte einen Abschiedsbesuch abstatten. Sie war äußerst bewegt über die Huldigung ihres Talents und freute sich bereits darauf, nach Ostern wieder hierher zurückzukehren, mochte Florenz mit seiner schönen Natur und seinen herrlichen Bildergalerien ihr auch ein lieber Aufenthalt sein. Mit einigen raschen Strichen vermittelte sie mir ein so deutliches Bild des Ortes und seiner Umgebung, daß ich das Ganze deutlich vor Augen hatte. Pinienwälder mit Villen, die Piazza del Granduca und alle prächtigen Palais. »Ich werde wieder diese herrliche Galerie sehen«, sagte sie, »in der ich zum ersten Male Liebe für Skulpturen empfand und die Größe des menschlichen Geistes erkannte, der wie ein Prometheus der toten Materie Leben einzuhauchen vermag! Wenn ich Sie doch mitnehmen könnte in einen dieser Räume, in den kleinsten von allen, für mich aber den schönsten. Sie wären so glücklich, wie ich es schon durch die Erinnerung bin. In dieser kleinen achteckigen Kammer hängen nur erlesene Meisterwerke, alle aber sind sie nichts vor dem lebendigen Steinbild, der mediceischen Venus! Noch niemals habe ich einen so lebendigen Ausdruck in Stein gesehen. Das Marmorauge, sonst ohne Sehkraft, hier lebt es. Der Künstler hat ihren Blick so geformt, daß sie zu sehen scheint, uns in die Seele schaut. Die Göttin selbst, aus Meeresschaum geboren, steht vor uns. An der Wand hinter dieser Statue hängen zwei prachtvolle Venusgemälde von Tizian, Schönheitsgöttinnen in Leben und Farben, wenn auch nur Göttinnen der reichen, üppigen, irdischen Schönheit. Die Marmorgöttin aber gehört der himmlischen Schönheit zu! Raffaels Fornarina, die überirdischen Madonnen, rühren meinen Geist und mein Herz an, und doch muß ich immer zurückkehren zur Venusstatue, nicht wie ein Bild erscheint sie mir, hell und lebendig sieht sie mir mit ihrem Marmorauge in die Seele! Ich kenne keine Statue, keine Gruppe, die mich so anspricht. Noch nicht einmal Laokoon, obwohl der

Stein vor Schmerz zu seufzen scheint. Nur der vatikanische Apollo, den Sie doch kennen, scheint mir ein würdiges Gegenstück zu sein. Die Kraft und die geistige Größe, die der Künstler dem Dichtergott zuerkannt hat, erscheinen mir weiblich edler in der Schönheitsgöttin.«

»Im Gipsabdruck ist mir diese herrliche Statue bekannt«, antwortete ich. »Ich habe gute Abdrücke gesehen.«

»Aber nichts ist doch unvollkommener! Die tote Gipsmasse läßt den Ausdruck tot erscheinen. Marmor schenkt Leben und Seele, und der Stein wird Fleisch, als rolle das Blut unter der feinen Haut. Ach, wenn Sie doch mitkämen nach Florenz, um zu bewundern und anzubeten! Ich wäre Ihr Führer wie Sie in Rom der meine, wenn ich zurückkomme!«

Ich verneigte mich tief und fühlte mich durch ihre Anregung geschmeichelt und glücklich. »Erst nach Ostern sehen wir Sie wieder?«

»Ja, zur Illumination der Peterskirche und zur Girandola[18]«, antwortete sie. »Gedenken Sie unterdessen meiner in Freundschaft, so wie ich in der Florentiner Galerie häufig Ihrer gedenken und mir wünschen werde, Sie wären dort und sähen diese Schätze! So geht es mir immer: Sehe ich etwas Schönes, so sehne ich mich nach meinen Freunden und wünsche mir, sie wären bei mir und hätten auch ihren Nutzen davon. Dies ist meine Art von Heimweh.«

Sie reichte mir die Hand, ich küßte sie und wagte, halb im Scherz, zu sagen: »Überbringen Sie der mediceischen Venus meinen Kuß!«

»Mir also gilt er nicht!« sagte Annunziata. »Nun, ich werde ihn ehrlich überbringen.« Dabei nickte sie sanft und dankte mir für die schönen Stunden, die ich ihr mit meinem Gesang und meiner Improvisation bereitet hätte. »Wir sehen uns wieder«, sagte sie, und wie ein Träumender verließ ich ihr Zimmer.

Draußen traf ich die alte Dame an, die mich freundlicher als sonst begrüßte. In meiner Sinnesbewegung küßte ich ihr die Hand, sie tätschelte mir leicht die Schulter, und ich hörte, wie sie sagte: »Sie sind ein guter Mensch.« Dann war ich auf der Straße, glücklich über Annunziatas Freundlichkeit, begeistert von ihrem Geist und ihrer Schönheit.

Ich fühlte mich recht aufgelegt, diesen letzten Karnevalstag zu genießen. Ich konnte mir nicht vorstellen, daß Annunziata abreiste, unser Abschied war so leicht ausgefallen, als ob wir uns am nächsten Morgen wiedersehen würden. Ohne Maske nahm ich am Konfettikampf teil. Alle Stühle in der Straße waren besetzt, auf allen Tribünen und an den Fenstern wimmelte es von Menschen. Hin und her fuhren die Wagen, wie ein wogender Strom drängten die Leute sich zwischen ihnen hindurch. Um ein wenig mehr Luft zu bekommen, mußte man vor einem dieser Wagen her laufen, denn nur in dem wenigen Raum zwischen dem vorausfahrenden und dem folgenden Wagen konnte man sich einigermaßen bewegen. Die Musik toste, lustige Masken sangen, und von einem der Wagen herunter posaunte Il Capitano[19] seine stolzen Taten zu Lande und zu Wasser aus. In den engen Raum zwischen den Wagen drängten sich zudem mutige Jungen auf Holzpferden. Eigentlich waren von ihnen nur Kopf und Hinterteil sichtbar, denn die beiden Beine des Reiters wurden von einem bunten Teppich verdeckt und dienten als Ersatz für die vier Pferdebeine, wodurch die Verwirrung nicht geringer wurde. Ich kam weder vor noch zurück, der Schaum von den Pferdemäulern flog mir um die Ohren. In diesem Gedränge sprang ich auf einen Wagen, in dem zwei Maskierte saßen, ein offenbar alter, dicker Herr, in Schlafrock und Nachtmütze, und ein anmutiges Blumenmädchen. Sie hatte sofort bemerkt, daß mich nicht Ausgelassenheit, sondern vielmehr Furcht auf den Wagen hatte springen lassen, tätschelte mir darum die Hand und bot mir zwei Konfettikugeln zum Ausgleich an. Der alte Herr dagegen warf mir eine Korbladung voll ins Gesicht, und als hinter mir mehr Platz entstand, begann auch das Blumenmädchen damit, weshalb ich, überwältigt und nicht über die gleichen Waffen verfügend, obendrein weiß vom Scheitel bis zur Sohle, die Flucht ergreifen mußte. Zwei Harlekine bürsteten mich mit ihren Pritschen ab. Als dieser Wagen wieder an mir vorüberkam, setzte jedoch das gleiche Unwesen ein. Nun beschloß ich, mir ebenfalls Konfetti zu beschaffen, aber die Kanonenschüsse ertönten, die Wagen mußten in die Nebenstraßen fahren, um Platz zu schaffen für den Wettlauf, und meine beiden Maskierten waren nicht mehr zu sehen. Sie schienen mich zu kennen! Wer mochten sie sein? Bernardo hatte ich auf dem Corso den ganzen Tag nicht gesehen. Ein Gedanke durchfuhr mich. Dieser alte Herr mit Schlafrock und Nachtmütze, das mußte er sein, und diese anmutige Hirtin sein sogenannter »zahmer Vogel«. Ihr Gesicht hatte ich schon gesehen. Ich fand Platz auf einem der Stühle dicht an der Ecke, bald krachte der Kanonenschuß, und die Pferde tosten über den Corso zum venezianischen Platz. Hinter ihnen füllte das Menschengewimmel wieder die Straße, ich wollte gerade von meinem Stuhl steigen, als Angstgeschrei ertönte: »Cavallo!« Das Pferd, das als erstes das Ziel erreicht hatte, war dort nicht stehengeblieben, sondern hatte sich augenblicklich umgedreht und war den Weg zurückgelaufen. Bedenkt man das dichte Gewimmel und daß sich alle nach Ende des Laufs in Sicherheit wähnten, erkennt man, welches Unglück geschehen konnte. Wie ein Blitzstrahl traf mich die Erinnerung an den Tod meiner Mutter. Mir war, als fühlte ich wieder diesen entsetzlichen Augenblick, als die wilden Pferde über uns hinweggebraust waren. Starr blickte ich vor mich hin. Wie durch einen Zauberstreich flog die Menge auf die Seite, als dränge sie sich in sich selbst zusammen. Ich sah, wie das Pferd, schäumend, mit blutigen Flanken vorüberrannte, während die Funken um seine Hufe knisterten, und dann plötzlich, als sei es von einen Schuß niedergestreckt worden, tot umfiel. Ängstlich fragte ein jeder, ob ein Unglück geschehen sei, aber die Madonna hatte ihre schützende Hand über ihr Volk gehalten. Die überstandene Gefahr machte die Gemüter lustiger und noch viel wilder. Das Zeichen ertönte, daß die Ordnung der Wagenreihe aufgehoben war und daß das prachtvolle Moccolo[20] als glänzendes Finale des Karnevals beginnen könne. Nun fuhren die Wagen bunt durcheinander, die Verwirrung und der Lärm wurden noch größer, Minute um Minute nahm die Dunkelheit zu, nun aber zündete jeder seine Wachskerze an, manche hatten ganze Bündel von ihnen. In allen Fenstern waren Lichter; Häuser und Wagen waren an diesem stillen, schönen Abend übersät mit glänzenden Sternen und Papierlaternen. Kerzenpyramiden schwebten an langen Stangen aus den ersten Etagen über der Straße, jeder versuchte seine Kerze zu beschützen, die des Nachbarn aber zu löschen. Stärker und stärker schwoll der Ruf an: »Sia ammazato, chi non porta moccolo!«[21] Vergeblich schirmte ich meine Kerze ab, jeden Augenblick verlosch sie, ich warf sie fort, und alle in meiner Umgebung taten das gleiche. Die Damen an der Hausmauer steckten ihre Kerzen in die Kellerfenster und riefen mir lächelnd zu: »Senza moccoli«[22], weil sie ihre Kerzen für gesichert hielten, hinter den Fenstern aber kletterten Kinder empor und bliesen sie aus. Kleine Papierballons und Lampen mit Kerzen schwebten aus den oberen Fenstern, wo Leute saßen, die Hunderte von brennenden Wachsstapeln hatten und sie an langen Rohren über die Straße hielten, wobei sie riefen: »Tot all denen, die keine kleine Kerze haben!« Währenddessen kletterten andere an den Regenrohren empor, an lange Stöcke hatten sie Taschentücher gebunden, mit denen sie diese Lichter löschten, die eigenen aber hoch in die Luft hielten und riefen: »Senza moccoli!« – Ein Fremder, der dieses betäubende Getümmel, dieses Gewimmel und Gedränge niemals miterlebt hat, macht sich keine Vorstellung davon. Warm und dick ist die Luft von der Menschenmenge und von den brennenden Kerzen.

Plötzlich, als sich zwei Wagen in eine dunkle Nebenstraße zurückzogen, hatte ich meine beiden Maskierten dicht vor mir. Die Laternen waren gelöscht, denn der Kavalier im Schlafrock mit dem jungen Blumenmädchen hielt einen Strauß brennender Wachskerzen an einem Rohr, das vier bis fünf Ellen lang war. Sie lachte laut vor Freude, weil es von den an die Stöcke gebundenen Taschentüchern nicht erreicht werden konnte, und der Mann im Schlafrock überschüttete jeden, der sich in die Nähe wagte, mit seinem Konfetti. Ich ließ mich nicht abschrecken, im Nu war ich hinten auf dem Wagen und packte das Rohr, und obwohl ich ein flehendliches »nein!« hörte und ihr Beschützer mich keineswegs zartfühlend mit Kalkkugeln überhäufte, hielt ich das Rohr fest, um die Lichter zum Verlöschen zu bringen. Der strahlende Strauß sank unter dem Jubel der Menge zur Erde. »Pfui, Antonio!« rief das Blumenmädchen. Es ging mir durch Mark und Bein, denn dies war die Stimme Annunziatas. Sie warf mir ihr restliches Konfetti ins Gesicht und den Korb dazu. In meiner Überraschung sprang ich vom Wagen, er rollte weiter, ich sah aber, daß ein Strauß wie ein Versöhnungszeichen zu mir herunterfiel, ich ergriff ihn noch im Fallen und wollte ihnen nacheilen. Doch erwies es sich als unmöglich voranzukommen. Die Wagen drängten sich, es herrschte die größte Verwirrung, die einen wollten hierhin, die anderen dorthin. Ich gelangte in die Nebenstraße. Als ich aber freier atmen konnte, fühlte ich auf meinem Herzen eine schwere Last. Mit wem war Annunziata gefahren? Daß sie am letzten Tag zum Karneval wollte, erschien mir natürlich – aber dieser Herr im Schlafrock? Ach, ja, meine erste Vermutung mochte zutreffen! Es mußte Bernardo gewesen sein. Ich wollte mich davon überzeugen. Ich eilte durch die Nebenstraßen, erreichte die Piazza Colonna, wo Annunziata, wohnte und postierte mich am Tor, um ihre Ankunft zu erwarten. Bald traf auch der Wagen ein, und ich sprang hinzu, als sei ich der Hausdiener; Annunziata sprang herunter, ohne auf mich zu achten. Nun kam der Herr im Schlafrock, für Bernardo stieg er zu langsam ab. »Danke, mein Freund!« sagte er, und jetzt hörte ich: es war die alte Freundin. Nun erkannte ich auch an den Füßen und an dem braunen Kleid, das unter dem Schlafrock hervorhing, wie sehr ich mich mit meiner Vermutung getäuscht hatte. »Felicissima notte, Signora!« rief ich in meiner Freude laut. Annunziata lachte und sagte im Scherz, ich sei ein schlechter Mensch, und sie werde zusehen, daß sie nach Florenz komme. Aber ihre Hand drückte die meine. Selig und leichten Herzens verließ ich sie, jubelte laut den wilden Ruf: »Sterben soll, wer keine Kerze hat!« Und hatte doch selbst keine. – Indessen dachte ich nur an sie und diese gute alte Frau, die bestimmt nur, um ihr damit eine Freude zu machen, Schlafrock und Nachtmütze angelegt und am Karneval teilgenommen hatte, an einer Freude, für die sie nicht geschaffen war. Und wie schön, wie natürlich von Annunziata, daß sie nicht mit Fremden gefahren war und nicht Bernardo oder auch nur den Kapellmeister in ihren Wagen gebeten hatte. Daß ich, in jenem Augenblick, als ich sie erkannt hatte, eifersüchtig geworden war auf die Nachtmütze, wollte ich mir selbst nicht eingestehen. Glücklich und vergnügt war ich, und in meiner Freude wollte ich die wenigen Stunden genießen, die bis zum Ende des Karnevals noch blieben. Ich ging zum Festino[23]; das Theater war über und über mit Lichtergirlanden geschmückt, sämtliche Logen waren angefüllt mit Maskierten und mit unmaskierten Fremden, vom Salon aus führte eine hohe breite Treppe über den Orchestergraben hinweg zur Bühne, die mit Draperien und Kränzen zu einem Ballsaal ausgestaltet war. Zwei Orchester wechselten einander ab, um Bacchus und Ariadne tanzten viele Quacqueri-[24] und Vetturinen-Masken einen Ringtanz, sie nahmen mich in ihren Kreis auf, und in meiner Freude machte ich die ersten Tanzschritte und fand das so lustig, daß es bei den paar Schritten nicht blieb. Nein. Und als ich später in der

Nacht nach Hause hüpfte, wagte ich mit lustigen Masken noch ein Tänzchen, und mit ihnen rief ich: »Dies ist die glücklichste Nacht im schönsten Karneval!«

Mein Schlaf war nur kurz. In der schönen Morgenstunde dachte ich an Annunziata, die in diesem Augenblick nun vielleicht Rom verließ, ich dachte an die lustigen Karnevalstage, die mir ein neues Leben geschenkt zu haben schienen und die nun mit all ihrem Jubel und Menschengewimmel verschwunden waren. Ich hatte keine Ruhe. Ich mußte hinaus an die frische Luft! Dort war alles plötzlich verändert. Türen und Läden waren versperrt. Auf der Straße befanden sich wenige Menschen, und auf dem Corso, wo man sich durch das lustige Durcheinander kaum hatte durchdrängen können, gingen nun ein paar Sklaven in ihrer weißen Kleidung mit den blauen Streifen herum und fegten das Konfetti fort, das wie Hagel auf der Straße lag. Ein klappriges Pferd, das an seinem Heubündel fraß, zog den kleinen Karren, in dem der Kehricht gesammelt wurde. Vor einem Haus hielt ein Mietkutscher und belud seinen Wagen mit Kisten und Kasten, breitete über diesen Aufbau eine große Matte und verschnürte das Ganze mit Eisenketten, die das Leder der vielen aufgeladenen Koffer fast durchschnitten. Aus einer Seitenstraße kam ein ebenso bepackter Wagen. Alle zogen sie nun fort. Sie gingen nach Neapel oder nach Florenz. Für fünf lange Wochen, von Aschermittwoch bis Ostern, würde Rom tot sein.

12. DIE FASTENZEIT · ALLEGRIS MISERERE IN DER SIXTINISCHEN KAPELLE · DER BESUCH BEI BERNARDO · ANNUNZIATA

Still und tödlich lang glitt der Tag dahin. In Gedanken führte ich das Schauspiel des Karnevals auf und wiederholte die große Begebenheit meines Lebens, in der Annunziata die Hauptrolle spielte. Tag für Tag aber nahmen die Eintönigkeit und die Grabesstille um mich herum zu. Ich empfand eine Leere, die meine Bücher nicht ausfüllen konnten. War Bernardo mir zuvor mein ein und alles gewesen, schien es mir nun, als gebe es eine Kluft zwischen uns, in seiner Nähe fühlte ich mich beklommen, und mehr und mehr wurde mir deutlich, daß Annunziata allein mich beschäftigte. In manchen Augenblicken machte mich dieses Gefühl glücklich, doch es kamen Stunden und es kamen Nächte, in denen ich so an Bernardo dachte wie früher, als ich sie noch nicht liebte. Er war es schließlich gewesen, der mich zu ihr geführt hatte. Ihm hatte ich versichert, ich empfände nichts als Bewunderung für sie. Ihm gegenüber, meinem einzigen Freund, dem ich so häufig die Treue meines Herzens versichert hatte, ihm gegenüber war ich falsch und böse. Dann brannte in meinem Herzen das Feuer der Reue, doch meine Gedanken konnten sich nicht losreißen von Annunziata. Jede Erinnerung an sie, an meine vergnügtesten Stunden, lächelte mir in tiefster Wehmut zu. So, wie wir das lebensfrohe, lächelnde Bild eines lieben Verstorbenen betrachten: je lebendiger, je freundlicher es lächelt, um so stärker ergreift uns Wehmut. Erst jetzt fühlte ich, wie der große Lebenskampf begann, von dem man mir in der Schule so oft erzählte hatte und von dem ich damals geglaubt hatte, er bestehe in Schwierigkeiten mit einer Lektion oder im Unwillen über die unsinnigen Forderungen eines Lehrers. Kämpfte ich die Leidenschaft nieder, die in mir geweckt worden war, so würde meine frühere Ruhe sich wieder einstellen. Zu was sollte diese Liebe auch führen? Annunziata stand durch ihre Kunst in einem hohen Rang, und doch würde die Welt mich verurteilen, verließe ich meine Stellung und folgte ihr. Die Madonna selbst würde zürnen, denn zu ihrem Lob war ich geboren und erzogen worden. Bernardo würde mir niemals vergeben können, und ich wußte doch gar nicht, ob Annunziata mich liebte, und im Grunde war mir dies der bitterste Gedanke. Vergebens warf ich mich in der Kirche vor das Bild der Madonna, vergebens bat ich sie, mir zu meinem großen Kampf die Seele zu stärken, und selbst hier vergrößerte sich meine Sünde, denn die Madonna glich meiner Annunziata. Mir schien, jedes schöne Frauengesicht strebe nach jenem Ausdruck des Geistes, der Annunziata zu eigen war. »Nein, ich will diese Gefühle aus meiner Seele reißen, ich will sie niemals mehr sehen!« sagte ich. Nun erst verstand ich, daß man den Drang verspüren konnte, seinen Körper zu martern, und daß man den geistigen Kampf zu bewältigen versuchte, indem man sein Fleisch quälte. Meine brennenden Lippen küßten den kalten Marmorfuß der Madonna, und für Augenblicke kehrte Frieden in meine Seele zurück. Ich dachte an meine Kindheit, als meine liebe Mutter noch lebte, wie glücklich ich damals gewesen war und wie viele Freuden mir selbst diese stille Zeit vor Ostern gebracht hatte. Noch war doch alles so wie damals. Wie früher standen an Straßenecken und auf Plätzen die kleinen, grünen, mit Silber- und Goldsternen geschmückten Lauben, ringsumher hingen noch die prachtvollen Schilder mit den Versen, die kundtaten, welche kostbaren Gerichte zur Fastenzeit hier zubereitet wurden. Jeden Abend wurden die bunten Papierlaternen unter den grünen Zweigen entzündet, und wie hatte ich mich als Kind hierüber doch gefreut! Wie glücklich war ich gewesen angesichts des prächtigen Speckhökerladens, der mir in der Fastenzeit erstrahlte wie eine Phantasiewelt: anmutige, aus Butter gefertigte Engel tanzten da in einem Tempel mit einer Parmesan-Käse-Kuppel als Dach und Säulen aus mit Silberpapier umwickelten Würsten. Mein erstes Gedicht hatte doch von dieser Herrlichkeit gehandelt, und die Signora des Speckhökers hatte es eine »Divina Commedia di Dante« genannt! – Damals kannte ich diese herrlichen Lieder noch nicht, aber auch keine Sängerin – könnte ich Annunziata doch nur vergessen!

Mit der Prozession wanderte ich zu den sieben heiligen Kirchen Roms, mischte meinen Gesang unter den der Pilger, und meine Gefühle waren tief und aufrichtig, Bernardo aber flüsterte mir dämonisch ins Ohr: »Der Lustige Advokat vom Corso, der kühne Improvisator; Buße schlägt ihm aus den Augen, und auf den Wangen hat er Asche! Ei, wie gut nimmst du dich aus! Verstehst dich auf jede Rolle, dir könnte ich es nicht nachmachen, Antonio!« In seinen Worten lag Spott, offenkundig aber auch eine Wahrheit, die mich tief kränkte.

Die letzte Fastenwoche war gekommen, die Fremden strömten zurück nach Rom. Wagen um Wagen rollte durch die Porta del Popolo und die Porta del Giovanni. Am Mittwochnachmittag begann das Miserere in der Sixtinischen Kapelle. Meine Seele verlangte nach Musik, in der Welt der Töne wollte ich Mitgefühl und Trost finden. Das Gedränge war groß, selbst im Inneren der Kapelle. Die erste Abteilung war mit Damen angefüllt. Prachtvolle Logen, mit samtenen und vergoldeten Draperien geschmückt, waren für Angehörige von fremden Höfen errichtet worden, und sie waren so hoch, daß sie über das kostbare Gitter hinausreichten, das die Damen vom Kappelleninneren trennte. In ihrer bunten Festtracht stand dort die päpstliche Schweizergarde, die Offiziere trugen leichte Harnische, und an den Helmen wehten die Federbüsche, was insbesondere Bernardo kleidete, der die ihm bekannten jungen Damen grüßte.

Ich bekam einen Platz gleich hinter der Schranke, nicht weit entfernt von den päpstlichen Sängern auf dem Balkon. Einige Engländer saßen hinter mir; während des Karnevals hatte ich sie in bunten Maskenkostümen gesehen, hier trugen sie Ähnliches. Offiziere sollten sie wahrscheinlich darstellen, was selbst für die zehnjährigen Jungen zutraf! Alle waren in kostbare Uniformen aus den auffälligsten Stoffen und Zusammensetzungen gekleidet. So trugen einige hellblaue Mäntel mit Silberstickereien, an den Stiefeln Gold und auf dem Kopf eine Art Turban mit Perlen und Federn. Bei den römischen Festen, wo eine Uniform zu einem besseren Platz verhilft, war dies nichts Neues, hier jedoch wurde darüber gelächelt, was mich aber nur kurze Zeit beschäftigte.

Die alten Kardinäle kamen in ihren prunkvollen Samtumhängen mit den weißen Hermelinpelerinen darüber, in einem großen Halbkreis saßen sie nebeneinander vor der Schranke; die Priester, die ihre Schleppen getragen hatten, nahmen zu ihren Füßen Platz. Durch eine kleine Seitentür beim Altar kam nun der Heilige Vater in seinem Purpurmantel und mit der silberweißen Papsthaube. Er bestieg seinen Thron, die Bischöfe schwenkten die Weihrauchfässer, während junge Geistliche in hellroten Talaren mit brennenden Fackeln vor ihm und dem Hochaltar knieten.

Die Lektionen begannen; doch es war mir unmöglich, mit dem Auge bei den toten Buchstaben zu bleiben, es wandte sich nach oben zum großen Weltall, das Michelangelo mit Farben auf Decke und Wände gehaucht hatte. Ich betrachtete seine mächtigen Sibyllen und wunderbaren Propheten, jeder von ihnen Stoff für eine Kunstabhandlung! Mein Auge nahm die mächtigen Striche auf. Die schönen Engelsgruppen erschienen nicht gemalte Bilder zu sein, lebendig standen sie dort oben! Der reiche Baum der Erkenntnis, wo Eva dem Adam die Frucht reicht; der mächtige Gott, der über den Wassern schwebt und nicht von den Engeln getragen wird, wie die älteren Meister ihn gezeigt haben, nein, die Engelsschar ruht auf ihm und seiner flatternden Bekleidung. Wohl hatte ich die Gemälde schon früher gesehen, niemals aber hatten sie mich so ergriffen wie jetzt in meiner exaltierten Stimmung. Das Menschengewimmel und vielleicht die Lyrik meiner Gedanken bewirkten, daß ich das Ganze seltsam poetisch verstand, und manch ein Dichterherz dürfte so gefühlt haben wie das meine!

Die kühnen Verkürzungen, die ergreifende Kraft, mit der die Figuren hervortreten – wie erstaunlich! Wie wird man doch mitgerissen! Eine Bergpredigt des Geistes in Farben und Formen! Mit Raffael stehen wir verblüfft vor der Kraft Michelangelos; jeder Prophet ist ein Moses wie jener, den er aus Marmor geformt hat. Welche Riesenerscheinungen! Eben sie ergreifen beim Eintreten unsere Augen und unser Denken. Doch, von diesen Heiligen eingeweiht, wendet sich das Auge dem Hintergrund der Kapelle zu, deren Wand ein Hochaltar der Kunst und des Denkens darstellt. Das große chaotische Bild, das vom Fußboden bis zur Decke reicht, erweist sich nun als Edelstein, für den alles andere der Rahmen ist. Wir sehen das Jüngste Gericht.

Richtend steht Christus auf der Wolke, der Apostel und die Mutter strecken die Hand aus und bitten für das arme Menschengeschlecht. Die Toten heben ihre Grabsteine, selige Geister schweben anbetend zu Gott, während der Abgrund nach seinen Opfern greift. Hier will eine nach oben schwebende Seele ihren verurteilten Bruder retten, den der Abgrund bereits mit Schlangenknoten umklammert; die Söhne der Verzweiflung schlagen sich mit geballten Fäusten auf die Stirn und sinken in die Tiefe. In kühnen Verkürzungen stürzen und schweben Legionen zwischen Himmel und Hölle. Die Beteiligung der Engel, der Ausdruck von Liebenden, die sich begegnen, das Kind, das sich beim Ertönen der Posaune an die Brust der Mutter preßt – all dies ist so natürlich, so schön, daß man sich selbst inmitten derer wähnt, denen das Jüngste Gericht gilt. In Farben hat Michelangelo ausgesprochen, was Dante für die Geschlechter der Erde sah und sang.

In diesem Augenblick warf die untergehende Sonne ihre letzten Strahlen durch die obersten Fenster. Christus und die Seligen, die ihn umgeben, wurden hell beleuchtet, während die untere Partie, wo die Toten auferstehen und der Dämon sein Boot mit den Gerichteten vom Land abstößt, fast im Dunkeln lag. Gerade bei Sonnenuntergang endete die letzte Lektion. Die letzte verbliebene Kerze wurde gelöscht. Die Bilderwelt vor mir versank in Finsternis, im selben Augenblick aber brausten Musik und Gesang auf und was die Farben sichtbar offenbart hatten, erklang nun in Tönen. Mit seiner Verzweiflung und seinem Jubel erklang über uns das Jüngste Gericht.

Vor dem Altar stand der Vater der Kirche in seinem päpstlichen Ornat, betete zum Heiligen Kreuz, und auf den starken Schwingen der Posaunen erklang der erschütternde Chor: Populus meus, quid feci tibi?[25] Sanfte Engelstöne überdeckten den tiefen Gesang, Töne, die aus keiner menschlichen Brust aufstiegen, die nicht von Männern oder Frauen kamen – zur Geisterwelt gehörten sie wie in Melodien aufgelöste Engelstränen.

In dieser Welt der Töne schöpfte meine Seele Kraft und Lebensfreude. Ich fühlte mich so stark und so froh, wie ich es lang nicht mehr gewesen war. Annunziata, Bernardo. Alle meine Lieben bewegten sich in meinen Gedanken. So wie ich sie in diesem Augenblick liebte, mögen selige Geister einander lieben. Der Friede, den ich im Gebet gesucht und nicht gefunden hatte, hier strömte er mit Tönen in mein Herz.

Als das Miserere beendet und alle fort waren, saß ich mit Bernardo in seinem Zimmer. Ehrlich reichte ich ihm die Hand, sagte, wozu meine begeisterte Seele mich trieb, mein Mund wurde beredt, Allegris Miserere[26], unsere

Freundschaft, das Abenteuer meines seltsamen Lebens lieferte genug Stoff. Ich erzählte ihm, wie sehr mich diese Musik geistig gestärkt hätte, wie schwer mir das Herz zuvor gewesen sei, erzählte von meinem Leiden, meiner Angst und meiner Melancholie und von der langen Fastenzeit, ohne jedoch zu erwähnen, welchen Anteil er oder Annunziata hieran hatten; dies war die einzige kleine Falte meines Herzens, die ich nicht vor ihm ausbreitete. Er lachte mich aus, sagte, ich sei ein kläglicher Mann und sei durch das Hirtenleben bei Domenica, die Frauenzimmererziehung und in der Jesuitenschule verdorben worden. Mein hitziges italienisches Blut sei mit Ziegenmilch verdünnt worden, meine trappistische Enthaltsamkeit hätte mich krank gemacht, ich bräuchte einen kleinen zahmen Vogel, der mich mit seinem Gesang aus meiner Traumwelt befreien könnte! Ich solle ein Mensch sein wie die anderen auch, dann käme ich rasch zu Seele und Körper!

»Bernardo, wir sind sehr verschieden«, sagte ich, »und dennoch hängt mein Herz auf seltsame Weise an dir. Häufig wünsche ich mir, wir könnten immer zusammen sein!«

»Das wäre schlecht für die Freundschaft!« antwortete er. »Nein, dann wäre sie verbraucht, ohne daß wir uns dessen versehen. – Freundschaft ist wie Liebe, sie wird am stärksten, wenn man sich trennt. Oft denke ich daran, wie langweilig es im Grunde ist, verheiratet zu sein! Einander unaufhörlich und bis in alle Falten zu sehen. Darum sind die meisten Eheleute einander auch müde, und nur eine Art von Anstand, eine Art Gutmütigkeit hält sie auf Dauer zusammen. Das fühle ich gut an mir selbst, möchte mein Herz auch noch so heftig brennen und das Herz derjenigen, die ich liebe, so brennen wie das meine. Wenn die Flammen aufeinandertreffen, dann verlöschen sie. Liebe ist Sehnsucht, und die Sehnsucht stirbt, wenn sie erfüllt wird!«

»Wenn aber deine Frau schön und klug wäre wie ...«

»... wie Annunziata«, nahm er mir das Wort aus dem Mund, als ich für einen Augenblick stockte, um nach einem

Ausdruck zu suchen. »Ja, Antonio, dann würde ich diese schöne Rose betrachten, solange sie frisch ist. Und wenn die Blätter verwelken und der Duft sich verliert? Ja, Gott weiß, welche Lust ich dann hätte. In diesem Augenblick habe ich eine ganz sonderbare Lust, und schon früher habe ich ähnliches gefühlt. Ich würde gerne wissen, wie rot dein Blut ist, Antonio! Aber ich bin ein vernünftiger Mensch, du bist mein Freund, mein aufrichtiger Freund. Wir wollen uns nicht schlagen, auch wenn wir im Abenteuer derselben Liebe aufeinandertreffen.« Und jetzt lachte er laut, drückte mich heftig an seine Brust und sagte, halb im Scherz: »Ich überlasse dir meinen zahmen Vogel, er wird allmählich empfindsam und würde dir bestimmt gefallen. Komm heute abend mit, vertraute Freunde dürfen voreinander nichts verbergen, wir wollen uns einen lustigen Abend machen. Am Sonntag gibt der Heilige Vater uns allen den Ablaß!«

»Ich komme nicht mit!« sagte ich.

»Antonio, du bist feige«, antwortete er. »Laß doch die Ziegenmilch in deinem Blut nicht die Übermacht gewinnen. Dein Auge kann brennen wie das meine. Wahrhaftig, es kann brennen, das habe ich gesehen. Dein Leiden, deine Angst, deine Bußen in der Fastenzeit – ich will dir den wahren Grund nennen: das ist die Begierde nach frischen Lippen und schönen Formen! Ich weiß das gut, Antonio, versteck dich nicht. – Drück die Schönheit an dein Herz, aber du hast keinen Mut, du bist feige, noch dazu bist du ein Schuft.«

»Bernardo, deine Rede beleidigt mich«, gab ich zur Antwort.

»Aber ertragen mußt du sie doch!« antwortete er, als mir das Blut in die Wangen stieg und Tränen in meine Augen traten.

»Wie kannst du so mit meiner Ergebenheit für dich spielen!« rief ich heftig. »Du glaubst, ich stehe zwischen dir und Annunziata, glaubst, sie hätte mich freundlicher angesehen als dich?«

»O nein!« unterbrach er mich. »Du weißt sehr gut, daß ich nicht viel Phantasie besitze. Aber reden wir nicht über sie. Und was deine Ergebenheit angeht, über die du immer sprichst, das verstehe ich nicht. Wir geben einander die Hand, wir sind Freunde, vernünftige Freunde, aber deine Begriffe sind überspannt, du mußt mich nehmen, wie ich bin.«

Ungefähr dies war der Wendepunkt unseres Gesprächs, jener Teil, der in mein Gehirn vordrang und sozusagen in mein Blut überging. Ich war gekränkt und fand doch eine Herzlichkeit, die mich hieß, ihm die Hand zu drücken.

Am nächsten Tag riefen die Gründonnerstagsglocken mich zur Peterskirche. In ihrer riesigen Vorhalle, deren Größe einen Fremden einmal annehmen ließ, es handele sich hierbei um die gesamte Kirche, wiederholte sich das Gedränge von den Straßen und der Engelsbrücke. Es schien, als ströme ganz Rom herzu, um gemeinsam mit den Fremden über die Größe dieser Kirche zu erstaunen, die sich für die Masse stetig zu erweitern schien.

Über uns ertönte der Gesang, zwei große Chöre im Kreuz der Kirche antworteten einander. Alles drängte zur Fußwaschung, die nun beginnen sollte.* Von der Schranke, hinter der die fremden Damen saßen, nickte mir eine freundlich zu. Es war Annunziata. Sie war gekommen, war hier, in der Kirche. Mein Herz klopfte stark. Ich stand so nahe bei ihr, daß ich mein Willkommen sagen konnte.

Bereits am Vortage war sie eingetroffen, zu spät aber, um das Miserere zu hören, doch hatte sie zum Ave die Peterskirche besucht.

»Diese erstaunliche Dunkelheit«, sagte sie, »bewirkte, daß alles noch imponierender war, stärker noch als am Tag! Nicht ein Licht brannte außer der Laterne am Petrus-

---

* Am Gründonnerstag wäscht der Papst 13 Priestern die Füße, alten und jungen. Sie küssen seine Hand, und er überreicht ihnen einen Strauß violetter Levkojen.

grab, ein Strahlenkranz, der dennoch nicht ausreichte, die nächsten Pfeiler zu beleuchten. Alle knieten schweigend, ich selbst sank nieder und fühlte lebhaft, wie viel im Nichts liegen kann. Welche Kraft hat das Schweigen in der Religion!«

Ihre alte Freundin, die ich erst jetzt entdeckte, weil sie einen Schleier trug, nickte freundlich. Die festliche Zeremonie war vorüber, vergeblich sah ich mich nach Annunziatas Diener um, der sie zu ihrem Wagen begleiten sollte. Einige junge Herren waren auf sie aufmerksam geworden, sie schien unruhig zu werden und wollte fort; ich wagte es, ihr meine Begleitung aus der Kirche und zu ihrem Wagen anzubieten. Die Alte hakte sich sofort ein, Annunziata aber ging allein. Ihr die Hand zu reichen, hatte ich nicht den Mut, als wir aber die Tür erreichten und der Strom uns mitriß, fühlte ich ihren Arm unter dem meinen, wie Feuer lief es mir durch mein Blut.

Ich fand den Wagen. Als sie ihn bestiegen hatten, bat mich Annunziata, das Mittagsmahl bei ihnen einzunehmen. »Nur eine einfache Mahlzeit«, sagte sie, »wie man sie zur Fastenzeit genießen darf.«

Ich war glücklich. Die alte Dame, die nicht gut hörte, erkannte offenbar am Ausdruck auf Annunziatas Gesicht, daß es sich um eine Einladung handelte, und meinte, ich solle einfach mitfahren. Binnen eines Augenblicks befreite sie den vorderen Wagensitz von dort liegenden Umhängen und Schals, nahm mich bei der Hand und sagte: »Bitte schön, Herr Abate! Hier ist Platz genug!«

Annunziatas Absicht entsprach dies nicht, ich sah, wie auf ihren Wangen eine leichte Röte glomm, schon saß ich aber vor ihr, und der Wagen fuhr los.

Eine kleine fürstliche Tafel erwartete uns. Annunziata erzählte von ihrem Aufenthalt in Florenz und von dem heutigen Fest, fragte mich nach der Fastenzeit in Rom und wie ich diese Zeit verbracht hätte; darauf antwortete ich aber nicht völlig aufrichtig.

»Sie sehen sich doch die Judentaufe am Samstag an?« fragte ich und warf indes sogleich einen Blick zu der alten Dame, die ich bis dahin reinweg vergessen hatte.

»Sie hat es nicht gehört!« antwortete Annunziata. »Und hätte sie es gehört, wäre sie trotzdem nicht errötet. Ich gehe nur hin, wohin auch sie mich begleiten kann, und für sie wäre es unschicklich, zu unserem Fest in die Taufkapelle Constantins zu kommen.* Auch mich interessiert das nicht, denn nur selten geschieht es aus Überzeugung, daß dort ein Türke oder ein Jude bekehrt wird. Ich erinnere mich aus meiner Kindheit, welch unangenehmen Eindruck dieses Bild auf mich machte. Ich sah, wie ein kleiner Judenjunge von sechs oder sieben Jahren getauft wurde, er kam mit schmutzigen Schuhen und Strümpfen, mit ungekämmten Haaren und trug zum grellen Kontrast ein prachtvolles weißes Seidenkleid dazu, das ihm die Kirche geschenkt hatte. Die Eltern, ebenso unreinlich wie der Junge, begleiteten ihn. Sie hatten seine Seele an eine Seligkeit verkauft, an die sie selbst nicht glaubten.

»Als Kind haben Sie das hier in Rom mit angesehen?« fragte ich.

»Ja«, sagte sie und errötete. »Und doch bin ich keine Römerin!«

»Als ich Sie zum ersten Male sah und Ihren Gesang hörte, war mir, als würde ich Sie von früher kennen. Ich weiß nicht warum, aber das glaube ich noch immer. Gäbe es eine Seelenwanderung, würde ich annehmen, wir beiden seien Vögel gewesen, seien auf demselben Ast herumgehüpft und würden einander recht lange kennen. Erinnern Sie sich denn an gar nichts? Sagt Ihnen denn nichts, daß wir einander schon einmal gesehen haben?«

---

* Jährlich am Ostertag werden einige Juden und Türken getauft. Im Diario Romano wird dieser Tag folgendermaßen bezeichnet: Si fa il battesimo di Ebrei e Turchi.[27]

»Gar nichts«, sagte Annunziata und erwiderte unverwandt meinen Blick.

»Als Sie vorhin erzählten, Sie seien als Kind hier in Rom gewesen und hätten also nicht, wie ich angenommen hatte, Ihre Jugend in Spanien verbracht, weckte dies eine Erinnerung in mir, die ich bereits hatte, als ich Sie das erste Mal als Dido sah. Haben Sie als Kind zum Weihnachtsfest denn nie eine Rede für das Jesuskind in der Araceli-Kirche gehalten, so wie wir anderen?«

»Doch!« sagte sie überrascht. »Und Sie, Antonio, sind Sie dieser kleine Junge gewesen, der die Aufmerksamkeit aller auf sich gezogen hat?«

»... und der von Ihnen verdrängt wurde!« antwortete ich.

»Antonio, Sie sind das gewesen« rief sie, ergriff meine beiden Hände und sah mich mit einem unbeschreiblich sanften Ausdruck an. Die alte Freundin rückte mit ihrem Stuhl näher und beobachtete uns ernst. Annunziata erzählte ihr alles, und nun lächelte auch sie über unsere Wiedersehensszene.

»Wie oft haben meine Mutter und die anderen über Sie gesprochen!« sagte ich. »Über Ihre feinen, fast geistigen Formen, Ihre sanfte Stimme! Ich war eifersüchtig auf Sie, meine Eitelkeit ließ es nicht zu, daß ein anderer mich so sehr verdunkelte. – Wie seltsam sind doch die Wege des Lebens!«

»Ich erinnere mich gut an Sie!« sagte sie. »Eine kleine, kurze Jacke mit vielen glänzenden Knöpfen haben Sie getragen, das hat mich am meisten an Ihnen interessiert!«

»Und Sie«, antwortete ich, »trugen eine prachtvolle rote Schleife auf der Brust. Aber das war nicht so wichtig, am meisten haben mich Ihre Augen und Ihre rabenschwarzen Haare ergriffen! – Ja, ich erkenne Sie wieder, es sind noch dieselben Gesichtszüge, nur ein wenig weiter entwickelt, und selbst wenn sie sich stärker verändert hätten, ich hätte Sie wiedererkannt. Das habe ich Bernardo sofort gesagt, er hat mir widersprochen, hat von ganz anderem –!«

»Bernardo!« unterbrach sie mich, und ich meinte zu hören, daß ihre Stimme zitterte.

»Ja«, antwortete ich etwas verwirrt, »auch er glaubte Sie zu kennen, Sie schon einmal gesehen zu haben, in Umständen, die meiner Vermutung widersprachen. – Ihre schwarzen Haare, Ihr Blick, ja, Sie werden nicht böse sein darüber, auch war er sofort anderer Meinung, im ersten Augenblick aber glaubte er, sie seien ...«, ich hielt inne, »sie gehörten nicht der katholischen Kirche an, und darum hätte ich Sie auch nicht in der Araceli-Kirche predigen hören können.«

»Daß ich womöglich denselben Glauben hätte wie meine Freundin hier?« sagte Annunziata und zeigte auf die alte Dame.

Ich nickte unwillkürlich, ergriff zugleich aber ihre Hand und fragte: »Sind Sie mir böse?«

»Weil Ihr Freund mich zu einem Judenmädchen macht?« fragte sie lächelnd. »Er ist ein eigenartiger Mensch!« –

Ich fühlte, daß unsere Kinderbekanntschaft größeres Vertrauen zwischen uns schuf, jede Sorge war vergessen, aber auch jeder Entschluß, sie niemals wiederzusehen; sie niemals zu lieben. Meine Seele brannte nur für sie.

Die Galerien waren an den Tagen vor Ostern geschlossen. Annunziata aber sagte, wie herrlich es doch wäre, wenn man in dieser Zeit und in aller Ruhe eine von ihnen aufsuchen könnte, doch schien dies nicht so ohne weiteres möglich zu sein. Der Wunsch von ihren Lippen war mir Befehl; ich kannte die Kustoden, die Pförtner und alle Bediensteten im Palazzo Borghese, wo sich eine der interessantesten Sammlungen Roms befindet und wo ich als Kind mit Francesca herumgegangen war und mich mit jeder kleinen Amorette in Francesco Albanis »Jahreszeiten« bekannt gemacht hatte.

Darum bat ich, sie und die alte Dame am folgenden Tag dorthin bringen zu dürfen; sie dankte mir, und ich war unendlich glücklich.

Zu Hause in der Einsamkeit stellte sich die Erinnerung an Bernardo ein. Nein, er liebt sie nicht, tröstete ich mich selbst, seine Liebe ist nur vorgetäuscht und nicht so groß und so rein wie meine! Noch immer und mit größerer Bitterkeit, als nötig gewesen wäre, erinnerte ich mich an unser letztes Gespräch. Ich sah nur seinen Stolz und fühlte die Beleidigungen, die er gegen mich geäußert hatte, und ich steigerte mich in einen Zorn, wie ich ihn noch niemals so stark empfunden hatte. Sein Stolz ist verletzt, weil Annunziata zu mir freundlicher zu sein scheint als zu ihm. Zwar hatte er mich ihr vorgestellt, vielleicht war seine eigentliche Absicht aber gewesen, daß ich mich zum Gespött machen sollte, und darum war er dann erstaunt über meinen Gesang und meine Improvisation. Er hatte sich nicht träumen lassen, daß ich neben seiner schönen Gestalt, seiner Ungezwungenheit und seiner Kühnheit bestehen könnte. – Und nun glaubte er mich von weiteren Besuchen von ihr abhalten zu können. Ein guter Engel hatte es anders gewollt! Ihre Sanftheit, ihr Blick, alles sagt mir, daß sie mich liebte, daß sie Herzlichkeit für mich empfand, mehr als Herzlichkeit, ja, denn sie mußte fühlen, daß ich sie liebe!

Selig drückte ich heiße Küsse auf die Kopfkissen, aber mit dem Glück der Liebe steigerte sich zugleich auch die Bitterkeit gegenüber Bernardo. Ich ärgerte mich über mich selbst, weil ich nicht mehr Charakter, mehr Heftigkeit, mehr Galle aufbringen konnte. Nun fielen mir Hunderte von vorzüglichen Antworten ein, die ich ihm hätte geben sollen, als er mich wie einen Knaben behandelt hatte. Jede seiner kleinen Beleidigungen stand mir noch lebhaft vor Augen. Zum ersten Mal fühlte ich, wie das Blut in meinen Adern geradezu kochte, und empfand Heftigkeit. Die lautersten und besten Gefühle vermischten sich mit abscheulicher Mißgunst und beraubten mich meines Schlafes. Erst gegen Morgen fiel ich in einen leichten Schlummer, der mich jedoch stärkte und mir das

Herz erleichterte. Ich unterrichtete den Kustos über die fremden Damen, denen ich die Galerie zeigen wollte, und begab mich dann zu Annunziata. Alle drei fuhren wir zum Palazzo Borghese.

13. DIE GEMÄLDEGALERIE · NÄHERE ERKLÄRUNG · DAS OSTERFEST · WENDEPUNKT MEINES SCHICKSALS

Annunziata dort einzuführen, wo ich als Kind gespielt hatte, wo die Signora mir die Gemälde erklärt und sich über meine naiven Fragen und Äußerungen amüsiert hatte, war mir ein besonderes Gefühl. Ich kannte alle Stücke, Annunziata aber kannte sie besser, kannte sie geistig, und ihre Bemerkungen waren treffend. Mit geübtem Blick und natürlichem Sinn wies sie auf alles Schöne hin. – Wir standen vor dem berühmten Gemälde von Gerardo del Notti, »Lot mit seinen Töchtern«, ich lobte die großartige Wirkung, Lots kraftvolles Gesicht und die lebensfrohe Tochter, die ihm Wein einschenkt, den roten Abendhimmel, der durch die dunklen Bäume schimmert.

»Mit Geist und Flammen ist das gemalt!« unterbrach sie mich. »Ich bewundere den Pinsel des Künstlers in Kolorit und Ausdruck, aber mir gefällt nicht, daß er diesen Gegenstand gewählt hat. Ich fordere in der Malerei eine Art Anstand, eine edle Reinheit in der Wahl des Themas. Darum sagt mir auch Corregios ›Danae‹ nicht zu. Schön ist sie, göttlich ist der kleine Engel mit den bunten Flügeln, der auf dem Bett sitzt und ihr beim Aufsammeln des Goldes behilflich ist, aber das Sujet erscheint mir unedel, es verletzt, wenn ich so sagen darf, das Schönheitsgefühl meines Herzens. Darum ist Raffael so groß. In allem, was ich von ihm kenne, ist er der Apostel der Unschuld, und in dieser Eigenschaft hat er uns die Madonna schenken können!«

»Aber die Schönheit des Kunstwerks läßt uns doch über das Unedle eines Sujets hinwegsehen«, widersprach ich ihr.

»Niemals!« antwortete Annunziata. »Die Kunst ist in jedem Genre hoch und heilig. Reinheit des Geistes rührt stärker an als Reinheit der Form, darum können die naiven Madonnendarstellungen der älteren Meister uns so tief berühren, mögen sie mit ihren scharfen Formen auch häufig an Bilder aus China erinnern. Alles ist so steif und so hart! Im Bild eines Malers wie auch im Lied eines Dichters muß der Geist rein sein, einzelne Ausschweifungen will ich zugestehen, ich bezeichne sie aber als etwas grell und bedauere, daß der Künstler diesen Einfall hatte. Aber ich will mich über das Ganze freuen können!«

»Aber«, unterbrach ich sie, »die Abwechslung der verschiedenen Sujets macht es doch erst interessant ...!«

»Sie haben mich falsch verstanden. Ich will ja gar nicht immer eine Madonna gezeigt bekommen, nein, ich bin glücklich vor einer herrlichen Landschaft, einer lebhaften Szene aus dem Volksleben, einem Schiff im Sturm und Salvators* Räuberszenen! Aber ich möchte keine Unmoral im Reich der Kunst, und dazu zähle ich sogar Scidonis gutgemaltes Bild im Palazzo Sciara. Sie entsinnen sich doch? Zwei Bauern auf Eseln kommen an einer Steinmauer vorüber, auf der ein Totenschädel liegt, eine Maus, ein Regenwurm und eine Bremse sitzen darauf, und an der Mauer liest man die Worte: ›et ego in Arcadia!‹«

»Ich kenne das Bild«, antwortete ich. »Es hängt neben Raffaels schönem Violinisten!«

»Ja«, antwortete Annunziata, »wenn doch die Unterschrift nur unter diesem Bild hier stünde und nicht unter dem anderen, häßlichen.«

---

* Salvator Rosa

Nun standen wir vor Francesco Albanis »Jahreszeiten«. Ich erzählte ihr, welchen Eindruck die kleinen Amoretten auf mich gemacht hatten, als ich ein Kind gewesen war, und wie ich in dieser Galerie gelebt und mich getummelt hatte.

»In Ihrer Kindheit hat es glückliche Momente gegeben!« sagte sie und unterdrückte ein Seufzen, das vielleicht ihrer eigenen Kindheit galt.

»In Ihrer Kindheit waren es mit Sicherheit mehr«, antwortete ich. »Sie waren ein glückliches, bewundertes Kind, als ich Sie zum ersten Mal sah, und als wir uns zum zweiten Male begegneten, begeisterten Sie ganz Rom und schienen glücklich zu sein, und Sie sind es doch, recht im Herzen!«

Ich hatte mich halb zu ihr hinabgebeugt. Mit einem wunderlich wehmutigen Blick sah sie mir in die Augen, dann sagte sie: »Dieses bewunderte, glückliche Kind hatte Vater und Mutter verloren. Ein verirrter Vogel auf einem kahlen Ast, er wäre verhungert, hätte dieser verachtete Jude ihm nicht Unterschlupf und Speise gewährt, bis er über die wilde, unruhige See flattern konnte.« Sie schwieg, schüttelte den Kopf und sagte: »Aber das ist kein Märchen, das einem Fremden gefallen mag, ich weiß nicht, wieso ich über so etwas plappere!«

Sie wollte sich erheben, ich aber griff nach ihrer Hand und fragte: »Bin ich Ihnen denn so fremd?«

Für einen Augenblick starrte sie schweigend vor sich hin, dann lächelte sie wehmütig und sagte: »Doch, ich hatte auch schöne Augenblicke im Leben«, und mit ihrer üblichen Munterkeit fügte sie hinzu: »Und nur an sie will ich denken! Unsere Begegnung in der Kindheit, Ihr seltsames Zurückträumen in die Vergangenheit steckt auch mich an und heißt mein Herz seine eigenen Bilder zu betrachten statt der Kunstwerke hier um uns herum!«

Als wir die Galerie verließen und in ihr Hotel kamen, war Bernardo dort gewesen, um ihr einen Besuch abzustatten. Man hatte ihm mitgeteilt, sie sei mit der alten Dame weggefahren und ich hätte sie begleitet. Seine Erregung hierüber setzte ich voraus, statt aber wie früher betrübt zu sein, hatte meine Liebe zu Annunziata in mir Trotz und Bitterkeit gegen ihn geweckt. Daß ich Charakter und einen Willen bekäme, hatte er sich doch so häufig gewünscht, und selbst wenn ich ungerecht zu ihm wäre, sollte er jetzt dergleichen an mir sehen.

Noch klangen mir Annunziatas Worte über den verachteten Juden, der den verirrten Vogel unter seine Flügel genommen hatte, in den Ohren. Also mußte es doch sie gewesen sein, die Bernardo bei dem alten Hanock gesehen hatte. Dies interessierte mich unendlich, sie aber ließ sich nicht bewegen, den Faden aufzunehmen. Als ich am nächsten Tage kam, befand sie sich in ihrem Zimmer, um eine neue Rolle einzustudieren. Ich unterhielt mich mit der alten Dame, die schwerhöriger war, als ich angenommen hatte, sie schien dankbar zu sein, daß ich mit ihr sprach. Mir fiel ein, daß sie nach meiner Improvisation zum ersten Male freundlich zu mir gewesen war und daß ich damals geglaubt hatte, sie hätte sie gehört.

»Das habe ich auch«, versicherte sie. »Durch den Ausdruck auf Eurem Gesicht und vereinzelte Worte habe ich das Ganze verstanden. Und es war schön! Auch Annunziatas Rezitative verstehe ich nur durch ihren mimischen Ausdruck. Als mein Gehör nachließ, wurde mein Auge schärfer.« Sie fragte mich nach Bernardo, der am Vortage gekommen war, als wir in der Galerie gewesen waren, und bedauerte, daß er uns nicht begleitet hatte. Ihr Wohlwollen und ihr Interesse erstaunten mich. »Ja«, sagte sie, als ich dies bemerkte: »Er hat einen edlen Charakter! Ich kenne einige seiner Eigenheiten, und derentwegen steht er unter dem Schutz des Gottes der Juden und der Christen.« Ein wenig später wurde sie gesprächiger, ihre Liebe zu Annunziata war rührend und groß. So viel konnte ich aus den dunklen Andeutungen verstehen, daß Annunziata als Kind spanischer Eltern in Spanien geboren worden und in ihrer frühen Kindheit nach Rom gekommen war. Als sie dann Vater und Mutter verlor, nahm sich der alte Hanock ihrer an, da er schon in ihrem Heimatland gewesen war und ihre Eltern gekannt hatte. Später, noch als Kind, kehrte sie wieder zurück in ihr Heimatland, zu einer Dame, die ihre Stimme und ihr dramatisches Talent ausbildete. Ein Mann von großem Einfluß verliebte sich dort in die schöne Kleine, ihre Kühle gegen ihn aber weckte seine Bitterkeit und führte dazu, daß er ihr nachstellte. Die Alte schien den geheimnisvollen Schleier, der diese Greuel verdeckte, nicht lüften zu wollen. Annunziatas Leben war damals in Gefahr gewesen, heimlich war sie nach Italien geflohen, wo man sie in Rom, im Judenviertel bei ihrem alten Pflegevater, kaum suchen würde. Erst eineinhalb Jahre war dies her, und zu eben jener Zeit mußte Bernardo sie gesehen und sie ihm Wein eingeschenkt haben. Wie unvorsichtig, so fand ich, war sie doch gewesen, sich vor einem Fremden zu zeigen, nachdem jeder doch ein gedungener Mörder sein konnte. »Aber sie hat doch gewußt«, sagte die Alte, »daß Bernardo kein Mörder sein konnte, hatte sie doch Lobreden über seine Tapferkeit und sein edles Wesen gehört.« Kurz darauf war bekannt geworden, daß ihr Verfolger gestorben war; in heller Begeisterung für ihre Kunst war sie ausgeflogen, und die Leute feierten sie seither für ihre Schönheit. Die alte Dame hatte sie damals nach Neapel begleitet, hatte miterlebt, wie sie die ersten Lorbeeren sammelte, und hatte sie seither nicht mehr verlassen. »Ja, sie ist ein Engel Gottes, sagte die redselige Alte, »so fromm in ihrem Glauben wie eine Frau dies sein muß, und sie hat einen Verstand, wie man ihn dem besten Herzen wünscht!«

Als ich das Haus verließ, krachten gerade die Freudenschüsse. In allen Straßen, auf den Plätzen, von Altanen und aus Fenstern schoß man mit kleinen Kanonen und Pistolen zum Zeichen, daß die Fastenzeit beendet war. Im selben Augenblick fielen in den Kirchen und Kapellen die schwarzen Tücher, unter denen die Gemälde fünf lange Wochen verborgen gewesen waren. Alles war Osterfreude. Die Trauerzeit war vorüber, am nächsten Tag stand Ostern, der Tag der Freude, bevor, und es war ein doppelt schöner Tag für mich, da man mich eingeladen hatte, Annunziata zum Kirchenfest und zur Illumination der Kuppel zu begleiten.

Alle Osterglocken läuteten, die Kardinäle fuhren in ihren bunten Wagen, auf denen hinten die Lakaien standen, die Equipagen der reichen Fremden und das Fußgängergewimmel füllten die engen Straßen. Auf der Engelsburg wehten die großen Fahnen mit dem päpstlichen Wappen und dem Bild der Heiligen Madonna. Die Springbrunnen glänzten mit ihren Wasserspielen, und ringsherum in den Bogengängen waren Logen und Bänke aufgestellt, die bereits fast völlig besetzt waren. Bald strömte eine fast ebenso große Menschenschar aus der Kirche, wo Prozessionen und Gesänge und die gezeigten heiligen Reliquien, wie Bruchstücke des Spießes, Nägel und einiges mehr, manch frommes Gemüt erquickt hatten. Der riesige Platz war ein Menschenmeer, Kopf bewegte sich an Kopf, die Wagenreihen rückten enger zusammen, Bauern und Jungen kletterten auf die Sockel der Heiligenstatuen; es schien, als lebe und atme ganz Rom in diesem Augenblick nur hier. In einer Prozession wurde der Papst aus der Kirche getragen, hoch auf den Schultern von sechs violettgekleideten Priestern saß er auf einem prächtigen Thron, zwei jüngere Geistliche fächelten ihm mit riesigen, an langen Stöcken befestigten Pfauenfedersträußen Luft zu. Der Zug wurde angeführt von Priestern, die Weihrauchkessel schwenkten, ihnen folgten die Kardinäle, die fromme Lieder sangen. Als der Zug durch das Portal kam, jubelten ihm alle Musikkapellen zu. Der Papst wurde über die hohe Marmortreppe zur Galerie getragen, auf deren Balkon er sich, umgeben von den Kardinälen, dann zeigte. Alle sanken in die Knie, die langen Reihen der Soldaten, Greise ebenso wie Kinder, und nur der protestantische Fremde stand weiter aufrecht da und wollte sich dem Segen eines alten Mannes nicht beugen. Annunziata kniete im Wagen und sah mit seelenvollem Auge zum Heiligen Vater auf. Unter tiefem Schweigen glitt der Segen über unsere Köpfe hinweg wie unsichtbare Feuerzungen. Nun flatterten vom päpstlichen Balkon zwei Papiere hernieder, eines mit der Vergebung der Sünden, ein anderes mit dem Bann über die Feinde der Kirche; und der Pöbel raufte, um ein Fetzchen von ihnen zu ergattern. Wieder erklangen nun die Glocken aller Kirchen, Musik mischte sich in den Jubel, ich war ebenso glücklich wie Annunziata, und als unser Wagen sich wieder in Bewegung setzte, ritt Bernardo dicht an uns vorüber, er grüßte die beiden Damen, mich schien er nicht zu bemerken.

»Wie bleich er war«, sagte Annunziata, »ist er krank?«

»Ich glaube nicht«, antwortete ich, wußte aber genau, was ihm das Blut aus den Wangen sog. Meine Entscheidung war gereift. Ich fühlte, wie sehr ich Annunziata liebte und daß ich alles für sie tun würde, wenn sie mir ihre Liebe schenkte. Ihr wollte ich folgen, ich hatte keine Zweifel an meinem dramatischen Talent und wußte, welchen Eindruck mein Gesang machte, auf jeder Bühne könnte ich mich in Ehren bewähren, wenn ich diesen Schritt nur einmal wagte! Wenn sie mich liebte, welche Forderungen sollte Bernardo stellen können? War seine Liebe so groß wie die meine, mochte er um sie werben; und liebte sie ihn, ja, dann wollte ich mich augenblicklich zurückziehen. Noch am selben Tage schrieb ich ihm dies in einem Brief, und ich wage zu glauben, daß er aus warmem, treuem Herzen kam, denn viele Tränen fielen auf das Papier, als ich unsere früheren Umstände erwähnte und wie verwunderlich mein Herz sich an ihn klammerte. Als ich den Brief abgesandt hatte, war ich beruhigter, mochte mich der Gedanke, Annunziata vielleicht zu verlieren, auch quälen wie der scharfe Schnabel eines Prometheus-Greifs. Aber ich träumte auch davon, sie immer zu begleiten und an ihrer Seite Ehre und Freude zu ernten. Als Sänger, als Improvisator sollte das Drama meines Lebens nun beginnen.

Nach dem Ave-Maria folgte ich Annunziata und der alten Dame in ihren Wagen, um die Illumination der Kuppel zu verfolgen. Die hohe Kuppel der Peterskirche, die beiden kleineren Kuppeln rechts und links und die gesamte Fassade der Kirche waren mit transparenten Papierlaternen geschmückt. Diese hatte man so angebracht, daß das große Gebäude mit flammenden Konturen in der blauen Luft stand. Das Gedränge schien noch größer zu sein als am Vormittag, wir konnten nur Schritt fahren. Schon von der Engelsbrücke aus sahen wir den erleuchteten Riesenbau, er spiegelte sich im gelben Tiber, auf dem Boote mit vergnügten Menschen das Gemälde belebten. Als wir auf den Petersplatz kamen, der ganz Musik, Glockengeläut und Freude war, ertönte gerade das Signal zur Veränderung der Illumination. Auf dem Kirchendach und den Kuppeln hatte man einige hundert Leute postiert, die nun alle gleichzeitig eiserne Pfannen mit Pechkränzen in Brand setzten. Das gesamte Gebäude verwandelte sich in einen lodernden Tempel Gottes, der über ganz Rom erstrahlte wie die Sterne über dem Stall von Bethlehem.* Der Jubel der Menschenmenge steigerte sich, Annunziata verlor sich in der Betrachtung des Ganzen.

»Aber das ist doch schrecklich«, sagte sie. »Dieser unglückliche Mensch, der ganz oben auf der großen Kuppel das Feuer am Kreuz befestigen muß! Mir schwindelt allein beim Gedanken daran!«

»Bis dort hinauf ist es so hoch wie auf die ägyptischen Pyramiden! Man braucht Mut, um sich da hinaufzuschwingen!

---

* Da die Kirche ebenso wie alle Gebäude in ihrer Umgebung aus Stein errichtet wurden, besteht keinerlei Gefahr, und die Pechkränze und Eisenpfannen können von selbst niederbrennen. Die ganze Nacht hindurch ist daher alles eine einzige Flamme!

Darum läßt der Heilige Vater dem Mann auch die Sakramente erteilen, bevor er hinaufsteigt.«

»Auf diese Weise ein Menschenleben zu riskieren«, seufzte sie, »und nur für ein wenig Pracht und Freude!«

»Aber doch auch zur Verherrlichung Gottes«, antwortete ich, »und wie oft setzen wir unser Leben für weniger aufs Spiel!« Die Wagen brausten an uns vorüber, die meisten fuhren zum Monte Pincio, von wo man aus der Entfernung die beleuchtete Kirche und die Stadt betrachten konnte, die in ihrem Glanz schwamm. »Was für eine schöne Idee«, sagte ich, »von der Kirche alles Licht auf die Stadt strahlen zu lassen! Vielleicht hatte Corregio hier den Einfall zu seiner unsterblichen Nacht.«

»Mit Verlaub!« unterbrach sie mich. »Vergessen Sie nicht, daß das Bild älter ist als die Kirche! Bestimmt stammte die Idee aus seinem eigenen Herzen, und das halte ich auch für schöner! Aber wir sollten uns die ganze Pracht von einem entlegeneren Punkt aus ansehen. Fahren wir auf den Monte Mario, dort ist das Gedränge nicht so groß wie auf dem Monte Pincio. Wir sind schon dicht am Tor!«

Wir rollten um den Säulengang herum und waren bald draußen. Bei dem kleinen Wirtshaus an der Straße, die den Berg hinaufführt, hielt der Wagen an. Die Kuppel der Kirche nahm sich herrlich aus, sie schien aus brennenden Sonnen erbaut zu sein. Zwar war die Fassade verdeckt und nicht zu sehen, aber auch so hatte alles eine eigentümliche Wirkung. Der Glanz, der sich in der erhellten Luft ausbreitete, vermittelte den Eindruck, die von Sternen erstrahlende Kugel schwimme auf einem Lichtermeer. Musik und Glockengeläut klangen zu uns herüber, ringsumher aber war es doppelt Nacht, und die Sterne standen nur als weiße Punkte hoch in der blauen Luft, ganz so, als hätten sie ihren Schein vor dem funkelnden römischen Osterfeuer gedämpft. Ich stieg vom Wagen und ging in das kleine Wirtshaus, um Erfrischungen zu besorgen. Als ich wieder durch den schmalen Gang kam, in dem die

Lampe vor dem Madonnenbild brannte, stand Bernardo vor mir, bleich wie damals, als er in der Jesuitenschule den Kranz entgegengenommen hatte. Seine Augen brannten wie die eines Fieberkranken; mit der Kraft und der Heftigkeit eines Wahnsinnigen packte er meine Hand. »Antonio, ich bin kein Mörder«, sagte er mit sonderbar gedämpfter Stimme, »sonst würde ich dir meinen Säbel in dein falsches Herz stoßen. Aber kämpfen wirst du mit mir, ob du es in deiner Feigheit willst oder nicht! Komm, komm mit!«

»Bernardo, bist du toll?« fragte ich und wollte mich losreißen.

»Schrei du nur laut! Damit die Leute dir helfen, Mann gegen Mann wagst du es ja doch nicht zu kämpfen, aber ehe man mir die Hände fesselt, bist du schon des Todes!« Er reichte mir eine Pistole. »Schieß dich mit mir oder ich werde zu deinem Mörder!« Und jetzt riß er mich mit sich ins Freie. Um ihn abzuwehren, hatte ich die Pistole auf ihn gerichtet.

»Sie liebt dich! Und stolz willst du das den Römern beweisen und mir, den du mit falschem, schmeichlerischem Gerede betrogen hast, obwohl das niemals Not getan hätte!«

»Bernardo, du bist wahnsinnig, komm mir nicht zu nah!« Er rückte mir auf den Leib, ich stieß ihn fort – da hörte ich den Schuß, meine Hand zitterte, alles war voller Rauch, ein seltsamer Seufzer, als Schrei könnte ich es nicht bezeichnen, drang an mein Ohr und an mein Herz. – Meine Pistole war losgegangen, vor mir lag Bernardo in seinem Blut. Wie ein Schlafwandler stand ich da und hielt die Pistole fest in der Hand. Erst als ich die Stimmen der Hausbewohner und Annunziatas Schrei »Jesus Maria!« hörte, als ich sie und die Alte vor mir sah, fühlte ich das ganze Unglück. »Bernardo!« rief ich verzweifelt und wollte mich über seine Leiche werfen, Annunziata aber kniete vor ihm und versuchte, das Blut zu stillen. Ich sehe noch ihr bleiches Gesicht und den festen Blick, den sie auf mich richtete. Ich war gefesselt an den Fleck, auf dem ich stand!

»Rettet Euch, rettet Euch!« rief die alte Dame und zog mich am Arm.

Vom Schmerz überwältigt rief ich nun: »Ich bin unschuldig! Jesus Maria! Ich bin unschuldig! Er wollte mich umbringen, er selbst hat mir die Pistole gegeben, und sie ist aus Zufall losgegangen!« Und was ich vielleicht nicht laut auszusprechen gewagt hätte, nun in meiner Verzweiflung sagte ich es: »Annunziata! Wir haben dich geliebt! Für dich wollte ich sterben, so wie er! Wer von uns beiden war dir der Liebere? Sag es mir in meiner Verzweiflung, wenn du mich liebst, dann will ich fliehen!«

»Fort!« stammelte sie und machte eine Handbewegung, während sie sich weiter mit dem Toten beschäftigte.

»Flieht!« rief die alte Dame.

»Annunziata, wer von uns beiden war dir der Liebere?« fragte ich, vom Schmerz überwältigt. Da beugte sie ihren Kopf über den Toten, ich hörte, wie sie weinte, und sah, wie ihre Lippen Bernardos Stirn berührten.

»Die Gendarmen!« wurde ringsumher gerufen: »Flieht! Flieht!« Und wie von unsichtbaren Händen wurde ich aus dem Haus gerissen.

14. DIE BAUERN AUS ROCCA DEL PAPA · DIE RÄUBERHÖHLE · MEINE PARZE

Sie liebt Bernardo! tönte es in meinem Herzen, der Stachel des Todes hatte mich vergiftet, er trieb mich fort und betäubte sogar die Stimme, die schrie: Du hast deinen Freund und Bruder getötet.

Unwillkürlich brach ich durch Gestrüpp und Gebüsch und kletterte über die Mauern, die die Weingärten am Berg umgeben. Hoch oben leuchtete die Peterskuppel, wie einst auch Kains und Abels Altäre bei der Flucht des Mörders geleuchtet haben mochten.

Mehrere Stunden wanderte ich ununterbrochen dahin. Erst am gelben Tiber, der mir den Weg abschnitt, hielt ich an. Von Rom bis zum Mittelmeer würde ich keine einzige Brücke finden und noch nicht einmal ein Boot, das mich hinüberbrachte. Das unerwartete Hindernis war ein Messerschnitt, der für einen Augenblick die Schlange durchtrennte, die an meinem Herzen nagte, bald aber wuchs sie wieder zusammen, und ich empfand mein Unglück doppelt.

Nur wenige Schritte entfernt lag eine Grabruine, die dem Umfang nach größer war als jene, in der ich als Kind bei der alten Domenica gelebt hatte, freilich war sie baufälliger. An den herabgestürzten Steinblöcken waren drei Pferde angebunden, sie fraßen von den Heubündeln, die ihnen auf der Brust hingen.

Der Zutritt zur Grabkammer bestand aus einer breiten, einige Stufen tiefen Öffnung, im Inneren brannte ein Feuer. Zwei kräftig gebaute Bauern in Schafspelzen, die Wollseite nach außen, mit großen Stiefeln und spitzen Hüten, an denen Marienbilder befestigt waren, lagen am Feuer und rauchten ihre kurzen Pfeifen. Eine kleinere, in einen grauen Umhang gehüllte Gestalt, mit einem breitrandigen, in die Stirn gezogenen Hut lehnte an der Mauer und trank aus einer Fogliette auf Lebewohl und lustiges Wiedersehen. Kaum hatte ich diese Gruppe überblickt, als ich auch schon entdeckt wurde. Sie griffen nach den Gewehren, die neben ihnen lagen, als fürchteten sie einen Überfall, und traten mir dann rasch entgegen. »Was sucht Ihr hier?« fragten sie.

»Ein Boot, um über den Tiber zu kommen«, antwortete ich.

»Da könnt Ihr lange suchen! Hier gibt es weder eine Floßbrücke noch eine Fähre, es sei denn, man bringt sie selbst mit.«

»Aber«, sagte ein anderer, während er mich vom Kopf bis zu den Zehen maß: »Ihr seid arg vom Wege abgekommen,

Signore, und nachts ist es hier nicht sicher! De Cesaris Bande soll noch lange Wurzeln haben, obwohl der Heilige Vater den Spaten angesetzt hat, daß ihm die Arme schmerzen!«

»Ihr hättet Euch ein wenig bewaffnen sollen!« sagte ein Dritter. »Schaut, wir haben es getan, eine Flinte mit dreifachem Lauf und eine Pistole im Gürtel, wenn die Flinte versagt!«

»Und ich habe sogar ein schönes kleines Klappmesser bei mir«, sagte der erste, zog aus dem Gürtel ein scharf poliertes Messer und legte es mir in die Hand.

»Steck es wieder in sein Futteral, Emidio.« Der fremde Signore wird mir so blaß. Das ist ein junger Mann, der scharfe Waffen nicht so gut verträgt! Die erstbesten Gauner nehmen ihm seine paar Scudi ab. Mit uns werden sie nicht so leicht fertig. Wißt Ihr was«, sagte der Mann zu mir, »gebt uns Euer Geld in Verwahrung, bei uns ist es sicher, das könnt Ihr uns glauben!«

»Alles, was ich besitze, könnt ihr haben«, antwortete ich, des Lebens überdrüssig und stumpf in meinem Schmerz. »Eine große Summe ist es nicht.« Mir schien deutlich genug zu sein, in welcher Gesellschaft ich mich befand, rasch griff ich in die Tasche, wo ich zwei Scudi wußte, zu meinem Erstaunen fand ich aber dort einen Beutel. Ich zog ihn hervor, es handelte sich um eine Arbeit von Frauenhand. Ich hatte ihn in den Händen der alte Dame bei Annunziata gesehen, sie mußte ihn mir im letzten Augenblick in die Tasche gesteckt haben, damit ich auf meiner unglückseligen Flucht über einen Notschilling verfügte. Alle drei griffen sie nach dem gefüllten Beutel, ich schüttete seinen Inhalt auf den flachen Stein vor dem Feuer.

»Gold und Silber!« riefen sie, als blanke Louisdors zwischen die Piaster rollten. »Wäre schade, wenn diese schmucken Seelen in Räuberhände fielen!«

»Bringt mich um«, sagte ich, »das ist doch eure Absicht. Dann hat mein Leiden ein Ende!«

»Madonna mia!« sagte der erste. »Was denkt Ihr von uns? Wir sind brave Bauern aus Rocca del Papa. Wir erschlagen keinen Christenbruder! Trinkt einen Schluck Wein mit uns und erzählt, was Euch auf diese Reise führt!«

»Das muß mein Geheimnis bleiben!« sagte ich und griff nach dem Wein, den man mir reichte, denn die Lippen brannten mir nach einer Erfrischung.

Sie flüsterten sich einige Worte in die Ohren, nun erhob sich der Mann mit dem breiten Hut, nickte den anderen vertraulich zu, sah mir spöttisch ins Gesicht und sagte: »Euch steht nach diesem heißen, lustigen Abend eine kalte Nacht bevor!« Er ging und bald hörten wir, wie er sich im Trab über die Campagna entfernte.

»Ihr wollt doch über den Tiber«, sagte der erste, »wenn Ihr nicht mit uns kommen wollt, werdet ihr lange warten müssen. Setzt Euch bei mir aufs Pferd, denn hinter seinem Schwanz herzuschwimmen, habt ihr wahrscheinlich weniger Lust!«

An diesem Ort war ich nicht sicher, und ich fühlte, daß mein Heim bei den Vogelfreien war. Der Mann half mir auf das kräftige Pferd und setzte sich selbst vor mich.

»Laßt mich dieses Tau um Euch binden«, sagte der Mann, »sonst rutscht ihr herunter und findet keinen Grund mehr.« Jetzt wickelte er mir einen Strick um Brust und Arme und schlang ihn auch so um sich, daß wir Rükken an Rücken saßen; die Hände zu bewegen war mir unmöglich. Langsam und mit den Hufen tastend stieg das Pferd in den Fluß, bald stand ihm das Wasser bis zum Bauch, kräftig arbeitete es sich zum anderen Ufer voran. Kaum waren wir angekommen, löste der Mann den Strick, der mich mit ihm verbunden hatte – jedoch nur, um meine Hände noch fester an den Bauchgurt zu binden.

»Ihr könntet herunterfallen und Euch den Hals brechen«, sagte er. »Haltet Euch nur fest, denn jetzt schneiden wir über die Campagna!« Er drückte dem Pferd die Füße in die Flanken, der andere tat desgleichen, und nun jagten die wohlgeübten Reiter über die große, öde Ebene. Ich hielt mich mit Händen und Füßen fest. Der Wind griff in die langen schwarzen Haare des Mannes, die mir um die Wangen flatterten. Wir fegten an eingestürzten Gräbern vorbei, ich sah die zusammengebrochenen Viadukte und den Mond, der sich blutrot vom Horizont abhob, während leichte, weiße Nebelschleier an uns vorüberglitten.

Daß ich Bernardo getötet hatte, daß ich von Annunziata und meinem Heim getrennt war und nun, auf das Pferd eines Räubers gebunden, in wilder Flucht durch die Campagna raste – all dies wirkte auf mich wie ein Traum, ein entsetzlicher Traum. Ach, wenn ich doch bald erwachte und dieses Schreckensbild verschwinden sehen könnte! Fest schloß ich meine Augen und fühlte, wie mir der kalte Wind von den Bergen um die Wangen blies.

»Jetzt sind wir bald unter Großmutters Rock«, sagte der Reiter, als wir die Berge erreichten. »Haben wir nicht ein gutes Pferd? Es hat dieses Jahr ja auch den St.-Antonius-Segen bekommen; mein Junge hat es mit Federbusch und Seidenbändern geschmückt, es hat die Bibel und Weihwasser abgekriegt, kein Teufel und kein böser Blick kann ihm dieses Jahr den Rest geben!«

Als wir zwischen die Berge kamen, stieg am Horizont die Dämmerung herauf.

»Die Sonne beginnt zu scheinen«, sagte der zweite Reiter, »der Signore könnte sich die Augen beschädigen, ich gebe ihm einen Sonnenschirm«, und schon warf er mir ein Tuch über den Kopf und band es so fest, daß ich nicht mehr das Geringste sah. Meine Hände waren gefesselt, ich war ganz ihr Gefangener, und in meinem Schmerz fand ich mich mit allem ab. Ich bemerkte, daß wir bergan ritten, bald ging es aber wieder abwärts; Zweige und Büsche schlugen mir ins Gesicht, es handelte sich um einen ungebahnten Weg. Zu guter Letzt mußte ich absteigen und wurde geführt, aber kein einziges Wort fiel, dann ging es eine Treppe hinunter durch eine enge Öffnung. Meine Sinne waren zu sehr mit sich selbst beschäftigt gewesen, als daß ich mir hätte merken können, welche Richtung man in den Bergen eingeschlagen hatte, sehr tief konnten wir jedoch nicht gekommen sein. Erst einige Jahre später lernte ich den Ort kennen, viele Fremde haben ihn besucht und viele Maler ihn in Form und Farben wiedergegeben. Wir waren im alten Tusculum. Hinter Frascati, wo die Hänge von Kastanienwäldern und hohen Lorbeerhecken bedeckt sind, liegen noch heute diese Ruinen aus dem Altertum. Hoher Weißdorn und wilde Rosen überwuchern die Stufen des Amphitheaters. An einigen Stellen befinden sich tiefe Höhlen, gemauerte Gewölbe, die von üppigem und wucherndem Gestrüpp fast überdeckt sind. Jenseits des Tales sieht man die hohen Abruzzen, die die Sümpfe begrenzen und der Landschaft eine kraftvolle Wildheit schenken, die hier vor den letzten Resten einer antiken Siedlung jeden doppelt ergreift.

Man führte mich durch eine Felsenöffnung, die hinter herunterhängendem Immergrün und Schlingpflanzen versteckt war; wir hielten an, ich hörte leises Flötenspiel und gleich danach das Geräusch einer Luke oder einer Tür, die geöffnet wurde. Wieder stiegen wir einige Stufen hinab, ich hörte verschiedene Stimmen, man nahm mir die Binde von den Augen, und ich fand mich in einem geräumigen Gewölbe wieder. Kräftig gebaute Männer, wie meine Begleiter in langen Schafspelzen, saßen an einem langen Holztisch und spielten Karten. Auf dem Tisch brannten zwei Messinglampen mit mehreren Dochten und beleuchteten die dunklen, ausdrucksvollen Gesichter. Vor ihnen stand Wein in großen Flaschen. Meine Ankunft rief keinerlei Erstaunen hervor. Sie machten mir Platz am Tisch, reichten mir einen Becher und ein Stück von ihrer Salami, wobei sie sich in einem mir fremden Dialekt unterhielten, jedoch schien das Gespräch keineswegs mir zu gelten. – Ich hatte keinen Hunger, nur brennenden Durst, und trank von dem Wein. Mein Blick glitt über die Mauern, um mich herum sah ich Gewehre und Kleidungsstücke, in der Ecke war eine Vertiefung, über der zwei Hasen hingen, denen man das Fell halb abgezogen hatte, darunter entdeckte ich ein weiteres Wesen, eine alte, magere Frau mit erstaunlich aufrechter, fast jugendlicher Haltung. Sie saß nahezu unbeweglich da und wickelte Flachs auf eine Spindel, der Knoten ihres silberweißen Haares hatte sich gelöst, weshalb es ihr über die Wange und am braungelben Hals hinabhing, ihre schwarzen Augen ruhten ununterbrochen auf dem Flachsknäuel. Das leibhaftige Bild einer Parze. Vor ihren Füßen lagen schwelende Holzklötze, wie ein magischer Kreis, der sie von der Welt trennte.

Lange überließ man mich nicht mir selbst. Sie stellten eine Art Examen mit mir an über meinen Stand, meine Vermögensverhältnisse, meine Familie. Ich sagte ihnen, daß sie mir meinen gesamten Besitz bereits abgenommen hätten und daß in Rom für mich niemand auch nur einen Scudo geben würde, falls sie Lösegeld für mich verlangen wollten. Ich sei ein armer Vogel, der sich schon lange mit dem Gedanken getragen hätte, nach Neapel zu gehen, um dort sein Talent als Improvisator zu beweisen. Den eigentlichen Grund meiner Flucht, meinen unglücklichen Unfall mit dem Schuß, verheimlichte ich ihnen nicht, verschwieg jedoch die näheren Umstände. »Das einzige Lösegeld, das ihr für mich bekommt, ist das, was ihr von der Gerechtigkeit erhaltet, wenn ihr mich ausliefert. Und tut das nur, im Augenblick habe ich selbst keinen größeren Wunsch.«

»Das ist mir ein lustiger Wunsch«, sagte einer der Männer. »Ihr werdet in Rom doch ein kleines Ding haben, dem Eure Freiheit seine Ohrringe wert sind! Und nach Neapel werdet Ihr schon noch kommen, wir sind die richtigen Männer, die Euch über die Grenze schaffen können. Und wenn Lösegeld Handgeld für unsere Brüderschaft heißen soll, dann gebt mir Eure Hand! Ihr müßt wissen, Ihr seid unter ehrliche Leute geraten. Aber überschlaft das jetzt, hier ist das Bett und Ihr bekommt eine Zudecke, die Winterstürme und den Schirokko erlebt hat: meinen braunen Umhang, dort am Haken!« Den warf er mir zu, deutete auf die Strohmatte am Tischende und verließ mich, wobei er das Volkslied aus den Albanerbergen anstimme: »Discendi o mia bettina!«[28]

Ich warf mich auf das Lager, indes ohne die Absicht zu ruhen. Wie Schreckensbilder schwebten die letzten Ereignisse vor mir, und doch schlossen sich meine Augen, meine körperlichen Kräfte waren erschöpft, tief und fest schlief ich den ganzen Tag.

Als ich wieder erwachte, fühlte ich mich seltsam gestärkt. Alles, was meine Seele erschüttert hatte, schien nun ein Traum zu sein, aber mein Aufenthaltsort und die dunklen Gesichter, die mich umgaben, sagten mir, daß meine Erinnerungen Wirklichkeit waren.

Ein Fremder, im Gürtel Pistolen, den langen, grauen Umhang lose über der einen Schulter, saß schief auf der Bank und war ins Gespräch mit den anderen Räubern vertieft. In der Ecke saß unverändert die alte dunkelhäutige Frau mit ihrer Spindel, ein auf dunklen Grund gemaltes Bild. Auf den Steinfliesen vor ihr lagen frische Holzklötze, die Wärme verströmten. »Der Schuß ist durch die Seite gegangen«, hörte ich den Fremden sagen. »Ein wenig Blut hat er verloren, aber in einem Monat ist alles vorüber!«

»Ei, Signore!« rief mein Reiter, als er sah, daß ich aufgewacht war, »Zwölf Stunden Schlaf sind ein gutes Kopfkissen! Nun, Gregorio bringt Neuigkeiten aus Rom mit, die Euch bestimmt erfreuen! Ihr habt dem hohen Senat arg auf die Schleppe getreten! Das seid doch Ihr gewesen! Alle Umstände stimmen überein. Dem Neffen des Senators habt Ihr eins auf den Pelz gebrannt. Das war ein kühner Schuß!«

»Ist er tot?« waren die einzigen Worte, die ich hervorstottern konnte.

»Nein, noch nicht ganz«, antwortete der Fremde. »Und er stirbt dieses Mal wohl auch nicht. Das sagt wenigstens der Doktor. Die fremde schöne Signora, von der es heißt, sie singt wie eine Nachtigall, hat die ganze Nacht an seinem Bett gewacht, bis der Doktor versicherte, es bestehe keinerlei Gefahr!«

»Ihr habt vorbeigeschossen, an seinem Herzen und an ihrem auch! Laßt die Vögel fliegen, die werden ein Paar, und bleibt bei uns! Unser Leben ist lustig und frei, ein kleiner Fürst könntet Ihr werden, und die Gefahr ist dabei nicht größer als die, die an jeder Krone hängt! Wein sollt Ihr haben, Abenteuer und schöne Mädchen statt der einen, die Ihr verpaßt habt! Besser das Leben in einem lustigen Zug leeren, als es in Tropfen zu suckeln.«

Bernardo lebt! Ich bin nicht sein Mörder! Dieser Gedanke gab meiner Seele neues Leben ein, den Schmerz über Annunziata aber konnte er nicht besänftigen. Ruhig und fest antwortete ich dem Mann, sie könnten mit mir verfahren, wie sie wollten, meine Natur, meine Erziehung und Anschauung aber verböten mir, in andere Verbindung mit ihnen zu treten als in jene, in die mich der Zufall gebracht hatte. »600 Scudi sind die mindeste Summe, die Euch einlöst«, sagte der Mann mit finsterem Ernst. »Sie treffen in sechs Tagen ein oder Ihr gehört uns, tot oder lebendig! Euer schönes Gesicht und meine Güte werden Euch nicht helfen. – Ohne die 600 Scudi habt Ihr nur die Wahl zwischen unserer Bruderschaft und jener, die sich Arm in Arm unten im Brunnen küßt. Schreibt an Euren Freund oder an die schöne Sängerin, denn im Grunde müssen sie Euch doch dankbar sein, weil Ihr sie zu einer Erklärung gebracht habt. Bestimmt bezahlen sie eine so klägliche Summe für Euch gern! Für so wenig ist aus unserem Wirtshaus noch keiner abgereist! Man bedenke«, sagte er lächelnd, »die Beförderung hierher, und für sechs Tage Kost und Logis! Das kann man doch nicht unbillig nennen!«

An meiner Antwort änderte sich nichts.

»Sturkopf!« sagte er dann, »Das gefällt mir an dir, muß ich sagen, auch wenn ich dir persönlich eine Kugel ins

Herz schießen muß. Unser forsches Leben muß eine jugendliche Seele begeistern, und du bist Dichter, Improvisator, und wirst auf einer kühnen Flucht nicht ergriffen! Bitte ich dich, die stolze Kraft zwischen den Klippen zu besingen, mußt du dann das Leben nicht loben und preisen, das du jetzt herabwürdigst? Trink aus dem Becher und laß uns von deiner Kunst hören, schildern sollst du uns, was ich gerade gesagt habe: die stolze Kraft, wie sie die Berge sahen, und wenn du es machst wie ein Meister, lege ich noch einen Tag darauf.« Er reichte mir die Gitarre, die an der Mauer hing, und die Räuber scharten sich um mich und forderten mich auf zu singen.

Einige Augenblicke überlegte ich. Vom Wald und von den Felsen sollte ich singen, ausgerechnet ich, der sie im Grunde niemals gesehen hatte. Meine Wanderung in der vorangegangenen Nacht war schließlich mit verbundenen Augen vonstatten gegangen, und während meines Aufenthalts in Rom hatte ich lediglich die Pinienwälder der Villa Borghese und der Villa Pamfili besucht. Die Berge hatten mich als Kind zwar beschäftigt, aber nur so, wie ich sie von Domenicas Hütte aus gesehen hatte. Nur einmal war ich in den Bergen gewesen, zu dieser unglückseligen Reise zum Blumenfest in Genzano. Das Dunkel des Waldes und die Stille lagen in dem Bild, das ich von meiner Wanderung unter den hohen Platanen am Nemisee in Erinnerung behalten hatte, wo wir an jenem Abend Kränze geflochten hatten. Ich sah es wieder vor mir, in meiner Seele stiegen Ideen auf. In einem Nu bewegten sich all diese Bilder, für die ich nun die doppelte Zeit benötigte, wollte ich sie mit Worten vorstellen. Ich griff ein paar Akkorde, und aus dem Gedanken wurde Rede, aus Rede wogende Verse, ich schilderte den tiefen, vom Wald eingeschlossenen See, den Felsen, der sich hoch zum Himmel erhob. Im Adlerhorst saß die Adlermutter und lehrte die Jungen die Kraft der Schwingen, übte mit ihnen den stolzen Blick, indem sie sie in die Sonne sehen ließ. »Ihr seid die Könige der Vögel, scharf sind eure Augen, stark die Klauen, fliegt fort von eurer Mutter, mein Blick wird euch begleiten und singen wird mein Herz, wie Schwanes Zunge, wenn Tod sie küßt, die stolze Kraft!« Und die Jungen verließen den Bau, der eine flog nur auf die nächste Bergspitze, wo er still saß, das Auge in die Strahlen der Sonne gerichtet, als wolle er ihre Flammen aufnehmen, während der andere sich mutig in hohen Kreisen über die Wälder bewegte und den in der Tiefe liegenden See bewegte. Der Wasserspiegel war ein Spiegel für den Kranz der Wälder und den blauen Himmel. Ein riesiger Fisch stand still, als sei er ein Rohr, mit dem Schlag des Blitzes fuhr der Adler auf seine Beute nieder, bohrte ihr seine scharfen Krallen in den Rücken, und das Herz der Mutter bebte vor Freude. Doch Fisch und Vogel waren sich ebenbürtig. Die scharfe Kralle saß zu fest und konnte nicht wieder gelöst werden, und der Kampf setzte ein, so daß der See, gerade noch still glänzend, in mächtigen Ringen bebte; für einen Augenblick wurde es wieder ruhig, die großen Schwingen lagen ausgebreitet auf dem See, wie die Blätter der Lotusblume, dann stiegen sie hoch, man hörte ein Knacken, der eine Flügel sank, während der andere den See zu Schaum aufpeitschte und verschwand. Fisch und Vogel versanken in der Tiefe. Da stieß die Mutter einen Jammerschrei aus, sah zu dem anderen Sohn, der auf dem Felsen gesessen hatte, und auch er war fort. Hoch aber, vor der Sonne, sah sie einen schwarzen Punkt aufsteigen und in ihren Strahlen verschwinden. Ihr Herz bebte vor Lust, und sie sang von der stolzen Kraft, die nur vor dem Ziel groß wird.

Mein Lied war beendet, ich wurde mit lautem Beifall gefeiert, mein Blick aber lag unverwandt auf der alten Frau in der Ecke. Während des Liedes hatte sie ihre Spindel sinken lassen und ihren dunklen, scharfen Blick auf mich gerichtet, und gerade hierdurch schien sich diese Szene aus meiner Kindheit vor meinen Augen erneuert zu haben. Sie erhob sich und ging mit raschen Schritten auf mich zu, wobei sie rief: »Du hast dir dein Lösegeld ersungen! Der

Klang der Töne ist stärker als der des Goldes, ich habe den Glücksstern in deinen Augen gesehen, als Fisch und Vogel zum tiefen Grund gesunken sind! – Flieg zur Sonne, mein kühner Adler, die Alte sitzt im Horst und freut sich deiner Flucht. Niemand soll deine Flügel fesseln!«

»Kluge Fulvia!« sagte der Räuber, der mich zum Singen aufgefordert hatte und sich nun in erstaunlichem Ernst vor der Alten verneigte. »Kennst du den Signore? Hast du ihn schon einmal gehört?«

»Ich habe den Stern in seinen Augen gesehen«, sagte sie, »habe den unsichtbaren Glanz gesehen, der die Kinder des Glücks umstrahlt! Er hat seinen Kranz geflochten und wird einen noch schöneren flechten, aber mit ungefesselten Händen! In sechs Tagen willst du meinen jungen Adler erschießen, weil er dem Fisch nicht seine Krallen in den Rücken bohren will. Sechs Tage soll er hier im Nest ruhen und dann zur Sonne fliegen!« – Nun öffnete sie einen kleinen Verschlag in der Wand, nahm ein Papier heraus und wollte etwas schreiben. »Das Blei ist hart wie eine trokkene Felswand«, sagte sie, »aber du hast genug von dieser schwarzen Flüssigkeit. Ritz dir in die Hand, Cosmo, die alte Fulvia denkt auch an dein Glück!« Schweigend griff der Räuber nach seinem Messer, ritzte sich leicht in die Haut und feuchtete die Feder mit dem Blut an. Die Alte gab mir die Feder und bat mich zu schreiben: »Ich reise nach Neapel!« – »Darunter deinen Namen«, sagte sie, »das ist ein päpstliches Siegel.«

»Wozu soll das nutze sein?« hörte ich einen der Jüngeren halblaut sagen, er sah die Alte unwillig an.

»Die Schlange kriegt eine Stimme?« sagte sie. »Hüte dich vor breitem Fuß, der dich zerquetscht!«

»Wir vertrauen deiner Weisheit, kluge Mutter«, sagte der Ältere. »Dein Wille ist die Monstranz mit Segen und Glück.«

Mehr wurde nicht gesprochen. Die muntere Stimmung kehrte zurück. Die Weinflasche ging herum. Vertraulich schlug man mir auf die Schulter, gab mir das beste Stück vom Wild, das auf dem Tisch stand; die Alte aber saß unverändert da und spann mit ihrer Spindel, während der Junge ihr frische Glut vor die Füße legte und sagte: »Du frierst, alte Mutter!« – An ihrer Rede und an dem Namen erkannte ich nun, daß sie es gewesen war, die mir als Kind die Zukunft vorhergesagt hatte, als ich mit Marijucce und meiner Mutter am Nemisee Kränze geflochten hatte. – Ich fühlte, daß mein Schicksal in ihrer Hand lag. »Ich reise nach Neapel!« hatte sie mich schreiben lassen, das war mein Wunsch, wie aber sollte ich ohne Paß über die Grenze kommen? Wie würde meine Zukunft in dieser fremden Stadt aussehen, in der mich niemand kannte? Als Improvisator aufzutreten, würde ich nicht wagen, da ich aus dem Nachbarstaat geflohen war. Meine Kenntnisse in den Sprachen und ein wunderliches, kindliches Vertrauen in die Madonna stärkten mir die Seele; und sogar der Gedanke an Annunziata, der sich in eine sonderbare Wehmut verwandelt hatte, schenkte meiner Seele Ruhe, eine Ruhe, die der des Schiffers gleichkommt, wenn sein Schiff gesunken ist und er einsam in einem kleinen Boot auf eine unbekannte Küste zutreibt.

Ein Tag nach dem anderen verging, die Männer kamen und gingen, auch Fulvia war einen ganzen Tag fort und ich mit einem der Räuber allein in der Höhle.

Er war ein junger Mensch von ungefähr 21 Jahren, mit unedlen Gesichtszügen, aber einem erstaunlich melancholischen Blick, der wie beim Tier häufig zu Wildheit wechselte; schöne lange Haare hingen ihm bis auf die Schultern und charakterisierten so sein Äußeres. Lange saß er schweigend da, den Kopf auf dem Arm, wendete sich dann mir zu und sagte: »Du kannst lesen, lies mir ein Gebet aus diesem Buch vor!« Er zog ein kleines Gebetbuch hervor, und voll inniger Andacht leuchteten seine großen, dunklen Augen.

»Warum willst du uns verlassen?« fragte er und reichte mir gutmütig die Hand. »Gemeinheit und Falschheit wohnen in der Stadt wie im Wald, im Wald aber gibt es frischere Luft und weniger Menschen!«

Eine Art Vertrauen entstand zwischen uns. Ich schauderte vor seiner Wildheit, sein Unglück aber rührte mich.

»Du kennst doch die Sage vom Fürsten von Savelli«, fragte er, »und von der lustigen Hochzeit in Ariccia? Nur ein geringer Bauer und ein armes Mädchen, aber schön war sie, und man feierte Hochzeit. Der reiche Herr von Savelli ehrte die Braut mit einem Tanz und verabredete sich mit ihr im Garten, sie aber verriet es ihrem Bräutigam, der ihre Kleider und ihren Brautschleier nahm und an ihrer Stelle dorthin ging. Als der Graf sie dann an seine Brust pressen wollte, steckte in seinem adligen Herzen der Dolch. Ich habe auch einen Grafen und einen Bräutigam wie diesen gekannt, aber die Braut war nicht so großherzig. Der reiche Herr feierte die Hochzeitsnacht und der Bräutigam die Beerdigung mit ihr. Ihre Brust schimmerte wie Schnee, als das blanke Messer sich den Weg zu ihrem Herzen suchte.«

Ich sah ihm schweigend in die Augen, ich fand kein Wort, um ihm mein Mitgefühl auszudrücken.

»Du glaubst, ich hätte die Liebe niemals gekannt, hätte niemals wie eine Biene aus duftendem Becher getrunken!« rief er. »Einmal reiste eine vornehme englische Dame nach Neapel, ein hübsches Mädchen war in ihrer Begleitung. Gesundheit in den Wangen, Feuer in den Augen. Die Kameraden zwangen sie, den Wagen zu verlassen und sich schweigend auf die Erde zu legen, als man sie ausplünderte. Die beiden Frauen und einen junger Mann, ihren Liebhaber, nehme ich an, führten wir in die Berge. Ihn banden wir an einen Baum, das junge Mädchen war schön, war Braut, auch ich konnte ein Fürst von Savelli sein! – Als dann das Lösegeld für die drei eintraf, hatte das Mädchen keine roten Wangen mehr, ihre Augen brannten nicht mehr so stark, das kam von dem vielen Schatten in den Bergen!« – Ich wandte mich von ihm ab, halb entschuldigend fügte er hinzu: »Das Mädchen war Protestantin, keine Christin, eine Tochter des Satans!«

Eine Weile saßen wir schweigend da. »Lies mir noch ein Gebet vor!« sagte er dann, und ich las.

Gegen Abend kam Fulvia, sie reichte mir einen Brief, gestattete mir jedoch nicht, ihn zu lesen. »Die Berge tragen ihre feuchten Mäntel, Zeit auszufliegen. Iß und trink, die Wanderung wird lang und auf dem nackten Feldweg wachsen keine Pagnotten.«* Der junge Räuber setzte uns hastig etwas zu essen vor, ich nahm es eilig zu mir, und nun warf Fulvia sich einen Umhang über die Schultern und zog mich mit sich durch die dunklen, hohlen Gänge. »Im Brief liegen deine Flügel«, sagte sie. »Kein Grenzsoldat wird dir eine Feder krümmen, mein junger Adler! Daneben liegt der Wunschzweig, er wird dir Gold und Silber schenken, bis du dir selbst Schätze erworben hast.«

Mit den nackten, mageren Armen teilte sie den dichten Efeu, der wie eine Decke vor dem Eingang der Höhle hing. Draußen herrschte dunkle Nacht, die Berge waren in feuchten Nebel gehüllt. Ich hielt mich an ihrem Rock fest, kaum konnte ich in der Dunkelheit ihren raschen Schritten auf dem ungebahnten Weg folgen, wie ein Geist huschte sie voran, Büsche und Hecken teilten sich zu beiden Seiten.

Einige Stunden waren wir gewandert. Wir erreichten ein enges Bergtal, in dem eine Strohhütte lag, wie man sie in den Sümpfen findet. Keine Mauern, das Dach aus Rohr und Stroh bis hinab auf die Erde. Durch einen Ritz in der niedrigen Tür schimmerte Licht. Wir traten ein, es war wie in einem großen Bienenkorb, aber ringsherum war alles schwarz vom Rauch, der seinen Weg nur durch die niedrige Tür fand. Die Pfähle und Balken und selbst die

---

* Kleine Brote

Schilfrohre glänzten vor Ruß. Mitten im Raum befand sich eine gemauerte Erhebung, einige Ellen lang und ungefähr halb so breit. Hier lagen Kohle und Asche, hier wurde das Essen zubereitet, und von hier aus wurde die Hütte erwärmt. Weiter hinten befand sich eine Öffnung in der Wand, die zu einer zweiten Hütte führte, die mit der ersten verbunden war, so wie eine kleinere Zwiebel an der Mutter festwächst. Hier lagen eine Frau und einige Kinder, alle schliefen. Ein Esel streckte seinen Kopf vor und glotzte uns an. Ein ältlicher Mann, fast nackt, nur mit zerrissenen Ziegenlederhosen um die Lenden, kam uns entgegen. Er küßte Fulvia die Hand, wortlos warf er sich seinen wolligen Pelz über die nackten Schultern, zog den Esel hervor und machte mir ein Zeichen, ich solle aufsteigen.

»Das Pferd des Glücks trabt besser als der Esel der Campagna«, sagte Fulvia. Der Bauer zerrte den Esel aus der Hütte. Mein Herz war tief bewegt vor Dankbarkeit gegenüber der seltsamen Alten, ich beugte mich, um ihre Hand zu küssen, sie aber schüttelte den Kopf und strich mir das Haar aus der Stirn. Ich fühlte ihren kalten Kuß und sah sie noch einmal mit der Hand winken, schon war sie von Zweigen und Hecken verborgen. Der Bauer gab dem Esel die Peitsche und lief dann mit ihm um die Wette den Weg hinauf; ich sprach zu ihm, er gab schwache Laute von sich und machte mir mit Zeichen verständlich, daß er stumm sei. Meine Neugier auf den Brief, den Fulvia mir mitgegeben hatte, ließ mir nicht einen Augenblick Ruhe, ich zog ihn hervor und öffnete ihn. Es handelte sich um verschiedene Papiere, die Dunkelheit aber gestattete mir nicht, auch nur ein Wort zu erkennen, wie sehr ich meine Augen auch anstrengte. Im Morgengrauen hatten wir den Bergrücken erreicht, wo es nur nackten Granit, vereinzelte Schlingpflanzen und graugrünen, duftenden Beifuß gab. Der Himmel war klar mit leuchtenden Sternen, unter uns lag eine treibende Wolkenwelt, das waren die Sümpfe, die sich hier in den Albanerbergen zwischen

Veletri und Terracina erstrecken und von den Abruzzen und vom Mittelmeer begrenzt werden. Die niedrigen, wogenden Nebelwolken leuchteten unter uns, und bald sah ich, wie der unendlich blaue Himmel in Violett und dann in das reinste Rosenrot überging. Selbst die Berge wurden zu hellblauem Samt, die Pracht der Farben blendete mich, an einem Berghang brannte ein Feuer, das wie ein Stern vor dem hellen Grund stand. Da falteten meine Hände sich zu einem Gebet, mein Herz beugte sich vor Gott in der großen Kirche der Natur und bat leise: »Dein Wille geschehe!«

Das Tageslicht war nun stark genug, daß ich erkennen konnte, was sich in dem Brief befand. Es war ein Paß, ausgestellt auf meinen Namen und von der römischen Polizei sowie vom neapolitanischen Gesandten visiert, daneben lag ein Wechsel auf 500 Scudi, bezogen auf das Haus Falconet in Neapel. Ein kleiner Zettel trug nur die Worte: »Bernardos Leben ist außer Gefahr, gehe in den nächsten Monaten aber nicht nach Rom!«

Fulvia hatte recht gehabt, dies waren Flügel und ein Wunschzweig. Ich war frei! Ein Seufzer der Dankbarkeit stieg aus meinem Herzen auf. Bald befanden wir uns auf einem Weg, der besser gebahnt war, hier saßen Hirten, die ihr Frühstück verzehrten. Mein Führer machte halt, man schien ihn zu kennen; er gab Zeichen mit den Fingern, und sie luden uns ein, ihre Mahlzeit mit ihnen zu teilen. Sie bestand aus Brot und Büffelkäse, wozu man Eselsmilch trank; auch ich genoß einige Bissen und fühlte mich danach gestärkt. Nun zeigte mein Führer mir einen Pfad, und die anderen erklärten mir, er führe den Berg hinab und an den Sümpfen entlang nach Terracina, das ich gegen Abend erreichen würde. Ich solle diesem Pfad folgen, nach einigen Stunden werde er zu einem Kanal führen, der von den Bergen zu der großen Landstraße verlaufe, deren lange Allee ich erkennen werde, sobald die Nebel verflogen seien. Ich solle dem Kanal folgen, so gelangte ich zur Straße, dicht bei einem früheren Kloster, in dem man nun ein Wirtshaus eingerichtet habe, das sich Torre di Tre Ponte nenne.

Gerne hätte ich meinem Führer ein kleines Geschenk gemacht, aber ich besaß nichts! Da fiel mir ein, daß ich die zwei Scudi noch haben mußte. Sie waren in meiner Tasche gewesen, als ich Rom verlassen hatte. Ich hatte ja nur den Beutel mit dem Geld weggegeben, das man mir als Notschilling zugesteckt worden war. Zwei Scudi waren im Augenblick also meine gesamte Barschaft, und einen von ihnen sollte mein Führer bekommen, den anderen benötigte ich zum Leben, bis ich Neapel erreichen würde, wo ich Gebrauch machen könnte von meinem Wechsel. Ich griff in die Tasche, aber meine Suche blieb vergeblich. Man hatte mich schon lange von meinem kleinen Besitz getrennt. Ich besaß gar nichts! So löste ich mein Seidentuch, das ich um den Hals trug, gab es dem Manne, reichte den anderen die Hand und ging dann den Pfad hinab zu den Sümpfen.

ZWEITER TEIL

1. DIE PONTINISCHEN SÜMPFE · TERRACINA · EIN ALTER BEKANNTER · DER GEBURTSORT FRA DIAVOLOS · DER ORANGENGARTEN BEI MOLA DI GAETA · DIE NEAPOLITANISCHE SIGNORA · NEAPEL

Viele stellen sich unter den Pontinischen Sümpfen nur morastigen Grund und eine öde Strecke stillstehenden, schleimigen Wassers vor, ein trauriges Stück Land, das man durchquert. Im Gegenteil: Die Sümpfe haben mehr gemein mit der reichen lombardischen Ebene, und sie sind sogar reicher ausgestattet. Gras und Kräuter gibt es hier in einem Ausmaß und von einer Üppigkeit, wie Norditalien sie nicht aufzuweisen vermag.

Auch kann kein Weg angenehmer sein als dieser, der durch die Sümpfe führt. Er ist eben, der Wagen rollt durch unendlich lange Lindenalleen, deren dichte Zweige vor den brennenden Strahlen Schutz gewähren. Auf beiden Seiten erstreckt sich die unendliche Ebene mit ihrem hohen Gras und ihren frischen, grünen Sumpfpflanzen; Kanäle kreuzen einander und saugen das Wasser ein, das überall in Form von Teichen oder Seen steht, die von Binsen und breitblättrigen Seerosen bewachsen sind. Kommt man von Rom, erstrecken sich zur Linken die hohen Abruzzen mit den kleinen Dörfern, die sich mit ihren weißen Mauern wie Bergschlösser von den grauen Felsen abheben. Zur Rechten reicht die grüne Ebene bis zum Meer hinunter, wo sich das Vorgebirge Cicello erhebt, heute Festland, ehemals aber Circes Insel, auf der nach der Sage Odysseus landete.

Während ich ging, löste sich der Nebel auf; er schwebte über der grünen Fläche, wo die Kanäle glänzten wie zum Bleichen ausgebreitete Leinwand. Die Sonne brannte mit sommerlicher Wärme, obwohl wir erst Ende Februar hatten. Büffelherden weideten im grünen Gras. Pferde liefen frei herum und schlugen mit den Hinterbeinen in die Luft, daß das Wasser hoch aufspritzte. Ihre raschen Wechsel, ihre ausgelassenen Sprünge, ihre Vergnügtheit hätten einem Tiermaler zum Studium gereichen können. Auf der linken Seite sah ich eine schwarze, riesige Rauchsäule aus einem Feuer aufsteigen, das Hirten entzündet hatten, um im Umkreis ihrer Hütten die Luft zu reinigen. Ein Bauer kam mir entgegen, dessen gelblich blasses, kränkliches Aussehen der Üppigkeit widersprach, wie sie die Sümpfe hervorbrachten. Wie ein Toter, den man aus dem Grabe geholt hatte, ritt er auf seinem schwarzen Pferd, in der Hand hielt er eine Art Lanze, mit der er die im Morast herumlaufenden Büffel zusammentrieb; einige hatten sich hingelegt und streckten nur ihre schwarzen, häßlichen Köpfe mit den bösen Augen in die Höhe. Die vereinzelten Posthäuser mit drei, vier Stockwerken, die man dicht neben der Straße errichtet hatte, zeigten schon auf den ersten Blick, wie krank die Luft war, die aus den Sümpfen aufstieg. Ihre gekalkten Mauern waren bedeckt von fettem, graugrünem Schimmel. Gebäude und Menschen verrieten den Einfluß der Fäulnis – welch seltsamer Kontrast zu all der Üppigkeit, zum frischen Grün und zum warmen Sonnenschein!

Meine kranke Seele ließ mich hier in der Natur ein Bild des falschen Lebensglücks erkennen. So sieht der Mensch so gut wie immer die Welt durch die Brille des Gefühls, und je nach der Farbe des Glases, durch das er schaut, erscheint sie ihm schwarz oder purpurfarben.

Ungefähr eine Stunde vor dem Ave-Maria hatte ich die Sümpfe hinter mich gebracht, die Berge mit ihren gelben Felsmassen rückten zusehends näher, und dicht vor mir lag Terracina in der üppigen, hesperischen Natur. Nicht weit entfernt von der Straße standen drei hohe Palmen mit Früchten, die weiten Obstgärten an den Berghängen erschienen mir wie ein großer, grüner Teppich aus Millionen goldener Punkte, Zitronen und Apfelsinen drückten die Zweige bis zur Erde hinab. Vor einem kleinen Bauernhaus am Weg lagen viele herabgefallene Zitronen, die man angehäufelt hatte, als handele es sich um geröstete Kastanien. Rosmarin und wilde, dunkelrote Levkojen wuchsen üppig in den Bergschluchten bis hinauf zum Gipfel, wo die prächtige Ruine der Burg des Ostgotenkönigs Theoderik* lag und die Stadt und die Umgegend überblickte.

Mein Auge war geblendet von diesem schönen Gemälde, still träumend zog ich in Terracina ein. Jetzt lag vor mir das Meer. Zum ersten Male sah ich das Meer, das wunderschöne Mittelmeer, den Himmel selbst in reinstem Ultramarin, eine riesige, vor mir ausgespannte Ebene. Weit draußen lagen Inseln wie treibende Wolken von schönstem Violett. Ich sah den Vesuv, aus dem schwarze Rauchstöße allmählich blauer werdend, zum Horizont wehten. Windstill schien die Meeresoberfläche dazuliegen, an der Küste aber, an der ich stand, brachen sich langgestreckte Wellen, blau und klar wie der Äther selbst, und rollten wie Donner in den Bergen.

Mein Auge war so gebannt wie mein Fuß, meine Seele atmete Begeisterung, als sei das Körperliche in meinem Inneren, mein Herz und mein Blut zu Geist geworden und habe sich aufgelöst, um nun zwischen diesen beiden Himmeln zu schweben: dem unendlichen Meer und dem darüberliegenden Himmel. Die Tränen strömten mir über die Wangen, ich mußte weinen wie ein Kind.

In nächster Nähe lag ein großes, weißes Gebäude, die Brandung schlug an die Mauern, auf denen es errichtet war. Seine unterste Etage war zur Straße hin ein einziger Bogengang, in dem die Wagen der Reisenden hielten. Es war das Gasthaus von Terracina, das größte und schönste auf dem Weg zwischen Rom und Neapel.

---

* Dietrich von Bern

Das Echo eines Peitschenknalls prallte von den Mauern ab: ein geschlossener, von vier Pferden gezogener Wagen rollte auf das Gasthaus zu. Bewaffnete Diener saßen hinten auf dem Wagen; ein blasser, magerer, in einen großen, bunten Schlafrock gehüllter Herr hatte sich im Wageninneren ausgestreckt. Der Postillon stieg ab, knallte noch ein paar Mal mit seiner langen Peitsche. Frische Pferde wurden vorgespannt. Der Fremde wollte weiter, da er aber eine Eskorte durch die Berge verlangte, in denen Fra Diavolos und de Cesaris Nachkommen leben, mußte er eine Viertelstunde warten und schimpfte darum halb auf englisch, halb auf italienisch über die Verschlafenheit des Volkes und alle Qualen und Leiden, die ein Fremder erdulden müsse, knüpfte sich schließlich aus seinem Schnupftuch eine Nachthaube, zog sie über, warf sich in einen Winkel des Wagens, schloß die Augen und ergab sich seinem Schicksal.

Ich erfuhr, es handele sich um einen Engländer, der in zehn Tagen Nord- und Mittelitalien durchreist und sich mit diesen Ländern vertraut gemacht habe. Einen ganzen Tag habe er Rom besichtigt und wolle nun nach Neapel, um den Vesuv zu besteigen, sodann mit dem Dampfschiff nach Marseille reisen, um auch das südliche Frankreich kennenzulernen, wozu er indes hoffe, weniger Zeit zu benötigen. Endlich erschienen acht gut bewaffnete Reiter, der Postillon knallte, und Wagen und Reiter verschwanden durch das Tor.

»Mit seiner Eskorte und all seinen Waffen ist er doch nicht so sicher wie meine Fremden«, sagte ein kleiner, vierschrötiger Mann, der mit seiner Peitsche spielte. »Die Engländer fahren offenbar gern, und immer im Galopp! Das sind sonderbare Vögel! Santa Philomena di Napoli!«

»Habt Ihr viele Fremde auf Eurem Wagen?« fragte ich.

»Ein Herz in jeder Ecke«, antwortete er. »Vier Männer – in einem Cabriolet aber sitzt immer nur einer. Wenn der Signore Napoli sehen will, kann das schon übermorgen sein, wenn die Sonne noch auf den Sant Elmo scheint.«

Wir wurden uns einig, und mir war aus der Verlegenheit geholfen, in die mein völliger Mangel an Bargeld mich gebracht hatte.*

»Handgeld will der Signore wahrscheinlich haben?« fragte der Vetturino und hielt ein Fünfpaolo-Stück zwischen den Fingern.

»Verschafft mir einen Platz bei Tisch und ein gutes Bett«, antwortete ich. »Morgen fahren wir?«

»Ja, so Santo Antonio und meine Pferde wollen! Um drei Uhr geht es ab. Schließlich müssen wir zweimal durch den Zoll und dreimal müssen die Papiere visitiert werden, morgen ist unsere härteste Tour.« Dann hob er die Hand an seine Mütze und verließ mich.

Ich bekam ein Zimmer angewiesen, das zum Meer hin lag, wo frischer Wind ging und sich die langen Wellen überstürzten. Ein von der Campagna verschiedenes Bild, und doch ließ es mich sehr stark an zu Hause denken und an die alte Domenica, es betrübte mich, daß ich sie nicht häufig genug besucht hatte. Sie liebte mich aus ganzem Herzen und war mit Sicherheit die einzige, der es so erging. Die Eccellenza und Francesca, ja, auch sie hatten Liebe für mich empfunden, sie war aber von besonderer Kolorierung. Uns verbanden Wohltaten, und wo diese nicht erwidert werden können, bleibt stets eine Kluft zwischen Schenker und Empfänger, die, über Jahr und Tag von den Schlingpflanzen der Ergebenheit wohl überdeckt, niemals jedoch ausgefüllt werden. Ich dachte an Bernardo und Annunziata, auf meinen Lippen waren salzige Tropfen, sie kamen aus den Augen, vielleicht aber auch von der See unter mir, denn die Brandung schlug hoch an die Mauer.

---

* Reist man mit dem Vetturino, so bezahlt man nicht im voraus, sondern bekommt sogar von ihm Geld auf die Hand, damit man seiner Ehrlichkeit vertraut, zudem sorgt er auf der gesamten Reise für Kost und Nachtlager. Alle diese Ausgaben sind in der einmal getroffenen Abmachung enthalten.

Am folgenden Morgen rollte ich mit dem Mietkutscher und seinen Fremden aus Terracina hinaus. An der Grenze hielten wir an, es dämmerte gerade. Alle stiegen vom Wagen, während unsere Pässe kontrolliert wurden. Nun erst sah ich meine Gesellschaft genau. Zu ihr gehörte ein Mann von dreißig Jahren oder ein wenig mehr, sehr blond und mit blauen Augen, der meine Aufmerksamkeit erregte. Ich mußte ihn schon einmal gesehen haben, aber wo, daran konnte ich mich nicht erinnern. Die vereinzelten Worte, die er von sich gab, verrieten zudem, daß er Ausländer war.

Wir wurden mit den Pässen längere Zeit aufgehalten, weil die meisten in fremden Sprachen abgefaßt waren, die die Soldaten nicht verstanden. Der Fremde holte in dieser Zeit ein Buch mit leeren Blättern hervor und skizzierte die Gegend vor uns: die beiden hohen Türme am Tor, durch das die Landstraße verläuft, die malerischen Höhlen dicht daneben und im Hintergrund das kleine Dorf hoch oben in den Bergen.

Ich trat näher hinzu, und der Fremde machte mich darauf aufmerksam, wie schön die Ziegen sich in der größeren der beiden Höhlen gruppiert hatten. Im selben Augenblick rannten sie weg, ein großes Reisigbündel, das in einer kleinen Öffnung zur Höhle gelegen und als Tür gedient hatte, wurde weggezogen, und Paar um Paar hüpften die Ziegen durch den Eingang, wie die Tiere, als sie Noahs Arche verließen. Ein recht kleiner Bauernjunge bildete den Schluß der Gruppe. Sein spitzes Hütchen mit dem Segelgarnband, die zerrissenen Strümpfe und Sandalen, dazu der kurze braune Umhang, den er sich übergeworfen hatte, all das verlieh ihm ein malerisches Aussehen. Aus der Höhle heraus trippelten die Ziegen nun zwischen den niedrigen Hecken herum, der Junge stellte sich auf einen Felsblock und sah uns und dem Maler zu, der ihn und seine Umgebung zeichnete.

»Maledetto!« hörten wir den Vetturino schreien und sahen, wie er in höchster Eile auf uns zukam. Mit einem der Pässe sei etwas nicht in Ordnung. Das ist bestimmt mein Paß, dachte ich, und das Blut stieg mir in die Wangen. Der Fremde schimpfte über die Unwissenheit der Soldaten, sie könnten nicht lesen, sagte er, und wir gingen mit dem Vetturino in einen der Türme, wo wir fünf oder sechs über die Tische gebeugte Menschen vorfanden, die in den auseinandergefalteten Pässen buchstabierten.

»Wer heißt Frederik?« fragte einer der Mächtigsten am Tisch.

»Das bin ich«, sagte der Fremde, »mein Name ist Frederik, auf italienisch Federigo.«

»Federigo Six also?«

»Oh, nein! Das ist der Name meines Königs, der ganz oben auf dem Paß steht.«

»Ach so!« sagte der Mann und las langsam vor: » Frédéric Six par la grâce de dieu Roi de Danemarc, des Vandales, des Gothes etc. Aber was ist das? Sie sind ein Vandale? Das ist doch ein barbarisches Volk?«

»Ja«, antwortete der Fremde lächelnd, »ich bin ein Barbare, ich bin zur Kultivierung nach Italien gekommen. Unten steht mein Name, er lautet Frederik, genau wie der meines Königs, Frederik oder Federigo.«

»Sie sind Engländer!« sagte einer der Schreiber.

»O nein, nein!« rief ein anderer. »Du wirfst alle Nationen durcheinander. Du kannst doch lesen, daß er aus dem Norden kommt. Er ist Russe!«

Federigo, Dänemark, es schlug wie ein Blitz in meine Seele ein. Das war doch der Freund aus meiner Kindheit, der Logiergast meiner Mutter! Der, mit dem ich in den Katakomben gewesen war und der mir seine schöne Silberuhr verehrt und mir die hübschen Bilder gezeichnet hatte.

Der Paß war rechtmäßig, was die Grenzsoldaten um so mehr erkannten, als er ihnen einen Paolo in die Hand steckte, damit sie nicht noch mehr Zeit vergeudeten.

Sobald wir draußen waren, gab ich mich ihm zu erkennen. Er war wirklich unser dänischer Federigo, der bei meiner

Mutter gewohnt hatte. Er äußerte lebhafte Freude, als er mich wiedererkannte, nannte mich sogar seinen kleinen Antonio, und es gab tausend Dinge, nach denen man fragen, die man sich gegenseitig mitteilen mußte. Meinen früheren Nachbarn auf dem Wagen brachte er dazu, den Platz mit ihm zu tauschen, und nun saßen wir zusammen, ein weiteres Mal drückte er mir die Hände, lachte und scherzte.

In wenigen Zügen erzählte ich meine Lebensereignisse von jener Zeit, zu der ich in Domenicas Hütte lebte bis zu dem Tag, an dem ich Abate wurde, machte dann einen Sprung, ohne die letzten Ereignisse zu berühren, und endete mit dem kurzen Satz »Nun reise ich nach Neapel.«

Er erinnerte sich gut an das Versprechen, das er mir gegeben hatte, als wir uns in der Campagna zum letzten Male gesehen hatten, er wolle mich für einen Tag nach Rom holen. Kurz darauf jedoch hatte er sich durch einen Brief aus einem Heimatland gezwungen gesehen, die lange Heimreise anzutreten, weshalb wir uns nicht mehr sahen. Zu Hause war seine Liebe zu Italien mit jedem Jahr stärker geworden und hatte ihn nun zum zweiten Male hinausgetrieben. »Und jetzt genieße ich alles erst recht«, sagte er, »trinke die Luft in großen Zügen, kenne jeden Flecken wieder, wo ich schon einmal gewesen bin. Hier winkt mir das Vaterland des Herzens zu, hier sind Farben, hier sind Formen. Italien ist ein gesegnetes Füllhorn!«

Zeit und Raum verflogen in Federigos Gesellschaft, den langen Aufenthalt am Zoll in Fondi bemerkte ich gar nicht. Er wußte das poetisch Schöne in allem recht zu erfassen, war mir doppelt lieb und interessant und der beste Trostengel für mein betrübtes Herz.

»Dort liegt mein schmutziges Itri!« rief er und deutete auf den Ort vor uns. »Du glaubst es kaum, Antonio! Aber im Norden, wo die Straßen so sauber, so regelmäßig, so abgemessen sind, habe ich mich nach einer richtig schmutzigen italienischen Stadt gesehnt. Eine solche Stadt hat etwas Charakteristisches, gerade recht für einen

Maler. Diese engen, schmutzigen Gassen, graue, schäbige Steinaltane mit Strümpfen und Glocken daran, die Fenster unordentlich, eines oben, das andere unten, das eine groß, ein anderes klein, hier eine Treppe, vier, fünf Ellen hinauf, damit man die Tür erreicht, wo die Mutter mit ihrer Spindel sitzt, und dann Zitronenbäume mit großen, gelben Früchten, die über die Mauer lugen, ja, das gibt ein Bild! Aber diese kultivierten Straßen, an denen die Häuser stehen wie die Soldaten, wo Treppen und Absätze beschnitten sind, von denen hat man nichts.«

»Das ist der Geburtsort Fra Diavolos!« rief es im Wagen, als wir in das enge, schmutzige Itri einfuhren, das Federigo so malerisch erschien. Der Ort liegt hoch auf einem Felsen an einem tiefen Abgrund, die Hauptstraße war an den meisten Stellen gerade breit genug für einen Wagen. Im Erdgeschoß gab es zumeist keine Fenster, sondern an ihrer Stelle ein großes, breites Tor, durch das man ins Hausinnere sah wie in einen dunklen Keller, überall waren schmutzige Kinder und Frauen, alle streckten die Hand aus, um zu betteln. Die Frauen lachten, die Kinder schrien und äfften uns nach. Man wagte nicht, den Kopf aus dem Wagen zu strecken, damit er einem nicht zerquetscht wurde zwischen dem Wagen und den vorspringenden Häusern, an denen hoch über uns die Steinaltane hingen, wodurch man den Eindruck hatte, man fahre durch einen Bogengang. Schwarze Mauern sah ich auf beiden Seiten, der Rauch bahnte sich seinen Weg aus den offenen Toren und die rußigen Mauern hinauf.

»Was für ein netter Ort«, sagte Federigo und klatschte in die Hände.

»Ein Räubernest ist das!« sagte der Vetturino, als der Ort hinter uns lag. »Die halbe Bevölkerung wurde von der Polizei in ein anderes Dorf hinter den Bergen umgesiedelt, man hat andere hier einziehen lassen, aber geholfen hat es nicht, alles, was man hier pflanzt, wird zu Unkraut. Aber die armen Teufel müssen doch auch leben!«

Die Lage an der großen Landstraße zwischen Rom und Neapel lud zu Räubereien ein, ringsherum in den dichten Olivenwäldern, in Berghöhlen in den Zyklopenmauern und in anderen Ruinen gab es Verstecke.

Federigo machte mich auf einen alleinstehenden, von Geißblatt und Schlingpflanzen überwucherten Mauerkoloß aufmerksam. Ciceros Grab, hier hatte der Mörderdolch den Flüchtling getroffen, und der Rhetoriker war zu Staub geworden.

»Der Vetturino soll uns zu seiner Villa in Mola di Gaeta fahren!« sagte Federigo.[1] »Dort ist das beste Gasthaus, und eine Aussicht gibt es dort, die sich mit der Neapels mißt.«

Die Bergformation war wunderschön, die Vegetation üppig, bald rollten wir durch eine Allee aus hohen Lorbeerhecken, und vor uns lag das erwähnte Hotel. Der Cameriere* mit seiner Serviette erwartete uns bereits auf der breiten Treppe, auf der Büsten und Blumen prangten.

»Eccellenza sind das!« rief er, als er einer etwas fülligen Dame vom Wagen half. Ich betrachtete sie: ihr Gesicht war schön, sehr schön, und die kohlschwarzen, brennenden Augen sagten einem sofort, daß sie Neapolitanerin war.

»Ach ja, ich bin das«, antwortete sie. »Und hier komme ich mit meinem Kammermädchen als Cicisbeo, das ist das ganze Gefolge, ich habe nicht einen von meinen Mannsbildern dabei. Wie gefällt Ihnen mein Mut, so allein von Rom nach Neapel zu reisen?«

Wie eine Leidende warf sie sich auf das Sofa, stützte ihr schönes Kinn auf eine etwas mollige Hand und studierte den Speisezettel: »Brodetto, Cipolette, Fagioli[2]... Er weiß, daß ich keine Suppen mag, ich esse mir ja eine Figur an wie das Castello d'Ovo. Ein wenig Animelle Dorate und ein paar Finochi sind genug für mich, in Santa Agathe müssen wir ja schon wieder zu Tisch. – Ah, nun kann ich besser atmen«,

---

* Kellner

redete sie weiter und löste das Band ihres Umhangs. »Jetzt fühle ich meine neapolitanische Luft, bella Napoli!« rief sie, riß die Altantür zum Meer auf, breitete die Arme aus und sog die Luft in großen Atemzügen ein.

»Können wir Neapel schon sehen?« fragte ich.

»Noch nicht«, antwortete Federigo, »aber Hesperien, den verzauberten Garten Armidas.«

Wir traten auf die Loggia, die sich aus Stein gemauert über dem Meer erhob. Welche Pracht, reicher als die Phantasie sie zu schaffen vermag! Unter uns lag ein Wald aus Zitronen- und Apfelsinenbäumen, sie schienen von Früchten überladen zu sein, unter ihrer goldenen Last bogen die Zweige sich bis zur Erde, Zypressen, hoch wie in Norditalien die Pappeln, begrenzten den Garten und standen doppelt so dunkel wie sonst vor dem klaren, himmelblauen Meer, dessen Brandung über die Reste antiker Bäder und Tempel hinter der niedrigen Gartenmauer schlug. Schiffe und Boote mit großen, weißen Segeln glitten in die anmutige Bucht, an der Gaeta mit seinen hohen Gebäuden liegt.* Den Ort überragt ein kleiner Berg mit einer Ruine darauf.

Meine Augen waren von der Pracht geblendet.

»Siehst du den Vesuv, und wie er raucht!« sagte Federigo und deutete auf die linke Seite, wo die bergige Küste sich mit der leichten Bewölkung vereinigte, die über dem so unbegreiflich anmutigen Meer lag. Wir gingen unter die hohen Apfelsinenbäume, und ich küßte die goldene Frucht, die an den Zweigen hing, nahm mir ein paar von denen, die auf der Erde lagen, und ließ sie wie Goldkugeln in der Luft tanzen.

»Schönes Italien!« jubelte Federigo. »Ja, so stand mir dein Bild im fernen Norden vor Augen! Durch meine

* Hier begrub Äneas seine Amme Cajeta, nach der der Ort benannt ist.

Erinnerung ging dieser Duft, den ich hier bei jedem Lüftchen verspüre. Wenn ich unsere Weiden sah, dachte ich an deine Olivenhaine; sah ich in einem Bauerngarten neben einer duftenden Kleeweide goldene Äpfel, dann dachte ich an die Fülle der Orangen. Aber das grüne Wasser der Ostsee war niemals so blau wie das schöne Mittelmeer, der nordische Himmel war niemals so hoch und so farbenreich wie der warme, herrliche Süden.« Seine Freude war Begeisterung, seine Rede wurde Poesie.

»Welche Sehnsucht hatte ich dort, in meiner Heimat!« sagte er. »Wer das Paradies niemals gesehen hat, ist glücklicher als jener, der dort war – und von dort weggegangen ist, um nie wieder zurückzukehren. Meine Heimat ist schön, Dänemark ist ein blühender Garten, der sich jenseits der Alpen mit allem messen kann, Buchenwälder gibt es dort und das Meer. Was aber ist irdische Schönheit verglichen mit der himmlischen! Italien ist das Land der Schönheit und der Phantasie, doppelt glücklich ist, wer es wiedersehen darf!« Und wie ich küßte er die gelben Orangen, Tränen liefen ihm über die Wangen, er fiel mir um den Hals, seine Lippen brannten auf meiner Stirn. – Ganz öffnete sich ihm jetzt auch mein Herz, war er mir doch kein Fremder, sondern seit meiner Kindheit Freund. Ich erzählte ihm vom großen Ereignis meines Lebens und fühlte, wie mir das Herz leichter wurde, als ich mich ihm mitteilen konnte, Annunziata laut erwähnen, meinen Schmerz und mein Unglück beschreiben durfte; und Federigo hörte mit der Anteilnahme des aufrichtigen Freundes zu. Ich berichtete von meiner Flucht und vom Abenteuer in der Räuberhöhle, von Fulvia und von Bernardos Genesung; treu reichte er mir die Hand und sah mir mit seinen hellblauen Augen anteilnehmend in die Seele. Hinter der Hecke dicht neben uns ertönte ein gedämpfter Seufzer, doch die hohen Lorbeerbüsche und die schweren Apfelsinenzweige verbargen alles; jemand könnte dort gestanden und das, was ich zu erzählen hatte, mit angehört haben.

Daran hatte ich nicht gedacht. Wir schoben die Zweige zur Seite, und dicht neben uns, vor dem Eingang zu Ciceros Bad, saß die neapolitanische Signora und schwamm in Tränen.

»Ach, junger Herr«, sagte sie, »ich bin ganz unschuldig daran. – Ich habe schon hier gesessen, als Sie mit Ihrem Freund gekommen sind, hier ist es so kühl und frisch, und Sie haben so laut gesprochen, daß ich mich mitten in der Geschichte befand, ehe mir auffiel, wie privat sie ist. – Sie hat mich tief gerührt. – Seien Sie nicht verdrossen, daß ich nun Mitwisserin bin, meine Zunge wird schweigen wie die einer Toten.«

Verlegen verbeugte ich mich vor der fremden Signora, die nun also in die Geschichte meines Herzens eingeweiht war. Später versuchte Federigo, mich damit zu trösten, niemand wisse, wozu es nutzen könne. »Ich bin in meinem Glauben an das Schicksal ein wahrer Türke; außerdem sind dies alles ja keine Staatsgeheimnisse, jedes Herz hat in seinem Archiv solch betrübliche Memoirs. Vielleicht hat sie in deiner Geschichte die Geschichte ihrer eigenen Jugend wiedererkannt, was ich annehme, denn die Menschen haben selten Tränen für die Schmerzen anderer, ausgenommen, es wird damit ähnliches bei ihnen selbst berührt. Wir sind alle Egoisten, selbst in unseren größten Sorgen und Leiden.«

Wir saßen wieder auf dem Wagen und rollten weiter. Die Gegend gewann noch weiter an Üppigkeit. Mannshoch wuchs dicht am Wege die breitblättrige Aloe, so daß sie einen Zaun bildete. Die großen Trauerweiden schienen mit ihren herunterhängenden beweglichen Zweigen ihren eigenen Schatten auf der Erde zu küssen.

Bei Sonnuntergang überquerten wir den Garigliano-Fluß, wo ehedem das alte Minturna lag; ich sah den mit Binsen bewachsenen Liris[3] so, wie er damals war, als Marius sich hier vor dem grausamen Sulla verbarg. Doch war es noch weit bis nach Santa Agathe, die Dunkelheit brach herein, und die Signora begann sich vor Räubern zu fürchten und spähte ständig hinaus, ob denn niemand komme, um uns das Zeug vom Wagen zu schneiden. Vergebens trieb der Vetturino seine Pferde mit der Peitsche an und rief sein Maledetto!, die schwarze Nacht war schneller als er. Schließlich sahen wir Lichter vor uns. Wir waren in Santa Agathe.

Beim Abendessen war die Signora auffallend schweigsam, doch entging mir nicht, daß ihr Blick auf mir ruhte, und als ich am nächsten Morgen mein Glas Kaffee* trank, sprach sie mich sehr liebenswert an. Wir waren ganz allein, sie reichte mir die Hand und sagte gutmütig und vertraulich: »Sie tragen mir doch nichts nach? Ich schäme mich sehr vor Ihnen, und doch ging das Ganze so unschuldig zu.«

Ich beruhigte sie und versicherte ihr, ich hätte das größte Vertrauen in ihre Weiblichkeit.

»Sie kennen mich doch gar nicht«, sagte sie. »Aber das kann noch kommen, es ist nicht unmöglich, daß mein Mann Ihnen von Nutzen sein kann, wenn Sie jetzt in diese große, fremde Stadt kommen. Sie müssen uns besuchen. Sie haben wahrscheinlich keine Bekannten dort, und wie leicht kann ein junger Mann sich in der Wahl seiner Bekannten irren.«

Ich dankte ihr herzlich für ihre Anteilnahme, die mich rührte, überall findet man doch gute Menschen.

»Napoli ist eine gefährliche Stadt!« sagte sie, aber Federigo trat ein und unterbrach uns.

Bald saßen wir wieder auf dem Wagen, die Glasfenster waren heruntergelassen, wir alle waren miteinander bekannter und näherten uns unserem gemeinsamen Ziel Neapel. Federigo begeisterte sich für die malerischen

---

* In Italien trinkt man seinen Kaffee nicht aus Tassen, sondern aus Biergläsern.

Gruppen, an denen wir vorüberkamen. Frauen mit roten Umhängen, die sie über den Kopf gezogen hatten, ritten auf Eseln; ein kleines Kind trank an der Brust seiner Mutter, oder ein etwas größeres Kind schlief zu ihren Füßen in einem Korb. Auf einem Pferd ritt eine ganze Familie, die Frau saß hinter dem Mann, hatte einen Arm und den Kopf auf seine Schulter gelegt und schien zu schlafen; vor sich hatte der Mann ihren kleinen Jungen, der mit der Peitsche spielte. Eine Gruppe, wie Pignelli sie uns in seinen schönen Szenen aus dem Volksleben geschenkt hat.

Die Luft war grau, es regnete ein wenig, weder den Vesuv noch Capri konnten wir sehen. Saftig grün, unter hohen Obstbäumen und von Wein umrankten Pappeln, stand das Korn auf den Feldern.

»Sehen Sie«, sagte die Signora, »unsere Campagna ist eine große Tafel mit Brot, Wein und Obst, und bald werden Sie unsere lustige Stadt und das wogende Meer sehen!«

Gegen Abend kamen wir an. Vor uns lag die prachtvolle Toledo-Straße, ein wahrer Corso!* Helle Läden mit Tischen im Freien, die sich unter Orangen und Feigen bogen und von Lampen und bunten Laternen beleuchtet wurden. Mit ihren zahllosen Lichtern schien die Straße ein Sternenstrom zu sein. Auf beiden Seiten hohe Häuser, vor jedem Fenster Altane, die oft auch um die Ecke liefen. Damen und Herren standen darauf, als hätten wir noch den lustigen Karneval. Kreuz und quer fuhren die Wagen, ab und zu stolperten die Pferde auf den glatten Lavafliesen des Straßenpflasters. Cabriolets auf zwei Rädern; fünf, sechs Leute saßen in solch einem kleinen Wagen, zerlumpte Jungen standen hinten darauf, und darunter, in einem schaukelnden Netz lag ein halbnackter Lazaron[4], ein einziges Pferd zog diese Menge und ging doch im Galopp.

---

* Die Hauptstraße, die in Rom und Mailand Corso und in Palermo Cassaro heißt, trägt in Neapel den Namen Toledo.

Vor einem Eckhaus brannte ein Feuer, zwei halbnackte Männer, nur mit Schwimmhosen und einer Weste bekleidet, deren einziger Knopf über der Brust geschlossen war, lagen davor und spielten Karten; Leierkästen und Positive spielten, Frauenzimmer sangen dazu, alle schrien, alle liefen durcheinander: Militärs, Griechen, Türken und Engländer. Mir war, als habe man mich in eine andere Welt versetzt, ein südlicheres Leben als das mir bekannte offenbarte sich mir. Die Signora klatschte beim Anblick ihres lustigen Neapels in die Hände. Verglichen mit ihrer Stadt war Rom ein Grab.

Wir bogen zum Largo del Castello* ein, der gleiche Lärm, das gleiche Menschengewimmel. Ringsherum Theater mit bunten Malereien davor, sie zeigten die Hauptszenen der Stücke, die man spielte. Hoch auf einer Stellage lärmte eine Bajazzo-Familie: Die Frau lockte die Leute mit Rufen an, der Mann blies auf einer Trompete, und der kleinste Sohn prügelte auf beide mit einer riesigen Reitpeitsche ein, während unten ein kleines Pferd auf den Hinterbeinen stand und in einem Buch las. – Inmitten einer Schar von Matrosen stand ein Mann, der sang und mit den Armen fuchtelte. Dies sei ein Improvisator, hieß es. Ein alter Mann las laut aus einem Buch vor: Orlando Furioso, wurde mir gesagt. Gerade als wir vorüberkamen, applaudierten seine Zuhörer.

»Der Monte Vesuvio!« rief die Signora, und nun sah ich, daß am Ende des Platzes, da wo der Leuchtturm steht, der Vesuv aufragte und daß feuerrote Lava wie ein Blutstrom über seine Seite lief. Über dem Krater stand eine durch die Lava rotglänzend gefärbte Wolke, doch nur flüchtig sah ich das Ganze. Der Wagen rollte über den Platz zum Hotel »Casa tedesca«. Dicht daneben stand ein kleines Marionettentheater, davor war ein kleineres aufgestellt, in dem Poli-

---

* Einer der größten Plätze Neapels, er führt zum Hafen.

cinello seine lustigen Sprünge vollführte, heulte, winselte und seine komischen Reden hielt. Alle Umstehenden lachten. Nur wenige bemerkten den Mönch, der auf einer der vorspringenden Steintreppen an der gegenüberliegenden Ecke stand und predigte. Ein alter, breitschultriger Mann, der aussah wie ein Schiffer, hielt das Kreuz mit dem Bild des Erlösers. Der Mönch sah mit funkelnden Augen auf die Puppen des Marionettenspielers, die die Aufmerksamkeit der Leute von ihm ablenkten.

»Haben wir denn Fastenzeit?« rief er. »Die Zeit, die dem Himmel geweiht ist? Die Zeit, zu der wir uns demütigen sollen im Fleische und in Sack und Asche gehen? Karneval ist das! Immerwährender Karneval, Tag und Nacht, jahrein, jahraus, bis ihr in die tiefste Hölle fahrt! Dort könnt ihr winseln, dort könnt ihr heulen und in ewigen Höllenqualen Tanz und Festino feiern!«

Lauter und lauter wurde seine Stimme, der weiche neapolitanische Dialekt klang in meinen Ohren wie wogende Verse, die Worte schlangen sich melodisch umeinander. Je lauter aber seine Stimme wurde, desto lauter schrie auch der Policinello und machte doppelt so lustige Sprünge, zu denen die Leute applaudierten. Jetzt griff der Mönch in heiliger Raserei nach dem Kreuz, riß es dem Mann, der es hielt, aus der Hand und stürzte damit auf das Marionettentheater zu und brüllte: »Das ist der wahre Policinello! Ihm sollt ihr zusehen! Ihm sollt ihr zuhören! Dafür hat man euch Augen und Ohren gegeben! Kyrie eleison!« Und von der Heiligkeit getroffen, fiel die Menge auf die Knie und stimmte ein: »Kyrie eleison!« Und selbst der Marionettenspieler gönnte seinem Policinello Ruhe. Wunderlich ergriffen von dieser Szene stand ich vor unserem Wagen.

Federigo mußte der Signora einen Wagen beschaffen, der sie nach Hause bringen sollte, zum Dank reichte sie ihm die Hand; mir jedoch legte sie die Arme um den Hals, ich fühlte einen brennend heißen Kuß auf meinen Lippen und hörte, wie sie sagte: »Willkommen in Napoli!«

Aus dem Wagen noch, der mit ihr fortrollte, warf sie uns Handküsse zu. Wir gingen in das Hotel auf unsere Zimmer, die der Cameriere uns angewiesen hatte.

2. SCHMERZ UND TROST · NÄHERE BEKANNTSCHAFT MIT DER SIGNORA · DER PROFESSOR · DER BRIEF · HABE ICH SIE FALSCH VERSTANDEN?

Als Federigo zu Bett gegangen war, saß ich noch auf dem offenen, zum Platz gelegenen Altan mit dem Vesuv vor mir; die wunderliche Welt, in die ich mich hineingeträumt zu haben schien, ließ mich nicht schlafen. Allmählich wurde es auf der Straße unter mir stiller. Die Lichter verloschen, es war bereits nach Mitternacht. – Mein Blick ruhte auf dem Berg, wo die Feuersäule aus dem Krater drang, aufstieg zu einer blutroten, breiten Wolkenmasse, die einer riesigen, aus Feuer und Flammen bestehenden Pinie glich. Der Lavastrom bildete die Wurzeln, mit denen sie den Berg umklammerte. Meine Seele war von dem großen Schauspiel ergriffen, die Stimme Gottes sprach vom Vulkan wie vom stillen, schweigenden Nachthimmel. Ein Augenblick, wie wir ihn erleben können, wenn die Seele sozusagen ihrem Gott von Angesicht zu Angesicht gegenübersteht. Ich erkannte seine Allmacht, seine Weisheit und seine Güte. Er, dem der Blitz und der Wirbelwind Diener sind, er, ohne dessen Willen kein Sperling zur Erde fällt. Mein eigenes Leben sah ich deutlich vor mir, und in dem Ganzen erkannte ich eine wunderbare Leitung und Führung, sogar jedes Unglück, jeder Kummer bildete den Übergang zu Besserem. Der unglückliche Tod meiner Mutter schien mich damals von jeder besseren Zukunft ausgeschlossen zu haben, weil ich als armes, hilfloses Kind dastand. War dies aber nicht die eigentliche, edlere Ursache, die später die Eccellenza, den unschuldigen Verursacher meines Unglücks, für meine Erziehung sorgen ließ? Der Streit zwischen Peppo und Marijucce und die entsetzlichen Stunden, die ich in seinem Haus verbrachte, trieben mich dann hinaus in den Strom der Welt. Wäre ich nicht zu der alten Domenica in die öde Campagna gekommen, wäre die Eccellenza vielleicht niemals auf mich aufmerksam geworden. So ging ich in Gedanken Szene um Szene meines Lebens durch und fand in dieser ganzen Kette die höchste Weisheit und Güte. Nur als ich zum letzten Glied kam, schien alles nachzugeben. Die Bekanntschaft mit Annunziata war wie ein Frühlingstag, der mir im Nu alle Blüten in meiner Seele geöffnet hatte. Mit ihr hätte ich alles werden können, ihre Liebe hätte das Glück meines Lebens vollendet. Bernardos Gefühl war nicht mehr als Vortäuschung. Mochte er für einen Augenblick auch unter ihrem Verlust leiden, sein Schmerz war kurz, er wüßte sich bald zu trösten; aber daß Annunziata ihn liebte, machte mir alles zunichte. In diesem Punkte vermochte ich die Weisheit der Allmacht nicht zu erkennen und empfand nur Schmerz über alle zerbrochenen Träume. Im selben Augenblick erklang unter dem Altan eine Zither, ich sah einen Mann, der den Umhang locker über die Schulter geworfen hatte und in die Saiten griff, aus denen Liebestöne emporstiegen. Gleich darauf öffnete sich eine gegenüberliegende Tür ganz vorsichtig, und der Mann verschwand. – Ein glücklicher Liebhaber, auf dem Wege zu Küssen und Umarmungen! – Ich sah in die sternenklare Luft, auf das glänzende, schwarzblaue Meer, das durch die Lava und die Eruptionen rot leuchtete. – Herrliche Natur! jubelte da mein Herz. Du bist meine Geliebte! Du drückst mich an dein Herz, öffnest mir deinen Himmel, und jeder Luftzug küßt mir Lippen und Stirn. Dich will ich besingen, deine Schönheit, deine heilige Größe! Wiederholen will ich den Menschen die tiefen Melodien, die du meiner Seele vorträgst. Laß mein Herz bluten! Der Schmetterling, der auf der Rute zappelt, funkelt doch am schönsten. Der Fluß wird herrlicher, wenn er als Wasserfall vom Felsen stürzt und zu Schaum zerschmettert wird. Herrlicher werden! Das ist das Los des Sängers. Das Leben ist ja doch nur ein kurzer Traum. Wenn ich in der anderen Welt Annunziata wiederbegegne, wird auch sie mich lieben; alle reinen Seelen lieben einander, Arm in Arm fliegen die Reihen der Seligen zu Gott!

So träumten meine Gedanken, und Mut und Kraft, als Improvisator aufzutreten, auch eine gewaltige Lust, erfüllten meine ganze Seele. Nur etwas lag mir noch schwer auf dem Herzen: Was würden die Eccellenza und Francesca über meine Flucht aus Rom und mein Auftreten als Improvisator denken? Sie vermuteten mich fleißig und friedlich über meinen Büchern in Rom. – Das ließ mir keine Ruhe, noch in dieser Nacht mußte ich ihnen schreiben. Mit dem Vertrauen eines Sohnes erzählte ich alles, wie es sich zugetragen hatte, jeden Umstand, meine Liebe zu Annunziata und den Trost, den ich in Natur und Kunst fand, und ich schloß mit der inständigen Bitte um eine Antwort, so milde, wie ihre Herzen sie mir gewähren könnte, und ehe sie einträfe, würde ich keinen Schritt unternehmen, nicht öffentlich auftreten. Länger als einen Monat würden sie mich nicht schmachten lassen. Tränen fielen auf meinen Brief, während ich ihn schrieb, aber ich fühlte Erleichterung dabei, und als ich den Brief beendet hatte, schlief ich bald so ruhig und fest wie schon lange nicht mehr.

Am folgenden Tage ordneten Federigo und ich unsere Angelegenheiten. Er zog in seine neue Bleibe in einer Nebenstraße, ich blieb in der »Casa tedesca«, von wo aus ich den Vesuv und das Meer, zwei mir fremde Weltwunder, sehen konnte. Fleißig besuchte ich das Museo Bourbonico, die Theater und die Promenade und hatte mich bereits nach drei Tagen Aufenthalt in dieser fremden Stadt recht wohl orientiert.

Nun erreichte Federigo und mich die Einladung eines Professors Maretti und seiner Frau Santa. Zunächst dachte ich, es müsse sich um ein Versehen handeln, waren mir diese Personen doch unbekannt; aber die Einladung schien mir zu gelten, ich sollte Federigo mitbringen. Auf genauere Erkundigungen erfuhr ich, Maretti sei äußerst gelehrt und Antiquar, seine Frau Santa sei kürzlich von einem Besuch in Rom nach Hause zurückgekehrt, ich und Federigo hätten auf der Reise offenbar ihre Bekanntschaft gemacht. Mit anderen Worten: unsere neapolitanische Signora!

Am Abend ging ich mit Federigo hin. Wir fanden eine zahlreiche Gesellschaft in einem erleuchteten Saal vor, dessen glatter Marmorboden die Kerzen reflektierte, eine riesige, von einem abnehmbaren Eisengitter umgebene Scaldine[5] verbreitete angenehme Wärme.

Die Signora – oder nachdem uns nun ihr Name bekannt war Santa – kam uns mit offenen Armen entgegen. Das hellblaue Seidenkleid stand ihr gut, und wäre sie weniger füllig gewesen, hätte sie für schön gelten können. Sie stellte uns ihrer Gesellschaft vor und bat uns, uns wie zu Hause zu fühlen.

»In mein Haus kommen nur Freunde, bald werden Sie die ganze Versammlung kennen!« Und nun nannte sie viele Namen und deutete auf die zugehörigen Personen. »Wir klatschen, wir tanzen, wir hören ein paar Lieder und die Stunden fliegen dahin!« Sie wies uns einen Platz an. Eine junge Dame setzte sich an das Klavier und sang. Es war eben jene Arie, die Annunziata in »Dido« gesungen hatte, da aber hatte sie einen anderen Ausdruck gehabt und hatte die Seele mit gewaltigerer Kraft ergriffen. Doch mußte ich mit den anderen der Sängerin Beifall spenden, sie schlug einige Akkorde an und spielte einen lustigen Tanz. Drei, vier Herren schwebten mit ihren Damen über den glatten, spiegelnden Boden. Ich zog mich an ein Fenster zurück, ein zierlicher Mann mit beweglichen Augengläsern verbeugte sich tief vor mir. Ich hatte gesehen, daß er wie ein kleiner Kobold unablässig hin und her gehüpft war. Um ein Gespräch einzuleiten, sprach ich über die Ausbrüche des Vesuvs und wie herrlich der Lavastrom sich ausnehme.

»Mein Freund, das ist nichts«, antwortete er, »das ist nichts gegen die große Revolution von 79, wie Plinius sie beschreibt. Damals flog die Asche bis nach Konstantinopel, und auch zu meiner Zeit sind wir in Neapel wegen der Asche mit Parapluis herumgelaufen, aber Neapel und Konstantinopel, das ist ein Unterschied. Die klassische Zeit war uns in allem überlegen, eine Zeit in der man gebetet haben sollte: serus in coelum redeas![6]«

Ich sprach vom Teatro Carlino, und der Mann kehrte zum Thespiskarren zurück und hielt mir einen Vortrag über tragische und komische Masken. Ich berührte die Musterung der königlichen Truppen, und sofort ging er auf die Methoden der Alten hinsichtlich der Kriegsführung ein und kommandierte eine ganze Phalanx. Die einzige Frage, die er an mich richtete, lautete, ob ich Kunstgeschichte studiere und mich mit Antiquitäten beschäftige. Ich sagte, das Leben der gesamten Welt, alles liege in meinem Interesse, ich fühlte mich zum Dichter berufen, und der Mann klatschte in die Hände und deklamierte über meine Leier:

»O decus Phoebi, et dapibus supremi
Grata testudo Jovis!«[7]

»Hat er Sie jetzt in seinen Klauen«, sagte Santa lächelnd, die hinzugetreten war, »dann befinden Sie sich in Sesostris Zeiten[8]! Aber unsere eigene Zeit stellt auch ihre Forderungen, dort drüben sitzen Damen, mit denen Sie tanzen müssen.«

»Aber ich tanze nicht, ich habe niemals getanzt!« antwortete ich.

»Wenn ich, die Frau des Hauses, Sie darum bitte, können Sie es kaum ablehnen.«

»Doch, denn ich würde mich so unbeholfen anstellen, daß wir beide womöglich auf diesen glatten Fußboden stürzten.«

»Was für ein Anblick!« unterbrach sie mich, hüpfte hinüber zu Federigo, und bald schwebten beide durch den Raum.

»Eine muntere Frau!« sagte der Mann und fügte hinzu: »Schön, recht schön, Herr Abate!«

»Sehr schön«, antwortete ich höflich, und dann waren wir, der Himmel möge wissen auf welche Weise, bei den etruskischen Vasen angekommen. Er bot sich mir als Führer durch das Museo Bourbonico an und enthüllte mir, von welchen Meistern diese zerbrechlichen Schätze bemalt worden seien, auf denen jede Linie beitrüge zur Schönheit der Figuren in Ausdruck und Haltung. Man habe sie bemalen müssen, während der Ton noch feucht gewesen sei, nichts habe wieder getilgt werden können, alles, was einmal angebracht worden sei, sei geblieben.

»Seid ihr jetzt bei der Geschichte?« fragte Santa, als sie wiederkam. »Fortsetzung folgt!« rief sie lachend und zog mich von dem Gelehrten weg, wobei sie halblaut flüsterte: »Lassen Sie sich doch nicht von meinem Mann einschüchtern! Munter muß es zugehen, lustig sollen Sie sein! Ich werde Sie heilen! Berichten Sie mir, was Sie gesehen, gehört und genossen haben!«

Ich berichtete, wie gut mir Neapel gefalle, und erzählte, was mir am nächsten lag, von einer kleinen Wanderung, die ich am selben Nachmittag zur Posillipo-Höhle[9] gemacht hatte, bei der ich in einem dichten Weinberg die Reste einer kleinen Kirche gefunden hatte, die von einer Familie als Behausung genutzt wurden. Die freundlichen Kinder und die schöne Frau, die mir Wein eingeschenkt hatte, hatten recht dazu beigetragen, mich noch romantischer zu stimmen.

»Bekanntschaften haben Sie also gemacht?« sagte sie lächelnd und hob den Zeigefinger. »Nun, deswegen muß man nicht verlegen sein, in Ihrem Alter gibt das Herz sich nicht mit Fastenpredigten zufrieden!«

Ungefähr dies lehrte mich jener Abend von Signora Santa und ihrem Ehemann. Ihre Art, sich mit einer Leichtigkeit, einer Natürlichkeit auszudrücken, die charakteristisch ist für die Neapolitanerin, eine eigentümliche Herzlichkeit zog mich an. Der Mann war Gelehrter, was schließlich nicht verkehrt war, im Museum konnte er mein bester Begleiter sein. Was er auch wurde, und Santa, der ich häufiger einen Besuch abstattete, erschien mir bei jedem Male unterhaltender. Die Aufmerksamkeit, die sie mir widmete, schmeichelte mir, ihre Anteilnahme öffneten mir Herz und Lippen. Ich kannte so wenig von der Welt, war in vielem noch ein Kind, ich ergriff darum die erste Hand, die man mir freundlich reichte, und legte in den Händedruck mein ganzes Vertrauen.

Eines Tages berührte Santa den wichtigsten Moment meines Lebens, die Trennung von Annunziata, und für mich war es tröstend und erleichternd, mich ihrer Anteilnahme zu öffnen. Daß sie nach meiner Schilderung große Schattenseiten an Bernardo zu benennen wußte, war mir ein Trost, daß sie aber auch Mängel an Annunziata benannte, wollte ich nicht gestatten.

»Sie ist zu klein für die Bühne!« sagte sie. »Viel zu zart gebaut, das müssen Sie doch einräumen? Ein wenig Körper braucht man, solange man auf der Welt ist. Ich weiß schon, daß auch hier in Neapel alle jungen Herren von ihrer Schönheit berauscht waren. Die Stimme, diese makellose, schöne Stimme hat sie mitgerissen in eine Welt, in der ihre zarte Erscheinung zu Hause ist. Wäre ich ein Mann, ich könnte mich niemals in solch ein Geschöpf verlieben, müßte ich doch fürchten, sie könnte bei der ersten Umarmung zerbrechen.«

Sie brachte mich zum Lachen, und dies entsprach vielleicht auch ihrer Absicht. Annunziatas Talent, ihrem Verstand und ihrem reinen Herzen ließ sie Recht widerfahren.

An den vorangegangenen Abenden hatte ich, ergriffen von der Schönheit dieser neuen Natur, die mich umgab, einige kleine Gedichte geschrieben: »Tasso im Gefängnis«, der »Bettelmönch«, außerdem einen etwas lyrischen, kränklichen Ausbruch, der so ganz meiner unglücklichen Verliebtheit, der zerschmetterten Bilderwelt meiner Seele entsprach. Ich las sie Santa vor, inmitten des ersten Gedichtes aber wurde ich so sehr von meinem Gefühl überwältigt, daß ich in Tränen ausbrach. Jetzt drückte sie mir die Hand und weinte mit, und mit diesen Tränen hatte sie mich auf immer gefesselt. – Ihr Haus war mir ein Heim, ich sehnte mich nach den Stunden, in denen ich mit ihr sprechen konnte. Ihr heiteres Gemüt, ihre komischen Einfälle, ließen mich häufig lächeln, mochte ich auch fühlen, wie so ganz anders, um wie vieles edler und reiner sich Annunziatas Witz und ihre Munterkeit bewegt hatten; da aber keine Annunziata mehr für mich lebte, war ich Santa dankbar und war ihr ergeben.

»Haben Sie kürzlich«, so fragte sie mich eines Tages, »diese schöne Frau bei Posillipo gesehen, in diesem romantischen Haus, das eine halbe Kirche ist?«

»Nur ein Mal noch!« antwortete ich.

»Und war sie sehr liebenswürdig?« fragte Santa. »Die Kinder als Fremdenführer unterwegs, der Mann auf See? Nehmen Sie sich in acht, Signore, auf dieser Seite Neapels liegt die Unterwelt!« Ich versicherte ihr aufrichtig, lediglich die romantische Umgebung ziehe mich zur Posillipo-Höhle.

»Lieber Freund«, sagte sie vertraulich, »ich kenne die Dinge besser! Ihr Herz war erfüllt von Liebe, erster, heftiger Liebe, zu ihr, die ich nicht unwürdig nennen will, die Sie jedoch wenig aufrichtig behandelt hat. Und, widersprechen Sie mit keinem Wort! – sie hat Ihre Seele erfüllt, und Sie mußten sich losreißen von diesem Bild, haben sie aufgegeben, wie Sie mir versichern. Hierdurch aber ist in Ihrer Seele eine Leere entstanden, die danach verlangt, ausgefüllt zu werden. Früher lebten Sie nur in Ihren Büchern und in Ihrer Traumwelt, die Sängerin hat Sie in die Menschenwelt geholt, Sie sind zu Fleisch und Blut geworden, wie wir anderen, und dies fordert sein Recht. Und warum nicht? – Ich beurteile junge Menschen niemals streng, und außerdem können Männer tun, was sie wollen!«

Im letzten Punkte widersprach ich ihr, nur hinsichtlich der Leere, die in meiner Seele nach dem Verlust Annunziatas entstanden war, hatte sie recht, was aber konnte das verlorene Bild ersetzen?

»Sie sind kein Mensch wie andere! Eine poetische Figur sind Sie, und wissen Sie, selbst die ideale Annunziata wollte einen Mann haben, und darum hat sie Bernardo vorgezogen, der so tief unter Ihnen steht. Aber«, fuhr sie fort, »Sie bringen mich dazu, Reden zu führen, die mir als Dame kaum gestattet sind. Ihre erstaunliche Unschuld, Ihre geringe Kenntnis der Welt veranlaßt andere, in ihrer Rede ebenso naiv zu sein wie Sie in Ihren Gedanken!« Und jetzt lachte sie laut und tätschelte mir die Wange.

Eines Abends saß ich mit Federigo zusammen, und er wurde lustig und vertraulich und erzählte mir von glücklichen Tagen in Rom, wo auch ihm das Herz geklopft hatte; Marijucce hatte Anteil an diesem Abenteuer.

In Marettis und Santas Haus kamen einige junge Menschen. Sie tanzten gut, wußten sich vortrefflich auszudrükken, von den Damen ernteten sie liebevolle Blicke, von den Herren wurden sie geachtet; erst seit kurzer Zeit waren sie mir bekannt und doch vertrauten sie mir Herzensangelegenheiten an, über die ich bei Bernardo erschrocken war und die ich nur in meiner innigen Liebe zu ihm hatte übersehen können. Ja, sie alle waren anders als ich. Sollte Santa denn wirklich recht haben und ich auf dieser Welt nur eine poetische Figur sein? Daß Annunziata Bernardo liebte, war schließlich Beweis genug. Mein geistiges Ich war ihr vielleicht lieb, mit meinem Selbst aber konnte ich sie nicht gewinnen.

Einen Monat war ich bereits in Neapel und noch hatte ich nichts von ihr und von Bernardo gehört, da brachte die Post mir einen Brief. Mit klopfendem Herzen nahm ich ihn, sah an Siegel und Unterschrift, um wen es sich handeln mochte und was er bringen werde, erkannte das borghesische Wappen und die Schrift der alten Eccellenza! Kaum wagte ich den Brief zu öffnen. »Ewige Mutter Gottes«, so betete ich, »sei mir gnädig! Dein Wille geschehe!« Ich öffnete den Brief und las:

Signore!
Während ich glaubte, Sie nutzten die Gelegenheit, die ich Ihnen eröffnete, etwas zu lernen und zu einem nützlichen Glied der Gesellschaft zu werden, schlagen Sie völlig andere Wege ein, die sich von meinen Absichten mit Ihnen unterscheiden. – Als unschuldiger Verursacher des Todes Ihrer Mutter habe ich das Meine für Sie getan, wir sind quitt! – Treten Sie als Improvisator, als Dichter auf, was und wie es Ihnen immer gefällt; geben Sie mir jedoch als Beweis Ihrer so häufig erwähnten Dankbarkeit Ihr Wort, daß Sie in der Öffentlichkeit niemals meinen Namen und meine Fürsorge für Sie mit Ihnen in Verbindung bringen! Den großen Dienst, den Sie mir hätten leisten können, etwas zu lernen, haben Sie verweigert, und der sehr kleine, mich als Wohltäter zu erwähnen, widerstrebt mir so sehr, daß Sie mir damit kein größeres Ärgernis bereiten könnten!

Das Blut klumpte sich mir im Herzen zusammen, matt sanken mir die Hände in den Schoß, aber weinen konnte ich nicht, es hätte mir die Seele erleichtert. »Jesus Maria«, stammelte ich, mein Kopf sank auf den Tisch; betrübt, ohne jeden Gedanken, selbst ohne Schmerz, blieb ich so liegen. Ich fand keine Worte, um zu Gott und den Heiligen zu beten, denn auch sie schienen mich, wie die Welt, verstoßen zu haben. – Da kam Federigo.

»Antonio, bist du krank?« fragte er und nahm meine Hand. »Man darf sich mit seinem Kummer nicht so einmauern! Wer weiß, ob du mit Annunziata glücklich geworden wärst. – Was auch immer für uns das Beste ist, das geschieht auch, ich selbst habe es mehr als ein Mal erfahren, und nicht immer auf dem angenehmsten Weg.«

Schweigend reichte ich ihm den Brief, er las ihn, in der Zwischenzeit ließ ich meinen Tränen freien Lauf, schämte mich jedoch, daß er mich weinen sah, und wendete mich ab. Er aber nahm mich in seine Arme und sagte: »Weine nur! Wein dir den Schmerz heraus! Dann wird es besser!« – Als ich mich etwas beruhigt hatte, fragte er mich, ob ich mich schon auf eine Bestimmung besonnen hätte. Da fuhr ein Gedanke durch meine Seele, ich versöhnte damit die Madonna, zu deren Dienst man mich schon als Kind geweiht hatte, dort fand ich Schutz, und meine Zukunft war entschieden. »Am besten werde ich Mönch!« sagte ich. »Hierzu hat mein Schicksal mich gereift, für mich gibt es nichts auf dieser Welt, ich bin eine poetische Figur und kein Mensch wie ihr anderen! Ja, im Schoß der Kirche gibt es Frieden und eine Heimat für mich!«

»So sei doch vernünftig, Antonio!« sagte Federigo. »Zeige der Eccellenza und der Welt, daß Kraft in dir steckt, laß dich von den Lebenswidrigkeiten tragen und nicht stürzen! – Ich denke und ich hoffe, daß du nur heute abend Mönch werden willst, und morgen, wenn die Sonne dir klar in dein Herz scheint, willst du das nicht mehr! – Du bist doch Improvisator, Dichter, du besitzt Geist und Wissen, alles kann herrlich werden, vortrefflich. Morgen nehmen wir uns ein Cabriolet, jagen nach Herculanum und Pompeji hinaus, besteigen den Vesuv, auf dem wir noch nicht gewesen sind. Zerstreuen mußt du dich, zu Laune kommen! Und sind die dunklen Grillen vertrieben, unterhalten wir uns vernünftig über die Zukunft. Und jetzt kommst du mit auf den Toledo, wir vergnügen uns! Das Leben läuft Galopp, und wir alle haben wie die Schnecke, unsere Last auf dem Buckel, gleichgültig ob Blei oder Spielzeug, die Last ist die gleiche.« Ich war von seiner Fürsorglichkeit gerührt, trotz allem hatte ich noch einen Freund. Schweigend griff ich nach meinem Hut und folgte ihm. Auf dem Platz wurde vor den kleinen Budentheatern musiziert, vor einem blieben wir inmitten einer großen Menschenmenge stehen. Wie üblich standen ganze Künstlerfamilien auf den Stellagen, Männer und Frauen herausgeputzt mit bunten Kleidern, heiser von ihrem Geschrei. Ein kleiner, blasser Junge stand mit traurigem Gesicht da, er war als Pierrot verkleidet und spielte auf der Violine, während zwei seiner Schwestern in einem lustigen Tanz herumwirbelten. Alles erschien mir tragisch. Diese unglücklichen Wesen! dachte ich, so ungewiß wie das ihre war doch auch mein Schicksal! Ich preßte mich an Federigo und konnte einen Seufzer nicht unterdrücken, der in meiner Brust aufstieg.

»So sei doch ruhig und vernünftig! Jetzt spazieren wir ein wenig, lassen die roten Augen vom Wind bleichen, und dann besuchen wir Signora Maretti! Sie wird dich schon munter kriegen, oder sie wird mit dir weinen, bist du es satt hast, das kann sie besser als ich!« So gingen wir auf der großen Straße auf und ab und zu guter Letzt zu Marettis Haus.

»Endlich einmal kommen Sie einen Abend außer der Reihe«, sagte Santa freundlich, als wir eintraten.

»Signore Antonio ist in seiner elegischen Stimmung, sie muß mit Humor vermischt werden, und welcher Ort wäre besser für ihn als Ihr Haus! Morgen fahren wir nach Herculanum und Pompeji und besteigen den Vesuv. Hoffentlich haben wir Glück mit den Eruptionen!«

»Carpe diem« rief Maretti. »Ich hätte Lust, auf diese Tour mitzukommen! Aber nicht den Vesuv zu besteigen, sondern um zu sehen, welche Fortschritte die Ausgrabungen in Pompeji machen. Gerade habe ich Glasschmuck in verschiedenen Farben von dort bekommen, habe ihn nach den Übergängen geordnet und ein Opusculum[10] darüber geschrieben. Diese Schätze müssen Sie sich ansehen«, sagte er zu Federigo, »Sie können mir Hinweise bezüglich der Farben geben. Und Sie«, er versetzte mir einen Klaps auf die Schulter, »werden jetzt lustig, wir trinken ein Glas Falerner und singen mit Horaz:

Ornatus viridi tempora pampino
Liber vota bonos ducit ad exitus!«[11]

Ich war mit Santa allein.

»Haben Sie etwas Neues geschrieben?« fragte sie. »Sie sehen aus, als hätten Sie wieder eines dieser schönen Stücke geschrieben, die einem so wunderlich zu Herzen gehen. Einige Male mußte ich an Sie und Ihren Tasso denken, und bei dieser Erinnerung wurde mir ganz wehmütig, obwohl ich nicht zu den Heulschwestern gehöre. Sehen Sie mich an! Sagen Sie mir etwas Schönes! Sie wissen nicht, was? Dann sagen Sie etwas über mein neues Kleid. Sehen Sie nicht, wie gut es sitzt? Ein Dichter muß für alles Sinn haben. Ich bin doch schlank wie eine Pinie. Richtig mager! Oder etwa nicht?«

»Das sieht man sofort«, antwortete ich.

»Schmeichler! Sehe ich nicht aus wie immer? Das Kleid hängt ganz locker an mir herunter. Muß man dabei etwa rot werden? Was für ein Mannsbild sind Sie denn? Sie gehören in die Gesellschaft von Frauenzimmern und müssen ein wenig erzogen werden. Da kennen wir uns aus. – Jetzt sitzen die beiden, mein Mann und Federigo, bis über die Ohren im Altertum, wir wollen in der Gegenwart leben, das macht mehr Vergnügen. Sie müssen unseren vorzüglichen Falerner probieren, und das sofort! Dann können Sie das mit den beiden anderen wiederholen!«

Ich lehnte ab und versuchte, ein allgemeines Gespräch über Alltäglichkeiten zu beginnen, fühlte aber nur zu gut, wie zerstreut ich war. »Ich falle Ihnen nur zur Last«, sagte ich, stand auf und wollte meinen Hut nehmen. »Verzeihen Sie, Signora, mir ist nicht wohl, und das macht mich ungesellig.«

»Sie dürfen mich nicht verlassen«, sagte sie, zog mich auf den Stuhl zurück und sah mir bekümmert in die Augen. »Ist etwas geschehen? Haben Sie Vertrauen zu mir! Ich meine es ehrlich und gut mit Ihnen! Habe ich Sie mit meinen Albereien verletzt? Das ist nun einmal meine Natur. Sagen Sie mir, was geschehen ist! Haben Sie Briefe bekommen? Ist Bernardo tot?«

»Nein! Gott sei gelobt«, antwortete ich. »Es ist etwas anderes. Etwas ganz anderes!« – Ich wollte vom Brief der Eccellenza nicht erzählen und doch sagte ich in meinem Schmerz und in meiner zutraulichen Offenherzigkeit alles, und mit Tränen in den Augen bat sie mich, nicht betrübt zu sein. »Man hat mich in die Welt hinaus gestoßen«, sagte ich, »ich bin von allen verlassen, niemand, überhaupt niemand liebt mich noch!«

»Doch, Antonio!« rief sie, und ich fühlte ihre Hand auf meiner Stirn und brennende Lippen, die einen Kuß darauf drückten. »Sie werden geliebt! Sie sind schön, Sie sind gut! Ich liebe Sie, Antonio!« Und voller Leidenschaft schlang sie die Arme um mich. Ihre Wange ruhte an der meinen. Mein Blut wurde zur Flamme, ein Zittern ging durch meinen ganzen Körper, mir war, als bleibe mir der Atem stehen, niemals hatte ich ähnliches empfunden. Da hörte man ein Geräusch an der Tür, sie wurde geöffnet und Federigo und ihr Mann traten ins Zimmer.

»Ihr Freund hat Fieber«, sagte sie im üblichen, vergnügten Ton. »Er hätte mich fast erschreckt, blaß und rot zugleich, ich habe geglaubt, er wird in meinen Armen ohnmächtig, aber jetzt ist es besser. Nicht wahr, Antonio?« Und nun, als sei nichts geschehen, nichts gesagt worden, scherzte sie über mich. Ich hörte, wie mein Herz klopfte, und ein Gefühl der Scham und des Widerwillens stieg in meiner Seele auf, ich wandte mich ab von ihr, dieser anmutigen Tochter der Sünde.

»Qvae sit hiems veliae, quod coelum, Vala Salerni!«[12] sagte Maretti. »Signore, wie steht es um Herz und Kopf? Was hat er denn angerichtet, der ferus cupido[13], der seine blutigen Pfeile immer an einem glühenden Schleifstein wetzt?«

Der Falernerwein ließ Perlen im Glas aufsteigen, Santa stieß mit mir an und sagte mit sonderbarem Blick: »Auf bessere Zeiten!«

»Auf bessere Zeiten!« wiederholte Fedrigo. »Und sie werden kommen, man darf niemals verzagen.«

Auch Maretti stieß mit uns an und stimmte nickend zu: »Auf bessere Zeiten!« Santa lachte laut und tätschelte mir die Wange.

3. WANDERUNG IN HERCULANUM UND POMPEJI · DER ABEND AUF DEM VESUV

Am nächsten Morgen kam Federigo, um mich abzuholen. Maretti bestieg den Wagen, vom Meer wehte frische Luft herüber, und wir rollten um die Bucht von Neapel nach Herculanum.

»Wie der Rauch vom Vesuv aufsteigt!« sagte Federigo. »Heute abend wird es herrlich!«

»Er ist schon anders aufgestiegen«, sagte Maretti, »wie eine Wolke ist er über diese ganze Gegend gekommen, Anno 79 post Christum, als die Städte, die wir nun besuchen wollen, unter Lava und Asche verschwunden sind!«

Unmittelbar, wo die Vorstadt Neapels aufhört, beginnen die Dörfer San Giovanni, Portici und Recina, die so dicht beieinander liegen, daß man sie für einen einzigen Ort halten könnte. Ehe ich mich versah, waren wir am Ziel. Vor einem Haus in Recina hielten wir an. Unter der Straße und unter dem ganzen Ort liegt Herculanum. Binnen einiger Stunden hatten Lava und Asche die gesamte Stadt bedeckt, ihre Existenz war in Vergessenheit geraten, und darüber war das Dorf Recina in die Höhe gewachsen.

Wir betraten das nächstliegende Haus, im Hof befand sich ein großer, offener Schacht, eine Wendeltreppe schlängelte sich hinunter.

»Signori, sehen Sie!« sagte Maretti. »Post Christum 1720 ließ der Prinz von Elboeuf diesen Brunnen graben. Man war kaum einige Fuß weit gekommen, als man auf Statuen stieß. Die Fortsetzung der Arbeiten wurde untersagt, und, mirabile dictu[14], rührte sich dreißig Jahre lang keine Hand, bis Karl von Spanien hierherkam und anordnete, daß der Brunnen vertieft werden sollte, wobei man auf eine mächtige Steintreppe stieß, die wir hier sehen können.«

Das Tageslicht schien auf einen Teil dessen, was einmal die Sitzreihen im großen Theater von Herculanum gewesen waren. Unser Führer zündete für jeden von uns eine Kerze an, wir stiegen zur Brunnensohle hinab und standen nun auf jenen Stufen, auf denen die Zuschauer vor 1700 Jahren wie ein Körper gelacht, gefühlt und gejubelt hatten über die Darstellung von Lebensbegebenheiten.

Eine kleine, niedrige Tür dicht daneben führte uns in einen großen, geräumigen Gang, wir stiegen zum Orchester hinunter, sahen die Räume für die Musici, die Ankleidezimmer und die Bühne selbst. Die Größe des Ganzen ergriff mich. Nur stückweise konnten wir sie beleuchten und überschauen, jedoch wirkte es größer als »San Carlo«[15]. Leer, dunkel und verlassen lag alles da, darüber lärmte eine Welt. So wie wir uns vorstellen, daß die Geister eines verschwundenen Geschlechtes in unser Wirken und Weben eintreten, wollte mir nun scheinen, ich hätte mein Zeitalter verlassen und wanderte wie ein Gespenst durch das ferne Altertum. Ich sehnte mich gehörig nach dem Tageslicht, und bald atmeten wir wieder die warme Luft ein.

In der Hauptstraße von Recina bogen wir nach rechts ab, und vor uns lag ein ausgegrabener Platz, freilich von geringer Größe. Dies war alles, was die Sonne von Herculanum beschien, wir sahen eine Straße, Häuser mit kleinen, engen Räumen, rot und blau bemalte Wände, wenig nur, verglichen mit dem, was uns in Pompeji erwartete.

Recina lag hinter uns, und nun befanden wir uns auf einer Ebene, die einem pechschwarzen, schäumenden Meer glich, das in Eisenschlacke erstarrt war. Gebäude erhoben sich, kleine Weingärten grünten, halb versunken stand in diesem Land des Todes eine kleine Kirche.

»Diese Zerstörung habe ich selbst mit angesehen!« sagte Maretti. »Ich war ein Kind, im Alter zwischen lactens und puer[16], wenn ich es so ausdrücken darf. Niemals werde ich jenen Tag vergessen. Die schwarze Schlacke, über die wir nun rollen, war ein glühender Feuerstrom, ich sah, wie er den Berg hinunterquoll, auf Torre del Greco zu. Mein Vater, beati sunt mortui![17], pflückte mir hier reife Trauben, wo heute nur noch diese schwarze, steinharte Kruste liegt. Die Weinfelder wurden begraben, die Kirche aber blieb wie eine schwimmende Arche auf dem glühenden Feuermeer stehen.«

Wie Ranken sich, einer Girlande gleich, von Baum zu Baum schlingen, ist in der Bucht von Neapel Ort mit Ort verknüpft*, und der ganze Weg, abgesehen von dem erwähnten verwüsteten Landstrich, schien eine einzige Toledo-Straße zu sein. Leichte, mit Menschen überladene Cabriolets, Reiter zu Pferde und auf Eseln kreuzten einander, Karawanen von Reisenden, Damen und Herren, trugen zur Lebhaftigkeit des Gemäldes bei.

Immer hatte ich mir Pompeji als in der Erde verborgen vorgestellt, so wie Herculanum, dies aber trifft keineswegs zu. Vom Berge aus hatte es über Weingärten hinweg den

---

* Wo Torre del Greco endet, beginnt sofort Torre del Annunziata.

Blick auf das blaue Mittelmeer. Mit jedem Schritt stiegen wir an und standen schließlich vor einem durchbrochenen Wall aus schwarzgrauer Asche, dem vereinzelte grüne Hekken und Baumwollpflanzen ein freundlicheres Aussehen zu geben versuchten. Wachhabende Soldaten ließen sich sehen, wir betraten die Vorstadt von Pompeji.

»Haben Sie die Briefe an Tacitus gelesen?« fragte Maretti. »Sie haben den jüngeren Plinius gelesen, nun werden Sie Kommentare zu seinem Werk sehen, wie Sie niemand kennt!«

»Grabstraße« heißt die lange Straße, auf der wir standen; hier lag Monument an Monument, vor zweien von ihnen sah man runde, hübsche Diwane mit schönen Verzierungen, zu ihrer Zeit hatten sich hier die Töchter und Söhne Pompejis auf ihren Spaziergängen, die sie aus der Stadt hinausführten, ausgeruht. Von den Gräbern konnten sie eine blühende Natur und den lebhaften Verkehr auf der Landstraße und in der Bucht überblicken. Wir sahen nun eine Reihe von Häusern auf beiden Seiten, alle mit Läden. Wie Skelette starrten sie mich mit leeren Augenhöhlen an, ringsherum konnte man Spuren des Erdbebens sehen, das bereits vor der großen Zerstörung die Stadt erschüttert hatte. An einigen Häusern ließ sich erkennen, daß sie noch im Bau gewesen waren, als sie vor Jahrhunderten von Feuer und Asche begraben wurden, unvollendete Marmorkarniesen[18] lagen auf dem Boden, daneben Modelle aus Terrakotta.

Erst jetzt erreichten wir die Stadtmauer, breite Treppenstufen führten wie in einem Amphitheater nach oben; vor uns erstreckte sich eine lange, enge Straße, wie in Neapel mit breiten Lavafliesen gepflastert, mit den Überresten eines Ausbruchs also, der weit früher stattgefunden hatte als jener, der Herculanum und Pompeji zerstört hatte. Tiefe Radspuren hatten sich in den Stein gegraben, an den Häusern war noch der Name der Bewohner zu lesen, den man zu ihren Lebzeiten dort eingemeißelt hatte; vereinzelt gab es Schilder, eines von ihnen zeigte an, daß in diesem Hause Mosaikarbeiten angefertigt wurden.

Alle Räume waren klein, das Licht fiel durch die Decke oder eine Öffnung über der Tür. Ein viereckiger Portikus umschloß den Hof, der groß genug war für ein Blumenbeet oder für ein Bassin, aus dem ein Wasserstrahl stieg, Hof und Fußböden im übrigen geschmückt mit schönen Mosaiken, auf denen kunstvolle Formen, Zirkel und Quadrate einander überschneiden; die Wände bunt bemalt mit kräftigen weißen, blauen und roten Farben. Tänzerinnen, Genien, leichte, schwebende Wesen überall auf diesem glühenden Grund, alle unendlich anmutig in Kolorit und Zeichnung und von einer Frische, als seien sie gestern gemalt worden. Federigo und Maretti vertieften sich in ein Gespräch über die erstaunliche Farbkomposition, die sich so unglaublich gut erhalten hatte, und ehe ich mich versah, befanden wir uns in Bayardis zehn Foliobänden*. So wie Tausende anderer vergaßen die beiden die poetische Wirklichkeit und stürzten sich in die Kritik und in Abhandlungen. Zugunsten gelehrter Auseinandersetzungen geriet Pompeji in Vergessenheit. Ich war nicht so eingeweiht in diese auswendig gelernten Mysterien, die Wirklichkeit, die mich umgab, war eine poetische Welt, in der meine Seele sich zu Hause fühlte. Jahrhunderte schmolzen zu Jahren zusammen und offenbarten sich in Augenblicken, alle Sorgen schlummerten, und meine Gedanken gewannen wieder an Ruhe und Begeisterung.

Wir standen vor dem Haus Sallusts.

»Sallust!« sagte Maretti und lüftete den Hut. »Corpus sine animo! Die Seele ist fort, doch grüßt man ehrerbietig die Leiche!«

Die vordere Wand wurde von einem großen Gemälde eingenommen, das Diana und Actaeon zeigte. Die Arbeiter

---

* Catalogo degli antichi Monumenti d'Ercolano (1755)

stießen einen Freudenschrei aus und hoben einen prachtvollen Marmortisch ans Licht, weiß wie das Gestein von Carrara, zwei herrliche Sphinxe dienten ihm als Füße; was mich jedoch mehr ergriff, waren die gelben Knochen, die ich sah, und in der Asche den Abdruck einer so unendlich schönen weiblichen Brust.

Wir gingen über das Forum zum Jupitertempel, die Sonne beschien weiße Marmorsäulen, hinter denen der rauchende Vesuv lag, pechschwarze Wolken quollen aus seinem Krater, und weiß wie Schnee lag der dichte Dampf über dem Lavastrom, der sich am Abhang seinen Weg bahnte.

Wir besichtigten die Theater und setzten uns auf die treppenförmigen Bänke. Die Bühne mit ihren Kolonnen, ihrem gemauerten Hintergrund mit dem Ausgang, alles stand so da, als habe man noch am Vortage gespielt, aber keine Töne wollten sich aus dem Orchester erheben, kein Roscius[19] zur jubelnden Menge sprechen, alles war tot, nur die große Bühne der Natur atmete Leben. Die üppig grünen Weingärten, der gut befahrene Weg hinunter nach Salerno und im Hintergrund die dunkelblauen Berge mit den scharfen Umrissen gaben einen Schauplatz ab, auf dem Pompeji selbst den tragischen Chor bildete, der von der Macht des Todesengels sang. Ich sah ihn selbst, ihn, dessen Flügel aus rabenschwarzer Asche und flüssiger Lava bestehen, die er über Dörfer und Städte breitet.

Den Vesuv wollten wir erst gegen Abend besteigen, wenn die glühende Lava und das Mondlicht eine stärkere Wirkung haben würden. In Recina nahmen wir Esel, mit denen wir den Berg hinaufritten. Der Weg führte durch Weingärten und an einsamen Höfen vorüber, bald aber verkümmerte die Vegetation zu kleinen, geduckten Hekken und dürren, binsenartigen Stengeln. Der Wind ging kalt und heftig, ansonsten war der Abend unendlich schön. Die Sonne war bei ihrem Untergang brennendes Feuer, der Himmel strahlte wie Gold, das Meer war ein einziges Indigo, die Inseln waren bläßlich blaue Wolken. Ich erblickte eine Feenwelt. In der Bucht verblaßte Neapel immer mehr, in weiter Ferne lagen die schneebedeckten Berge, herrlich leuchtend wie die Gletscher der Alpen, während zu unserer Rechten und ganz nahe bei uns die rote Lava vom Vesuv glühte.

Wir erreichten eine von eisenschwarzer Lava bedeckte Ebene, über die weder Weg noch Steg führte. Unsere Esel tasteten vorsichtig mit den Hufen, ehe sie die Füße fest aufsetzten, und auf diese Weise erreichten wir nur langsam einen höheren Teil des Berges, der wie ein Kap aus diesem toten, versteinerten Meer aufragt. Durch einen engen Hohlweg, in dem nur binsenartige Stengel aufschossen, näherten wir uns der Hütte des Eremiten. Um ein Feuer saß eine Gruppe von Soldaten und trank aus einer Flasche Lacrimae Christi. Sie dienten den Fremden als Eskorte gegen Räuber aus den Bergen. Fackeln wurden in Brand gesetzt, der Wind ergriff die Flammen, als wolle er jeden Funken löschen und verwehen. Von diesem beweglichen, unsicheren Lichtschein beleuchtet, ritten wir nun über lose Lavastücke auf einem schmalen Pfad bergan, unmittelbar an tiefen Abgründen vorüber. Schließlich erhob sich vor uns wie ein Berg der kohlschwarze Aschegipfel. Wir wollten hinauf, unsere Esel jedoch nicht, sie blieben mit den Jungen zurück, die sie angetrieben hatten. Der Führer ging mit der Fackel voran, wir anderen hinter ihm, freilich in schräger Linie, denn in der weichen Asche, in der wir bis an die Knie versanken, ging es steil bergan. Unmittelbar hintereinander konnten wir nicht gehen, denn in der Asche lagen große, lockere Steine und Lavablöcke, die herabrollten, wenn wir darauf traten. Mit jedem zweiten Schritt rutschten wir einen Schritt zurück und sanken in die schwarze Asche, als hätten wir Bleigewichte an den Füßen. – »Courage!« rief der vor uns gehende Führer. »Bald sind wir oben«, doch schien der Gipfel des Berges unverändert in derselben Höhe vor uns zu stehen. Erwartung und Lust beflügelten mich, eine Stunde war verstrichen und wir kamen an, ich war der erste.

Eine große Fläche mit riesigen, durcheinandergeworfenen Lavastücken erstreckte sich vor unseren Augen; in der Mitte befand sich ein weiterer Aschehügel: der Kegel mit dem tiefen Krater. Wie eine feurige Frucht hing der Mond darüber, so hoch war er gestiegen, und erst jetzt konnten wir ihn sehen, wenn auch nur für einen kurzen Augenblick, denn im nächsten wirbelte mit der Geschwindigkeit eines Gedankens kohlschwarzer Rauch aus dem Krater, ringsherum wurde es dunkle Nacht, im Inneren des Berges rollte dumpfer Donner, und der Boden unter unseren Füßen bebte, wir mußten uns gegenseitig festhalten, um nicht zu stürzen, und nun ertönte ein Krachen wie es Hunderte von Kanonen nur schlecht nachahmen können. Der Rauch teilte sich, und eine Feuersäule stand sicher eine Meile hoch in der blauen Luft, glühende Steine flogen wie Blutrubine in dem weißen Feuer, ich sah sie wie Raketen auf uns hinabfallen, sie aber sanken geradewegs in den Krater oder rollten glühend in den Ascheberg. »Ewiger Gott!« stammelte mein Herz, und kaum wagte ich zu atmen.

»Der Vesuv ist in Sonntagslaune!« sagte der Führer und bedeutete uns mit Handbewegungen weiterzugehen. Ich hatte gedacht, die Wanderung habe hier ein Ende, der Führer aber wies auf die Ebene, deren Horizont aus leuchtendem Feuer bestand. Vor diesem Hintergrund bewegten sich die schwarzen Schattenbilder riesengroßer Gestalten; es handelte sich um Reisende, die zwischen uns und der herabströmenden Lava standen. Um die Lava zu umgehen, hatten wir den Berg fast umrundet und ihn von der Ostseite her bestiegen. Dem unruhigen Krater selbst konnten wir uns nicht nähern, wohl aber der Stelle, an der die Lavaströme wie Quellwasser den Hang hinunterliefen. Darum ließen wir den Krater linker Hand liegen, überquerten die Felsenebene und stiegen über große Lavablöcke, es gab weder Weg noch Steg. Das bleiche Licht des Mondes und der rote Schein der Fackeln auf dem unebenen Untergrund bewirkten, daß Schatten und Spalten wie Abgründe erschienen. Wieder grollte unter unseren Füßen der mächtige Donner. Alles wurde Nacht und eine neue Eruption loderte auf. Nur langsam, uns mit den Händen vorwärtstastend gingen und kletterten wir auf unser Ziel zu, bald aber fühlten wir, daß alles, was wir berührten, heiß war, und zwischen den Lavastücken stieg heißer Dampf auf. Nun lag eine gleichmäßigere Ebene vor uns: ein Lavastrom, gerade zwei Tage alt. Seine oberste Kruste war durch Einwirkung der Luft bereits schwarz und fest geworden, jedoch war sie nicht dicker als eine halbe Elle, darunter stand einen Klafter tief die glühende Lava. Fest wie die Eiskruste auf einem See lag hier die erstarrte Haut über einem Feuermeer. Hier mußten wir hinüber, auf der anderen Seite lagen wieder Blöcke unterschiedlicher Größe, auf denen Fremde standen und hinabsahen auf den neuen Lavastrom, den man nur von dort aus sehen konnte. Einer hinter dem anderen, der Führer als erster, betraten wir die Kruste, durch unsere Schuhsohlen drang die Hitze! Überall gab es große Risse, durch die wir hinunter in das rote Feuer sehen konnten. Wäre die Kruste geplatzt, wir wären in ein Feuermeer gestürzt. Vorsichtig traten wir auf, beeilten uns aber, denn uns brannten die Füße. Und wie beim Eisen, das schwarz wird, wenn es sich abkühlt, unter einer Berührung aber augenblicklich seinen feurigen Schein wieder annimmt, zeigte sich hier die folgende Wirkung: während im Schnee schwarze Spuren zurückbleiben, waren sie hier rot. Keiner von uns sagte ein Wort, so schauerlich hatten wir uns das Ganze nicht vorgestellt. Ein Engländer kam uns mit seinem Führer entgegen.

»Sind Engländer bei Euch?« fragte er. »Italiener und ein Däne«, antwortete ich. »A Diavolo!« Mehr wurde nicht gesagt. Nun waren wir bei den großen Blöcken angekommen, auf denen einige Fremde standen, ich stieg hinauf, und vor mir glitt der frische Lavastrom langsam die

Bergflanke hinab, wie rotglühender Feuerschlamm, wie geschmolzenes Metall, das aus dem Ofen strömt. In einer ungeheuren Erstreckung breitete er sich unter uns aus, kein Wort, kein Bild vermag diese Größe, dieses Grauen wiederzugeben. Sogar der Luftstrom schien aus Feuer und Schwefel zu bestehen, dichter Dampf schwebte darüber, ringsherum aber war Nacht, über uns stand die Feuersäule mit den glühenden Steinen. Niemals habe ich mich meinem Gott so nahe gefühlt, seine Allmacht und seine Größe erfüllten meine Seele. Und als habe das Feuer, das mich umgab, all ihre Kränklichkeit ausgebrannt, fühlte ich Kraft und Mut. Meine unsterbliche Seele erhob ihre Schwingen: Mächtiger Gott, Dein Apostel will ich sein! Im Weltsturm will ich Deinen Namen, Deine Kraft, Deine Herrlichkeit besingen, stärker als der Mönch in seiner einsamen Zelle! Dichter bin ich! Gib mir die Kraft, die Du und der Priester der Natur besitzen! Meine Hände faltete ich zum Gebet, und zwischen Feuer und Wolken kniete ich in Gedanken vor dem, dessen Wunder und Größe zu meiner Seele sprachen.

Wir stiegen hinunter, und kaum hatten wir uns einige Schritte entfernt, als wir sahen, wie der Lavablock, auf dem wir gestanden hatten, krachend durch die Kruste sank. Ein Funkenregen stieg auf, ich aber bebte nicht, ich fühlte, daß mein Gott mir nahe war. Es war einer jener Momente im Leben, in dem die Seele das Glück ihrer eigenen Unsterblichkeit erblickt, in der es keine Furcht und keine Schmerzen mehr gibt, weil sie sich und ihren Gott kennt. Um uns herum sprühten Funken aus kleinen Kratern, aus dem großen Krater erfolgten jede Minute weitere Eruptionen, in der Luft brauste es, als steige eine Schar Vögel aus einem Wald auf. Federigo war so hingerissen wie ich, und der Abstieg über die Bergflanke entsprach unseren bewegten Gemütern. Wir flogen, es war wie ein Sturz durch die Luft, wir glitten, rannten, sanken. Weich wie frischgefallener Schnee in den Bergen war die Asche. Nur zehn Minuten benötigten wir für den Abstieg, während der Aufstieg eine Stunde in Anspruch genommen hatte. Der Wind hatte sich gelegt, unten erwarteten uns unsere Esel, und vor der Eremitenhütte saß unser Gelehrter, der sich die ermüdende Wanderung hatte ersparen wollen. Ich fühlte mich wie neu belebt, ständig kehrte mein Blick zurück. Die Lava lag da wie große, vom Himmel gestürzte Sterne, der Mond leuchtete taghell, wir fuhren an der Meeresbucht entlang, und auf dem Wasserspiegel sah ich die Spiegelung des Mondes und der Lava in zwei langen Strahlen, einem roten und einem blauen. In meiner Seele fühlte ich Kraft, in meinen Begriffen Klarheit. Wage ich Groß und Klein zu vergleichen, empfand ich Verwandtschaft mit Boccaccio angesichts eines Ortes, der entscheidend war für das gesamte Wirken des Geistes: Das Grab Virgils sah seine Tränen, die Welt sah seinen Wert als Dichter. Mir hatten die Größe des Vulkans und sein Grauen Mißmut und Zweifel genommen; darum haben sich dieser Tag und dieser Abend so lebendig in meiner Seele erhalten, darum habe ich mich so lange bei seiner Schilderung aufgehalten, habe wiedergegeben, was in meiner Brust geblieben ist und was ich später aussprechen mußte.

Unser Gelehrter lud uns ein, ihn nach Hause zu begleiten; für einen Augenblick überfiel mich Verlegenheit, eine sonderbare Angst, Santa nach diesem jüngsten Auftritt wiederzusehen, doch die größere, wichtigere Entscheidung in meiner Seele vernichtete bald das kleinere Gefühl. Sie reichte mir freundlich die Hand, schenkte uns Wein in die Gläser, war natürlich und munter, weshalb ich schließlich mein strenges Urteil bereute. Die unreinen Gedanken, so fühlte ich, waren auf meiner Seite gewesen. Mitgefühl und Anteilnahme hatte ich für verwerfliche Leidenschaft gehalten, und mit Freundlichkeit und Scherz versuchte ich, was nun meiner natürlichen Stimmung entsprach, mein sonderbares Betragen vom Vortage wiedergutzumachen. Sie schien mich zu verstehen, und in ihrem Blick las ich die innige Anteilnahme und Liebe einer Schwester.

Noch niemals hatten sie mich improvisieren hören, und nun konnten sie mich dazu bewegen. Ich besang unsere Wanderung auf den Vesuv und erntete Klatschen und Begeisterung. Was mir Annunziatas schweigender Blick gesagt hatte, strömte mir nun beredt von Santas Lippen entgegen, und ihre Worte machten sie doppelt schön, ihr Auge brannte sich mit Gedankenblick in meine Seele.

4. EINE UNERWARTETE BEGEGNUNG · MEIN AUFTRITT IM »SAN CARLO«

Es war entschieden, ich wollte als Improvisator auftreten. Tag für Tag fühlte ich mehr Mut dazu. In Marettis Haus und in Familien, deren Bekanntschaft ich dort gemacht hatte, trug ich mit meinem Talent zur Unterhaltung von Gesellschaften bei und erntete größtes Lob und Ermunterung. Für meine kranke Seele war dies Erquickung, ich empfand Glückseligkeit und war der Vorsehung dankbar. Niemand, der meine Gedanken hätte lesen können, hätte das in meinen Augen brennende Feuer Eitelkeit geschimpft, es war unverdorbene Freude. Bei Lob, das mir zuteil wurde, bekam ich gehörig Angst und fürchtete, dessen nicht würdig zu sein oder den Erwartungen nicht stets entsprechen zu können. Zutiefst empfand ich – und obwohl es mich selbst betrifft, wage ich es auszusprechen: Für eine edle Seele sind Lob und Ermunterung die beste Schule, wohingegen Strenge und angemessener Tadel die Seele verkümmern lassen oder Trotz und Übermut hervorrufen; aus eigener Erfahrung habe ich dies gelernt. Maretti brachte mir große Aufmerksamkeit entgegen und ging mit Rücksicht auf mich häufig über seine üblichen Interessen hinaus, führte mich bei Personen ein, deren Bekanntschaft mir für die Bahn, die ich gewählt hatte, von Nutzen sein konnte.

Santa selbst war unendlich sanft und liebenswürdig zu mir, und doch gab es etwas, das mich von ihr abschreckte. Stets erschien ich in Begleitung Federigos oder zu einem Zeitpunkt, zu dem ich annehmen konnte, daß die Gesellschaft sich bereits versammelt hatte. Ich fürchtete, jener Auftritt könnte sich wiederholen. Gleichwohl ruhte mein Blick auf ihr, wenn sie es nicht bemerkte, und ich mußte feststellen, daß sie schön war. Mir erging es, wie es häufig in der Welt geht: jemand wird geneckt; es heißt, er liebe eine, an die er niemals gedacht oder der er keine sonderliche Aufmerksamkeit zugemessen hatte. Dann aber stellt sich bei ihm die Lust ein festzustellen, was an ihr sein mag und warum gerade sie seine Wahl sein sollte. Er wird neugierig, aus dieser Neugier entwickelt sich Interesse, und es gibt Beispiele, daß aus Interesse Liebe wird. Bei mir ging es nicht weiter als bis zur Aufmerksamkeit, zu einer Art von Betrachtung, die mir bis dahin unbekannt gewesen war. Gerade sie aber bewirkte Herzklopfen, eine Art von Angst, die mich verlegen machte, weshalb ich es für angeraten hielt, mich von ihr fernzuhalten.

Zwei Monate war ich schon in Neapel, für den bevorstehenden Sonntag war mein Auftritt im großen »Teatro San Carlo« angesetzt, man gab die Oper »Der Barbier von Sevilla«, und im Anschluß an diese Vorstellung sollte ich nach vorgegebenen Themen improvisieren. Ich nannte mich Cenci; die Kühnheit, meinen eigenen Familiennamen auf den Anschlägen zu nennen, besaß ich nicht. Ein sonderbares Verlangen nach diesem entscheidenden Tag erfüllte meine Seele, nicht eben selten aber stellte sich auch Angst ein und in meinem ganzen Blut hatte ich Fieberschrecken. Federigo tröstete mich und sagte, dies liege an der Luft, er und fast alle anderen fühlten das gleiche, das komme vom Vesuv, dessen Eruptionen überaus heftig waren. Der Lavastrom war sehr weit fortgeschritten und hatte die Richtung auf Torre del Annunziata eingeschlagen. An den Abenden konnte wir Detonationen im Berge hören, die Luft war voller Asche, die sich als dicke Schicht auf Bäume und Blumen legte. Die Spitze des Berges war in schwarze, gewitterschwere Wolken gehüllt, und bei jeder Eruption liefen die weißblauen Blitzstrahlen im Zickzack. Auch Santa fühlte sich unwohl. »Es ist das Fieber«, sagte sie, ihre Augen brannten, sie sah blaß aus und äußerte sich hierüber sehr bekümmert, denn sie wolle und müsse am Abend meines Auftritts in das »San Carlo«. »Ja«, sagte sie, »und auch wenn mein Fieber am nächsten Tag dreimal so heftig ist, wie könnte ich fernbleiben, für seine Freunde muß man sein Leben wagen, selbst wenn es nicht gewürdigt wird!«

Bald tummelte ich mich auf der Promenade, in den Cafés, in den verschiedenen Theatern, dann wieder trieb mich mein bewegter Sinn in die Kirche, zu Füßen der Madonna, ich beichtete jeden sündigen Gedanken und betete um Mut und Kraft, um diesem mächtigen Trieb meiner Seele folgen zu können. – »Bella ragazza!« flüsterte mir der Versucher ins Ohr, und meine Wangen brannten, doch befreite ich mich. Mein Geist und mein Blut rangen miteinander um die Oberherrschaft, in meinem eigentlichen Ich empfand ich eine Periode des Übergangs und verstand den Sonntagabend als den Kulminationspunkt. »Wir müssen einmal in das große Spielhaus gehen«, hatte Federigo einige Male gesagt. »Ein Dichter muß alles kennen!« Wir waren gleichwohl nicht dort gewesen, und ich empfand eine Art von Scheu, allein dorthin zu gehen. Bernardo mochte mit dem, was er einmal zu mir gesagt hatte, recht haben. Meine Erziehung bei der guten Domenica und die Klosterzucht des Jesuitenordens hatten mein Blut mit ein wenig Ziegenmilch verdünnt, mochte Bernardo dies beleidigend auch als Feigheit bezeichnet haben. – Größere Entschlossenheit war mir vonnöten. Wollte ich die Welt schildern, so mußte ich stärker in ihr leben. Recht lebhaft bewegten diese Gedanken meine Seele, als ich spätabends am bekannten neapolitanischen Spielhaus vorüberging.

»Gerade weil mir der Mut fehlt, gehe ich dort hinein!« sagte ich zu mir selbst. »Ich muß doch nicht spielen! Federigo und meine anderen Freunde werden sagen, das sei vernünftig von mir gewesen.« Wie schwach kann man doch sein! Mir klopfte das Herz, als beginge ich eine Sünde, während mir die Vernunft sagte, dies alles sei doch gar nichts Besonderes. Schweizer standen am Eingang, die Treppe war prachtvoll erleuchtet, im Foyer standen viele Diener, die meinen Hut und meinen Stock entgegennahmen und mir die Türe öffneten. Dann sah ich eine Reihe erleuchteter Zimmer. Die Gesellschaft war zahlreich, Damen und Herren. Ich wollte nicht für schüchtern gehalten werden und betrat rasch den ersten Saal, und niemand nahm Notiz von mir. Man saß an großen Spieltischen hinter großen Haufen Colonati und Louisdors. Eine ältliche Dame, die bestimmt einmal sehr hübsch war, die Wangen geschminkt, kostbar gekleidet, hatte einen seltsamen Falkenblick auf den Geldhaufen gerichtet, ihre magere Hand umklammerte die Karten. Junge, sehr hübsche Mädchen unterhielten sich ungezwungen mit einigen Herren. Alles schöne Töchter der Sünde, selbst diese Alte mit dem Falkenblick hatte einmal Herzen erobert, die sie jetzt nur noch als Kartenfarbe gewann. In einem der kleineren Räume stand ein Tisch mit roten und grünen Feldern darauf. Ich sah, daß man einen oder mehrere Colonati auf eines dieser Felder setzte, Kugeln rollten, und lagen sie auf der gewählten Farbe, hatte man den doppelten Einsatz gewonnen; es war wie ein Pulsschlag, Gold und Silber schimmerten auf dem Tisch: Da griff auch ich in die Tasche, warf einen Colonato auf den Tisch, er fiel auf die rote Farbe. Der Mann, der davor stand, sah mich mit fragendem Blick an. Sollte er liegen bleiben? Unwillkürlich nickte ich, die Kugel rollte, und mein Eigentum hatte sich verdoppelt. Ich war gründlich verlegen hierüber, das Geld blieb liegen, und wieder und wieder rollte die Kugel. Ich hatte Glück im Spiel, mein Blut geriet in Bewegung, es war doch nur mein Glücksgeld, das ich aufs Spiel setzte. Bald lag ein

Häufchen Silber vor mir, und als Gegengewicht glänzten Louisdors, ich schüttete ein Glas Wein hinunter, denn mir brannte der Gaumen. Immer weiter wuchs die Gold- und Silbermenge an, weil ich sie nicht aufteilte. Wieder rollten die Kugeln, und kaltblütig strich der Spieler den ganzen glänzenden Haufen ein. Mein schöner Goldtraum war zu Ende, aber ich war auch erwacht und spielte nicht mehr. Nur den eingesetzten Colonato hatte ich verloren, damit tröstete ich mich und betrat den nächsten Raum. Von den jungen Damen zog eine durch ihre erstaunliche Ähnlichkeit mit Annunziata meine Aufmerksamkeit auf sich, nur war sie größer und üppiger. Unverwandt lag mein Blick auf ihr, was sie bemerkte, zu mir trat und mich fragte, ob wir eine Partie machen sollten, wobei sie auf einen der kleineren Spieltische deutete. Ich aber entschuldigte mich und ging in das vorige Zimmer zurück, ihr Blick folgte mir. In einem Zimmer ganz hinten spielten einige junge Herren Billard; obwohl Damen mitspielten, hatten sie die Jacken abgelegt, die Freiheiten, die in dieser Gesellschaft herrschten, waren mir unbekannt. Vor der Tür, jedoch mit dem Rücken zu mir, stand ein junger Mann mit hübscher Figur, er führte den Queue gegen die Kugel und erzielte einen meisterlichen Stoß, wofür er Beifall bekam, und selbst die Dame, die meine Aufmerksamkeit erregt hatte, nickte freundlich und schien etwas Amüsantes zu sagen. Er drehte sich um und drückte ihr einen Kuß auf die Wange, sie versetzte ihm einen scherzhaften Klaps auf die Schulter, mir bebte das Herz – es war Bernardo.

Ich hatte nicht den Mut näherzutreten, mußte aber völlige Gewißheit haben. An der Wand entlang ging ich zu einer geöffneten Tür und in einen großen, halbdunklen Saal, um ihn von dort eingehender betrachten zu können, ohne selbst bemerkt zu werden. Im Saal war es dämmrig, rote und weiße Glaslampen gaben ein schwaches Licht. Hier hatte man einen künstlichen Garten angelegt, Lauben standen dort, freilich mit gemalten Blättern aus Blech, dazwischen waren Holzbottiche mit Orangenbäumchen arrangiert. Ausgestopfte Papageien mit bunten Federn schaukelten auf den Zweigen, während ein Positiv in gedämpften Tönen eine anmutige, leichte Melodie spielte, die zu Herzen ging. Von der Arkade fuhr ein kühler Luftzug durch die geöffnete Tür. Ich hatte kaum einen flüchtigen Blick über dies alles geworfen, da kam Bernardo rasch auf mich zu, mechanisch zog ich mich in die nächste Laube zurück, er sah hinein, nickte lächelnd, als habe er einen Bekannten gesehen, und eilte in die nächste Laube, wo er sich auf einen Diwan warf und halblaut eine Melodie summte. Tausend Gefühle bewegten meine Brust. Er hier? Ich ihm so nahe? Ich zitterte am ganzen Körper und mußte mich setzen. Die duftenden Blumen, die gedämpfte Musik, das Dämmerlicht, selbst der elastische, weiche Diwan, alles war Teil einer Traumwelt, und nur in ihr mochte ich glauben, Bernardo gesehen zu haben. Während ich dort saß, hüpfte die junge Dame, die meine Aufmerksamkeit erregt hatte, durch die Tür und schon stand sie in der Laube, in der ich lag; Feuer und Schrecken fuhren mir durch das Blut. Jetzt sang Bernardo laut, sie erkannte seine Stimme und ging zu ihm, ich hörte einen Kuß – er brannte mir in der Seele.

Ihn, diesen treulosen, leichtsinnigen Bernardo hatte Annunziata mir vorgezogen! Bereits so kurz nach seinem Liebesglück konnte er sie vergessen, seine Lippen an einem aus Unrat geformten Schönheitsbild entehren! Ich stürzte aus dem Zimmer, aus dem Haus, mein Herz klopfte vor Zorn und Schmerz, und erst in der Morgenstunde fand ich Ruhe.

Am folgenden Abend sollte ich im »San Carlo« auftreten. Der Gedanke hieran und an das Abenteuer vom vorangegangenen Tag versetzte meine gesamte Seele in Bewegung. Inbrünstiger hat mein Herz niemals zur Madonna und den Heiligen gebetet, ich ging in die Kirche, ließ mir vom Priester das heilige Brot, den blutenden

Leib des Erlösers reichen, betete darum, daß es mich stärken und reinigen möge, und verspürte seine wundersame Kraft. Nur ein Gedanke störte noch die Ruhe, die mir not tat: ob Annunziata hier war und Bernardo sie begleitete. Federigo brachte Gewißheit, sie war nicht hier, nach den Angaben auf den Listen ankommender Reisender befand Bernardo sich hingegen bereits seit vier Tagen am Ort. Santa, so wußte ich, hatte Fieber, wollte jedoch ins Theater kommen. Die Plakate waren angeschlagen, Federigo erzählte Geschichten, und der Vesuv spuckte stärker als üblich Feuer und Asche. Alles war in Tätigkeit.

Die Oper hatte begonnen, als die Kutsche mich am Abend abholte. Hätte die Parze neben mir gesessen, die Schere schon an meinem Lebensfaden, ich glaube, ich hätte gerufen: Schneide ihn durch! – Gott, richte alles zu meinem Besten, war mein Gebet und mein Gedanke.

Im Foyer fand ich viele Bühnenkünstler und einige Schöngeister vor, sogar einen Improvisator, Santini, den Professor für die französische Sprache, Maretti hatte mich mit ihm bekannt gemacht. Die Konversation war ungezwungen, es wurde gescherzt und gelacht, die im »Barbier« beschäftigen Sänger kamen und gingen, als handele es sich um einen Gesellschaftstanz, die Bühne war ihnen ein vertrautes Heim.

»Wir werden Ihnen ein Thema geben«, sagte Santini, »o ja, eine harte Nuß! Aber es wird schon gutgehen! Ich weiß noch, wie ich bebte, als ich zum ersten Male auftreten sollte, aber es ging gut, ich hatte meine Tricks, meine kleinen, unschuldigen Kunstgriffe, wie einem dies die Vernunft gebietet. Ein paar kleine Stücke über die Liebe, das Altertum, die Schönheit Italiens, über Poesie und Kunst kann man auswendig und weiß sie anzubringen, außerdem einige bekannte Gedichte, aber das ist doch selbstverständlich!«

Ich versicherte, ich sei gänzlich unvorbereitet.

»Ja, ja, das sagt man immer«, sagte er lächelnd, »gut, gut. Sie sind ein vernünftiger junger Mann, das wird glänzend verlaufen.«

Das Stück war zu Ende, ich stand allein auf der leeren Bühne. »Das Schafott ist aufgestellt«, sagte der Regisseur lächelnd und gab dem Maschinenmeister das Zeichen. Der Vorhang öffnete sich.

Ich sah nur einen schwarzen Abgrund, konnte nur die Köpfe ganz vorn am Orchester und die untersten Logen des fünf Etagen hohen Gebäudes erkennen, dicke, warme Luft wogte mir entgegen. Ich war so gefaßt, daß ich selbst staunte; meine Seele mochte in Bewegung sein, doch sie war, wie sie sein sollte, biegsam und bereit, jeden Gedanken einzufangen. So wie die Luft am klarsten ist, wenn im Winter scharfe Kälte durch einen hindurchgeht, fühlte ich Spannung und Klarheit zugleich. Alle meine geistigen Fähigkeiten waren geweckt, wie es hier sein mußte und sollte!

Jeder konnte mir auf einem Zettel ein Thema nennen, über das ich improvisieren sollte; ein Polizeisekretär überprüfte zunächst, ob nichts Gesetzwidriges darauf stand, dann konnte ich wählen. Auf dem ersten Zettel stand »il cavalier servente«[20], eine Art Geschäft, worüber ich niemals ordentlich nachgedacht hatte. Ich wußte schon, der Cicisbeo, wie man ihn auch nennt, war der Ritter der Gegenwart, jemand, der seiner Dame als treuer Begleiter dient, nachdem er nun für sie nicht mehr in die Schranken treten kann, jemand, der den Ehemann vertritt. Ich erinnerte mich an das bekannte Sonett »Femina di costume di maniere«*, in diesem Augenblick wollte mir jedoch nichts dazu einfallen. Mit großen Erwartungen öffnete ich ein

---

* Die ersten Cicisbeos soll es bei den genuesischen Kaufleuten gegeben haben, deren Geschäfte sie nötigten, häufig abwesend zu sein. Wollten sie ihre Ehefrau nicht einsperren, mußten sie diese einem Freund anvertrauen, der sie überallhin begleitete. In der Regel handelte es sich hierbei um einen Geistlichen. Später wurde eine Mode daraus, und niemand konnte auf einen Cicisbeo verzichten. Das Verhältnis zwischen der Dame und ihrem Begleiter war häufig edel und

zweites Papier, dort stand »Capri«. Auch dies brachte mich in Verlegenheit, denn auf dieser Insel war ich noch nicht gewesen, sondern hatte ihre schönen Bergformationen nur von Neapel aus gesehen. Was mir unbekannt war, konnte ich auch nicht besingen; darum wäre es besser, ich hielte mich an den cavalier servente. Ich öffnete den dritten Zettel: »Die Katakomben von Neapel« stand da, auch dort war ich nicht gewesen. Beim Wort Katakomben sah ich jedoch einen Teil meines Lebens vor mir: Die Wanderung mit Federigo in meiner Kindheit und unser Abenteuer standen mir lebhaft vor der Seele; ich griff einige Akkorde, die Verse kamen von selbst, ich erzählte, was ich gefühlt und erlebt hatte, nur daß es sich um die Katakomben Roms und nicht um die von Neapel handelte. Ein zweites Mal ergriff ich den Glücksfaden, wiederholter, starker Beifall feierte mich, es war, als ströme Champagner durch mein Blut. Ich bekam »Fata Morgana« angegeben, auch diese schöne Luftspiegelung, die eigentümlich ist für Sizilien und Neapel, hatte ich noch nicht mit eigenen Augen gesehen, aber ich kannte sehr gut die schöne Fee, die Phantasie, die dort ihre glänzenden Schlösser errichtete. Meine eigene Traumwelt konnte ich schildern, und auch in ihr schwebten Haine und Schlösser, wohnte die schönste Fata Morgana doch in meinem Herzen.

Hurtig überdachte ich meinen Stoff, hieraus bildete sich eine kleine Erzählung, und während des Gesangs entstanden ständig weitere Ideen. Ich begann mit einer Schilderung der verlassenen Kirche bei Posillipo, ohne indessen

---

rein, die Sorgfalt und die genaue Pflichterfüllung des Mannes wurden rühmend erwähnt. Von der Morgentoilette bis zur Schlafenszeit war der Cicisbeo bei seiner Dame; die größte Aufmerksamkeit für sie, hingegen Gleichgültigkeit gegenüber anderen Damen waren seine Pflicht. – Das genannte Sonett ist abgedruckt in W. Müllers »Rom, Römer und die Römerin«, 2. Band, und in der Übersetzung von Hillerup in der »Valkyrien«, Januarheft 1833, wiedergegeben.

diesen Namen zu nennen. Das romantische Haus hatte mich angesprochen, und ich zeichnete ein Bild der Kirche, die sich nun in das Haus eines Fischers verwandelte. Im Bett unter dem Fenster, in dessen Scheibe das Bild des heiligen Georg gebrannt war, lag ein kleiner Junge. In der stillen, mondklaren Nacht kam ein anmutiges, kleines Mädchen zu ihm, sie war so schön, so leicht wie die Luft und an den Schultern trug sie leichte, bunte Flügel. Sie spielten miteinander, und sie führte ihn hinaus in den grünen Weinberg, zeigte ihm tausend Herrlichkeiten, die er noch niemals gesehen hatte. Sie gingen in den Berg, der sich öffnete mit großen, glänzenden Kirchen, voller Bilder und Altäre. Sie segelten über das schöne blaue Meer zu dem rauchenden Vesuv, und der Berg war wie aus Glas, sie sahen, wie in seinem Inneren das Feuer kochte und brauste. Unter der Erde besuchten sie die alten Städte, von denen er gehört hatte, und alle Menschen dort lebten, er sah ihren Reichtum und ihre Pracht, die sogar größer war, als wir sie aus den Überresten kennen. – Sie löste ihre Flügel und band sie ihm an die Schultern, sie selbst war so leicht wie Luft und brauchte sie nicht. So flogen sie über die Orangenbäume, über die Berge, über die üppigen, grünen Sümpfe zum alten Rom in der toten Campagna, flogen über das schöne blaue Meer, weit an Capri vorüber, ruhten auf den rotglänzenden Wolken, und das kleine Mädchen küßte ihn, sie nannte sich Phantasie, zeigte ihm die schöne Burg ihrer Mutter, die aus Luft und Strahlen erbaut war, und dort spielten sie, glücklich und vergnügt. Als der Junge aber größer wurde, kam das kleine Mädchen seltener, nur im Mondenschein lugte sie zwischen dem bunten Weinlaub und den Orangen hindurch und nickte ihm zu, und er war traurig und bekam Sehnsucht. Seinem Vater mußte er auf See helfen, mußte lernen, die Ruder zu bedienen, Seile zu knüpfen und das Boot bei Sturm zu steuern. Je mehr er aber wuchs, desto mehr wuchs auch die Sehnsucht nach seiner kleinen Spielschwester, die nie mehr kam. In mondklaren Nächten, wenn er sich auf dem stillen Meer befand, sah er häufig den Meeresgrund mit Sand und Pflanzen, dann schaute die Phantasie mit ihren dunklen, schönen Augen zu ihm auf und schien ihm zu winken und ihn zu sich hinunterzurufen. Eines Morgens liefen die Fischer am Strand zusammen. In den Strahlen der aufgehenden Sonne schwamm dicht bei Capri eine neue, wunderschöne Insel, die aus den Farben des Regenbogens erbaut war und glänzende Türme, Sterne und klare, purpurfarbene Wolken trug. »Fata Morgana!« riefen sie alle und jubelten bei diesem schönen Anblick. Der junge Fischer aber kannte diese Insel gut, dort hatte er gespielt, dort war er mit der schönen Phantasie gewesen. Wehmut und Sehnsucht ergriffen seine Seele, und durch die Tränen verblaßte und verschwand das Bild. Tage und Wochen wartete er darauf, es wieder sehen zu dürfen. An einem mondklaren Abend stiegen erneut das Schloß und die Insel, aus Strahlen erbaut, auf. Vom Vorgebirge, wo die Fischer standen, sah man, wie ein Boot mit der Geschwindigkeit eines Pfeils auf dieses seltsame schwimmende Land zufuhr und verschwand. Und plötzlich erlosch das ganze Strahlengebäude, und über der See erhob sich eine kohlschwarze Wolke, eine Windhose bewegte sich über die eben noch ruhige Fläche, die sich nun in dunkelgrünen Wogen hob. Als sie verschwunden war, war die See wieder glatt, der Mond beschien das blaue Wasser, aber man sah kein Boot, der junge Fischer war verschwunden, verschwunden mit der schönen Fata Morgana.

Der gleiche Beifall wie zuvor begrüßte mich, mein Mut und meine Begeisterung nahmen zu. Zu jedem Begriff, den man mir vorgab, fand ich Erinnerungen aus meinem eigenen Leben, die ich nur aussprechen mußte. – Ich sollte über Tasso improvisieren: Ich selbst war es, Leonore war Annunziata, wir sahen einander am Hof von Ferrara, ich litt mit ihm im Gefängnis, mit dem Tod im Herzen atmete ich wieder Freiheit, während ich von Sorrent bis Neapel über das wogende Meer schaute, mit ihm im Kloster San Onofrio saß. Die Glocke des Kapitols läutete zu seiner Krönung, aber der Todesengel kam und reichte ihm seine Krone, die der Unsterblichkeit!

Mein Herz klopfte heftig, ich war angegriffen, vom Flug der Gedanken mitgerissen, noch ein Gedicht gab ich, es war das letzte. Der Tod der Sappho: Die Qualen des Eifersüchtigen, ich selbst fühlte sie, wenn ich an Bernardo dachte, Annunziatas Kuß auf seiner Stirn brannte in meiner Seele, die Schönheit Sapphos war die Schönheit Annunziatas, die Schmerzen ihrer Liebe waren meine. Die Wellen schlossen sich über Sappho.

Mein Gedicht hatte zu Tränen gerührt, von allen Seiten erklang mächtiger Beifall, und als der Vorhang gefallen war, wurde ich zweimal hervorgerufen. Glückseligkeit, namenlose Freude durchströmte mich, drückte mir zugleich jedoch auf mein Herz, als solle es brechen. Als ich vor den Vorhang trat und man mich umarmte und beglückwünschte, brach ich in Tränen aus, in heftiges, krampfartiges Weinen.

Mit Santini, Federigo und einigen Sängern feierten wir einen lustigen Abend. Man trank auf mein Wohl, ich war glücklich, aber meine Lippen waren wie verschlossen.

»Er ist eine Perle«, sagte Federigo in seiner Lustigkeit über mich, »sein einziger Fehler ist, daß er auch ein zweiter Joseph ist, den wir Dänen der Deutlichkeit halber den keuschen Joseph nennen! Genieße das Leben, Antonio! Pflücke die Rosen, solange es sie gibt!«

Spät kam ich nach Hause, und mit Gebeten und Danksagungen an die Madonna und Jesus Christus, die mich nicht verlassen hatten, schlief ich bald tief und fest.

5. SANTA · DIE ERUPTION · ALTE UMGEBUNGEN

Am nächsten Morgen war ich für Federigo ein neugeborener Mensch, ich konnte meiner Freude Luft machen, was mir am Abend zuvor unmöglich gewesen war. Das Leben, das mich umgab, sagte mir mehr zu, ich fühlte mich älter und schien mir gereifter durch den Tau der Ermunterung, der auf meinen Lebensbaum gefallen war. Ich mußte Santa einen Besuch abstatten, letztlich hatte sie mich am vorangegangenen Abend gehört, auch sehnte ich mich danach, ihr Lob, das nicht zu knapp ausfallen würde, in mich aufzunehmen. Maretti empfing mich mit Begeisterung, Santa aber hatte die ganze Nacht über, nachdem sie aus dem Theater nach Hause gekommen war, unter starkem Fieber gelitten, im Augenblick schlief sie, und der Schlaf würde sie kräftigen. Ich mußte versprechen nach dem Mittagessen wiederzukommen. Den Mittag verbrachte ich mit Federigo und meinen neuen Freunden, ein Toast folgte dem anderen, der weiße Lacrimae Christi und Kalabreserwein wechselten einander ab, ich wollte nicht mehr trinken, mein Blut brannte, Champagner sollte Kühlung bringen. Munter und vergnügt gingen wir auseinander. Als wir auf die Straße kamen, leuchtete die Luft durch den Vesuv und den starken Lavastrom. Einige von uns fuhren hinaus, um dieses beängstigend schöne Naturschauspiel zu verfolgen. Ich aber ging zu Santa, es war kurz nach dem Ave-Maria. Sie sei ganz allein und es gehe ihr sehr viel besser, sagte das Mädchen, der Schlaf habe sie gestärkt, ich dürfe eintreten, ansonsten aber niemand.

Ein schönes, behagliches Zimmer mit langen Vorhängen vor den Fenstern, die hübsche Marmorstatue eines Amor, der seine Pfeile schärfte und eine Argandlampe[21], die alles mit einem magischem Kolorit versah, sah ich mit einem Blick. Santa lag in einer leichten Nachtbekleidung auf dem weichen Seidensofa. Bei meinem Eintreten richtete sie sich halb auf, hielt mit der einen Hand die Decke um sich und streckte mir die andere entgegen.

»Antonio!« rief sie aus. »Das war doch herrlich! Sie glücklicher Mensch. Sie haben alle begeistert. Oh, Sie wissen nicht, welche Angst ich Ihretwegen ausgestanden habe, wie mein Herz klopfte und wie selig ich schließlich war, als Sie meine größten Erwartungen übertrafen!«

Ich verbeugte mich vor ihr, erkundigte mich nach ihrem Wohlbefinden, sie reichte mir die Hand und versicherte, es gehe ihr besser. »Ja, sehr viel besser!« sagte sie und fügte hinzu: »Auch Sie sehen wie neugeboren aus! Sie waren schön, sehr schön. Als die Begeisterung Sie mitriß, sahen Sie so idealisch aus. In jedem Gedicht habe ich Sie gesehen. Und bei dem kleinen Jungen und dem Maler in den Katakomben habe ich mir Sie und Federigo vorgestellt.«

»So ist es auch gewesen«, unterbrach ich sie. »Was ich vorgetragen habe, habe ich selbst erlebt.«

»Ja«, antwortete sie, »alles haben Sie selbst erlebt, das Liebesglück, den Liebesschmerz, wenn Sie doch nur so glücklich würden, wie Sie es verdienen!«

Ich erzählte ihr, welche Veränderung sich in meinem ganzen Wesen vollzogen zu haben schien, wie doch so anders mir das Leben gefalle; und sie ergriff meine Hand und sah mir mit dunklem, ausdrucksvollem Blick in die Seele, sie war schön, schöner als sonst, auf ihren Wangen brannte eine leichte Röte, und das schwarze, glänzende Haar war aus der wohlgeformten Stirn gestrichen. Ihre üppige Gestalt gab das Bild einer Juno ab, so schön, wie es ein Phidias hätte formen können.

»Ja, für die Welt müssen Sie leben«, sagte sie, »sie ist Ihr Eigentum. Sie werden Millionen erfreuen und entzücken, darum soll der Gedanke an eine Einzelne sich nicht hemmend auf Ihr Glück auswirken. Sie verdienen Liebe, Sie begeistern mit Ihrem Geist und Ihrem Talent, mit ...«, sie zog mich zu sich hinab auf den Diwan. – »Wir wollen uns ernsthaft unterhalten. Seit jenem Abend, als der Kummer so schwer auf Ihrer Seele lag, haben wir uns nicht mehr recht unterhalten können! Sie scheinen mich damals mißverstanden zu haben –!«

Auf mein Herz traf dies auch zu, und häufig hatte ich es mir vorgeworfen. »Ich bin Ihrer Güte nicht wert!« sagte ich heftig, drückte einen Kuß auf ihre Hand und sah mit Reinheit in Seele und Gedanke in ihre dunklen Augen. Und doch brannte ihr Blick und ruhte ernst, und fast könnte ich sagen durchdringend, auf mir. Hätte ein Fremder uns so gesehen, er hätte Schatten vermutet, wo nur Reinheit und Licht waren. Es war, wie mein Herz laut sagen konnte, wie Bruder zu Schwester. Hier begegneten Auge und Gedanke einander.

Sie war ebenfalls bewegt, ich sah, wie ihre Brust sich heftig hob, und sie mußte eine Schleife lösen, um freier atmen zu können. »Sie sind meiner würdig«, sagte sie. »Geist und Schönheit sind jeder Frau würdig!« Sie legte mir einen Arm um die Schulter und sah mir in die Augen, und mit einem so unendlich beredten Lächeln sagte sie: »Wie konnte ich denken, Sie träumten nur in einer Idealwelt! Zartgefühl und Klugheit besitzen Sie, und Sie haben den Sieg davongetragen, darum brannte das Fieber in meinem Blut, darum war ich krank! Sie hätten alles für mich tun können, Antonio, Ihr Kuß, Ihre Liebe ist mein Traum, mein Gedanke!« Sie drückte mich fest an ihre Brust, ihre Lippen waren Feuer, das in mein Blut, meine Seele, meinen Gedanken floß – ewige Mutter Gottes! Dein Bild fiel von der Wand auf meinen Kopf, und nicht aus Zufall hast du meine Stirn berührt, hast mich ergriffen, als ich hinabsinken wollte in den Mahlstrom der Leidenschaften.

»Nein, nein!« schrie ich und sprang auf, mein Blut war wie siedende Lava.

»Antonio!« rief sie. »Töte mich! Töte mich! Aber verlaß mich nicht!« Ihre Wangen, ihre Augen, Blick und Ausdruck waren Leidenschaft, und doch war sie so schön, ein

Bild der Schönheit, mit Flammen gemalt. Ich fühlte ein Zittern in all meinen Nerven, und ohne zu antworten, verließ ich das Zimmer und floh die Treppen hinab, wie von einem bösen Geist verfolgt.

Draußen war alles Flamme, so wie in meinem Blut; die Luft wogte vor Hitze, in loderndem Feuer stand der Vesuv, die Eruptionen erleuchteten alles, was ihn umgab. Luft! Luft verlangte mein Herz, ich eilte hinunter zum Molo* an der offenen Meeresbucht, und unmittelbar dort, wo die Brandung sich bricht, setzte ich mich hin. Das Blut stieg mir in die Augen, ich kühlte meine Stirn mit dem salzigen Wasser, riß meine Jacke auf, um jeden Luftzug zur Kühlung zu nutzen, doch alles war Flamme; von der roten Lava, die vom Berg herabstürzte, leuchtete selbst das Meer wie Feuer. Wohin ich auch sah, stand sie, mit Flammen gemalt, und schaute mir mit bittendem, brennendem Feuerblick in die Seele. Töte mich, aber verlaß mich nicht! hallte es in meinen Ohren, ich hielt sie mir zu, richtete meine Gedanken auf Gott, er aber sank zurück, als hätte die Sünde ihm die Flügel verbrannt. Ein schlechtes Gewissen kann zerschmettern, und der Gedanke vermag Mut und Kraft zu lähmen.

»Benötigen Eccellenza ein Boot nach Torre del Annunziata?« fragte eine Stimme neben mir, und bei dem Namen Annunziata geriet meine Seele neuerlich in Bewegung.

»Der Lavastrom macht drei Ellen in der Minute!« sagte der Mann, der mit dem Ruder das Boot am Land hielt. »In einer halben Stunde könnten wir dort sein!«

Das Meer wird Kühlung bringen! dachte ich und sprang in das Boot. Der Mann stieß vom Land ab, hißte das Segel, und wie der Wind flogen wir nun über das blutrote, glühende Wasser; ein kühler Wind wehte mir um die Wangen, ich atmete freier, wurde ruhiger und fühlte mich besser,

* Schiffsanleger

als wir auf der anderen Seite der Bucht landeten. Santa will ich niemals mehr sehen! entschied ich fest in meinem Herzen. Fliehen will ich die Schlange der Schönheit, die mir die Frucht der Erkenntnis zeigt! Tausende würden mich deswegen verspotten, doch lieber ihr Gelächter als das Jammergeschrei meines Herzens! Die Madonna ließ ihr heiliges Bild von der Wand fallen, damit ich nicht falle! Tief fühlte ich ihre beschützende Gnade.

Wundersame Freude durchströmte mich, alles Edle und Gute jubelte Siegeshymnen in meinem Herzen, mit Kopf und Seele war ich wieder Kind. Vater, lenke alles zum Besten für mich! Lebensfroh und als sei mein Glück auf Ewigkeit gegründet, wanderte ich durch das kleine Dorf hinaus zur Landstraße.

Alles war in Bewegung, mit Menschen überladene Wagen und Cabriolets jagten vorüber, man schrie, jubelte, sang. Alles stand in Flammen. Der Lavastrom hatte die kleinen am Berge liegenden Dörfer erreicht, Familien flohen von dort, ich sah Frauen mit kleinen Kindern an der Brust und einem Bündel unter dem Arm, hörte ihr Jammern und mußte mit den ersten die kleine Summe teilen, die ich bei mir trug. Ich folgte dem Strom durch die Weingärten, die von weißen Mauern eingezäunt wurden, dorthin, wo die Lava verlief. Ein großes Weinfeld lag zwischen mir und der Lava, und wie ein glühender Feuersumpf bewegte sie sich mehrere Klafter hoch über Gebäude und Mauern hinweg. Das Jammern der Flüchtenden, der Jubel der Fremden über den imposanten Anblick, das Geschrei der Kutscher und Händler, Gruppen betrunkener Bauern, die sich um die Aquavithändler scharten, Fahrende, Reitende, alles von rotem Feuer beleuchtet, ein Gemälde, das in seiner Gesamtheit nicht wiederzugeben ist. Ganz in die Nähe des Lavastroms konnte man sich begeben, er hatte seinen unerschütterlichen Gang: Viele versenkten Stöcke darin oder Geldstücke, die sie, in ein Lavastück gepreßt, dann wieder herausholten. Von greulicher Schönheit war es, wenn sich eine Partie ganz oben aus der Feuermasse löste wie die Brandung der Wellen! Wie strahlende Sterne lagen die heruntergefallenen Stücke außerhalb des Stroms. Die Luft kühlte zuerst die vorstehenden Ränder ab, wodurch sie schwarz wurden und das Stück wie strahlendes Gold in einem kohlschwarzen Netz aussah. Wohl in der frommen Hoffnung, das Feuer werde vor den Heiligen haltmachen, hatte man an einem Baum ein Madonnenbild befestigt, gemessenen Schrittes aber ging es unaufhörlich voran. Die Hitze versengte die Blätter der hohen Bäume, die sich mit ihren Kronen hinab zu den Flammen neigten, als wollten sie um Gnade bitten. Erwartungsvoll ruhte mancher Blick auf dem Bild der Madonna, aber der Baum verneigte sich tief mit ihr vor dem roten Feuerstrom, der nur noch ein paar Ellen entfernt war. Jetzt sah ich dicht neben mir einen Kapuzinermönch, der die Arme hoch in die Luft hob und rief, das Bild der Madonna brenne. »Rettet sie, die euch vor den Feuerflammen retten wird!« Alle aber bebten und starrten dorthin. Jetzt stürzte eine Frau hinzu, rief den Namen der Madonna und eilte dem glühenden Tod entgegen, im selben Augenblick aber sah ich einen jungen Offizier zu Pferde, der sie mit gezogenem Degen zurücktrieb.

»Wahnsinnige!« schrie er. »Die Madonna braucht deine Hilfe nicht! Sie will, daß dieses schlecht gemalte und von den Händen eines Sünders entehrte Bild im Feuer verbrennt.« Es war Bernardo, ich erkannte seine Stimme; seine rasche Entscheidung hatte ein Menschenleben gerettet, seine Rede hatte alle Entrüstung beseitigt. Ich mußte ihn achten und wünschte mir in meinem Herzen, wir seien niemals voneinander getrennt worden. Doch ich fühlte meinen Puls pochen und hatte weder Lust noch Mut, ihm von Angesicht zu Angesicht gegenüberzustehen.

Der Feuerstrom hatte den Baum und das Madonnenbild bereits unter sich begraben, ich stand in einiger Entfernung davon und stützte mich auf eine Mauer, wo Fremde um einen Tisch saßen.

»Antonio, du bist es!« hörte ich eine Stimme, die ich für Bernardos hielt, und eine Hand drückte die meine. Es war Fabiani, der Schwiegersohn der Eccellenza, Francescas Gemahl, der mich seit meiner Kindheit kannte. Aufgrund eines Briefes, den ich erhalten hatte, mußte ich annehmen, daß er wie die anderen zornig auf mich war und mich verstoßen hatte.

»Nun, hier sehen wir uns wieder!« sagte er. »Francesca wird sich freuen, dich zu sehen! Aber schön ist das nicht von dir, daß du uns nicht aufgesucht hast, wir sind schon seit acht Tagen in Castellamare!«

»Das habe ich nicht gewußt«, antwortete ich, »außerdem ...«

»Ja, du bist ja unversehens ein ganz anderer Mensch geworden! Hast die Liebe gefunden und«, wie er ein wenig ernster hinzufügte, »und sogar das Duell! Von dem du förmlich desertierst, was zu billigen ich mich keineswegs imstande sehe! Die Eccellenza hat uns dies flüchtig mitgeteilt, und es hat uns erstaunt! Auch an dich hat er wohl wieder geschrieben, und wahrscheinlich nicht mit den mildesten Ausdrücken.«

Mein Herz klopfte stark, ich fühlte mich wieder an der Kette, mit der Wohltaten mich verbunden hatten; bekümmert äußerte ich meinen Schmerz darüber, so ganz von ihnen allen verstoßen worden zu sein.

»Nein, nein, Antonio!« sagte Fabiani. »Das kann nicht sein. Komm in meinen Wagen, Francesca soll heute abend mit deiner Anwesenheit überrascht werden; bis Castellamare ist es nicht weit, und im Gasthof finden wir schon Platz für dich. Du mußt mir erzählen, was geschehen ist, es wäre töricht zu verzweifeln, die Eccellenza ist heftig, du kennst ihn, aber alles wird wieder gut!«

»Nein, das kann ich nicht«, antwortete ich halblaut und in meinen Schmerz zurückgezogen.

»Du mußt und du willst!« sagte Fabiani entschieden und führte mich zum Wagen.

Ich mußte ihm alles erzählen. »Du improvisierst doch jetzt nicht?« fragte er lächelnd, als ich von meiner Flucht und von Fulvia in der Räuberhöhle erzählte. »Es klingt so poetisch, als spielte deine Phantasie hier die Hauptrolle und nicht deine Erinnerung!

»Streng, viel zu streng!« sagte er, als er vom Brief der Eccellenza hörte. »Aber hier siehst du, gerade weil er dich gern hat, war er so ernst! Bist du dann in einem Theater aufgetreten?«

»Gestern abend!«

»Das war mutig! Und wie ist es dir ergangen?«

»Herrlich! Glücklich!« antwortete ich vergnügt. »Ich bekam großen Beifall, zwei Mal wurde ich vor den Vorhang gerufen!«

»Ist das möglich? Du hast Erfolg gehabt?«

Ein Zweifel, der mich tief verletzte, lag in diesem Ausdruck, aber die Dankbarkeit fesselte mir Lippe und Gedanken. Bei der Vorstellung, Francesca gegenüberzustehen, empfand ich Verlegenheit, weil ich wußte, wie streng und ernst sie sein konnte. Fabiani tröstete mich halb im Scherz damit, es würden keine Buß- und Strafpredigten gehalten, obwohl sie mir schon ein wenig nutzen könnten.

Wir kamen in den Gasthof.

»Ah, Fabiani«, rief ein junger aufgeputzter Herr, der uns entgegenkam. »Gut, daß du kommst! Deine Signora ist ungeduldig! – Ah!« rief er aus, als er mich bemerkte. »Du bringst den jungen Improvisator mit? Cenci, nicht wahr?«

»Cenci?« wiederholte Fabiani und sah mich erstaunt an.

»Auf dem Plakat habe ich mich so genannt«, antwortete ich.

»Nun, das war doch recht vernünftig!«

»Er kann von Liebe singen!« sagte der Fremde. »Du hättest gestern abend im ›San Carlo‹ sein sollen. Was für ein Talent!« Er reichte mir verbindlich die Hand und gab seiner Freude Ausdruck, meine Bekanntschaft machen zu dürfen. »Heute abend esse ich mit euch!« sagte er zu Fabiani, »ich werde mich selbst zu diesem vortrefflichen Sänger einladen, und du und deine Frau werden mir den Zutritt nicht verwehren!«

»Du bist stets willkommen, das weißt du doch«, antwortete Fabiani.

»Aber so stell mich dem fremden Herrn doch vor!«

»Zeremonien sind hier nicht nötig!« sagte Fabiani, »er und ich kennen einander sehr gut, aber meine Freunde muß ich ihm nicht vorstellen. Es wird ihm eine große Ehre sein, deine Bekanntschaft machen zu dürfen!«

Ich verbeugte mich, war aber mit Fabianis Ausdrucksweise nicht recht einverstanden.

»Nun, dann werde ich mich selbst vorstellen«, sagte der Fremde, »Das Vergnügen, Sie kennenzulernen, hatte ich ja bereits. Mein Name ist Genaro, Offizier in der Garde König Fernandos und«, wie er lächelnd hinzufügte, »aus guter neapolitanischer Familie! Viele geben ihr sogar die Nummer eins. Was schon sein kann! Vor allem meine Tanten halten sehr darauf! Es ist mir ein unsägliches Vergnügen, einen jungen Mann mit Ihrem Talent kennenzulernen, mit Ihren ...«

»Still jetzt!« unterbrach ihn Fabiani. »So etwas ist er nicht gewohnt! Jetzt habt ihr einander kennengelernt. Francesca wartet. Eine Versöhnungsszene zwischen ihr und deinem Improvisator steht bevor. Vielleicht hast du Verwendung für deine Beredtheit.«

Ich wünschte, er hätte das nicht gesagt, aber sie waren schließlich Freunde, und wie sollte Fabiani sich in meine peinliche Situation versetzen können! Er brachte uns zu Francesca, und unwillkürlich blieb ich einige Schritte zurück.

»Endlich, mein vortrefflicher Fabiani!« rief sie.

»Endlich«, wiederholte er, »und ich bringe zwei Gäste mit!«

»Antonio!« rief sie laut, dann sank ihre Stimme wieder. »Signore Antonio!« Sie sah Fabiani und mich streng und ernst an; ich verneigte mich, wollte ihr die Hand küssen, was sie jedoch nicht zu bemerken schien, statt dessen reichte sie ihre Hand Genaro und sagte, wie lieb es ihr sei, ihn am Abendtisch zu sehen. »Erzählen Sie mir von der Eruption. Hat der Lavastrom seine Richtung geändert?«

Fabiani berichtete ihr davon und beendete seine Erzählung damit, daß er mich dort getroffen habe, ich sei sein Gast und nun solle Gnade vor Recht gehen.

»Ja«, sagte Genaro, »ich weiß zwar nicht, womit er sich versündigt hat, aber einem Genie muß man alles vergeben!«

»Sie sind in bester Stimmung!« sagte sie, und nun nickte sie mir recht gnädig zu und versicherte Genaro, es gebe nichts, was sie mir verzeihen müsse. »Welche Nachrichten bringen Sie uns sonst?« fragte sie. »Was melden die französischen Zeitungen? Wie haben Sie den gestrigen Abend verbracht?«

Von der ersten Frage verabschiedete er sich bald, die zweite behandelte er mit größerem Interesse.

»Ich war im Theater und habe mir den letzten Akt des ›Barbiers‹ angehört. Josephine sang wie ein Engel, aber wenn man Annunziata gehört hat, ist man schwer zufriedenzustellen! Jedoch bin ich vor allem hingegangen, um den Improvisator zu hören.«

»Und er hat sie zufriedengestellt?« fragte Francesca.

»Er hat meine höchsten Erwartungen übertroffen, und die aller anderen auch!« antwortete er. »Nicht, um ihm zu schmeicheln, und was schert ihn auch meine unbedeutende Kritik. – Aber das war eine Improvisation! Er war ganz in seiner Dichtung und riß uns alle mit. Das war Gefühl! Das war Phantasie! Er sang von Tasso, Sappho und den Katakomben. Diese Gedichte sollte man aufbewahren!«

»Ein gutes Talent kann man nicht genug schätzen und bewundern«, sagte Francesca. »Wäre ich doch auch dort gewesen!«

»Aber wir haben den Mann doch mitgebracht!« sagte Genaro und deutete auf mich.

»Antonio?« rief sie. »Er hat improvisiert?«

»Ja, und wie ein Meister«, antwortete Genaro. »Aber Sie kennen ihn doch und müssen ihn also schon gehört haben!«

»Ja, recht oft«, sagte sie lächelnd, »wir haben ihn schon als kleines Kind bewundert.«

»Ich bekränzte ihn sogar, als ich ihn zum ersten Male hörte«, sagte Fabiani, ebenfalls im Scherz. »Er hat meine Frau besungen. Damals waren wir noch nicht verheiratet. Nun aber zu Tisch! Du führst meine Francesca, und da wir keine weiteren Damen unter uns haben, übernehme ich den Improvisator. Signore Antonio, darf ich Ihnen den Arm bieten?«Und führte mich so hinter den anderen in den Speisesaal.

»Aber du hast Cenci, oder wie unser junger Mann nun in Wirklichkeit heißt, niemals mir gegenüber erwähnt!«

»Wir nannten ihn Antonio«, sagte Fabiani. »Wir wußten doch gar nichts davon, daß er als Improvisator aufgetreten ist! Siehst du, eben dies war der Grund für diese Versöhnungsszene. Du mußt wissen, er ist in gewisser Hinsicht ein Sohn des Hauses, nicht wahr, Antonio?« Ich verneigte mich mit dankbarem Blick. »Er ist ein vortrefflicher Mensch, an seinem Charakter ist nicht das Geringste auszusetzen, aber er will nichts lernen!«

»Wenn er sich alles besser im großen Buch der Natur anliest, warum sollte er es nicht?«

»Verdirb ihn nicht mit deinem Lob!« sagte Francesca scherzhaft. »Wir hatten angenommen, er beschäftige sich mit seinem Klassikern und mit Physik und Mathematik, aber er verliebt sich in eine junge Sängerin aus Neapel!«

»Das zeigt, daß er Gefühl besitzt«, sagte Genaro, »und war sie schön? Wie heißt sie?«

»Annunziata«, sagte Francesca, »ein seltenes Talent, eine ganz ausgezeichnete Frau!«

»Ich war selbst in sie verliebt! Er hat einen guten Geschmack! Auf Annunziata, Herr Improvisator!«

Er stieß mit mir an. Ich konnte kein Wort äußern, mich quälte, daß Fabiani einem Fremden so leicht meine Wunden entblößte; er aber sah das Ganze von einer ganz anderen Seite als ich.

»Ja«, sagte Fabiani, »er hat sich ihretwegen sogar duelliert und dem Neffen des Senators in die Seite geschossen, sie waren Rivalen, und dann mußte er fort! Der Himmel weiß, wie er über die Grenze gekommen ist. Und dann tritt er im ›San Carlo‹ auf! Im Grunde hätte ich diese Kühnheit von ihm gar nicht erwartet.«

»Der Neffe des Senators«, wiederholte Genaro. »Nun, dies interessiert mich! Er ist dieser Tage nach Neapel gekommen und in königliche Dienste getreten, ich bin einen Abend mit ihm zusammen gewesen. Ein schöner, ein interessanter Mann – ah, jetzt begreife ich alles! Annunziata kommt bald hierher, der Geliebte ist ihr vorausgeeilt und hat sich hier festgesetzt. Und bald werden wir in der Zeitung lesen, die Sängerin trete zum letzten, zum allerletzten Male auf!«

»Sie glauben, er heiratet sie?« fragte Francesca. »Aber das wäre doch ein Skandal für seine Familie.«

»Es gibt Beispiele«, sagte ich mit bebender Stimme, »daß ein Adliger sich schon geehrt und glücklich fühlte, wenn er die Hand einer Künstlerin erhielt.«

»Glücklich vielleicht«, unterbrach sie mich, »aber niemals geehrt!«

»Doch, gnädigste Signora!« mischte sich Genaro ein. »Ich hätte mich geehrt gefühlt, wenn sie mich genommen hätte, und auf jeden anderen trifft das wahrscheinlich auch zu.« Sie sprachen viel, sehr viel über sie und Bernardo und vergaßen, wie schwer mir jedes ihrer Worte auf mein Herz fallen mußte.

»Aber machen Sie uns doch die Freude, ein wenig zu improvisieren! Die Signora gibt Ihnen ein Thema!«

»Ja«, sagte Francesca lächelnd, »besing uns die Liebe, so etwas interessiert Genaro, und du kennst dich damit aus!«

»Ja, die Liebe und Annunziata!« stimmte Genaro ihr zu.

»Ein anderes Mal will ich alles tun, was Sie von mir verlangen«, sagte ich. »Heute abend aber ist es mir unmöglich! Ich fühle mich nicht ganz wohl. Ohne Umhang bin ich auf dem Meer gesegelt; beim Lavastrom ist es so heiß gewesen, und gleich darauf bin ich durch den kühlen Abend gefahren.«

Genaro bat mich inständig, doch zu improvisieren, aber in dieser Umgebung und über dieses Thema war es mir unmöglich.

»Er hat bereits Künstlerlaunen!« sagte Fabiani. »Er will sich nötigen lassen. Begleite uns lieber morgen nach Paestum, dort findest du Stoff für deine Dichtung! Du mußt dich ein wenig rar machen. Und wahrscheinlich bindet dich doch nichts an Neapel?«

Ich verbeugte mich verlegen und meinte, nicht ablehnen zu können.

»Ja, er muß mitkommen!« rief Genaro. »Und wenn er in den griechischen Tempeln steht, dann kommt der Geist über ihn, und er singt wie ein zweiter Pindar!«

»Wir reisen morgen, die ganze Tour dauert vier Tage. Und auf der Heimreise besuchen wir Amalfi und Capri. Du bist also dabei?« fuhr Fabiani fort.

Wie es die Zeit zeigen sollte, hätte ein Nein vermutlich mein gesamtes Schicksal anders ausfallen lassen. Die vier Tage dieser kurzen Reise raubten mir, wie ich zu behaupten wage, sechs Jahre meiner Jugend! Und der Mensch sei frei? Ja, wir haben die Freiheit, nach den Fäden zu greifen, die vor uns liegen; womit sie aber verknüpft sind, das sehen wir nicht. Ich dankte, stimmte zu und griff nach dem Faden, der den Vorhang vor meiner Zukunft dichter verschloß.

»Morgen unterhalten wir uns miteinander«, sagte Francesca, als wir uns nach Tisch trennten, und sie reichte mir ihre Hand zum Kuß.

»Noch heute abend schreibe ich an die Eccellenza«, sagte Fabiani. »Ich möchte die Versöhnungsszene vorbereiten!«

»Und ich werde von Annunziata träumen«, sagte Genaro. »Deshalb werde ich ja noch nicht gefordert!« fügte er lächelnd hinzu und drückte mir die Hand.

Ich selbst schrieb einige Worte an Federigo und berichtete ihm von meiner Begegnung mit der Familie der Eccellenza und daß ich einen kleinen Ausflug in Richtung Süden mit ihnen mache. Ich beendete den Brief, tausend Gefühle bewegten meine Brust. Wie viel hatte mir dieser Abend doch gebracht! Wie viele Ereignisse kreuzten sich doch hier!

Ich dachte an Santa, an Bernardo, an das brennende Madonnenbild und an die letzten Stunden hier in der alten Umgebung. Gestern hatte mir ein Publikum, dem ich fremd war, zugejubelt und mir Beifall gespendet, man hatte mich bewundert und geehrt, und noch an diesem Abend hatte mich eine Frau, reich an Schönheit, um einen liebevollen Blick angefleht, und Stunden später dann war ich zwischen Bekannten und Freunden gestanden, denen ich alles schuldete, und war nicht mehr als das arme Kind gewesen, dessen erste Pflicht die Dankbarkeit war.

Fabiani und Francesca waren liebenswürdig zu mir gewesen. Sie hatten den verlorenen Sohn empfangen und ihm einen Platz an ihrem Tisch gegeben, sie hatten mich zur Lustreise eingeladen, Wohltat war auf Wohltat gefolgt, ich war ihnen lieb! Aber das mit leichter Hand gegebene Geschenk des Reichen lastet dem Armen schwer auf dem Herzen!

5. DIE REISE NACH PAESTUM · DIE GRIECHISCHEN TEMPEL · DAS BLINDE MÄDCHEN

Italiens Schönheit findet man nicht in der Campagna oder in Rom. Ich kannte sie nur von meiner Wanderung am Nemisee her und meiner Reise nach Neapel. Doppelt mußte mich darum die unerschöpfliche Herrlichkeit ergreifen, fast noch mehr als den Fremden, der die Schönheit anderer Länder kennt und infolgedessen Vergleichsmöglichkeiten besitzt. Wie eine Feenwelt, die ich im Traum gesehen und in der ich gelebt hatte, liegt der Ausflug dieser Tage vor mir. Wie aber soll ich über ein Bild sprechen, das meine Seele aufnahm und das mir gleichsam in mein Blut übergegangen ist?

Die Schönheit der Natur läßt sich niemals durch eine Erzählung wiedergeben, denn die Worte folgen einander wie lockere Mosaiksteine, das Bild wird stückweise zusammengesetzt, und anders als in der Natur wird man nicht vom Großen, Ganzen ergriffen, ein Mangel bleibt stets zurück. Man gibt die einzelnen Teile wieder und überläßt es dann dem Fremden, sie selbst zusammenzusetzen. Würde man aber hundert in dieser Weise entstandene Bilder sehen, alle wären höchst unterschiedlich. Mit der Natur ist es wie mit einem schönen Gesicht, durch Hervorhebung von Einzelheiten wird die Gesamtheit nicht begreiflicher. Man muß zu einem bekannten Gegenstand greifen, und nur wenn man mit mathematischer Gewißheit sagen kann, sie gleichen einander in diesem und jenem Detail, kommt eine hinreichend befriedigende Vorstellung zustande.

Gäbe man mir auf, über die Schönheit Hesperiens zu improvisieren, ich würde mit wahren Strichen schildern, was mein Auge hier aufnahm, und du, der du Süditalien niemals gesehen hast, wirst mit Hilfe deiner Phantasie die Schönheit noch stärker hervorheben, opulent genug würde sie dennoch nicht ausfallen! Die Phantasie der Natur übertrifft die des Menschen.

An einem schönen Morgen fuhren wir von Castellamare ab. Ich sehe noch den rauchenden Vesuv und das schöne Bergtal mit den großen Weingärten, wo saftige Ranken von Baum zu Baum liefen und auf grünen Klippen oder halb versteckt in dunklen Olivenhainen weiße Bergschlösser standen. Ich sehe den alten Tempel der Vesta mit seinen Marmorsäulen und seiner Kuppel, heutzutage eine Kirche der Madonna: Santa Maria Maggiore. Ein Stück der Mauer war eingestürzt, Totenschädel und Knochen verschlossen die Öffnung, grüne Weinranken aber waren darüber gewuchert und schienen mit ihren frischen Blättern die Macht und die Gewalt des Todes verbergen zu wollen.

Ich sehe noch die wilden Felsformationen, die einsamen Türme, wo man Netze ausgespannt hatte, um die Seevögel einzufangen. Tief unter uns lag Salerno am dunkelblauen Meer, und ein Gespann kam uns entgegen, das mir dieses ganze Bild doppelt einprägte. Zwei weiße Ochsen mit ellenlangen Hörnern zogen einen Wagen, auf dem vier gefesselte Räuber mit bösem Blick und häßlichem Hohngelächter saßen. Schwarzäugige, schön gebaute Kalabresen, das Gewehr über der Schulter, ritten nebenher.

Salerno, die Gelehrtenstadt aus dem Mittelalter, war Ziel des ersten Tages.

»Die Folianten zerfallen«, sagte Genaro, »Salerno verliert den Gelehrtenglanz, aber das Buch der Natur bringt jedes Jahr neue Auflagen heraus. Und unser Antonio denkt wie ich, daß man daraus mehr lernen kann als aus all dem gelehrten Humus!«

»Aus beidem müssen wir lernen«, antwortete ich. »Man braucht beides, Brot und Wein!«

Francesca fand, ich redete vernünftig.

»Am Reden fehlt es ihm nicht«, sagte Fabiani, »nur an der Tat. Wenn du nach Rom kommst, Antonio, wirst du diese zeigen können.«

»Nach Rom? Ich, nach Rom?« Dieser Gedanke war mir noch niemals gekommen, ich schwieg, aber meine Überzeugung sagte mir, daß ich Rom jetzt nicht wiedersehen konnte, nicht wiedersehen wollte, um nicht wieder in die alten Umstände zu geraten.

Fabiani sprach weiter, die anderen unterhielten sich mit ihm, und schon waren wir in Salerno. Unser erster Besuch galt der Kirche.

»Hier kann ich den Cicerone machen«, sagte Genaro. »Diese Kapelle ist die Kapelle Gregors VII., des Heiligen Vaters, der in Salerno gestorben ist. Sein Marmorbild steht vor uns auf dem Altar! Dort liegt Alexander der Große«, er zeigte auf einen großen Sarkophag.

»Alexander der Große?« wiederholte Fabiani ungläubig.

»Ja, natürlich, oder stimmt das etwa nicht?« fragte Genaro den Kirchendiener.

»Es ist, wie Eccellenza sagen!« antwortete dieser.

»Das ist ein Irrtum«, sagte ich und betrachtete das Monument eingehender. »Alexander ist doch nicht hier begraben, das widerspricht der Geschichte. Hier, auf dem Sarkophag ist Alexanders Triumphzug abgebildet, und daher kommt wahrscheinlich der Name!«

Unmittelbar nach Betreten der Kirche hatte man uns einen ähnlichen Sarkophag mit dem Triumph des Bacchus gezeigt, der aus den Tempeln von Paestum stammte und nun einem Prinzen aus Salerno als Grab diente, dessen modernes Marmorbild in natürlicher Größe oben darauf angebracht war. Hieran orientierte ich mich und meinte, das müsse auch für das sogenannte Alexandergrab zutreffen. Mit meinem Geistesblitz recht zufrieden, steigerte ich mich in eine gewisse Beredtheit hinein, während Genaro ein kühles »Vielleicht!« von sich gab und Francesca mir ins Ohr flüsterte, es schicke sich nicht, daß ich klüger erscheinen wolle als er, so genau wisse ich es doch auch nicht! – Schweigend und ehrerbötig trat ich einen Schritt zurück.

Beim Ave-Maria saß ich mit Francesca allein auf dem großen Altan des Gasthofs. Fabiani und Genaro befanden sich auf einem Spaziergang; ich sollte die gnädige Frau unterhalten.

»Welch herrliches Farbenspiel«, sagte ich und deutete auf das Meer, das sich milchweiß vor der mit breiten Lavafliesen gepflasterten Straße bis zum rosenrot schimmernden Horizont erstreckte. Die Felsenküste war indigoblau, aus Rom war mir eine solche Farbenpracht unbekannt.

»Der Himmel hat schon felicissima notte gesagt!« meinte Francesca und deutete auf den Berg, wo hoch über Villen und Olivenhainen und doch tief unter den alten Burgen mit ihren Türmen eine Wolke hing.

»Dort möchte ich wohnen und leben«, sagte ich, »hoch über den Wolken, und hinabsehen auf das ewig wechselhafte Meer!«

»Dort könntest du improvisieren«, sagte sie lächelnd, »aber niemand würde dich hören, und das wäre doch ein großes Unglück, Antonio!«

»O ja«, antwortete ich im gleichen scherzhaften Ton, »wenn ich aufrichtig sein soll: Ganz ohne Beifall, das wäre wie ein Baum ohne Sonnenschein. Das hat an Tassos Lebensblume im Gefängnis wahrscheinlich ebenso genagt wie seine unglückliche Liebe!«

»Lieber Freund«, unterbrach sie mich ein wenig ernster, »ich habe jetzt dich gemeint und nicht Tasso! Was hat er hier zu suchen?«

»Das war ein Beispiel«, antwortete ich, »Tasso war Dichter und ...«

»Das meinst du nun auch zu sein! Lieber Antonio, um Himmels willen, nenne niemals einen unsterblichen Namen, wenn du gemeint bist. Du glaubst doch nicht, daß du ein Dichter, ein Improvisator bist, weil du ein leicht bewegliches Gemüt und eine leichte Auffassungsgabe besitzt! Das können Tausende so wie du. Mach dich nicht selbst damit unglücklich!«

»Aber Tausende haben mir doch kürzlich Beifall gespendet«, antwortete ich, und meine Wangen brannten. »Es ist doch natürlich, daß ich diesen Gedanken, diese Überzeugung habe. Und ich weiß, Sie freuen sich über mein Glück, wissen wie gut es mir tut!«

»Keinen deiner Freunde interessiert das mehr als mich! Wir alle schätzen dein vortreffliches Herz, deinen edlen Charakter, darum wird Eccellenza dir auch vergeben, das wage ich dir zu versprechen! Du hast herrliche Anlagen, die sich entwickeln können, aber entwickeln mußt du sie, Antonio! Nichts kommt von allein. Man muß arbeiten! Dein Talent ist ein hübsches Gesellschaftstalent, du kannst viele Freunde damit erfreuen, aber für die Öffentlichkeit reicht es nicht aus.«

»Aber«, wagte ich einzuwenden, »Genaro, der mich noch nicht kannte, war doch so begeistert von meinem ersten Auftritt!«

»Genaro!« wiederholte sie. »Ja, mit allem Respekt vor ihm, sein künstlerisches Urteilsvermögen schätze ich nicht sonderlich. Und das große Publikum! Ja, was das angeht, hört der Künstler häufig höchst Verschiedenes. Gut, daß man dich nicht ausgepfiffen hat, das hätte dich im Innersten bekümmert. So ist es ganz passabel abgegangen, und bald wird das alles vergessen sein, du und deine Improvisation. Und einen fremden Namen hattest du auch angegeben. In drei Tagen sind wir wieder in Neapel, und am folgenden Tag heißt es auf nach Rom. Betrachte also das Ganze als Traum, der es auch gewesen ist, und zeige uns durch Fleiß und Beständigkeit, daß du wieder erwacht bist. Und sage jetzt kein Wort! Ich will dein Bestes, ich bin die Einzige, die dir die Wahrheit sagt.« Sie reichte mir die Hand, und ich wagte sie zu küssen.

Am nächsten Tag mußten wir beim ersten Morgengrauen aufbrechen, um Paestum erreichen, uns dort einige Stunden aufhalten und noch am selben Tage wieder in Salerno zurück sein zu können, denn in Paestum kann man nicht übernachten, und der Weg dorthin ist unsicher. Gendarmen zu Pferde begleiteten uns als Eskorte.

Orangenhaine, man könnte sie Wälder nennen, lagen auf beiden Seiten des Wegs, wir überquerten den Fluß Sela, wo Trauerweiden und Lorbeerhecken sich im klaren Wasser spiegelten. Die wilde Bergformation schloß üppiges Kornland ein, Aloe und Kakteen wuchsen wild, alles war Üppigkeit und Fülle. Und nun sahen wir vor uns die mehr als zweitausend Jahre alten Tempel, die im reinsten, schönsten Stil erbaut sind. Diese, ein erbärmliches Wirtshaus, drei armselige Häuser und einige Schilfhütten machten die ganze berühmte Stadt aus. Wir sahen nicht eine Rosenhecke, und doch hatte Paestum der Menge und Fülle der Rosen einmal seine Berühmtheit zu verdanken gehabt. Damals hatte ein Purpurschimmer über dieser Gegend gelegen. Heute ist sie blau, unendlich blau wie die Reihe der Berge. Duftende Veilchen bedeckten die weite Ebene, Disteln und Hecken schossen auf. Eine fruchtbare Wildnis öffnete sich ringsumher; Aloe, die wilde Feige und die rote Chrysantheme wechselten einander ab.

Hier erlebt man die Natur Siziliens, seine Fülle und seine Wildheit, seine griechischen Tempel und seine Armut. Trauben von Bettlern umringten uns, sie erinnerten an Wilde von den Südseeinseln. Männer in langen Schafspelzen, die Wolle nach außen, nackte, schwarzbraune Beine, die langen, schwarzen Haare lose um das braungelbe Gesicht; Mädchen mit den schönsten Formen, halbnackt, den kurzen, zerlumpten Rock über dem Knie entzweigerissen, eine Art Umhang aus häßlichem, braunem Stoff locker über den nackten Schultern, die langen, schwarzen Haare zum Knoten gebunden. Die Augen strahlende Flammen.

Ein junges Mädchen, kaum älter als elf Jahre, schön wie eine Göttin – und doch ähnelte sie nicht Annunziata und auch nicht Santa; ich mußte an die mediceische Venus denken, von der Annunziata mir erzählt hatte. Lieben konnte ich nicht, aber bewundern und mich tief verneigen vor diesen Formen der Schönheit.

Sie stand ein wenig abseits, ein braunes, viereckiges Tuch hing ihr lose über die eine Schulter, die andere Schulter, Brust und Arme waren wie die Füße völlig entblößt. Daß sie Sinn dafür hatte, sich zu schmücken, zeigte das glatte, hochgebundene Haar, in dem ein blauer Veilchenstrauß befestigt war, eine Locke hing ihr in die schöne Stirn. Schamhaftigkeit, Geist und ein seltsam tiefer Schmerz lagen über ihrem Bild. Den Blick hatte sie gesenkt, als suche sie etwas auf der Erde.

Genaro bemerkte sie als erster, und obwohl sie kein Wort gesagt hatte, gab er ihr eine milde Gabe, schob ihr das Kinn hoch und sagte, sie sei zu schön für die übrige Gesellschaft. Francesca und Fabiani stimmten ihm zu. Eine feine Röte bebte unter der braunen Haut des Mädchens, sie hob ihren Blick, und nun sah ich, daß sie blind war.

Gerne hätte auch ich ihr Geld gegeben, wagte es aber nicht. Als die anderen, verfolgt von den Bettlern, ins Wirtshaus gingen, machte ich hastig kehrt und drückte ihr einen Scudo in die Hand. Sie schien seinen Wert zu ertasten, ihre Wangen brannten, sie beugte sich nieder. Gesunde, schöne frische Lippen berührten meine Hand, der Kuß fuhr mir ins Blut, ich riß mich los und folgte den anderen.

Im offenen Kamin, der fast die ganze Breitseite des Raums einnahm, brannten Reisig und Äste, der Rauch stieg zur rußigen Decke auf, wir mußten uns zurückziehen, hinter den hohen, schattenspendenden Trauerweiden wurde unser Frühstück vorbereitet, während wir zu den Tempeln gingen. Wir mußten dichtes Gestrüpp durchqueren, und Fabiani und Genaro reichten einander die Hände über Kreuz und bildeten auf diese Weise einen Tragestuhl für Francesca.

»Was für ein fürchterlicher Weg«, sagte sie lächelnd.

»O Eccellenza!« sagte der eine unserer Führer. »Heutzutage ist es hier komfortabel! Noch vor drei Jahren standen hier dichte Dornenhecken, und in meiner Kindheit stiegen Erde und Sand die Säulen hinauf!«

Die Menge bestätigte seine Ausführungen, und wir gingen weiter, verfolgt von der Bettlerschar, die uns schweigend beobachtete. Sobald wir den Blick eines Bettlers erwiderten, streckte er mechanisch seine Hand aus und von seinen Lippen ertönte ein Miserabili[22]. Das blinde schöne Mädchen sah ich nicht, sie saß wohl allein an der Straße. Wir gingen durch die Reste eines Theaters und des Friedenstempels.

»Der Friede und das Theater!« sagte Genaro. »Wie können diese beiden sich nur so nah beieinander aufhalten!«

Der Neptuntempel lag vor uns. Dieser, die sogenannte Basilika und ein Cerestempel sind die herrlichen, stolzen Reste, die wie ein Pompeji in unserem Zeitalter wieder emporgestiegen sind aus Vergessen und Nacht. Unter Grus und Gestrüpp hatten sie jahrhundertelang verborgen gelegen, bis ein fremder Maler, der Motive suchte, an diesen Ort kam und die oberen Teile der Säulen entdeckte. Ihre Schönheit sprach ihn an, er skizzierte sie, sie wurden bekannt. Grus und Hecken wurden beseitigt, und so, als seien sie gestern erbaut worden, stehen nun die großen, offenen Hallen da. Die Kolonnen sind aus gelbem Travertin, wilder Wein rankt sich an ihnen empor, verkrüppelte Feigenbäume winden sich auf dem Boden, und aus Rissen und Spalten schießen Veilchen und dunkelrote Levkojen hervor.

Wir saßen auf dem Sockel einer abgebrochenen Säule, Genaro hatte die Bettler verjagt, still genossen wir die reiche Natur, die uns umgab. Die blauen Berge, das nahe Meer, der Ort, an dem wir uns befanden, ergriffen mich seltsam. »Improvisiere für uns«, hatte Fabiani gesagt, und Francesca hatte nickend diesem Wunsche zugestimmt. Ich lehnte mich an die nächste Säule und besang zur Melodie eines Liedes aus meiner Kindheit, was das Auge sah: die

Schönheit der Natur, die herrlichen Kunstdenkmäler, und ich dachte an das arme blinde Mädchen, dem diese Pracht verschlossen blieb. Sie war doppelt arm und doppelt verlassen. Tränen traten mir in die Augen, Genaro klatschte in die Hände, und Fabiani und Francesca räumten ein: »Gefühl hat er!«

Sie stiegen die Tempelstufen hinab, langsam folgte ich ihnen: Hinter der Säule, vor der ich gestanden hatte, saß, oder besser: lag unter einer duftenden Myrtenhecke eine Gestalt, die den Kopf gesenkt und die Hände fest im Nakken verschlungen hatte: das blinde Mädchen.

Sie hatte meinen Gesang gehört, hatte gehört, wie ich ihre Sehnsucht und ihren Mangel besungen hatte! Es schnitt mir in die Seele. Ich beugte mich über sie, sie hörte das Blätterrascheln, hob den Kopf, und mir schien, sie sei blasser geworden. Ich wagte nicht, mich zu bewegen. Sie lauschte.

»Angelo!« rief sie halblaut.

Ich weiß nicht, warum, doch ich hielt den Atem an. Für einen Augenblick saß sie schweigend da. Die Schönheitsgöttin Griechenlands mit Augen, die keine Sehkraft besaßen und doch in die Seele hineinsehen konnten. So, wie Annunziata sie beschrieben hatte. Zwischen den wilden Feigen und der duftenden Myrtenhecke saß sie auf dem Sockel des Tempels. An die Lippen hatte sie einen Gegenstand gepreßt und lächelte. Sie hielt meinen Scudo in der Hand. Mir wurde dabei ganz heiß. Unwillkürlich beugte ich mich tiefer – und auf ihrer Stirn brannte mein Kuß.

Sie stieß einen Schrei aus, einen durchdringenden Schrei, der mir Todesangst in die Seele jagte. Wie ein erschrockenes Reh sprang sie auf und war fort! Um mich herum bewegte sich alles, ich flog über Dornen und Gestrüpp dahin.

»Antonio! Antonio!« hörte ich weit hinter mir Fabiani rufen und faßte mich wieder. »Jagst du Hasen?« fragte er. »Oder hast du einen poetischen Flug unternommen?«

»Er will uns zeigen«, sagte Genaro, »daß er fliegen kann, während wir anderen zu Fuß dahinkriechen! Aber diesen Flug traue ich mir auch zu.« Er stellte sich neben mich, und wollte ein Wettrennen beginnen.

»Glaubt ihr denn, mit meiner Signora am Arm kann ich mit euch Schritt halten?« rief Fabiani. Genaro hielt an.

Als wir das Wirtshaus erreichten, suchte mein Blick vergebens nach dem blinden Mädchen, noch immer hallte mir ihr Schrei in den Ohren und ich hörte mein eigenes Herz. Mir war, als hätte ich eine Sünde begangen. Zuerst hatte ich, wenn auch unschuldig, durch meinen Gesang Trauer und Schmerz in ihre Seele getragen, sodann, um meinen Fehler zu verdeutlichen, ihr einen Kuß auf die Stirn gepreßt, den ersten Kuß, den ich jemals einer Frau gegeben hatte. Hätte sie mich angesehen, so hätte ich dies nicht gewagt, ihr Unglück, ihre Wehrlosigkeit hatten mir den Mut dazu gegeben. Und ich beurteilte Bernardo mit solcher Strenge? Ich war ein Kind der Sünde wie er, wie alle. Ich hätte vor ihr knien, sie um Vergebung bitten wollen, doch sie war nirgendwo zu entdecken.

Wir bestiegen den Wagen, um wieder zurück nach Salerno zu fahren, noch einmal sah ich mich um, wagte aber nicht zu fragen, wo sie sei. Da fragte Genaro: »Wo ist dieses blinde Mädchen?«

»Lara?« fragte unser Führer. »Die sitzt bestimmt im Neptuntempel! Dort ist sie meist!«

»Bella divina!« sagte Genaro und warf einen Handkuß zum Tempel hinüber. Wir rollten los.

Lara hieß sie also. Ich saß mit dem Rücken zum Kutscher und sah, wie die Tempelsäulen sich entfernten, in meinem Herzen aber ertönte der Angstschrei des Mädchens, mein eigener Schmerz. Neben der Straße lagerte eine Zigeunerschar und hatte im Straßengraben ein großes Feuer entzündet, über dem man kochte und briet. Die alte Zigeunermutter schlug das Tamburin und wollte uns weissagen, wir aber jagten vorüber. Ein langes Stück Weg folgten uns zwei schwarzäugige Mädchen. Sie waren schön, und Genaro gefielen ihre leichte Art, sich zu bewegen, und ihre brennenden Augen. So schön und edel wie Lara waren sie indessen nicht.

Am Abend erreichten wir Salerno; am folgenden Morgen sollten wir nach Amalfi und von dort nach Capri.

»Nur einen Tag«, so sagte Francesca, »werden wir in Neapel bleiben, wenn wir dort angekommen sind, am Ende der Woche müssen wir zu Hause in Rom sein! Kannst du deine Angelegenheiten so rasch regeln, Antonio?«

Ich konnte, wollte nicht zurück nach Rom, doch eine Schüchternheit, eine Furcht, die mir meine Armut und meine Dankbarkeit in all meinen Lebensjahren eingegeben hatte, bewirkte, daß ich nur stotterte, die Eccellenza werde gewiß ungehalten sein wegen meiner Dreistigkeit zurückzukommen.

»Wir werden für alles sorgen«, unterbrach mich Fabiani.

»Vergebt mir, aber ich kann nicht!« stammelte ich und ergriff Francescas Hand. »Ich fühle zutiefst, was ich Ihnen schulde!«

»Kein Wort darüber, Antonio!« antwortete sie und legte mir ihre Hand auf den Mund. Im selben Augenblick wurden Besucher gemeldet, schweigend stand ich in der Zimmerecke und fühlte, wie schwach ich war. Frei und unabhängig wie der Vogel war ich noch zwei Tage zuvor gewesen, und doch hatte ich den ersten, besten dünnen Faden, den man mir vor die Füße geworfen hatte, ergriffen und ihn anschwellen lassen zu einem Ankertau. In Rom hast du wahre Freunde, dachte ich, wahre, aufrichtige Menschen, freilich nicht so höfliche wie die neapolitanischen. Ich dachte an Santa, die ich niemals wiedersehen würde, dachte an Bernardo, dem ich in Neapel täglich hatte begegnen müssen, an Annunziata, die eintreffen würde, und an das Glück seiner und ihrer Liebe. Nach Rom! Nach Rom! Dort ist es viel besser! sagte mir mein

Herz, während meine Seele nach Freiheit und Unabhängigkeit verlangte.

7. DAS ABENTEUER IN AMALFI · DIE BLAUE GROTTE AUF CAPRI

Wie herrlich nahm Salerno sich doch vom Meer her aus, als wir in der schönen Morgenstunde abfuhren, sechs kräftige Ruderer bedienten die Riemen, am Ruder saß ein kleiner Junge, ein hübsches Bild, er hieß Alphonso. Das Wasser war glasgrün. An der gesamten Küste zur Rechten sah man hängende Gärten, die eine kühne Semiramis der Phantasie angelegt hatte. Wie Bogengänge lagen zur See hin die offenen, tiefen Höhlen, in deren Innerem lange Brandungsseen spielten. Auf der vorspringenden Felsenspitze lag ein Kastell, eine Wolke glitt über seine Mauerkrone. Wir sahen Minuri und Majuri und bald Amalfi, die Geburtsstadt Masaniellos und Flavio Gjojas*, die zwischen den grünen Weingärten hervorlugte.

Die Fülle der reichen Schönheit überwältigte mich. Wenn doch alle Geschlechter der Erde diese Herrlichkeit sehen könnten! Vor Stürmen, Kälte und Winter ist dieser blühende Garten nach Norden und Westen hin geschützt, auf dessen Terrasse Amalfi liegt. Nur von Osten und Süden wird über das anmutige Meer die warme Luft aus dem Land der Orangen und der Palmen herangeführt.

Am Ufer, hoch auf den Felsen, hängen die weißen Häuser der Stadt mit ihren flachen morgenländischen Dächern, höher hinauf steigen die Weingärten, eine einsame Pinie erhebt ihren grünen Schirm in die blaue Luft,

---

* Erfinder des Kompasses

wo auf dem Bergrücken das alte Kastell mit seiner Ringmauer den Wolken zum Lager dient.

Die Fischer mußten uns durch die Brandung an Land tragen. Tiefe Höhlen in den Klippen verliefen unter der Stadt, in einigen schäumte das Wasser, andere standen leer. Boote lagen auf der Seite, glückliche Kinder wimmelten und spielten darin, die meisten nur mit einem Hemd oder einer kleinen Weste bekleidet. Halbnackte Lazaroni streckten sich im warmen Sand aus, die braunen Hüte über die Augen gezogen, dies war ihre wichtigste Bekleidung, als sie ihren Mittagsschlaf hielten. Alle Kirchenglocken läuteten, junge Geistlicher in lila Gewändern zogen unter Psalmengesang an uns vorüber. Ein frischer Blumenkranz hing am Bild des Gekreuzigten.

Auf der linken Seite, hoch über der Stadt, liegt vor einem tiefen Bergloch ein prachtvolles großes Kloster, das allen Fremden als Herberge dient. Francesca nahm in einem Tragestuhl Platz, wir anderen folgten ihr den in die Felsen gehauenen Weg hinauf, tief unter uns lag das blaue Meer. Wir kamen an der Klosterpforte an, vor uns klaffte die tiefe Felsenhöhle. Drei Kreuze mit dem Erlöser und den beiden Räubern standen im Inneren, und darüber auf dem Felsen knieten Engel in bunten Kleidern und mit großen Flügeln. Kein Kunstwerk, alles aus Holz geformt und bemalt. Doch ein frommes, gläubiges Herz findet in jedem rohgeformten Bild seine eigene Schönheit.

Durch einen kleinen Klosterhof kamen wir bald in die uns angewiesenen Zimmer; von meinem Fenster aus sah ich das grenzenlose Meer bis hinunter nach Sizilien, wie silberweiße Punkte standen die Schiffe vor dem fernen Horizont.

»Herr Improvisator«, sagte Genaro, »sollen wir nicht hinabsteigen in niedrigere Regionen und nachsehen, ob es sich mit der Schönheit dort so verhält wie hier? Für die weibliche trifft dies bestimmt zu! Denn die englischen Damen, die wir hier zu Nachbarn haben, sind doch allzu kühl und blaß. Sie haben doch Sinn für die Frauen? Mit Verlaub! Gerade die haben Sie doch hinausgetrieben in die Welt und mir einen angenehmen Abend und eine interessante Bekanntschaft verschafft!« Wir stiegen den Felsenpfad hinunter.

»Das blinde Mädchen in Paestum war doch schön!« sagte Genaro. »Ich glaube, ich bestelle auch sie nach Neapel, wenn ich um Kalabreserwein schreibe! Beides bringt das Blut zum Brennen!«

Wir kamen nun in die Stadt, die, wenn man so sagen will, sonderbar auf sich selbst gepackt daliegt. Verglichen mit ihr ist das enge Ghetto in Rom ein Corso. Die Straßen waren schmale Lücken zwischen den hohen Häusern, einmal kam man durch eine Tür in einen langen Vorraum mit kleinen Öffnungen an den Seiten, die in die Zimmer führten, ein andermal in ein kleines Gäßchen zwischen Mauern und Felswänden. Treppauf, treppab ein halbdunkles Labyrinth aus schmutzigen Gängen; häufig wußte ich nicht, ob ich mich in der Stube oder der Gasse befand. An den meisten Stellen brannten Lampen, ohne sie wäre es, mitten am Tag, dunkler Abend gewesen. Endlich konnten wir freier atmen und standen auf einer großen gemauerten Brücke, die zwei Felsrücken miteinander verband. Der kleine darunterliegende Platz war der größte der ganzen Stadt. Zwei Mädchen tanzten dort Saltarello, und ein kleiner nackter Junge mit schönen Körperformen und braunen Gliedern stand da wie ein Amor und sah ihnen zu. Man friere hier niemals, sagte man mir, die strengste Kälte, die in Amalfi seit vielen Jahren geherrscht habe, seien acht Grad Wärme gewesen.

Dicht bei dem kleinen Turm auf dem vorspringenden Felsenabgrund, von dem man die schöne Bucht von Minuri und Majuri sieht, schlängelte sich ein kleiner Pfad zwischen Aloe und Myrten dahin, und bald überschatteten uns die hohen Bögen der Weinranken. Wir verspürten brennenden Durst und gingen auf eine kleine weiße

Stelle zu, die am Ende des Gartens so freundlich zwischen dem frischen Grün hervorschaute. Die milde, warme Luft war von Duft erfüllt, bunte Insekten schwirrten um uns herum.

Das Haus, vor dem wir standen, war höchst malerisch. Marmorkapitelle waren zum Schmuck in die Wände eingemauert, dazu ein reizender Arm und ein Fuß, beides hatte man im Grus gefunden. Auf dem Dach befand sich ein hübscher Garten mit Orangenbäumchen und üppigen Schlingpflanzen, die wie grüne Samtteppiche an den Mauern herunterhingen, davor eine blühende Wildnis aus Monatsrosen. Zwei hübsche kleine Mädchen von sechs oder sieben Jahren spielten und flochten Kränze, am schönsten war jedoch die junge Frau mit einem weißen Leintuch über den Haaren, die uns an der Tür entgegenkam. Ein seelenvoller Blick, lange, dunkle Wimpern, edle Formen! Ja, sie war sehr schön. Tief zogen wir unsere Hüte.

»Solch ein schönes Mädchen ist also die Besitzerin dieses Hauses?« sagte Genaro. »Würde sie als Hausmutter zwei müden Wanderern eine Erfrischung reichen?«

»Das will die Hausmutter mit Vergnügen!« sagte sie lächelnd und ihre schneeweißen Zähne betonten die roten, frischen Lippen. »Ich bringe Wein, ich habe aber nur eine Sorte!«

»Wenn Sie ihn einschenken, ist er vortrefflich!« sagte Genaro, »ich trinke ihn am liebsten, wenn ihn mir ein junges Mädchen einschenkt, das so schön ist wie Sie!«

»Eccellenza müssen heute mit der Ehefrau vorlieb nehmen!«

»Sie sind verheiratet«, sagte Genaro und lächelte, »so jung!«

»Oh, ich bin recht alt!« sagte sie und lachte.

»Wie alt?« fragte ich. Sie sah mir schelmisch in die Augen und antwortete: »Achtundzwanzig.« Sie war kaum fünfzehn, aber schön herangewachsen; Hebe hätte nicht schöner geformt sein können.

»Achtundzwanzig!« sagte Genaro. »Ein schönes Alter, das Ihnen gut steht! – Sind Sie schon lange verheiratet?«

»Seit zwanzig Jahren«, sagte sie, »fragen Sie nur meine Töchter!« Und die beiden kleinen Mädchen kamen von ihrem Spiel zu uns. »Ist das eure Mutter?« fragte ich, obwohl ich doch wußte, daß es sich nicht so verhalten konnte. Sie sahen sie lächelnd an, nickten dann und hängten sich an sie. Sie brachte uns Wein, herrlichen Wein, und wir tranken auf ihr Wohl.

»Er ist ein Dichter, ein Improvisator«, sagte Genaro und deutete auf mich. »Er hat allen Damen in Neapel den Kopf verdreht. Aber er ist ein Stein, ein sonderbarer Brocken, noch niemals hat er eine Frau geküßt!«

»Das ist nicht möglich«, sagte sie lachend.

»Ich hingegen bin von ganz anderer Art, ich liebe alles Schöne, küsse alle schönen Lippen, bin sein Begleiter und versöhne auf diese Weise die Welt und die Frauen, wohin wir auch kommen. Ich fordere mein Recht bei jeder schönen Frau ein, und nun erwarte ich auch hier meinen Tribut!« Er ergriff ihre Hand.

»Ich entbinde Euch und die andere Eccellenza davon, ich habe mit der Zahlung von Tribut nichts im Sinn, den erhebt stets mein Mann!«

»Und wo ist er?«

»Nicht sonderlich weit entfernt«, antwortete sie.

»Eine so schöne Hand habe ich in Neapel noch nicht gesehen!« sagte Genaro. »Was kostet es, wenn man einen Kuß darauf drücken will?«

»Einen Scudo!« antwortete sie.

»Einer auf die Lippen also das Doppelte?«

»Das ist gar nicht zu erhalten! Das ist die Pacht meines Mannes!« Und wieder schenkte sie uns von dem wärmenden, stärkenden Wein ein, scherzte und lachte mit uns. Unterdessen erfuhren wir dennoch, daß sie erst 14 Jahre alt und seit dem vorangegangenen Jahr verheiratet war mit einem jungen, schönen Mann, der sich im Augenblick in Neapel befand und erst am folgenden Tag nach Hause kommen werde. Die kleinen Mädchen waren ihre Schwestern und bis zur Heimkunft ihres Mannes zu Besuch bei ihr. Genaro bat um einen Strauß Rosen, und sie liefen los, um ihn zu pflücken, er hatte ihnen einen Carlin dafür versprochen.

Vergebens bat er um einen Kuß, gab Tausende süßer Schmeicheleien von sich, schlang ihr den Arm um die Taille, sie befreite sich, schimpfte, kam aber stets zurück, denn es amüsierte sie doch. Er nahm einen Louisdor zwischen die Finger, erzählte, welch schöne Bänder man dafür bekommen könne und wie schön sie ihr dunkles Haar schmücken würden, und diese ganze Pracht sei erhältlich für einen Kuß, einen einzigen Kuß.

»Die andere Eccellenza ist viel besser!« sagte sie und zeigte auf mich. – Mein Blut brannte, ich nahm ihre Hand, sagte, sie solle nicht auf ihn hören, er sei ein arger Mensch, und sie solle nicht nach dem verführerischen Gold schauen, sondern sich an ihm rächen, indem sie mir einen Kuß gebe.

Sie sah mich an.

»Er hat nur ein einzig wahres Wort gesagt, nämlich, daß ich noch nie eine Frau geküßt habe, ich habe meine Lippen rein erhalten, bis ich die schönste fand, und nun hoffe ich, daß Sie diese Tugend belohnen!«

»Das ist ja ein vortrefflicher Verführer!« sagte Genaro. »Sticht mich aus, mich, der ich in diesem Handwerk so geübt bin!«

»Sie mit Ihrem Gold sind böse«, sagte sie, »und damit Sie sehen, daß ich mich weder darum noch um einen Kuß kümmere, so soll der Dichter ihn bekommen!« Nun legte sie mir die Hände um meine Wangen, ihre Lippen berührten die meinen – und sie verschwand hinter dem Haus.

Als die Sonne untergegangen war, saß ich oben im Kloster in meinem kleinen Zimmer und sah vom Fenster auf das Meer, es war rosenrot und ging in langen Wellen, die

Fischer zogen ihre Boote auf den Sand, und als die Dunkelheit heraufstieg, glänzten die Lichter stärker, die Brandung war noch schwefelblau. Alles war so unendlich still. Jetzt sangen die Fischer mit Frauen und Kindern am Strand einen Choral, die kindlichen Soprane mischten sich mit den tiefen Bässen, und Wehmut stieg mir in der Seele auf. Am Himmel spielte eine Sternschnuppe, sie fiel hinter die Weingärten, wo die junge lustige Frau mich an diesem Tage geküßt hatte. Ich dachte daran, wie schön sie gewesen war, dachte an das blinde Mädchen, dieses Bild der Schönheit bei den Tempelruinen, im Hintergrund aber stand Annunziata, körperlich und geistig schön, also doppelt schön! Meine Brust weitete sich, meine Seele brannte vor Liebe, vor Sehnsucht, vor Entbehrung. Die reine Flamme, die Annunziata in meinem Herzen entfacht hatte, das Altarfeuer, dessen Priesterin sie war, hatte sie umgestoßen, wild loderte das Feuer nun im ganzen Gebäude. »Ewige Mutter Gottes!« betete ich, »meine Brust ist voller Liebe! Mein Herz zerspringt vor Sehnsucht und Entbehrung!« Und ich griff nach den Rosen, die in einem Glas standen, preßte die schönste an meine Lippen und dachte an Annunziata.

Länger konnte ich es nicht ertragen, ich ging hinunter an das Meer, wo sich leuchtende Wellen brachen, wo die Fischer sangen und der Wind ging. Ich stieg auf die gemauerte Brücke, auf der ich am Tage gestanden hatte. Eine in einen großen Umhang gehüllte Gestalt schlich sich an mir vorbei, es war Genaro. Er ging den Pfad zu dem kleinen, weißen Haus. Ich folgte ihm. Jetzt schwebte er dicht am Fenster vorüber, durch das die Lampe zu uns herausleuchtete. Zwischen dem Weinlaub bezog ich Posten und konnte nun in die Stube hineinsehen. Auf der gegenüberliegenden Seite befand sich ein gleiches Fenster, eine steile Treppe führte in ein Nebengemach.

Fast entkleidet knieten die beiden kleinen Mädchen vor dem Tischchen, auf dem das Kruzifix und die Lampe standen. Die ältere Schwester, die Frau des Hauses, die sie schließlich war, kniete in der Mitte. Ein lebendes Altarbild, wie von Raffael gemalt die Madonna mit zwei Engeln, sah ich vor mir. Ihre dunklen Augen waren zur Decke erhoben, in reicher Fülle hingen ihr die Haare über die nackten Schultern, die Hände hatte sie über der jugendlich schönen Brust gefaltet.

Mein Puls ging rascher, kaum wagte ich zu atmen. Nun erhoben sich alle drei, sie begleitete die kleinen Mädchen über die Treppe in das Nebengemach, schloß die Tür und machte sich dann in der Stube zu schaffen. Ich sah, wie sie aus einer Schublade ein rotes Zeichenbuch nahm, es mehrere Male lächelnd hin und her wendete, im Begriff stand es zu öffnen, dann sogleich den Kopf schüttelte und es wieder in die Schublade warf, als sei sie von jemandem überrascht worden.

Einen Augenblick später hörte ich ein leises Klopfen am gegenüberliegenden Fenster, erschrocken sah sie dorthin, lauschte, es klopfte wieder, und ich hörte, wie jemand redete, konnte aber nicht ein einziges Wort verstehen.

»Eccellenza!« rief sie laut. »Was wollen Eccellenza hier? Warum kommen Eccellenza zu dieser Zeit her? Um Himmels willen! Ich bin zornig, sehr zornig!«

Wieder sagte er etwas.

»Ja, ja, das trifft zu. Sie haben Ihr Zeichenbuch vergessen! Meine kleine Schwester ist im Gasthof gewesen, um es Ihnen zu bringen, aber sie wohnen offenbar oben im Kloster! Hier ist es!«

Sie holte es hervor, wieder sagte er einige Worte, sie schüttelte den Kopf.

»Nein, nein! Was denken Sie! Die Türe öffne ich nicht! Sie kommen nicht herein!« Sie ging an das Fenster, öffnete es und wollte ihm das Buch reichen. Er griff nach ihrer Hand, sie ließ das Buch fallen, auf dem Fensterbrett blieb es liegen. Genaro steckte seinen Kopf ins Zimmer, die junge Frau trat rasch an das Fenster, vor dem ich stand, und nun hörte ich deutlich jedes Wort Genaros.

»Und Sie wollen mir nicht gestatten, Ihnen zum Dank Ihre schöne Hand zu küssen? Nicht den geringsten Finderlohn annehmen? Mir nicht einmal einen Becher Wein reichen? Ich brenne vor Durst! Daran kann doch nichts Schlechtes sein. Warum wollen Sie mir nicht gestatten einzutreten?«

»Nein«, sagte sie. »Um diese Zeit haben wir nichts miteinander zu bereden. Nehmen Sie, was Sie vergessen haben, und lassen Sie mich das Fenster schließen.«

»Ich gehe nicht«, sagte Genaro, »bevor Sie mir Ihre Hand gereicht haben, bevor Sie mir einen Kuß geben. Sie haben mich heute schon einmal betrogen und diesen dummen Menschen geküßt!«

»Nein, nein«, sagte sie, lachte aber doch in ihrem Zorn. »Sie wollen erzwingen, was Sie so nicht bekommen! Und darum will ich nicht und tue es nicht!«

»Das ist das letzte Mal«, sagte Genaro in sanftem, bittendem Ton, »bestimmt das letzte Mal, daß wir uns sehen, und Sie weigern sich, mir nur die Hand zu geben! Mehr verlange ich nicht, auch wenn mein Herz Ihnen tausenderlei zu sagen hätte. Die Madonna will, daß Menschen einander lieben wie Bruder und Schwester. Als Bruder möchte ich mein Gold mit Ihnen teilen. Es soll Sie schmücken, und Sie sollen doppelt so schön sein, wie Sie es schon sind! Alle Freundinnen werden Sie beneiden. Niemand wird unser Glück sehen!« Und mit einem Satz war er im Fenster.

Sie stieß einen Schrei aus: »Jesus Maria!« Ich packte heftig das Fenster, hinter dem ich stand, das Glas klirrte, und wie von einer unsichtbaren Macht getrieben, eilte ich zu dem offenen Fenster, wobei ich einen Zaunpfahl, der über der Weinlaubwölbung lag, als Waffe an mich nahm.

»Nicolo, bist du das?« rief sie laut.

»Ja!« antwortete ich tief und fest. Ich sah, wie Genaro sich aus dem Fenster zurückzog, sein Umhang flatterte im Winde, die Lampe verlosch, es wurde dunkel im Zimmer.

»Nicolo!« rief sie am Fenster, und ihre Stimme bebte. »Du wieder hier? Die Madonna sei gelobt!«

»Signora!« stotterte ich.

»Bei allen Heiligen!« hörte ich sie sagen. Das Fenster flog zu. Wie festgenagelt stand ich davor, ich hörte, wie sie leise durch das Zimmer ging, die Kammertür wurde geöffnet und wieder geschlossen. Sie klopfte etwas fest, als sichere sie mit Nägeln Schloß und Riegel. Jetzt ist sie geschützt, dachte ich und schlich mich leise fort, mir war so wohl, so seltsam vergnügt ums Herz. Nun habe ich den Kuß, den ich heute bekommen habe, doch bezahlt! sagte ich zu mir selbst, und vielleicht hätte sie mir noch einen gegeben, hätte sie gewußt, welch beschützender Engel ich ihr war!

Als ich zum Kloster kam, wurde gerade zur Abendmahlzeit gerufen, niemand hatte mich vermißt. Genaro aber erschien nicht, Francesca war besorgt, Fabiani schickte Boten um Boten aus, schließlich traf Genaro ein. Er sei in den Bergen spazierengegangen und habe sich verlaufen, erzählte er, sei aber zum Glück einem Bauern begegnet, der ihm den richtigen Weg gewiesen habe.

»Ihr Rock ist recht zerrissen«, sagte Francesca, Genaro tastete nach dem Riß. »Ja, dieses Stück blieb an einem Dornbusch hängen«, sagte er, »das habe ich wohl bemerkt. Der Himmel mag wissen, wie ich mich verirren konnte! Es war ein schöner Abend, die Dunkelheit kam rasch, ich wollte den Weg abkürzen und so habe ich ihn verloren!«

Wir lachten über sein Abenteuer, ich wußte es besser, wir tranken auf seine Gesundheit, der Wein war vortrefflich, wir wurden heiter. Als wir dann in unsere Zimmer kamen, wo mich nur eine Tür von dem Zimmer Genaros trennte, kam er halb entkleidet zu mir, lächelte, legte mir vertraulich die Hand auf die Schulter und bat mich, nicht zu sehr von dieser schönen Frau zu träumen, die wir an diesem Tage gesehen hätten.

»Den Kuß habe aber ich bekommen«, sagte ich zum Scherz.

»O ja, das trifft zu!« Er lächelte. »Und nun glauben Sie, ich sei das Stiefkind?«

»Ja, so sieht es doch aus.« sagte ich.

»Ein Stiefkind bin ich noch niemals gewesen«, sagte er in kaltem Ton, in dem fast Bitterkeit lag, dann aber umspielte wieder ein Lächeln seinen Mund, und er flüsterte: »Wenn Sie schweigen könnten, dann würde ich Ihnen etwas erzählen!«

»Erzählen Sie!« bat ich. »Niemand erfährt eine Silbe von mir!« Ich erwartete, ihn über sein mißlungenes Abenteuer jammern zu hören.

»Ich habe heute absichtlich mein Zeichenbuch bei dieser schönen Frau vergessen, um einen Vorwand zu haben, abends wieder dorthin zu gehen, denn dann sind die Frauen nicht so streng. Und dort bin ich gewesen, und als ich über die Gartenmauer und die Hecken kletterte, habe ich mir den Rock zerrissen.«

»Und die schöne Frau?« frage ich.

»War noch einmal so schön«, sagte er und nickte vielsagend, »noch einmal so schön und überhaupt nicht streng, da waren wir einig! Ich habe es doch gewußt. Dir hat sie einen Kuß gegeben, mir aber Tausende und ihr Herz obendrein. Die ganze Nacht werde ich von meinem Glück träumen! Armer Antonio!« Er warf mir einen Handkuß zu und eilte zu Bett.

Der Morgenhimmel war wie mit grauem Flor bedeckt, als wir das Kloster verließen, am Strand warteten unsere kräftigen Ruderer, sie trugen uns wieder hinaus in das Boot. Die Reise ging nach Capri, der Himmelsflor brach in leichte Wolken auf, noch einmal so hoch und klar wurde die Luft, nicht eine Welle bewegte sich, nicht mehr als ein waagrechtes Band war die Kräuselung des Meers. Das hübsche Amalfi verschwand hinter der Klippe, Genaro warf einen Kuß hinüber und sagte zu mir: »Dort haben wir Rosen gepflückt!«

Und du hast jedenfalls in die Dornen gegriffen! dachte ich und nickte.

Bis nach Sizilien und Afrika breitete sich vor uns das große, unendliche Meer aus, auf der linken Seite lag die italienische Felsenküste mit ihren sonderbaren Höhlen, vor einigen von ihnen gab es kleine Dörfer, als wären sie aus den Höhlen hervorgetreten, um sich ein wenig zu sonnen, in anderen saßen Fischer, die ihre Mahlzeiten bereiteten und hinter der hohen Brandung ihre Boote teerten.

Das Meer schien dickes, blaues Öl zu sein, wir steckten die Hände hinein und sie wirkten ebenso blau. Der Schatten, den das Boot auf das Wasser warf, war aus reinstem Schwarzblau, die Schatten der Riemen waren bewegliche Schlangen in all den Blaunuancen.

»Herrliches Meer!« jubelte ich. »Nichts in der ganzen Natur, den Himmel ausgenommen, ist schön wie du!« Ich entsann mich, wie ich als Kind oft auf dem Rücken gelegen und mich in die blaue, unendliche Luft hineingeträumt hatte. Nun schien sich mein Traum in Wirklichkeit aufgelöst zu haben.

Wir kamen an drei kleinen Felseninseln vorüber. »I galli«, mächtige, übereinandergeworfene Steinblöcke, aus der Tiefe gestiegene Riesentürme und andere darüber geworfen: Die blaue Brandung schlug gegen die grünen Steinmassen. Im Sturm mochte dies eine Scylla mit ihren heulenden Hunden sein.

Die Wasserfläche am steinigen Cap Minerva schlummerte, hier ließ das Altertum die Sirenen bauen. Vor uns lag das romantische Capri, wo Tiberius in Wollust geschwelgt und über die Bucht hinüber zur Küste Neapel geschaut hatte. Das Segel unseres Bootes wurde gehißt, und von Wind und Wellen getragen näherten wir uns der Insel. Nun sahen wir die ungeheure Reinheit und Klarheit des Wassers. Es war von so unendlicher Durchsichtigkeit, als glitten wir durch Luft, klaftertief unter uns waren jeder Stein und jedes Schilfrohr deutlich zu erkennen. Mir wurde schwindlig, als ich von diesem kleinen Boot aus die Tiefe sah, über die wir hinwegfuhren.

Nur von einer Seite ist die Insel Capri zugänglich. Ringsherum steile, lotrechte Felsenmauern, gegen Neapel hin fallen sie wie ein Amphitheater mit Weingärten, Orangen und Olivenhainen ab. Unten am Strand liegen Fischerhütten und eine Wache. Weiter oben schaut zwischen den grünen Gärten der Ort Annacapri hervor, wohin eine recht kleine Zugbrücke und ein Tor führen. Im Gasthof bei Pagani, wo neben der Türe die hohe Palme steht, ließen wir uns nieder.

Nach dem Mittagstisch wollten wir auf Eseln zu den Ruinen von Tiberius' Villa reiten, nun aber wartete das Frühstück, und zwischen ihm und der folgenden Mahlzeit wollten Francesca und Fabiani ruhen, um Kräfte für den bevorstehenden Spaziergang zu sammeln. Genaro und ich hielten dies nicht für nötig. Die Insel schien nicht größer zu sein, als daß man sie binnen zwei Stunden mit einem Ruderboot umrunden konnte, um dabei die hohen Felsentore zu betrachten, die sich in südlicher Richtung vereinzelt aus dem Wasser erheben.

Wir nahmen ein Boot und zwei Ruderer, ein leichter Wind ging, weshalb die halbe Umrundung unter Segel stattfinden konnte. Die See brach sich an den niedrigen Felsen. Fischernetze waren ausgelegt, um die wir einen Bogen machen mußten, es war eine lustige Fahrt in dem kleinen Boot. Bald sahen wir gegen den Himmel nur die lotrechten Klippen, graue Steinmassen, in den Felsspalten ab und zu eine Aloe oder eine wilde Levkoje, aber noch nicht einmal einen Halt für die Bergziegen. In der Brandung, die unten aufbrauste wie blaues Feuer, wuchsen auf den Klippen blutrote Meeräpfel, denen das Wasser doppelten Glanz verlieh, so als blute die Klippe bei jedem Wellenschlag.

Jetzt lag auf der rechten Seite das offene Meer und links die Insel: Tiefe Höhlen, deren oberste Öffnungen ein wenig aus dem Wasser ragten, waren zu sehen, einige lagen in der Brandung. Dort unten lebten die Sirenen, das blühende Capri, über das wir gehen, ist nur das Dach ihrer Felsenburg.

»Ja, dort leben böse Geister«, sagte der eine Ruderer, ein alter Mann mit silberweißem Haar. »Dort soll es schön sein, aber was sie einmal in den Fängen haben, geben sie nicht mehr frei, und kommt einer von dort wieder, hat er für diese Welt keinen Verstand mehr.« Und er deutete auf eine entfernte Öffnung, die etwas größer war als die anderen, jedoch nicht so groß, daß unser Boot, selbst ohne Segel und wenn wir uns in ihm hingelegt hätten, wegen seiner Breite dort hätte einfahren können.

»Das ist das Hexenloch*«, flüsterte der Jüngere, der am Ruder saß und nun von der Klippe etwas wegsteuerte. »Dort drinnen ist alles aus Gold und Edelstein, aber man geht in hellichtes Feuer auf, wenn man dort hineinkommt! Santa Lucia, bete für uns!«

»Wenn man solch eine Sirene doch hier im Boot hätte!« sagte Genaro. »Aber schön müßte sie sein! Wir würden schon wieder hinauskommen!«

»Ihr Glück bei den Damen«, sagte ich lächelnd, »würde auch hier gelten.«

»Auf dem wogenden Meer muß man einander küssen und umarmen, das ist das ewige Spiel der Wellen! Ach«, so seufzte er, »hätten wir nur diese schöne Frau aus Amalfi hier! Das war eine Frau! Nicht wahr? Sie haben doch am Nektar ihrer Lippen genippt. Wie zurückhaltend schien sie zu sein, wie schien sie sich zu zieren. Sie hätten sie gestern abend sehen sollen, sie brannte heftiger als ich!«

»Nein, nein«, sagte ich, halb unwillig über seine unverschämte Prahlerei. »So ist das nicht gewesen, ich weiß es besser.«

---

* So benannten die Bewohner Capris die Blaue Grotte, ehe sie, meines Wissens 1831 von den Deutschen Friis und Kubitz, entdeckt und zum Ziel aller Reisenden wurde, die Süditalien besuchen.[23]

»Wie soll ich das verstehen?« fragte er und sah mir erstaunt ins Gesicht.

»Ich habe es selbst gesehen, der Zufall führte mich hin. Ich bezweifle nicht, daß Sie großes Glück haben, aber dieses Mal wollen Sie sich über mich lustig machen.«

Er sah mich weiter schweigend an.

»Ich gehe nicht«, ahmte ich Genaro lächelnd nach, »bevor Sie mir einen Kuß geben. Sie haben mich heute schon einmal betrogen und diesen dummen Menschen geküßt!«

»Signore! Sie haben mich belauscht«, sagte er ernst, und ich sah, wie er weiß im Gesicht wurde. »Sie wagen es, mich zu beleidigen? Schlagen Sie sich mit mir oder Sie sind meiner Verachtung wert!«

Daß meine Worte diese Wirkung auf ihn haben würden, hatte ich nicht erwartet.

»Genaro, das ist nicht Ihr Ernst!« rief ich und wollte seine Hand ergreifen. Er zog sie zurück, gab mir keine Antwort, befahl aber den Seeleuten, ihn an Land zu bringen.

»Ja, wir müssen um die Insel herumfahren«, sagte der Alte. »Nur dort, von wo wir abgefahren sind, können wir auch wieder hineinkommen.«

Sie griffen zu den Riemen, und bald näherten wir uns den hohen Felsenbogen im blauen, schwellenden Wasser, aber Zorn und Kummer bewegten meinen Sinn, ich sah nach Genaro, der mit seinem Stock das Wasser peitschte.

»Una tromba!«[24] rief der Jüngere, und über das Meer vor Cap Minerva schwebte eine kohlschwarze Wolkensäule vom Meer zum Himmel, ringsherum kochte das Wasser, rasch ließen sie das Segel in unser Boot fallen.

»Wo steuern wir hin?« fragte Genaro.

»Zurück, zurück«, sagte der Junge.

»Wieder um die ganze Insel herum?« fragte ich.

»In Lee, dicht an die Felsenwand, die Windhose zieht weiter hinaus!«

»Die Brandung wird das Boot an der Klippe entzweischlagen«, sagte der Alte und griff rasch in die Riemen.

»Ewiger Gott!« stammelte ich, denn die schwarze Wolkensäule kam mit der Geschwindigkeit des Windes über das Wasser auf uns zu, als wolle sie an der Felsenwand von Capri, wo wir uns befanden, entlangziehen. Sie würde uns mit sich in die Höhe reißen oder uns dicht an der lotrechten Felsenküste in die Tiefe drücken. Ich griff mit dem Alten in die Riemen, Genaro half dem Jüngeren, aber wir hörten, wie das Wasser am Fuß der Windhose kochte und wie der Wind pfiff, es schien, als ob sie selbst uns von sich wegtriebe.

»Santa Lucia, rette uns!« riefen die beiden Seeleute, ließen die Ruder los und sanken auf die Knie.

»So rudert doch!« brüllte Genaro, aber totenbleich sahen sie zum Himmel auf. Jetzt brauste der Orkan über unseren Köpfen. Nicht weit entfernt von uns sank auf der linken Seite schwarze Nacht über die Wellen, die uns hochhoben und schaumweiß über dem Boot zusammenschlugen. Luft drang wie wildes Blut aus dem Auge, es wurde Nacht, die Nacht des Todes. Ich fühlte nur eines, daß das Meer über mir lag, daß wir alle die Beute des Todes waren. Ich verlor das Bewußtsein.

Mehr als die Größe des Vulkans, deutlich wie die Trennung von Annunziata steht mir das Bild vor Augen, das ich sah, als ich wieder zu mir kam. Der blaue Äther befand sich tief unter mir, über mir und ringsumher. Ich bewegte die Arme, und wie elektrische Feuerfunken glommen Millionen von Sternschnuppen auf. Von der Strömung der Luft wurde ich getragen. Gewiß war ich tot und schwebte nun durch den Äther in Gottes Himmel. Doch eine schwere Last lag auf meinem Kopf, das waren meine irdischen Sünden, sie beugten mich, die Luftströmung schlug über meinem Kopf zusammen wie die kalte See, mechanisch suchte ich Halt, fühlte einen festen Gegenstand und klammerte mich daran; durch mein ganzes Wesen lief tödliche Mattigkeit, ich fühlte, daß ich kein Blut, kein Mark mehr in mir hatte. Gewiß lag meine Leiche auf dem Grund des Meeres, und meine Seele stieg nun auf, ihrem Verhängnis entgegen. »Annunziata«, seufzte ich. Wieder schlossen sich meine Augen, und lang dürfte die Ohnmacht gedauert haben. Ich atmete wieder, fühlte mich gekräftigt, mein Bewußtsein war wieder vorhanden. Ich lag hoch im unendlich blauen Äther, auf einer kalten, festen Masse, wie auf einem Felsenvorsprung. Um mich herum leuchtete es, über mir wölbte sich der Himmel mit sonderbaren kegelförmigen Wolken, die blau waren wie er. Alles war ruhig, alles war so unendlich still, doch ich verspürte eine eisige Kälte. Langsam hob ich den Kopf. Meine Kleider waren blaue Flammen, meine Hände glänzten wie Silber, und doch fühlte ich, daß sie Teil meines Körpers waren. Meine Gedanken rasten: Gehörte ich dem Tode oder dem Leben zu? Ich streckte die Hand in diese sonderbare blaue Luft unter mir. Ich griff in die Welle, und doch war sie Flamme, blau wie brennender Spiritus, aber kalt wie das Wasser. Die Tropfen, die in die Höhe spritzten, glänzten rosarot. Wie die Windhose auf dem Meer, wenn auch kleiner und glitzernd blau, stand dicht neben mir eine hohe, unförmige Säule. Zeigte mir meine Angst, meine Erinnerung dieses Bild, das ich nach einigen Augenblicken vorsichtig zu berühren versuchte? Es war fest wie Stein und so kalt wie dieser, ich streckte die Hand in den halbdunklen Raum hinter mir und stieß auf feste, glatte Mauern, freilich dunkelblau wie der Nachthimmel. Wo war ich? – Was ich zuvor für Luft gehalten hatte, war glänzendes Meer, es brannte schwefelblau, gab aber keine Hitze ab. Wurde das All um mich herum von ihm erhellt oder leuchteten Felswände und das Gewölbe hoch über mir von selbst? War dies die Wohnung des Todes, die Grabkammer für meinen unsterblichen Geist? Ein irdischer Aufenthaltsort war es nicht. Jedweder Gegenstand glänzte in Blauschattierungen, ich selbst stand in einem Glanz, als ströme Licht aus meinem Inneren.

Dicht neben mir befand sich eine ausgehauene Treppe, die aus riesigen Saphiren zu bestehen schien, jede Stufe ein ungeheurer Block dieses funkelnden Gesteins. Ich stieg hinauf, Felsbrocken verschlossen mir jedoch den Eingang. War ich nicht würdig, dem Himmel näher zu treten? Als sich ein Mensch über mich erzürnt hatte, hatte ich die Welt verlassen. Wo war Genaro, wo waren die beiden Ruderer? – Ich war allein, ganz allein. Ich dachte an meine Mutter, an Domenica, Francesca, an sie alle, und ich fühlte, daß meine Phantasie kein Blendwerk geschaffen hatte. Der Glanz, den ich sah, existierte, so wie ich selbst geistig und körperlich existierte. In einer Felsspalte stand ein Gegenstand, ich berührte ihn. Es war eine große, schwere Vase, sie war mit Gold und Silbermünzen angefüllt, ich fühlte die einzelnen Stücke und mein Aufenthaltsort erschien mir weniger seltsam. Dicht über der Wasserfläche, nicht weit entfernt von dem Ort, an dem ich stand, sah ich einen klaren blauen Stern, er warf einen einzigen, langen ätherreinen Strahl auf die Wasserfläche, dann wurde er verdunkelt wie der Mond. Ein schwarzer Gegenstand zeigte sich, ein kleines Boot glitt durch das brennendblaue Wasser, es schien aus der Tiefe aufgestiegen zu sein und schwamm leicht dahin. Ein alter Mann ruderte langsam dahin, rosenrot erglänzte das Wasser bei jedem Riemenschlag. Im Boot saß noch ein zweites menschliches Wesen, ein Mädchen. Schweigend und bewegungslos wie Steinbilder saßen sie da, nur die Hände des Alten bewegten die Ruder. Ein wunderlich tiefer Seufzer drang an mein Ohr, mir war, als kenne ich ihn. Sie beschrieben mit ihrem Boot einem Kreis und näherten sich dem Platz, an dem ich stand. Der Alte legte die Riemen ins Boot, das Mädchen hob die Hände und rief tief und schmerzlich: »Mutter Gottes, bleibe bei mir! Hier bin ich, wie du es gewollt hast!«

»Lara«, rief ich laut. Sie war es. Ich erkannte ihre Stimme, ich sah ihre Gestalt, es war Lara, das blinde Mädchen aus den Tempelruinen in Paestum.

»Gib mir das Augenlicht! Laß mich Gottes schöne Welt sehen!« sagte sie mit der Stimme einer Toten. Mir erbebte die Seele; die Schönheit der Welt, die ich mit meinem Sang in ihrer Brust belebt hatte, forderte sie nun von mir. – Meine Lippen verstummten, schweigend streckte ich die Arme aus, ein weiteres Mal richtete sie sich auf. »Gib sie mir!« stammelten ihre Lippen, und sie sank zurück in das Boot. Wie Feuertropfen spritzte das Wasser auf. Für einen Augenblick beugte sich der Alte über sie und betrat dann die Stelle, auf der ich stand, sein Blick ruhte auf mir, ich sah, wie er sich bekreuzigte, dann griff er nach dem mächtigen Kupfergefäß, stellte es in das Boot und stieg selbst hinein. Instinktmäßig folgte ich ihm, sein wunderlich dunkler Blick starrte mich unentwegt an; jetzt ergriff er die Riemen, wir fuhren auf den leuchtenden Stern zu, eine kalte Luftströmung kam uns entgegen. Ich beugte mich über Lara, eine enge Felsenöffnung umschloß uns, wenn auch nur für einen Augenblick, dann lag das Meer, das große Meer in seiner unendlichen Erstreckung vor uns, und dahinter erhoben sich die lotrechten Felsen zum Himmel. Durch eine kleine dunkle Öffnung waren wir gefahren, dicht daneben befand sich eine niedriger, mit Hecken und dunkelroten Blumen bewachsener Abhang, erstaunlich klar schien der Mond.

Lara richtete sich auf. Ihre Hand zu berühren wagte ich nicht, sie war ein Geist, dies alles waren Geister, fühlte ich, und nicht Traumbild meiner Phantasie.

»Gib mir die Kräuter!« sagte sie und streckte die Hand aus. Mir war, als müsse ich der Stimme des Geistes folgen. Ich sah zu den grünen Hecken, den roten Blumen, die auf dem niedrigen Abhang wuchsen, ich stieg aus dem Boot und pflückte von den ungewöhnlich duftenden Blumen und reichte ihr den Strauß. Tödliche Mattigkeit war in meinen Gliedern, ich sank in die Knie, doch ich konnte noch sehen, wie der Alte sich bekreuzigte, die Blumen nahm und Lara in ein größeres Boot hob, das neben dem unseren lag. Das kleine Boot wurde am großen befestigt, das Segel gehißt, und wir schifften über das Meer. Ich streckte meine Hände nach ihnen aus, doch schwer fuhr mir der Tod über das Herz, und es war, als wolle es brechen.

»Er lebt!« waren die ersten Worte, die ich hörte. Ich öffnete die Augen und sah Fabiani und Francesca. Ein Fremder stand bei ihnen, er hielt meine Hand und sah mir ernst und nachdenklich in die Augen. Ich lag in einem großen Zimmer, es war Tag. Wo befand ich mich? Fieber brannte in meinem Blut. Nur langsam und allmählich erfuhr ich, wie ich hierher gekommen war und auf welche Weise man mich gerettet hatte.

Als am vorangegangenen Tag Genaro und ich nicht zurückkamen, war man unsretwegen sehr besorgt. Auch von den Fischern hörte man nichts, und als man am südlichen Teil der Küste eine Windhose beobachtete, schien unser Schicksal besiegelt zu sein. Unverzüglich wurden zwei Fischerboote ausgesandt, die um die Insel herum segeln sollten, so daß sie einander wieder begegneten; von uns und dem Boot waren jedoch keinerlei Spuren zu entdecken. Francesca weinte, sie hatte mich doch so gern, und mit Schmerzen bejammerte sie Genaro und die armen Seeleute. – Fabiani hatte keine Ruhe, er selbst mußte sich an der Suche beteiligen, in jede kleine Felsspalte wollte er sehen, ob sich denn keiner von uns schwimmend dorthin gerettet habe, nun aber vielleicht den ärgsten Tod erleiden müsse, den der Angst und des Verhungerns, denn von keiner Seite war es doch möglich hinaufzusteigen zu den Menschen. Am frühen Morgen fuhr er mit vier kräftigen Ruderern hinaus, man untersuchte die Felsentore und die einzelnen Spalten. Dem fürchterlichen Hexenloch wollten sich die Ruderer nicht nähern, Fabiani aber befahl ihnen, auf den kleinen grünen Abhang zuzuhalten. – Als er näherkam, sah er dort eine ausgestreckte Gestalt liegen. Das war ich, ich lag wie eine Leiche zwischen den grünen Hecken. Der Wind hatte meine Kleider bereits halb getrocknet. Sie trugen mich ins Boot, er bedeckte mich mit seinem Umhang, rieb mir Brust und Hände und fühlte, daß ich schwach atmete. Sie brachten mich an Land in die Behandlung eines Arztes, ich war wieder im Tal der Lebenden, Genaro und die beiden Seeleute waren ertrunken. Ich mußte berichten, woran ich mich erinnerte, und ich erzählte von dieser seltsamen strahlenden Höhle, in der ich erwacht war, und von dem Boot mit dem alten Fischer und dem blinden Mädchen. Alle sagten, dies sei meine Phantasie, ein Fiebertraum in der Nachtluft, und ich mußte es selbst glauben und konnte es doch nicht, allzu lebhaft stand es in meiner Seele vor mir.

»Am Hexenloch haben Sie ihn gefunden?« fragte der Arzt und schüttelte den Kopf.

»Sie glauben doch nicht, daß dieser Ort größere Kräfte besitzt als die anderen?« fragte Fabiani.

»Die Natur ist eine Kette von Rätseln«, antwortete der Arzt, »die wenigsten haben wir bereits gelöst.«

In meiner Seele wurde es Tag. Das Hexenloch, die Welt, von der unsere Seeleute erzählt hatten, wo alles glänzte und aus Feuer und Strahlen bestand! Hatte die See mich dort hineingeworfen? Ich erinnerte mich an die enge Öffnung, durch die ich hinausgefahren war. War das Wirklichkeit oder Traum? Hatte ich in die Geisterwelt geschaut? Der Geist der Madonna hatte mich gerettet und beschützt. Mein Gedanke träumte sich zurück in die strahlend schöne Halle, wo mein Schutzengel Lara hieß. Wahrheit war dies alles, nicht Traum! Ich hatte gesehen, was erst Jahre später entdeckt wurde und heute Capris, ja Italiens schönster Besitz ist: die Grotta Azurra. Die weibliche Gestalt war das blinde Mädchen Lara aus Paestum gewesen. Wie aber konnte ich dies glauben, es denken? – Es war doch zu seltsam! Ich faltete meine Hände und dachte an meinen Schutzengel.

8. DIE HEIMREISE

Francesca und Fabiani blieben noch zwei Tage auf Capri, damit wir zusammen nach Neapel zurückreisen konnten. – Hatten sie mich früher mit ihrer Rede und ihrer Art, mich zu behandeln, mitunter auch verletzt, begegneten sie mir nun mit so großer Fürsorglichkeit und Liebe, daß ich mich von ganzem Herzen ihnen anschloß. »Du mußt mit uns nach Rom kommen«, sagten sie, »das ist das Vernünftigste und das Beste.« Meine wundersame Rettung und der sonderbare Anblick in der Höhle wirkten ein auf mein überhitztes Gemüt, ich fühlte mich auf diese Weise ganz in der Hand des unsichtbaren Herrschers, der so liebevoll alles zum besten lenkte, daß ich nun alles für Zufall nahm und resignierte. Als Francesca freundlich meine Hand drückte und fragte, ob ich denn Lust hätte, mit Bernardo in Neapel zu leben, versicherte ich, ich wolle, ich müsse nach Rom.

»Wir hätten deinetwegen viele Tränen vergossen, Antonio!« sagte Francesca und drückte mir die Hand. »Du bist unser gutes Kind. Die Madonna hat ihre schützende Hand über dich gehalten.«

»Die Eccellenza muß erfahren«, sagte Fabiani, »daß der Antonio, auf den er zornig war, im Mittelmeer ertrunken ist und daß wir den alten, vortrefflichen Antonio mit nach Hause bringen!«

»Der arme Genaro«, seufzte Francesca. »Er besaß ein edles Herz, Leben und Geist! In allem war er ein Muster.«

Der Arzt saß Stunden bei mir. Eigentlich stammte er aus Neapel und war auf Capri nur zu Besuch. Am dritten Tag begleitete er uns zurück, und da ich mittlerweile völlig wiederhergestellt war, sagte er, körperlich könne dies womöglich zutreffen, seelisch jedoch nicht. Ich hätte in das Reich des Todes gesehen und den Kuß des Todesengels auf meiner Stirn verspürt. Die Mimose der Jugend hätte ihre

Blätter eingerollt. Als wir in Begleitung des Arztes das Boot bestiegen und ich das klare, durchsichtige, tiefe Wasser sah, bedrückten die Erinnerungen meine Seele überaus seltsam. Ich dachte daran, wie nahe ich dem Tode gewesen und auf welch wunderbare Weise ich gerettet worden war. Die Sonne schien so warm auf das herrlich blaue Meer, ich fühlte, wie schön das Leben doch war, und Tränen stiegen mir in die Augen. Alle drei waren sie nur mit mir beschäftigt, sogar Francesca sprach von meinem hübschen Talent, nannte mich einen Dichter, und als der Arzt hörte, daß ich derjenige war, der improvisiert hatte, erzählte er, welchen Erfolg ich bei all seinen Freunden gehabt hätte und wie begeistert man gewesen sei. Der Wind war vortrefflich und statt, wie zunächst abgemacht, Sorrent anzusteuern, und von dort über Land nach Neapel zu fahren, segelten wir nun direkt in diese Stadt. In meinem Logis fand ich drei Briefe vor. Einer war von Federigo, der am Vortage nach Ischia abgereist war und erst drei Tage später zurückkommen würde, was mich traurig machte, denn so sah ich ihn nicht mehr und konnte ihm nicht Lebewohl sagen, weil unsere Abreise auf den folgenden Mittag festgesetzt war. Der zweite Brief, so teilte mir der Cameriere mit, sei am Morgen nach unserer Abreise eingetroffen, ich las: »Ein treues Herz, das es ehrlich und gut mit Ihnen meint, erwartet Sie heute abend!« Indessen standen weder das Haus noch die Nummer darin, lediglich: »Ihre alte Freundin«. Der dritte Brief stammte von derselben Absenderin und war am Vortage gekommen, dort stand: »Antonio, komm! Der Schrecken des letzten unglücklichen Augenblickes, als wir zusammen waren, ist wohl überstanden. – Komme bald! Betrachte alles als Mißverständnis. Alles kann gut werden, nur zögere nicht einen Moment zu kommen!« – mit demselben Siegel darunter. Daß diese Briefe von Santa kamen, war deutlich, mochte sie auch ein anderes Haus als das ihre für die Zusammenkunft bestimmt haben. Ich wollte sie nicht sehen, schrieb hastig einige höfliche Worte an ihren

Mann, ich verließe Neapel und die Eile, in der dieses Arrangement getroffen worden sei, gestatte mir nicht, ihm einen Besuch abzustatten. Ich dankte ihm für die Aufmerksamkeit, die er und seine Signora mir erwiesen hatten, und bat, mich in Erinnerung zu behalten. Auch Federigo sandte ich einen kleinen Zettel und versprach ihm einen gebührend langen Brief aus Rom, denn derzeit sei ich außerstande zu schreiben. – Nirgendwo ging ich hin, ich wollte Bernardo nicht begegnen und keinen meiner neuen Freunde sehen, nur den Arzt besuchte ich, mit Fabiani fuhr ich zu ihm. Er hatte ein gemütliches, freundliches Heim, seine älteste Schwester, eine alte Jungfer, besorgte ihm den Haushalt. Sie hatte etwas Liebenswertes, Treues an sich, das mir sofort zusagte, an die alte Domenica mußte ich denken, nur war die Schwester gebildet, verfügte über Talente und eine höhere Vervollkommnung.

Am nächsten Morgen, dem letzten meines Aufenthaltes in Neapel, hing mein Blick mit Wehmut am Vesuv, den ich nun zum letzten Male sehen sollte, der Gipfel war jedoch von dichten Wolken eingehüllt und schien nicht Lebewohl sagen zu wollen. Das Meer war spiegelglatt, ich dachte an mein Traumbild: Lara in der strahlenden Grotte, und bald würde alles, mein gesamter Aufenthalt hier in Neapel, wie ein Traum sein. Ich griff nach der Zeitung »Diario di Napoli«, die mir der Cameriere gebracht hatte, mein Name stand darin: eine Kritik meines ersten Auftretens. Begierig las ich sie: Meine reiche Phantasie, meine schönen Verse wurden vor allem hervorgehoben, ich schiene der Schule Pangettis zuzugehören, hätte meinen Meister nur ein wenig zu sehr studiert. Dieser war mir aber völlig unbekannt; daß ich kein Vorbild hatte, war gewiß. Die Natur und mein eigenes Gefühl waren meine einzigen Führer gewesen. Die meisten Rezensenten aber verfügen über so wenig Originalität, daß sie denken, bei allen von ihnen Beurteilten handele es sich ebenfalls um Kopien. Das Publikum hatte mir mehr Beifall zugestanden als dieser Rezensent, mochte er auch sagen, mit der Zeit könne ich ein Meister werden, bislang aber sei ich ein alltägliches Talent, reich an Phantasie, Gefühl und Begeisterung. Ich nahm das Blatt an mich, einmal würde es Zeichen dafür sein, daß dies alles doch kein Traum war. – Ich hatte Neapel gesehen, mich dort getummelt, viel gewonnen und viel verloren. – War Fulvias lockende Prophezeiung bereits erfüllt?

Wir verließen Neapel, die hohen Weingärten verschlossen es. Vier Tage lang ging es heimwärts, zurück nach Rom, auf eben dem Weg, auf dem ich zwei Monate zuvor mit Federigo und Santa gereist war. Wieder sah ich Mola di Gaeta mit seinen Orangenhainen, nun duftende Bäume mit Blüten; ich ging in den Gartengang, in dem Santa gesessen und das Abenteuer meines Lebens mit angehört hatte. Wie viele große Begebenheiten hatten sich doch in dieser kurzen Zeit daran angeschlossen! Wir fuhren durch das enge Itri, und ich dachte an Federigo. An der Grenze, wo die Pässe visitiert wurden, standen in der großen Felsenhöhle noch die Ziegen, die er gezeichnet hatte, den kleinen Jungen sah ich nicht. – Über Nacht blieben wir in Terracina, die Morgenluft war unendlich klar, dem Meer sagte ich ein Lebewohl; es hatte mich in seine Arme genommen, mich in den schönsten Traum gelullt und mir Lara, das Bild der Schönheit, gezeigt. Weit draußen in der ätherklaren Luft sah ich noch den Vesuv mit seiner blaßblauen Rauchsäule, als habe man ihn auf das glänzende Firmament gehaucht. Lebe wohl! Lebe wohl! Nach Hause, nach Rom, dort steht mein Grab! seufzte ich, und der Wagen rollte durch die grünen Sümpfe nach Velletri. Ich begrüßte die Berge, durch die ich mit Fulvia gewandert war, wieder sah ich Genzano, fuhr über den Platz, auf dem meine Mutter gestorben war und wo ich als Kind mein Alles auf dieser Welt verloren hatte. Nun kam ich als vornehmer Herr, die Bettler nannten mich Eccellenza, ich sah hinaus auf die Straße. Wohl war ich jetzt glücklicher als damals. – Wir kamen durch Albano, vor uns lag die Campagna, das Grabmal des Ascanius mit dem dichten Efeu am Weg, die Grabkammern, die lange Wasserleitung und Rom mit der Peterskuppel.

»Ein munteres Bild, Antonio«, sagte Fabiani, als wir durch die Porta San Giovanni rollten, vorbei an der Latherankirche, dem hohen Obelisken, dem Kolosseum und über den Trajansplatz. Alles sagte mir, daß ich zu Hause war: Wie ein nächtlicher Traum und doch wie ein Jahr meines Lebens lagen die Ereignisse der letzten Zeit vor mir. – Im Vergleich zu Neapel war es hier still und tot, der lange Corso war keine Toledostraße. Wieder sah ich die bekannten Gesichter, Habbas Dahdah trippelte vorüber und grüßte, als er den Wagen erkannte. An der Ecke der Via Condotti saß Peppo mit seinen Holzklötzen an den Händen.

»Nun sind wir zu Hause«, sagte Francesca.

»Ja, zu Hause«, wiederholte ich, und tausend Gefühl bewegten meine Brust. In einigen Augenblicken sollte ich der Eccellenza Rede und Antwort stehen, mir graute vor der Begegnung, und doch wollte mir scheinen, die Pferde flögen nicht rasch genug dahin.

Wir hielten vor dem Palazzo Borghese.

Zwei kleine Zimmer im obersten Stockwerk wurden mir angewiesen, noch hatte ich die Eccellenza nicht gesehen. Man rief zu Tisch. Ich verneigte mich tief vor ihm.

»Antonio soll zwischen mir und Francesca sitzen«, waren die ersten Worte, die ich von ihm hörte.

Leicht und natürlich verlief das Gespräch, ich erwartete jeden Augenblick, eine bittere Bemerkung könne mich treffen, doch nicht ein Wort, nichts deutete darauf hin, daß ich weg gewesen oder daß die Eccellenza über mich verärgert gewesen war, wie ihr Brief mir mitgeteilt hatte. Diese Milde bewegte mich, doppelt schätzte ich all die Liebe, die man mir entgegenbrachte, und doch kamen Stunden, in denen mein Stolz gekränkt war, weil man mich nicht gescholten hatte.

9. ERZIEHUNG · DIE KLEINE ÄBTISSIN

Der Palazzo Borghese war nun mein Heim, man begegnete mir mit größerer Milde und Freundlichkeit; und auch wenn sich einige Male der alte belehrende Ton, diese verletzende, oberflächliche Art mich zu behandeln, wieder meldete, wußte ich, daß man es mit mir sehr gut meinte.

In den wärmsten Monaten verließ man Rom, ich war allein im großen Palais, zum Winter kamen sie zurück, und alle alten Umstände kehrten wieder ein. Man vergaß, daß auch ich älter wurde und nicht mehr das Kind aus der Campagna war, das jedes Wort als Glaubensartikel aufnahm, oder der Scholar aus der Jesuitenschule, der immer und ewig erzogen werden mußte.

Wie eine mächtige See, in dem eine Welle die andere zerschmettert, liegt vor mir ein Zeitraum von sechs Jahren, und Gott sei gelobt, ich habe ihn durchschwommen. Du, der du mich durch das Abenteuer meines Lebens begleitest, folge mir hurtig! Den Eindruck des Ganzen möchte ich dir mit einigen wenigen Strichen wiedergeben, es war der Kampf meiner geistigen Erziehung. Der Geselle wurde behandelt wie ein Lehrjunge, damit er als Meister auftreten konnte.

Als vortrefflicher Mensch mit Talent, aus dem etwas werden könne, wurde ich angesehen, und jeder nahm sich meiner Erziehung an, denn dies gestattete meine Abhängigkeit all jenen, zu denen ich in engerer Beziehung stand, und meine Gutmütigkeit allen übrigen. Lebendig und tief empfand ich das Bittere meiner Stellung, und doch ertrug ich sie. Das war Erziehung!

Die Eccellenza klagte über meinen Mangel an Gründlichkeit; wie viel ich auch lernen mochte, es half nicht; nur den süßen Honig, der zu meinem Handwerk paßte, saugte ich aus den Büchern. Freunde des Hauses und meine Gönner – jeder für sich verglich mich mit den Idealen seines Interesses, und ich mußte fallen. Dem Mathematiker besaß ich zu viel Phantasie und zu wenig Bedächtigkeit. Dem Gelehrten beschäftigte ich mich nicht genug mit der lateinischen Sprache. Der Politiker fragte mich in Gesellschaft stets nach politischen Nachrichten, mit denen ich nicht vertraut war, und er fragte lediglich, um mich Armen zu kränken. Ein junger Adliger, für den das Leben aus Pferden bestand, beklagte meine mangelhaften Kenntnisse in der Hippologie und stimmte mit den anderen ein Miserere darüber an, daß ich mich stärker für mich selbst als für seine Pferde interessierte. Eine adlige Freundin des Hauses, die wegen ihres Ranges und ihrer auffälligen Süffisanz im Ruf stand, klug und kritisch zu sein, im Grunde aber keineswegs den Verstand besaß, den sie zu repräsentieren wußte, erbot sich, meine Gedichte nach Aspekten der Schönheit und der Form durchzusehen, dürfte sie aber auf zerrissenem Papier zugesandt bekommen haben. Für Habbas Dahdah war ich ein Talent, das früher einmal etwas versprochen hatte, aber schon seit langem tot war. Der erste Tänzer der Stadt sah auf mich herab, weil ich im Ballsaal keine Figur machte. Der Grammatiker, weil ich den Punkt benutzte, wo er das Semikolon bevorzugte, und Francesca sagte, man verderbe mich, weil man zu viel Wesens um mich mache, weshalb sie streng und erzieherisch tätig sein müsse. Jeder träufelte mir seine Gifttropfen ins Herz, ich fühlte, daß ich mich abhärten oder verbluten mußte.

Das Schöne, das Edle in allem ergriff und entzückte mich. Häufig dachte ich in ruhigen Augenblicken an alle meine Erzieher und meinte, daß sie im gesamten Natur- und Weltleben, wofür ich mit Gedanken und Seele lebte, die Rolle geschäftiger Handwerksleute spielten. Die Welt war mir ein hübsches Mädchen, das in Geist, Form und Kleidung meine ganze Aufmerksamkeit beanspruchte. Der Schuhmacher aber sagte: »Betrachte doch nur ihre Schuhe, sie sind äußerst vorzüglich, und das ist die Hauptsache!«

Die Schneiderin rief: »Nein, der Rock! Seht doch, welch ein Schnitt! Er allein muß Sie beschäftigen! Sehen Sie die Farbe, den Schnitt, studieren Sie es von Grunde auf!« »Nein!« schrie der Haareschneider. »Diesen Zopf müssen Sie analysieren, sich ihm widmen!« »Wichtiger ist doch die Sprache!« wandte der Sprachlehrer ein. »Nein, die Haltung«, sagte der Tanzmeister. Du guter Gott! seufzte ich. Mich interessiert die Gesamtheit! Ich sehe doch überall das Schöne; aber nur, um es euch recht zu machen, kann ich nicht Schneider oder Schuhmacher werden. Meine Berufung besteht darin, die Schönheit des Ganzen zu erfassen. Ihr guten Männer und Frauen, seid nicht zornig deswegen und verurteilt mich nicht! »Zu gering ist es ihm, seinem poetischen Geist nicht genug!« spotteten sie alle. Kein Tier ist doch so grausam wie der Mensch! Wäre ich reich und unabhängig gewesen, hätten sich die Farben rasch verändert. Alle waren sie klüger, gründlicher und vernünftiger als ich. Ich lernte verbindlich zu lächeln, wo ich hätte weinen können, mich zu verneigen, wo ich verachtete, und dem dummen Gerede von Narren aufmerksam zuzuhören. Verstellung, Bitterkeit, Lebensüberdruß waren die Früchte dieser Erziehung, die Menschen und Umstände mir aufzwangen. Stets wurde auf meine Mängel hingewiesen, sollte es denn gar keine wahrhaftigen, guten Seiten an mir geben? Selbst mußte ich sie suchen, sie geltend machen. Man lenkte meine Gedanken auf mein eigenes Ich und hielt mir anschließend vor, daß ich mich selbst bemerkte.

Der Politiker schalt mich einen Egoisten, weil ich mich nicht einzig mit seinem Handwerk beschäftigte. Ein junger Dilettant im Ästhetischen, ein Verwandter der Borghese, lehrte mich, wie ich zu denken, zu dichten und zu bewerten hätte, und stets auf solche Weise, daß ein Fremder erkannte, hier belehrte der Adelsmann den Hirtenjungen, den Armen, der doppelt dankbar zu sein hatte, daß er sich so weit zu ihm herabließ. Der junge Mann, der sich für schöne Pferde interessierte, und nur für diese, sagte, ich sei ein eitler Mensch, weil ich den Blick nicht nur für seine Pferde hätte. Waren sie denn nicht alle Egoisten? Oder hatten sie recht? Vielleicht! Ich war ein armes Kind, für das man so viel getan hatte. Auch wenn mein Name keinen Adel hatte, so hatte ihn doch mein Geist, und unendlich tief empfand er jede Demütigung. Ich, der ich mich mit ganzer Seele an Menschen geklammert hatte, verwandelte mich nun wie Lots Frau in die bittere Salzsäule. In meiner Seele entstand Trotz. Augenblicke später erhob sich mein geistiges Bewußtsein, und gefesselt, wie es war, wurde es zum Teufel des Hochmuts, der herabsah auf die Narreteien meiner klugen Lehrer und mir verführerisch ins Ohr wisperte: Dein Name wird leben und genannt werden, wenn die aller anderen vergessen sind, oder: Man wird sich deiner erinnern wie deine Umgebung, wie Grus und bittere Tropfen, die in deinen Lebensbecher gefallen sind! Da dachte ich an Tasso, an die eitle Leonora, den stolzen Hof zu Ferrara, dessen Adel nun allein am Namen Tassos hing; ihr Schloß war Grus, das Gefängnis des Dichters ein Wallfahrtsort. Ich fühlte selbst, wie eitel mir das Herz schlug, doch bei der Methode, mit der man mich erzog, blieb ihm gar nichts anderes übrig, wollte es nicht verbluten! Milde und Ermunterung hätten mir meinen Gedanken rein und meine Seele voller Liebe erhalten, jedes Wort wäre ein Sonnenstrahl gewesen, der eine Eiswurzel der Eitelkeit geschmolzen hätte, aber es fielen mehr Gifttropfen als Sonnenstrahlen.

Ich war nicht mehr gut, wie ich es früher gewesen war, doch man sagte von mir: Das ist ein vortrefflicher, außerordentlicher Mensch! Meine Seele studierte Bücher, die Natur, die Welt und mich selbst, und doch sagte man: Er will nichts lernen! Diese Erziehung dauerte sechs Jahre, ja, fast sieben könnte ich sagen; doch im siebenten Jahr entstand im Meer meines Lebens eine neue Wellenbewegung. Aus sechs langen Jahren gäbe es zwar Begebenheiten mitzuteilen, die entscheidender waren als viele der früheren, die ich erwähnt habe, doch sie zogen sich alle zusammen zu einem einzigen Gifttropfen, der jedem Talent, das nicht Gold oder Familie besitzt, als Atem bekannt ist.

Ich war Abate, ich hatte in Rom einen Namen als Improvisator, denn in der Academia Tiberina hatte ich improvisiert und Gedichte vorgetragen und stets stürmischen Beifall geerntet; doch Francesca hatte auch damit recht, daß man alles beklatschte, was vorgetragen wurde. Habbas Dahdah galt als einer der Ersten in der Academia, was heißt, er war derjenige, der am meisten redete und schrieb. Alle seine Kollegen sagten, er sei allzu einseitig, mürrisch und ungerecht; und doch duldeten sie ihn unter sich, und er schrieb und schrieb. Er war meine Wandfarbenstücke, wie er sie nannte, durchgegangen und erklärte jene Spur von Talent sei tot, die er einmal gefunden habe, als ich mich in der Schule vor ihm in den Staub gebeugt habe. Meine Freunde sollten verhindern, daß irgendeines meiner Gedichte, bei denen es sich lediglich um poetische Mißgeburten handele, ans Licht käme. Es sei ein Unglück, so sagte er, daß große Genies bereits in jungen Jahren geschrieben hätten, denn nun wolle ich dies ebenfalls.

Von Annunziata hörte ich nichts; sie war für mich wie eine Tote, die mir im Augenblick des Sterbens ihre kalte Hand auf mein Herz gelegt hatte, um es noch empfindlicher zu machen für jede schmerzliche Berührung. Mein Aufenthalt in Neapel, alle Erinnerungen von dort waren ein schönes, versteinertes Medusenhaupt. Wenn der heiße Schirokko blies, erinnerte ich mich an die milde Luft in Paestum, an Lara und an die strahlende Grotte, in der ich sie gesehen hatte. Wenn ich als Grünschnabel vor meinen männlichen und weiblichen Erziehern stand, kam die Erinnerung an den Beifall in der Räuberhöhle und im großen »San Carlo«. Stand ich als Fremder in der Ecke, dachte ich an Santa, die ihre Arme nach mir ausgestreckt und geseufzt hatte: »Töte mich, aber verlaß mich nicht!«

Es waren sechs lange, lehrreiche Jahre, und ich war nun 26 Jahre alt.

Flaminia – die kleine Äbtissin, wie man sie genannt hatte, Francescas und Fabianis Tochter, die schon in der Wiege vom Heiligem Vater zur Himmelsbraut geweiht worden war – hatte ich seit jener Zeit, als ich mit ihr auf dem Arm getanzt und ihr lustige Bilder gezeichnet hatte, nicht mehr gesehen. Sie wurde in Rom, im Nonnenkloster bei den Quattro Fontane erzogen, von wo sie niemals wegkonnte. Auch Fabiani hatte sie seit sechs langen Jahren nicht gesehen, nur Francesca in ihrer Eigenschaft als Mutter und Frauenzimmer durfte sie sehen. Sie sei bereits körperlich erwachsen, so hieß es, und die frommen Schwestern hätten ihren Geist zur gleichen Reife gebracht. Nach alter Sitte sollte die kleine Äbtissin einige Monate nach Hause zu den Eltern, um alle Lust und Freude zu genießen und sodann dem allem und ihnen für immer Lebewohl zu sagen. Sie selbst konnte zwar zwischen der lauten Welt und dem stillen Kloster wählen, aber schon seit den Kinderspielen mit den als Nonnen verkleideten Puppen bis zur Erziehung im Kloster war alles unternommen worden, um ihre Seele und ihr Denken dort zu befestigen.

Häufig, wenn ich durch die Quattro Fontane ging, dachte ich an dieses freundliche Kind, mit dem ich getanzt hatte, und wie verändert sie nun sein mochte, wie still sie hinter diesen engen Mauern lebte. Ein einziges Mal war ich in der Klosterkirche und hörte den Gesang der Nonnen hinter dem Gitter. Vielleicht sitzt die kleine Äbtissin zwischen ihnen, dachte ich, wagte aber nicht zu fragen, ob denn auch Kostgänger sich an Gesang und Kirchenmusik beteiligten. Eine Stimme übertönte so erstaunlich hoch und wehmütig die der anderen, sie erinnerte sehr stark an Annunziata, ich glaubte sie wieder zu hören, und alle Erinnerungen an jene Zeit wurden in meiner Seele geweckt.

»Am nächsten Montag kommt unsere kleine Äbtissin«, sagte die Eccellenza. Ich sehnte mich erstaunlich stark danach, sie zu sehen – einen gefangenen Vogel wie mich selbst, schien es mir; man nahm den Vogel aus dem Bauer, damit er mit einem Faden um den Fuß die Freiheit in Gottes Natur genießen konnte.

Am Mittagstisch sah ich sie zum ersten Male wieder. Sie war, wie man mir gesagt hatte, recht erwachsen, ein wenig blaß und auf den ersten Blick hätte niemand sie schön nennen können, doch lag eine innige Güte auf ihrem Gesicht, eine seltsame Milde.

Am Tisch befanden sich nur einige der engsten Verwandten. Niemand sagte ihr, wer ich war; sie schien mich nicht zu erkennen, aber mit einer Freundlichkeit, die mir ungewohnt war, beantwortete sie die wenigen Worte, die ich sagte. Ich fühlte, daß sie keinen Unterschied unter uns machte, als auch ich mich am Gespräch beteiligte; gewiß erkennt sie mich nicht, dachte ich.

Alle waren ausgelassen und berichteten Anekdoten und komische Begebenheiten aus dem täglichen Leben, und die kleine Äbtissin lachte. Das machte mir Mut, ich kam mit kleinen Wortspielereien, die gerade zu jener Zeit bei einigen Kreisen der Stadt im Schwange waren, doch nur die kleine Äbtissin lachte; die anderen beließen es beim Lächeln, sagten, dies sei Flitter und des Erzählens nicht wert. Ich versicherte, daß man sich fast überall sonst in Rom darüber amüsiere.

»Das ist doch Wortgeklingel«, sagte Francesca. »Ja, solche Oberflächlichkeiten gefallen ihm. Womit sich ein Menschenhirn doch beschäftigen kann!«

In Wahrheit beschäftigte mich derlei nur wenig, aber auch ich hatte zur Munterkeit beitragen wollen, und was ich erzählt hatte, war mir recht unterhaltend vorgekommen und galt auch anderswo dafür. Ich war verstimmt und schwieg.

Am Abend hatte man einige Gäste eingeladen, ich hielt mich bescheiden zurück. Die meisten von ihnen scharten sich um den vortrefflichen Perini, er war in meinem Alter, freilich Adelsmann, vergnügt und wirklich höchst unterhaltend und mit allen möglichen gesellschaftlichen Talenten ausgestattet. Man wußte, er war amüsant und witzig, und darum mußte auch alles, was er sagte, so sein! Ich stand ein wenig im Hintergrund, hörte, wie alle lachten, vor allem die Eccellenza. Ich trat näher und hörte eben dasselbe Wortspiel, das ich früher an jenem Tag höchst unglücklich angebracht hatte. Nun erzählte es Perini, er ergänzte nichts und ließ nichts weg, trug es sogar mit denselben Worten und derselben Miene vor wie ich, und alle lachten.

»Wie komisch!« rief die Eccellenza und klatschte in die Hände. »Sehr komisch! Nicht wahr?« sagte er zur kleinen Äbtissin, die lachend neben ihm stand.

»Ja, das habe ich heute mittag, als Antonio es uns erzählte, auch schon gedacht«, sagte sie. Nichts Bitteres war darin, es war ihre natürliche Milde, ich hätte ihr zu Füßen sinken können.

»Oh, wie superb!« sagte Francesca zu den Wortspielen.

Mein Herz klopfte stark, ich trat ans Fenster hinter die langen Vorhänge und holte tief Luft.

Diese kleine Begebenheit habe ich angeführt, weil jeder der folgenden Tage weitere Begebenheiten dieser Art mit sich brachte, aber die kleine Äbtissin war ein liebenswertes Kind, das mir mit Milde und Liebe in die Augen sah, als wolle es um Verzeihung bitten für die Sünden der anderen an mir. Auch war ich zu schwach, besaß zwar genug Eitelkeit, aber keinen Stolz! Was sich gewiß mit meiner Herkunft aus dürftigen Verhältnissen, meiner ursprünglichen Erziehung, meiner Abhängigkeit und den unglücklichen Dankbarkeitsverhältnissen erklärte, in denen ich mich stets befunden hatte. Unablässig erinnerte ich mich daran, was ich meiner Umgebung schuldete, und dies band mir die Zunge, die Entscheidungen meines Stolzes. Mochte es edel sein, so war es doch immer Schwäche.

In eine unabhängige Stellung konnte ich, so wie die Dinge standen, nicht gelangen. Mein Pflichtgefühl, meine

Gewissenhaftigkeit erkannten sie alle, doch sie sagten, ein Genie sei zu ernsten Verrichtungen nicht geeignet. Dazu hätte ich zu viel Geist, versicherten diejenigen, die am galantesten zu mir waren. Meinten sie, was sie sagten, wie schlecht bedienten sie dann einen Mann mit Geist! Ich hätte verhungern können, wäre die Eccellenza nicht gewesen, wie viel Dankbarkeit also schuldete ich ihm.

Zu jener Zeit hatte ich gerade ein großes Gedicht vollendet: David. Meine ganze Seele hatte ich hineingelegt; die Erinnerung an meine Flucht nach Neapel, die Begebenheiten dort und die Zerstörung meiner ersten Liebe hatten im letzten Jahr bei all der Erziehung, Tag für Tag meinem ganzen Wesen eine stärkere poetische Richtung gegeben. In manchen Augenblicken stand das ganze Leben wie ein poetisches Gedicht vor mir, und ich selbst spielte darin eine Rolle. Nichts erschien mir unbedeutend oder alltäglich, selbst der Schmerz und die Unbilligkeit gegen mich wurden zu Poesie. Mein Herz drängte danach sich zu verströmen, und in David hatte ich einen Stoff gefunden, der meiner Stimmung entsprach. Ich fühlte lebhaft die Vortrefflichkeit dessen, was ich geschrieben hatte, und meine Seele war Dankbarkeit und Liebe. Denn es ist die Wahrheit: niemals sang oder dichtete ich eine Strophe, die mir gelungen schien, ohne daß ich mich mit kindlicher Dankbarkeit an den ewigen Gott gewandt hätte, von dem ein Geschenk, eine Gnade in meine Seele hineinströmte! Ich war glücklich über mein Gedicht, hörte mit frommerem Sinn alles an, was ich für Unbilligkeit mir gegenüber hielt, und dachte: Wenn sie das hören, werden sie fühlen, welches Unrecht sie mir antun, sie werden mir mit doppelter Liebe entgegenkommen. Mein Gedicht war fertig, kein irdisches Auge außer dem meinen hatte es gesehen. Wie ein vatikanischer Apoll, ein unbeflecktes Bild der Schönheit, nur Gott und mir bekannt, stand es vor mir, und ich freute mich auf den Tag, an dem ich es in der Academia Tiberina vorlesen konnte. Zu Hause sollte es indessen niemand kennenlernen. An einem der ersten Tage aber, nachdem die kleine Äbtissin nach Hause gekommen war, waren Francesca und Fabiani sehr mild und freundlich zu mir, und ich konnte keine Geheimnisse vor ihnen haben. Ich erzählte von meinem Gedicht und sie sagten: »Aber wir müssen es vorher hören.« Ich willigte ein, wenn auch nicht ohne ein gewisses Herzklopfen, eine wunderliche Angst. Abends, als ich es lesen sollte, stattete gerade Habbas Dahdah einen Besuch ab. Francesca bat ihn zu bleiben und mich damit zu ehren, daß er es sich anhörte. Nichts widerstrebte mir mehr, ich kannte seine Bitterkeit, seine Kleinlichkeit und sein böses Blut, und auch die anderen begeisterten sich schließlich nicht besonders für mich. Vertrauen in die Vorzüglichkeit meines Werkes machte mir jedoch Mut, die kleine Äbtissin sah glückselig aus, sie freute sich darauf, meinen David hören zu können. Als ich im »San Carlo« aufgetreten war, hatte mein Herz nicht stärker geklopft als in diesem Augenblick, in dem ich vor diesen Menschen saß. Dieses Gedicht mußte ihr Urteil verändern und ihre Art, mich zu behandeln, eine Art geistiger Operation wollte ich bei ihnen bewirken, und darum bebte ich. Ein natürliches Gefühl hatte mich nur schildern lassen, was ich selbst kannte. Davids Hirtenleben, mit dem das Gedicht begann, war den Erinnerungen an meine eigene Kindheit in Domenicas Hütte entlehnt.

»Aber das bist du doch selbst«, rief Francesca, »du selbst draußen in der Campagna!«

»Ja, das hätte man doch wissen können«, sagte die Eccellenza. »Er muß immer selbst dabeisein. Ein wirklich eigenartiges Genie besitzt dieser Mensch! In allem weiß er sich selbst in den Vordergrund zu stellen.«

»Die Verse sollten noch ein wenig gefeilt werden«, sagte Habbas Dahdah. »Ich rate zur Regel des Horaz! Laß es nur liegen, liegen, und es wird zur Reife gelangen!«

Es war, als hätte man den Arm meiner schönsten Statue zerschmettert. Ich las noch ein paar Stanzen, erntete jedoch kalte, oberflächliche Bemerkungen. Wo mein Herz seinem Gefühl auf natürliche Weise Ausdruck verschafft hatte, sollte ich mich bei einem anderen Dichter bedient haben, wo meine Seele begeistert gewesen war und ich Aufmerksamkeit und Begeisterung erwartet hatte, blieb man gleichgültig und beließ es bei allgemeinen Redewendungen. Am Ende des zweiten Gesangs brach ich ab, ich konnte nicht mehr weiterlesen, mein Gedicht, das mir so schön und vergeistigt erschienen war, lag nun da wie eine Befana[25], eine entstellte Dreikönigspuppe mit gläsernen Augen und verzerrter Miene. Mir schien, man habe mein Schönheitsbild mit Gift beträufelt.

»Diesen David erschlägt der Philister nicht!« sagte Habbas Dahdah, im übrigen wurde geäußert, es sei recht Gelungenes zu finden und ich wisse dem Kindlichen, dem Gefühlvollen recht nett Ausdruck zu verleihen. Ich verbeugte mich schweigend, so wie der Verbrecher, dem ein gnädiges Urteil zuteil wurde. »Die Regel des Horaz«, flüsterte Habbas Dahdah mir zu, drückte mir ansonsten freundschaftlich die Hand und nannte mich einen Dichter. Einige Augenblicke später aber, als ich mich verlegen in eine Ecke drückte, hörte ich, wie er zu Fabiani sagte, meine Arbeit sei ein hoffnungslos zusammengeschluderter Kram.

Man verkannte mich, was meiner Seele unerträglich war. Ich ging in den großen Saal nebenan, wo im Kamin ein Feuer brannte, und knüllte krampfhaft mein Gedicht zusammen. Meine ganze Hoffnung, alle meine Träume in einem Augenblick zerschmettert! Ich kam mir unendlich klein vor, ein mißlungener Abdruck desjenigen, zu dessen Bilde ich geschaffen war. Was ich geliebt, an meine Lippen gepreßt, dem ich meine Seele, meine Gedanken eingehaucht hatte, warf ich von mir, in den Kamin, mein Gedicht ging in roten Flammen auf.

»Antonio!« schrie neben mir die kleine Äbtissin und griff nach den brennenden Blättern. Die rasche Bewegung ließ sie ausgleiten, sie stürzte in das Feuer, es sah schrecklich aus, sie schrie, ich rannte zu ihr und riß sie weg, mein Gedicht war verbrannt, erschrocken kamen die anderen hinzu.

»Jesus Maria!« schrie Francesca. Leichenblaß lag die kleine Äbtissin in meinen Armen, sie hob den Kopf, lächelte und sagte zur Mutter: »Mein Fuß ist ausgeglitten. Ich habe mir die Hand ein wenig verbrannt. Wäre Antonio nicht gewesen, wäre es ärger ausgegangen!« Ich stand da wie ein Sünder und konnte kein Wort äußern, sie hatte sich schlimm an der linken Hand verbrannt, im Hause war große Aufregung. Daß ich mein Gedicht ins Feuer geworfen hatte, erfuhren sie nicht; ich erwartete, daß man mich danach fragen werde, weil ich aber nicht darüber sprach, war es auch den anderen keiner Erwähnung wert. Gar niemandem? Doch, Flaminia, die kleine Äbtissin, war für mich der gute Engel des Hauses, durch ihre Milde, ihre schwesterliche Gesinnung kehrte mein kindliches Vertrauen manchmal wieder, ich fühlte mich ihr verbunden. Über vierzehn Tage war ihre Hand verletzt. Die Wunde brannte, doch auch in meinem Herzen brannte es.

»Flaminia, dies ist alles meine Schuld«, sagte ich eines Tages, als ich allein bei ihr saß, »meinetwegen hast du diese Schmerzen!«

»Antonio!« sagte sie, »schweig um Gottes willen! Laß niemanden ein Wort davon hören. Du setzt dich selbst ins Unrecht. Ich bin ausgeglitten, und es hätte weit unglücklicher ausgehen können, wärest du nicht gewesen, und dies denken auch Vater und Mutter. Sie haben dich sehr gern, Antonio, mehr als du glaubst!«

»Ich schulde ihnen alles«, sagte ich. »Und jeden Tag kommen neue Wohltaten hinzu.«

»Sprich nicht davon, Antonio; sie haben eine eigene Methode, dich zu behandeln, aber sie glauben nun einmal, es sei die richtige! Du weißt nicht, wieviel Gutes Mutter mir über dich erzählt hat! Wir alle haben Fehler, auch du, Antonio.« Sie hielt inne »Ja, wie konntest du so schlecht sein, dein schönes Gedicht zu verbrennen?«

»Es war nicht Besseres wert!« sagte ich. »Schon lange hätte ich es ins Feuer werfen sollen!«

Flaminia schüttelte den Kopf. »Das ist eine arge, böse Welt!« sagte sie. »Bei den Schwestern im stillen, freundlichen Kloster ist es viel besser gewesen.«

»Ja«, sagte ich heftig, »so unschuldig und gut wie sie bin ich nicht; mein Herz entsinnt sich mehr der bitteren Tropfen als jeder wohltuenden Erfrischung, die man mir reicht!«

»In meinem lieben Kloster war es viel besser als hier, wo ihr mich alle liebt«, sagte sie häufig, wenn wir allein waren. Meine ganze Seele neigte sich ihr zu, denn ich fühlte, sie war der gute Engel meines besseren Gefühls, meiner Unschuld, auch meinte ich an den anderen etwas mehr Zurückhaltung, eine größere Milde in Worten und Blicken zu bemerken und glaubte, dies habe Flaminia bewirkt.

Gerne unterhielt sie sich mit mir über das, was mich am meisten beschäftigte: die Poesie, die herrliche, göttliche Poesie, und ich erzählte ihr von den großen Meistern, häufig stieg Begeisterung in meiner Seele auf, und meine Lippen wurden beredt. Mit gefalteten Händen saß sie wie ein Unschuldsengel da und sah mir in die Augen.

»Wie glücklich du doch bist, Antonio, glücklicher als tausend andere! Und doch meine ich, es muß beunruhigen, wenn man der Welt so zugehört wie du und jeder Dichter. Wieviel Gutes können deine Worte tun, aber auch wieviel Schlimmes!« Sie äußerte ihr Erstaunen darüber, daß die Dichter den Kampf auf Erden und den Lauf der Welt besingen können, und ihr schien, ein Prophet Gottes, ein Sänger, müsse nichts als den ewigen Gott und die himmlische Freude besingen.

»Aber der Dichter besingt Gott in seiner Schöpfung«, antwortete ich, »und er verherrlicht, was dieser zu seiner Verherrlichung hervorgebracht hat!«

»Das verstehe ich nicht«, sagte Flaminia. »Ich fühle deutlich, was ich sagen will, aber ich finde keine Worte dafür.

Den ewigen Gott, das Göttliche in seiner Welt und im eigenen Herzen soll der Dichter artikulieren und zu seinem Herzen soll er uns führen, aber nicht hinaus in die wilde Welt!« Sie fragte mich, wie es sei, Dichter zu sein, wie man sich beim Improvisieren fühle, und ich erklärte es ihr, so gut mir dies möglich war.

»Gedanken, Ideen«, sagte sie, »ja, die verstehe ich wohl! Sie werden in der Seele geboren, sie kommen von Gott, das wissen wir alle; aber die schönen Verse, die Art und Weise, mit der man dieses Bewußtsein äußert, die verstehe ich nicht! Ich war niemals imstande, diese seltsame Sehnsucht, die mich ergriff, auszusprechen. So oft will mir scheinen, ich gehöre nicht in diese wilde Welt. Alles scheint mir ein großer, seltsamer Traum zu sein. Und darum sehne ich mich auch wieder nach meinem Kloster und meiner kleinen Zelle! Antonio, ich weiß nicht, wie es kommt, aber dort sah ich oft in meinen Träumen meinen Bräutigam Jesus und die heilige Jungfrau. Nun kommen sie seltener zu mir, ich träume von so viel weltlicher Pracht und Freude und von so vielem Bösen! Gewiß bin ich nicht mehr so gut wie früher bei den Schwestern! Warum muß ich nun so lang von ihnen fern sein? Weißt du, Antonio, dir will ich beichten! Ich habe meine Unschuld verloren, ich schmücke mich gern, und wenn andere sagen, ich sei hübsch, bin ich erfreut. Im Kloster hieß es, nur die Kinder der Sünde denken so etwas!«

»Ach, wären meine Gedanken so unschuldig wie deine«, sagte ich, verneigte mich vor ihr und küßte ihre Hand. Sie erzählte mir, sie erinnere sich noch daran, wie ich mit ihr getanzt und ihr Bilder gezeichnet hatte.

»Die du dann zerrissen hast!«

»Das war häßlich von mir! Warst du nicht wütend auf mich?«

»Andere Menschen haben mir die besten Bilder in meinem Herzen zerrissen, und doch bin ich nicht böse auf sie«, sagte ich, und sie gab mir einen leichten Klaps auf die

Wange; immer näher stand sie meinem Herzen, sie allein zeigte Anteilnahme und war liebevoll.

In den beiden heißesten Sommermonaten übersiedelten sie alle nach Tivoli, und auch ich ging mit, woran gewiß Flaminia beteiligt war. Die herrliche Natur, die üppigen Olivenhaine und die brausenden Wasserfälle ergriffen meine Seele so, wie damals das Meer, als ich es zum ersten Male bei Terracina gesehen hatte. Fort zu sein von Rom, der drückenden Hitze und der trockenen Campagna erfrischte mich; die Luft, die Berge mit ihren dunklen Olivenhainen brachten wieder die Lebensbilder aus Neapel in meine Seele.

Gerne und häufig ritt Flaminia mit ihrem Mädchen auf Eseln durch die Bergtäler bei Tivoli, und ich durfte sie begleiten. Flaminia war sehr empfänglich für die malerische Schönheit der Natur, und ich mußte versuchen, Bilder der Umgebung zu zeichnen: die unendliche Campagna, wo sich am Horizont die Peterskuppel wölbte, die üppigen Berghänge mit dichten Olivenhainen und Weingärten, Tivoli selbst, das hoch auf den Felsen lag, unter denen Wasserfall um Wasserfall schäumend in den Abgrund stürzte.

»Als stünde der ganze Ort auf losen Felsstücken, die das Wasser bald mit sich reißt! Ist man oben in den Straßen, denkt man nicht daran, sondern hüpft leichtfüßig über ein offenes Grab.«

»So ist es doch immer«, antwortete ich, »und es ist weise und günstig, daß es unseren Augen verborgen bleibt. Die brausenden Wasserströme, die wir hier sehen, haben etwas Beängstigendes, aber um wie vieles schrecklicher mag es unter Neapel aussehen, wo das Feuer tost, so wie hier das Wasser!«

Ich berichtete ihr vom Vesuv und von meiner Wanderung dort hinauf, von Herculanum und Pompeji, und sie trank jedes Wort von meinen Lippen. Wieder zu Hause, mußte ich noch mehr von der Schönheit auf der anderen Seite der Sümpfe erzählen.

Vom Meer konnte sie sich keine rechte Vorstellung machen, denn sie hatte es nur von den Bergen aus wie ein Silberband am Horizont gesehen. Ich sagte ihr, es sei so, als habe man Gottes Himmel über die Erde gespannt. Sie faltete die Hände und sagte: »Gott hat die Welt unendlich schön gemacht!« –Darum soll man sich auch nicht von der Herrlichkeit seines Werks abwenden und sich im dunklen Kloster einmauern, wollte ich sagen, wagte es aber nicht.

Eines Tages standen wir am alten Sibyllentempel und sahen auf die beiden großen Wasserfälle hinab, die wie Wolken in den Abgrund stürzten. Eine Säule aus Wasserstaub stieg zwischen den dunklen Bäumen zum blauen Himmel auf, die Sonnenstrahlen schienen auf die Säule und formten einen Regenbogen. In den Felsenlöchern über der kleineren Kaskade hatten Tauben ihre Nester, unter uns zogen sie ihre großen Kreise über diese brausende Wassermasse, die im Sturz zerschmettert wurde.

»Wie schön«, rief Flaminia, »improvisiere für mich, Antonio, »sag mir ein Gedicht, über das, was du siehst!«

Ich dachte an die Träume meines Herzens, die alle so wie dieser Wasserstrom zerschmettert waren, ließ mich überreden und sang: Das Leben braust so schnell wie der Strom, nicht jeder Tropfen aber ist Sonnenlicht, nur über dem Ganzen, über der gesamten Menschheit liegt die Glorie der Schönheit.

»Nein, etwas Trauriges möchte ich nicht«, sagte Flaminia. »Du sollst nur für mich singen, wenn du es gern willst! Antonio, ich weiß nicht, warum es so ist, aber dich betrachte ich nicht wie die anderen Herren, die ich kenne. Dir kann ich alle meine Gedanken erzählen, du bist mir nahe, so wie Vater und Mutter.«

Ich besaß ihr Vertrauen wie sie das meine, so vieles bewegte sich in meiner Seele und drängte nach Mitteilung. Eines Abends erzählte ich ihr von meiner Kindheit, von der Wanderung durch die Katakomben, vom Blumenfest in Genzano und vom Tod meiner Mutter. Davon hatte sie noch nie gehört.

»O Gott«, sagte sie, »dann sind wir schuld an deinem Unglück! Armer Antonio!« Sie nahm meine Hand und sah mir traurig in die Augen. Für die alte Domenica interessierte sie sich sehr und fragte mich, ob ich sie häufig besuche, und ich schämte mich eingestehen zu müssen, daß ich in den letzten Jahren höchstens zwei Mal dort draußen gewesen sei, in Rom hätte ich sie freilich häufiger gesehen und hatte dann stets mein kleines Vermögen mit ihr geteilt, das aber sei nicht der Rede wert gewesen.

Stets bat sie mich, mehr zu erzählen, und so breitete ich vor ihr meine ganze Jugend aus, erwähnte Bernardo und Annunziata, und sie sah mir mit diesem unendlich frommen Blick in die Seele. Die Nähe der Unschuld leitete meine Worte. Ich berichtete von Neapel, und selbst die Schattenseiten berührte ich, wenn auch nebenbei, sehr nebenbei. Und doch schauderte ihr bei dem, was ich erzählte, schauderte vor Santa, der Schlange der Schönheit in meinem Paradies.

»Nein, nein«, sagte sie dann, »dorthin will ich nicht! Das Meer und der brennende Berg können die Sünde und die Abscheulichkeit nicht aufwiegen, die es in dieser großen Stadt gibt. Du bist gut und fromm, und darum hat die Madonna dich beschützt!«

Ich dachte an das Bild der Mutter Gottes, das von der Wand gefallen war, als meine Lippen Santas Lippen berührt hatten. Davon aber konnte ich Flaminia nichts erzählen, hätte sie mich dann noch gut und fromm genannt? Ich war ein Sünder wie die anderen. Die Umstände und die Gnade der Mutter Gottes hatten über mir gewacht. Im Augenblick der Versuchung war ich so schwach wie alle, die ich kannte.

Lara wurde ihr unsagbar lieb. »Ja«, sagte sie, »nur weil dein Geist in Gottes Himmel war, konnte sie zu dir kommen! Ich kann sie mir vorstellen, mir diese blaue, strahlende Grotte denken, in der du sie zuletzt gesehen hast.« Annunziata wollte sie nicht schätzen. »Wie konnte sie den häßlichen Bernardo lieben? Und daß sie deine Frau wäre, gefiele mir auch nicht. Ein Frauenzimmer, das vor einem ganzen Publikum auftritt! Ich kann nicht recht deutlich machen, wie ich es meine. Ich fühle, wie schön sie war, wie klug, wie viele Vorzüge sie gegenüber anderen Frauen hatte, und doch meine ich nicht, daß sie dich besitzen sollte. Lara war dir ein besserer Schutzengel.«

Ich mußte ihr von meiner Improvisation erzählen, und ihr schien, in dem großen Theater sei es weit schrecklicher gewesen als bei den Räubern in der Berghöhle. Ich zeigte ihr den »Diario di Napoli« mit der Kritik über mein erstes öffentliches Auftreten; wie häufig hatte ich sie seither gelesen.

Es vergnügte sie alles zu studieren, was in der Zeitung aus dieser fremden Stadt stand. Plötzlich sah sie mich an und rief: »Aber daß Annunziata zur selben Zeit wie du in Neapel war, hast du mir nicht erzählt! Hier steht, sie werde am folgenden Tag auftreten, an jenem Tag also, an dem du abgereist bist!«

»Annunziata«, stotterte ich und starrte auf die Zeitung, die ich schon so oft gesehen hatte, in der ich allerdings stets nur das gelesen hatte, was dort über mich stand. »Das habe ich nicht bemerkt!« Wir sahen einander schweigend an. »Gott sei Dank, daß ich ihr nicht begegnet bin, sie nicht getroffen habe, sie war ja nicht mein!«

»Und wenn es nun dazu käme?« fragte Flaminia. »Würde es dich nicht freuen?«

»Es wäre mir ein Schmerz! Ein Leiden! Die Annunziata, die mich entzückte und die ich noch immer als Ideal in meiner Erinnerung habe, würde ich nicht wiederfinden. Sie wäre mir ein neues Wesen, das nur schmerzlich eine Erinnerung berührt, die ich vergessen muß! Als Eigentum des Todes betrachten muß! Sie befindet sich unter meinen Toten.«

Eines Nachmittags, als es sehr heiß war, kam ich in den großen Saal, den man gemeinsam nutzte und in dem dichte, grüne Schlingpflanzen die Fenster beschatteten. Flaminia saß da, das Kinn auf die Hand gestützt; sie schlief, und es schien, als habe sie die Augen nur zum Scherz geschlossen. Ihre Brust hob sich, sie träumte. »Lara«, sagte sie. Im Traum schwebte sie mit dem Traumbild ihres Herzens durch jene strahlende Welt, in der ich es zuletzt gesehen hatte. Ein Lächeln umspielte ihre Lippen, sie öffnete die Augen. »Antonio, du bist hier?« sagte sie. »Ich habe geschlafen und geträumt! Und weißt du von wem?«

»Von Lara!« sagte ich, denn auch an sie hatte ich denken müssen, als ich Flaminia mit geschlossenen Augen sah.

»Ich habe von ihr geträumt«, sagte sie. »Wir beide flogen über das große schöne Meer, von dem du mir erzählt hast. Mitten im Wasser war ein Berg, auf dem du so traurig saßest, wie du es häufig bist! Da sagte sie, sie wolle zu ihm hinunterfliegen, und sank hinab, ich wollte mit ihr zu dir, die Luft aber hielt mich weiter oben, und mit jedem Flügelschlag, den ich machte, um ihr zu folgen, flog ich weiter fort. Als ich aber glaubte, es lägen tausend Meilen zwischen uns, war sie neben mir und du auch!«

»So sammelt uns der Tod«, sagte ich. »Wie reich ist doch der Tod! Er besitzt alles, was unserem Herzen am teuersten ist.« Ich sprach mit ihr über meine lieben Toten, selbst die Toten meiner Gedanken, meiner Liebe, und häufig kehrten wir zu diesen Erinnerungen zurück.

Dann fragte sie mich, ob ich denn auch an sie denken würde, wenn wir uns nun trennen müßten. Denn bald sei sie im Kloster, sei Nonne, Christi Braut, und wir sähen einander niemals wieder.

Tiefer Schmerz ergriff mich beim Gedanken hieran, und ich fühlte recht lebhaft, wie lieb mir Flaminia geworden war.

Eines Tages, als sie mit ihrer Mutter und mir im Park der Villa d'Este spazierenging, wo die großen Zypressen stehen, kamen wir durch die lange Allee aus künstlichen Springquellen. Ein zerlumpter Bettler lag dort und entfernte das Gras auf dem Weg. Als er uns sah, bat er um einen Bajok. Ich gab ihm einen Paolo, Flaminia lächelte ihn freundlich an und gab ihm ebenfalls einen.

»Die Madonna soll es der jungen Eccellenza und seiner schönen Braut lohnen!« rief er uns nach.

Francesca lachte laut, mir fuhr es brennendheiß durch mein Blut. Ich hatte nicht den Mut, Flaminia anzusehen. In meiner Seele war ein Gedanke geweckt worden, den mir selbst einzugestehen ich niemals gewagt hätte. Langsam, aber beständig war Flaminia in mein Herz hineingewachsen, es müßte verbluten, fühlte ich, wenn wir uns trennen müßten. Sie war die einzige, an der meine Seele noch hing, die einzige, die meine Gedanken und Gefühle liebevoll aufnahm. War das Liebe? Liebte ich sie? Das Gefühl, das Annunziata in meiner Seele geweckt hatte, war völlig anders, und selbst der Anblick Laras und die Erinnerung an sie waren weit mehr verwandt mit jenem Gefühl. Geist und Schönheit hatten mich an Annunziata entzückt, das ideale Schöne hatte sich mit dem ersten Anblick Laras vermischt und ließ mir das Herz aufgehen. Nein, so war meine Liebe zu Flaminia nicht, es war nicht die wilde, brennende Leidenschaft, es war Freundschaft, die lebhafteste Liebe eines Bruders. Ich fühlte die Umstände, die mich mit ihrer Familie verbanden, und verzweifelte, denn ich konnte mich nicht von ihr trennen. Sie war mir alles, mein Liebstes auf dieser Welt, aber ich empfand nicht den Wunsch, sie an mein Herz zu pressen, ihr einen Kuß auf die Lippen zu hauchen, so, wie all meine Gedanken bei Annunziata weilten, so wie mich eine unsichtbare Macht zu diesem blinden Mädchen trieb, das mir fremd war.

Die junge Eccellenza und seine schöne Braut! hatte der Bettler gerufen, und es hallte in meiner Seele nach, ich versuchte jeden Wunsch von Flaminias Lippen abzulesen, hing wie ein Schatten an ihr. Waren die anderen zugegen, war ich verstimmt und sorgenvoll. Ich fühlte die tausend

Fesseln, die mich drückten, wurde schweigsam und zerstreut, nur bei ihr war ich beredt. Sie war mir so lieb, und sie sollte ich verlieren.

»Antonio«, sagte sie, »du bist krank, oder es ist etwas geschehen, das ich nicht wissen darf. Warum?« Mit ihrer ganzen Seele hing sie an mir, ich wollte ihr ein liebevoller, treuer Bruder sein, und doch gingen alle Reden darauf hinaus, ihre Gedanken auf diese Welt zu lenken. Ich erzählte, daß ich selbst einmal hatte Mönch werden wollen und wie unglücklich ich gewesen war, denn früher oder später forderte das Herz sein Recht.

»Dann will ich«, sagte sie, »glücklich sein, sehr glücklich, wenn ich wieder zu den frommen Schwestern gehe. Erst dort finde ich das rechte Heim. Oft werde ich an jene Zeit denken, als ich draußen in der Welt war, an alles denken, was du mir erzählt hast, an dich denken und wie gut du zu mir gewesen bist. Es wird ein schöner Traum sein, das meine ich schon jetzt. Ich werde für dich beten, damit die schlechte Welt dich niemals verdirbt und damit du sehr glücklich wirst, und die Welt soll sich über deine Lieder freuen, und du wirst fühlen, wie gut der liebe Gott zu dir und uns allen ist!«

Da stiegen mir Tränen in die Augen und ich seufzte tief: »Dann werden wir einander nie mehr sehen!«

»Doch, bei Gott und der Madonna«, sagte sie und lächelte fromm. »Dort wirst du mir Lara zeigen. Dort erhält sie auch ihr Augenlicht. Ach ja, bei der Madonna ist es doch am besten!«

Wir zogen wieder nach Rom. Ich hörte, wie man sich darüber unterhielt, daß Flaminia in einigen Wochen, in ihr Kloster zurückkehren und bald darauf den Schleier nehmen sollte. Mein Herz wurde vom Schmerz zerdrückt und doch mußte ich dies verbergen. Wie einsam und leer würde es doch sein, wenn sie von uns ginge, wie fremd und verlassen stünde ich da! Welcher Herzenskummer – ich suchte ihn zu verbergen –, munter zu sein und ein ganz anderer als der, der ich war.

Sie sprachen vom Prunk ihres Weihefestes, als wäre es ein Freudenfest. Konnte sie aber von uns gehen? Ihre Vernunft, ihr ganzer Verstand hatte alle bezaubert. Die schönen langen Haare würde man ihr abschneiden, der Lebenden würde man das Totenkleid anziehen, sie würde das Geläut der Sterbeglocken hören und erst als Tote auferstehen zur Himmelsbraut. Das sagte ich zu Flaminia, mit Todesangst bat ich sie zu überdenken, was sie tat, auf diese Weise in ihr Grab zu gehen.

»Laß niemanden hören, was du sagst, Antonio«, sagte sie mit einem Ernst, wie ich ihn noch niemals von ihr gehört hatte. »Die Welt hält dich allzu fest. Achte mehr auf das Himmlische!« Sie wurde blutrot, ergriff meine Hand, als sei ihre Rede zu hart gewesen, und sagte voll inniger Milde: »Antonio, du willst mich doch nicht traurig machen!«

Da sank ich ihr zu Füßen, vor mir stand eine Heilige, meine ganze Seele klammerte sich an sie, doch sie war die Braut der Kirche. Täglich sah ich sie, täglich lernte ich sie höher zu schätzen. Wie eine Schwester sprach sie zu mir, sah mir in die Augen, reichte mir die Hand, sagte, sie sehne sich nach mir und ich sei ihr lieb. Krampfhaft verbarg ich die Todesangst in meiner Seele, und es gelang mir, daß man sie nicht sah. Gott sende einem Herzen, das litt wie ich, den Tod!

Schrecklich stand mir der Augenblick der Trennung vor Augen, und darum flüsterte mir ein böser Geist ins Ohr: Du liebst sie! Und doch liebte ich sie nicht, wie ich Annunziata geliebt hatte, mein Herz klopfte anders, nicht so wie damals, als meine Lippen Laras Stirn berührt hatten. »Sage Flaminia, daß du nicht ohne sie leben kannst, sie hängt an dir wie eine Schwester am Bruder! Sag, daß du sie liebst! Die Eccellenza und die ganze Familie werden dich verbannen, dich in die Welt hinausstoßen! Aber mit ihr verlierst du alles! Die Entscheidung ist leicht!«

Wie oft schwebte das Eingeständnis auf meinen Lippen, doch mein Herz bebte und ich verstummte, es war ein Fieber, ein Todesfieber, das sich in meinem Blut und meinen Gedanken wälzte.

Im Palais wurde alles zu einem glanzvollen Ball, zu einem Blumenfest für das Opferlamm gerüstet. Ich sah sie in der reichen, prachtvollen Tracht, sie war unendlich anmutig.

»Jetzt freue dich wie die anderen!« flüsterte sie mir zu. »Es betrübt mich, daß ich dich so sorgenvoll sehe. Deinetwegen werde ich oft an die Welt zurückdenken, wenn ich in meinem Kloster sitze, und das ist eine Sünde, Antonio! Versprich mir, daß du vergnügter bist! Versprich mir, daß du Vater und Mutter vergibst, weil sie ein wenig hart zu dir sind! Sie wollen das Beste. Versprich mir, daß du nicht so oft an die Bitterkeit der Welt denkst, und sei stets fromm und gut, so wie jetzt, dann kann ich an dich denken, für dich beten, und die Madonna wird dir gut und gnädig sein!«

Ihre Worte waren Todesseufzer in meinem Herzen. Ich sehe sie noch an jenem letzten Abend, ehe sie uns verließ. Sie war sehr ruhig, sie küßte ihren Vater und die alte Eccellenza und sprach vom Abschied, als handele es sich um einige wenige Tage.

»Nun sage auch Antonio Lebewohl!« sagte Fabiani, er war gerührt, die anderen schienen es nicht zu sein. Rasch trat ich zu ihr und beugte mich, um ihr die Hand zu küssen.

»Antonio!« sagte sie, ihre Stimme war sanft, Tränen stiegen mir in die Augen. »Werde glücklich!«

Ich wollte mich losreißen, zum letzten Male sah ich in ihr frommes, mildes Gesicht.

»Lebe wohl!« sagte sie, und doch kam nicht ein Laut über ihre Lippen, sie beugte sich über mich, sie küßte mich auf die Stirn und sagte: »Dank für all deine Liebe, mein lieber Bruder!«

Mehr weiß ich nicht, ich war aus dem Saal, war auf meinem Zimmer, wo ich weinen konnte, mir war, als versinke unter mir die Welt.

Und ich sah sie noch ein Mal! Als die Zeit gekommen war, sah ich sie. Die Sonne schien so warm und munter. Ich sah, wie Flaminia in all ihrer reichen Pracht und Herrlichkeit von Mutter und Vater zum Altar geführt wurde, ich hörte, daß gesungen wurde und viele Menschen zugegen waren, deutlich steht mir nur das blasse, milde Gesicht vor Augen. Ein Engel kniete mit den Priestern vor dem Hochaltar. Ich sah, wie sie den kostbaren Schleier vom Kopf nahmen und ihr das volle Haar auf die Schultern fiel, ich hörte, wie die Schere es abschnitt. Sie zogen ihr die prachtvollen Kleider aus, sie legte sich auf die Leichenbahre, das Leichenlaken und die schwarze Decke mit den Totenköpfen darauf wurden über sie gebreitet. Die Kirchenglocken läuteten zum Begräbnis, man stimmte ein Lied für die Tote an! Ja, tot war sie, für diese Welt bestattet. Das schwarze Gitter vor dem Klosterchor hob sich. In weißen Hemden standen die Schwestern da und sangen ihrer neuen Schwester das Willkommen der Engel, der Bischof reichte ihr die Hand, als Himmelsbraut erstand die Tote wieder auf. Elisabeth hieß sie nun. Ich sah den letzten Blick, mit dem sie die Versammelten ansah, dann reichte sie der nächststehenden Schwester die Hand und betrat das lebenslange Grab. Das schwarze Gitter fiel. – Ich sah noch ihren Umriß, noch einen Zipfel ihres Rocks – und sie war fort.

10. DIE ALTE DOMENICA · DIE ENTDECKUNG · DER ABEND IN NEPI · TERNI · DAS LIED DES SCHIFFERS · VENEDIG

Im Palazzo Borghese nahm man Gratulationen entgegen. Flaminia/Elisabeth war Himmelsbraut. Francescas gekünsteltes Lächeln konnte nicht verbergen, wie ernst sie war. Die Ruhe ihres Gesichtes war aus ihrem Herzen geflohen.

Erstaunlich bewegt sagte Fabiani zu mir: »Du hast Grund traurig zu sein, du hast deine größte Gönnerin verloren. Sie hat mich gebeten, der alten Domenica ein paar Scudi zu geben, gewiß hast du ihr von deiner Pflegemutter erzählt. Gib ihr dies, es ist ein Geschenk Flaminias!«

Wie eine Schlange umklammerte der Tod mein Herz, mein Gedanke war Lebensüberdruß, ich erbebte vor ihm, denn ein Selbstmord schien mir die hellste Seite zu sein. Leer und tot war es in den großen Sälen. Hinaus in die frische Luft! dachte ich. Zum Heim der Kindheit, wo Domenica mir Wiegenlieder vorsang, wo ich spielte und träumte!

Dürr und versengt lag die Campagna da, nicht ein grünes Blatt versprach Lebenshoffnung, der gelbe Tiber wälzte seine Wellen zum Meer, um zu verschwinden. Wieder sah ich die alte Grabkammer mit dem Efeu auf dem Dach und an den Mauern, jene kleine Welt, die ich als Kind die meine genannt hatte. Die Tür stand offen, ein wehmütig vergnügtes Gefühl rührte sich in meinem Herzen, ich dachte an Domenicas Liebe und an ihre Freude, mich zu sehen. Ein Jahr mochte es bestimmt her sein, seit ich das letzte Mal dort gewesen war, und fast acht Monate, seit ich in Rom zuletzt mit ihr gesprochen hatte, und sie hatte mich gebeten, doch recht bald zu ihr hinauszukommen. Oft hatte ich an sie gedacht und mit Flaminia über sie gesprochen. Der Sommeraufenthalt in Tivoli und meine bewegte Seelenverfassung nach meiner Rückkehr hatten bewirkt, daß ich nicht in die Campagna gegangen war. In Gedanken hörte ich schon ihren Freudenschrei, mich zu sehen, was meine Schritte beflügelte, als ich jedoch ganz nahe an der Tür war, ging ich langsam, damit sie mich nicht hörte. Ich sah in die Kammer, in der Mitte stand ein großer Eisenkessel auf einem Feuer, ein junger Bursche drehte sich um und sah mich an, es war Pietro, das kleine Kind, das ich hier gewiegt hatte. »St. Joseph!« rief er und sprang erfreut auf. »Eccellenza sind das! Es ist lange, lange her, daß Eccellenza so gnädig waren, hier herauszukommen!«

Ich reichte ihm die Hand, er wollte sie küssen. »Nein, nein, Pietro!« sagte ich, »das klingt fast so, als hätte ich meine alten Freunde vergessen, aber das habe ich nicht!«

»Nein, das hat die gute alte Mutter auch gesagt! O Madonna, wie hätte sie sich gefreut, Eccellenza sehen zu dürfen!«

»Wo ist Domenica?« fragte ich.

»Ach«, antwortete er, »nun liegt sie schon ein halbes Jahr unter der Erde! Sie ist gestorben, als Eccellenza in Tivoli waren! Sie war nur ein paar Tage krank, aber in der ganzen Zeit hat sie von ihrem lieben Antonio gesprochen. Ja, Eccellenza sind doch nicht böse, daß ich Eccellenza bei diesem Namen nenne, sie hat Eccellenza so gerne gehabt! ›Wenn meine Augen ihn doch noch einmal sehen könnten, ehe sie sich schließen!‹ hat sie gesagt, und sie hat solche Sehnsucht gehabt! Als ich merkte, daß sie die Nacht nicht überleben würde, bin ich am Nachmittag nach Rom gegangen, ich wußte, Eccellenza wären über meine Bitte nicht verärgert gewesen, ich wollte Eccellenza bitten, zu der alten Mutter zu kommen. Als ich aber hinkam, waren Eccellenza und die Herrschaft nach Tivoli gereist. Also ging ich traurig nach Hause, und als ich hier ankam, war sie schon eingeschlafen.« Er hielt die Hände vors Gesicht und weinte. Jedes seiner Worte fiel mir schwer auf mein Herz. Ich war ihr Todesgedanke gewesen, und zur selben Zeit war mein Gedanke weit umhergeschweift, weit von ihr entfernt gewesen. Hätte ich ihr doch Lebewohl gesagt, ehe ich nach Tivoli reiste. Ich war kein guter Mensch! Ich gab Pietro den Beutel von Flaminia und alles, was ich selbst hatte; er sank vor mir auf die Knie, sagte, ich sei ihr Schutzengel, und in meinem Herzen klang dies wie Spott. Mit doppeltem Schmerz und zerschmetterter Seele verließ ich die Campagna. Ich weiß nicht, wie ich nach Hause gekommen bin.

Drei Tage lang lag ich bewußtlos in heftigem Fieber. Gott weiß, was ich erzählte, Fabiani aber kam oft zu mir, als Krankenpflegerin hatte man mir die taube Fenella gegeben. Flaminia wurde niemals erwähnt. Krank war ich aus der Campagna gekommen und hatte mich unverzüglich zu Bett begeben, wo das Fieber auftrat.

Langsam kehrten meine Kräfte zurück, vergebens suchte ich mir eine Laune und eine Munterkeit zu erkämpfen, die ich nicht besaß. Ungefähr sechs Wochen, nachdem Flaminia den Schleier genommen hatte, gestattete der Arzt mir auszugehen. Ich weiß es selbst nicht, ich ging zur Porta Pia, meine Augen stierten hinunter nach Quattro Fontane, aber ich hatte nicht den Mut, am Kloster vorüberzugehen. Wenige Abende später wurde mein Herz wieder dorthin gezogen, ich sah die graue Klostermauer, die geschlossenen Fenster, Flaminias verriegeltes Grab. – Warum wage ich das Grab der Toten nicht zu sehen? fragte ich mich und fand eine Erklärung dafür. Jeden Abend führte mich mein Weg hier vorbei. Ich spaziere so gern nach Villa Albani! sagte ich zu meinen Bekannten, denen ich zufällig begegnete. Gott weiß, wie es enden mag, seufzte mein Herz. Lange kann ich das nicht aushalten, und war doch gerade am Ziel.

Es war ein dunkler Abend, aus dem Klosterfenster fiel ein Lichtschein auf die Mauer, ich lehnte am Eckhaus, starrte auf den hellen Punkt und dachte an Flaminia. »Antonio!« sagte eine Stimme dicht neben mir. »Antonio, was machst du hier?« Es war Fabiani. »Komm mit nach Hause!« Ich ging mit, auf der Straße sprachen wir kein Wort miteinander, ich fühlte, er wußte alles wie ich selbst, ein Undankbarer war ich! Ich hatte nicht den Mut, ihn anzusehen. Wir waren allein im Raum.

»Antonio, du bist noch krank!« sagte er, und in seiner Stimme lag ein seltsamer Ernst. »Du brauchst Bewegung, Zerstreuung; es würde dir guttun, dich mehr in der Welt zu tummeln. Schon einmal hast du nach den Flügeln der

Freiheit gegriffen, vielleicht war es unrichtig, daß ich den Vogel wieder in den Käfig steckte. Eigentlich soll der Mensch immer seinen Willen haben. Stürzt er damit in sein Unglück, hat er sich dies allein vorzuhalten. Du bist alt genug, deine Schritte zu setzen! Eine kleine Reise könnte dir nutzen, das sagt der Arzt auch. Du hast doch bisher nur Neapel gesehen, besuche nun Norditalien! Ich werde dafür sorgen, das ist am besten für dich, es ist notwendig und«, fügte er mit einem Ernst, einer Strenge hinzu, die mir an ihm unbekannt war, »ich bin davon überzeugt, du wirst die Wohltaten, die wir dir erwiesen haben, niemals vergessen! Niemals Kränkung, Schande und Sorge über uns bringen, wie sie Unbesonnenheit oder blinde Leidenschaft mit sich bringen können. Ein Mensch kann alles, was er will, wenn er nur das Gute will!«

Wie ein Blitzstrahl schmetterten seine Worte mich zu Boden, ich beugte meine Knie, drückte seine Hand an meine Lippen. »Ich weiß schon, wir sind immer ungerecht zu dir gewesen«, sagte er halb im Scherz, »und wir waren unbillig und streng. Keiner meint es ehrlicher und aufrichtiger mit dir als wir. Du wirst schönere Redeweisen, liebevollere Worte hören, nicht aber solche von wahrer Treue, wie wir sie dir schenkten. Ein Jahr sollst du dich draußen tummeln. Laß uns sehen, was sich in dir bewegt und auf welche Weise wir dir unrecht getan haben!« Er verließ mich.

Hält denn die Welt noch weitere Schmerzen für mich bereit, weitere Gifttropfen? Selbst die einzige Erfrischung, die Freiheit hinauszuziehen in Gottes Welt, wird mir wie Gift in mein Blut geträufelt. Fort von Rom, fort aus dem Süden, wo alle Blumen der Erinnerung stehen, über die Apenninen; im Norden liegt Schnee auf den hohen Bergen. Von den Alpen weht die Kühle in mein warmes Blut. Nach Norden, in das schwimmende Venedig, die Braut des Meeres. Gott, laß mich niemals wieder zurückkehren nach Rom, an das Grab meiner Erinnerung! Lebe wohl mein Heim! Die Stätte meiner Väter!

Der Wagen rollte über die öde Campagna, die Peterskuppel verschwand hinter den Höhen, wir kamen am Monte Soracte vorbei, über die Berge in das enge Nepi. Es war ein mondklarer Abend. Vor der Tür der Osteria predigte ein Mönch, die Menge empfing sein Viva Santa Maria und folgte ihm singend durch die Straßen, mich stieß das Menschengewimmel ab. Die alte Wasserleitung mit den dichten Schlingpflanzen, die dunklen Olivenhaine gaben ein düsteres Bild ab, das meiner Stimmung glich. Ich ging durch das Tor, dicht davor lag die mächtige Ruine eines Kastells oder Klosters, die große Landstraße verlief durch die eingestürzten Hallen. Ein kleiner Pfad führte tiefer hinein, Efeu und Venushaar wuchsen an der Wand der einsamen Zelle, ich trat in eine große Halle, hohes Gras wucherte über dem Schutt und den umgestürzten Säulen, die Weinranke zog ihre breiten Blätter durch große gotische Fenster, in denen nur noch einzelne bunte Glasstücke saßen. Hoch in der Mauer schossen Büsche und Hecken nach oben. Auf ein Freskobild mit dem heiligen Sebastian fiel das Licht des Mondes, blutend und von Pfeilen durchbohrt stand der Märtyrer da. Tiefe Orgeltöne brausten durch den Saal, ich folgte den Lauten, trat aus dem engen Kloster hinaus und stand zwischen Myrtenhekken und üppigem Weinlaub dicht vor einem senkrechten Abgrund, in den sich, im Mondlicht schäumend weiß, ein Wasserfall ergoß. Die romantische Situation hätte jedes Gemüt überrascht, doch mein Schmerz hätte sie vielleicht mühelos meiner Erinnerung entgleiten lassen, hätte sich nicht das, was ich darüber hinaus noch sah, so blutig in meinem Herzen abgedrückt. Ich ging über den kleinen, fast zugewachsenen Pfad dicht am Abgrund entlang zu der breiten Landstraße. Von einer hohen weißen Mauer, auf die das Mondlicht schien, starrten mich durch das Eisengitter drei bleiche Schädel an, die Köpfe hingerichteter Räuber, die man, so wie in Rom an der Porta del Angelo, zur Abschreckung und Warnung in eiserne Käfige gestellt hatte. Das war mir nun nichts Angsterregendes; in früheren Tagen hätte mein Blut mich fortgetrieben, doch Schmerz stimmt philosophisch. Der kühne Kopf mit ausgeklügeltem Tod und Mordgedanken, der kühne Bergadler war nun ein schweigsamer Vogel, der still und vernünftig in seinem Käfig saß wie die anderen hingerichteten Vögel auch. Ich trat näher hinzu, diese Räuber waren bestimmt erst in den vorangegangenen Tagen hingerichtet worden, jeder Gesichtszug war noch zu erkennen. Als ich aber den mittleren Kopf, den einer Frau, betrachtete, ging mein Puls heftiger. Es war eine alte Frau! Die Haut gelbbraun, die Augen halb geöffnet, sie hatte langes, silberweißes Haar, das durch das Gitter hing und sich im Winde bewegte. Mein Blick fiel auf die Steintafel in der Mauer, wo man, wie es Brauch war, die Namen und Verbrechen der Hingerichteten eingraviert hatte. »Fulvia« stand dort. Ich sah auch den Namen ihrer Geburtsstadt: Frascati, und in tiefster Seele erschüttert, trat ich einige Schritte zurück. Fulvia, die sonderbare Alte, die mir einmal das Leben gerettet hatte, die mir die Mittel verschafft hatte, nach Neapel zu gehen, mein unerklärlicher Lebensgeist – so sah ich Fulvia wieder. Diese blaßblauen Lippen hatten sich einmal auf meine Stirn gepreßt; diese Lippen, die der Menge prophetische Worte verkündet und Leben und Tod verheißen hatten, waren verstummt und verbreiteten mit ihrem Schweigen Angst. Mein Glück hast du gesehen! Dein kühner Adler liegt nun mit zerschmetterten Schwingen am Boden, hat niemals die Sonne erreicht. Im Kampf gegen sein Unglück versinkt er im großen Nemisee des Lebens. Die Schwungfedern sind geknickt. Ich brach in Tränen aus, rief Fulvias Namen und ging langsam durch die leeren Hallen zurück. Niemals vergesse ich jenen Abend in Nepi.

Am nächsten Morgen reisten wir weiter; wir kamen nach Terni, das Italiens größten, schönsten Wasserfall besitzt. Vom Ort aus ritt ich durch einen dichten Olivenhain, dunkle Wolken hingen um die Berggipfel, alles, was nördlich von Rom lag, erschien mir finster, nicht schmeichlerisch schön wie die Sümpfe, wie die Orangengärten in Terracina, wo die grünen Palmen wuchsen. Vielleicht war es mein eigenes Herz, das allem dieses dunkle Kolorit verlieh.

Wir kamen durch einen Garten; eine üppige Orangenallee erstreckte sich zwischen der Felswand und dem Fluß, der pfeilschnell dahinbrauste. Ich sah, wie bei den Felsen eine Wolke aus Wasserstaub aufstieg, in der ein Regenbogen spielte. Durch eine Wildnis aus Rosmarin und Myrten stiegen wir aufwärts, und hoch vom Gipfel des Berges über die senkrechte Felswand stürzte sich die ungeheuere Wassermasse hinunter, dicht daneben bewegte sich wie ein breites Silberband ein kleiner Flußarm, unter dem Felsen bildete er eine breite Kaskade, die milchigweiß in den Abgrund wirbelte. Ich dachte an die Cascadellen bei Tivoli, wo ich für Flaminia hatte improvisieren sollen. Der laut brausende Strom erinnerte mich mit durchdringenden Orgeltönen an meinen Verlust, meinen Schmerz: Sterben und Verschwinden, das ist das Los der Natur!

»Hier haben im vorangegangenen Jahr die Räuber einen Engländer erschossen«, sagte unser Führer. »Die Bande aus den Sabinerbergen, aber eigentlich waren sie überall in den Bergen heimisch, von Rom bis Terni. Die Obrigkeit ist jetzt stets aufmerksam, sie haben die drei armen Teufel gekriegt! Ich habe gesehen, wie sie in die Stadt gebracht wurden, an einen Wagen gefesselt. Die kluge Fulvia aus den Sabinerbergen, wie wir sie genannt haben, saß früher immer am Tor, sie war alt und doch immer noch jung, sie wußte Dinge, für die mancher Mönch den Kardinalshut bekommen hätte, sie prophezeite das Schicksal aus verblühten Worten. Später hieß es, das seien Geheimzeichen und sie stecke mit den Räubern unter einer Decke. Dieses Jahr haben sie die Alte und ein paar Räuber dingfest gemacht, ihre Zeit war gekommen. Ihr Kopf steht jetzt am Stadttor von Nepi.« Als wolle alles, die Natur und die Menschen, Nacht in meine Seele werfen! Ich verspürte die Lust, mit der Geschwindigkeit des Windes durch das Land zu jagen, die dunklen Olivenhaine warfen noch mehr Schatten in meine Seele, die Berge erdrückten mich. Hinaus, ans Meer, wo die Lüfte gehen! Ans Meer, wo ein Himmel uns trägt und sich über uns wölbt! Mein Blut brannte vor Liebe, mein Herz vor Sehnsucht, zwei Mal hatte ich diese reine, begeisternde Flamme verspürt. Zu Annunziata hatte ich aufgeschaut und meine ganze erwachende Kraft mit ihr verbunden, sie aber liebte einen anderen. Flaminia war mir langsam in meine Seele hineingewachsen, ich war nicht geblendet, entzückt gewesen, sondern hatte gelernt, den Edelstein zu schätzen. Jedes Mal, wenn sie mir schwesterlich die Hand gereicht und ich sie an meine Lippen zu drücken gewagt hatte, jedes Mal, wenn sie mich getröstet und gebetet hatte, die Welt möge mich nicht verderben, hatte sie mir den Pfeil tiefer in mein Herz gestoßen. Ich liebte sie nicht wie eine Braut, und doch fühlte ich, daß ich nicht ertragen würde, sie in den Armen eines anderen zu sehen. Nun war sie tot, tot für die Welt. Kein fremder Mann würde sie an sein Herz drücken, Küsse auf ihre Lippen hauchen, sie besitzen. Diese Höllenqual war mir jedenfalls nicht zugefallen, im Gedanken daran suchte ich mich zu trösten, denn nun nannte ich mein Gefühl Liebe, die starke Leidenschaft der Seele und des Blutes. Hätte ich sie als Braut eines der jungen Nobile gesehen, wäre ich täglich Zeuge ihrer Liebe geworden, ich, der geringe Hirtenjunge aus der Campagna, der im reichen Palais das Gnadenbrot verzehrte, und sie wäre ebenso schwesterlich mild, jedoch ohne Liebe zu mir gewesen – das wäre zum Wahnsinn gegangen! Nein, nun gehörte sie dem Kloster. Keiner durfte es wagen, einen Blick auf sie zu werfen. Keiner sah sie. Ja, das war besser, das war glücklicher! – Mag der Jammer der Welt auch groß sein, mein Los war beneidenswert.

Zum Meer, zum wundervollen Meer! Das ist eine neue Welt für mich! Nach Venedig, in diese sonderbare, schwimmende Stadt, die Königin der Adria! Doch nicht durch die dunklen Wälder, die zusammengepreßten Berge, rasch, leicht wie im Fluge über die Wellen! So träumte mein Gedanke. Mein Plan war gewesen, zuerst nach Florenz zu gehen und von dort über Bologna und Ferrara, ich veränderte ihn, verließ die Mietkutsche in Spoleto, nahm einen Platz in der Post und jagte in der dunklen Nacht über die Apenninen durch Loretto, sogar das heilige Haus zu besuchen unterließ ich – vergebe die Madonna mir meine Sünde! Hoch von der Bergstraße aus hatte ich schon das Adriatische Meer wie ein Silberband am Horizont gesehen. Unter mir lagen die Berge wie Riesenwellen, nun sah ich das blaue bewegte Meer mit den Wimpeln und Fahnen aller Nationen auf den Schiffen. Ich dachte an Neapel, als ich es sah, aber kein Vesuv erhob sich mit seiner schwarzen Rauchsäule, kein Capri schwamm dort draußen. Ich schlief hier eine Nacht und träumte Seltsames von Fulvia und Flaminia. »Es grünt die Palme deines Glücks«, sagten sie beide lächelnd. Ich erwachte, der Tag schien zu mir herein.

»Signore«, sagte der Cameriere, »ein Schiff nach Venedig ist zum Ablegen bereit, aber möchte Signore nicht zuerst unsere Stadt besichtigen?«

»Nach Venedig!« rief ich. »Sofort! Sofort! Eben dies ist mein Wunsch!« Ein unerklärliches Gefühl trieb mich fort. Ich ging an Bord, ließ meinen kleinen Reisesack folgen und sah dann nur auf das unendliche Meer. »Lebewohl, mein Vaterland!« Erst jetzt, als mein Fuß nicht länger die Erde betrat, schien ich recht hinaus in die Welt zu ziehen. Eine andere Natur, so wußte ich, würde Norditalien mir zeigen. Venedig selbst unterschied sich doch von allen anderen italienischen Städten, eine reichgeschmückte Braut des mächtigen Meeres. Schon flatterte der venezianische geflügelte Löwe über mir, das Schiff, das mich trug, war ein venezianisches. Die Segel schwollen im Wind und verbargen die Küste. Ich saß auf der Rechten an der Reling und sah auf die blaue wogende See, nicht weit entfernt von mir saß ein junger Bursche und sang ein venezianisches Lied über das Glück der Liebe und das kurze Leben: »Küsse die roten Lippen, denn morgen gehörst du dem Tod! Liebe, solange dein Herz noch jung ist. Dein Blut ist Feuer und Flamme. Graue Haare sind die Blumen des Todes, dann ist das Blut Eis, dann verlöscht die Flamme. Komm in die Gondel. Verborgen sind wir unter ihrem Dach, niemand sieht dich, mein Mädchen! Niemand sieht das Glück unserer Liebe. Wir schaukeln auf den Wellen. Die Wellen umarmen sich, wie wir uns. Liebe, wenn dir die Jugend noch im Blute brennt! Die schweigende Nacht und die Wellen nur kennen dein Glück, und das Alter tötet mit Frost und mit Schnee.«

Während er sang, lächelte er und nickte den anderen um sich herum zu, und sie sangen im Chor von Kuß und Liebe, solange das Herz noch jung ist! Es war ein lustiges Lied, sehr lustig und doch klang es mir im Herzen wie ein magischer Totengesang. Ja, die Jahre vergehen, die Flamme der Jugend verlöscht. Das heilige Öl der Liebe ließ ich fließen, es wurde nicht zu Lust und Wärme entzündet. Und verbreitete es auch nicht Verderben, so ging es doch ins Grab, ohne geleuchtet oder gebrannt zu haben. Kein Versprechen band mich, keine Verpflichtung! Warum hatte mein Glück nicht nach der Erfrischung der Liebe gegriffen? Ich verspürte Unzufriedenheit mit mir selbst. War es das wilde Feuer in meiner Brust, das mir den Verstand ausbrannte? Ich fühlte Bitterkeit, weil ich vor Santa geflohen war. Das heilige Bild der Madonna war heruntergefallen! – Morsche Nähte waren geplatzt, und die Klosterzucht der Jesuitenschule, die Ziegenmilch in meinem Blut, hatte mich verjagt. Wie schön war Santa doch gewesen! Ich sah ihren brennenden, liebevollen Blick und ärgerte mich über mich selbst. – Warum sollte ich nicht Bernardo gleichen, Tausenden gleichen, all meinen jungen Freunden? Keiner, keiner wäre ein Narr gewesen wie ich! Die Liebe wollte mein Herz, und Gott, der dieses Gefühl in mich gesenkt hatte, wollte die Liebe! – Aber ich war noch jung, Venedig war eine lustige Stadt und hatte schöne Frauen! Was gab die Welt mir für meine Tugend, für meinen kindlichen Sinn? Auch Spott und die Zeit machen graue Haare! Und ich sang im Chor mit den anderen auf dem Schiff, von Küssen und Liebe, solange das Herz noch jung ist.

Ein Fieber, der Wahnsinn des Schmerzes, schuf diese Gedanken in meiner Seele. Er, der mir das Leben gab und mein Geschick leitete, würde mich nicht verurteilen. Es gibt Kämpfe, Gedanken sogar, über die die meisten Sterblichen nicht zu sprechen wagen, denn der Unschuldsengel in der Brust beugt sich vor der Sünde. Wem seine Herzenssehnsucht erfüllt wurde, der kann überaus moralisch über meine Rede philosophieren. Richtet nicht, so werdet ihr nicht gerichtet. Ich fühlte es: In meinem Fleisch, in meiner argen Natur wohnt nichts Gutes. Beten konnte ich nicht, doch schlief ich rasch ein, während das Schiff nach Norden, zum reichen Venedig, flog.

In der Morgenstunde erblickte ich Venedigs weiße Gebäude und Türme, wie eine Schar von Schiffen mit geblähten Segeln, rechts erstreckte sich das lombardische Reich mit seinen flachen Küsten; wie blaßblauen Nebel erkannte man die Alpen am Horizont. Hier war der Himmel weit. Hier konnte sich die halbe Weltkugel im Herzen spiegeln.

In der Morgenluft wurden meine Gefühle milder, ich wurde ruhiger. Ich dachte an die Geschichte Venedigs, an die Pracht und den Reichtum dieser Stadt, ihre Selbständigkeit und Übermacht, an die mächtigen Dogen und ihre Vermählung mit dem Meer. Immer näher kamen wir der Stadt, über die Lagune hinweg konnte ich nun die einzelnen Gebäude erkennen, sie hatten freilich gelbgraue Mauern, nicht alt, nicht neu, und wirkten nicht freundlich, auch den Markusturm hatte ich mir höher gedacht. Wir segelten zwischen dem Festland und den Lagunen hindurch, die wie ein gekrümmter Erdwall ins Meer hinausgriffen. Alles war flach, die Küste schien kaum einen Zoll höher zu sein als der Wasserspiegel. Ein paar alte Häuser bezeichneten sie als Dorf, an manchen Stellen standen Büsche, sonst gab es nur flaches Land. Ich hatte gedacht, ich sei Venedig schon nahe, aber es lag noch eine Meile entfernt, und zwischen uns stand modriges Wasser mit breiten Schlamminseln, nicht ein Vogel fand hier sein Plätzchen, nicht ein Grashalm schoß auf. Durch diesen ganzen See führten Fahrrinnen, große Pfähle waren eingerammt, die den Landeweg andeuten sollten. Ich sah die ersten Gondeln, schmal und lang, schnell wie Pfeile, alle kohlschwarz gestrichen. Die kleine Kabine in der Mitte war mit einem schwarzen Tuch bedeckt, schwimmende Leichenwagen, die pfeilschnell an uns vorüberzogen. Das Wasser war nicht mehr blau wie draußen auf dem offenen Meer oder an der Küste Neapels, es war von schmutzigem Grün. Wir kamen an einer Insel vorüber, wo die Häuser aus dem Wasser gewachsen oder auf Wracks geklebt zu sein schienen. Hoch an der Mauer stand die Madonna mit dem Kind und überschaute diese Ödnis. An einigen Stellen war die Wasserfläche in Bewegung, eine grüne Ebene, eine Art Entengrütze zwischen dem tiefen Wasser und den schwarzen Schlamminseln. Die Sonne schien auf Venedig, alle Glocken läuteten, und doch sah es tot und einsam aus. In den Werften lag nur ein einziges Schiff, nicht einen Menschen sah ich.

Ich stieg in die schwarze Gondel und fuhr durch eine tote Straße, wo alles Wasser war und es nicht einen Fußbreit Weges gab, auf dem man hätte gehen können. Große Gebäude zwar, offene Türen, die Treppen führten ins Wasser, das durch die großen Tore lief wie in einen Kanal, und der Hofraum selbst schien nur ein viereckiger Brunnen zu sein, in den man hineinfahren, in dem man die Gondel jedoch kaum wenden konnte. An den Wänden hatte das Wasser grünlichen Schleim abgesetzt, die großen Marmorpalais schienen zusammenzusinken, in den breiten Fenstern hatte man rohe Bretter auf die vergoldeten, halbverfaulten Balken genagelt. Stück für Stück schien der stolze Riesenkörper zusammenzubrechen, über allem lag etwas Beängstigendes. Die Glocken schwiegen, und nicht ein Laut, außer dem Platschen des Ruders im Wasser, war zu hören, noch immer sah ich keinen Menschen. Wie ein toter Schwan lag das prächtige Venedig auf den Wellen, schmale, gemauerte Brücklein hingen über den Kanälen. Wir bogen in andere Straßen, jetzt sah ich Menschen, die über mir herumhüpften, zwischen den Häusern hindurch oder in die Mauern hinein, ich sah keine Straßen, nur die, auf denen die Gondel dahinglitt. »Aber wo geht man hier?« fragte ich meinen Gondoliere, und er deutete auf schmale Streifen zwischen den Häusern. In der sechsten Etage konnte der Nachbar dem Nachbarn über das Wasser die Hand reichen, unten, wohin kein Sonnenstrahl den Weg fand, konnten vielleicht drei Menschen aneinander vorbeikommen. Unsere Gondel war vorüber, alles wurde wieder totenstill.

»Ist dies Venedig? Die reiche Braut des Meeres, die Beherrscherin der Welt?«

Ich sah den prächtigen Markusplatz. »Hier ist Leben!« hieß es. Ganz anders als in Neapel, ja selbst in Rom auf dem lebendigen Corso! Und doch war der Markusplatz das Herz Venedigs, wo sich noch Leben rührte. Läden mit Büchern, Perlen und Bildern schmückten die langen Bogengänge, und doch war es nicht lebendig genug. Eine Schar Griechen und Türken in bunten Gewändern mit langen Pfeifen im Mund saß still vor dem Kaffeehaus. Die Sonne beschien die goldene Kuppel der Markuskirche und die riesigen Bronzepferde über dem Portal. An Zyperns, Candias und Moreas[26] roten Masten hingen bewegungslose Flaggen. Eine Taubenschar füllte den Platz und trippelte über die breiten Steine.

Ich besuchte den Ponte Rialto, die Pulsader, die vom Leben erzählte, und bald hatte mich das große Bild der venezianischen Trauer erfaßt. Ein Abdruck meiner eigenen Seele. Ich glaubte noch auf See zu sein, nur von einem kleineren auf ein größeres Schiff verbracht worden zu sein, auf eine schwimmende Arche.

Als der Abend kam, der Mond sein unsicheres Licht warf und starke Schatten ausbreitete, fühlte ich mich heimischer, erst in der Geisterstunde wurde ich familiär mit dieser toten Braut. Ich stand am offenen Fenster, eine schwarze Gondel glitt rasch über das düstere Wasser, auf das der Mond schien. Ich dachte an das Lied des Schiffers von Kuß und Liebe, empfand Bitterkeit gegenüber Annunziata, die mir den leichtfertigen Bernardo vorgezogen hatte, und warum? Vielleicht gerade wegen des Reizes, der ihm seine Leichtfertigkeit verlieh – so sind die Frauen! Ich fühlte Bitterkeit selbst gegenüber der unschuldigen, frommen Flaminia, der die Stille des Klosters und sein Friede mehr waren als meine brüderliche Liebe. – Nein, nein, ich liebte beide nicht mehr. Leere war in meiner Brust. An keine von ihnen wollte ich denken, und wie ein sinkender Geist schwebte mein Gedanke nun hin und her zwischen dem Bild der Schönheit, Lara, und der Tochter der Sünde, Santa. Ich bestieg eine Gondel und ließ mich durch die stillen Straßen fahren. Die Ruderer stimmten ihren Wechselgesang an, der keineswegs Gerusaleme liberata[27] war; sogar die alten Melodien des Herzens hatten die Venezianer vergessen, als ihre Dogen ausstarben und fremde Hände die Schwingen des Löwen fesselten, um ihn vor den Triumphwagen zu spannen. »Das Leben will ich ergreifen und bis zum letzten Tropfen genießen«, sagte ich, und die Gondel war still, wir waren am Hotel, in dem ich wohnte, und ich stieg hinauf, um zu schlafen. Das war der erste Tag in Venedig.

11. DER STURM · SOIREE BEI MEINEM BANKIER · DIE NICHTE DES PODESTA

Die Briefe, die ich bei mir hatte, verschafften mir Bekanntschaften, Freunde, wie man sagt, und ich war ein Signore Abate. Kein Gelehrter hörte mich ab. Man hielt das Gute, das ich äußerte, für vortrefflich, zudem besaß ich Talente. Von der Eccellenza und Francesca war ich es gewohnt, unaufhörlich Zurechtweisungen zu hören, die mich kränkten und mir sagten, was zu hören mir unlieb war. Fast schien es, sie trügen alles gegen mich zusammen, um mir sagen zu können, wie viele es nicht so gut mit mir meinten wie sie selbst. Und hier fiel auch dieses weg. Also hatte ich keine aufrichtigen Freunde, denn diese sagen auch Unangenehmes. Das Gefühl meiner unterlegenen Stellung, das noch nicht einmal Flaminias Güte hatte bessern können, war verflogen.

Ich hatte das reiche Palais des Dogen besucht, war durch leere prachtvolle Säle gewandert und hatte die Inquisitionskammern mit dem häßlichen Bild der höllischen Martern gesehen. Ich ging nun über eine enge Galerie, eine geschlossene Brücke hoch über den Dächern und über den Kanal hinweg, auf dem die Gondeln fuhren, vom Dogenpalais gelangte man auf diese Weise in das Gefängnis von Venedig. Die Seufzerbrücke nennt man diesen Bogen. Dicht daneben lagen die Schächte. Nur das Licht der Lampe im Gang konnte durch die dichten Eisenstangen in die zuoberst liegenden Gefängniszellen dringen, und doch waren dies beleuchtete, luftige Hallen, verglichen mit denen, die sich weiter unten hinter der schwammigen Falltür befanden. Tiefer sogar als draußen das Wasser im Kanal stand, hatten Unglückliche gesessen und ihre Zeichen in die feuchten Wände geritzt. Luft! Luft! verlangte mein Herz, erschüttert von dieser Stätte des Schreckens, und ich bestieg eine Gondel, fuhr pfeilschnell fort von diesem blaßroten, alten Palais und von den Säulen mit St. Theodorus und dem venezianischen Löwen, fort über das lebhafte grüne Wasser zu den Lagunen und zum Lido, um die frische Luft des Meeres einatmen zu können. Ich sah einen Friedhof; weit entfernt von seinem Vaterland, auf einem schmalen Streifen Land zwischen den Wogen, die Tag für Tag diesen schwachen Rest weiter verkleinerten, wurde hier der Fremde, der Protestant begraben. Weiße Menschenknochen ragten aus dem Sand, und nur die Brandung beweinte sie. Wie oft schon saß hier die Braut des Fischers oder seine Frau und wartete auf ihren Geliebten oder ihren Mann, der auf dem unsicheren Meer seinen Fang suchte. Die Stürme schwollen an, dann wieder ruhten ihre starken Schwingen, und die Frauen sangen von Gerusalemme liberata und lauschten, ob die Männer nicht antworteten, aber die Liebe schenkte ihnen keinen Wechselgesang, allein saßen sie da und sahen auf das schweigende Meer, und auch ihre Lippen schwiegen. Die Augen sahen nur die weißen Gebeine am Strand, die Ohren hörten nur die Brandung, während die Nacht über dem toten, schweigenden Venedig aufstieg.

Dieses düstere Bild erfüllte meine Gedanken, meine Gemütsverfassung versah sie mit starkem Kolorit. Ernst wie eine Kirche, die an Gräber und unsichtbare Heilige erinnert, erschien mir die ganze Natur. In meinen Ohren klangen die Worte Flaminias, daß ein Prophet Gottes, ein Sänger, nur danach streben solle, Gottes Verherrlichung zu besingen, diese Strophe sei die höchste. Die unsterbliche Seele solle das Unsterbliche besingen. Der Glanz des Augenblicks wechselte das Farbenspiel und schwand mit der Minute, die ihn hervorgebracht hatte, und ich empfand auflodernde Kraft und Begeisterung, bald jedoch sanken sie ohnmächtig zusammen. Schweigend stieg ich in die Gondel, die mich zum Lido brachte. Vor mir lag das große, offene Meer, die See ging in langen Brechern, und ich dachte an die Meeresbucht bei Amalfi.

In meiner Nähe, zwischen Tang und Steinen, saß ein junger Mann, der skizzierte. Vermutlich ein fremder Maler, er kam mir bekannt vor, ich trat näher, er erhob sich, wir kannten einander. Es war Poggio, ein junger venezianischer Adliger, schon einige Male war ich mit ihm bei Familien, die ich kennengelernt hatte, in Gesellschaft gewesen.

»Signore!« sagte er. »Sie am Lido! Führt Sie die Schönheit des Meeres so dicht an die böse Adria? Oder sind es vielleicht andere Schönheiten?«

Wir gaben einander die Hand. Ich wußte von ihm, daß er kein Vermögen, hingegen ein großes Talent als Maler besaß. Er schien eine glückliche, fast übermütige Natur zu sein, und doch hatte man mir ins Ohr geflüstert, daß er in seiner Einsamkeit der größte Misanthrop sei. Nach seiner Rede zu urteilen, mußte er die personifizierte Leichtigkeit sein, und war doch in Wirklichkeit die Keuschheit in Person. Nach seinen Worten zu urteilen, mußte die Welt glauben, Don Juan sei sein Vorbild, tatsächlich aber kämpfte er wie ein heiliger Antonius gegen jede Versuchung. Man flüsterte, dem allem liege ein tiefer Seelenschmerz zu Grunde, aber welcher? Sein geringes Vermögen, eine unglückliche Liebe? Nein, genau wußte es niemand, er schien alles zu erzählen, schien außerstande, den kleinsten Gedanken verschweigen zu können, sein Wesen war kindlich, und doch kannte sich niemand mit ihm aus. – Dies alles hatte mich interessiert und darum war er mir eine liebe Begegnung, die die Wolken über meiner Seele vertrieb.

»Eine solch wogende blaue Ebene«, sagte er und deutete auf das Meer, »gibt es in Rom nicht! Dieses Meer ist das Schönste auf der Welt! Es ist auch die Mutter der Venus«, und wie er halb lächelnd hinzufügte, »die Witwe aller mächtigen Dogen!«

»Vor allem der Venezianer muß es lieben«, sagte ich, »und es als seine Großmutter ansehen, die mit ihm ihrer schönen Tochter Venezia zuliebe spielt.«

»Heute ist sie nicht mehr schön, sie hat den Kopf gesenkt!«

»Aber sie lebt doch glücklich unter Kaiser Franz?«[28]

»Es ist ein stolzeres Gefühl, auf dem Meer Königin zu sein als eine Karyatide[29] an Land! Der Venezianer kann sich nicht beklagen, und von Politik verstehe ich nichts, aber von Schönheit. Und wenn Sie ebenfalls einer ihrer Bewunderer sind, woran ich nicht zweifle, so kommt dort die hübsche Tochter meiner Wirtin und fragt, ob Sie mein klägliches Mahl mit mir teilen wollen!« Wir gingen in das kleine Haus dicht beim Strand, der Wein war gut, Poggio war amüsant und unterhaltsam, und niemand hätte geglaubt, daß sein Herz heimlich blutete.

Wir hatten dort gut zwei Stunden gesessen, als meine Ruderer kamen und mich fragten, ob ich nicht zurückfahren wolle, ein Sturm ziehe herauf, die See sei in starker Bewegung und zwischen dem Lido und Venedig gingen die Wellen hoch, die leichte Gondel könne kentern.

»Ein Sturm!« rief Poggio aus. »Den habe ich mir schon so oft gewünscht, so etwas dürfen Sie sich nicht entgehen lassen! Gegen Abend legt er sich bestimmt wieder, und wenn er sich nicht legt, so gibt es hier die Möglichkeit, zu übernachten und ihn über seinen Kopf hinwegziehen zu lassen, während die Wellen uns in den Schlaf singen!«

»Hier auf der Insel bekomme ich leicht eine Gondel«, sagte ich zu dem Mann und gestattete ihm zu gehen. Der Sturm rüttelte mit hastigen Griffen am Fenster. Wir traten ins Freie. Die untergehende Sonne beleuchtete die dunkelgrüne, aufgewühlte See, schaumweiß erhoben sich die Wellen und tauchten wieder ab. Weit draußen, wo die Wolken standen wie Gebirge mit dem Feuer des Vulkans, konnten wir einige Schiffe sehen, bald aber waren sie außer Sichtweite. Die Brandung schlug hoch auf den Strand und übersprühte uns mit ihren salzigen Tropfen. Je höher die Brecher waren, desto lauter lachte Poggio, er klatschte in die Hände und rief dem wilden Element »Bravo« zu, und sein Beispiel steckte an, ich fühlte, wie es meinem Herzen in der aufgewühlten Natur besser ging. Bald war dunkler Abend. Ich hieß die Wirtin, den besten Wein aufzutragen, wir tranken auf das Wohl des Sturmes und des Meeres, und Poggio sang das Lied von Küssen und Liebe, das ich auf dem Schiff gehört hatte.

»Auf das Wohl der Venezianerinnen!« sagte ich, und er stieß auf die schönen Römerinnen an. Ein Fremder, der uns gesehen hätte, hätte uns für zwei glückliche Junggesellen gehalten.

»Die römischen Frauen gelten als die schönsten!« sagte Poggio. »Seien Sie ehrlich, was meinen Sie dazu?«

»Ja, das meine ich auch!«

»Gut«, sagte Poggio, »aber die Königin der Schönheit wohnt trotzdem in Venedig! Sie müssen die Nichte unseres Podesta[30] sehen! Ich kenne keine, die schöner ist als sie. So hätte Canova uns die jüngste der Grazien gezeigt, hätte er Maria gekannt! Nur in der Messe und ein einziges Mal im Theater ›San Moses‹[31] habe ich sie gesehen. Allen jungen Venezianern geht es wie mir, nur daß sie tödlich verliebt sind, ich aber bin nur ihr Anbeter. Sie ist zu durchgeistigt für meine sinnliche Natur. Aber das Himmlische muß man anbeten, oder nicht, Herr Abate?«

Ich mußte an Flaminia denken, und meine für einen Augenblick aufgeblühte Munterkeit war fort.

»Sie werden ernst!« sagte er. »Der Wein ist doch vorzüglich, und die Wellen singen und tanzen zu unserem Bacchanal!«

»Hält der Podesta keinen Salon?« fragte ich, um etwas zu sagen.

»Selten!« antwortete er. »Und wenn er eine Gesellschaft gibt, dann ist sie sehr auserlesen. Die Schöne ist scheu wie eine Antilope, ängstlich und schüchtern wie noch keine Frau, die ich gekannt habe«, fügte er mit spöttischem Lächeln hinzu. »Das ist doch auch eine Methode, sich interessant zu machen! Der Himmel weiß, wie das Ganze zusammenhängen mag. Sehen Sie: Unser Podesta hat zwei Schwestern, beide waren sie viele Jahre fort, die Jüngere war in Griechenland verheiratet und soll die Mutter dieses hübschen Mädchens sein, die andere ist noch Jungfrau, eine alte Jungfrau, und sie hat die Schöne vor ungefähr drei Jahren hierhergebracht!«

Eine plötzliche Dunkelheit unterbrach seinen Bericht, es war, als wolle uns die schwarze Nacht in ihre Arme nehmen. Im selben Augenblick wurde alles von einem roten Blitz erleuchtet, der folgende Donner erinnerte mich an die Eruptionen des Vesuv. Wir neigten die Köpfe und bekreuzigten uns unwillkürlich.

»Jesus Maria!« sagte die Wirtin, die eingetreten war. »Welch eine Angst und welch ein Grauen! Sechs von unseren besten Fischern sind draußen, möge die Madonna ihre Hand über ihnen halten! Die arme Agnese hat fünf Kinder, das gibt ein Elend!«

Durch den Sturm hörten wir Choralgesang. Am Strand, wo sich die Wellen in der klafterhohen Brandung brachen, stand eine Schar Frauen und Kinder mit dem heiligen Kreuz, eine junge Frau saß schweigend da, den Blick auf das Meer gerichtet, sie stillte ein kleines Kind, ein etwas größeres stand neben ihr und legte seinen Kopf in ihren Schoß. Mit einem letzten mächtigen Blitz schien das Unwetter sich zu entfernen, am Horizont wurde es heller, und der weiße Schaum auf der brausenden See glänzte klarer.

»Dort sind sie!« schrie die Frau, sprang auf und zeigte auf einen kohlschwarzen Punkt, der zunehmend an Deutlichkeit gewann.

»Die Madonna sei ihnen gnädig!« sagte ein alter Fischer, der, eine dichte braune Mütze auf dem Kopf, mit gefalteten Händen dastand und auf den dunklen Gegenstand starrte, der plötzlich unter einer schäumenden Sturzsee verschwand.

Der Alte hatte richtig gesehen. Ich hörte das Jammern der Verzweifelten, das lauter wurde, als das Meer ruhiger, der Himmel klarer und die Gewißheit stärker wurden. Die

Kinder ließen das heilige Kreuz in den Sand fallen und klammerten sich weinend an ihre Mutter, der alte Fischer aber richtete das Kreuz auf, drückte einen Kuß auf den Fuß des Erlösers, hob es hoch in die Luft und nannte den heiligen Namen der Madonna.

Gegen Mitternacht war der Himmel rein, die See ruhiger, und der Vollmond warf seine langen Strahlen über die stille Bucht zwischen der Insel und Venedig. Poggio stieg mit mir in die Gondel, wir verließen die Unglücklichen, denen wir weder helfen noch Trost spenden konnten.

Am folgenden Abend begegneten wir uns bei meinem Bankier wieder, einem der reichsten Venedigs. Die Gesellschaft war sehr groß, von den Damen war mir keine bekannt, und ich hatte auch kein Interesse an ihnen.

Man sprach über das Unwetter vom vorangegangenen Abend. Poggio ergriff das Wort, erzählte vom Tod der Fischer und vom Unglück der Familien und machte deutlich, wie leicht einem großen Teil ihrer Not abgeholfen werden könnte, weil eine kleine Spende von jedem eine Summe ergäbe, die für die Unglücklichen recht erheblich wäre; jedoch schien niemand ihn zu verstehen, man bedauerte, hob die Schultern und sprach dann über anderes. Nun begannen sich die gesellschaftlichen Talente geltend zu machen. Poggio sang eine lustige Barkarole, jedoch meinte ich in seinem höflichen Lächeln Bitterkeit und Kälte gegenüber dieser vornehmen Runde zu erkennen, die sich von seiner edlen Beredtheit nicht hatte leiten lassen.

»Und Sie singen nicht?« fragte mich die Frau des Hauses, als er geendet hatte.

»Ich habe die Ehre, für Sie improvisieren zu dürfen!« sagte ich, während sich in meiner Seele ein Gedanke meldete.

»Er ist Improvisator!« hörte ich es ringsherum flüstern; die Augen der Damen begannen zu glänzen, die Herren verneigten sich, ich griff zur Gitarre und bat sie, mir ein Thema zu geben.

»Venezia!« rief eine Dame und sah mir keck in die Augen; »Venezia!« wiederholten die jungen Herren, denn die Dame war hübsch. Ich griff ein paar Akkorde, schilderte Venedigs Pracht und Glanz in den Tagen seines Glücks, so, wie ich darüber gelesen und meine Phantasie sich es erträumt hatte, und aller Augen flammten, man träumte, daß es noch immer so sei. Ich sang über die Schöne auf dem Balkon in mondklarer Nacht und dachte an Santa und an Lara. Jede der Damen glaubte, sie sei gemeint, und man ließ mir Beifall zukommen. Sgricci*[32] selbst hätte nicht solchen Erfolg gehabt.

»Sie ist hier!« flüsterte Poggio mir zu. »Die Nichte des Podesta!« Aber wir wurden gehindert, uns länger zu unterhalten, man bat mich, ein weiteres Mal zu improvisieren, eine Abordnung aus Damen und eine alte Eccellenza trugen den Wunsch vor, ich war bereit, denn dies entsprach auch meinem Wunsch, und ich hatte es vorausgesehen. Allerdings hoffte ich, in einem mir gegebenen Thema den vor kurzem miterlebten Sturm und die Not der Unglücklichen schildern zu können, um mit der Macht des Gesanges zu erlangen, was man der Beredtheit verwehrt hatte. – Man nannte mir Tizians Apotheose. Wäre er doch nur Marinemaler gewesen, ich hätte ihn als Sprecher auftreten lassen können, sein Lob aber konnte ich in den Ideen, die ich vortragen wollte, nicht unterbringen. Das Thema war jedoch richtig, und gegen alle Erwartung gelang mir seine Behandlung. Ich stand als der Bewunderte unter ihnen, es war meine eigene Apotheose.

»Kein Glück kann größer sein als das Ihre!« sagte die Dame des Hauses. »Seine Umgebung so zu begeistern und zu erfreuen. Es muß ein unendlich seliges Gefühl sein, ein solches Talent zu besitzen!«

»Es ist ein beglückendes Gefühl!« antwortete ich.

---

* Ein in unserer Zeit berühmter Improvisator

»Drücken Sie es in einem schönen Gedicht aus!« bat sie. »Es fällt Ihnen so leicht, daß man vergißt, wie unbillig man ist, wenn man Sie so oft auffordert!«

»Ich kenne ein Gefühl«, antwortete ich, und mein Gedanke flößte mir Kühnheit ein. »Ich kenne ein Gefühl, das von keinem anderen übertroffen wird. Es macht jedes Herz zum Dichter, weckt dasselbe Bewußtsein der Glückseligkeit, und ich bin ein so großer Zauberer, daß ich mich imstande sehe, es in jedem Herzen zu wecken! Diese Kunst aber besitzt die Eigentümlichkeit, daß man sie sich nicht schenken lassen kann, sondern kaufen muß!«

»Wir wollen sie erlernen!« riefen alle.

»Hier auf diesem Tisch sammele ich die Summen. Wer die größte gibt, wird am meisten eingeweiht!«

»Ich gebe meine Goldkette!« sagte sofort eine der Damen, lachte und legte sie im Scherz auf den Tisch.

»Ich mein ganzes Spielgeld«, sagte eine andere und lachte über meinen Einfall.

»Aber das ist Ernst!« sagte ich. »Man erhält den Einsatz nicht zurück!«

»Wir wagen es dennoch«, sagten die vielen, die schon Geld, Ketten und Ringe hingelegt hatten, da sie an meinem Kunststück Zweifel hatten.

»Ja, aber wenn nun dieses Gefühl nicht über mich kommt«, sagte ein alter Militär, »erhalte ich dann meine Dukaten zurück?«

»Es steht Ihnen frei, es zu wagen!« sagte Poggio, und ich verneigte mich zustimmend.

Alle lachten, alle waren erwartungsvoll, und ich begann zu improvisieren. Eine heilige Flamme fuhr durch mein Inneres, ich sang vom stolzen Meer, Venezias Bräutigam, von den Söhnen des Meeres, den kühnen Seeleuten und dem Fischer in seinem kleinen Boot, schilderte den Sturm, die Sehnsucht und die Angst der Ehefrauen und Bräute, schilderte, was ich selbst gesehen hatte, die Kinder, die das heilige Kreuz fallen ließen und sich an die Mutter klammerten, den alten Fischer, der das Kruzifix küßte; mir war, als spreche Gott durch mich. Ich war das Werkzeug seiner starken Worte. Im Saal herrschte tiefes Schweigen, manches Auge weinte. Dann führte ich sie in die Hütte der Armut, brachte den Unglücklichen Hilfe und Leben mit unserer kleinen Gabe, und ich sang, um wieviel seliger es sei zu geben denn zu nehmen, sang von der Freude, die meine Brust, die jedes Herz erfreute, das liebevoll sein Scherflein beigesteuert hatte, dieses Gefühl könne durch nichts aufgewogen werden, diese göttliche Stimme, die in jeder Brust sprach, sie glücklicher und geistiger machte und jeden zum Dichter erhob! Und während ich sprach, nahm meine Stimme an Kraft und Fülle zu. – Alle hatte ich für mich gewonnen, ein stürmisches Bravo jubelte mir zu, als ich am Ende des Gedichts Poggio die vielen Gaben reichte, damit er den Unglücklichen zu Hilfe kommen konnte.

Ein junge Dame sank mir zu Füßen, einen schöneren Triumph hatte mir mein Talent niemals erbracht, sie ergriff meine Hand, und mit Tränen in den erstaunlich dunklen Augen sah sie mir dankbar in die Seele; seltsam ergriff mich dieser Blick, der Ausdruck dieser Schönheit, so als hätte ich ihn im Traum schon einmal gesehen.

»Die Mutter Gottes möge es Ihnen lohnen!« stammelte sie, und in ihren Wangen brannte das Blut. Sie verbarg ihr Gesicht und fuhr, aus Schrecken über das, was sie getan hatte, zurück. Wer aber konnte so grausam sein, das reine Gefühl der Unschuld zu verspotten? Man drängte sich um mich. Das Lob aller war unerschöpflich, ein jeder sprach von den Unglücklichen auf dem Lido, ich galt als ihr Wohltäter. »Geben ist seliger denn nehmen!« An jenem Abend habe ich es gelernt. Poggio drückte mich in seine Arme.

»Vortrefflicher!« sagte er, »ich achte und ehre Sie! Die Schönheit bringt Ihnen ihre Huldigung; sie, die mit einem Blick Tausende glücklich machen kann, beugt sich vor Ihnen im Staub!«

»Wer war sie?« fragte ich mit gedämpfter Stimme.

»Die Schönste von Venedig, die Nichte des Podesta!«

Dieser Blick, diese schöne Gestalt war lebendig in meiner Seele abgegossen, unerklärliche Erinnerungen wurden geweckt, und ich sagte: »Sie ist schön!«

»Bestimmt erkennen Sie mich nicht, Signore«, sagte eine Dame in höheren Jahren. »Vor einigen Jahren hatte ich einmal die Ehre, Ihre Bekanntschaft zu machen.« Sie lächelte, reichte mir die Hand und dankte mir für meine Improvisation. Ich verbeugte mich höflich, ihre Gesichtszüge schienen mir bekannt zu sein, aber wann und unter welchen Umständen ich sie gesehen hatte, stand mir nicht vor Augen. Ich mußte es sagen. »Ja, es verwundert mich nicht!« sagte sie. »Wir haben einander nur ein einziges Mal gesehen! In Neapel, mein Bruder war Arzt, Sie besuchten ihn mit jemandem aus der Familie Borghese.«

»Ich entsinne mich! Ja, nun erkenne ich Sie wieder. Sie in Venedig anzutreffen, hätte ich am wenigsten erwartet!«

»Mein Bruder, dem ich das Haus führte, ist vor vier Jahren gestorben. Jetzt bin ich hier bei einem älteren Bruder. Der Diener wird Ihnen unsere Karte bringen. Meine Nichte ist ein Kind, ein erstaunliches Kind. Sie will fort, augenblicklich fort! Ich muß sie begleiten.« Die alte Dame reichte mir die Hand und verließ den Raum.

»Glücklicher Mensch!« sagte Poggio. »Das war die Schwester des Podesta! Sie kennen Sie, Sie haben Ihre Einladung erhalten, darum wird Sie halb Venedig beneiden. Knöpfen Sie sich den Rock über dem Herzen nur gut zu, wenn Sie dorthin kommen, damit Sie nicht verwundet werden, so wie die meisten, kaum, daß sie sich der feindlichen Batterie genähert haben!«

Die Schöne war fort. Für einen Augenblick hatte das Gefühl sie hingerissen, sie war mir zu Füßen gesunken, im selben Augenblick aber waren ihre starke Schüchternheit und ihre Zurückhaltung erwacht. Angst und Schrecken hatten sie hinausgetrieben aus dem großen Kreis, dessen Aufmerksamkeit sie erregt hatte, und doch hörte man nur, wie sie gelobt und bewundert wurde. Die Königin der Schönheit hatte alle verzaubert, ihr Herz war so edel wie ihre Formen.

Das Bewußtsein einer guten Tat warf einen Lichtstrahl in meine Seele, ich empfand edlen Stolz und verspürte mein Glück, die Gabe des Gesanges zu besitzen. Mir war, als erstehe meine geistige Kraft nach ihrem bitteren Scheintod nun reiner und besser wieder auf. Ich dachte an Flaminia, und ich dachte ohne Schmerz an sie, sie hätte mir schwesterlich die Hand gedrückt. Ihre Worte, der Dichter dürfe nur das Göttliche und die Verherrlichung Gottes besingen, leuchteten klar in meiner Seele, ich verspürte wieder Kraft und Mut, eine milde Ruhe breitete sich über mein Wesen, und zum ersten Male seit langer, sehr langer Zeit empfand ich Freude. Es war ein glücklicher Abend. Poggio stieß mit mir an. Wir schlossen Freundschaft und besiegelten sie mit einem brüderlichen Du.

Spät kam ich nach Hause, mir war nicht nach Schlaf. Der Mond beschien das Wasser der Kanäle klar, die Luft war hoch und blau. Mit dem frommen Glauben eines Kindes faltete ich meine Hände und betete: »Vater, vergib mir meine Sünden! Gib mir die Kraft ein guter, edler Mensch zu sein, und wage ich an Flaminia zu denken, denke an meine Schwester, stärke auch ihre Seele, laß sie niemals träumen von meinem Schmerz! Ewiger Gott, sei uns gut und gnädig!« Und mir war leicht ums Herz. Venedigs leere Kanäle, die alten Palais erschienen mir wie eine schöne, schwimmende Feenwelt.

Am nächsten Morgen war ich wunderlich aufgeräumt, ein edler Stolz war in meiner Brust erwacht, ich war glücklich über meine geistigen Gaben und dankte Gott dafür. Ich nahm eine Gondel, um einen Besuch beim Podesta zu machen, dessen Schwester mir doch bekannt war, und, um es ehrlich zu sagen, ich hatte auch Lust, mir die junge

Dame näher zu betrachten, die mir so lebhaft gehuldigt hatte und als Königin der Schönheit galt.

»Palazzo di Othello?« sagte der Gondoliere und brachte mich durch den großen Kanal zu einem alten Gebäude. Er erzählte, dort habe der Mohr von Venedig gewohnt, der Desdemona, seine schöne Ehefrau, erdrosselt habe, und alle Engländer wollten dieses Haus sehen, als wäre es die Markuskirche oder das Arsenal.

Sie empfingen mich wie einen lieben Verwandten. Rosa, die alte Schwester des Podesta, erzählte von ihrem lieben verstorbenen Bruder, vom lebhaften, lustigen Neapel, das sie nun vier Jahre lang nicht mehr gesehen hatte. »Ja«, sagte sie, »Maria sehnt sich auch dorthin, und wir reisen, wenn alle es am wenigsten annehmen, ich muß den Vesuv und das schöne Capri noch einmal sehen, bevor ich sterbe.«

Maria trat ein, reichte mir schwesterlich und doch mit erstaunlicher Schüchternheit die Hand. Schön war sie, ja sogar schöner als in jenem Augenblick, als sie sich vor mir verbeugt hatte, wollte mir scheinen. Poggio hatte recht, so mußte die jüngste der Grazien aussehen, kein weibliches Wesen war schöner geschaffen. Lara vielleicht? Ja, Lara! Das blinde Mädchen in ihren Lumpen, mit einem Veilchenstrauß im Haar, war so schön wie Maria in ihrer reichen Pracht! Die geschlossenen Augen hatten stärker zu meinem Herzen gesprochen als dieser seltsame, dunkle Feuerblick. Jeder Zug war Wehmut wie bei Lara, aber in den offenen, dunklen Augen lag ein Friede, eine Freude, wie Lara sie niemals geschaut hat. So viel an ihr ließ mich an das kleine Bettlermädchen denken. Meine geistigen Gaben wurden geschmeidiger, ich wurde zunehmend beredt. Ich gefiel ihnen allen, dies fühlte ich, und Maria schien mir die gleiche Bewunderung entgegenzubringen, wie ihre Schönheit sie mir für sie abnötigte. Ich betrachtete sie, wie der Geliebte eine herrliche, weibliche Statue betrachtet, ein vollkommenes Bild seiner Geliebten. In

Maria fand ich Laras Schönheit, fast wie in einem Spiegelbild, und Flaminias schwesterliche Gesinnung. Man mußte Vertrauen zu ihr haben. Mir war, als würden wir einander schon lange kennen.

12. DIE SÄNGERIN

Eine große Begebenheit in meinem Leben liegt mir hier so nahe, daß sie alles andere fast verdrängt, so wie die hohe Pinie im Wald den Blick ablenkt vom niedrigen Unterholz. Nur flüchtig schildere ich darum den Mittelgrund.

Ich ging häufig in das Haus des Podesta; ich sei sein belebender Genius, sagte man dort. Rosa erzählte von ihrem lieben Neapel, und ich las ihr aus der »Divina Commedia«, aus Alfieri und Nicolini vor, und Marias Geist und Gefühl entzückten mich. Abgesehen von diesem Haus war Poggio mein liebster Umgang, das war bekannt, und deshalb wurde er zum Podesta eingeladen. Er dankte mir, sagte, es handele sich um meine und nicht um seine Verdienste, unsere Freundschaft habe ihn dorthin geführt, worum ihn die gesamte Jugend Venedigs beneiden müsse. Überall bewunderte man mein Talent als Improvisator und schätzte es sogar so hoch ein, daß mich kein Kreis gehen ließ, ehe ich ihnen dort nicht den Wunsch erfüllt hatte, ein Gedicht zu schaffen. Die besten Künstler reichten mir brüderlich die Hand und ermunterten mich zu öffentlichen Auftritten, dem kam ich halb nach, indem ich an der Accademia dell'Arte eines Abends für ihre Mitglieder über Dandolos Zug nach Konstantinopel und über die Bronzepferde auf der Markuskirche improvisierte, wofür man mich mit einem Diplom ehrte. In die Gesellschaft war ich nun aufgenommen. Eine noch größere Freude aber erwartete mich im Hause des Podesta. Maria überreichte mir eines Tages ein kleines Kästchen mit einem Halsband aus schönen bunten Muschelschalen, unendlich klein, fein und reizend und nur mit einem Silberdraht zusammengehalten; es war ein Geschenk der Unglücklichen vom Lido, als deren Wohltäter ich galt.

»Das ist sehr schön!« sagte Maria.

»Das müssen Sie aufbewahren, um es Ihrer Braut zu verehren!« sagte Rosa. »Es ist ein schönes Geschenk und in dieser Absicht wurde es auch gemacht!«

»Meine Braut!« wiederholte ich ernst. »Ich habe keine Braut.«

»Aber sie wird kommen!« sagte Rosa. »Sie werden eine Braut haben, die schönste von allen!«

»Niemals!« sagte ich und starrte zu Boden, da ich fühlte, wie viel ich verloren hatte. Auch Maria schwieg angesichts meines Mißmuts. So sehr hatte sie sich gefreut, mir das Geschenk überreichen zu dürfen, das Poggio ihr für mich gegeben hatte, und nun war ich verstimmt und verbarg das so schlecht. Das Halsband hielt ich in meiner Hand, gern hätte ich es Maria geschenkt, aber Rosas Worte ließen mich zögern. Maria mochte meine Gedanken erraten haben, denn als ich sie ansah, glitt eine leichte Röte über ihr Gesicht.

»Sie kommen selten zu uns«, sagte die Frau meines reichen Bankiers eines Tages, als ich ihr einen Besuch abstattete. »Allzu selten kommen Sie hierher! Aber zum Podesta gehen Sie! Ja, dort ist es amüsanter! Schließlich ist Maria die erste Schönheit von Venedig, und Sie sind unser erster Improvisator. Eine gute Partie ist sie auch! Das Mädchen soll ein prachtvolles Gut in Kalabrien besitzen, es ist ihr Erbteil oder vielmehr von ihrem Erbe gekauft. Fassen Sie sich ein Herz, und Sie werden Erfolg haben! Ganz Venedig beneidet Sie!«

»Wie können Sie annehmen«, antwortete ich, »daß ein so eigennütziger Gedanke in mir schlummert! Ich bin so weit davon entfernt Maria zu lieben, wie man es nur sein kann. Ihre Schönheit rührt mir das Herz an, wie alles Schöne, aber Liebe ist das nicht. Und daß sie Vermögen hat, ändert für mich nichts daran.«

»Aber auch auf so etwas muß man achten«, sagte die Frau. »Liebe ist erst Lebensglückseligkeit, wenn es auch um Küche und Keller gut bestellt ist. Und davon lebt man!« Sie lachte und reichte mir die Hand.

Mich verbitterte, daß man so denken und so über mich reden konnte. Ich beschloß, entschieden seltener zum Podesta zu gehen, wie lieb sie mir dort alle auch sein mochten. Zwar hatte ich mir vorgenommen, den Abend dort zuzubringen, doch nun änderte ich meine Absicht. Mein Blut war in Bewegung geraten. Nein, dachte ich, warum soll ich mich ärgern? Lustig will ich sein! Das Leben ist schön, wenn man es nur selbst will. Frei bin ich, niemand soll auf mich einwirken. Kraft und Willen besitze ich genug!

An diesem dunklen Abend ging ich allein durch die engen Gassen, wo die Häuser aneinanderstießen und der verbleibende schmale Zwischenraum stark erleuchtet war. Lebhaftes Menschengewimmel. In langen Strahlen beschienen die Lichter den großen Kanal, hurtig schossen die Gondeln unter den Bögen der Brücken hindurch. Jetzt ertönte Gesang. Das Lied von Küssen und Liebe, und wie die Schlange vom Baum der Erkenntnis zeigte es mir das schöne Gesicht der Sünde. Ich betrat die engen Gassen. Dort lag ein Haus, das stärker beleuchtet war als die anderen, viele Menschen gingen hinein. Es war eines der kleineren Theater Venedigs, »San Lucas« heißt es, wie ich mich zu erinnern glaube. Eine kleine Truppe gab dort Opernvorstellungen, täglich zwei Mal dasselbe Stück, so wie im »Teatro Fenize« in Neapel. Um vier Uhr nachmittags begann die erste Vorstellung, sie endete gegen sechs, die zweite begann um acht Uhr. Der Eintritt war sehr gering, man durfte auch nicht erwarten, etwas Besonderes zu sehen, aber die Freude der unteren Klassen an der Musik und die

Neugier der Fremden verschafften ihnen meist ein recht gut besuchtes Haus, und dies zwei Mal am Tag. Auf dem Plakat stand »Donna Caritea, Regina di Spagna, Musik von Mercadante«. Man kann ja hingehen, dachte ich, wenn man sich langweilt. Schöne Frauen will ich sehen, mein Herz ist heiß, mein Herz kann klopfen wie das Bernardos und Federigos, den Jungen aus der Campagna mit Ziegenmilch im Blut soll man nicht verspotten. – Wäre ich stets so leichtsinnig gewesen – wie ich es nun sein wollte –, ich hätte gewiß mehr Glück gehabt. Das Alter bringt Kälte und Eis!

Ich ging hinein, erhielt ein kleines, schmuddeliges Billet, man führte mich in eine Loge in der Nähe der Bühne. Die Logen lagen in zwei Reihen übereinander, der Zuschauerraum war recht tief, die Bühne aber wirkte wie ein Tablett; sonderlich viele würden dort kaum Platz finden, und doch sollte es eine richtige Oper mit Gefechten und Aufmärschen geben. Das Innere der Logen war schmutzig und zerrissen, die Decke schien das Ganze zusammenzudrükken. Ein Mann in Hemdsärmeln zündete die Beleuchtung an, die Leute im Parkett redeten laut, die Musiker betraten den Orchestergraben, in dem gerade Platz genug für ein Quartett war. Alles deutete darauf hin, welche Art von Vorstellung einem bevorstand, aber den ersten Akt wollte ich doch aushalten. – Ich betrachtete die Damen, keine von ihnen sagte mir zu. Jetzt betrat ein junger Herr die Loge neben mir. Ich kannte ihn von Gesellschaften her, er reichte mir lächelnd die Hand und äußerte seine Verwunderung darüber, daß man sich hier begegnete. »Aber«, so fügte er hinzu, »häufig findet man hier eine recht angenehme Nachbarschaft. Bei diesem matten Mondlicht schließt man leicht Bekanntschaften!« Er plauderte weiter und wurde zum Schweigen aufgefordert, denn die Ouvertüre begann. Es klang äußerst kläglich, der Vorhang ging hoch, der gesamte Chor bestand aus zwei Damen und zwei Herren, die aussahen, als habe man sie von der Feldarbeit geholt und in ein Ritterkostüm gesteckt.

»Ja«, sagte mein Nachbar, »die Solopartien sind oft nicht schlecht besetzt. Es gibt hier einen Komiker, der in jedem großen Theater auftreten könnte! – Ach, du guter Gott!« unterbrach er sich selbst, als die Königin des Stücks mit zwei Damen auftrat. »Sie! Dann gebe ich keinen halben Zwanziger für das Ganze. Jeanette war sehr viel besser!«

Es handelte sich um eine kleine, unansehnliche Gestalt mit feinen, scharfgeschnittenen Gesichtszügen und tiefliegenden dunklen Augen. Das Kostüm saß schlecht, die Armut trat als Königin auf, freilich mit einem Anstand, der mich erstaunte, denn er stach auf sonderbare Weise von all dem ab und hätte einem jungen Mädchen gut gestanden. Sie trat vor die Rampe – mein Herz klopfte stark, kaum wagte ich nach ihrem Namen zu fragen, ich glaubte, meine Augen täuschten mich. »Wie heißt sie?«

»Annunziata«, antwortete er mir. »Singen kann sie nicht, und man sehe sich dieses dürre Geschöpf an!« Wie ätzendes Gift fiel jedes Wort in mein Herz, ich saß wie festgenagelt, den Blick unablässig auf sie gerichtet. Sie sang. Nein, das war nicht die Stimme Annunziatas! Matt, tonlos und unsicher.

»Sie verrät wirklich Ansätze einer guten Schulung«, sagte mein Nachbar, »aber die Kräfte reichten nicht aus.«

»Hat sie nicht Ähnlichkeit mit einer anderen Annunziata? Einer jungen Spanierin, die in Rom und Neapel geglänzt hat?«

»Ach doch«, antwortete er, »das ist dieselbe! Vor sieben, acht Jahren hat sie auf dem hohen Roß gesessen! Da war sie jung und soll eine Stimme wie die Malibran gehabt haben. Aber jetzt ist die Vergoldung fort, das ist das Los all dieser Talente! Einige Jahre stehen sie ganz oben. Geblendet von der Bewunderung bemerken sie nicht, daß es abwärts geht. Sie ziehen sich nicht zurück, solange der Glanz sie noch umstrahlt, was vernünftig wäre. Das Publikum bemerkt die Veränderung zuerst, und üblicherweise – es ist traurig – leben diese guten Damen so lustig, daß der ganze Verdienst bald fort ist, und dann geht es im Galopp bergab. Sie haben sie wahrscheinlich in Rom gesehen?«

»Ja«, antwortete ich, »einige Male.«

»Das muß eine häßliche Veränderung sein! Und sie ist zu bedauern. Sie soll durch eine lange, schwere Krankheit die Stimme verloren haben. Vier oder fünf Jahre ist das schon her. Aber was kann denn das Publikum dafür? Klatschen Sie wegen einer alten Bekanntschaft? Ich will der Alten einen Spaß machen!« Er klatschte stark, und einige im Parkett folgten seinem Beispiel, man hörte jedoch auch lautes Zischen, während die Königin stolz von der Bühne abging. Es war Annunziata.

»Fuimus Troes!«[33] flüsterte mein Nachbar. Nun betrat der Held die Szene, gespielt von einem recht schönen jungen Mädchen mit wollüstigen Formen und brennendem Blick; Bravorufe und Beifall empfingen sie. Alle alten Erinnerungen stürmten auf meine Seele ein. Der Jubel und die Begeisterung der Römer über Annunziata, ihr Triumph, meine heftige Liebe! Bernardo hatte sie also verlassen. Oder hatte sie ihn nicht geliebt? Ich hatte doch gesehen, wie sie ihren Kopf zu dem seinen gebeugt und ihre Lippen auf seine Stirn gepreßt hatte. Er hatte sie verlassen. Sie verlassen, als sie krank wurde und die Schönheit verging, denn nur diese hatte er geliebt.

Wieder betrat sie die Bühne. Wie alt und leidend sah sie aus! Ich wurde erschreckt von einer geschminkten Leiche. Ich war erbittert über Bernardo, der sie verlassen haben mochte, weil sie ihre Schönheit verloren hatte, und eben dies verletzte mich tief; Annunziatas Seele mußte doch dieselbe sein wie früher!

»Ist Ihnen nicht wohl?« fragte mich der Fremde, denn ich sah totenblaß aus.

»Hier ist es drückend heiß«, sagte ich, stand auf, verließ die Loge und ging hinaus an die frische Luft. Ich eilte durch die schmalen Gassen, tausend Gefühle bewegten meine Brust. Ich weiß nicht, wohin ich ging, wieder stand ich vor dem Theater, ein Mann nahm gerade das Plakat ab, um ein neues für den nächsten Tag anzubringen.

»Wo wohnt Annunziata?« flüsterte ich ihm ins Ohr. Er drehte sich um, sah mich an und wiederholte: »Annunziata? Signore meinen wahrscheinlich Aurelia? Die dort drinnen die Männerrolle hat? Ich zeige Ihnen das Haus, aber sie ist noch nicht fertig!«

»Nein, nein«, antwortete ich. »Ich spreche von Annunziata, die die Königin gesungen hat!« Der Mann maß mich mit den Augen. »Die kleine Magere?« fragte er. »Ja, an Besuch ist sie, glaube ich, nicht so sehr gewöhnt. Aber das hat seine Gründe! Ich zeige dem Signore das Haus. Sicher erweisen Signore sich dafür erkenntlich, aber man trifft sie erst in einer Stunde an, so lange dauert die Oper noch!«

»Erwarte Er mich hier!« sagte ich, stieg in eine Gondel und ließ mich umherfahren. Ich war betrübt, noch einmal mußte ich Annunziata sehen, mit ihr sprechen. Sie war unglücklich. Aber was konnte ich für sie tun? Schmerz und Traurigkeit trieben mich.

Eine Stunde war fast vergangen, als die Gondel mit mir vor dem Theater anlegte, wo der Mann wartete.

Durch schmale, schlüpfrige Gäßchen führte er mich zu einem alten, verfallenen Haus. Ganz oben im Giebel brannte Licht, er deutete dort hinauf. Dort wohnt sie?« fragte ich.

»Ich werde Eccellenza führen«, er zog am Klingelstrang.

»Wer ist da?« fragte eine weibliche Stimme von oben.

»Marco Lugano«, antwortete er, und die Tür wurde geöffnet. Im Hausinneren herrschte dunkle Nacht, die Lampe vor dem Madonnenbild war verloschen, nur der rote Dochtrest schillerte noch wie ein blutiger Punkt. Ich hielt mich dicht hinter ihm. Ganz oben wurde eine Tür geöffnet, wir sahen Licht. »Jetzt kommt sie selbst«, sagte der Mann. Ich steckte ihm zwei Zwanziger in die Hand, er bedankte sich tausend Mal und beeilte sich fortzukommen. Ich ging die letzte Treppe hinauf.

»Geht es um Änderungen für morgen, Marco Lugano?« hörte ich die Stimme fragen. Es war Annunziata. Sie stand unter der Tür, auf dem Kopf trug sie ein kleines Seidentuch; einen dunklen, großen Umhang hatte sie lose übergeworfen.

»Stürzen Sie nicht, Marco Lugano!« sagte sie und ging voraus, ich folgte ihr.

»Wer sind Sie? Was suchen Sie hier?« rief sie erschrokken, als sie mich sah.

»Annunziata!« sagte ich schmerzlich.

Sie starrte mich an. »Jesus Maria!« rief sie dann und schlug die Hände vor das Gesicht.

»Ein Freund«, stammelte ich, »ein früherer Bekannter, dem Sie einmal sehr viel Freude bereitet haben und sehr viel Glück, sucht Sie auf und wagt seine Hand auszustrecken!« Sie nahm die Hände vom Gesicht, totenblaß wie eine Leiche stand sie da, und es gab Reste ihrer verschwundenen Schönheit, denselben seelenvollen Blick, umgeben von Wehmut.

»Antonio«, sagte sie, und ich sah Tränen in ihren Augen, »so sehen wir uns wieder! Verlassen Sie mich! Unsere Wege laufen auseinander. Ihrer nach oben, zum Glück, meiner nach unten, auch zum Glück«, seufzte sie.

»Schicken Sie mich nicht fort! Als Freund, als Bruder komme ich, mein Herz treibt mich! Sie sind unglücklich. Sie, vor der Tausende aus Freude gejubelt haben, Sie, die Tausende glücklich gemacht haben!«

»Das Glücksrad dreht sich«, sagte sie. »Das Glück begleitet nur die Jugend und die Schönheit, vor ihren Triumphwagen läßt die Welt sich spannen. Verstand und Herz sind die schönste Mitgift der Natur, sie werden zugunsten von Jugend und Schönheit vergessen, die Welt hat immer recht.«

»Sie waren krank, Annunziata«, sagte ich mit bebenden Lippen.

»Krank, sehr krank, fast ein Jahr. Bin aber nicht daran gestorben«, sagte sie und lächelte bitter. »Die Jugend ist gestorben, die Stimme ist gestorben, und das Publikum schwieg, als es diese beiden Leichen in einem Körper sah. Die Ärzte sagten, sie seien scheintot, und der Körper glaubte es. Der Körper brauchte Kleidung und Nahrung, all seinen Reichtum gab er dafür hin, zwei lange Jahre. Dann mußte er sich schminken und auftreten, als seien die Toten noch lebendig, aber er trat im Schatten auf, damit man sich nicht erschreckte. Im kleinen Theater, wo wenige Lampen brennen, wo alles halb dunkel ist, zeigte er sich wieder. Aber man bemerkte doch, daß Jugend und Stimme tot waren, begrabene Leichen. Annunziata ist tot, dort hängt ihr Bild!« Und sie zeigte auf die Wand.

In dem armseligen Zimmer hing ein Gemälde, ein Brustbild mit reich vergoldetem Rahmen, das sich seltsam von der sonstigen Armut abhob. Das Bild zeigte Annunziata im Kostüm der Dido, so, wie sie in meiner Seele war, das geistvolle, schöne Gesicht mit stolzer Stirn. Ich sah die wirkliche Annunziata an, die weinend die Hände vor das Gesicht hielt.

»Verlassen Sie mich! Vergessen Sie meine Existenz, so wie die Welt sie vergessen hat!« bat sie und machte eine Handbewegung.

»Ich kann nicht«, sagte ich, »kann Sie nicht so verlassen! Die Madonna ist gut und gnädig, die Madonna hilft uns allen!«

»Antonio«, sagte sie ernst, »wollen Sie mich in meinem Unglück verspotten? Nein, Sie sind nicht wie die Welt sonst, das habe ich schon einmal von Ihnen geglaubt. Aber ich begreife Sie nicht. Als alle mir zujubelten, als mich die Welt mit Lob und Schmeicheleien überhäufte, da verließen Sie mich, und nun, wo jeder Glanz, der die Welt entzückte, fort ist und alle mich wie einen unbekannten, gleichgültigen Gegenstand ansehen, da suchen Sie mich auf.«

»Sie selbst haben mich weggestoßen, hinausgestoßen in die Welt! Mein Schicksal, meine Fügung«, sagte ich in milderem Ton, »hat mich in die Welt hinausgetrieben.«

Sie schwieg, ihr Blick aber ruhte in sonderbarer Weise auf mir. Sie schien sprechen zu wollen, ihre Lippen bewegten sich, doch nur ein tiefer Seufzer drang aus ihrer Brust, sie sah auf, senkte den Kopf aber wieder. Ihre Hand glitt über ihre Stirn, als fahre ein Gedanke durch ihre Seele, den nur sie und Gott kannten.

»Ich habe Sie wieder gesehen«, sagte sie, »Sie auf dieser Welt noch einmal gesehen! Ich fühle, Sie sind ein guter, ein edler Mensch. – Sie werden glücklicher sein als ich. Der Schwan hat ausgesungen, die Schönheit ist verblüht, ich bin ganz allein. Von der glücklichen Annunziata ist nur noch das Bild an der Wand geblieben. Eine Bitte habe ich. Sie werden sie mir nicht abschlagen. Die Annunziata, die Sie einmal erfreute, bittet Sie darum!«

»Alles, alles verspreche ich!« Und ich drückte ihre Hand an meine Lippen.

»Betrachten Sie als Traum, was Sie heute abend gesehen haben! Begegnen wir uns auf dieser Welt wieder, dann kennen wir uns nicht. Nun trennen wir uns.« Sie reichte mir die Hand. »Wir sehen uns in einer besseren Welt. Hier scheiden sich unsere Wege! Leben Sie wohl, Antonio! Leben Sie wohl!«

Da sank ich, vom Schmerz überwältigt, vor ihr nieder. Wie ein Kind führte sie mich und wie ein Kind weinte ich. »Ich komme wieder. Ich komme wieder«, sagte ich und verließ sie. Ich hörte, wie sie sagte »Leben Sie wohl«, sah sie aber nicht mehr. Auf dem Weg hinunter und auf der Straße war alles dunkel. »Gott, wie unglücklich können deine Geschöpfe werden!« jammerte ich und weinte. Kein Schlaf kam in meine Augen. Es war eine Nacht des Kummers.

Unter tausend Plänen, die ich faßte und wieder verwarf, verging der folgende Tag. Ich fühlte meine Armut. Ein armer Junge, den man aus der Campagna geholt hatte, war ich nur, meine größere geistige Freiheit hatte mich in die Ketten der Abhängigkeit gelegt. Mein Talent aber schien mir einen glänzenden Weg zu eröffnen, mochte er glänzender werden als der Annunziatas, und wo würde er enden? Die brausende Flut, die mit Wasserfällen und Regenbogen erstrahlte, endete in den Pontinischen Sümpfen des Elends.

Noch einmal mußte ich Annunziata sehen und mit ihr sprechen. Es war am zweiten Tag nach unserer Begegnung, wieder stieg ich die enge, dunkle Treppe hinauf. Die Tür war verschlossen, ich klopfte, ein altes Mütterchen öffnete eine Nebentür, fragte, ob ich das Zimmer sehen wolle, es stehe leer, aber es sei wohl zu klein für mich. – »Und die Sängerin?« fragte ich. – »Ist weggezogen«, antwortete die Alte, »schon gestern morgen, abgereist, glaube ich. Es ist sehr schnell gegangen.« – »Sie weiß nicht, wohin?« fragte ich. – »Nein, darüber hat sie kein Wort gesagt. Aber sie sind nach Padua oder Triest oder Ferrara oder in eine andere Stadt, es gibt ja so viele.« Sie öffnete die Tür und zeigte mir das leere Zimmer.

Ich ging zum Theater. Die Truppe hatte am Vortage ihre letzte Vorstellung gegeben, nun war das Theater geschlossen. – Sie war fort! Die unglückliche Annunziata! Bernardo war schuld an ihrem Unglück und an der ganzen Richtung, die mein Leben genommen hatte! Wäre er nicht gewesen, sie hätte mich lieben können, ihre Liebe hätte meinem Geist größere Kraft und eine bessere Entwicklung geschenkt. Wäre ich ihr damals gefolgt und als Improvisator aufgetreten, hätte sich mein Triumph vielleicht mit ihrem verbunden, wir hätten uns den Platz geteilt, und kein Kummer hätte die Stirn gefurcht.

Poggio suchte mich auf, erkundigte sich nach dem Grund meiner Verstimmtheit, den freilich konnte ich ihm nicht nennen. Niemandem konnte ich ihn sagen.

»Du siehst aus, als gehe ein schlimmer Schirokko! Kommt dieser heiße Wind aus deinem Herzen? Der kleine Vogel dort drinnen könnte verbrennen, und da es kein Vogel Phönix ist, so ist er darauf nicht eingerichtet! Dieser muß ab und zu ausfliegen, von den roten Beeren auf der Erde pflücken, an den feinen Rosen auf dem Balkon und den Speisen pikken. Mein Vogel tut das, und er fühlt sich wohl dabei, hat eine ausgelassene Stimmung, singt Lustigkeit in mein Blut und in mein ganzes Wesen, und daher habe ich meine Gemütsverfassung. Auch du kannst sie haben und mußt es! Ein Dichter muß einen richtigen Vogel in der Brust haben, einen Vogel, dem Rosen und Beeren bekannt sind, süße wie sauere, er muß den Bodensatz kennen und den Äther!«

»Was für eine schöne Vorstellung von einem Dichter«, antwortete ich.

»Christus wurde Mensch wie wir auch und ist selbst hinabgestiegen zu den Verdammten in der Hölle! Das Göttliche muß sich mit dem Irdischen mischen, wenn ein machtvolles Produkt zustande kommen soll. Da habe ich ja einen vortrefflichen Vortrag begonnen! Ich sollte einen halten, das habe ich versprochen, aber ich glaube, das Thema lautet anders: Was soll das bedeuten, daß der Herr mit einem Male seine Freunde meidet? Seit drei Tagen bist du nicht mehr beim Podesta gewesen. Das ist grausam, sehr grausam von dir! Auch die Familie ist erzürnt. Noch heute gehst du hin, auf Knien wie ein zweiter Friedrich Barbarossa! Drei Tage nicht beim Podesta gewesen, höre ich von Signora Rosa. Was fällt dir denn ein?«

»Ich habe mich nicht so wohl gefühlt, bin nicht ausgegangen.«

»Nein, lieber Freund, das weiß man besser! Neulich hast du abends die Oper ›La Regina di spagna‹ gesehen, in der die kleine Aurelia als Ritter auftritt, ein kleiner Orlando furioso! Aber diese Eroberung kann dir kaum graue Haare machen, so schwierig ist die nicht. Aber was es auch ist, du begleitest mich zum Abendessen beim Podesta! Wir sind eingeladen, und ich habe versprochen, daß ich dich mitbringe.«

»Poggio«, sagte ich ernst, »dir will ich den Grund nennen, warum ich nicht dort gewesen bin und warum ich seltener hingehen werde.« Ich erzählte ihm, daß mir die Frau des Bankiers ins Ohr geflüstert hatte, in Venedig werde darüber gesprochen, ich wolle die schöne Maria gewinnen, die Vermögen habe und ein Gut in Kalabrien besitze.

»Naa«, sagte Poggio, »über mich dürften sie so etwas gern erzählen! Und darum willst du nicht dorthin gehen? Ja natürlich, die Leute sagen so etwas, und ich glaube es auch, weil es so natürlich ist. Aber ob wir nun recht oder unrecht haben: es ist unangemessen, sich gegenüber der Familie unhöflich zu verhalten! Maria ist schön, sie ist sehr schön, sie hat Verstand und Gefühl, und du liebst sie auch, das habe ich allzu deutlich gesehen.«

»Nein, nein!« rief ich heftig. »Ich bin weit entfernt davon, sie zu lieben. Maria hat Ähnlichkeit mit einem blinden Kind, das ich einmal gesehen habe, einem Kind, das mich auf seltsame Weise angesprochen hat, wie Kinder dies können. Diese Ähnlichkeit hat mich an Maria ergriffen und meinen Blick auf sie gelenkt.«

»Auch Maria ist blind gewesen«, sagte Poggio in einem etwas ernsteren Ton. »Sie ist blind aus Griechenland gekommen, und ihr Onkel, der Arzt in Neapel, hat sie operiert!«

»Mein Blinde war nicht Maria«, sagte ich.

»Deine Blinde!« wiederholte Poggio belustigt. »Das muß eine wunderliche Person gewesen sein, dieses blinde Kind, wenn es dich dazu bringt, Maria anzustarren und nach Ähnlichkeiten zu suchen! Ja, bildlich gesprochen: mit dem kleinen blinden Amor hast du einmal Bekanntschaft gemacht, und er bringt dich dazu, Maria anzusehen. Nun gestehst du es selbst ein, und ehe wir uns versehen, ist Hochzeit und ihr zieht fort aus Venedig!«

»Nein, Poggio«, widersprach ich ihm. »Du beleidigst mich, niemals werde ich heiraten! Mein Liebestraum ist vorüber, nie wieder werde ich ihn träumen, ich kann nicht! Das wissen der ewige Gott und alle Heiligen, daß ich niemals ...«

»Nur still, darauf würde ich keinen Eid schwören!« sagte Poggio. »Ich will dir glauben und allen Leuten widersprechen, die versichern, du seist in Maria verliebt und ihr wäret ein Paar. Aber schwöre nie, daß du nicht heiraten wirst, vielleicht ist die Hochzeit schon eher, als du selbst glaubst! Schon in diesem Jahr, und warum nicht?«

»Deine Hochzeit vielleicht, niemals meine!«

»Nun, du glaubst also, ich würde heiraten!« widersprach Poggio mir heftig. »Nein, mein lieber Freund, ich kann mir eine Ehefrau nicht leisten, dieses Vergnügen kostet allzu viel!«

»Deine Hochzeit findet früher als meine statt«, gab ich ihm zur Antwort. »Vielleicht wird sogar die schöne Maria die deine, und während Venedig noch sagt, ich werde ihr die Hand reichen, reichst du ihr schon deine.«

»Das war ein schlechter Spaß«, sagte er und lachte. »Nein, da gönne ich ihr einen besseren Mann als mich. Wollen wir wetten – du heiratest, sei es nun Maria oder eine andere Dame, du wirst Ehemann, und ich bleibe Junggeselle? Zwei Flaschen Champagner wetten wir, und an deinem Hochzeitstag werden wir sie trinken.«

»Einverstanden!« sagte ich und lächelte. Dann mußte ich ihn zum Podesta begleiten. Die alte Rosa tadelte mich und auch der Podesta. Maria schwieg, mein Blick ruhte auf ihr, schließlich hieß es in Venedig, sie sei meine Braut. Rosa stieß mit mir an.

»Auf das Wohl des Improvisators darf keine Dame trinken«, sagte Poggio. »Er hat dem schönen Geschlecht ewigen Haß geschworen und will sich niemals verheiraten!«

»Ewigen Haß?« fragte ich. »Auch wenn ich nicht heiraten will, kann ich doch die Schönheit des Geschlechtes schätzen, das alle Lebensumstände belebt und mildert!«

»Nicht heiraten!« rief der Podesta. »Was für einen üblen Einfall hat Ihr Genie denn da zustandegebracht? Aber es ist auch nicht sehr schön von einem Freund, ihn mitzuteilen!«

»Um ihn zu prostituieren!« sagte Poggio. »Er könnte sich sonst in seinen einzigen schlechten Gedanken verlieben, ihn für originell halten und gründlich auf ihm beharren!« Man scherzte über mich, man foppte mich, ich mußte vergnügt sein, köstliche Speisen und herrliche Weine wurden aufgetragen. – Ich dachte an die Armut Annunziatas. Vielleicht hungerte sie. »Sie haben versprochen, uns Silvio Pellicos Werke vorzulesen«, sagte Rosa, als wir auseinandergingen. »Vergessen Sie das nicht, und kommen Sie täglich nur schön zu uns, hieran haben Sie uns gewöhnt und niemand in Venedig weiß dies mehr zu schätzen!«

Ich ging wieder hin, ich ging recht oft hin, denn ich fühlte, wie lieb ich ihnen war. Fast ein Monat war seit dem letzten Gespräch mit Poggio vergangen. Über Annunziata hatte ich nichts in Erfahrung bringen können und mußte mich infolgedessen auf den Zufall verlassen, der den einmal zerrissenen Faden wieder knüpfen würde. Eines Abends, ich war beim Podesta, schien Maria mir auffallend nachdenklich zu sein, ihre Miene drückte lebhaften Schmerz aus. Ich hatte ihr und Rosa vorgelesen, aber sie hatte zerstreut dabei gewirkt. Rosa verließ das Zimmer, noch niemals war ich bisher mit Maria allein gewesen; eine seltsame, unerklärliche Ahnung, die mir den Eindruck von etwas Bösem machte, erfüllte meine Brust. Ich versuchte ein Gespräch in Gang zu bringen über Silvio Pellico und die Auswirkungen des politischen Lebens auf seinen dichterischen Geist.

»Herr Abate«, unterbrach sie mich und schien von meinen Ausführungen nicht ein einziges Wort gehört zu haben. »Antonio«, fuhr sie mit bebender Stimme fort, und das Blut brannte ihr in den Wangen, »ich muß mit Ihnen sprechen. Das habe ich einer Sterbenden in die Hand versprochen.« Sie stockte. Schweigend und von diesen wenigen Worten ergriffen stand ich da.

»Wir sind einander doch nicht so fremd«, sagte sie, »und doch ist mir dieser Augenblick so schrecklich.« Sie wurde totenbleich.

»Gott im Himmel! Was ist geschehen?«

»Die wundersame Fügung Gottes zieht mich in Ihr Leben, läßt mich mit Ihnen ein Geheimnis teilen, von dem kein Fremder wissen sollte! Aber meine Lippen werden schweigen. Was ich der Sterbenden versprochen habe, habe ich niemandem anvertraut, selbst der guten Rosa nicht.« Sie holte ein kleines Päckchen hervor. »Das ist für Sie! Es wird Ihnen alles sagen, ich habe versprochen, es in Ihre Hände zu übergeben. Zwei Tage ist es in meinem Besitz gewesen, ich wußte nicht, wie ich mein Versprechen erfüllen sollte, nun habe ich es eingelöst. Seien Sie verschwiegen, auch ich werde es sein!«

»Von wem kommt das?« fragte ich, »Darf ich das nicht wissen?«

»Ewiger Gott!« sagte sie und verließ das Zimmer. Ich eilte nach Hause und öffnete das kleine Briefpäckchen. Es enthielt einige lose Papiere. Das erste trug meine eigene Schrift, ein kleiner mit Bleistift geschriebener Vers, darunter waren jedoch drei schwarze Kreuze gesetzt, als handele es sich um eine Grabinschrift. Es war jenes Gedicht, das ich Annunziata auf die Bühne geworfen hatte, als ich sie zum ersten Male sah. »Annunziata!« seufzte ich tief. »Ewige Mutter Gottes! Von ihr kommt das.« Zwischen den Papieren lag ein kleiner versiegelter Zettel mit der Aufschrift:

»Für Antonio!« Ich riß ihn auf, ja, er kam von ihr. Die Hälfte war, wie ich sah, in derselben Nacht nach jenem Abend, an dem ich bei ihr gewesen war, geschrieben worden, die untersten Linien schienen neuer zu sein, sie erschienen seltsam blaß und zittrig. Ich las:

Ich habe Dich gesehen, Antonio! Dich noch einmal gesehen! Dies war mein einziger Wunsch, und doch fürchtete ich jenen Augenblick, so wie man sich vor dem Tode fürchtet, der doch Glück bringt. Es ist erst Stunden her, seit ich Dich sah. Wenn Du diese Zeilen liest, sind gewiß Monate vergangen, aber nicht mehr! Man sagt, jemand der sich selbst sieht, müßte kurz darauf sterben. Du warst die Hälfte meiner Seele! Du warst mein Gedanke, Dich habe ich gesehen! Du hast mich in meinem Glück gesehen, in meinem Elend! Du warst der einzige, der sie noch kannte, die arme, vergessene Annunziata! – Doch ich verdiente es auch, Antonio! Nun darf ich es sagen, denn wenn Du diese Zeilen liest, bin ich tot. Ich habe Dich geliebt, ich habe Dich geliebt von den Tagen meines Glücks bis zu meinem letzten Augenblick. Die Madonna wollte es nicht, daß wir in dieser Welt vereinigt werden, und sie trennte uns voneinander. Ich wußte von Deiner Liebe, bevor Du sie an jenem unglücklichen Abend, als der Schuß Bernardo traf, mir eingestandst. Mein Schmerz über das Unglück, das uns trennte, der große Jammer, der mein Herz bedrückte, banden meine Zunge, ich verdeckte mein Gesicht vor der Leiche, und Du warst fort, ich sah Dich nicht mehr. Bernardo aber war nicht tödlich verwundet, und ich verließ ihn nicht, bevor ich Gewißheit darüber hatte. Hat dies in Deiner Seele Zweifel an meiner Liebe zu Dir geweckt? Ich wußte nicht, wo Du warst, und konnte es nicht in Erfahrung bringen. Einige Tage später kam eine sonderbare alte Frau zu mir und gab mir einen Zettel, auf den Du geschrieben hattest: »Ich reise nach Neapel.« Dein Name stand darunter, sie sagte, Du brauchtest Paß und Geld. Ich konnte Bernardo dazu bewegen, seinen Onkel, den Senator, darum zu bitten. Damals war mein Wunsch Befehl, damals besaßen meine Worte Kraft, und ich bekam, was ich mir wünschte. Auch Bernardo war betrübt über Dich! Er wurde wieder gesund, und er liebte mich, das glaube ich, er liebte mich aufrichtig, aber Du allein warst in meinen Gedanken. Er verließ Rom, ich mußte nach Neapel, die Krankheit meiner alten Freundin nötigte mich, einen Monat in Mola di Gaeta zu bleiben. Als wir dann nach Neapel kamen, hörte ich, am Abend unserer Ankunft sei ein junger Improvisator, Cenci, im Theater aufgetreten. Ich ahnte, das warst Du, und verschaffte mir Gewißheit hierüber. Mein alte Freundin schrieb sofort an Dich, nannte zwar nicht unsere Namen, aber wo wir wohnten. – Du kamst nicht. Wieder schrieb sie, wiederum ohne Namen, Du aber mußtest erkannt haben, wer Dir dies gesandt hatte. Sie schrieb: »Antonio, komm! Der Schrecken des letzten unglücklichen Augenblickes, als wir zusammen waren, ist wohl überstanden. – Komme bald! Betrachte alles als Mißverständnis. Alles kann gut werden, nur zögere nicht einen Moment zu kommen!« Du aber kamst nicht! – Die Briefe hattest Du gelesen, wie ich erfuhr, und warst abgereist, sofort zurück nach Rom. Was sollte ich glauben? Deine Liebe war zu Ende! Auch ich war stolz, Antonio! Die Welt hatte meine Seele eitel werden lassen! Ich vergaß Dich nicht, ich gab Dich auf und litt. Meine alte Freundin starb, ihr Bruder folgte ihr. Wie Eltern waren sie zu mir gewesen, ich stand recht allein auf der Welt, war aber ihr Günstling, jung und schön, glänzend war mein Gesang. Dies war das letzte Lebensjahr! Auf der Reise nach Bologna wurde ich krank, sehr krank, mein Herz litt. Antonio, wie hätte ich wissen sollen, daß Du in Liebe an mich denken, einmal einen Kuß auf meine Hände drücken würdest, nachdem das Glück dieser Welt zu Fall gekommen war?

Ein Jahr lang war ich krank; mein Vermögen, das ich als Sängerin in den zwei Jahren davor angesammelt hatte, schmolz dahin. Ich war arm, und doppelt arm, weil ich keine Stimme mehr besaß, die Krankheit hatte mich entkräftet. Jahre vergingen, fast sieben lange Jahre – bis wir uns begegneten. Du hast meine Armut gesehen! Du hast gehört, wie sie die Annunziata, die einmal im Triumph durch die Straßen Roms gezogen wurde, ausgezischt haben. Bitter wie mein Schicksal sind auch die Gedanken. – Du kamst zu mir, wie ein Schleier fiel mir alles von den Augen, ich fühlte: Du hast mich aufrichtig geliebt. Ich hätte Dich hinaus in die Welt gestoßen, sagtest Du zu mir. Du weißt nicht, wie ich Dich geliebt habe, meine Arme ausgestreckt habe nach Dir! Ich habe Dich gesehen, Deine Lippen glühten auf meiner Hand, wie in älteren, besseren Zeiten. Wir sind auseinandergegangen, ich sitze allein in der kleinen Kammer, morgen verlasse ich sie und vielleicht auch Venedig. Sei nicht traurig wegen mir, Antonio, die Madonna ist gut und freundlich! Gedenke meiner in Freundschaft! Darum bittet Dich die Tote. Annunziata, die Dich geliebt hat, betet jetzt im Himmel für Dich!

Meine Tränen strömten, als ich dies las, mir war, als wolle sich mein Herz in Tränen auflösen. Der zweite Teil des Briefes war erst wenige Tage alt. Der letzte Abschied:

Meine Not nähert sich ihrem Ende. Die Madonna sei gelobt für jede Freude, die sie mir sendet, sie sei gelobt für jede Sorge! In meinem Herzen ist der Tod. Das Blut entströmt ihm. Nur einmal noch, und es ist vorbei. Man hat mir gesagt, das schönste, edelste Mädchen Venedigs sei Deine Braut. Werdet glücklich, dies ist der letzte Wunsch einer Sterbenden. Außer ihr wüßte ich keinen Menschen auf der Welt, dem ich diese Zeilen übergeben könnte, mein Lebewohl. Sie wird kommen, dies sagt mir mein Herz. Einem Menschen, der auf der Stufe zwischen Leben und Tod steht, wird ein edles, weibliches Herz die letzte Erfrischung nicht abschlagen. Sie wird zu mir kommen. Lebe

wohl Antonio! Meine letzte Bitte auf Erden, meine erste im Himmel ist für Dich, für Sie, daß sie Dir sein möge, was ich Dir niemals werden konnte. Eitel war meine Seele, das Lob der Welt machte sie dazu. Vielleicht wärest Du niemals glücklich mit mir geworden, oder die Madonna hätte uns verschiedene Wege geheißen. Lebe wohl! Lebe wohl! Ich fühle Frieden in meinem Herzen, mein Schmerz ist vorüber, der Tod ist nahe! Du und Maria, betet für mich!
Annunziata

Der tiefste Schmerz kennt keine Worte. Betäubt sank ich zusammen, saß da und starrte auf den Brief, der feucht war von meinen Tränen. Annunziata hatte mich geliebt! Sie war der unsichtbare Geist, der mich nach Neapel gebracht hatte, der Brief war von ihr und nicht von Santa gewesen, wie ich geglaubt hatte. Annunziata war krank gewesen, hatte in Armut und Elend geschmachtet, und nun war sie tot, wahrscheinlich tot! – Der kleine Zettel, den ich Fulvia gegeben hatte, mit der Mitteilung: »Ich reise nach Neapel«, den sie Annunziata überbracht hatte, lag im Briefpäckchen, außerdem ein geöffneter Brief von Bernardo, in dem er ihr Lebewohl sagte und seine Bestimmung, er verlasse Rom und trete in fremde Dienste, doch stand dort nicht in welche. Sie hatte Maria das Briefpäckchen gegeben. Sie hatte Maria als meine Braut bezeichnet, selbst Annunziata hatte dieses leere Gerücht erreicht, und sie hatte es geglaubt und Maria zu sich gerufen. Was könnte sie gesagt haben? Ich erinnerte mich, mit welcher Angst Maria mir dies erzählt hatte, also war ihr bekannt, was Venedig über uns beide sagte! Den Mut, mit ihr zu sprechen, besaß ich nicht, und doch mußte ich es, war sie doch mein und Annunziatas guter Engel.

Ich nahm eine Gondel und bald befand ich mich in jenem Raum, in dem Rosa und Maria über ihrer Handarbeit saßen. Maria war verlegen, ich hatte nicht den Mut zu sagen, was mich einzig und allein beschäftigte. Zerstreut beantwortete ich jede Frage, der Kummer bedrückte meine Seele, da ergriff Rosa meine Hand und sagte:

»Sie hatten einen großen Kummer. Haben Sie Vertrauen zu uns! Können wir nicht trösten, so können wir doch mit einem aufrichtigen Freund trauern.«

»Sie wissen doch alles«, sagte ich, und mein Schmerz bekam Luft.

»Maria vielleicht«, antwortete Rosa. »Ich aber weiß so gut wie nichts.«

»Rosa!« sagte Maria bittend und griff nach ihrer Hand.

»Nein, vor Ihnen habe ich keine Geheimnisse«, sagte ich. »Alles will ich erzählen. Auch dies ist Linderung!« Und ich erzählte von meiner Kindheit in Armut, von Annunziata und von meiner Flucht nach Neapel. Als ich aber Maria mit gefalteten Händen vor mir sitzen sah, so wie ich Flaminia gesehen hatte, schwieg ich. Den Mut, in Marias Anwesenheit von Lara und dem Traumbild in der Grotte zu erzählen, hatte ich nicht, auch gehörte dies nicht zur Geschichte von Annunziata. Ich kam sofort zu unserer Begegnung in Venedig und unserer letzten Unterredung. Maria drückte die Hände vor die Augen und weinte. Rosa schwieg.

»Davon habe ich nichts gewußt, nichts geahnt!« sagte sie. »Vom Hospital der Schwestern wurde nach Maria geschickt, eine Sterbende bitte sie bei allem Heiligen und Guten, doch dorthin zu kommen! Ich begleitete sie in der Gondel, aber sie sollte allein kommen, ich blieb bei den Schwestern, während sie an das Bett der Sterbenden trat.«

»Ich habe Annunziata gesehen«, sagte Maria. »Sie haben bekommen, was Sie mich Ihnen zu überbringen bat.«

»Und was hat sie gesagt?«

»Gib Antonio, dem Improvisator, dies, aber ungesehen von anderen! – Sie sprach von Ihnen wie eine Schwester, so wie ein guter Geist sprechen kann – und ich sah Blut,

Blut auf ihren Lippen – im Tode öffnete sie ihre Augen und ...« Maria brach in Tränen aus.

Schweigend drückte ich ihre Hand an meine Lippen, dankte für ihre Frömmigkeit und ihre Milde und dafür, daß sie zu Annunziata gegangen war. Ich verließ sie, betrat die Kirche und betete für die Tote.

Nie habe ich größere Innigkeit und Freundschaft erlebt als damals im Hause des Podesta. Ein lieber Bruder war ich für Rosa und Maria, jeden meiner Wünsche versuchten sie mir abzulauern, selbst im kleinsten erkannte ich ihre Fürsorge.

Ich besuchte Annunziatas Grab. Der Kirchhof war eine schwimmende Arche, mit hohen Mauern erhob sie sich aus dem Wasser, die Insel mit dem Garten der Toten. Einen grünen Flecken mit vielen schwarzen Kreuzen sah ich vor mir. Ich fand das gesuchte Grab. »Annunziata« lautete die ganze Inschrift. Ein frischer grüner Lorbeerkranz hing über dem Kreuz, wahrscheinlich eine Gabe von Rosa und Maria. Ich dankte ihnen beiden. Wie schön war doch Maria in ihrer Sanftheit, welche wunderliche Ähnlichkeit hatte sie mit meinem Schönheitsbild Lara, wenn sie die Augen senkte. So unerklärlich es mir erschien, war mir, als sei dies ein und dieselbe Person.

Zu jener Zeit traf ein Brief von Fabiani ein. Ich sei nun den vierten Monat in Venedig, was ihn erstaune, und ihm scheine, ich solle nicht noch mehr Zeit auf diese Stadt verwenden, sondern Mailand und Genua besuchen. Doch sei mir dies ganz selbst überlassen; was ich am liebsten wolle, solle ich tun. Was aber hielt mich in Venedig, dieser Stadt der Trauer, als die sie mich bei meiner Ankunft begrüßt hatte? Der beste Traum meines Lebens, hier hatte er sich in Tränen aufgelöst. Zwar waren mir Maria und Rosa liebe Schwestern und Poggio ein liebenswerter, treuer Freund, ich fände niemanden mehr wie sie – und doch mußten wir uns trennen, denn hier fand mein Schmerz nur Nahrung. Ja, fort! Fort! Dies war mein Beschluß. Ich wollte Rosa und Maria darauf vorbereiten, sie mußten es erfahren. Am Abend saß ich bei ihnen im großen Saal, wo der Balkon auf den Kanal sah. Maria wollte den Diener die Lampe bringen lassen, Rosa aber meinte, es sei schöner im klaren Mondschein. Der Orangenbaum duftete stark.

»Sing für uns, Maria!« sagte Rosa. »Sing dieses schöne Lied von der Troglodytengrotte, Antonio soll es hören!«

Mit seltsamen, sanften Tönen sang Maria nun ein stilles Wiegenlied. Text und Melodie verschmolzen miteinander und zeigten in Herz und Gedanken das Heim der Schönheit in der ätherklaren Welle.

»In diesem Lied gibt es etwas Durchgeistigtes, Durchsichtiges«, sagte Rosa.

»So mag der körperlose Geist sich offenbaren«, sagte ich.

»So erscheint einem Blinden die Schönheit der Welt«, seufzte Maria.

»Und ist sie nicht mehr so schön, wenn die Augen sich öffnen?« fragte Rosa.

»Nicht so schön, und doch schöner« antwortete Maria.

Nun erzählte Rosa, was ich bereits von Poggio wußte, daß Maria blind gewesen sei und der Bruder ihr das Augenlicht geschenkt habe. Maria nannte seinen Namen mit Liebe und Dankbarkeit und erzählte mir von ihren kindlichen Vorstellungen von der Welt, die sie umgab. Von der warmen Sonne, den Menschen, den breiten Kaktusblättern und den großen Tempeln. »In Griechenland gibt es mehr als hier!« bemerkte sie plötzlich, und in der Erzählung entstand eine Pause. »So wie die Schönheit und Kraft der Töne dachte ich mir die Farben«, sagte sie. »Die Veilchen sind blau, Meer und Himmel sind auch blau, erzählte man mir, und der Duft der Veilchen lehrte mich, wie schön der Himmel und das Meer sein mußten. Ist das physische Auge tot, sieht das seelische um so klarer. Der Blinde lernt an eine Geisteswelt zu glauben. Alles, was er sieht, offenbart sich in ihr.«

Ich dachte an Lara und den Veilchenstrauß in ihrem dunklen Haar, auch der Duft des Orangenbaums führte mich nach Paestum, wo die Veilchen und die roten Levkojen in den Tempelruinen wuchsen. Wir sprachen von der großen Schönheit der Natur, vom Meer und den Bergen, und Rosa äußerte ihre Sehnsucht, ihr schönes Neapel wiederzusehen. Jetzt sagte ich ihnen, meine Abreise stehe bevor; bereits in einigen Tagen würde ich Venedig verlassen.

»Sie wollen uns verlassen?« sagte Rosa traurig. »Daran habe ich niemals gedacht!«

»Sie kommen nicht mehr nach Venedig?« fragte Maria. »Sie kommen nicht mehr zu Ihren Freunden?«

»Doch, doch, bestimmt!« Und mochte es auch nicht meinem Plan entsprechen, versicherte ich nun, von Mailand zurückzukehren nach Rom, über Venedig. Doch konnte ich es selbst glauben? Ich ging an Annunziatas Grab, nahm ein Blatt aus dem Kranz und steckte es zu mir, als wolle ich nie wieder zurückkehren. Das Grab enthielt nur Staub, in meinem Herzen stand der Abguß der Schönheit, und mit der Madonna wußte der Geist, um wessen Bild es sich handelte. Das Grab Annunziatas und das kleine Zimmer, wo Rosa und Maria mir zum Abschied die Hand reichten, sahen allein meine Tränen und meinen Kummer.

»Finden Sie eine edle Frau, die den Verlust Ihres Herzens wieder gutmacht«, sagte Rosa zum Abschied. »Bringen Sie sie in meine Arme, und ich weiß, ich werde sie lieben, so wie Sie mich gelehrt haben, Annunziata zu lieben!«

»Kommen Sie froh zurück!« sagte Maria. Ich küßte ihre Hand, schmerzlich betrübt lag ihr Blick auf mir. Der Podesta stand mit dem schäumenden Champagner bereit, und Poggio stimmte ein lustiges Reiselied an vom rollenden Rad und dem Gesang der Vögel in der freien Natur! In der Gondel begleitete er mich hinüber nach Fusina. Vom Balkon winkten die Damen mit weißen Tüchern. Wie vieles mochte doch geschehen, ehe wir einander wiedersahen! Poggio war ausgelassen und lustig, aber ich fühlte, dies war nicht natürlich. Er drückte mich heftig in seine Arme und sagte, wir sollten einander fleißig schreiben. »Und du meldest mir von deiner schönen Braut und vergißt unsere Wette nicht!«

»Wie kannst du in einem solchen Augenblick scherzen?« sagte ich. »Du kennst meine Bestimmung.« Wir gingen auseinander.

13. VERONAS SEHENSWÜRDIGKEITEN · DER MAILÄNDER DOM · DIE BEGEGNUNG AM NAPOLEONISCHEN TRIUMPHBOGEN · TRAUM UND WIRKLICHKEIT · DIE BLAUE GROTTE

Der Wagen rollte fort. Ich sah die grüne Brenta, die Trauerweiden, die schönen Villen und die fernen Berge, gegen Abend war ich in Padua. Die St.-Antonius-Kirche mit ihren sieben stolzen Kuppeln grüßte mich im klaren Mondschein. Unter den Bogengängen der Straße ging es lustig und lebhaft zu, ich aber fühlte mich fremd und allein. Bei Sonnenschein wurde mir alles noch unbehaglicher. Fort! Weiter fort! Das Reiseleben ermuntert und vertreibt die Sorge, dachte ich, und die Räder rollten.

Alles war eine große Ebene mit saftigem Grün, wie die Pontinischen Sümpfe. Großen Kaskaden gleich hingen die hohen Trauerweiden über die Gräben, rund umher standen Altäre mit dem heiligen Bild der Madonna, manche von ihnen hatte die Zeit blaß werden lassen; die Mauern selbst, auf die man sie gemalt hatte, waren zu Ruinen zusammengesunken, an einzelnen Stellen aber gab es auch kürzlich gemalte Bilder mit der Madonna und dem Kind. Mir fiel auf, daß der Mietkutscher nur vor den neueren Bildern den Hut zog, die alten und verblaßten schien er nicht zu bemerken. Dies erstaunte mich und vielleicht maß ich dem größere Bedeutung bei, als angemessen gewesen wäre. Selbst das Heilige, das Reine, das Bild der Madonna wurde übersehen und vergessen, weil seine irdischen Farben vergangen waren.

Über Vicenza, wo die Kunst Palladios keinen Lichtstrahl in mein betrübtes Herz warf, erreichte ich Verona, die erste aller Städte, die mir gefiel. Das Amphitheater brachte mich nach Rom zurück und erinnerte mich an das Kolosseum. Es war ein hübsches kleines Abbild desselben, klar und von den Barbaren nicht zerstört. Die geräumigen Bogengänge dienten als Packhaus, und mitten in der Arena befand sich eine aus Brettern und Leinwand bestehende Bude, in der eine Truppe Vorstellungen gab. Am Abend ging ich dorthin. Die Veroneser saßen auf den Steinbänken des Amphitheaters, wo ihre Vorväter gesessen hatten. In dem kleinen Theater wurde »La Cenerentola« gegeben. Es handelte sich um jene Truppe, bei der auch Annunziata gewesen war. Aurelia spielte die Hauptrolle der Oper. Erbärmlich und traurig war der ganze Anblick. Das alte antike Theater wirkte wie ein Riese gegenüber der morschen Theaterbude. Ein Kontrabaß übertönte die wenigen Instrumente, das Publikum applaudierte und rief Aurelia nach vorn. Ich floh. Draußen war alles still. Im hellen Mondschein warf das Riesengebäude einen breiten, dunklen Schatten.

Man erzählte mir von den Familien Capuletti und Montecchi, deren Streit die beiden liebenden Herzen getrennt hatte, die im Tode wieder vereint wurden, die Geschichte von Romeo und Julia. Man zeigte mir den Palazzo der Capulet, wo Romeo zum ersten Male seine Julia gesehen und mit ihr getanzt hatte. Nun war das Haus eine Herberge für Fremde. Ich stieg die Treppe hinauf, über die Romeo sich zu Liebe und Tod geschlichen hatte. Den großen Tanzsaal mit den abgeblaßten Bildern an den Wänden gab es noch. Große Fenster gingen bis zum Fußboden, überall aber lagen Heu und Stroh, an den Wänden waren Kalktonnen aufgestellt, und in den Ecken lagen Pferdegeschirre und Marktgeräte. Unter feierlichen Tönen waren hier einmal die stolzesten Familien Veronas durch den Raum geschwebt, hier hatten Romeo und Julia ihren kurzen Traum von der Liebe geträumt. Tief fühlte ich, wie leer doch aller irdischer Glanz ist, ich fühlte, daß Flaminia das Beste gewählt und Annunziata es erreicht hatte, und ich pries meine Toten als Glückliche.

Mein Herz schlug wie im Fieber, ich fand keine Ruhe. Nach Mailand! dachte ich, dort steht nun mein Heim, und danach strebte ich. Gegen Ende des Monats war ich dort. Nein, da war es in Venedig doch weit besser, viel heimischer gewesen. Ich fühlte mich einsam und machte doch keine Bekanntschaften, lieferte keinen meiner vielen Empfehlungsbriefe ab, mit denen man mich versehen hatte.

Das riesengroße Theater mit seinen verhüllten Logen, die sich in sechs Reihen übereinander erhoben, der riesige Raum, der nur selten voll wird, hatte etwas Ödes und Bedrückendes an sich. Einmal war ich dort und hörte Donizettis »Torqvato Tasso«. Der am meisten gefeierten Sängerin, die immer wieder nach vorn gerufen wurde und in ihrem Triumph strahlte, schien mir in ihrer unglücklichen Magerkeit eine Zukunft im Elend bevorzustehen; ich wünschte, ihr möge es vergönnt sein, in diesem Augenblick der Schönheit und des Glücks zu sterben; dann würde die Welt über sie weinen und nicht sie über die Welt. Niedliche Kinder tanzten im Ballett, mein Herz blutete beim Anblick ihrer Schönheit. Nie wieder ging ich in »La Scala«.

Einsam wanderte ich durch die große Stadt, durch die schattigen Straßen, einsam saß ich in meinem Zimmer und begann mit dem Abfassen einer Tragödie: »Leonardo da Vinci«. Hier hatte er gelebt, hier hatte ich sein unsterbliches Abendmahl gesehen. Die Geschichte seiner unglücklichen Liebe und der durch das Kloster von ihm getrennten Geliebten hatte sich in meinem eigenen Leben schließlich wiederholt. Ich dachte an Flaminia und an Annunziata und schrieb, was von meinem Herzen ausging. Doch mir fehlte Poggio, mir fehlten Maria und Rosa. Gerade ein krankes Herz wie das meine hätte ihrer Fürsorge bedurft. Ich schrieb ihnen, erhielt aber keine Antwort, selbst Poggio löste sein hübsches Versprechen von Briefen und Freundschaft nicht ein. Er war wie alle anderen, die wir als Freunde bezeichnen und denen wir uns im Abschied näher anschließen. Täglich ging ich zum Mailänder Dom, diesem seltsamen Marmorberg, den man den Felsen von Carrara entrissen hatte. Im klaren Mondschein sah ich die Kirche zum ersten Mal, blendend weiß stand die obere Hälfte in der unendlich blauen Luft. Wohin ich auch schaute, stiegen Marmorfiguren auf, aus jedem Winkel, von jedem kleinen Turm, mit denen das gesamte Bauwerk überzogen war. Das Innere blendete mich mehr als die Peterskirche. Die eigenartige Dunkelheit, der Einfall des Lichtes durch die bunten Scheiben, die geheimnisvolle Welt, die sich hier offenbarte – ja, dies war Gottes Kirche! Ich war schon einen Monat in Mailand, als ich zum ersten Mal das Dach der Kirche bestieg. Die Sonne brannte auf die glänzende weiße Fläche, die Türme standen dort oben wie Kirchen und Kapellen auf einem riesigen Marmorplatz. Mailand lag tief unter mir, überall offenbarten sich andere Statuen, Heilige und Märtyrer, die ich von der Straße aus nicht gesehen hatte. Ich stand ganz oben bei dem mächtigen Christusbild, das dieses riesige Gebäude abschließt. Im Norden erhoben sich die dunklen Alpen, im Süden die niedrigen, bläßlich blauen Apenninen, dazwischen erstreckte sich eine ungeheure grüne Ebene ganz so, als habe man die römische Campagna in einen blühenden Garten verwandelt. Ich sah nach Osten, wo Venedig liegen mußte. Ein Vogelschwarm zog in langer Reihe wie ein flatterndes Band dahin. Ich dachte an meine

Lieben, an Poggio, Rosa und Maria, und schmerzlich erwachte die Sehnsucht in meiner Brust. Ich mußte mich an die alte Erzählung aus meiner Kinderzeit erinnern, die ich gehört hatte, als ich mit meiner Mutter und Marijucce vom Nemisee zurückgekehrt war, wo wir den Raubvogel gesehen hatten und die alte Fulvia erschienen war. Damals hatte Angeline von der armen Therese in Olevano erzählt: wie sie vor Kummer und Sehnsucht nach dem flinken Giuseppe verschmachtete, weil er nach Norden über die Berge gewandert war, wie die alte Fulvia in einem Kupferkessel Kräuter kochte und ihn mehrere Tage auf der Glut stehen ließ, bis auch Giuseppe von Sehnsucht ergriffen wurde und nach Hause mußte, Tag und Nacht, ohne Rast und Ruhe, dorthin, wo ihr Kessel mit den magischen Kräutern und einer Locke beider Liebenden kochte. Eben diese magische Kraft fühlte ich in meiner Brust, und sie zog mich fort. Der Bergbewohner nennt sie Heimweh, auf mich konnte dies jedoch nicht zutreffen, denn Venedig war nicht meine Heimat. Ich war stark angegriffen, fühlte mich krank und stieg vom Kirchendach hinab. In meinem Zimmer lag ein Brief an mich, er kam von Poggio. Endlich doch ein Brief. Es hatte den Anschein, daß er einen früheren geschrieben hatte, der mir indessen nicht zugegangen war. In Venedig stand alles zum Besten, Maria freilich sei krank gewesen, sehr krank, sie alle seien sehr besorgt und bekümmert gewesen, nun aber sei es vorbei, sie sei wieder wohlauf, wage aber noch nicht, das Haus zu verlassen. Außerdem foppte Poggio mich, fragte, ob ich mir noch keine Mailänderin eingefangen hätte, und bat mich, den Champagner und unsere Wette nicht zu vergessen. So lebensfroh, so ausgelassen war dieser Brief, so verschieden von meiner Seelenstimmung – und doch erfreute er mich, es schien, als sähe ich den lustigen, munteren Poggio vor mir. Wie leicht die Welt verurteilt! Sie sagt, er gehe mit einer tiefen, heimlichen Sorge in seiner Brust umher und seine Lustigkeit sei nur ein Karnevalskostüm. Sie ist Natur! Sie sagt,

Maria sei meine Braut, und wie weit entfernt ist mein Herz doch von diesem Gedanken. Ich sehnte mich nach ihr wie nach der alten Rosa, und daß ich die alte Rosa liebte, hieß es freilich nicht. Oh, wäre ich doch in Venedig gewesen! Hier konnte ich es nicht aushalten! Und wieder spaßte ich über die eigenartige Stimme in meiner Brust. Um mich zu zerstreuen, ging ich durch das Tor über die Piazza d'Armi zum Triumphbogen Napoleons, zur Porta Sempione, wie man sie nennt. Hier waren Arbeiter in voller Tätigkeit. Ich trat auf das niedrige Gerüst, das den ganzen unvollendeten Prachtbau umgibt, zwei neue, große Marmorpferde standen dort, das Gras wucherte hoch über den Sockel, überall lagen Marmorblöcke und gemeißelte Kapitelle.

Ein Fremder stand dort mit seinem Führer und schrieb in einem Buch die Einzelheiten nieder, die man ihm berichtete. Er hatte das Äußere eines Mannes von dreißig Jahren, ich ging an ihm vorüber, er trug zwei neapolitanische Orden. Er sah an dem Bauwerk empor, ich erkannte ihn, es war Bernardo. Auch er hatte mich erkannt, rannte mir entgegen, drückte mich in seine Arme und lachte laut: »Antonio! Vielen Dank für die Einladung neulich! War mir ein lustiger Abschied mit Knall und Effekt! Sollte man nicht meinen, daß wir noch Freunde sind!«

Mir lief es eiskalt durch mein Blut. »Bernardo«, rief ich, »im Norden, kurz vor den Alpen sehen wir einander wieder!«

»Ja, ich komme sogar direkt aus den Alpen! Von Gletschern und Lawinen! Dort oben auf den kalten Bergen habe ich das Ende der Welt gesehen!« Und er erzählte mir, daß er den heißen Sommer über in der Schweiz gewesen sei. Die deutschen Offiziere in Neapel hätten so viel von der Großartigkeit des Schweizerlandes erzählt und von Neapel sei es doch ein kurzer Weg; mit dem Dampfschiff nach Genua und man war dort. Er war im Chamonixtal gewesen, hatte den Montblanc und die Jungfrau bestiegen: La bella ragazza, wie er sie nannte. »Das ist die kälteste, die ich kenne!« sagte er.

Gemeinsam gingen wir zum neuen Amphitheater und später in die Stadt. Er erzählte mir, er wolle nun nach Genua gehen, um dort seine Braut und ihre Eltern zu besuchen, er stehe im Begriff, ein später Ehemann zu werden. Er lud mich ein, ihn zu begleiten, und dann flüsterte er mir lächelnd ins Ohr: »Von meinen zahmen Vögeln und von der kleinen Sängerin und alldem erzählst du nichts! Nun weißt du selbst, daß derlei zur Geschichte eines jungen Herzens gehört, meine Braut könnte sonst leicht Kopfschmerzen bekommen, und dazu habe ich sie zu gern!«

Mir war es unmöglich, Annunziata vor ihm zu erwähnen, ich fühlte, daß er sie niemals so wie ich geliebt hatte.

»Komm mit!« rief er. »Genua hat schöne Mädchen, und nun bist du ja auch alt und vernünftig und hast Sinn dafür. Neapel hat dich gebildet, nicht wahr? In drei Tagen reise ich ab, komm mit, Antonio!«

»Aber ich reise morgen«, sagte ich unwillkürlich. Nicht mit einem Gedanken hatte ich hieran gedacht, nun aber war es heraus.

»Wohin?«

»Nach Venedig«, antwortete ich.

»Du mußt deine Pläne ändern!« sagte er beharrlich und drang weiter auf mich ein. Ich versicherte ihn so lange der Notwendigkeit meiner Abreise, bis ich selbst der Meinung war, ich müsse fort. Ich hatte keine Ruhe und keine Muße, bereitete alles zur Abreise vor, als sei dies schon lange meine Absicht gewesen.

Die unsichtbare Leitung, Gottes wundersame Fürsorge führte mich von Mailand weg. In der Nacht konnte ich nicht schlafen. In kurzen, wilden Fieberträumen und in einem krankhaft wachen Zustand lag ich einige Stunden auf dem Bett. Nach Venedig! rief die Stimme in meiner Brust.

Ich sah Bernardo ein letztes Mal, bat ihn, seine Braut von mir zu grüßen, und flog zurück, dorthin, von wo ich abgereist war.

Ich näherte mich Fusina und sah Venedig mit seinen grauen Mauern wieder, den Markusturm und die Lagunen. Da schwanden meine sonderbare Unruhe, meine Sehnsucht und meine Angst, und es entstand ein anderes Gefühl, Scham über mich selbst, Mißvergnügen, Unzufriedenheit möchte ich es nennen. Ich begriff nicht, was ich dort wollte und fühlte, wie töricht ich gehandelt hatte, und mir schien, dies müßten alle sagen, alle müßten mich fragen: »Was willst du wieder in Venedig?«

Ich kam in meine Zimmer, hastig kleidete ich mich um, Rosa und Maria mußte ich unverzüglich besuchen, wie kraftlos und angegriffen ich mich auch fühlen mochte. Was würde man über meine Ankunft sagen?

Die Gondel näherte sich dem Palazzo. Welch seltsame Gedanken können in einer menschlichen Brust doch entstehen: bin ich auf dem Weg zu Munterkeit und Fest? Ist Maria Braut? Findet die Hochzeit statt? Aber ich liebte sie ja nicht, tausend Male hatte ich es mir gesagt, es tausend Male Poggio und jedem versichert, der diesen Gedanken äußerte.

Ich sah die graugrünen Mauern und die hohen Fenster wieder, und mein Herz bebte vor Sehnsucht. Ich trat ein, ernst und schweigend öffnete der Diener die Tür, gab keinem Erstaunen über mein Kommen Ausdruck, ganz so, als beschäftigten ihn andere Dinge. »Der Podesta ist für Signore stets zu sprechen!«

Im großen Saal war es totenstill, die Vorhänge waren zugezogen. Hier hat Desdemona gelebt, dachte ich; hier hat sie vielleicht gelitten, und doch hat Othello schrecklicher gelitten. Wieso mußte ich an diese alte Geschichte denken? Ich ging zu Rosas Zimmer, auch hier waren die Vorhänge geschlossen, es war halb dunkel, und wieder verspürte ich diese wunderliche Angst, die mich auf der gesamten Reise verfolgt und zurück nach Venedig gebracht hatte. Ein Zittern lief durch alle meine Glieder, ich mußte Halt suchen. Da kam der Podesta. Er nahm mich in seine Arme und freute sich, mich wieder zu sehen. Ich fragte nach Rosa und Maria – da schien mir, er werde sehr ernst.

»Sie sind fort«, sagte er, »eine kleine Reise nach Padua haben sie unternommen, mit einer anderen Familie. Morgen oder übermorgen sind sie wieder hier.«

Ich weiß nicht, warum ich seine Worte anzweifelte, vielleicht war es das Fieber in meinem Blut, das wilde Fieber, das meinen Schmerz genährt hatte und das sich nun seiner Reife näherte, um sie zu durchbrechen. Das Fieber war es schließlich, das zu meiner Rückreise geführt und auf meine Seele eingewirkt hatte.

Beim Abendessen fehlten mir Rosa und Maria. Auch der Podesta war anders als sonst. Er sei verstimmt wegen eines Prozesses, aber das sei nicht weiter von Bedeutung. »Von Poggio sieht man auch nichts mehr! Alles Unglück fällt zusammen, und Sie sind krank! Wirklich eine lustige Soiree! Der Wein soll uns in Stimmung bringen! – Aber Sie werden ja totenbleich!« schrie er plötzlich, und ich fühlte, daß sich alles um mich drehte. Ich trieb im Fluß der Vernichtung.

Es war Fieber, ein heftiges Nervenfieber.

Ich entsinne mich nur, daß ich in einem behaglichen, halbdunklen Zimmer lag. Der Podesta saß bei mir und sagte, ich solle bei ihm bleiben und ich würde rasch wieder gesund. Rosa solle mich pflegen. Mit keinem Wort erwähnte er Maria.

Ich befand mich in einem halb schlummernden, halb wachen Zustand. Später hörte ich, wie man sagte, die Damen seien wieder da, ich würde sie bald zu sehen bekommen, und ich sah auch Rosa, aber sie war traurig. Ich sah, daß sie weinte, doch kaum meinetwegen, denn ich fühlte mich bereits wieder kräftiger. Es wurde Abend, um mich herum herrschte ängstliches Schweigen und doch Bewegung, meine Fragen beantwortete man vage. Mein Ohr war geschärft, ich hörte, daß sich viele Menschen im darunterliegenden Saal aufhielten, und hörte die Ruderschläge von Gondeln, und da ich die Augen halb geschlossen hatte, war ich gewiß, sie glaubten, ich schliefe. Maria war tot! Poggio hatte mir ihre Krankheit mitgeteilt und auch, daß sie wieder genesen war, aber ein Rückfall hatte ihr den Tod eingebracht. An diesem Abend wurde sie begraben, was sie mir aber verbargen. Maria tot, sie, die veranlaßt durch unsichtbare Mächte in mein Leben gekommen war. Ihretwegen hatte ich diese sonderbare Angst empfunden, aber ich war zu spät gekommen und durfte sie nicht mehr sehen. Jetzt befand sie sich in der Geisterwelt, in jener Welt, der sie immer angehört hatte. Gewiß hatte Rosa ihren Sarg mit Veilchen geschmückt! Diese blauen, duftenden Blumen hatte sie so sehr geliebt, und nun schlief sie bei den Blumen. Ich lag still und unbeweglich da, wie in einem Todesschlaf, und hörte, wie Rosa Gott hierfür dankte. Selbst sie verließ mich, im Zimmer befand sich keine Menschenseele, es war dunkler Abend, auf wundersame Weise fühlte ich meine Kräfte wiederkehren. Das Familiengrab des Podesta befand sich in der Kirche Dei frari, wie ich wußte; dort hatte man die Tote in dieser Nacht vor dem Altar aufgebahrt. Ich mußte sie sehen. Ich stand auf, mein Fieber war zurückgegangen, ich war stark, ich hüllte mich in den Umhang, niemand sah mich, und bestieg die Gondel. All meine Gedanken waren bei der Toten. Das Tor der Kirche war verschlossen, denn es war lange nach dem Ave-Maria. – Ich klopfte an die Tür des Küsters, er erkannte mich, er hatte mich mit der Familie des Podesta schon in der Kirche gesehen und mir die Gräber Tizians und Canovas gezeigt. »Sie möchten die Tote sehen?« fragte er und hatte meine Absicht erraten. »Sie steht vor dem Altar im offenen Sarg, morgen soll sie in der Kapelle beigesetzt werden.« Er zündete den Leuchter an, holte das Schlüsselbund und öffnete eine kleine Seitentür, unsere Schritte hallten im hohen, stillen Gewölbe. Er blieb zurück, und langsam ging ich durch den stillen Gang. Am Altar, vor dem Madonnenbild, brannte eine Lampe, freilich matt und düster. Schweigend, mit unsicheren Umrissen standen die weißen Marmorstatuen am Grab Canovas wie Tote in ihren Leichentüchern. Vor dem Hochaltar brannten drei große Lampen. Ich empfand keine Angst, keinen Schmerz, es war, als gehörte ich selbst dem Tode zu und betrete nun mein eigentliches Heim. Ich näherte mich dem Altar, hier duftete es nach Veilchen, der Schein der Lampe fiel auf den offenen Sarg mit der Toten. Es war Maria, sie schien zu schlafen. Wie ein Marmorbild der Schönheit lag sie mit Veilchen bedeckt da. Die schwarzen Haare waren zu einem Knoten gebunden und wurden von einem Veilchenstrauß zusammengehalten. Die geschlossenen Augen, dieses Bild der Schönheit und des Friedens, das alles ergriff meine Seele. Es war Lara! Ich sah, wie sie vor den Tempelruinen saß, als ich ihr den Kuß auf die Stirn drückte, freilich eine tote Marmorstatue, ohne Leben und Wärme. »Lara!« seufzte ich und sank vor dem Sarg in die Knie. »Lara! Im Tode spricht dein geschlossenes Auge, deine stumme Lippe zu mir. Ich kenne dich, habe dich in Maria erkannt. Mein letzter Gedanke an das Leben ist mit dir gestorben.« Mein Herz machte sich in Tränen Luft, ich weinte, meine Tränen fielen auf das Gesicht der Toten, und ich küßte sie fort. »Alle haben mich verlassen«, seufzte ich, »auch du, die letzte, von der mein Herz noch träumte! Nicht wie für Annunziata, nicht wie für Flaminia brannte meine Seele für dich. In heiliger Ehrerbietigkeit beugte mein Herz sich vor dir! – Dies reine Gefühl hielt ich nicht für Liebe, denn es war geistiger als mein sinnlicher Gedanke. Ich habe es nicht verstanden, habe nicht gewagt, es dir zu sagen! – Lebe wohl! Du, die letzte Braut meines Herzens! Selig sei dein Schlummer!« Ich drückte einen Kuß auf ihre Stirn. »Meine Seelenbraut! Keiner Frau reiche ich meine Hand! Lebe wohl! Lebe wohl!« Ich nahm meinen Ring, steckte ihn Lara an den Finger und hob meine Augen zum unsichtbaren Gott über uns. Da fuhr das Entsetzen durch mein Blut, ich meinte zu fühlen, wie die Tote ihre Hand fest um die meine schloß – es war ein Trug. Ich starrte sie an, ihre Lippen bewegten sich. Alles um mich herum bewegte sich, ich fühlte, wie sich die Haare auf meinem Kopf aufrichteten. Angst, die Angst des Todes, lähmte mich, »Lara! Lara!« rief ich, und alles vor meinen Augen war Nacht, doch mir schien, als spiele die Orgel in sanften, schmelzenden Tönen. Eine Hand glitt über meinen Kopf, Lichtstrahlen drangen in meine Augen, alles wurde so klar, so licht! –

»Antonio!« flüsterte Rosa, und ich sah sie. Auf dem Tisch brannte die Lampe, vor meinem Bett kniete eine weinende Gestalt. Ich kannte sie, vor mir sah ich die Wirklichkeit, all mein Schrecken gehörte nur dem wilden Fieber zu.

»Lara! Lara!« rief ich. Sie preßte die Hände vor ihre Augen. Was mochte ich in meiner Fieberphantasie gesagt haben? Jener Anblick stand mir lebhaft in der Erinnerung, und in Marias Augen las ich, daß sie Zeuge des Bekenntnisses meines Herzens gewesen war.

»Das Fieber ist zurückgegangen«, flüsterte Rosa.

»Ich fühle mich so wohl, so wohl!« rief ich aus und sah Maria an. Sie erhob sich und wollte das Zimmer verlassen. »Bleiben Sie hier!« bat ich und streckte die Hände nach ihr aus. Sie blieb und stand schweigend und errötend vor mir. »Ich habe geträumt, Sie seien tot«, sagte ich.

»Es war ein Fiebertraum!« sagte Rosa und reichte mir die Medizin, die der Arzt verschrieben hatte.

»Lara! Maria! Hören Sie mich an! Es ist kein Fiebertraum. Ich fühle, wie das Leben in mein Blut zurückkehrt! Mein ganzes Leben muß ein sonderbarer Traum sein. Wir haben einander schon einmal gesehen! Sie haben meine Stimme einmal gehört, in Paestum, bei Capri, Sie erkennen sie wieder! Lara, ich fühle es, das Leben ist so kurz, warum dann in dieser kurzen Begegnung einander nicht die Hand reichen?« Ich streckte meine Hand nach ihr aus, sie drückte sie an ihre Lippen. »Ich liebe dich, ich habe dich immer geliebt«, sagte ich, und schweigend kniete sie vor mir.

Liebe, sagt der Mythos, ordnete das Chaos, schuf die Welt. Jedem liebenden Herzen wird die Schöpfung erneuert. Aus Marias Augen trank ich Leben und Gesundheit. Sie liebte mich.

Wenige Tage waren vorüber, wir standen in dem kleinen Zimmer, wo der Orangenbaum vom Balkon duftete. Hier hatte sie für mich gesungen, wenn auch in sanfteren Tönen, geistiger, tiefer klang hier das Geständnis das edelsten Herzens. Ich hatte mich nicht geirrt: Lara und Maria waren ein und dieselbe Person.

»Ich habe dich immer geliebt«, sagte sie. »Sehnsucht und Schmerz hast du in meine Brust gesungen, als ich blind war und allein mit meinen Träumen und nur den Duft der Veilchen und die heiße Sonne kannte. Wie ihre Strahlen brannte dein Kuß auf meiner Stirn, brannte in mein Herz. Der Blinde besitzt nur die geistige Welt, und in ihr sah ich dich. In der Nacht nach deiner Improvisation im Neptuntempel in Paestum hatte ich einen seltsamen Traum, der sich mit der Wirklichkeit mischte. Eine Zigeunerfrau hatte mir prophezeit, ich würde mein Augenlicht wiedererlangen. Ich träumte von ihr, sie sagte, ich solle mit Angelo, meinem alten Pflegevater, über das Meer nach Capri rudern; im Hexenloch dort sollte ich mein Augenlicht zurückgewinnen. Der Engel des Lebens würde mir die Kräuter reichen, und wie die Augen des Tobias würden meine Augen Gottes Welt wieder sehen können. In derselben Nacht träumte ich dies ein weiteres Mal, ich erzählte es Angelo, er aber schüttelte den Kopf. Am folgenden Morgen hatte er denselben Traum, und er sagte: ›Die Macht der Madonna sei gelobt, selbst die bösen Geister müssen ihr gehorchen.‹ Wir standen auf, er hißte das Segel, und wir flogen über das Meer. Der Tag verging, es wurde Abend und es wurde Nacht, ich aber befand mich in dieser sonderbaren Welt und hörte, wie der Engel des

Lebens meinen Namen sagte, und seine Stimme klang wie deine. Er schenkte mir Kräuter und Besitz, große Schätze aus verschiedenen Ländern der Welt. Wir kochten die Kräuter, doch das Licht des Lebens schien nicht in meine Augen. Eines Tages kam Rosas Bruder nach Paestum, er kam in unsere Hütte, wo ich lag, und meine Sehnsucht, die schöne Welt zu sehen, rührte ihn. Er versprach mir mein Augenlicht und nahm mich mit nach Neapel, und ich sah die ganze Herrlichkeit des Lebens. Er und Rosa gewannen mich lieb, und sie eröffneten mir eine andere, schöne Welt: die des Geistes. Ich blieb bei ihnen, und sie nannten mich Maria, nach einer lieben Schwester, die in Griechenland gestorben war. Eines Tages brachte Angelo mir die Schätze und sagte, sie gehörten mir, er hätte den Tod im Blut, seine letzten Kräfte hätte er aufgeboten, um mir meinen Besitz zu bringen. Seine Worte waren die letzten, die eines Sterbenden. Ich sah ihn sterben, ihn, den einzigen Beschützer meiner Armut. Eines Abends erkundigte sich Rosas Bruder auf recht sonderbare Weise nach meinem alten Pflegevater und den Reichtümern. Ich wußte nur, was er mir erzählt hatte. Der Geist in dieser strahlenden Grotte habe sie ihm geschenkt. Ich wußte, daß wir immer in Armut gelebt hatten. Ein Freibeuter konnte Angelo nicht gewesen sein, er war so fromm, jede kleine Gabe teilte er mit mir!«

Nun erzählte ich ihr, auf welch ungewöhnliche Weise das Abenteuer ihres Lebens in das meine eingegriffen hatte und wie ich sie mit dem Alten in der wunderbaren Grotte gesehen hatte. Daß der Alte den Krug selbst genommen hatte, wollte ich ihr nicht sagen, erzählte ihr aber, daß ich ihr die Kräuter gegeben hatte.

»Aber«, sagte sie, »der Geist ist in der Erde versunken, als er mir die Kräuter gegeben hatte, das hat Angelo mir erzählt!«

»Das ist ihm so erschienen! Ich war entkräftet, meine Beine trugen mich nicht mehr, ich sank in die Knie, und schließlich lag ich bewußtlos im grünen Gestrüpp.«

Jene wunderbare, strahlende Welt, in der wir uns begegnet waren, war die unlösbare, feste Verbindung zwischen dem Übernatürlichen und der Wirklichkeit.

»Unsere Liebe gehört doch in die Welt der Geister«, rief ich. »In die Welt der Geister sind alle unsere Lieben gegangen, und wir selbst schweben in unserem irdischen Leben auf sie zu! Warum also nicht an sie glauben, ist sie doch die große Wirklichkeit?« Und ich drückte Lara an mein Herz, sie war schön, so wie damals, als ich sie zum ersten Male gesehen hatte.

»Ich habe dich an der Stimme erkannt, als ich dich zum ersten Mal in Venedig hörte«, sagte sie. »Mein Herz trieb mich zu dir. Ich glaube selbst in der Kirche, vor dem Antlitz der Mutter Gottes, wäre ich dir zu Füßen gesunken. Ich sah dich, lernte dich mehr und mehr schätzen, kam zum zweiten Male in dein Leben, als Annunziata mich als deine Braut segnete. Du aber stießest mich von dir und sagtest, du liebtest niemals wieder – wolltest keiner Frau die Hand reichen! Und niemals sprachst du von Lara, von Paestum oder von Capri, wenn du über die sonderbaren Fügungen deines Lebens erzähltest. Ich glaubte, du liebtest mich nicht und habest vergessen, was deinem Herzen nahe stand.«

Ich drückte ihr einen Kuß der Versöhnung auf die Hand, sagte, wie seltsam ihr Blick meine Lippen gefesselt habe; erst als mein Körper zum Tode gelegen und mein Geist selbst in der Welt der Geister geschwebt habe, die auf so wunderbare Weise verbunden sei mit unserer Liebe, habe ich die Gedanken meines Herzens auszusprechen gewagt.

Nur Rosa und der Podesta, kein Fremder sonst, wußten vom Glück unserer Liebe. Wie gerne hätte ich Poggio davon erzählt! Während meiner Krankheit hatte er mich täglich mehrmals besucht; mir schien, daß er blaß aussah, und als ich hinaus in das helle Sonnenlicht kam, drückte ich ihn an mein Herz.

»Poggio, kommen Sie heute abend zu uns!« sagte der Podesta. »Aber kommen Sie bestimmt! Sie werden nur die Familie, Antonio und noch drei Freunde sehen.«

Alles war festlich geschmückt.

»Wie zu einem Namenstag«, sagte Poggio, und der Podesta führte ihn und die Freunde zur kleinen Kapelle, in der Lara mir die Hand reichte. In ihren dunklen Haaren trug sie einen Strauß blauer Veilchen. Nun als Sehende erschien mir das blinde Mädchen aus Paestum doppelt schön. Sie war mein.

Alle beglückwünschten uns, die Freude war groß, Poggio sang vergnügt und trank immer wieder auf unser Wohl.

»Ich habe die Wette verloren«, sagte ich. »Aber ich habe sie gern verloren, denn meine Niederlage war der Gewinn meines Glücks!« Und ich drückte einen Kuß auf Laras Lippen.

Die Freude der anderen erklang wie das Brausen von Tönen, meine und Laras Freude waren still und stumm wie die Nacht, die uns umarmte, als alle fort waren.

Das Leben ist kein Traum, das fühlte ich. »Das Glück der Liebe ist Wirklichkeit!« rief ich, und Brust an Brust verlor sich der Gedanke in einer Seligkeit, wie sie nur ein Gott einzugeben vermag.

Zwei Tage später reisten wir in Begleitung Rosas von Venedig ab. Wir fuhren zu dem Landbesitz, den man von Laras Vermögen erworben hatte. Poggio hatte ich seit dem Hochzeitsabend nicht gesehen. Nun traf ein Brief von ihm ein, ich las: »Die Wette habe ich gewonnen, und doch habe ich verloren.«

Er war in Venedig nicht aufzufinden. Mit der Zeit wurde meine Vermutung zur Gewißheit, er hatte Lara geliebt. Armer Poggio! Deine Lippen sangen von Freude, während dein Herz von Todesgedanken erfüllt war.

Francesca fand Lara liebenswert, ich selbst hätte auf der Reise so unendlich viel gewonnen, und sie, die Eccellenza und Fabiani, alle begrüßten meine Wahl, sogar Habbas Dahdah strahlte über das ganze Gesicht, als er mich beglückwünschte.

Von den alten Bekannten lebt noch* Onkel Peppo. Er sitzt auf der Spanischen Treppe, wo er bestimmt noch viele Jahre lang sein »bon giorno!« sagen wird.

Am 6. März 1834 waren zahlreiche Fremde im Gasthof Paganis auf der Insel Capri versammelt. Die Aufmerksamkeit aller galt einer jungen Kalabreserin, deren Schönheit sie anrührte. Ihre dunklen Augen ruhten auf ihrem Mann, dem sie den Arm reichte. Dies waren Lara und ich. Drei glückliche Jahre waren wir nun verheiratet und besuchten auf einer Reise nach Venedig die Insel Capri, wo das wunderbarste Abenteuer unseres Lebens seine Heimstatt hatte und wo es sich aufklärte. In der Ecke des Raums stand eine alte Dame, die ein kleines Kind auf dem Arm hielt. Ein fremder Herr, recht lang und etwas blaß, mit scharfen Zügen, der einen blauen Frack trug, näherte sich dem Kind, spielte mit ihm und war von seiner Schönheit entzückt. Er sprach französisch, sagte zu dem Kind aber einzelne italienische Worte, machte lustige Sprünge und brachte es zum Lachen. Es reichte ihm den Mund zum Kusse, er fragte nach seinem Namen, und die alte Dame, es war meine liebe Rosa, sagte: »Annunziata!« – »Ein schöner Name«, sagte er und küßte die Kleine, mein und Laras Kind. Ich näherte mich ihm, er war Däne, im Raum befand sich ein weiterer seiner Landsleute, ein ernster kleiner Mann mit klugem Blick, der einen weißen Frack trug. Ich begrüßte sie, waren sie doch Landsleute Federigos und des großen Thorvaldsen; ersterer befand sich, wie ich gehört hatte, in Dänemark, letzterer noch in Rom und war schließlich auch ein Teil Italiens, und nicht des kalten, dunklen Nordens.

---

* 1835

Wir gingen an den Strand und stiegen in kleine Boote, die die Fremden auf die andere Seite der Insel brachten. Jedes Boot konnte nur zwei Passagiere aufnehmen, jeder saß an einem Bootsende und in der Mitte saß der Ruderer.

Ich sah das klare Wasser unter uns, mit seiner luftigen Klarheit begrüßte es meine Erinnerung. Der Ruderer stieß sich vom Ufer ab, und das Boot, in dem Lara und ich saßen, flog mit der Geschwindigkeit eines Pfeils dahin. Weit lagen wir vor allen anderen. Bald sahen wir nicht mehr die amphitheaterartige Seite Capris, wo grüne Weingärten und Orangenbäume die Berge schmücken. Senkrecht ragten nun die hohen Felswände zum Himmel auf. Das Wasser war blau wie brennender Schwefel, die blaue Brandung schlug gegen die Klippen und die blutroten Seeäpfel. Wir befanden uns bereits auf der entgegengesetzten Seite der Insel und sahen nur die senkrechte Klippe und dicht über der Wasseroberfläche eine kleine Öffnung, die für ein Boot nicht groß genug zu sein schien.

»Das Hexenloch!« rief ich, und alle Erinnerungen hieran erwachten in meiner Seele.

»Ja, das Hexenloch!« sagte der Ruderer, »so hat man es früher genannt, aber nun weiß man, was es ist.« Dann erzählte er uns von den beiden deutschen Malern Friis und Kubitz, die drei Jahre zuvor gewagt hatten, dort hineinzuschwimmen und auf diese Weise eine wundersame Schönheit entdeckt hatten, die nun alle Fremden besichtigen müßten. Wir näherten uns der Öffnung, die sich kaum mehr als eine Elle über dem glänzenden blauen Meer befand. Der Ruderer holte die Riemen ein; wir mußten uns im Boot ausstrecken, das er nun mit der Hand steuerte, und glitten in eine tiefe Dunkelheit unter die große Klippe, die vom Mittelmeer umspült wurde. – Ich hörte, wie Lara schwer atmete, und es hatte etwas Beängstigendes. Einen Augenblick später jedoch befanden wir uns in einem riesengroßen Gewölbe, wo alles dem Äther gleich glänzte. Wie ein blaues, brennendes Feuer, das alles erhellte, war das Wasser unter uns. Ringsherum war alles verschlossen, unter Wasser aber verlängerte sich die kleine Öffnung, durch die wir hindurchgefahren waren; sie reichte bis auf den Grund des Meeres, 24 Klafter tief, und erweiterte sich zur selben Breite. Das starke Sonnenlicht von draußen konnte auf diese Weise den Grund der Grotte beleuchten und strömte wie Feuer durch das blaue Wasser, das sich in brennenden Spiritus verwandelt zu haben schien. Alles war Widerschein hiervon, der Felsenbogen, das Boot, und alles schien durchströmt zu sein von Äther und darin aufzugehen. Rot wie frische Rosenblätter glänzten die Tropfen, die durch die Ruderschläge aufspritzten. Es war eine Feenwelt, das seltsame Reich der Geister. Lara faltete die Hände, und ihr Gedanke traf meinen. Hier waren wir einmal gewesen, hier hatte der Seeräuber seinen Schatz versteckt, da sich niemand diesem Ort zu nähern wagte. Nun hatte sich jedes übernatürliche Bild aufgelöst in Wirklichkeit, oder die Wirklichkeit war übergegangen in die Geisterwelt, so wie stets hier im Erdenleben, wo alles vom Samen der Blumen bis zu unserer unsterblichen Seele ein Wunder ist, und doch mögen die Menschen hieran nicht glauben.

Die kleine Öffnung der Grotte leuchtete wie ein klarer Stern, er verdunkelte sich, und wie aus der Tiefe stiegen nun die Boote der anderen auf. Sie kamen zu uns herein. Alles war Andacht und Betrachtung. Der Protestant fühlte hier ebenso wie der Katholik, daß es Wunder gab.

»Das Wasser steigt!« sagte einer der Seeleute. »Wir müssen hinaus, sonst ist die Öffnung verschlossen und wir müssen hierbleiben, bis das Wasser wieder fällt.«

Wir verließen die seltsame strahlende Grotte, vor uns erstreckte sich das große, offene Meer, dahinter lag die dunkle Öffnung der Grotta Azzurra.

NACHBEMERKUNG

Nach ersten, mehr oder weniger erfolgreichen Veröffentlichungen, darunter die längere Prosaarbeit »Die Fußreise vom Holmens-Kanal zur Ostspitze von Amager im Jahre 1828/29«, die einen Spaziergang von wenigen Kilometern in der Silvesternacht beschreibt, erhält Andersen im April 1833 ein Reisestipendium und tritt noch im selben Monat seine große Bildungsreise an. Über Deutschland, Frankreich und die Schweiz fährt er nach Italien. Er besucht Mailand, Genua, Pisa, Livorno und Florenz und trifft schließlich im Oktober in Rom ein. Dort macht er recht schnell die Bekanntschaft von Berthel Thorvaldsen, zu dieser Zeit der bekannteste europäische Bildhauer, der ihn in die nordische Künstlerkolonie einführt. Rom ist für Andersen nicht nur »die Stadt der Städte«, der Umgang mit den dort ansässigen Künstlern ist für ihn Offenbarung und Remedium zugleich. Ist er in Dänemark gelegentlich gehässiger Kritik ausgesetzt, die ihn sogar bis nach Italien verfolgt, verkehrt er hier gleichberechtigt unter Gleichen. In Italien wird, wie Andersen es auf seiner Rückreise nach Kopenhagen im April 1834 in seinem Gedicht »Abschied von Italien« ausdrücken wird, »sein Herz zum Kind, sein Gedanke zum Mann«, hier, im »wunderbaren Land der Farben und Formen« lernt er Natur und Kunst kennen. Im Dezember 1833 beginnt Andersen in Rom mit der Abfassung des »Improvisators«, mit anderen Worten: er zieht das Fazit seines italienischen Reifeprozesses, aber auch seiner zurückliegenden Kopenhagener Sozialisation, und er wählt dazu das mittlerweile populäre Genre des Romans. Während Andersen bei seinen späteren Romanen bezüglich des Titels stets ein wenig unschlüssig ist, steht für ihn der Titel dieses, seines ersten Romans, von Anfang an fest: »Der Improvisator«. Es liegt nahe, diesen Titel als ironische Reaktion Andersens auf die beißende Kritik Johan Ludvig

Heibergs an Andersens Vaudeville-Stücken zu interpretieren, in der Heiberg die Meinung äußerte, Andersen sei nur »ein lyrischer Improvisator« – zumal Andersen sich, als ihn diese Kritik im Dezember 1833 erreicht, in jenem Land befindet, in dem die Improvisation als lyrische Kunstart ausgeübt und überaus geschätzt wird.

Am 3. August 1834 trifft Andersen wieder in Kopenhagen ein und setzt die Arbeit am »Improvisator« fort. Zu Jahresbeginn 1835 ist der Roman abgeschlossen, und Andersen schreibt die ersten Märchen. Andersens Selbstbewußtsein zu dieser Zeit ist beeindruckend. Er liest Freunden und Bekannten aus dem noch unveröffentlichten Buch vor. An Charlotte Wulff schreibt er, sein Freund H. C. Ørstedt habe ihm gesagt, der »Improvisator« werde ihn berühmt, die Märchen aber würden ihn unsterblich machen. Sie seien das Vollendeste, das er geschrieben habe. Dieser Meinung sei er freilich nicht, fügt Andersen hinzu. Ørstedt sollte recht behalten.

Am 9. April 1835 erscheint »Der Improvisator« und wird in Dänemark überwiegend begeistert aufgenommen, Beckmessereien wie die, die Atmosphäre des Buches sei »unitalienisch« und italienische Redewendungen und Ortsbezeichnungen seien fehlerhaft, bleiben die Ausnahme. Der neue dänische Romanautor Andersen erlangt mit dem »Improvisator« bald europäische Berühmtheit. Fast zeitgleich, Ende April 1835, erscheint bei August Campe in Hamburg die deutsche Übersetzung von Laurids Kruse, es folgen Übersetzungen ins Schwedische, Englische (die englische Ausgabe wird auch in den USA vertrieben), Russische, Tschechische, Holländische und Französische.

Als Andersen 1846 die 1833 geschlossene Bekanntschaft mit Heinrich Heine in Paris erneuert, dankt dieser ihm für den »Improvisator« und sagt zu ihm, wie Andersen in seinem Tagebuch vermerkt »Sie sind ein wahrer Dichter.«

Jörg Scherzer

ANMERKUNGEN DES ÜBERSETZERS

Erster Teil

1 *Bajok:* ital. Baiocco. Seit Mitte des 15. Jh. Bezeichnung für den päpstlichen silbernen Bolognino, der seit 1725 in Kupfer geprägt wurde. Bis zur Münzreform von 1866 waren 100 Baiocchi 1 Scudo. 1 Baiocco entspricht ungefähr einem dt. Heller, vgl. Andersens Anmerkung S. 74.

2 *Fogliette:* alte ital. Maßeinheit, ca. 0,355 l (1 barilo Wein = 32 boccali = 128 fogliette = 512 cartocci = 0,7096 bayer. Schenkeimer = 45,514 Liter. Bei Andersen ganz allgemein Bezeichnung für eine kleine Weinflasche

3 *eingelegte Goldäpfel:* eingelegte Tomaten, von ital. *pomodoro*

4 *in der Kirche Araceli vor dem Jesusbild:* Santa Maria d'Aracoeli auf dem Kapitol, in der sich der »Bambino dell'Aracoeli« befindet, eine aus dem Holz eines Olivenbaums im Garten Gethsemane geschnitzte Statue des Christkinds, die in der Weihnachtszeit in die Krippe gelegt wird und große Verehrung genießt

5 *Presciutto: Prosciutto*

6 *Ah rossi, rossi fiori:* Ah, rote, rote Blumen, ein Strauß Veilchen! Ein Jasmin der Liebe – ein Geschenk für meine Liebste

7 *Mongana al pomidoro:* gebeiztes Kalbfleisch mit Tomaten

8 *While stands …:* Byron, Child Harold's Pilgrimage IV, Str. 1

9 *Modo di servire la sancta messa:* Anweisungen zum Feiern der heiligen Messe

10 *daß es sich um Vesta handelte:* Vesta wurde in der römischen Mythologie als Beschützerin des Staates betrachtet. Im Heiligtum der Vesta, einem Rundtempel auf dem Forum in Rom, brannte ein heiliges Feuer, welches Äneas, der legendäre Gründer Roms, aus Troja mitgebracht haben soll.

11 *Francesco Albani:* (1578–1660), der »Anakreon der Malerei«. Bei dem beschriebenen Bild handelt es sich jedoch offensichtlich nicht um die »Jahreszeiten«, sondern um die »Vier Geschichten der Venus«, (Venus in Vulkans Schmiede, Toilette der Venus, Venus und Adonis, Triumph der Diana), entstanden 1620/22.

12 *Abate:* aram.-griech.-lat.-it. »Abt«, in Italien der Titel der Weltgeistlichen

13 *Pape Satan:* Im 7. Gesang von Dantes »Divina Commedia« ruft Plutus, der Gott der Unterwelt, Satan zu: »Pape Satan, Pape Satan Aleppe«. Pape = vermutl. von *papae,* lat. »was in aller Welt«, *aleph* = hebr. »Herr, Oberhaupt«

14 *in onore dei sancti re magi:* zu Ehren der Heiligen Drei Könige

15 *Bereschit Bara Elohim:* Am Anfang schuf Gott Himmel und Erde. Die ersten Worte des 1. Buchs Mose

16 *Dir folgt meine Seele …:* Für die Übersetzung der Dante-Strophe danke ich Felicitas Noeske, Hamburg.

17 *tertia donna:* dritte Sängerin in einer Oper, im Unterschied zur Primadonna, der ersten Sängerin

18 *Girandola:* Illumination, Feuerwerk

19 *Il capitano:* Figur aus der Commedia dell'Arte. Der Capitano (Kapitän, Hauptmann) rühmt sich seiner Siege in der Liebe und auf dem Schlachtfeld, entpuppt sich im Verlauf des Stückes jedoch als dümmlicher Feigling und Lügner.

20 *Moccolo:* ital. für Kerzenstumpf. Lichterfest, bei dem alle brennende Kerzen tragen und die Kerzen der anderen auszulöschen versuchen. Daher auch die ital. Redensart »reggere il moccolo« – der lästige Dritte sein

21 *Sia ammazato, chi non porta moccolo:* Sterben soll, wer keine Kerze hat!

22 *Senza moccoli!:* Keine Kerzen!

23 *Festino:* Fest, hier Maskenball

24 *Quacqueri:* Quäker

25 *Populus meus, quid feci tibi?:* Was hab ich dir getan, mein Volk? (Micha 6,3)

26 *Allegris Miserere:* Gregorio Allegri (1582–1652), ital. Komponist und Mitglied der päpstlichen Kapelle. Sein berühmtes neunstimmiges »Miserere« wird alljährlich in der Karwoche in der Sixtinischen Kapelle in Rom gesungen.

27 *Si fa il battesimo di Ebrei e Turchi:* Man tauft Hebräer und Türken.

28 *Discendi o mia bettina*: Steige herab, o meine Bettina! Volkslied aus Albano, abgedruckt im Werk Müllers, siehe Andersens Fußnote auf S. 237.

Zweiter Teil

1 *Der Vetturino soll uns …:* vgl. Andersen, Tagebücher, 14.12.1834: »Wo das Gasthaus liegt, hat Ciceros Villa gestanden.«

2 *Brodetto, Cipolette, Fagiole:* Bouillon, Zwiebeln, Bohnen

3 *Liris:* in der Antike Bezeichnung für den Garigliano

4 *Lazaron:* it. »Lazzarone«, eigentlich Schuft, Schurke, Herumtreiber

5 *Scaldine:* mit Holzkohle gefülltes Wärmebecken

6 *serus in coelum redeas:* Mögest du spät zurückkehren in den Himmel! (Horaz, Oden I,2)

7 *O decus Phoebi, et dapibus supremi Grata testudo Jovis:* O Phöbus, schmücke meine Leier, die beliebt ist am Tisch des allmächtigen Jupiter. (Horaz, Oden I,32)

8 *in Sesostris Zeiten:* Sesostri (Senwosret), ägypt. Pharao, 1956–1910 v. Chr.

9 *Posillipo-Höhle:* Posillipo (*Pausilypon* griech. für »frei von Sorgen«), idyllischer Stadtteil von Neapel

10 *Opusculum:* lat. »Werkchen«, kurze Abhandlung, Miszelle

11 *Ornatus viridi:* Mit der grünen Weinranke geschmückt bringt Bacchus das Gelübde zu glücklichem Ausgang. (Horaz, Oden IV,8)

12 *Qvae sit hiems veliae:* Wie ist der Winter in Velia und wie das Klima in Salernum, lieber Vala. (Anfang von Horaz, Epistel I,15)

13 *ferus cupido:* der grimmige Amor (Horaz, Oden II,8)

14 *mirabile dictu:* so seltsam es klingt

15 *San Carlo:* das heute nicht mehr bestehende Teatro San Carlo in Neapel, erbaut 1737, früher eines der größten Opernhäuser der Welt mit 3000 Plätzen

16 *zwischen lactens und puer:* zwischen Säugling und Knabe

17 *beati sunt mortui:* Selig sind die Toten.

18 *Marmorkarniesen:* Kranzleisten oder Gesimse mit s-förmigem Querschnitt

19 *Roscius:* römischer Schauspieler, 1. Jh. n. Chr.

20 *il cavalier servente:* ein Galan oder Cicisbeo, vgl. Andersens Fußnote S. 236

21 *Argandlampe:* Der Schweizer Chemiker Aimé Argand erfand eine Lampe, die einen röhrenförmigen Docht besaß, der zwischen zwei Metallzylindern eingeschlossen war. Der innere Zylinder endete unterhalb des Brennstoffbehälters und sorgte für einen im Inneren des Dochtes verlaufenden Luftzug.

22 *Miserabili:* Klage

23 *Friis und Kubitz:* Der deutsche Maler und Gelegenheitsdichter August Kopisch (1799–1853) entdeckte 1829 während eines Genesungsurlaubs auf Capri gemeinsam mit seinem Freund Ernst Fries die Blaue Grotte und schilderte diese Entdeckung in seinem 1838 erschienenen Buch »Die Entdeckung der Blauen Grotte auf der Insel Capri«. 1834/35, zum Zeitpunkt der Abfassung des »Improvisators«, war Andersen diese Schrift also unbekannt.

24 *tromba: tromba d'aria,* ital. »Windhose, Windwirbel«

25 *Befana:* freundliche Hexe, die nach ital. Brauch in der Nacht vom 5. auf den 6. Januar auf ihrem Besen von Haus zu Haus fliegt und die Kinder beschenkt. Ihr Name ist vermutlich von dem Fest Epiphania (Fest der Erscheinung des Herrn) abgeleitet.

26 *Candia und Morea:* die bis zur Eroberung durch das Osmanische Reich Ende des 16./Anfang des 17. Jhs. venezianischen Besitzungen Südgriechenland und Kreta

27 *Gerusaleme liberata:* »La Gierusalemme Liberata« (»Das befreite Jerusalem«), Hauptwerk von Torquato Tasso (1544–1595), Epos in zwanzig Gesängen, veröffentlicht 1581, gilt als erstes und schönstes Nationalepos der modernen Literatur, bildete die Vorlage zu über 100 Kompositionen (Heinrich Schütz, Gluck, Händel, Dvorak) und ging als Volksepos bald auch in die italienische Dialektdichtung ein.

28 *Kaiser Franz:* Von zwei Unterbrechungen (1805–1814; 1848–1849) abgesehen, befand sich Venedig von 1795 bis 1866 unter österreichischer Herrschaft.

29 *Karyatide:* altgriech. Tempelsäule in Mädchengestalt, Gegenstück zur männlichen Figur des Atlanten

30 *Podesta: Podestà* (von lat. *potestas*: Herrschaft), seit dem 12. Jh. Bezeichnung für den Amtsträger, der die italienischen Stadtkommunen und das Kollegium der Konsuln ersetzte, ganz allg. Ortsvorsteher, Bürgermeister

31 *Theater San Moses:* Gemeint ist das Theater San Moisé, eines der ältesten Opernhäuser Italiens (1640).

32 *Sgricci:* Tommaso Sgricci (1789–1836) unternahm ab 1813 ausgedehnte Tourneen durch Italien, Frankreich und England. 1819 wurde er in Rom als »poeta laureatus« vorgeschlagen, wegen seiner Kritik am Papst (Pius VII.) und wegen seines unverhohlen homosexuellen Lebenswandels jedoch nach Florenz verbannt, wo der Großherzog ihm eine lebenslange Rente gewährte.

33 *Fuimus Troes!:* Wir sind einmal Trojaner gewesen = Wir haben bessere Zeiten gesehen.

EDITORISCHE NOTIZ

Die Übersetzung folgt der Ausgabe von Det Danske Sprog- og Litteraturselskabet Kopenhagen 1995, hg. von Mogens Brønstedt, verzichtet im Interesse einer besseren Lesbarkeit jedoch weitgehend auf orthographische Eigentümlichkeiten Andersens, insbesondere bei italienischen Begriffen.

Aufgenommen wurden hingegen die Anmerkungen Andersens zu Land und Leuten, die, vor allem im 1. Teil, stellenweise an einen Reiseführer erinnern, sich aber vielleicht damit erklären, daß der Stipendiat Andersen den dänischen Geldgebern auch den Erfolg seiner Bildungsreise dokumentieren wollte.

Hans Christian Andersen · Sein oder nicht sein
Roman, Deutsch von Erik Gloßmann
Leinen, 288 Seiten
ars vivendi Bibliothek Band 22

Als Niels Bryde zu verstehen beginnt, wie die Welt funktioniert, verliert er nicht nur seinen Glauben, sondern auch seine Familie. Erst durch die Schrecken des Krieges und den plötzlichen Tod seiner großen Liebe erkennt er seinen Fehler.

Jakob Wassermann · Das Gänsemännchen
Roman
Leinen, 544 Seiten
ars vivendi Bibliothek Band 23

Daniel Nothafft steht zwischen zwei Frauen: Der hochbegabte Musiker heiratet die spröde Gertrud, doch seine eigentliche Liebe gehört ihrer Schwester, der lebenslustigen Lenore. Dem Künstler zuliebe führen sie eine »Ehe zu dritt«. Das unglückselige Dreiecksverhältnis wird zum Skandal.

Jakob Wassermann · Die Juden von Zirndorf
Roman
Leinen, 284 Seiten
ars vivendi Bibliothek Band 12

Das sprach- und stimmungsgewaltige Jugendwerk des großen deutschen Dichters, ist ein Roman gegen die Dekadenz seiner Zeit in all ihren gesellschaftlichen, moralischen und psychischen Verfallserscheinungen.

Henry James · Das Geheimnis von Bly
Erzählung, Deutsch von Ingrid Rein
Leinen, 176 Seiten
ars vivendi Bibliothek Band 19

Thriller, Horrorgeschichte, Psychogramm – Henry James' bekannteste Erzählung *The Turn of the Screw* ist alles in einem. Kunstvoll verknüpft James in ihr Wirklichkeit und Phantasie und spielt mit der bangen Erwartung des Lesers.

Henry James · Daisy Miller
Erzählung, Deutsch von Gottfried Röckelein
Leinen, 104 Seiten
ars vivendi Bibliothek Band 17

Daisy Miller weiß, was sie will und geniert sich auch nicht, es zu tun. Mit ihrem naiv-aufreizenden Verhalten empört die amerikanische Lady zwar die besseren Kreise der Alten Welt, verdreht aber reihenweise den Männern den Kopf. In Rom schließlich wird ihr unbeschwertes Dasein von den Schicksalsmächten Liebe und Tod bedroht.

Henry James · Porträt einer jungen Dame
Roman, Deutsch von Gottfried Röckelein
Leinen, 684 Seiten
ars vivendi Bibliothek Band 14

Eine attraktive, charmante und reiche amerikanische Lady weist sämtliche Heiratsanträge zurück, um auf Reisen durch Europa ihre Freiheit zu genießen. Erst nach Jahren erliegt sie in Rom dem Charme eines Mannes und heiratet ihn wider alle gutgemeinten Ratschläge ihrer Familie.